김우창 金禹昌

1936년 전라남도 함평 출생. 서울대학교 문리과대학 정치학과에 입학해 영문학과로 전과했다. 미국 오하이오 웨슬리언대학교를 거쳐 코넬대학교에서 영문학 석사 학위를, 하버드대학교에서 미국 문명사 박사 학위를 취득했다. 서울대학교 영문학과 전임강사, 고려대학교 영문학과 교수와 이화여자대학교 학술원 석좌교수를 지냈으며《세계의 문학》편집위원,《비평》편집인이었다. 현재 고려대학교 명예교수, 대한민국예술원 회원으로 있다.

저서로『궁핍한 시대의 시인』(1977),『지상의 척도』(1981),『심미적 이성의 탐구』(1992),『풍경과 마음』(2002),『자유와 인간적인 삶』(2007),『정의와 정의의 조건』(2008),『깊은 마음의 생태학』(2014) 등이 있으며, 역서『가을에 부쳐』(1976),『미메시스』(공역, 1987),『나, 후안 데 파레하』(2008) 등과 대담집『세 개의 동그라미』(2008) 등이 있다. 서울문화예술평론상, 팔봉비평문학상, 대산문학상, 금호학술상, 고려대학술상, 한국백상출판문화상 저작상, 인촌상, 경암학술상을 수상했고, 2003년 녹조근정훈장을 받았다.

정치와 삶의 세계

# 정치와 삶의 세계

**김우창 전집**

## 13

**민음사**

천사에게 찬양하라, 세계를. 말할 수 없는 어떤 것이 아니라

그대의 거창한 느낌으로 천사를 압도할 수는 없느니. 우주에서

천사가 보다 느낌 가득히 느끼는 곳에서, 그대는 웃나기일 뿐

그리하여 보여 주라, 소박한 것을. 세대에서 세대로 형상되며

우리의 것으로 숨쉬는 것. 손에 눈에 가까이 있는 것.

천사에게 말하라, 사물들을. 그는 보다 놀라워 멈추어 서리. 그대가

로마의 밧줄 꼬는 이, 나일강의 독 만드는 이 앞에서 놀라 섰듯이⋯⋯

— 라이너 마리아 릴케, 「아홉 번째 비가」, 『두이노의 비가』


Preise dem Engel die Welt, nicht die unsägliche, ihm

kannst du nich großtun mit herrlich Erfühltem; im Weltall,

wo er fühlender fühlt, bist du ein Neuling. Drum zeig

ihm das Einfache, das, von Geschlecht zu Geschlechterm gestalt,

als Unsriges lebt, neben der Hand und im Blick.

Sag ihm die Dinge. Er wird staunender steht; wie du standest

bei dem Seiler in Rom, oder beim Topfer am Nil⋯⋯

— Rainer Maria Rilke, "Die Neunte Elegie", *Duineser Elegien*

# 간행의 말

　1960년대부터 글을 발표하기 시작한 김우창은 문학 평론가이자 영문학자로 글쓰기를 시작하여 2016년 현재까지 50년에 걸쳐 활동해 온 한국의 인문학자이다. 서양 문학과 서구 이론에 대한 광범위한 천착을 한국 문학에 대한 깊은 관심과 현실 진단으로 연결시킨 김우창의 평론은 한국 현대 문학사의 고전으로 읽히고 있다. 우리 사회의 대표적 지성으로서 세계의 석학들과 소통해 온 그의 이력은 개인의 실존적 체험을 사상하지 않은 채, 개인과 사회 정치적 현실을 매개할 지평을 찾아 나간 곤핍한 역정이었다. 전통의 원형은 역사의 파란 속에 흩어지고, 사회는 크고 작은 이념 논쟁으로 흔들리며, 개인은 정보 과잉 속에서 자신을 잃고 부유하는 오늘날, 전체적 비전을 잃지 않으면서 오늘의 구체로부터 삶의 더 넓고 깊은 가능성을 모색하는 김우창의 학문은 우리가 믿고 의지할 수 있는 소중한 자산의 하나가 아닌가 한다. 그리하여 간행 위원들은 그 모든 고민이 담긴 글을 잠정적이나마 하나의 완결된 형태로 묶어 선보여야 할 필요성을 절감했다. 이것이 바로 이번 김우창 전집이 기획된 이유이다.

김우창의 원고는 그 분량에 있어 실로 방대하고, 그 주제에 있어 가히 전면적(全面的)이다. 글의 전체 분량은 새로 선보이는 전집 19권을 기준으로 약 원고지 6만 5000매에 이른다. 새 전집의 각 권은 평균 700~800쪽가량인데, 300쪽 내외로 책을 내는 요즘 기준으로 보면 실제로는 40권에 달한다고 봐야 할 것이다. 이 막대한 분량은 그 자체로 일제 시대와 해방 전후, 6·25 전쟁과 군부 독재기 그리고 세계화 시대에 이르기까지 한국 현대사를 따라온 흔적이다. 김우창의 저작은, 그의 책 제목을 빗대어 말하면, '정치와 삶의 세계'를 성찰하고 '정의와 정의의 조건'을 탐색하면서 '이성적 사회를 향하여' 나아가고자 애쓰는 가운데 '자유와 인간적인 삶'을 갈구해 온 어떤 정신의 행로를 보여 준다. 그것은 '궁핍한 시대'에 한 인간이 '기이한 생각의 바다'를 항해하면서 '보편 이념과 나날의 삶'이 조화되는 '지상의 척도'를 모색한 자취로 요약해도 좋을 것이다.

2014년 1월에 민음사와 전집을 내기로 결정한 후 5월부터 실무진이 구성되어 본격적인 활동을 시작했다. 방대한 원고에 대한 책임 있는 편집 작업은 일관된 원칙 아래 서너 분야, 곧 자료 조사와 기록 그리고 입력, 원문 대조와 교정 교열, 재검토와 확인 등으로 세분화되었고, 각 분야의 성과는 편집 회의에서 끊임없이 확인, 보충을 거쳐 재통합되었다.

편집 회의는 대개 2주마다 한 번씩 열렸고, 2016년 8월 현재까지 42차례 진행되었다. 이 회의에는 김우창 선생을 비롯하여 문광훈 간행 위원, 류한형 간사, 민음사 박향우 차장, 신새벽 대리가 거의 빠짐없이 참석했다. 이 회의에서는 그간의 작업에서 진척된 내용과 보충되어야 할 사항에 대해 서로 의견을 교환했고, 다음 회의까지 무엇을 해야 할지를 결정했다. 일관된 원칙과 유기적인 협업 아래 진행된 편집 회의는 매번 많은 물음과 제안을 낳았고, 이것들은 그때그때 상호 확인 속에서 계속 보완되었다. 그것은 개별 사안에 대한 고도의 집중과 전체 지형에 대한 포괄적 조감 그리고 짜임새 있는 편성력을 요구하는 일이었다. 이렇게 19권의 전체 목록은 점차 뚜렷한 윤곽을 잡아 갔다.

　자료의 수집과 입력 그리고 원문 대조는 류한형 간사를 중심으로 서울대학교 국어국문학과 대학원의 천춘화 박사, 김경은, 허선애, 허윤, 노민혜, 김은하 선생이 해 주셨다. 최근 자료는 스캔했지만, 세로쓰기로 된 1970년대 이전 자료는 직접 타자해야 했다. 원문 대조가 끝난 원고의 1차 교정은 조판 후 민음사 편집부의 박향우 차장과 신새벽 대리가 맡았다. 문광훈 위원은 1차로 교정된 이 원고를 그동안 단행본으로 묶이지 않은 글과 함께 모두 검토했다. 단어나 문장의 뜻이 불분명한 경우에는 하나도 남김 없이 김우창 선생의 확인을 받고 고쳤다. 이 원고는 다시 편집부로 전해져 박향우 차장의 책임 아래 신새벽 대리와 파주 편집팀의 남선영 차장, 김남희 과장, 박상미 대리, 김정미 대리, 김연정 사원이 교정 교열을 보았다.

　최선을 다했으나 여러 미비가 있을 것이다. 독자 여러분들의 관심과 질정을 기대한다.


2016년 8월
김우창 전집 간행 위원회

# 일러두기

편집상의 큰 원칙은 아래와 같다.

1  민음사판 『김우창 전집』은 1964년부터 2014년까지 한국어로 발표된 김우창의 모든 글을 모은 것이다. 외국어 원고는 제외하되, 『풍경과 마음』의 영문판은 포함했다.(12권)

2  이미 출간된 단행본인 경우에는 원래의 형태를 존중하였다. 그에 따라 기존 『김우창 전집』(전 5권, 민음사)이 이번 전집의 1~5권을 이룬다. 그 외의 단행본은 분량과 주제를 고려하여 서로 관련되는 것끼리 묶었다.(12~16권) 이 책은 『정치와 삶의 세계』(삼인, 2000), 『자유와 인간적인 삶』(생각의나무, 2007), 『정의와 정의의 조건』(생각의나무, 2008)을 묶은 것이다. 부록 「정치 논의의 공동체적 기반」, 「화해상생마당의 발표문」(최상용 편, 『민족주의, 평화, 중용』(까치, 2007)에 기수록)은 주제상 관련되어 함께 실었다.

3  단행본으로 나온 적이 없는 새로운 원고는 6~11권, 17~19권으로 묶었다.

4  각 권은 모두 발표 연도를 기준으로 배열하였고, 이렇게 배열한 한 권의 분량 안에서 다시 주제별로 묶었다. 훗날 수정, 보충한 글은 마지막 고친 연도에 작성된 것으로 간주하여 실었다. 예외로 자전적 글과 수필을 묶은 10권 5부와 17권 4부가 있다.

5  각 권은 대부분 시, 소설에 대한 비평 등 문학에 대한 논의 이외에 사회, 정치 분석과 철학, 인문 과학론 그리고 문화론을 포함한다.(6~7권, 10~11권) 주제적으로 아주 다른 글들, 예를 들어 도시론과 건축론 그리고 미학은 『도시, 주거, 예술』(8권)에 따로 모았고, 미술론은 『사물의 상상력과 미술』(9권)로 묶었다. 여기에는 대담/인터뷰(18~19권)도 포함된다.

6  기존의 원고는 발표된 상태 그대로 싣는 것을 원칙으로 삼아 탈오자나 인명, 지명이 오래된 표기일 때만 고쳤다. 단어나 문장의 의미가 불분명한 경우에는 저자의 확인을 받은 후 수정하였다. 단락 구분이 잘못되어 있거나 문장이 너무 긴 경우에는 가독성을 위해 행 조절을 했다.

7  각주는 원문의 저자 주이다. 출전에 관해 설명을 덧붙인 경우에는 '편집자 주'로 표시하였다.

8  맞춤법과 외래어 표기는 국립국어원 규정에 따르되, 띄어쓰기는 민음사 자체 규정을 따랐다. 한자어는 처음 1회 병기하는 것을 원칙으로 하고, 문맥상 필요하다고 판단되는 경우 여러 번 병기하였다.

본문에서 쓰인 기호는 다음과 같다.

책명, 전집, 단행본, 총서(문고) 이름: 『 』

개별 작품, 논문, 기사: 「 」

신문, 잡지: 《 》

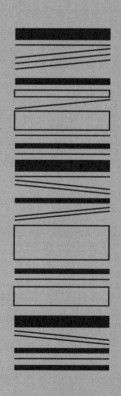

1부

정치와
삶의 세계

# 사회적 생존의 복합 구조

머리말

    우리의 삶이 정치와 사회 그리고 경제의 커다란 힘에 의하여 정해지고 흔들리고 바뀌는 것은 틀림이 없다. 이것은 어느 시대 어느 곳에서나 그러한 것이겠지만, 우리의 현대사에서만큼 그러한 경우도 많지는 아니할 것이다. 그러니만큼 역사의 힘을 다스려서 우리의 삶을 좀 더 튼튼한 바탕 위에 놓고자 하는 열망이 생기는 것은 당연하다. 독립, 해방, 민족 자주 등이 표현하는 집단적 범주의 목표들은 이러한 열망에서 형성된 것이었다. 다른 한편으로 이러한 정치적 범주들은 우리의 삶의 테두리를 이루면서도 그 구체적인 내용을 이루지는 아니한다. 그것들에 대하여 민주주의나 사회주의 또는 그것들이 내포하는 집단적 삶의 규범들 그리고 생산 활동의 규모나 양식은 조금 더 우리의 구체적인 삶에 직접적으로 관계되는 카테고리를 나타낸다. 민주주의의 자유와 인권, 사회주의의 인간 유대의 이상은 넓은 범위를 포용하는 범주이면서도 우리의 일상적 삶에서의 인간관계에 직접적으로 작용하는 규범이 된다. 생산 또는 경제는 사람의 생존의 기본 조건에서 저절로 일어나는 것으로서 그것은 일상적 차원에서 우리의 삶에 깊이 삼투되어 있다.

지난 수십 년간의 산업화는 우리로 하여금 삶의 경제적 틀의 집단적 성격을 강하게 의식하게 하였다. 또 그것은 사회적 동원을 위하여 등장한 민족주의의 수사로 강화되었다. 선진국, 후진국 하는 용어나 경제 성장의 지표로서의 국민 총생산 또는 평균 소득 지수 등은 민족주의적 의의를 갖는 것이었다. 그러나 산업화는 단순히 삶의 총체적 구도에 대한 집단적 이해와 통제의 의도를 표현하는 것이 아니고 모든 사람의 삶의 기본에 대한 가장 구체적이고 근본적인 변혁을 가져왔다. 그리하여 경제생활, 특히 산업화된 경제 속에서의 생활은 많은 사람에게 삶의 근본 동기가 되었다. 그리고 이것은 민주와 평등이라는 이념으로 정치의 내용이 되었다. 이와 같이 구체적인 삶에 대한 관계가 여러 가지로 다르다고 하더라도, 사람의 삶이 사회적 전체에 묶여 있는 한, 이것을 하나의 구도로서 파악하고 하나의 기획 속에 지양할 것을 생각하는 것은 당연하다.

그러나 1980년대 후반 이후의 국내적·국제적 사태의 전개는 사회를 이론적·실천적 구도와 기획 속에 파악하는 일을 어렵게 하였다. 소련을 비롯한 공산권의 붕괴는 사회의 이론적 이해와 실천적 기획의 현실적 가능성을 축소시켰다. 마르크스주의는 현실 사회주의와 일치하는 것이 아니라고 하면서도 인간의 집단적 삶을 지배하는 힘들의 총체로서의 사회에 대한 가장 강력한 이론적·실천적 기획을 제공하는 것이었으나, 그 성가(成家)가 땅에 떨어지는 것은 불가피한 것이었다. 이에 대하여 홀로 살아남은 것은 자본주의의 현실과 이론이지만, 그것은 삶의 정치적·사회적 차원을 의식화된 기획으로 포용하는 것이라기보다는 어떤 종류의 경제 체제와 성장에 관한 이론을 지칭한다. 그리하여 거기에 따르는 여러 다른 삶의 국면에 대하여 그것은 실용주의적이고 임시방편적 구도가 될 뿐이다. 현재의 시점에서 어디를 보거나 사회적 삶을 총괄할 수 있는 이론적·실천적 기획은 거의 사라진 것으로 보이는 것이다. 동시에 현시점의 불분명에는 그것이 바람직한 일이라고 할 만한 이유들이 있다. 지금의 세계 자본주의 이데올로기인 신자유주의는 방금 말한 바와 같이 하나의 체제이면서 전체적인 통제의 체제가 아니라는 것을 그 중요한 주장으로 가지고 있다. 그것은 체제의 근본 원칙에 있어서 부분과 전체의 관계가 문자 그대로 자유롭다고 주장하는 것이다. 주장은 원래부터 자유주의가 내세우는 것이다. 그것이 옳든 그르든 생존의 사회적 제약에 대한 자유주의적 설정은 바로 사회주의 실패가 주는 교훈에 맞아 들어가는 것이다. 물론 그것은 그보다 더 근본적으로 사람의 자유를 향한 원초적인 소망에 호소한다.

그럼에도 불구하고 사람의 삶은 개체적 생존과 사회적 전체의 모순된 제약을 벗어나기 어려운 것일 것이다. 다만 개체와 전체의 관계를 선형의 인과 관계에 의하여 결정되는 것으로 보는 것은 잘못된 것일 것이다. 사람은 적어도 사고와 감정 그리고 행동의 이니셔티브를 하나의 환상의 형태로라도 가지기를 원한다. 그리고 이 환상은 국부적인 의미에서는 현실화될 수 있는 것이라고 하는 것이 옳다. 이러한 주체적 자유의 소망 또는 환상에 자리를 허용하지 않는 사회 제도는 지속될 수 없다. 경직한 사회 제도는 오랫동안은 주체성의 에너지를 수용할 수 없을 뿐만 아니라 변화하는 환경에 적응할 자원을 발전시키지 못하게 될 것이다. 사람의 삶이 자발성과 함께 사회 구속성을 피할 수 없는 조건으로 가지고 있다고 한다면, 이 사이의 지배 관계는 느슨한 것으로 생각되는 것이라야 할 것이다. 어떤 경우에나 그것은 직선적인 인과 관계로서 설명될 수 있는 것은 아니다. 나는 다른 곳에서 이것을 '복합적 평형의 체제'라는 말로 설명하려고 한 바 있다.[1]

---

[1]  김우창, 「과학 기술과 그 문제들」, 『법 없는 길』(민음사, 1992), 425~436쪽.

하나의 원인에 의하여 하나의 결과가 생겨나는 것이 아니라 여러 요인의 상호 작용 속에서 여러 결과가 생겨나면서 그것이 어떤 동적인 균형을 유지하는 사회 체제 또는 더 광범위하게 삶의 체제를 그렇게 지칭한 것이다. 그렇다고 하여 삶이 하나로 종합할 수 없는 많은 단자들의 움직임으로만 이루어진다는 말은 아니다. 그것은 역시 하나의 체제를 이룬다고 하는 것이 옳을 것이다. 또 동시에 이 체제는 하나의 체제가 아니다. 하나의 체제는 여러 체제들의 총합으로 성립한다. 하위 구성 요소로서의 단자들은 포개어 있는 상자들처럼 겹치면서 작아지는 하위 체제 그리고 동시에 서로 교차하는 다원 체제 속에 있으면서 궁극적으로 하나의 체제 속에 포용된다. 또 하나의 체제이든 아니면 여러 체제이든 그것은 고정된 것이 아니다. 하나의 체제 또는 여러 체제들은 어느 정도의 안정성을 가지면서 동시에 끊임없이 변화하는 과정 속에 있다. 이렇게 볼 때 구성 요소인 단자들도 단순히 그 자체로 독자적인 것이라기보다는 여러 체제들의 교차점에 성립하는 하나의 창조적 종합을 나타낸다고 할 수도 있다. 단자는 여러 요인들의 종합의 결과이다. 창조적인 성격 또는 유동적인 성격은 체제 전체에도 해당된다. 체제는 단자를 넘어가는 지속성을 가지면서도 단기적 관점에서의 구성이라는 성격을 갖는다. 그리하여 그것은 이동하는 단자의 관심에 따라 부분적으로일망정 계속 수정 변형된다.[2]

이것은 개인과 사회 또는 개인을 넘어가는 세계 일반 사이에 존재하는 상호 작용을 추상적으로 생각해 본 것이지만, 구체적으로 말하여 개인은 사회의 총체적 테두리 이외의 많은 작은 집단의 벡터 속에 존재하며, 이 집

---

2 여기의 이야기는 화이트헤드의 『과정의 철학』에서, 가령 경험과 자연에 있어서의 기본적인 것은 일정한 시공간 속의 경과가 이루어 내는 '사건'이며, 이 사건은 그 나름으로 여러 선행 사건들의 통일이며, 또 사건들은 보다 큰 일정한 모양과 연속성을 만들어 낸다는 생각을 빌려 더 설명될 수 있을 성싶다. 그러나 이것은 더 연구해 보아야 할 과제이다.

단 그리고 전체로서의 사회나 세계는 개인 하나하나가 자발성을 가진 계기를 이루고 있는 한은 개인에 의하여 구성되며 변형되는 것이라고 할 수 있다는 말이다. 사람이 복합적인 집단적 구조 속에 산다는 생각은 정치사상에서 국가와 사회의 구분에서 어느 정도 표현되어 있다. 국가는 사회적 생존의 가장 큰 테두리로서 사람의 생존을 전체로 규정하는 사회 조직이다.(물론 그 전에도 국가가 최종적인 삶의 테두리라고 할 수는 없으나 세계화는 생존의 궁극적인 테두리를 그 전에 비하여 훨씬 더 불분명한 공간으로 열어 놓았다고 할 수는 있다. 그러나 여기에서 이 문제는 잠깐 접어 두기로 한다. 우리의 관심은 개체적 생존을 둘러싸고 있는 추상적 전체와 구체적인 상호 관계와 그 조직에 대한 어떤 범례이다.) 그러나 사람은 통치 기구나 법 제도 또는 국민의 절대적인 충성심을 요구하는 전체로서의 국가에 대하여 그보다는 훨씬 구체적인 여러 상호 관계에서 산다. 서양의 정치사상에서 이것은, 가령 헤겔에 있어서, 사회라 불리고 주로 사적인 경제 이익으로 묶이는 상호 관계와 연계 그리고 그 제도적 장치를 말하였다. 그러나 개체적 생존을 규정하는 테두리는 물론 사사로운 경제적인 활동의 테두리 이외의 것을 포함한다. 개체적 삶의 테두리로서 직접적으로 느낄 수 있는 것은 커다란 의미에서의 정치 경제 관계보다도 더 작고 긴밀한 공동체적 연계들이다. 전통적 농촌에 있어서 친족 집단이나 마을, 가족, 친지 또는 직장, 직능이나 기타 공동 관심에 기초한 임의 단체와 결사도 여기에 포함된다. 물론 세계화의 현실 속에서 민족이나 국가도 사실적으로 우리의 생존을 단순한 전체성의 이념 이상의 것으로 규정하는 것으로 생각할 수 있다. 현대적 상황에서 정서적으로나 생활의 필요에 있어서나 구체적 유대에 기초하지는 아니하면서도 우리의 삶에 대한 막대한 영향이란 점에서 우리는 민족이나 국가가 현실적인 생활의 테두리가 되는 것을 느끼는 것이다.

　더러 지적되듯이 공산주의 국가를 포함하여 전체주의 국가의 문제점

의 하나는 전체로서의 국가나 사회 이외의 작은 집단적 구조를 파괴한다
는 것이다. 이러한 작은 구조들이란 이해와 정서에 기초한 것이기 때문
에 헤겔이 이미 지적한 바와 같이 비이성적인 것이다. 전체성의 이성이라
는 관점에서 그것은 수상한 것으로 보일 수밖에 없다. 그러나 전체주의의
역사적 경험이 말하여 주는 것은 중간적 집단의 보호가 없이는 개체적 삶
의 고유한 의미와 느낌이 존립하기 어렵다는 사실이다. 그러나 그러한 삶
의 실존적 공허화는 현대의 이익 사회 속에서도 일어난다.(하버마스(Jürgen
Habermas)는 이것을 "생활 세계의 식민지화"라고 불렀다.) 흔히 지적되는 현대 사
회에서의 개인의 원자화와 소외는 여기에 관계된다. 현대의 도시에서 삶
의 테두리는 우리의 구체적인 삶과 다원적인 상호 관계 속에 존재하는 것
이 아니라 추상적인 정치와 산업의 기구가 되어 멀리 추상적인 전체로서
존재하거나 또는 이해할 수 없는 혼란의 가장자리로 사라지는 것이 된다.

그런데 이러한 관찰이 시사하는 바와는 조금 다르게 주목할 사실은 사
회의 작은 집단들은 단순히 사회의 전체적 테두리나 국가가 허용하는 한
도에서만 존재하는 것은 아니라는 것이다. 그러한 집단이나 사회적 관계
망 등은 그 나름의 독자성과 생명력을 가지고 있다. 다시 한 번 비유를 사
용하건대 큰 사회와 작은 사회 그리고 개인 사이에는 어떤 경계막이 존재
하는 것으로 생각할 수 있다. 이것은 세포막과 같아서 내부를 외부로부터
차단하면서 동시에 외부로부터 많은 것의 투과를 허용한다. 다만 이 방어
장치는 세포의 경우보다는 강력하지 못하다고 할 것이다. 물론 그 강도는
각 사회의 구성에 따라서 다르다. 그러나 어떤 경우이든지 간에, 세포의 경
우나 마찬가지로, 개인이나 작은 사회의 독자적 존립은 큰 테두리에 의해
서만 지탱될 수 있다. 그것이 이 테두리로부터 독립하여 존재할 수 있는 것
은 일정 기간에 한정된다. 다른 한편으로 사회의 궁극적인 공적 테두리는
사회의 제이차적 체제로부터 그 구체적 내용을 공급받는 한 의미 있는 삶

의 테두리가 된다. 사실 국가나 사회 전체는 이차적인 사회적 범주를 통해서만 생활 세계의 풍부한 내용에 매개될 수 있다.

이차적 사회 집단의 독자성은 일상적으로 경험될 수 있는 것이지만, 사회적 위기에 있어서 특히 강한 방어적인 의미를 띨 수 있다. 가령 전쟁으로 하여 사회의 공적 질서가 무너지게 될 때에도 상호 유대가 있는 동네는 여러 사람들의 삶을 전쟁의 비인간성으로부터 상당히 방어해 줄 수 있다. 가족이나 동지나 친지 그리고 다른 동아리들이 그러한 역할을 해 줄 수 있는 것은 우리가 다 아는 바이다. 또한 방어적 사회의 테두리에는 선의의 집단 또는 선의의 개인과 같은 추상적인 것들도 포함될 수 있다. 이러한 모든 것이 소멸될 때에 사회적 비인간화는 아무런 제동 장치 없이 가속화한다. 우리는 이것을 전쟁과 또 다른 위기의 상황에서 이미 많이 경험하였다. 작은 사회 속에서의 인간성과 이성적 가치는 국가 권력의 비인간화에 대해서도 중요한 방어적 기능을 수행한다. 그러나 전체적 비인간화 속에서의 비공식적 집단의 생명력은 한정된 것이라고 할 수밖에 없다.

그럼에도 불구하고 되풀이하여 말하건대 가장 중요한 것은 이러한 구체적인 삶의 테두리라고 하는 것이 옳을지 모른다. 사회나 국가도, 이미 비친 바와 같이, 구체적인 환경의 인간성에 연속적으로 존재하는 것이 아니라면, 그것은 그 자체로 인간적 질서를 만들어 내지 못한다. 큰 사회나 국가 또는 세계 환경이 그것만으로 불의와 억압 없는 행복을 약속해 줄 수 있다는 것은 추상적인 이데올로기의 자기 과신일 뿐이다. 이것은 작은 유대망들의 역사적 구축을 그 내용으로 가질 수 있어야 한다. 역사의 의미도 커다란 목적 속에서만 발견되는 것은 아니다. 그것은 오히려 이러한 내용의 축적에서 구현된다. 그 작은 것들로부터 사회에 일반적으로 받아들여지는 도덕과 문화가 축적된다. 그리하여 그것은 또 역으로 작고 큰 사회의 보이지 않는 뼈대가 된다.

러시아의 작가 타티야나 톨스타야(Tatyana Tolstaya)는 소련의 사회주의가 붕괴한 후 러시아에 대한 울분을 토로하는 글을 여러 편 쓴 바 있다. 그 가운데 나는 그녀가 소련 사회의 구체적인 인간관계에서의 선의의 부재를 다음과 같이 지적한 것을 기억하고 있다. 가령 백화점에서 어린아이가 울어서 여러 사람의 마음을 괴롭히는 경우 소련 사람들의 반응은 대체로 아이에 동정을 표하고 그 문제점의 해결에 도움을 주려 하기보다는 저렇게 버릇없는 아이는 혼을 내 줘야 한다고 말하는 쪽이 우세하다는 것이다. 톨스타야의 생각으로는 이러한 심성이 지배적인 사회가 잘될 수 있느냐 하는 것이다. 제2차 세계 대전 이후 공산권 봉쇄 정책의 수립에 중요한 역할을 담당했던 반공주의자이기는 하지만 소련에 대한 정확한 관찰과 분석에 뛰어난 조지 케넌(George Kennan)이 소련 붕괴 직후에 내린 판단은 미움과 의심에 기초한 사회가 오래 지속될 수는 없다는 것이었다. 이것도 톨스타야의 말과 같이 아무리 좋은 것이라 하더라도 사회의 공동체적 삶의 기조를 이루는 것은 공적인 기구를 넘어가는 선의와 도덕과 문화라는 말일 것이다.

　　그러면서 또 한 가지 생각해야 할 것은 비록 궁극적으로 집단적 문화라는 형태를 취한다고 하더라도 많은 것이 개인의 심성에 귀착한다는, 소련 사회에 대한 두 관찰자의 말에 들어 있는 함의이다. 아무리 사회의 모든 것이 집단적으로 움직인다고 하더라도 개인적 심성의 중요성을 무시할 수는 없는 일이다. 개인의 심성은 궁극적으로(큰 범위의 것이든 작은 범위의 것이든) 한 사회의 성격을 결정하는 데에 있어서 필수적인 준거이다. 삶의 조건이 험할수록 이 심성은 험한 성격을 갖는 것이 될 수 있지만, 그럼에도 불구하고 그것은 다른 가능성을 숨겨 가지면서 기르고 유지하는 피난처가 될 수도 있다. 평균치적 삶의 관습을 초월하는 의인이나 성인은 어느 사회에나 존재한다. 또 그렇지 않고서야 당대의 정치를 바로잡겠다는 혁명가도 있을 수 없을 것이다.(물론 뛰어난 인물도 주어진 사회적 조건을 완전히 벗어날 수 없다는 것이 문제 중의 하나이다.) 다른 한편으로 이 개인적인 심성은 따로 존재하는 것이라기보다는 사회 속의 작은 구조들 또는 소사회 속에 존재한다. 또 그것은 그러한 소사회를 만들어 내는 하나의 근원이 된다. 그러나 이것은 물론 사회의 여러 힘과의 상호 작용에서 구성될 것이다. 여기에서 우리는 다시 한 번 개인과 작은 사회 그리고 큰 사회가 서로 차단되어 있으면서 소통하는 막을 통하여 에너지를 교환하는 유기적 관계 속에 있다는 것을 생각하게 된다.

하여튼 삶의 큰 구조가 혼란에 떨어지거나 또는 걷잡을 수 없는 것이 되었을 때, 삶의 작은 거점들은 어느 때보다 중요한 것이 된다. 이것은 우리가 그것을 의식했든 안 했든 우리 현대사의 중요한 경험의 하나이다. 말할 것도 없이 우리에게 가장 중요한 것은 자주독립이라든가 민주화라든가 사회 정의의 실현이라든가 하는 사회 전체의 근본을 수립하는 것이었다. 그리고 지금도 그러한 것들이 튼튼한 토대 위에 놓여 있다고 할 수는 없다. 그러면서도 이러한 과정이 조금 더 인간적이기 위해서는 우리는 전체의 정의에 못지않게 많은 물질적·제도적·정신적 보조들을 필요로 한다. 그런데 오늘의 시점은 또 다른 의미에서 우리의 발밑을 버티어 받치고 있는 크고 작은 장치들을 되돌아보게 한다. 그렇다는 것은 세계화라는 새롭고 큰 추세가 종전의 삶의 큰 테두리를 작은 것이 되게 하고 수상하게 보이는 새로운 큰 테두리를 드러내고 있기 때문이다. 외부로부터 오는 세계화는 우리 사회의 삶을 송두리째 통제 불가능성 또는 불확실성 속으로 떨어뜨릴 가능성을 가지고 있다. 이제 보다 작은 공동체적 범주가 된 국가나 민족은 어떻게 존재하여야 하는가? 또는 국가나 민족은 참으로 삶의 가장 중요한 테두리인가? 어떤 크기의 것이든지 간에 사회를 하나의 삶의 질서, 죽음과 억압이 아니라 삶을 가능하게 하는 질서가 되게 하는 것들은 무엇인가? 국제 자본주의가 만들어 내는 세계화라는 현실은 방위적으로 작은 삶의 테두리의 존립 원리에 새로이 우리의 생각을 돌리게 한다.

물론 세계화가 반드시 불길한 미래만을 의미하는 것은 아닐 것이다. 그것이 경제 성장을 자극한다고 하는 것은 옹호론자들의 이야기이다. 그러나 그 입장에 동조하지 않더라도 그로 인하여 세계가 하나로 되어 가는 것은 사실이다. 이것은 세계 자본주의 질서에 의하여 하나가 된다는 것이고, 또 그 과실과 더불어 그에 수반하는 각종의 불평등과 모순 그리고 자연환경의 황폐화가 확산된다는 것을 말한다. 그러나 그것이 다른 종류의 세계화, 평화, 행복과 풍요로운 지혜의 세계적인 확산(나는 이것을 '보편화'라는 말로 불러 보았다.)의 계기가 될 수 있다는 가능성을 배제하는 것은 옳지 않은 판단일 것이다. 역사의 동력은 소박한 눈으로 쉽게 알아볼 만한 것이 아닌지 모른다. 그렇다고 하더라도 진정한 의미에서의 보편적인 인류 공동체를 실현하는 데에는 물론 그것을 위한 의식의 확산이 필요하고, 무엇보다도 여러 국제 협력 체제의 실험들을 통해서 그것이 현실성이 있는 것으로 보일 수 있어야 할 것이다. 그때까지 필요한 것은 여러 방위적 기제를 튼튼히 하는 일이다. 세계적 평화의 체제가 성립한다고 하더라도, 국가의 경우나 마찬가지로 그러한 체제는 여러 작은 사회와 문화와 생활 세계의 구역이 없이는 공허한 것이 될 것이다. 어떤 경우에 있어서나 지역적 다양성이 없는 세계화는 인류의 삶을 빈곤화하는 것이 될 것이다.

이 책에 모은 글들은 몇 편을 제외하고는 대체로 IMF라고 부르는 위기와 관련하여 또는 그것을 의식하면서 지난 1, 2년 동안 쓴 것들이다. 이 글들은 이 사태에 대하여 또는 그것을 핵심으로 하는 정치적·사회적 상황에 체계적인 분석을 시도한 것은 아니다. 그것들은 그때그때 잡지사와 사회단체들의 요청 — 그 나름으로 사태를 이해하고자 하는 일반적 요청에 답하여 쓴 것들이다. 이번에 이 글들을 돌아보면서 나는 이 글들이 대체로

IMF 위기로 하여 돌연 깨닫게 된 큰 상황과 관련하여 우리 삶의 구체적 존립 근거로서 소사회의 문제들을 주로 생각하고 있다는 것을 발견하였다. 그중에도 이 글들의 관심사는 우리의 삶을 지탱해 주는 규범의 문제들에 있다. 전반적인 위기에서 지역 공동체는 어떻게 있어야 하는가? 도덕은 사회 질서에서 무슨 역할을 하는가? 합리적 사회는 무엇이며 양심은 무엇인가? 한 사람의 마음 안에 지니는 관념들은 사회와 어떤 관계에 있는가? 사람과 사람의 일상적 관계를 조절하는 장치로서의 예절은 어떤 정치적·사회적 의미를 갖는가? 경제와 좋은 삶의 관계는 무엇인가? 자연환경의 문제는 어떻게 생각하여야 하는가? 이러한 작은 문제들에 대한 섬세한 주의를 잃지 아니하면서 그것들을 하나로 통합하는 관점이 존재할 수 있는가? 이 점에 있어서 환경을 생각하는 어떠한 사람들의 '깊이의 생태학'이란 어떤 의미를 가질 수 있는가? 깊이는 제일차적으로 지각의 현상이다. 그것이 깊이 있는 생각에 이어질 수 있는 것인가? 그것은 또한 좋은 사회를 위한 정신적 토양의 역할을 할 수 있는가?

이러한 여러 질문들 가운데 예절의 문제는 그 관련성이 조금 희미한 것이 아닌가 하는 인상을 줄 수 있을 것이다. 이것은 우리 전통 사회에 대한 나의 관심에서 이어져 나온 특이한 질문이라고 할 수 있다. 그러나 그것이 우리 전통 사회에서의 중요한 주제였던 것은 틀림없다. 그러니만큼 해명되어야 할 과제이기도 하다. 그러나 동시에 예절은 구체적인 인간의 크고 작은 상호 관계에서 매우 중요한 행동의 틀을 제공하는 데 큰 역할을 한다. 물론 필요한 작업의 하나는 이것이 어떻게 억압적으로 작용하는가를 살피는 일이다. 그러나 다른 한편으로 나는 혁명이라는 격동의 시점에서 레닌이 죽음에 임하여 정치 지도자로서의 스탈린에 대한 우려를 표하면서 그의 '무례함'을 언급한 것은 매우 흥미로운 일이라고 생각한다. 스탈린의 공포 정치는 이 무례함에 관계되는 일이었을 것이다. 그렇다면 예절이야말로 작은 것이 큰 것에 이어지는 흥미로운 예를 제공한다 할 것이다. 하여튼 예절의 문제를 포함하여 이들의 글에서 제기하는 문제는 대부분 큰 사회에 대하여 소사회의 기제에 관계된다고 할 수 있는 것들이다.

　작은 질문들, 특히 문화적이고 규범적인 각도에서의 작은 질문들이 우리의 사회적 생존에 대하여 말할 수 있는 가장 중요한 질문일 수는 없다. 사회 전체의 바른 기초에 관계되는 이론적·실천적 질문은 전문적인 사람들에 의하여 계속 물어질 것이고 물어짐이 마땅하다. 중요한 질문의 하나는 세계 체제에 대한 것이다. 반드시 이매뉴얼 월러스틴(Immanuel Wallerstein)의 의미에서의 세계 체제를 생각하지 아니하더라도, 오늘의 세계 상호 의존성은 작은 지역 사회의 삶을 생각하는 경우에도 그 사회가 위치해 있는 세계적인 환경을 생각할 것을 요구한다. 전쟁, 경제와 자원의 문제에서의 국제간 또는 민족 간의 분쟁, 자본주의의 다국적 생산 체제에 의하여 조장되는 계층 간, 국가 간의 빈부 격차의 확대 그리고 노동 인구의 이동으로 일어나는 인종 갈등, 기술 산업 문명의 무제한적 발전이 가져오는 환경 오염, 오염과 인간에 의한 자원 독점이 야기하는 생명체의 멸종 위기, 이런 수많은 문제들이 세계적인 차원에서 일어나고 있고, 이것은 세계적인 차원에서 접근되어야 할 문제들이다. 앞에서 비친 바와 같이 이러한 것들은 결국 우리의 삶을 결정하는 큰 세력을 통제하려는 기획으로 이어질 수밖에 없을 것이다.

　이러한 이론적·실천적 노력이 생기는 데에는 그럴 만한 계기가 있어야 한다. 사회를 총체적으로 설명하려는 이론들이 서구에서 생겨난 것은 18세기 이후의 사회적 격동 및 혁명들과 병행한다. 사회의 큰 테두리가 있다는 인식은 그것이 인위적으로 형성된 것이라는 인식을 필요로 한다. 국민 국가의 성립, 여러 국가의 국제적 체제 속에서 국가들의 군사적 대립, 산업 활동의 사회적 조직화 등이 겹치는 가운데 사회가 하나의 구조체를 이루며 이 구조체의 개조를 통하여 새로운 삶의 질서를 만들어 내는 모체가 될 수 있다는 의식이 생긴 것이다. 오늘날의 새로운 삶의 환경으로서의 세계도 이러한 과정을 거쳐서 비로소 현실적인 기획의 일부가 될 것이다. 국가와 사회의 근대적 재편성 그리고 남북통일의 과제가 그대로 남아 있는 상태에서 우리의 경우 사회나 국가가 이론적 자의식이나 실천적 제도의 면에서 일단의 균형에 이르렀다고 할 수는 없다. 그러므로 아마 우리의 사회적 생존에 대한 질문은 복합적인 요인과 원근법 속에서 계속될 수밖에 없을 것이다.

이 책이 나오게 된 것은 오로지 삼인의 홍승권, 문부식, 이홍용 세 분의 친절한 관심과 열의로 인한 것이다. 깊이 감사를 드린다. 그때그때의 지나가는 계기에 쓴 글들을 책으로 엮는 데 대하여 나는 늘 주저를 느낀다. 책으로 묶게 되면서 글들의 제목을 수정하고 본문에도 약간의 수정을 가했지만, 거기에 일관된 논리를 부여하는 데에 성공하였다고 할 수는 없다. 다시 한 번 그것을 현실로 받아들일 수밖에 없다. 본래 발표되었을 때와 제목이 달라진 것들은 그 출처를 밝혔다. 이 책에 실린 글 가운데 「능률과 좋은 사회」는 원래 이화여대에서 강연으로 발표한 것에 기초한 것인데, 강연에서 질문을 해 주신 분들과의 토론을 본문과 함께 실었다. 토론하여 주신 김동노, 김현숙, 정대현, 박은정, 최영 교수께 감사드린다.

2000년 4월

김우창

# 1장

# 위기, 도덕,
삶

# 투명성

경제 위기와 도덕

## 1

일제 36년이라고 한다. 반드시 일제 지배하 암흑기의 고통을 생각하자
는 뜻에서가 아니라 이러한 기간의 세월이 역사적으로 무엇을 뜻하는 것
인지를 저울질해 보는 하나의 척도로서, 나는 36년이라는 세월을 더러 생
각해 본다. 해방이 되고 이제 50년도 더 지났고 6·25 전쟁이 나고 끝난 지
도 45년이 넘게 되었고, 역사의 또 하나의 전기였다고 볼 수 있는 4·19 혁
명과 5·16 군사 쿠데타가 있었던 일도 일제 식민지 기간 36년을 넘어섰
다. 일제 통치가 끝난 다음의 세월의 흐름이 일제 통치 기간보다 긴 것이
되었지만, 오늘날 우리 사회가 직면한 위기는 우리가 아직도 사회의 기반
을 튼튼한 지반 위에 올려놓는 데에 성공하지 못하고 있다는 것을 새삼스
럽게 깨닫게 한다.

지난 50여 년 동안 우리 사회는 많은 변화와 격동을 경험하였다. 그간
의 변화와 격동이 반드시 긍정적인 것이었다고 말할 수는 없지만, 그간의

경제와 정치의 발전은 어떠한 경위를 통하여 이룩된 것이었든지 간에 우리가 그래도 일단의 튼튼한 사회적 기반을 구축해 가는 일을 해 나가고 있다는 느낌을 주었다. 일제 점령기를 넘어서, 조선조 500년의 역사를 보더라도 결정적 취약점이 경제와 민주적 정치 구조의 미발전에서 찾아진다고할 때, 경제와 민주주의의 업적은 커다란 역사적인 의의를 갖는 것이었다. 물론 경제나 민주주의나 문제가 많고, 또 그리하여 이 문제들은 우리 장래에 대한 낙관론보다는 비관론 또는 허무주의를 정당화해 주는 것처럼 보이기도 하였다. 우리 사회의 발전이 어떠한 것이든 그것이 남북의 분단을항구화하는 상황을 그대로 두고 이룩되는 발전이라고 할 때, 그것이 참으로 새 역사 건설의 의의를 갖는 것이라고 할 수 있는가 하는 의문이 없을수 없고, 또 바로 그것이 우리 사회의 전향적 발걸음을 되돌려 놓게 할 숨은 원인이 될 것이라는 불안도 있었다. 그럼에도 불구하고 경제와 민주주의, 이 두 가지 점에서 어떤 종류의 발전이 이루어지고 있다는 것은 최근까지는 의심할 수 없는 현실로 보였다. 그러나 이제 우리 마음에 그것이 그렇지 않다는 생각이 드는 것이다. 설령 발전이 장기적으로 볼 때 허상이 아니라고 하더라도 최근에 명확해진 것은 지금까지 해 오던 방식의 경제와 정치의 운영이 앞으로의 튼튼한 사회를 만들어 가는 방식이 될 수는 없다는 사실이다.

그러면서도 이 위기와 관련하여 반성과 각성의 소리가 높은 것은 위기의 극복을 위한 힘이 존재한다는 증표가 되는 것으로 보인다. 이 소리는 대체로 도덕적 성격을 갖는다. 외부적 조건이 불가항력적으로 불리할 때 최종적으로 의지할 수 있는 것은 우리 자신의 분발력이고, 이 분발력의 발휘는 도덕적 결심으로 매개된다. 뿐만 아니라 오늘의 위기, 경제의 위기이면서 정치의 위기인 오늘의 위기 자체가 사회의 도덕적 파탄에 이어져 있음은 틀림이 없다. 따라서 도덕적 각성의 부르짖음은 정당한 것이다. 그렇기는 하나 도덕적 정열만으로 오늘의 문제, 경제의 문제를 해결할 수는 없을 것이다. 더 듣고 싶은 것은 금융, 외환, 통화와 경제 위기의 철저한 현실적 분석과 그 극복 방안이다. 물론 이것은 전문가들 사이에 이야기가 되고 있는 것인데, 일반 시민에게 들리지 않고 있는 것인지도 모른다. 그러한 논의가 있다고 하더라도 도덕은 여전히 우리의 문제로서 남는다. 그러나 도덕이 중요한 것은 그 자체로보다도 그것이 현실의 한 원리이기 때문이다. 그런데 도덕의 외침은 커도 그것이 현실과 어떻게 맞붙는가에 대한 반성은 별로 많지 않은 것으로 보인다. 외침은 주로 우리 현실의 자리가 불안하다는 느낌을 표현하는 절규의 의미를 갖는 것이고, 현실의 직시에 별로 도움이 되는 것은 아니라는 느낌도 든다. 나는 오늘의 경제 현실에 대하여 어떻게 생각하는가 하는 물음에 대하여, 한 택시 운전사가 "아직은 내 생활에 별 영향은 없는데요." 하고 답하는 것을 들었다. 오늘의 위기가 참으로 위급한 것이라면, 필요한 것은 무엇보다도 처변불경(處變不驚)의 의젓한 마음이다. 그것은 열사들의 외침보다 이러한 현실 감각에서 나오는 것이 아닐까 하는 느낌이 든다. 필요한 것은 오히려 깊은 불안과 뜨거운 분노와 열정을 제어하고 현실을 냉철하게 직시하는 일이기 때문이다.

한국의 경제와 정치에 대한 국제적인 요구의 하나는 투명성이라는 말로 요약된다. 이 말은 도덕과 현실을 하나로 말하고 있는 것으로 생각된다. 오늘의 한국의 위기는 우리 생존 방식이 국제적 연계를 가지게 된 것에 연유한다고 할 수도 있는데, 해외에서 지적되고 있는 우리 경제 문제의 하나는 부정과 부패로 인한다는 것이고, 이것이 없어져야만 경제가 정상화될 수 있다는 것이다. 달리 말하여 경제 정상화는 시야의 투명성을 요구하고, 이 투명성은 부정과 부패의 은폐 작용을 없애야만 확보된다는 것이다. 여기의 투명성은 도덕적 조건이면서 현실의 조건, 사실적 합리성의 조건을 말하는 것이다. 도덕이 문제되는 것은 그것이 이 사실적 합리성의 일부이기 때문이다.

물론 이렇게 말한다고 하여 국제적 요구로서의 투명성 또는 합리성이 문자 그대로 그러한 것이라고 말하는 것은 아니다. 그것은 다른 이익 관계를 은폐하는 은어일 수도 있다. 우리의 경제, 특히 금융의 운영이 뒷거래 없이 완전한 투명성 속에서 운영되었다고 해서 오늘의 위기가 오지 아니하였으리라는 보장은 없다. 세계 시장에 노출된 상태로 운영되는 경제에서, 그 위기나 혼란의 큰 원인들은 우리 자신에서보다도 이 큰 테두리에서 찾아져야 하는 것인지도 모른다. 말레이시아에 통화 위기가 불어닥쳤을 때, 마하티르 수상이 국제 금융 투기가의 농간을 비난하고 통화의 국가 통제를 주장한 것은 국민 경제의 무방비적 국제화가 경제 위기의 원인이 되는 것을 지적하여 말한 것이다. 경제 운영을 투명하게 한다는 것은 세계 자본주의 규칙의 관점에서 투명하게 파악될 수 있게 한다는 것이다. 이것은 한편으로 자유주의 경제의 보편적이고 규범적인 법칙의 관점에서 또는 적어도 오늘의 상황에서 합리적인 법칙에 따라서 경제를 운영한다는 것이기도 하지만, 동시에 약한 자와 강한 자가 한자리에서 겨루면 그럴 수밖에 없듯이 강자의 힘에 더욱 노출된다는 것을 의미하는 것이다.

그렇기는 하나 부정부패 척결을 통한 투명성의 확립 그 자체가 잘못된 것일 수는 없다. 우리 사회의 고질병의 하나는 모든 것을 지나치게 힘의 논리로써 파악하려는 것이다. 물론 현실 세계, 특히 국제 질서의 세계가 힘의 세계라는 것은 틀림이 없다. 그러나 여기에 대한 지나친 강조는, 다른 인간 현실에서나 마찬가지로, 국제 정치의 현장에서도 그것만이 전부가 아니라는 사실을 놓치게 한다. 나라 안에서나 나라 밖에서나 세계는 힘과 이익의 공간이면서 이념과 이성의 실현의 장이기도 하다. 그것은 싸움터이다. 그렇다는 것은 싸움터이되, 힘으로 겨루는 싸움터이면서 이념의 싸움터라는 말이다. 이념은 맹신의 맹목성을 가지기도 하지만, 수사적 정당성을 완전히 떠날 수는 없다. 우리는 미국처럼 강한 나라도 늘 명분을 찾아 고심하는 것을 본다. 우리가 추구해야 하는 경제 질서의 투명성, 사회 질서의 투명성, 달리 말하여 도덕성이 세계 자본주의의 그것과 같은 것은 아닐 가능성이 크다. 그러면서도 보다 나은 사회 건설을 위한 기초 원리로서 우리는 우리 사회의 경제와 정치의 운영에서 어떤 종류의 투명성을 얻어 내지 아니하면 아니 된다. 그것이 밖에서 요구되고 있는 것과 다르다면, 그것은 더욱 보편적이고 충실한 투명성이라는 점에서 다른 것이 되어야 한다. 그럴 때 그것은 우리 자신에게 힘을 주는 것이 된다. 그리고 그것은 국제적인 효력을 갖는 힘이 될 수도 있다.

　모든 것을 힘의 전략으로 간주하는 것은 국제 관계의 현실을 말하는 것에 틀림없는 일이면서, 부패한 현실에서 우리 자신의 체험을 반영하고 있는 것이다. 우리는 도덕의 필요를 끝없이 듣고 말하면서, 다른 한편으로 그것이 사람의 생활 현실과 관계없는 것이라는 생각을 은밀하게 또는 명시적으로 받아들인다. 도덕은 경제와 양립할 수 없는 것 또는 적어도 그것을 위해서는 어느 정도 희생될 수밖에 없는 것이라는 생각은, 공표는 아니하면서 정부나 기업가나 일반 시민이나 모든 사람이 묵시적으로 받아들였던, 지금도 받아들이고 있는 신조이다.(물론 이것은 경제 문제의 사고에만 한정되는 일이 아니다. 우리의 사고는 여러 면에서 이러한 사고의 유형에 빠져 있다. 심지어는 우리의 도덕적 주장에도 이러한 신조가 스며 들어간다. 나라와 민족을 말하는 것은 곧 섬세한 사고 또는 작은 도덕적 고려를 버려야 하는 것으로 되어 있는 것이 그러한 경우이다.) 이번의 위기가 말해 주는 것은 도덕이 얼마나 경제 운영의 핵심에 있는 것인가, 또 정치와 사회생활의 핵심에 있는가 하는 것이다. 그리고 여기에서의 도덕은 추상적 이념이 아니라 일상적 삶과 그것을 지탱하는 구조적인 틀의 빼어 놓을 수 없는 원리로서의 도덕이다. 오늘의 경제 위기는 경제를, 경제와 도덕의 관계를, 그리고 도덕의 현실적 기초를 다시 생각해 보게 한다.


## 2

국가적 차원에서 도덕적 질서가 경제 질서의 일부인 것은 상식적으로도 자명하다. 일시적으로 부정부패가 사람의 일을 움직이는 동력이 될 수있는 것이 많은 사회의 현실이다. 그렇지 않다면 부정부패가 존재하지 아니할 것이다. 그러나 장기적으로 사람의 현실은 사실 속에서 또는 사실의 역학 관계 속에서 움직인다. 이것을 속임수로 후려친다고 하여도 그것은 일시적인 것에 불과하다. 사실의 냉혹성은 속임수를 따라잡게 마련이다. 정치나 경제에서의 거짓말이란 일시적으로 자신을 위한 또는 대의를 위한 또는 잠깐 남을 속이기 위한 것일 것이다. 그러나 거짓도 현실을 만드는 것이기 때문에 그것이 일단 현실화되면 사람은 그 거짓 속에서 움직이지 아니할 수 없게 된다. 한번 감춘 부정과 부패는 그것을 감추어야 할 한없는 필요를 낳는다. 그 연쇄 속에서 그것은 자신이 믿는 진실이 된다. 그러다가 시간이 지나면 이 거짓의 세계가 사실의 질서에 견디지 못하게 되는 날이 오고야 만다. 소련이 망한 후에 그 사체 해부 결과 드러나고 있는 것은 그 경제, 정치, 사회의 통계가 거짓투성이라는 것이다. 말할 것도 없이 이것은 소련 관료 계급의 정신적·물질적 부패, 이념적으로 해석된 도덕적 명분 속에 숨은 부패에 깊이 관계되어 있다. 설령 오늘의 우리 위기의 원인이 외부에서 오는 것이라고 하더라도 경제 운영에 대한 투명성이 있었더라면, 달리 말하여 정치나 경제에 부패가 없고 합리적인 사실성이 작용하였더라면 극한 사태가 코앞에 닥치기 전에 할 수 있는 일이 전혀 없지는 아니하였을 것이다. 별로 할 수 있는 일이 없다고 하더라도, 앞으로는 일에 대비하는 데에 무엇인가 의지할 것이 있었을 것이다.

그렇다 하더라도 국제 경제의 광장에서 경제적, 결국은 도덕적 의미를 가지고 있을 수밖에 없는 투명성은 부분적인 중요성밖에 갖지 못하는 것인지 모른다. 그것은 우리의 사실적 감각을 지켜 주는 파수꾼 역할을 한다. 그러나 파수꾼이 할 수 있는 일은 제한될 수밖에 없다. 그러나 도덕적 투명성은 국민 생활에서 더욱 중요한 역할을 한다. 부정과 부패의 질서가 국민의 정당한 노동 의욕이나 생활 의욕을 좌절케 한다는 의미에서만이 아니다. 그보다도 도덕은 국민의 일상생활에서는 매일매일의 삶의 올과 결을 이루는 것이다. 나라 전체가 오늘의 위기에 이르기 전에, 사람들이 우리 사회가 이러한 상황에서 오래 지속될 수 없다는 것을 느끼기 시작한 것은 이미 한참 된 일이다. 최소한도의 의미에서 사람이 받아들일 수 있는 사회는, 사람들이 그들의 일로써 일용할 양식을 구하고, 그것으로써 자신과 가족의 삶을 지탱하며, 이웃과 화목한 가운데 어느 정도의 행복을 얻는 일이 가능한 사회일 것이다. 이것은 그날그날의 삶을 통하여 끊임없이 점검되는 사실이다. 그날그날의 삶이 전쟁과 같다면 그것이 사람이 사는 사회라고 할 수 있을 것인가? 버스를 타거나 물건을 사거나 물건이든 집이든 고장 난 것을 수리하거나, 우리 사회는 이러한 일을 정직과 선의를 믿고 편한 마음으로 할 수 있는 사회인가? 대부분의 사람은 일상적 삶의 세계에서 산다. 지난 수십 년 동안에 이러한 삶을 위한 구조, 일상성의 구조의 옛것은 파괴되었다. 그리고 그것을 대체하는 새로운 구조는 생겨나지 아니하였다. 정치나 경제도 이 일상성의 구조를 만들어 내는 데에는 아무런 관심이 없는 것으로 보인다. 보통 사람들에게 도덕이란 자연스러운 일상적 삶을 가능하게 해 주는 인간의 질서 이외의 다른 것이 아니다.

정치는 원래 대범한 것인 까닭에 이러한 작은 구조보다 큰 문제의 해결에 더 적절한 수단이라고 할 수도 있다. 그러나 일상적이면서도 조금 더 큰 삶의 문제에 있어서도 사정은 대체로 마찬가지이다. 태어나고 살고 아이를 기르고 늙고 병들고 죽고 하는 삶의 문제들, 대부분의 사회에서 독자적인 힘으로 해결하는 것으로 되어 있지 않은 문제들을 인간성을 잃지 않게 하면서 해결해 주는 사회적 제도나 조직을 만들어 내는 데 우리는 성공했는가? 아니면 그러한 것을 앞으로 기대할 수 있다고 내다볼 수 있는 상태에 있는가? 지난 수십 년간의 근대화 과정은 이러한 일들을 맡아 오던 자연스러운 사회적 연대의 끈을 해체시켜 가는 과정이었다. 그러면서 그것은 근대적인 합리성의 제도로 대체되지 아니하였다. 나라의 경제는 어찌되었든지 간에 근대화 기간 동안 보통 사람의 보통의 행복 또 사실은 사람 사는 일에서의 영원하며 변함없는 삶의 행복을 위한 자원은 계속 줄어들었다. 경제 성장이 일상적 행복의 마이너스 성장과 병행한 것이다.

불행이 깊어졌다는 말에 대하여 사람들은 지난 몇십 년간 삶과 행복의 조건으로서 의식주가 더 풍족해진 것을 지적할 것이다. 또 그 이외의 점에서도 사람의 행복 요인이 된다고 하여야 할 물질생활이 향상된 것도 사실이다. 이것을 가볍게 볼 수는 없다. 그러나 사람들의 의식주가 풍족하여졌다지만 그것을 얻는 방법은 빈궁한 시대에서보다 더 가혹한 것이 되었고, 이 수단의 가혹화 그리고 그것의 절대화는 조화된 자신의 삶이 가능하게 하는 행복을 빼앗아 갔다.

수단의 가혹화는 빈궁의 극한 상황에서 저절로 생겨나는 것이라는 면을 가지고 있다. 그러나 우리 사회에서 수단의 가혹화는 생존 경쟁의 치열함으로써만 설명될 수 없다. 우리 사회에서 삶의 살벌화는 그것 자체의 독자적인 동역학을 가진 것으로 보인다. 이것은 심도 있는 연구와 분석을 요구한다. 그러나 보통 사람의 삶이라는 관점에서 볼 때 거기에는 사회적으로 부여되는 일정한 심리적 계기가 있는 것으로 생각된다. 삶의 살벌화에 동기가 있다고 한다면, 그것은 생존이 아니라 권력과 부와 지위의 동기이다. 물론 이것도 그 뿌리의 하나는 단순한 의미의 평화스러운 삶의 유지의 필요에 관계되어 있다. 한국 도시의 원시 지대를 헤쳐 다니며 하루의 삶을 영위하다 보면, 돈과 권력의 연줄로써 하루의 고달픔을 줄어들게 할 일이 너무 많이 있음을 곧 느낄 수 있다. 그러나 권력과 부와 지위는 그러한 실제적인 것과는 다른 심리적인 의미도 가지고 있는 것으로 보인다. 사람은 자신의 값어치에 대한 일정한 자아의식을 가지지 않고는 살아가기 어렵다. 우리 사회에서 우리의 값어치(남의 눈에나 자신의 눈에나), 사람의 값은 권력과 부와 지위에 의하여 정하여진다. 이것들은 우리 사회가 믿는 유일한 가치이다.(도덕적 자기 정당성의 느낌도 우리가 남달리 믿는 가치이지만.) 다른 한편으로는 이러한 가치의 추구는 사회 구조가 오만과 모멸의 구조로 되어 있기 때문에 불가피한 것이 되기도 한다. 오만과 모멸의 사회 체계에서 가해지는 수모를 피하며 자존심을 유지하려면 최소한도의 부와 권력과 지위를 확보하여야 하는 것이다. 그리고 더 나아가 그것의 자손 만대까지의 발전은 더욱더 많은 권력과 부와 지위를 필요로 하는 결과를 가져온다. 이것은 대체로 부패와 부정의 수단을 통하지 않고는 급하게 확보할 수 없다.

그러나 이 체계는 조금 다른 의미에서 다시 한국의 삶의 사회적·역사적 특성에 연유하는 것으로 생각된다. 모든 사람의 삶은 사회적인 것이지만, 우리는 이것을 어느 다른 사회에서보다도 더 적극적으로 삶의 정의로서 받아들인다. 이것은 한편으로는 조선조의 입신주의 그리고 명분주의의 좋지 않은 유물이기도 하지만, 다른 한편으로는 근대사의 고통에서 열매 맺은 중요한 성취로서, 한국 현대사의 여러 간고한 고비를 바르게 넘어서는 데 큰 역할을 했다고 할 수 있다. 그러나 비판적으로 검토되지 아니한 삶의 사회성에 대한 지나친 강조는 그 나름의 폐단을 갖는다. 그것은 영웅주의 또는 영웅적 도덕주의를 낳고, 도덕적 질서를 일상적 삶의 질서로서 보이지 않게 한다. 사람의 삶에 개인적으로나 집단적으로나 일상성을 넘어가는 초월의 도덕이 불가결의 것이기는 하나 그것이 현실의 전부를 지탱해 줄 수 있는 것은 아니다. 뿐만 아니라 그것은 자칫하면 도덕 그 자체를 말살하게 한다. 추상적 이념은 바로 많은 것들, 다른 사람을 포함한 나의 행동 영역 안에 있는 모든 것들을 수단화하고 경시하는 결과를 낳는다. 또 그것은 (야망인 자신도 의식하지 못하는 상태에서) 야망의 진락을 감추어 주는 명분이 된다.


### 3

사회와 개인와 관계를 매개하는 것은 반드시 의식화된 집단성이나 영웅성이 아니다. 우리는 이것을 다시 상기할 필요가 있다. 그것이 전면으로 대두한다는 것은 사회가 위기에 있고 정상적인 상태에 있지 않다는 것을 말한다. 그리고 그것은 개인에게나 사회 전체로나 궁극적으로는 커다란 대가를 요구하는 것이기도 하다.

보통 사람에게 삶이란 자신의 좁은 범위 안에서의 삶을 의미한다. 그것은 그의 삶이 좁은 데에 갇혀 있다는 것이고 또 완전히 깨어나지 못하고 반쯤은 조는 듯이 살고 있다는 것을 뜻하는 것인지 모른다. 그러나 다른 한편으로 그가 좁은 데에서 반쯤 졸고 있다면, 그것은 그의 세계가 만족할 만하고 그의 잠과 꿈이 충분히 도취할 만한 것임을 말하는 것이기도 하다. 계속적인 위기 속에서, 비단 사회 전체로서만이 아니라 개인의 의식주 확보라는 점에서도 계속적인 위기 속에서 살아온 우리 사회는 물 마시고 나물 먹고 팔을 괴어 베고 누워 자는 안분지족의 자연스러운 삶을 포함하여, 작은 삶이야말로 규범적인 삶이라는 것을 완전히 잊어버렸다.

미국의 심리학자 미하이 칙센트미하이(Mihaly Csikszentmihalyi)는 '흐름

(Flow)' 또는 '최고의 체험(Optimal Experience)'이라는 말로써 만족할 만한 삶의 상태를 나타낸 일이 있다. 그것은 한정된 범위, 한정된 자극이 있는 곳에서 주어진 작업의 도전에 자기 최선의 기능과 능력으로 대처하면서 몰아 상태에서 일하는 순간에 가장 현저하게 경험되는 것이다. 이 심리학자의 동료가 이탈리아 어느 산악 지대의 농촌에서 조사한 것으로는 그곳 농민에게 이러한 최고의 경험은 농작물을 가꾸고 목축을 하고 집을 유지하고 하는, 그날그날의 삶을 영위해 나가는 모든 작업 속에 들어 있다. 그러나 이 농촌 출신으로 도시의 공장으로 간 젊은 사람들을 조사한 결과에 따르면, 그들에게 노동은 농촌에서보다 돈을 더 버는 수단이 되기는 하지만 전혀 행복을 주는 것은 아닌 것이 된다. 소외 노동이 된 것이다. 그들에게 좋은 경험이란 여가 활동과 격렬한 오락에서만 찾아진다. 그의 분석으로는 그것은 보람을 느끼지 못하는 그들의 노동에 대한 보상의 성격이 강하다는 것이다. 이에 대하여 농촌에 남아 있는 그들의 부모는 오락, 스포츠를 모른다. 농사지으며 곡물이 자라는 것을 보는 일은 격렬한 기쁨의 체험은 아니지만 보람의 체험이다. 그들에게는 스포츠와 오락이 필요 없다. 이러한 소외 노동과 오락의 증대는 근대화의 불가피한 현상이라고 할 수도 있다.

근대 기술 문명은 사람들로 하여금 자연 공동체를 떠난, 인위적이고 비인간적인 조직 속에서 노동할 것을 강요한다. 소외는 이러한 노동의 조건 하에서 불가피한 것이 된다고 하겠지만, 다른 요인으로서 그것은 또 돈의 경제에 부수하는 현상이라고 할 수도 있다.[3] 칙센트미하이의 조사 결과의 하나는 재미있는 일도 외적인 요소, 가령 그 일 자체가 보람이 있는 것이

---

3 Antonella Delle Fave and Fausto Massimini, "Modernization and the Changing Contexts of Work and Leisure", *Optimal Experience: Psychological Studies of Flow in Consciousness*, ed. by Mihaly Csikszentmihalyi(Cambridge University. Press, 1992).

아니라 돈 또는 명성이라는 외적인 요소에 연결되면 곧 재미없는 일로 바꾸고 만다는 것이다. 경험은 그 자체가 목적이 될 때 할 만한 것이 된다. 또 삶은 그것이 자기 충족적일 때에 비로소 살 만한 것이 된다. 자기 충족을 해치는 요소에는 (그것이 좋은 것이든 나쁜 것이든) 모든 사회적 목적이 포함된다.

이러한 관찰은 자명하기도 하고 진부한 것이기도 하지만, 적어도 우리에게 다시 한 번 자기 충족적인 삶의 중요성을 상기하게 한다. 이것은 소외 없는 사회를 위한 모든 계획에서 빼어 놓을 수 없는 관찰이다. 그러나 나는 그것보다도 이러한 자기 충족의 삶 또 어떤 사람에게는 비사회적이고 반사회적으로 보일 수 있는 삶이 보다 직접적인 의미에서 커다란 사회적 의미를 가지고 있음을 지적하고 싶다. 최고의 경험을 가장 잘 나타내고 있는 것은 자신의 일에 열중하고 있는 장인의 모습이다. 또 사실 최고의 경험은 하는 일이 인간의 자연스러운 본성에 지나치게 어긋나는 것이 아닐 때, 가령 물리적으로 지나치게 견디기 어려운 것이 아니고 사회적으로 오만과 모멸의 억압 체제 속에서 이루어지는 것이 아닐 때 자신의 일을 충실히 하는 모든 사람들이 갖는 경험이기도 하다.(앞에서 우리는 이탈리아 농민을 예로 들었지만, 이러한 연구의 조사 대상에는 가사에서 재미를 느끼는 주부, 공부에서 의미를 얻는 학생, 생명을 내걸고 암석 등반에 도전하는 등산가, 모든 것을 버리고 단신으로 항해만을 전업으로 하는 대양의 항해사, 자신의 전문적인 지식과 기술을 한껏 발휘할 때의 외과 의사 등이 포함되어 있다.)

한 일본 기자가 한국을 비판적으로 보면서 한국인의 한 특징으로 지적하고 있는 것은, 한국 사람들의 대강대강 하고, 괜찮아요 하는 대강주의이다. 최근 한국의 금융 위기는 세계적인 논평의 대상이 되었지만, 논평의 많은 것은 객관적이라기보다는 '그러면 그렇지.' 하는 경멸을 담고 있는 것으로 보인다. 영국의 한 신문의 논평은 서양은 기술을 만들어 냈고, 서구에 온 일본 기업은 조직을 가져왔다. 그런데 한국이 서구에 가져온 것은 무엇인가, 싸구려 자본, 부정과 부패의 소득물인 싸구려 자본 이외에 무엇을 가져왔는가 하고 묻고 있다. 이러한 논평이 반드시 정당한 것이라고 할 수는 없다. 그러나 (모든 국가의 경쟁적 이익 추구도 궁극적으로 커다란 문제를 가진 것이라고 하여야겠지만) 앞으로 세계에서 우리가 살아가기 위하여 내놓아야 할 것은 장인의 솜씨로 만든 물건 또는 새롭고 유익한 기술적 공헌과 같은 것이다. 또 우리가 원하는 것이 그 안에서 스스로 행복하고 다른 나라 사람들이 선망하고 배우고자 하는 좋은 나라를 만드는 것이라고 한다면, 과학이나 문화의 창조 없이 그러한 나라가 될 수는 없는 일이다. 이러한 것이란 자기 일이 좋아서 그 일에 열중하는 사람, 자기의 꿈에 도취한 사람 그리고 자신의 작은 삶에서 행복을 느끼는 사람들이 만들어 내는 것들이다. 이것은 이번의 경제 위기에 책임을 져야 할 사람들에게도 해당시킬 수 있는 말이다.

사람들이 스스로의 일에 보람을 느끼고 그것에 최선을 다했다면, 그 최선을 다하는 것이 최고의 경험이 되고 행복의 원천이 되었다면, 경제가 이렇게 꼬이지 아니하였을지도 모른다. 제사보다 젯밥에 정신이 쏠려 있는 사람들이 제사를 잘 모실 수는 없다. 사람 사는 데에 권력과 부와 지위가 없을 수가 없고 그것이 일의 보상의 자리에서 완전히 후퇴하는 것을 바랄 수는 없지만, 그것이 절대적인 필요가 될 때 온전하게 되는 일은 아무것도 없을 것이다. 그것은 일상적인 삶의 질서를 파괴하고, 경제를 파괴하고, 불신과 부패와 부정의 왕국을 재래(再來)하게 할 것에 틀림이 없다. 경제와 정치를 바른 궤도에 올려놓기 위하여 도덕이 회복되어야 한다면, 그것은 단순히 애국심이나 민족주의나 도덕적 엄숙주의의 회복을 뜻하는 것이 아니라 작은 삶의 행복을 뜻하는 것이어야 한다. 이 행복의 질서가 도덕의 질서이고, 도덕의 질서가 행복의 질서이다.

**4**

물론 그 역도 진리이다. 작은 일상성의 질서가 현실의 근본이라고 하여도 지금은 전체적인 진리가 문제되는 시기라고 할 수 있다. 경기의 틀을 결정하는 기본적인 규칙이 끊임없이 문제될 때 제대로 된 경기가 진행될 수 없다는 것은 앞의 심리학자가 잘 끌어내는 비유이다. 그러나 어떤 경우에 그것을 문제 삼고 새로 설정할 수밖에 없고, 그런 경우에 하나의 역할을 맡는 것이 도덕적 정열이다. 그러나 그것은 다른 현실의 일부가 됨으로써 제대로 된 역할을 한다.

최고의 경험을 위한 조건의 하나는 구조적으로 분명한 작은 범위의 환경이다. 이것은 가장 간단하게는 작업 환경의 적절성을 말하는 것이다. 그러나 상자 속에 상자가 있는 것처럼, 작업 환경은 직장 전체의 환경, 생활 환경, 사회 전체의 환경에 의하여 적절하게 뒷받침됨으로써 비로소 적절한 것이 된다. 이것은 한편으로는 물리적 환경, 즉 집과 동네와 거리와 거리를 연결하는 교통망과 직장과 기타 적절한 도시 환경과 그것을 넘어가는 자연환경을 포함한다. 또 이것을 가능하게 하는 사회 제도와 제도의 적절한 운영을 말한다. 그리고 다른 한편으로 그것은 물리적 환경과 제도 속에서 살고 활동하는 사람의 마음을 말한다. 이 심리적 환경을 총체적으로 규정하는 마음의 태도를 우리는, 장 폴랑(Jean Paulhan)의 구절을 빌려 "세계에 대한 믿음"이라고 할 수 있다. 행복하고 자유롭고 창의적이며 동시에 사회적으로 충실한 삶은 이 믿음을 필요로 한다. 이 믿음의 형성은 많은 경제적·정치적·사회적·문화적 업적들의 역사적 퇴적과 균형으로 가능해지는 것일 것이다.

하루아침에 분발하는 애국심이나 민족주의의 열정이 깊은 의미에서 우리의 삶과 세계에 대한 신뢰에 기여하는 것이 없다고 할 수는 없다. 그러나 세계에 대한 신뢰는 보다 고양된 순간 그리고 보다 어려운 순간의 정신적 자원으로써 일깨워질 수 있는 것이기는 하면서도, 그날그날의 삶의 질서에 배어 있는 것이 되어서 비로소 참으로 현실적인 것이 될 것이다. 그것은 무엇보다도 생활의 물리적 환경과 제도와 일상적 심리와 태도에 들어 있어야 한다. 그것은 최선의 상태에서 현실 이외의 다른 것이 아니다. 이렇게 말하는 것은 그것을 조금 신비적으로 말하는 것이지만, 사실 그것은 극히 단순하고 명백한 것이기도 하다. 가게에 가면 살 수 있는 일용품이 있고, 시간에 맞추어서 버스를 탈 수 있고, 내 이웃이 또 낯선 사람까지도 나를 향하여 미소하는 것이 자연스러운 일이 되고, 일을 하면 밥을 먹을 수 있고, 이러한 것들이 우리 세상에 대한 신뢰의 일부를 이루는 것이 아니고 무엇이겠는가? 별 생각 없이 가게에 가고, 버스를 타러 가고, 직장에 가고 이러한 것이 그것이 거기에 있으리라는 믿음이 없이 가능한 일인가? 그러나 우리에게 이러한 믿음이 있는가? 그러한 믿음이 허용되는 현실 질서가 있는가? 우리는 제대로 된 물건을 제값으로 살 수 있다고 믿는가? 버스를 시간에 맞춰 초조하게 서두르지 않고 탈 수 있는가? 직장에서 보람을 느끼며 일할 수 있는가? 내가 반쯤 잠에 취한 듯 꿈에 취한 듯 내 일에 열중한다고 나의 직장이 보장될 수 있는가? 다만 이러한 문제의 해결은 나의 좁은 세계 안에서만은 이루어질 수 없다. 그것은 사회 전체가 그렇게 됨으로써만 해결될 수 있다. 우리의 경제와 정치가 믿을 만한 것이고, 경제와 정치를 움직이는 사람들이 믿을 만한 사람들이어야 나는 나의 좁은 세계에서 조는 듯이 나의 일에 열중하며 살 수가 있을 것이다.

'세계에 대한 믿음'의 표현으로서의 사회, 이것은 어떻게 하여 성립하는가? 간단한 답변이 있을 수는 없다. 그러나 부정부패가 없는 사회, 생활 질서로서의 도덕이 있는 사회가 그러한 사회에 한발 가까이 가는 것임은 틀림이 없다. 그리고 그것이 좋은 사회의 문제를 생각하는 데에 쉬운 손잡이가 되는 것임도 분명하다. 도덕이란 인간성에 자연스러운 것이다. 그렇지 않고서야 그것이 그렇게 문제될 수가 없다. 그러니만큼 그것은 인간 행복의 한 요인이다. 그러나 그러한 궁극적인 문제를 떠나서 상기하여야 할 것은 그것이 사회가 움직이는 데에 필요 불가결한 현실 원리라는 것이다. 되풀이하건대 이번의 경제 위기가 분명하게 해 주는 것의 하나가 바로 이 것이다.

이번의 위기에서 외국의 비판과 요구의 대상이 되고 있는 것이 투명성이라는 것은 앞에서 말한 바와 같다. 우리 경제 운영이 투명하지 않았고 앞으로 투명해져야 한다는 것이다. 물론 이것은, 완전히 같은 뜻의 말은 아니지만 부정과 부패를 없애야 한다는 말이기도 하다. 무엇이 경제를 투명하게 하고 세계를 투명하게 하는가? 참으로 세계가 투명한 것이 될 수 있는가? 투명한 세계란 법칙적인 세계일 것이다. 알 만한 세계, 예측할 수 있는 세계, 나의 기획을 끼워 넣을 수 있는 세계가 투명한 세계이다. 과학적 진리의 특징은 흔히 그 우아함에 있다고 말하여진다. 우아함은 형태적·논리적 단순성 그리고 완결성을 말한다. 이것의 또 다른 특징은 투명성이라고 할 수도 있다. 그것은 단순한 법칙에 포함되지 않은, 그 관점에서 시야가 트이지 않는 것은 아무것도 가지고 있지 아니한 것이다. 사람의 세계에서 투명성은 공평성이나 규범의 보편성을 포함한다. 공평하고 보편적일 때 무엇을 감출 것인가. 이러한 원칙이 내면 속에서 움직이고 있는 것이 도덕의 원칙이다. 이러한 도덕적 원칙이 사람의 세계를 과학 세계의 투명성에 가까이 가게 한다. 하늘에 별이 있고 마음속에 양심이 있다는 말은 사람의 도덕적 감각이 투명한 현실을 창조해 낼 수 있는 힘을 가지고 있다는 것을 말하는 것이다.

IMF를 비롯한 국제 자본주의가 원하는 투명성은, 되풀이하여 말하건대 공평하기보다는 편파적이고, 보편적이기보다는 특수하고, 궁극적으로 과학적이기보다는 힘의 원리의 수락을 요구하는 투명성의 명분에 지나지 않는 것인지 모른다. 그러나 그것과 다른 의미의 것일망정 우리에게 도덕적·현실적 투명성이 요구되는 것임은 틀림이 없다. 국가의 정치적·경제적 운영에서 부패와 부정 그리고 억지가 없어져야 하는 것은 너무나 당연하다. 한보 비리로부터 시작하여 드러나기 시작한 부정과 부실 또는 더 소급하여 성수대교나 삼풍백화점 붕괴 등의 부정과 부실, 전직 대통령들의 엄청난 자금 축적, 이러한 것들이 오늘의 위기로 이어진 것임은 의심할 수 없는 일이다. 또 다른 면을 말하여 개인적 행복과, 궁극적으로는 사회적 번영의 조건의 하나가 최고의 경험이라고 하고 그것의 실현이 한정된 범위의 구조화된 환경을 필요로 한다면, 도덕적 질서가 이러한 환경의 한 원리가 되는 것임은 틀림이 없다. 그러면서 도덕은 여러 가지 문제를 풀어 나가는 데에 쉬운 정책의 실마리를 제공해 준다. 즉 그것은 정책화할 수 있는 과제인 것이다. 새로운 대통령이 가장 간단하게, 가장 철저하게 할 수 있는 일의 하나는 모든 경제와 정치의 운영에서 철저한 투명성을 확보하는 일이다. 이것은 인식과 결의의 철저함만 있다면 시행하기가 어렵지 않은 일이다. 그러면서 모든 일은 시작된다. 그것은 밤낮으로 도덕적 설교를 들어야 하는 사회가 아니라 그 현실 질서, 개인의 행복과 사회적 번영과 위대성을 현실화할 수 있는 질서를 구축하는 일이다.

# 합리성

도덕과 합리성의 질서

## 1

오늘의 이 시점이 하나의 위기를 이룬다는 생각이 퍼져 있다. 이 생각이 틀린 것은 아니겠지만, 오늘의 위기가 평지에 일어난 갑작스러운 큰 바람이라고 할 수는 없다. 분명 사회와 집단의 운명에 위기가 있고 평상시가 있지만, 위기는 평상시의 누적된 원인들이 어떤 계기로 인하여 위험스러운 결합을 일으키는 것을 나타낼 뿐이다. 따라서 위기의 극복에도 하나의 명쾌한 방안이 있을 수 없다.

위기는 그 여러 원인들을 뒤돌아보게 한다. 이 반성적 검토는 필요한 것이면서도 그것 자체가 위기의식을 강화하는 면도 가지고 있다. 사람의 생각은 현실을 그것보다 간단한 도식으로 대체하려는 노력이다. 그것은 현실을 위계적 구조로 정리하고, 구조의 위계적 핵심에서 현실을 쉽게 파악하거나 움직일 수 있게 하는 지렛대를 찾으려 한다. 위기의 사고는 어느 때보다도 하나의 원인에 의하여 현실을 구조적 전체로 환원하는 경향을 갖는다. 분명한 사고가 필요한 것은 틀림이 없지만 생각의 전체성에 대하여 현실의 다양성을 잊지 않는 것도 중요한 일이다. 현실은 구조와 제도에 붙잡히지 않는 수많은 우연적 실천과 그것의 역사적 누적을 포함하고 있다. 다만 역설적으로 사고에 거두어들여지지 않는 현실도 그러한 것으로 사고 속에 파악되어야 할 필요는 있다. 그리하여 생각의 질서는 반드시 포괄적 현실에 모순되는 것은 아니다.

## 2

최근의 경제 위기와 관련해서 그것은 경제의 위기이면서 동시에 도덕의 위기라는 점이 많이 지적되는 것으로 보인다. 경제의 위기에 부정부패가 관계되어 있고, 근본적으로 우리 사회의 도덕성이 문제인 것은 틀림이 없다. 그러나 다른 한편으로 경제에 문제가 있는데, 그 원인이 경제가 아니라 다른 영역에서 발견된다고 하는 것은 이치에 맞는 일이 아니다. 이것은 일단 강조될 필요가 있다. 사실의 세계와 도덕의 세계를 가르지 않는 생각의 양식은 그 나름으로 장점을 가진 것이지만 동시에 현실을 더 이해하기 어렵게도 한다.

경제가 인간 활동의 일부이고 도덕과 윤리가 인간 활동의 내적 동기의 중요한 일부가 된다는 점에서, 도덕이 경제에 관계되지 않는다고 할 수는 없다. 경제학은 경제 인간의 경제적 동기에 의하여 이루어지는 인간 활동이 경제라고 한다. 이 기본 가설에도 불구하고 어떤 도덕적 관점이 여기에 영향을 미칠 수 있다는 것을 부정할 수는 없다. 도덕은 삶에 일정한 법칙성을 부여하는 것이라고 할 수 있는데, 이것은 개인의 삶에서보다도 사회생활에서 큰 의미를 갖는 것이다. 사람과 사람 사이의 상호 관계를 규정하는 규범이 없이 여러 사람이 편하게 어울려 사는 사회가 성립할 수는 없다. 경제 활동이 사회 공간에서 이루어진다는 점에서 경제는 도덕에 관계된다. 도덕 질서를 포함한 규범적 질서가 없이는 경제 활동도 제대로 영위되기 어려울 것이다. 현대의 사회 과학은 인간의 행동을 인간의 내면이라는 미지수를 제거한 외적인 원인으로 설명하려 하고, 거기에서 나오는 사회 정책들은 절로 외적인 요인들의 억제력과 강제력 또는 법칙성에 의하여 인간의 행동을 조정하고자 한다. 그러나 도덕적 규칙 없이 외면적 유인이나 억제력만으로 인간 행동의 법칙성 또는 규범성이 보장될 수 있다고 하는 것은 자발적 존재로서의 인간의 현실을 도외시한 것이다. 그런 점에서 이번의 경제 위기를 포함한 사회 위기에 도덕이 문제가 되는 것은 정당한 것일 것이다. 그러나 도덕이 직접적인 원인의 위치에 있는 것은 아니다.


## 3

경제의 효율적 작용이 인간의 사회 행동에서 일정한 규범성을 요구하는 것은 사실이지만, 이 규범성은 도덕성을 의미하기보다는 합리성을 말한다. 이 합리성은 오늘의 삶의 행동을 조절하는 외적인 기구인 정치, 행정 그리고 법률 제도에 구현되는 것이라야 한다. 물론 합리성 또는 합리성의 여러 제도는 그것만으로 현실의 원리와 기구가 될 수는 없다. 그것은 합리성의 문화에 의하여 뒷받침되어야 한다. 문화라고 하는 것은 그것이 제도적 표현을 가진 것이면서도 분명하게 의식되지 않는 사회적 습관으로, 또 사람들의 마음의 내면의 원리로 작용하여야 한다는 뜻에서이다. 그러니만큼 그것은 도덕의 경우와 비슷하게 내면적 결단의 계기를 가지고 있다. 또 그것은 궁극적으로는 삶에 대한 일정한 도덕적 판단에서 나오는 것이다. 그러나 합리성이 도덕과 일치하는 것은 아니다. 그것은 사실의 원리이고 어떠한 상황 안에서의 사실과 사실의 정합성의 원리이다. 여기에서 정합성은 실제적인 차원에서의 능률성과 불가분의 관계에 있다. 합리성이 가치 중립적이며 도구적 성격을 가질 수 있다는 것은 많이 이야기된 바가 있다.

그런데 합리성은 어떤 점에서는 도덕과 모순 관계에 있다고 할 수도 있다. 그것은 역사적 사실이 말하여 준다. 합리성의 진전은 사회의 지배 원리로서 도덕이나 윤리가 쇠퇴하는 것을 의미할 수 있다. 이것이 주로 서양사로부터 나오는 관찰이지만 우리에게도 해당되는 것이라고 한다면, 오늘의 경제 위기에 대한 도덕적 반응은 어떤 각도에서는 사태를 바로 짚은 것이 전혀 아니다.

도덕과 합리성의 문제는 우리를 현대사의 핵심적 주제로 이끌어 간다. 근대화가 우리 현대사의 한 커다란 주제인 것은 틀림이 없다. 서양사의 경험에 비추어 볼 때 근대화는 제도와 문화의 관점에서 합리성의 진전을 의미하는 것이고, 그것은 도덕적 원칙에 의한 사회적 삶의 조직화를 다른 원리로 개편한다는 것을 의미한다. 다른 한편으로 도덕과 윤리가 인간 삶의 근본이라는 것은 우리가 직관적으로 가지고 있는, 그리고 결국은 현실적으로 중요한 통찰의 하나이다. 생각해 보아야 할 것은 아마 합리성과 도덕의 관계가 성급한 도덕 지상주의나 도덕적 이데올로기가 시사하는 것보다는 복잡하다는 사실일 것이다.

## 4

동서양이 서로 부딪치는 초기 단계에서 흔히 말하여진 통속적인 대비의 공식은 동양은 정신, 서양은 물질이라는 것이었다. 흔히 단순한 상투형들이 그러하듯이 이것은 틀린 것이라고만은 할 수 없는 진리를 가지고 있다. 동양 전통에서 정치의 질서가 도덕적 관점을 떠나서 생각될 수 없었던 데 대하여, 서양의 근대성의 한 동기가 종교는 물론 도덕적 관점으로부터도 분리된 현실적 질서의 수립에 있었다는 사실은 이러한 공식에 맞아 들어가는 것이라고 할 수 있다. 이것은 물론 역사를 그 지배적 이념의 관점에서 단순화하여 말하는 것이고, 복잡한 역사의 사실들을 모두 포용하여 말하는 것은 아니다. 그러나 단순화의 문제점은 사실의 단순화보다도 우리 사고의 단순화에 있다고 할 수 있다. 우리는 도덕에 기초한 정치의 이념과 이 이념을 위한 실천의 노력이 반드시 그것을 현실로 구현해 주는 것이 아니라는 것을 간과한다. 종교와 정치의 분리는 서양에 있어서 근대 정치 발전의 주요한 주제의 하나였다. 이것은 역사의 사실이면서 또 추구된 이상이었다. 종교와 정치의 분리는 세속화 흐름의 강화를 나타내는 것이기 때문에 현실 정치의 타락을 나타내는 듯하지만, 동시에 종교 관점에서도 종교의 현실 개입이 종교 자체의 타락을 가져온다는 우려를 표현한 것이었다. 대체로 황제와 법황을 한 몸에 모으는 정교 일치주의(caesaropapism)의 폐단은 서양 근대 정치사상에서 흔히 지적되는 일이고, 또 그것의 방지를 위한 장치는 근대 민주주의 제도의 필수 사항이 되었다. 우리 사회에서 도덕주의의 경과를 보면 정치와 도덕의 일치도 비슷한 폐단을 가져오는 것이 아닌가 하는 생각을 하게 한다.

많은 인간의 이상과 이념들이 그러한 것처럼 도덕도 사람의 삶을 북돋아 주는 것이면서 동시에 그것을 억제하고 비뚤어지게 하는 것일 수 있다. 도덕은 제약의 원리이다. 그러한 의미에서 그것은 자유의 원리에 반대된다. 도덕 철학자들이 설득하려 하는 것은 도덕적 제약의 수락이 곧 진정한 자유의 실현이 된다는 것이다. 그러나 이러한 일치는 자율적인 개체에 의하여 지각되는 경우에만 가능하다. 제도적으로 부과되는 도덕과 윤리는 이 자율적 계기를 부정함으로써 스스로를 부정한다. 그것은 쉽게 제도를 지배하는 힘에 봉사하는 수단이 된다. 제도화되지 않더라도 정치라는 힘의 각축장에 등장하는 도덕은 정치적 전략의 일부를 이룬다. 이것은 사사로운 관계에서도 마찬가지이다. 도덕적 수사가 유일한 사회관계의 언어가 된 세계에서, 도덕은 쉽게 사회적으로나 개인적으로나 지배 의지의 한 표현이 된다.

어떤 경우나 밖으로부터 강요되는 도덕이란 자가당착에 빠지게 마련이지만, 그런 경우 도덕의 수단화는 거의 필연적인 것이 된다. 우리에게 도덕을 요구하는 사람이나 제도가 자신이나 우리의 도덕적 완성을 목표로 하는 것일까? 반드시 음험한 동기가 개재된다는 말이 아니다. 우리 사회에 공통된 동기가 있고 공통된 정치적 목표가 있다면, 그것은 경제적 부의 증대 또는 만족할 만한 현실적인 삶의 성취일 것이다. 이러한 개인적 삶과 사회적 삶의 기본적 동기에 비추어 도덕적 수사는 여기에 복무할 뿐이다. 필요한 도덕이나 윤리가 있다면, 그것은 개인 생활과 사회생활의 동기를 적절하게 실현해 주는 한도에서의, 다시 말하여 능률적인 경제 질서, 더 광범위하게는 합리적 사회 질서의 수립과 유지에 필요한 한도에서의 도덕과 윤리이다. 이것이 솔직하게 인정되지 아니하는 경우 도덕은 사회의 근본적 지향과의 모순으로 하여 위선이나 나쁜 믿음의 수사로 전락한다.

물론 모든 사람이 도덕이든 현실의 이익이든 다 같은 동기에 의하여 움직인다고 말할 수는 없다. 우리 사회의 경우 도덕적 수사를 통한 현실 이익의 추구가 놀랍게도 많은 사람들의 행동에 지배적인 동기가 되는 것이 사실이지만, 동기의 다양성을 인정할 때 사회 질서 이념의 탈도덕화는 더 절실하다. 서양 사회에서 현대적 사회 질서의 발달은 도덕 가치의 다원성의 인정에 깊이 관계되어 있다. 다원적 가치의 세계에서 종교적 또는 윤리적 주장은 갈등과 분규의 원인이 되기 쉽다. 공공 질서의 윤리를 제외한, 여타의 윤리적·도덕적 요구의 후퇴는 사회 평화를 유지하는 데에 불가피한 것이었다. 그리하여 현대 국가 또는 현대적 민주 국가의 기본적인 질서는 특정한 도덕적·윤리적 가치를 구현하는 것이라기보다는 여러 상충하는 이해관계, 가치의 이해관계를 포함하는 이해관계의 조정에 만족할 수밖에 없는 것이 되었다.

## 5

경제적 부에 대한 관심 그리고 현실적 삶의 이익만을 지향 목표로 하여 성립하는 정치 질서가 참으로 만족할 만한 삶의 질서가 될 수 있는가, 또는 사회와 정치의 관심이 그러한 기능에만 한정될 때 그러한 기능 그것도 제대로 발휘될 수 있는가 하는 질문이 심각한 질문인 것은 틀림이 없다. 탈가치 체제로서의 서양 여러 사회가 드러내는 문제점, 즉 계속되는 사회적 갈등, 소외와 아노미, 인간의 자연과 전체 환경에 대한 왜곡된 관계 등의 문제점들은 이미 여기에 대한 답변이 되어 있다.

그러나 나는 정치와 사회 질서의 탈도덕화는 사회의 현실 이익보다는 진정한 도덕을 위해서 필요하다고 생각한다. 오늘의 상황은 모든 도덕을 왜곡하고 지배 의지의 시녀로 전락하게 한다. 그리하여 도덕은 권력 의지로부터 분리됨으로써 비로소 독자적인 영역으로 돌아갈 수 있는 것으로 생각되는 것이다. 오늘의 정치와 정책 학문의 관심은 전적으로 필연성의 기교의 개발에 있다. 도덕은 설득과 토의와 깨우침의 과정으로만 형성되는 자유의 영역 또는 적어도 비공식적 영역에서만 존립한다.

도덕 없는 정치가 살 만한 정치가 된다는 것은 아니다. 다만 그것은 서로 분리되어 있으면서 여러 복합적 매개를 통하여 연결되어야 하는 것이 아닌가 한다. 도덕주의적 전통 속에서 이것은 특히 필요한 것으로 보인다. 정치는 현실적 조정의 기구로서 수단의 문제에 스스로를 한정할 필요가 있다. 여기에서 중요한 것은 합리적 사고이다. 다른 한편으로 정치가 수단이라는 것은 그것이 목적에 결부되지 아니할 수 없다는 것을 말한다. 도덕은 목적으로서 정치에 투입된다. 그러나 이 목적은 공동체의 도덕적 생활자체, 그 문화적 총체이다. 그리고 그것은 정치 기구를 통하여 정치에 투입되고 정치를 구성하는 것이 아니라, 하버마스가 공공 영역이라고 부르는 느슨한 토의의 장을 통하여 정치에 영향을 미친다.(하버마스는 이 영역의 정치적 효율성을 회의적으로 말한 일이 있지만, 최근에 와서 다시 그것의 역할에 희망을 거는 것으로 보인다.)

공동체의 도덕적 생활이 토의의 대상이 된다는 것은 이미 그 내용에 제약을 가한다. 그 도덕과 윤리는 다소간에 합리적인 것이 될 수밖에 없는 것이다. 물론 합리적 토의에는 합리성 속에 모든 가치가 수렴될 수 없다는 것도 포함될 수 있다. 이 조건하에서 가능한 도덕은 수단으로서의 합리성에도 연결되는 것이다. 사실 사회적 삶의 조정 수단으로서 합리성은 가치를 떠나서 이루어지는 것이면서도 가치 선택을 나타내고 있는 것이다. 그것은 다원적 가치를 추구하는 삶의 양식의 공존과 또 가치 선택을 초월한 삶의 긍정을 전제한다. 이성적 토의 속에서 선택될 수 있는 도덕적 가치도 이러한 긍정을 수락하는 것일 것이다. 그러한 의미에서 사실 단순한 합리성의 사회 질서는 잠재적으로 도덕적 의미를 가진 것이다. 여기에 이어지는 도덕은 합리적 도덕 또는 적어도 합리성의 절차에 동의하는 보편성의 도덕일 가능성이 크다. 물론 다시 말하여 이것이 인간의 도덕 생활의 전부를 이루는 것은 아니다. 다만 그것은 공적 제도의 일부로서의 도덕을 넘어가는 삶의 내용이다. 참으로 의미 있는 삶의 내용이 형식화된 제도 속에 한정되어 존재하는 것이 아니라는 것은 정치적·경제적 공공 영역의 경우에도 마찬가지이다. 공공 영역에서의 도덕은 제도의 합리성을 확보하는 기본 조건으로서만 의미를 가지고, 거기에 제한되는 것일 수밖에 없다.

그러나 이러한 제약은 다시 한 번 이러한 주제들의 현실적 전개가 쉽지 아니함을 말하여 준다. 합리성과 이성적 도덕과 윤리가 선택의 문제라면 무엇이 이러한 선택을 가능하게 하는가? 이 선택은 이성적 문화의 성립을 전제로 한다. 우리의 사회 철학의 근본적 패러다임은 도덕주의적이다. 이 성적 문화는 이 역사적 패러다임의 전환을 요구한다. 이 전환은 단순한 전환이 아니라 새로운 변증법적 통합을 가져올 것이다. 이러한 과정이 한 점의 선택의 문제가 아님은 말할 것도 없다. 최근의 경제 위기는 조금 우원(迂遠)한 대로 우리 사회의 자기 이해를 혼란케 하는 이러한 근본적 테두리의 문제를 생각하게 한다.

# 삶의 공간 1

실존적 도덕

## 1

작년 늦은 가을부터 시작하여 표면에 드러나기 시작한 한국의 경제 위기는 다시 한 번 우리가 발 딛고 살고 있는 세계가 얼마나 튼튼하지 못한가를 생각하게 한다. 어쩌면 사람 사는 일에 튼튼한 터가 있다고 생각하는 것이 잘못일 것이다. 지진이 나고, 홍수가 나고, 눈과 얼음과 바람에 덮여 살길이 끊기고 하는 일이 쉼이 없다. 지구의 온난화로 하여 북극의 얼음이 녹고, 그것으로 하여 해안의 도시들이 물에 잠기게 될 수 있고, 태평양의 바닷물이 지나치게 더워져 홍수와 한발을 일으키고, 대서양의 멕시코 만류의 이상 진로는 영국과 같은 북서부 유럽을 오늘날의 북극 지방과 같은 한대가 되게 할지도 모른다고 한다. 자연의 일에 비하여 사람의 일은 더욱 어지럽고 무상하다. 멕시코에서 무고한 촌민들이 학살되고, 알제리에서는 영화관에 난입한 이슬람주의 게릴라들이 모스크가 아니라 영화관에 가 있는 촌민 백여 명을 사살하였다고 뉴스가 전한다. 전하지 않는 뉴스는 얼마

인지.

지질학자에 의하면 오늘의 시점은 지구의 긴 격동의 역사에서 극히 짧은 한순간의 소강을 나타내는 것이라고 한다. 지구의 수십억 년의 역사에서 이 잠깐의 소강상태의 순간에 고작해야 만 년을 넘어가지 못하는 인간 문명의 역사가 태어났다. 자연으로부터 문명이 벗어져 나오기 시작한 것 자체가 혼란의 시작이라고 할 수도 있지만, 오늘에 와서 그것은 사람이 삶을 영위하는 테두리가 되었다. 문명은 사람 사는 일에 일정한 안정된 형태를 부여하였다. 또는 사람들은 그렇다고 생각하고자 한다. 문명도 역사적으로 변해 간다. 그것은 문명이나 역사가 질서와 혼란의 역설적인 조합이라는 것을 말한다고 할 수도 있겠는데, 사람들은 역사가 일정한 형태를 가진 것이라고, 또 어떤 경우는 법칙적인 형태를 가진 것이라고 생각하기를 원한다. 그러나 그것이 맞든 아니 맞든 확실한 것은 어떤 안정된 질서가 없이는 사람이 제대로 살아갈 수 없다는 것이다. 그리하여 사람들은 살 만한 질서를 만들 수 있다고 생각한다.

살 만한 삶의 질서를 만들더라도, 문제는 범위를 어떻게 정하느냐에 따라 상당히 달라진다. 전통적으로 어지러운 세상에서 안정을 찾는 방법의 하나는 마음을 가다듬는 것이다. 마음 하나가 바로 있으면 모든 것이 바로 있는 것이다. 중국 송 대에 수양을 많이 한 선비 하나가 배를 탔는데 폭풍이 심하게 불었다. 모든 사람이 심히 당황하여 갈팡질팡하는 가운데, 그는 마음을 가다듬고 조용히 앉아 동요를 보이지 아니하려고 노력하였다. 그러던 중 뱃사공을 보니, 그는 폭풍우에 아랑곳없이 늘어지게 잠을 자고 있는 것이었다. 이것을 보고 선비는 자신의 수양이 부족함을 새삼스럽게 깨달았다는 것이다. 이러한 이야기는 안정된 질서의 범위를 삶의 마음가짐이나 태도에 한정하는 것이 삶의 질서의 한 단서가 됨을 말한 것이다. 그러나 이러한 이야기의 더 큰 교훈은 안정을 추구하는 마음의 포기야말로 안정된 질서의 바탕이라는 것이다. 모든 것은 마음 가지기 나름이다.

그러나 도사나 선비의 마음이 사는 일의 일반적인 안정에 중심 원리가 되기는 어렵다. 보통 사람의 삶에서 삶의 안정은 대체로 먹고사는 일을 중심으로 생각된다. 그러나 여기에 정신의 자세가 무의미한 것은 아니다. 앞에 든 송 대 유학자의 것과 비슷한 가르침은 여러 금욕주의 인생철학에서 말하는 것이기도 하다. 보통 사람에게도 욕심을 줄이고 또 세상의 번거로운 이해관계로부터 물러나서 나물 먹고 물 마시고 팔베개를 베고 자는 그러한 생활을 하는 일이 불가능한 것은 아니다.

그러나 보통 사람의 금욕주의란 특히 욕심을 줄이거나 마음의 수도를 지향하려는 것보다도 세상에서 가능한 것과 욕심 사이에 적당한 균형을 유지하려는 데에서 생겨난다. 우리가 원하는 것이 가령 먹을 것과 입는 것이라고 하고, 우리의 금전적 능력 또는 생산 능력이 한정된 것이라고 한다면, 먹을 것을 입을 것에 우선하게 하고 옷의 금욕주의를 실행하는 도리밖에 없다. 다른 경우에도 우리가 원하는 것을 현실의 여건에 맞게 조정하는 것은 당연한 일이다. 그러나 이 원하는 것에 어떤 도덕적 질서, 선험적 규칙이 있는 것은 아니다. 옷을 원하는 것은 그 자체로 잘못이랄 수 없다. 먹을 것이 있는데도 계속 먹을 것만을 찾는 것이 바른 일은 아니다. 또는 어느 경우에는 먹을 것이 없어도 옷이 절실한 것이 될 수도 있다. 그것은 추위와 같은 외적 요인으로 그럴 수도 있고, 단순히 마음속에 일어나는 강박으로 그러할 수도 있다. 굶어 죽더라도 옷을 입어야겠다는 사람이 있다면 말려야 할 절대적인 이유는 없다. 할 수 있는 일이란 그 이외의 선택 가능성이 있음을 상기케 하는 정도일 뿐이다. 밥보다는 옷을 택하는 것은 반생명적이라고 말할 수는 있다. 그것은 생명의 중요성을 절대적인 명령으로 받아들이고, 또 그것이 현실적 조건을 가지고 있음을 인정하는 것이다. 이 관점에서 현실의 여건과 우리의 필요와 욕망은 적절하게 조절되어야 하는 것이 된다.

상식적이고 현실주의적인 입장에서 욕구와 현실을 조종하여야 할 필요를 받아들인다 하여도 그것이 용이할 수는 없다. 먹는 것과 입는 것에 주거를 추가하고, 또 여기에 달리 충족을 요구하는 여러 필요와 욕망을 추가하여야 한다. 사람의 욕구는 단순히 기본적인 의미에서 살아가는 것으로부터 보다 잘사는 것으로 뻗으며, 역사의 상황에 따라서 무한히 다른 모양으로 변형된다. 그리하여 이와 더불어 이 충족을 위한 생산과 분배의 작업, 여러 욕구들의 사회적 집합이 만들어 내는 계층과 사회 정의의 균형, 그것이 현실에 대하여 가하는 압력, 최근에 점점 분명해지는 것으로 환경적 한계를 생각해야 한다.

전통적으로 어느 사회에나 인간의 욕구와 현실의 균형 문제에 대한 일정한 생각이 있다. 이 생각은 대체로 모두 다 인간의 욕망의 억제를 전제 조건으로 한다.(물론 이 억제는 실제에 있어서 일부 사람들의 경우에만 해당하는 것이라고 할 수 있는데, 그러면서도 그것은 일반적인 것으로 말하여진다.) 여기에 대하여 서양의 현대가 만들어 낸 유토피아적 계획은 그러한 억제가 없이도 삶의 안정된 질서가 가능하다고 말한다. 물론 중간 과정으로 어떤 욕구의 충족을 연기하는 것은 불가피하나, 그것이 본질적으로 억제되어야 할 것이기에 그러한 것은 아니라고 이야기하는 것이다. 다만 미래를 위한 중간 조정이 필요할 뿐이다. 이러한 조정의 총체적인 계획의 가장 두드러진 것이 사회주의적 유토피아이다. 그러나 개인적인 노력들이 '보이지 않는 손'에 의하여 하나의 보다 나은 사회 질서로 수렴된다는 형태로, 자본주의의 이데올로기에도 그러한 이념은 들어 있다.

이러한 유토피아는 두 가지 전제를 가지고 있다. 서양의 현대적인 발전에서 가장 중요한 원리는 합리성이다. 여기에서 두 가지 전제라고 하는 것은 이 합리성에서 나오는 두 가지 추론을 지적하여 말하는 것이다. 그 하나는 현실의 전체화이다. 이것은 합리적인 연결 원리를 확대함으로써 이루어진다. 인간의 욕구와 그 충족 사이의 조정을 어렵게 하는 불합리한 현실은 합리화될 필요가 있다. 현대적 생산 체제하에서 사회 여러 부분은 밀접한 상호 연계 속에 있다. 따라서 합리화는 사회 전체의 합리화를 의미할 수밖에 없다. 이것은 개인적 차원에서도 그러하고 사회 전체의 차원에서도 그러하다. 다른 한편으로 합리화는 사회의 생산력을 확정하는 기본이 된다. 사회의 전체화는 그 경제적 수단의 관점에서나 규모의 이점의 관점에서나 여러 가지로 생산력의 확장과 병행하는 현상이다. 특히 이러한 확장은 자본주의적 발전에서 중요하다. 자본주의는 계속적인 성장이 없이는 붕괴한다. 그것은 마르크스가 말하듯이 계속적으로 줄어드는 경향을 가진 이윤의 보장을 위하여서도 필요하지만, 사실 사회적 불균형에서 오는 문제들을 풀어 나가는 방법이기도 하다. 케네디 대통령의, 항구에 물이 들어오면 큰 배나 작은 배나 다 같이 뜨게 마련이라는 말은 이것을 비유적으로 적절하게 표현한 것이다. 그러나 마르크스에게도 물질 생산력의 증대가 궁핍에서 오는 억압 관계를 해결해 줄 것이라는 생각은 들어 있다. 사회관계의 합리화와 생산력의 증대, 이것이 궁극적으로 사회 전체의 삶의 문제를 해결해 주는 것으로 생각하는 것이다.

오늘날 산업 발전에 의존하는 인간 삶의 발전은 전적으로 자본주의의 길을 택하는 도리밖에 없는 것으로 보인다. 다만 그것은 사회주의와 공산주의의 경쟁이 사라짐으로써 사회 전체의 합리화가 사회의 균등화를 필수로 하고 더 나아가 공동체적 일체성의 실현으로써 역사적 의미를 얻는다는 점은 잊어버린 것으로 보인다. 오늘의 국제 자본주의는 서구 합리주의의 확대 과정으로서 삶의 총체적인 합리화 과정의 일부라고 볼 수 있다. 그 철학은(거기에 철학이 있다고 한다면) 자본주의적 경쟁을 위한 경기장의 자유를 방해하는 모든 불합리의 장애물을 제거하면, 그것이 궁극적으로는 모든 사람들에게 이익을 가져올 것이라고 생각한다. 그것이 있을 수 있는 생각이라고 하더라도, 그 철학이 고려하지 않는 것은 이러한 합리화가 중간 단계의 과정과 세부적인 인간의 삶에, 지역과 시간의 제한 속에서 사는 개인들의 삶과 그들의 공동체에 어떠한 문제를 가져올 것인가 하는 것이다. 여기의 합리화는 인간 삶의 구체적 내용을 경시하는 전체화이다. 이것은 다른 방법으로 말하여질 수 있다. 합리적 전체화는 공동체적 이상을 바탕으로 가지고 있을 수도 있고, 삶의 여러 수단의 합리화만을 목표로 하는 것일 수도 있다. 한 사회 내에서의 합리화는 어떤 경우에나 이 두 가지 면을 다 가지고 있게 마련이다. 자본주의적 세계화는 수단의 합리화를 목표로 한다. 공동체적 주체의 관점이 없는 한, 합리화는 다원적 행동자들의 경쟁 전략을 합법칙화한다는 것을 의미한다. 이렇게 하여 성립한 합리화된 경쟁 공간에서의 행동자들의 대책이란 합리적 경쟁 전략의 강구이다. 그러나 이러한 전략이 세계적으로나 지역적으로나 행복한 삶의 구성으로 직접 연결되는 것은 아닐 것이다.

또는 그러한 궁극적 지평이 전제된다고 하더라도 20세기 후반에 와서 여러 가지 증세는 전체화 또는 물질 생산력의 확장 또는 간단히 산업화의 가속화가 쉬운 일이 아니라는 것을 말해 주는 것으로 보인다. 산업화를 통한 물질 생산의 증대가 지구 환경과 자원의 한계에 부딪치게 되리라는 예견이 들리게 되고, 또 그것은 사람들이 자신의 생활에서 실감하는 것이 되었다. 그것을 계산에 넣지 않더라도 사회의 전체화가 가능한가? 그것은 사람의 능력을 넘어가는 것으로 보인다. 전체화는 그 범위에 맞먹는 권력 체계의 수립이 없이는 불가능하다. 그것이 가능하다고 하더라도 이 체계의 신뢰성을 보장할 도리는 없다. 설사 그러한 보장이 있을 수 있다고 하더라도 그러한 체계의 합리적 조정 장치가 모든 문제를 해결할 만큼의 능력을 발휘할 가능성은 별로 크지 않은 듯하다. 사람들의 합리적 능력은 세계의 복합성에 대응할 만한 것이 되지 못한다. 이것은 다른 조건에서의 합리화 과정에 있어서도 그러하다. 또 완전히 합리화된 체제 속에서 사람들은 행복하기보다는 소외를 느끼고 정신병적 증상을 가질 것으로 말하여지기도 한다.

최근 한국이 경험한 경제 위기는 또 다른 차원에서 오늘의 세계가 지향하는 전체적 삶의 질서가 간단한 것이 아님을 느끼게 한다. 우리가 합리화되고 전체화된 삶의 질서에 대하여 어떠한 생각을 가지고 있든, 오늘의 경제 위기는 그 질서가 지금의 조건하에서 우리 자신이 통할할 수 있는 범위를 넘어가 있다는 것을 말하여 준다. 먹을 것을 구하든 입을 것을 구하든 오늘의 삶의 질서는 적어도 지금의 상태에서는 무한히 넓고 복잡한 얼크러짐의 그물 속에 있다. 그러면서도 다른 한편으로 이 얼크러짐의 그물을 움켜쥐고 있는 것이 궁극적으로 누구이든지 간에 그 그물을 떠나서는 지금 이 순간의 가장 작은 일상적인 필요도 제대로 충족시킬 수 없게 되어 있는 것이 오늘의 세계인 것이다.


## 2


모든 것을 근본적으로 바로잡는다는 것이 가능한가? 또 그래야만 사람이 사람답게 사는 터가 마련될 수 있다는 것은 옳은 생각인가? 삶의 질서를 (실천의 관점에서는 물론 사유의 관점에서도) 송두리째 포착하는 것은 불가능한 것으로 보인다. 가능한 것은 그때그때의 좁은 지역에서의 제한된 의미의 인간적 질서를 잠깐 동안 유지할 수 있는 정도인지 모른다. 또 사실상 개인의 제한된 삶으로 그가 누리는 삶의 질서와 그것이 가능하게 하는 행복은 잠정적이고 잠깐의 것일 수밖에 없을 것이다. 사실 좋은 삶이란 이러한 큰 테두리보다는 작은 범위 안에서 이루어지는 것이 아닌가. 그렇다고 할 때 이 작은 범위의 삶의 조건은 무엇인가, 이것을 묻는 것이 많은 사람에게 더욱 현실적인 질문이 될지 모른다. 이것은 현실의 문제이기도 하지만 문학의 문제이기도 하다. 문학이 내리는 결론은 (문학에 결론이 있다고 한다면) 행복한 삶은 없다는 것일지 모르지만, 적어도 그러한 결론을 내리게 하는 출발은 구체적인 인간의 작은 삶이다. 작은 삶의 공간은 문학의 인식론적 근본을 이룬다. 그리고 문학은 거기에서의 잠정적 행복을 생각한다.

사람이 자기 삶을 살고 또 그것을 전체와의 관련 속에서 산다고 할 때, 이 전체는 하나라기보다는 몇 개의 동심원으로 나누어져 구성된다. 나를 둘러싸고 있는 세계에는 가깝고 먼 가족 또는 사회학자들이 일차적 관계라고 부르는 사람들이 있고, 또 그 주변에는 그 밖의 세계와는 구분되는 한 동심원이 있다. 물론 이 가까운 세계는 핵가족에서 일가친척으로 확대될 수도 있고, 실질적으로 친구나 친지를 포함할 수도 있다. 이 가깝고 친밀한 주변을 넘어서면 동네나 고장이 있고, 현대에 와서 가장 중요한 것으로는 민족 국가가 있다. 이것을 넘어서 민족 국가 또는 여러 사회 집단의 세계가 우리 삶을 규정하는 것으로 또는 요즘과 같은 국제화된 시대에서는 직접적으로 우리가 부딪치는 환경으로 존재한다. 그리고 그것을 넘어서 자연의 세계, 더 먼 우주 공간으로 연결되어 있으면서도 적어도 삶의 직접적인 이해라는 관점에서는 모든 것의 궁극적인 한계를 이루는 공기와 산과 물의 자연 세계가 있다. 이 자연의 세계는 가장 먼 테두리를 이루며 추상적으로 존재하는 전체성이면서도 바로 가까운 데에도 존재하는 바탕이어서 나 자신의 안에도 있고 또 나 자신이기도 하다. 그리하여 그것은 가장 넓은 전체이면서 가장 작은 부분이 되어 우리 삶의 크고 작은 것을 하나로 묶어 놓는 전부가 된다. 이러한 삶의 테두리는 삶의 이해라는 관점에서는 조금 더 단순하게 정리된다. 우리 삶의 동심원은 단순히 나와 나의 일상적 삶을 구획하는 나의 주변과 사회 전체, 이 세 가지로 생각해 볼 수 있다. 여기에도 아마 자연은 크게뿐만 아니라 작게도 모든 인간 활동의 바탕으로 포함될 것이다. 그러나 그것은 이러한 모든 구분 속에 저절로 들어 있는 바탕으로서 꼭 대상적으로 구분하여 따로 생각할 필요가 없는지 모른다. 우리의 모든 사회관계는 이 바탕과의 착잡한 관계 속에서만 성립한다.

이것을 또다시 정리해 보자. 앞에서 말한 바와 같이 어지러운 세상에서라도 제정신만 차린다면 그 나름의 삶이 불가능하지는 않을지 모른다. 다만 보통 사람에게 그것은 온 세상의 구제를 위하여 사는 것만큼이나 어려운 일일 뿐이다. 사람은 작든 크든 그 나름의 세계에서 산다. 이 세계는 삶을 영위하기 위해서 필요한 여러 물질적·사회적·인간적 조건이 충족되는 범위를 포함하는 생활의 공간이다. 사람은 적어도 이만한 정도의 자기 이외의 사회 공간을 필요로 한다. 이것은 가장 간단하게는 보통 사람이 그날그날 일용할 양식을 구하고 가족을 부양하고 하루의 몸을 쉬는 공간, 어떻게 보면 소시민의 생활 공간이다. 보통 인간의 생활과 희로애락과 보람은 대체로 이 세계에서 이루어진다. 또 이 공간에서 그 나름의 도덕적 행위가 이루어지고, 어떤 때는 그것이 영웅적 차원에 이르기도 한다. 따라서 보통 사람에게 중요한 것은 이 공간의 건강한 존재, 일의 성질상 항구적인 것일 수는 없으면서도 이 생활 공간의 그런대로의 건강성이다. 이것은 어떻게 확보되는가? 불행하게도 건강한 생활의 질서를 확보하는 확실한 방법은 없는 성싶다. 그것은 어떤 하나의 요인에 의하여보다 서로 다른 동인에서 나오는 여러 요인의 거의 우연적인 조합으로 생겨나는 것이라는 인상을 준다. 그러면서도 이러한 정도의 생활 공간이 어떻게 가능한가를 일단 물어볼 만은 하다.(기이하게도 이러한 소시민적이라고 부를 수밖에 없는 공간은 각종의 영웅주의 전통에서 가장 경멸의 대상이 되는 것이다. 이러한 경멸도 근거가 없는 것은 아닌 까닭에 경청해야 할 것이기는 하지만, 이러한 공간이 사람의 삶의 토대가 된다는 것을 인정하는 것도 필요한 일임에 틀림이 없다.)


## 3

그러나 이 공간은 생활 감각으로는 그렇지도 않으나, 주제화된 의식의 대상으로는 별로 주목되지 못한다. 그것은 이 공간이 대체적으로는 보다 큰 삶의 테두리에 부수하는 이차적인 현상이기 때문이다. 그것은 사회 전체 또는 국가 전체의 체제적 안정에 의존하여 성립하는 것으로, 정치학자들이 쓰는 말로써는 종속 변수의 성격을 가지고 있다. 그러나 동시에 그것은 다른 큰 테두리들이 저절로 만들어 내는 것은 아니다. 그리하여 그것은 그 나름의 독자성을 가지고 있다고 할 수밖에 없다. 그뿐만 아니라 이 종속적으로 형성되는 생활 영역은 다른 독자적인 가치와 행동을 생산하는 바탕이 되기도 하는 것으로 생각된다.

물론 전체적 삶의 테두리는 작은 삶의 공간에 대하여 적대적인 한정 조건이 된다. 그리하여 사람이 자기의 삶을 조건 짓는 삶의 커다란 테두리에 관심을 갖는 일은 당연하고, 특히 그것이 단순히 자신의 삶뿐만 아니라 공동체적 관계에 있는 또는 있어야 할 사람들의 삶에도 관계되는 것이라고 할 때 그 관심은 도덕적 의무가 된다. 그러나 그것이 바로 부분적인 주의와 관심을 어렵게 만드는 일이 된다. 이론적으로 생각할 때 부분 없는 전체는 있을 수 없는 것이므로 전체에 주의한다는 것은 바로 부분에 주의한다는 것을 뜻한다. 그러나 그 반대의 경우가 더 흔한 일이다. 인간의 주의 구조 자체가 그러하다. 전체가 주의의 전경에 있을 때, 부분은 논리적으로 전체에 포괄되어야 하는, 그리고 그것에 규정되어야 하는 사례에 불과하다. 또는 그것은 실천의 관점에서는 전체라는 목적에 대한 수단에 불과하게 된다.

그러나 참으로 이 부분과 전체의 대립이 양립할 수 없는 관계로 들어가는 것은, 이 관계에 있을 수 있는 간격과 모순의 일체가 도덕성의 문제로 치환될 때이다. 도덕은 사람 사는 공간의 구성에서 핵심적인 요인이다. 전체를 위하여 부분을 재조정하는 일은, 그것이 사람이 관계되는 것인 한, 불도저로 밀어붙이는 식으로 이루어질 수는 없다. 부분은 조정을 받아들이도록 설득되어야 한다. 도덕은 여기에서 설득의 수단이 된다. 그러나 그 명분은 때로 불도저의 역할을 할 만큼 강박적인 성격을 띤다. 옳은 일 앞에서 움직이지 않는 분자는 그른 것일 수밖에 없고, 그른 것은 처치되는 것이 마땅하다. 도덕화 없이는 투쟁과 혁명의 추진은 불가능하다. 그것은 투쟁과 혁명을 정당화한다. 이 정당성 앞에서 부분은 물론이고 부분 사이에 존재하는 도덕도 자리를 비킬 수밖에 없다. 혁명의 과정에서 부분적으로 행해지는 인도주의적 선행이 반혁명의 행위로 간주되고, 그러한 인도주의의 억제야말로 혁명 작업의 중요한 과제의 하나라고 생각된다. 큰 도덕은 작은 도덕과 모순되고, 더 나아가 작은 부도덕을 정당화해 준다. 또는 더 소극적으로 전체가 잘못 돌아가는 세상에 나만 나쁜 일 하지 말라는 법이 있느냐 하는 전체 질서의 도덕성에 대한 냉소적 회의에도 이러한 전체와 부분의 도덕화된 논리가 들어 있다.

혁명의 이론가 또는 국가주의자들의 대의명분을 간단하게 거부할 수는 없다. 그것은 사람이 사는 현실의 진리를 나타낸다. 우리는 그러한 도덕의 모순된 함축에 주의할 수 있을 뿐이다. 그것은 종종 작은 삶뿐만 아니라 작은 삶의 도덕과 진리에 모순된다. 작은 삶의 공간도 그것이 사람이 살 만한 조건을 구비하기 위해서는 큰 도덕에 모순되는 작은 도덕을 필요로 한다. 그것은 그야말로 소시민적인 것으로 낙인이 찍히는 것일 수 있다. 그것은 필요한 것이긴 하지만, 사람 사이 관계의 모든 것을 규정하는 것이 될 수는 없기 때문이다.

이 세계에서의 도덕, 서로 마주 보는 거리의 가족과 이웃 또는 그 범위 안에서의 이방인 사이에 존재하는 도덕적 관계가 영웅적 성격을 띠는 경우도 있다. 사실 큰 도덕과 작은 도덕의 차이는 반드시 영웅성의 척도로 재어지는 것은 아니다.(문학 작품들은 평범한 삶에서의 영웅적 순간에 관심을 가지고 있다.) 그러나 작은 공간의 도덕이 영웅적일 수 있다고 하여, 그것이 사람과 사람 사이의 도덕적 문제를 모두 해결해 주는 것은 아니다. 다만 말할 수 있는 것은 그것이 성격상 큰 명분으로 작은 도덕을 파괴하는 것이 아닌 도덕적 행위인 듯하다는 사실일 뿐이다. 그리고 어쩌면 그것은 전체의 불확실성 속에서 큰 폐단을 두려워하지 않고 행해지는 가능한 도덕의 하나라는 것이다. 이러한 점에서 그것은 일관된 도덕의 가능성으로 깊이 고려해 볼 만한 것이다.

실존주의가 그리는 어떤 종류의 도덕적 행위는 전체적 부조리 속에서 이루어지는 도덕의 가능성을 보여 주려는 것이라는 점에서 이러한 작은 공간의 도덕적 행위와 유사하다. 가령 카뮈의 『페스트』에서 의사 류의 행위와 같은 것은 그렇게 생각할 수 있다. 통제할 수 없는 재난 속에서 그가 할 수 있는 일이란, 부질없는 일인 줄 알면서, 의사로서의 의무에 충실하게 복무하는 것이다. 현실적으로 전쟁에서 부상자 처리에 전념하는 사람이나 역병 지역의 구조 작업에 종사하는 사람은 큰 상황에 관계없이 자신의 부분적인 힘이 미치는 범위 안에서 할 수 있는 일을 하는, 작으면서 영웅적인 일을 하는 사람이다. 이러한 행위는 제도가 될 수도 있다. 전쟁은 전쟁대로 하면서 민간인이라든지 부상병이라든지 포로 등의 인도적 취급에 대한 협약들을 준수해야 한다고 하는 것은 무엇을 뜻하는가. 사람을 무자비하게 죽이는 것을 목적과 수단으로 하는 전쟁의 마당에서 죽을지 모르는 사람들의 목숨을 잠깐 존중한다는 것이 무슨 의미를 갖는가? 그런가 하면 우리는 감옥에서 일어나는 잔학 행위를 듣는다. 그것은 간수와 죄수 사이에서만이 아니라 죄수와 죄수 사이에서도 일어난다. 또 군대에서 윗사람이나 아랫사람 사이에 또는 동료 병사들 사이에 일어나는 잔학 행위를 듣는다. 이것도 불가항력의 전체 상황의 인식에서 유도되어 나오는 하나의 결론에 관계되어 있다. 죽어야 할지도 모르는 사람에게, 이러나저러나 잔학한 운명에 처해진 사람에게 인도적 행위가 무슨 의미가 있는가? 또는 동물 학대의 경우도 이러한 전체론에 관계된다. 사람도 죽는 판에 짐승이야, 하는 전체적 인식이 작용하는 것이다. 전체적으로 비정상적이고 비인간화된 사회에서 부분적인 인간성의 발휘는 아무런 의미가 없을 수도 있는 것이다.


**4**


큰 차원에서의 문제 해결을 위한 행동은 정치적 성격을 띠게 되고, 그것은 설사 첫출발에서 그렇지 않다고 하더라도 곧 조직과 권력에의 통로가 된다. 그것은 그 나름의 정당성과 정열과 보상을 가지고 있다. 한정된 생활 공간에서 또는 의도적으로 한정된 작업 영역에서 발생하는 위기에서 자기 이익을 찾는 대신 이타적 행위를 하게 하는 것은 무엇인가. 간단하게는 사람이 가지고 있는 도덕적 감성이 거기에 작용한다고 할지 모른다. 도덕적 감성이라고 하여도 그것은 아마 매우 직접적인 것일 것이다. 정의감이나 분노와 같은 비교적 공격성이 강한 그리고 정치로 옮겨 갈 수 있는 감정에 대하여, 작은 규모의 이타 행위는 연민과 동정 같은 보다 수동적인 감정에 연결되어 있기 쉽다. 또는 분노 같은 경우도 그것은 추상화되기보다는 목전의 일과의 관계에서 일어나고, 또 그것은 구체적인 인간과 사정에 의하여 일어나는 것이기 때문에, 연민이나 동정과 짝을 이루는 것이기 쉽다. 이것은 작은 규모의 도덕적 행위가 결국 상황의 현실에 밀착되어 있다는 말이 된다. 가령 우물에 빠지려는 아이를 붙잡는 것은 사람이 가진 기초적인 도덕적 감성의 하나로, 맹자가 사람이 차마 견딜 수 없는 또는 아니할 수 없는 일로 든 것과 같은 것이 그러한 것일 것이다.

그러나 동시에 도덕적 반응이 반응의 직접성으로만 기능할까? 적어도 어떤 이타적 행동이 보다 지속적이 되고 체계적이 되는 데에는 일에 대한 직접적인 반응 이상의 것이 필요할 것이다. 큰 규모에서의 정치적 행동은 추상적 계기를 가질 수밖에 없다. 어떤 상황에 대한 분노가 정치적 행동으로 나아가는 것은 그것이 사회 전반에 대한 구조적 이해에 연결되기 때문이다. 정치적으로 중요한 계급 의식은 처음에 자신과 자신의 동료와 이웃의 처지에 대한 구체적인 느낌이 바탕이 되어 생겨난다고 하더라도, 참다운 계급 의식은 생활 공간을 넘어가는 사회 구조에 대한 인식을 그 계기로 가지지 않으면 아니 된다. 이를 통해서 생활 공간 속에서의 사람들과 일정한 감정적 그리고 도덕적 관계에 들어갈 수 있다. 이것이 어떻게 하여 일반적인 도덕적 태도가 되는 것일까? 그것은 계급 의식과 같은 정치의식의 경우보다는 더 단순하게 일반화되고, 하나의 태도로서 변화되는 것이라 할 수 있다. 누구나 자기에게 일어나는 것을 일반화한다. 이것은 인간의 자연스러운 태도이다. 동정적 능력의 작용은 반성적 태도로 연결되고 너와 나를 역지사지하여 생각하는 일이 가능해지는 것일 것이다. 이것이 다시 한 번 일반화하여 세계에 대한 태도가 된다. 이것이 개인적 차원에 머물면서 보편적 이타 행위로 나아가게 하는 심리적 동기의 구조인지 모른다. 그것은 다시 말하여 같은 공간에 존재하는 동료 인간에 대하여 가질 수밖에 없는 도덕적 관계를 그대로 같은 선상에서 연속적으로 확장하는 것이다. 여기에서 이러한 일반적 인식은 사실상 비교적 평탄한 사회에서는 보통의 인간이 주제화되지 않은 채로 생활의 바탕으로 가지고 있는 것이라고 할 수 있다.

이것이 조금 더 의식적인 것으로 생각될 수 있는 경우도 있다. 이상적으로 파악한 자신의 직업에 대한 의식과 같은 것은 구체적이면서 일반적인 것을 결합하는 도덕의식을 낳는 계기가 된다. 다시 카뮈의 『페스트』에서 환자의 구조 활동에 헌신하는 류에게 그 행동의 동기를 묻는 질문이 주어진다. 이에 답하여 그는 영웅주의가 아니라 성실성이 문제의 핵심이며, 그것은 자기에게는 직무를 다하는 것을 의미한다고 말한다. 직업은 개인의 필요에 대응하는 것이면서 동시에 사회의 필요에서 생겨난 일의 기구이다. 이것은 일단은 단순한 외적인 의미를 갖는 사회 분업 구조의 일부이다. 그러나 이상적 상태에서 그것은 내적 의미를 통하여 개인과 사회를 하나로 결부하는 일을 한다. 직업은 사회의 작업을 수행하는 기구이지만, 개인은 그 속에서 자기실현의 기회를 얻는다. 그러기 위해서 개인은 자기의 필요와 욕구를 잘 알아야 할 뿐만 아니라 그것을 사회적 필요로 지양할 수 있어야 한다. 그는 사회가 맡기는 일이 자신의 인간적 가능성의 일부임을 인지하여야 한다. 그것이 가능하기 위해서는 물론 사회가 만들어 내는 직업이 사회의 필요를 충족시키면서 동시에 인간의 보편적 가능성을 구현해 주는 것이어야 한다. 또는 보편성 속으로 고양된 개인에 의하여 그것은 단순한 실용적 작업 이상의 것으로 변화되어 간다고 말할 수도 있다. 이러한 조건하에서 직업은 자연스럽게 윤리적 의미를 갖는다.

오늘날 우리 사회의 직업들이 대체로 이러한 과정, 개인과 사회를 아울러 보편성 속으로 지양하는 성격을 갖는다고 할 수는 없다. 다른 사회에서도 그것이 이상이 될 수는 있어도 현실은 아니다. 또 그러한 직업이 있어도 그것은 현실적으로 매우 한정된 범위에서의 일이다. 『페스트』의 주인공 류의 직업은 마침 주어진 상황이 그것에 커다란 윤리적·도덕적 의무를 부과하게 되어 있었다. 그렇지 않은 경우에도 의사의 직업은 윤리적 보편성의 가능성을 가진 직업이다. 그러나 오늘날 의료직의 현실에서 볼 수 있듯이 그 가능성이 현실화되는 것은 극히 드문 일이다. 그보다는 오늘날 많은 직업은 오히려 소외와 인간성의 왜곡을 필연적인 조건으로 한다고 말할 수 있을 것이다. 그러나 이상적으로 인간적인 사회에서의 직업은 두루 그 사회적 기능에 의하여 정의되면서 동시에 보편성에로의 초월 가능성을 지닌다. 여기에서 강조되어야 할 것은 직업의 두 측면의 연속성과 동시에 단절성이다. 직업의 보편적 가능성은 객관적 기회에 의하여 그리고 무엇보다도 개인의 내면화, 도덕적 결정 그리고 행동에 의하여서만 현실화된다. 더 근본적인 것은 직업 자체의 적절한 구성이다.

물론 중요한 것은 직업의 도덕적 가능성이나 보편성의 의미보다도 우선 공리적 상호 관련이다. 그것은 공리적인 의미에서의 기능적 상호 관계로서 성립하는 것으로 인지될 수 있어야 한다. 다시 말해 그것은 도덕적·윤리적 보편성이 아니라 공리적 상호 의존 관계에 있는 것으로 이해되어야 한다. 이것이 없는 데에 도덕적·인간적 가능성은 무의미하다. 매우 현실적인 의미에서 인간의 상호 연계성은 바로 생활 공간에서 나온다. 또 그것의 성립에 필수적인 심리적 조건이다.

영웅적 순간 그리고 행위를 강조하는 것은 더 낮은 차원에 존재하는 우리의 삶의 바탕을 잘못 보게 할 위험을 가지고 있다. 내가 주목하고자 하는 것은 큰 의미에서의 사회 전체가 아니라 보통 사람이 사는 생활의 영역이다. 이것은 고양된 사명감이나 도덕이나 윤리보다는 단순한 생활상의 상호 의존 관계가 형성하는 공간이다. 물리적 공간으로서의 동네, 그것에 대응하는 보이지 않는 생활의 제도나 인간 상호 간의 규약이 만들어 내는 것이 그러한 공간이다. 신비스러운 것은 이 평범한 바탕으로부터 어떻게 하여 고양된 순간이 나타나고, 영웅적인 결의가 일어나는가 하는 것이다. 그것은 이러한 평범한 세계를 초월하는 어떤 것이다. 그러면서 이 초월은 이 것을 바탕으로 한다. 많은 사람에게 더 관심이 있는 것 또 중요한 것은 우리의 매일매일의 생활을 원활하게 해 주는 물리적·사회적·제도적인 틀이다. 우리 사회에 형성되지 못했거나 파괴되어 버린 것의 하나가 이러한 것이다. 오늘의 우리 사회에서 삶을 영위하고 있는 많은 사람들은 우리 사회가 사람이 사람에 대하여 이리가 되는 살벌한 생존 투쟁의 상태가 되어 있음에 동의할 것이다. 우리 사회의 삶은 거의 크고 작은 투쟁의 소모 작용 속에서만 의의를 발견하는 것으로 보인다. 그리고 우리 사회의 도덕도 많은 경우에는 이러한 투쟁 작용의 일부를 이룬다. 이 경우 그럴 수밖에 없는 것이, 그 바탕이 되어 있는 것이 바로 자연스러운 삶의 공간의 폐허화이기 때문이다. 영웅적 도덕은 당연히 이 공간의 투쟁의 수단이다. 그러나 그것은 다시 한 번 질적 전환을 거쳐야만 참다운 영웅적 도덕이 된다.

# 삶의 공간 2
## 문명화와 예절

**1**

정치학자들은 국가라는 공식적 사회 조직에 대하여 사회라는 비교적 자연 발생적인 비공식적 사회 조직을 구분하여 말한다. 우리 사회에서의 생활 공간의 미형성은 더러 지적되듯이 이 사회의 취약성에 관계되어 있다. 사회는 계급, 계층, 직업, 지역, 성 등을 중심으로 결정화하는 집단, 또 다른 이해관계, 직업, 이념, 취미 등으로 응결되는 집단으로 이루어진다고 하겠지만, 실제 그것이 현실화하는 것은 보다 구체적 생활의 영역에서이다. 가령 크고 작은 집단을 연결하는 교통과 통신망, 모일 수 있는 회의장, 광장, 그러한 모임에 이르기 전의 많은 작은 모임의 장소와 계기, 또 한시도 빼어 놓을 수 없이 지탱되어야 하는 삶의 지원 수단, 그것의 어느 정도의 체계화로서의 일상적 생활의 구조, 이러한 것들이 없이는 복합적 사회에서의 인간 활동은 아무것도 이루어질 수가 없다. 이것들, 최소한도의 생활과 사회 활동을 가능하게 하는 기구와 수단은 통일된 체계를 이룬다. 그것은 사회의 제도이고 물질적 구조이다. 그러면서 동시에 사회 내부에 형성되는 의식이기도 하다. 전쟁 상태는 이러한 사회의 생활 공간을 파괴한다. 그러나 전쟁 상태가 아니라도 그것은 제대로 존재하지 아니할 수도 있다. 경제적 공황 또는 어떤 종류의 정치 체제의 일상생활 통제 등은 이러한 수단의 공간을 봉쇄해 버릴 수 있다. 거대 세력들의 움직임으로서의 사회 그 자체도 이 매개 장치를 파괴할 수 있다. 사회 전체를 뒤흔드는 커다란 이변의 힘 또는 정치적 힘이 특히 살벌해지는 것은 그것이 중간 지대의 매개를 통하지 않고 직접 작용하는 경우이다. 같은 힘도 이 매개의 존재 여부에 의하여 그 작용의 방식이 달라진다. 혁명기에 보게 되는 동네나 친지 그리고 단순히 직접적인 대면에서 오는 여러 구체적인 인간관계는 그 극단적인 예에 불과하다.

산업 사회도 사회 내에서의 거대 세력의 움직임이어서 사회 전체와 개인의 삶 사이에 존재하는 여러 가지 매개 장치들을 파괴한다. 단순한 공동체에서 사람들은 추상적인 전체 속에서가 아니라 구체적인 상호 유대 속에서 존재한다. 거기에는 혈족적인 관계 이외에도 쉽게 알아볼 수 있는 작업의 연계 관계가 있고, 이것은 도덕적·윤리적 유대와 표리를 이룬다. 그러나 더 확대되고 복잡해진 사회에서도 이러한 실제적이며 윤리적인 연계는 존재하는 것이 정상일 것이다. 물어야 할 것은 어떤 조건하에서 이것이 완전히 소멸하게 되는가 하는 것이다. 산업 사회가 이러한 실제적·윤리적 의존 관계를 파괴한다는 것은 많이 지적되어 왔다. 그러나 다른 한편으로 성격이 꼭 같다고 할 수는 없으나(그것은 주로 윤리적·정서적이기보다는 공리적인 성격을 갖는다.) 어느 다른 종류의 사회 유형보다도 긴밀하고 광범위한 상호 의존성을 만들어 내는 것이 산업화의 과정이기도 하다. 산업화는 기능적 분화와 산업 활동 규모의 확장을 내용으로 하기 때문에 넓은 영역과 많은 요인들의 미묘한 종합으로만 성립하고, 그 종합은 일정한 공간을 만들어 낸다. 물론 대량 생산, 대량 소비의 산업 체제가 만들어 내는 공간이 참으로 사람이 살 만한 공간이 되기는 어려울지 모른다. 그러나 그것도 일단의 생활 공간임에는 틀림이 없고, 그것을 보다 살 만한 공간으로 만들려는 다른 요인이 추가될 때 그것은 향상될 여지를 갖는다고 할 수 있다. 유럽의 산업화에서 적어도 초기 과정은 그 나름의 생활 공간을 만들어 낸 것으로 생각된다. 한국 사회에서의 생활 공간의 미성숙은 근대사의 난폭성 그리고 이어진 산업화의 외래성과 급격성의 한 결과였다고 볼 수 있다. 안으로부터 오랜 시간을 통하여 성숙하였더라면, 그것은 훨씬 더 유기적 조화를 가진, 조금은 더 여러 가지 삶의 필요를 수용하는 어떤 것이 되었을지도 모른다.

우리가 겪은 현대사의 변화는 근대화라고도 불리고, 산업화라고도 불린다. 앞의 것은 더 복잡한 현상을 지칭하는 말이지만 그 내용이 분명하게 정의되지 않는 혐의가 있고, 뒤의 것은 비교적 분명하면서도 변화의 과정을 지나치게 외면적으로만 말하고 있다는 느낌을 준다. 여기에 대하여 합리화는 그것을 조금 더 포괄적으로 포착하는 개념으로 생각된다. 그것은 밖으로는 산업 체제의 운영 그리고 사회 체제의 구성의 원리를 말하고, 안으로는 행동 방식과 의식의 양식을 말한다. 그러나 내면의 원리로서의 합리성은 새로이 형성되어야 하는 어떤 것이다. 그것은 합리성의 범위를 넘어가는 인간 내부의 사정 전체가 변함으로써 생겨난다. 그리하여 태어나는 새로운 인간과 더불어 그에 맞는 사회 공간을 만드는 원리가 된다. 사회와 인간 사이의 조금 더 조화 있는 관계는 동시적 변화를 통하여 가능할 것이다.

독일의 사회학자 노르베르트 엘리아스(Norbert Elias)의 "문명화 과정(Die Prozess der Zivilisation)"이란 말은 이와 비슷한 관점에서 근대화를 광범위한 역사의 과정으로 포착한 것이다. 그의 생각에도 근대화란 합리적 정신의 역사적 대두이며 그에 따른 산업 사회의 형성이다. 그러나 문명화 개념으로 그가 말하고자 하였던 것은 근대화 과정이 사회의 변화일 뿐만 아니라 인간의 변화라는 사실이다. 또는 달리 말하여 근대화는 사회와 인간의 동시적 형성을 의미하는 것이다. 그의 역점은 근대적 인간, 그의 말로 "문명화된 인간"의 형성에 주어진다. 근대적 인간이란 그의 행동거지 자체가 문명화된 사람이다. 그의 속성은 어떻게 보면 하찮은 것으로 보이는, 함부로 침을 뱉지 않는다든지 세련된 식탁의 예의 작법을 안다든지 하는 것으로 특징지어진다. 이것은 하찮으면서도 인간이 내면의 충동과 격정을 순치하였다는 것을 나타내고 인품에서 이성적 원리가 중요하다는 것을 증표한다. 그가 증거로 들고 있는 여러 행동거지들이 진정 근대적 인간 형성의 조건이 되는지 어떠한지는 확실치 않다.(그리고 그 자신이 인정하면서도 큰 주제로서는 생각하지 않는 것으로, 서양인의 근대적 변화를 문명화라는 이름으로 부를 때 그것이 갖는 제국주의적 함축을 어떻게 생각하여야 할지 하는 문제들이 남는다.)

그러나 엘리아스의 문명화 개념은 적어도 우리가 생각하고자 하는 근대적 생활 공간의 형성 문제에 중요한 시사를 던져 준다. 서구에 있어서 근대화는 인간과 사회의 동시적 변화이며, 이 동시적 변화는 여러 의미에서 근대화의 공간이 사람의 내면적 요구와의 상호 연관 관계에서 발전되어 나온 것이라는 것을 말하여 준다. 뿐만 아니라 근대적 인간의 기초가 된 것은 구체적 의미에서의 인간 상호 의존의 인지 결과라는 사실이다. 근대적 인간이란 사회적 상호 의존을 내면화한 것이고, 또 거꾸로 새로 형성되는 인간은 이 의존 관계를 사회 공간으로 만든 것이다. 다시 말하여 근대화, 문명화로 표현되는 근대화는 사람이 상호 의존, 추상적 개념이나 이념에 의해서가 아닌 구체적 상호 의존의 상태에서 하나의 삶의 방식, 문명된 삶의 방식, 보통 사람들의 삶의 공간을 포함하는 삶의 방식을 만들어 내는 과정이 되는 것이다.

문명화에 관련된 엘리아스의 여러 편의 저작은 중세 이후의 유럽의 역사를 통하여 이 문명화의 과정을 보여 주려고 한다. 중세의 봉건 사회에서 군소 영주들의 세력 경쟁은 결국 대영주 또 궁극적으로는 절대 군주의 출현에 귀착한다. 이들의 지배하에서 물산이 집중화되고, 사회적 기능의 분화가 일어난다. 이 분화는 사회 내에서의 인간의 상호 의존 관계에 대한 의식을 가져온다. 이러한 의식은 자기를 넘어선 세계에 대한 일반적 의식이기 때문에 이성적 사회 공간 이해를 포함한다. 심리적으로 이 새로 등장한 상호 의존의 공간에서 살아간다는 것은 자신의 삶에 관계되는 여러 가지 요인을 고려하고 앞을 내다보는 계획을 통해서 스스로의 삶을 살아가야 한다는 것을 의미한다. 즉 자신의 삶의 이성적 계획이 불가피한 것이다. 이 이성적 태도는 인간 심리에서의 다른 변화와 병행한다. 앞으로 내다보고 자신의 삶을 계획한다는 것은 사물의 움직임 이외에 인간 심리의 움직임을 계산해야 한다는 것을 말한다. 그중에도 중요한 것은 다른 사람의 마음의 움직임이다. 그리하여 인간 심리에 대한 관찰이 합리적 과정 속에서 필요하여진다.(이러한 개별화된 심리 이해는 전통 사회에서의 유형적 심리 이해와는 상당히 다른 것이다.) 합리화와 심리화는 인간이 인간 내부의 다른 요소들을 다스리는 일과 병행한다. 중세 무사들의 세계는 "강력한 원초적 환희, 여자로부터 취할 수 있는 쾌락의 충족, 미운 것을 철저하게 부수고 괴롭히는 증오감의 충족을 허용하였다."[4]

그 대신 물론 중세의 무사들은 또한 다른 사람들의 폭력과 과도한 감정 표출과 또 여러 가지 신체적 가혹 행위의 대상이 되는 것을 무릅써야 했다. 그러나 힘에 의한 인간관계가 어떤 의미를 가지고 있든 그것은 이제 통용될 수 없는 행동 방식이다. 그것은 앞에서 말한 바와 같이 상호 의존성의 인

---

**4** Norbert Elias, *Power and Civility*(Blackwell, 1982), pp. 236~237.

식, 합리성의 성장의 결과이다. 그러나 근원적인 원인의 하나는 절대 군주에 의한 폭력 수단의 독점이다. 그것이 기사들로부터 작은 폭력 수단을 박탈하면서 절제와 기율을 강요한다. 그것이 물산의 집중도 가능하게 하면서, 물산에 대한 폭력적 탈취를 불가능한 것이 되게 하는 것이다. 그리하여 폭력이나 무력이 아니라 합리성 그리고 더 나아가 혐오감이나 수치와 같은 사회적 감정으로 조정되는 "궁정의 예절(Courtoisie)"이나 귀족의, 그리고 확대하여 시민의 "바른 예절(civilité)"이라는 상호 작용의 방식이 생겨나고, 이것이 부르주아 계층에 의하여 문화와 문명의 이상으로 확대되는 것이다.

앞에서도 비친 바와 같이 이러한 문명화의 과정을 반드시 긍정적으로 말할 수는 없지만, 그것이 엘리아스 자신이 그의 연구 결과를 요약한 바와 같이 "상호 지향적이며, 상호 의존적인 인간의 구조, 형식"을 역사적으로 실현한 것이라고 한다면[5] 문명화는 투쟁의 상태에서 인간의 삶을 구출하는 작업이라는 면을 가지고 있다고 할 수 있다. 물론 상호 의존적 공동체는 역사적으로 부르주아만의 것이고, 또 서구의 국민 국가 테두리 안에서의 것이었다. 또 이 공동체는 외부에 존재하는 타자에 대하여 정의되는 경우가 많았던 만큼 그 자체가 폭력적 투쟁의 생성자가 되었다고도 할 수 있다. 오늘날 서양이 대체적으로 선진국이라는 특권적 위치를 누리고 있는 것은 문명화의 긍정적·부정적 결과를 아울러 거두어들인 결과이다. 그러면서도 우리는 적어도 그 사회 안에서는 투쟁적 사회관계가 지양되고, 사회 문제의 존재에도 불구하고 대체적으로 평정화된 삶의 공간이 도처에 존재함을 볼 수 있다. 적어도 상호 지향적이며 상호 의존적인 공간으로서의 사회 이념은 추상적으로가 아니라 생활의 틀로서 존재하는 것처럼 보이는 것이

---

5  Norbert Elias, "Introduction to the 1968 Edition", *The History of Manners*(New York: Pantheon, 1978), p. 261.

다. 우리의 현대사는 이러한 상호 의존 공간의 자연스러운 확대가 아니라 파괴로써 진행된 것으로 보인다. 그것은 앞에도 비친 바와 같이 근대화의 외래적 성격을 비롯한 여러 가지 요인으로 인한 것일 것이다. 제국주의 침략하에서의 민족주의의 불가피성, 사회보다는 국가가 중요할 수밖에 없었던 상황, 전통적으로 강력한 것이었으면서 또 긴급한 상황의 대책으로서의 도덕주의, 이 모든 것들이 그 요인을 이룰 것이다. 결과의 하나는 구체적인 생활 현실에서 나오는 상호 의존성이 사회 공간으로 성립하지 못하게 되었다는 것이다.


## 2

물론 서양의 모델을 가지고 모든 일을 헤아려서는 아니 된다. 우리나라의 문명화가 있었고, 우리 나름의 생활 공간이 있었을 것이다. 엘리아스의 "문명화 과정"은 서양 역사를 말한 것이다. 그는 문명화를 서양의 세계사적 공헌으로 말하면서도 문명화가 서양 이외에서는 동부 아시아에서 일어났을 가능성을 인정한다.

문명화 과정의 최종적 표현으로서(이것은 사실은 주로 중세 말에서 근대 초에 이르는 때의 예이지만), 엘리아스가 궁정적 예절, 귀족의 예절 또는 시민적 예절을 말한 것은 인과 관계의 균형이 잘 맞지 아니하는 결론이라는 인상을 준다. 그러나 다른 한편으로 어떤 종류의 것이든지 간에 예절이라는 것이 문명의 총결산을 나타낼 정도로 중요한 것이라고 말할 수도 있다. 구체적인 생활 공간에서의 질서와 평화를 규정하는 것이 바로 예절이다. 그런데 그것이 문명화의 중요한 결과라고 한다면 그것이야말로 동양 전통에서 사회의 현저한 특징을 이루는 것이다.

동양의 문명화 과정이 어떠한 것이었든지 간에 거기에서 주요한 몫을 한 것이 예절인 것은 틀림이 없다. 또는 그것이 전부였다고 하는 것이 옳을 지도 모른다. 유교에 여러 가지 면이 있지만 다른 무엇보다도 핵심적인 위치에 있던 것이 예(禮)라는 것을 우리는 상기할 필요가 있다. 조선조의 유학 논의에서도 실제적인 관심의 중심은 다른 무엇보다도 예(禮)였고, 그에 대한 논쟁은 사화(士禍)와 같은 정치적 투쟁의 유혈극을 가져오기도 했다. 그 정치적 관련 자체가 예의 중요성을 말해 준다. 그것은 서구 사회에서 합리성과 대등한 중요성을 가지고 있었다. 이렇게 말하면서, 엘리아스가 합리성을 사회 과정의 소산으로 이해한 것처럼 우리도 그것을 사회적 생성 속에서 이해하여야 한다. 예절에 대한 엘리아스의 현실주의적 관찰은 예절의 전부를 말하는 것은 아니면서 사회사적 접근을 위한 중요한 시사가 된다. 그에게 예절은 적어도 그 단초와 동기에 있어서 처세술의 성격을 가지고 있다. 그것은 동양의 예절에도 작용할 현실의 동력에 주의할 필요를 상기시킨다. 예절 또는 예가 동양에 있어서 문명화의 핵심적 원리로 작용했다고 한다면, 그것은 사회사, 여러 가지 세력의 길항과 조화로 이루어지는 사회 동력의 역사적 움직임 속에서 그렇게 된 것이다.

앞에서 엘리아스를 요약해 본 정도로라도 예의 사회사적 형성 과정을 논의할 준비가 나는 되어 있지 않다. 그러나 간단한 개념적 지표로써 그 역사적 고찰의 방향을 짐작해 보고자 한다. 제일차적으로 예는 서양의 예절이나 마찬가지로 사람과 사람 사이의 행동 양식을 정해 주는 규범이다. 그러나 그것은 서양 예절이나 마찬가지로 일정한 범위의 생활권에서 의미를 가지며, 다른 한편으로는 서양의 예절이 거대한 사회 과정의 일부를 이루듯이 사회 과정 또는 적어도 지금 여기의 고찰에서는 사회 내지 정치 질서의 전체에 관련된다. 예절은 그것을 정당화하는 이론도 가지고 있다. 이것은 그것을 전체화함과 동시에 내면화하는 데에 필요하다. 그리고 그 이데올로기적 정당화는 동양에서 훨씬 중요했다. 그것이 예론이고 예학이다. 서양에서 그러한 이데올로기가 있다면 문명이고 인간성(Humanitas)이고 이성이라고 해야 할 터인데, 예는 그러한 이념에서 작은 한 부분을 차지한다.(그러나 예의 텍스트화가 없는 것은 아니다.) 동양에서야말로 예는 훨씬 중요한 자리를 차지하는 것이다.

동양에서 서양의 합리성의 원리에 해당하는 것을 든다면 그것은 도(道), 이(理), 성(性), 심(心), 인(仁)의 단어들이 표현하는 원리가 될 것이다. 그중에도 도(道)나 이(理)의 개념은 이성의 원리와 비슷한 것으로 생각된다. 이것이 동양의 사상과 문명에 보편적 성격을 부여한다. 그러나 실제에 있어서 더 중요한 것은 예(禮)의 원리이다. 유교의 세계에서 우주의 형이상학적 원리 또 인간관계에 있어서의 도덕성은 절대적으로 구체적으로 표현될 것을 요구한다. 유교의 가르침은 어디까지나 실천적이다. 사실 많은 해석가들이 말하는 것처럼 유교 그리고 더 일반적으로 중국 사상에서 빼놓을 수 없는 원리의 표현인 도는 우주의 원리이기보다도 사회적 삶의 방법을 나타낸다. 이 사회적 삶을 구체적으로 표현한 것이 예인 것이다. 이것은 개인적인 차원에서만이 아니라 사회 철학의 관점에서도 그러하다. 최근에 현대적인 관점에서 유교적 예의 의미를 해석한 앤절라 지토(Angela Zito)가 『예기(禮記)』를 해석하여 말한 것처럼 "예는 사회와 도덕의 질서에 관계되는 것이나 개인의 내면생활의 차원에서 그러한 것이 아니고, 사람들을 조직하여 상호 간과 주변과의 관계에서 일정한 자리에 정위(定位)하려 하는 것이다." 예의가 사회 질서의 유지에 가장 중요한 역할을 하는 것도 이러한 이유에서이다. 예는 바로 "인간 세계의 상호 연결의 요인"으로 작용한다.[6]

---

6  Angela Zito, *Of Body and Brush: Grand Sacrifice as Text/Performance in Eighteenth Century*

그러나 중요한 것은 예가 동양에서 서양의 예절의 경우보다도 훨씬 일반화되고 체계화된 원리로 작용한다는 사실이다. 도(道)나 이(理)의 논의가 더없이 중요해지는 것도 이 필요에 관계되어 있는지 모른다. 그러나 여기에 반드시 이론이 제일 중요한 것은 아니다. 현실의 관습, 행동 방식 또는 제도에 의한 일반화와 체계화가 더 중요할 수도 있다. 앞에 말한 예절은 인간적 상호 작용의 양식을 지칭한 것이다. 그러나 예의 더욱 중요한 의미는 제례(祭禮)이다. 제례와 예절은 반드시 같은 것은 아니나 앞의 것은 뒤의 것을 뒷받침해 주는 이데올로기의 구실을 한다. 여러 가지의 제례는 체계를 이룬다. 그중 중요한 것은 유교 국가의 국가 체제 의식인 오례(五禮)이나, 그중에도 으뜸은 천지(天地), 사직(社稷), 선왕(先王)들에게 드리는 대사(大祀)이다. 사사로운 차원에서는 흔히 사례(四禮)라고 구분되는 집안의 여러 행사가 국가의 제례를 대신한다. 이러한 제례들은 초월적인 차원과 인간을 매개하는 중간 항으로 예를 우주적인 테두리 안에서 정당화하려는 것이었다. 그러나 제사를 지낸다는 것이 어떻게 정당화 작용을 하는가? 사람이 가지고 있는 하늘과 땅에 대한 자연스러운 외경감이 있고, 나라 권력의 체계가 가시화되는 절차들의 위의(威儀)가 있어 이러한 것들이 제례의 공연에 작용한다.

더 구체적으로 예를 바르게 이해하기 위해서는 이것을 좀 더 일반화하여 유교 사회 이외에서의 제례 또는 의식과 관련시켜 볼 필요가 있다. 의식은 모든 사회에서 발견되지만, 특히 원시 사회에서 중요한 기능을 수행한다. 뒤르켐(Émile Durkheim)의 의식에 대한 통찰은 사회나 공동체가 의식을 통하여 정신적으로 스스로를 재생산해 낸다는 것이다. 이것이 어떻게 가능한가 하는 것은 의식을 좀 더 형식적으로 도식화함으로써 규지된다.

---

*China*(Chicago: University of Chicago Press, 1997), p. 112.

영국의 인류학자 데이비드 파킨(David Parkin)은 의례(ritual)를 다음과 같이 극히 추상적으로 정의한 바 있다. "의례는, 그것의 수행 의무의 지시적 성격 또는 강제적 성격을 의식하는 일군의 사람들에 의하여 수행되는 공식적 공간성(formulaic spatiality)이다."[7]

의례는 일정한 공간에 모인 사람들이 그들의 움직임을 통하여 공간을 일정한 구조를 갖는 것으로 조성해 낼 때에 발생한다. 의례는 의례 공간 내에서의 행동의 분절화, 반드시 합리적으로 설명될 수 없는 행동 언어의 분절화로써 사람들의 마음에 어떠한 메시지를 전달하는 것이다. 이 행동의 분절화는 상하 관계나 위계질서를 구성하는 쪽으로 움직인다. 앞에 언급한 지토는 그의 저서에서 대사(大祀)의 의식에서 절차를 면밀하게 분석하고 있다. 기본이 되는 것은 물론 하늘과 땅과 사람 그리고 다섯 방위의 가치 순열화이다. 이 공간의 위계적 가치화는 물론 천자의 움직임(걷고 타고 문을 나오고 서고 하는 모든 움직임), 다른 사람이나 여러 기물과의 관계, 제사 행위에서의 거동, 이러한 것에 의하여 한없이 자세하게 세분화되어 진행된다. 지토가 규명한 여기의 논리는 보다 낮은 차원에서의 행동 양식을 규정하는 예, 가령 "…… 주인은 문에 들어가서 오른쪽으로 가고, 손은 문에 들어가서 왼쪽으로 간다. 주인은 동쪽 계단으로 나가고, 손은 서쪽 계단으로 나간다. 손이 만일 주인보다 낮으면 주인의 계단으로 나간다. ……" 하는 행동의 규정에도 그대로 해당하는 것을 알 수 있다.[8]

공간 내에서의 움직임을 통한 이러한 인간 행동 양식화의 의미가 무엇이든지 간에 그것이 일단은 인간 생활의 기본 요건이 사회적 마찰을 완화하는 데에 기여하는 것임은 틀림이 없다. 다만 이러한 방식이 유일한 것인

---

7   David Parkin, "Ritual as Spatial Direction and Bodily Division", *Understanding Rituals*, ed. by Daniel de Coppet(London: Routledge, 1992), p. 18.

8   이민수(李民樹) 역해, 「곡례(曲禮) 상(上)」, 『예기(禮記)』(혜원출판사, 1993), 29쪽.

가, 또 효과적인 것일 수 있는가를 물어볼 수는 있다. 사람들은 오랫동안 유교적 예나 예절이 내용 없는 절차에 불과하다는 느낌을 가져 왔다. 허례허식(虛禮虛式)이란 말이 이러한 느낌을 나타낸다. 이것은 시대의 여러 조건들이 변화되었기 때문이라고도 하겠지만, 사실상 유교의 예 체제 그것에 들어 있는 것이라고 할 수도 있다. 그것의 체제화나 체계화 자체가 예의 형식화 가능성을 여는 일이다. 유교적 예의 중요한 문제점의 하나는 그것이 구체적인 인간 공동체를 떠나서 존재한다는 것이다. 인간 공동체는 매우 구체적이고 다양한 상호 의존성에 기초한다. 또 그것은 정서적 에너지를 해방함으로써 하나로 유지된다. 인류학자와 동물 행태학자는 위계 없는 사회 질서는 인간 사회 또는 동물 사회 어디에서도 발견되지 아니한다고 말한다. 사회 질서에서 위계란 좋든 싫든 없을 수 없는 것인지 모른다. 그러나 그 위계질서가 형식화·추상화되고 엄격한 계급 제도에 의하여 보강되고 또 이데올로기화될 때 공동체적 의식은 파괴될 수밖에 없다. 상호 의존성이란 인간관계의 불확실성을 전제로 한다. 엄격한 제도적 기율과 독단적 이데올로기의 정당성이 사람과 사람의 관계를 규정한다면 사람과 사람 사이의 복잡한 주고받음은 필요가 없는 것이다. 정해진 대로 하면 될 뿐이다. 정당하게 정해진 것을 수행하지 않은 사람은 처벌될 수 있을 뿐이다.(정의의 경우도 그것은 인간관계의 근본이면서 너무 표면에 나올 때는 인간관계를 파괴한다.)

이것은 형식과 이념의 성격 문제이기도 하지만 규모 문제이기도 하다. 인간관계의 추상화는 그 관계가 구체적인 대면과 사실적 환경의 범위를 넘어갈 때 강화된다. 이러한 관련에서 주의할 수 있는 것은 유교의 제례 의식에 국가와 가족을 중심으로 한 것은 비록 있더라도 구체적인 생활의 영역으로서 공동체의 부분이 결여되어 있었다는 점이다. 이런 점에 착안한 것이 향약(鄕約)에서도 말하여진 향음례(鄕飮禮)라고 하겠지만, 이것은 별로 시행되지도 아니하였고 공동체 전부를 포함하는 잔치가 된 것도 아니었다. 유교적 예의가 유교적 이데올로기 그리고 그 체제 전부가 붕괴하면서 쉽게 사라지고 문명 없는 상태가 된 것은 이러한 관련에서 이해될 수 있는 것인지 모른다. 그것은 살아 있는 생활 공간의 이치이기를 오래전부터 그친 것이다.


## 3

사람 사는 사회가 살 만한 것이 되는 데에 필수적인 것의 하나가 예의이지만, 그것은 모순되는 요소의 우연한 결합으로 이루어지는 것으로 보인다. 그것을 역사와 사회의 전체적인 관련에서 볼 때 우리는 우선 그것의 불순한 복합성에 놀라지 아니할 수 없다. 앞에서 우리는 그것이 지나치게 정당한 것이 될 때, 인간의 공동체적 관계를 공고히 해 주는 것이 아니라 오히려 파괴하는 것이라는 점을 언급하였다. 예의의 의미는 사람 사이의 관계를 평화롭게 하고 부드럽게 하는 데에 있다. 그러나 그것은 경직된 정당성의 이데올로기가 될 때 오히려 사회관계를 폭력적인 것이 되게 한다. 옛날에 상놈 볼기짝 때리는 일에서부터 사화(士禍)에 이르기까지, 또 오늘날 많은 크고 작은 싸움과 노여움이 여기에서 나온다. 또 그것은 관혼상제 시의 부의금으로부터 흔히 "인사한다"라는 말로 표현하는 뇌물 수수에 이르기까지 부정부패의 구실이 되기도 한다. 우리처럼 예절을 당위가 아니라 우아함으로 받아들이는 사회에서, 예절은 폭력이나 위압보다는 계급적 오만과 차별의 숨은 기준이 된다.

이러한 여러 문제를 떠나서 예의의 근본 문제는 그것을 구성하는 근본 바탕에 있다고 할 수 있다. 그것을 살펴볼 때, 그것이 높은 의미에서 사람의 사람다움을 이루는 요소라고 생각하기 어렵게 한다. 서양의 예절이란 이익에 기초한 처세술의 하나로 대두된다. 자기 확대의 추구가 폭력 수단을 사용할 수 없게 될 때 사용하는 전략이 예절이다. 궁정 예절의 세계는 폭력이 배제되면서 모략과 계책과 파당의 세계가 되고, 예절은 이것을 감추는 수단이 되는 것이다. 이것은 동양의 궁전에서도 마찬가지였을 것이다. 조선조의 많은 상소문은 격조 높은 수사학을 통한 자기 확대의 추구이다. 그러나 이것보다 더 중요한 문제는 예절과 예의가 바로 폭력이 배제된 세계이면서 커다란 폭력, 독점되고 절대화된 폭력에 의하여 보장되는 것이라는 점이다. 엘리아스의 분석이 맞는 것이라면, 서구 사회가 중세의 야만성에서 문명의 상태로 옮겨 가는 과정에서 핵심적 역할을 한 것이 절대 권력의 성립이다. 동양에서 예의가 지배적인 사회 통제의 방법이 될 수 있었다면, 그것은 천자를 정점으로 하는 권력의 체계가 우주적 정당성을 가진 사상과 행동의 체계로서 전달될 수 있었기 때문이다.

예와 예절이 고귀한 것이든 아니든 사회적 평화의 확보를 위하여 필요한 것이라고 한다면 그 나름의 의미를 갖는다고 하겠지만, 절대적 권력의 필요는 지불해야 하는 대가로는 지나치게 높은 것이라는 느낌을 준다. 스스로 느끼고, 스스로 생각하고, 스스로 사는 자율성이 인간 존엄성의 핵심이라고 생각하는 사람에게 그것은 인간의 존귀한 모든 것을 주고 얻어지는 평화 또는 평화의 한 수단에 불과하다. 또는 보다 실제적인 문제로서 예의 있는 사회는 절대적 권력이 없이는 불가능하다는 생각도 할 수 있다. 그리고 그렇다면 예의 없는 사회로서 우리 사회의 문제는 해결할 도리가 없는 것으로 보인다. 자유 민주주의 체제로서 한국에서는 영원한 싸움의 상태만이 삶의 조건이 될 것이다.

이것은 인간의 사회적 삶의 근본에 존재하는 난제의 하나이다. 강제력 없는 사회 질서가 존재할 수 있는가? 완전히 자유로운 질서는 모순 어법에 불과한가? 참다운 자유는 필연에 복종하는 것이라는 것은 칸트의 철학적인 해답이다. 이것은 더 구체적으로는 주어진 정치권력에 복종하는 것이되겠지만, 그 권력에 대하여 필연성을 보여 주는 규범성을 요구하는 것이되기도 할 것이다. 이러한 공식이 권력과 사회 질서와 자유의 문제를 간단히 풀 수 있을지는 알 수 없다. 유교적 질서의 문제 해결 방식도 비슷했다고 할 수 있다. 거기에 자유의 개념이 분명하게 있었다고 할 수는 없지만, 내면적으로 수긍할 수 없는 질서에 복종하는 것이 옳지 않다는 생각은 분명하게 있었다. 그런 만큼 인간 이성의 자율성 또는 유교적으로 표현하여인성의 자연스러움에 따른 자율성은 있었다고 할 수 있다. 복종하되 그 복종의 질서는 도에 맞는 것이어야 했다. 이것이 유자들의 정치적 수난의 한원인이 되었다.

그러나 유교 질서에서의 규범성에 대한 강한 요구는, 앞에서 말한 바와 같이 삶의 모든 면의 경직성을 가져오고 자연스러운 공동체적 질서의파괴로 나아가는 것이 되었다. 권력에 대한 보다 민주주의적인 태도는 사회 질서에 필요한 권력을 한 군데 집중하지 않게 하자는 것이다. 그러나 이것이 권력을 없애자는 것은 아니다. 그것은 권력의 분산과 함께 권력의 담당자를 교체함으로써 권력의 체계와 사람의 체계를 분리하는 계책이라고할 수도 있다. 그러나 민주 체제는 권력으로부터 권위(권위는 필연적으로 체제보다는 개인의 인격의 힘에서 나오는 것임에)를 제거하여 사회의 여러 규범으로부터도 권위를 제거한다. 그리하여 법과 형법의 중요성이 증대한다. 예의 질서의 이상은 권력과 자유 그리고 사회 질서의 문제들을 행형의 강화와는 다른 방법으로 해결하려는 것이었다. 근년에 서양에서 유교에 관하여 발언한 사람으로서 이를 가장 긍정적으로 평가한 사람은 허버트 핑거렛(Herbert Fingarette)일 것이다. 예의 특징은 현실적인 힘이 아니라 마술적인 힘으로써 사람과 사람의 관계를 조절하는 장치라는 데 있다고 그는 생각한다. 예로써 그의 뜻을 이루려는 사람이 "적절한 예의 공간에서 적절한 예의 동작과 말로 뜻을 표할 때, 그 이상 그가 노력하지 않고도 일은 이루어진 것이 된다."[9] 예의 형식이 이것을 가능하게 한다. 군자는 이 형식, 전통을 통하여 세련화된 이 형식을 완전히 자기 자신의 것으로 만든 사람이다. 그리하여 자기 자신을 완전히 아름다운 형식과 일치가 되게 한 사람이다. 이 형식 속에서 나와 다른 사람이 만난다. 거기에는 아무런 강제력도 없다. "내 동작은 당신의 동작과 조화를 이루며 화운한다. 어느 쪽도 힘을 주거나 밀거나 요구하거나 강제하거나 또는 작위를 가하는 것이 아니다."[10] 이것이 예의 상태이다.

형식 속에서 사람과 사람이 아름답게 움직여 가는 것, 이것은 비유적으로 말하여 무용과 같은 것이다. 예를 이야기함에 음악(예는 예악(禮樂)이라고 음악과 연결된다.)과 무용이 말하여지는 것은 『예기(禮記)』에서도 보는 것이다. 그러나 예가 무도(舞道)와 같은 것이라고 하더라도, 그것이 무도가 되려면 모든 사람이 무도법을 익히고 있어야 한다. 사람 사회의 대부분의 문제는 이 무도의 법이 지켜지지 아니할 때 어떻게 할 것인가 하는 문제이다. 그러나 그런 경우에도 개인적인 완성으로서의 무도가 없는 것은 아닌지 모른다. 기사의 예절을 가장 잘 익힌 사람으로 알려진 필립 시드니 경은 전쟁터에서 부상을 당하여 쓰러져 있을 때에 자신에게 가져온 물을 다른 부상한 병졸에게 먼저 주라고 하였다. 이러한 이야기가 예의의 형식이 도덕적으로 승화한 경우를 보여 주는 것이라고 할 수 있다. 처음에 언급한 카뮈의 의사 주인공 이야기는 조금 더 현실적 가능성이 있는 상황에서의 사회 무도자의 덕성을 예시하는 것이라고 할 수 있다.

---

9   Herbert Fingarette, *Confucius: The Secular as Sacred* (New York: Harper Torchbooks, 1972), p. 3.
10   Ibid., p. 8.

그러나 집단적이거나 개인적인 차원에서 높은 덕성의 가능성이 성숙한 것은 심히 복잡하고 오랜 경위가 있어야 하는 것일 것이다. 그러한 경우에도 처음에 존재하는 것은 강력한 권력이라고 할 수 있다. 그것이 개인적 소 폭력의 사용을 비현실적인 것이 되게 한다. 그런 다음에 영리한 처세술로서 예의와 예절이 등장한다. 그러나 그것은 세월과 더불어 또 많은 세대의 심미적·규범적 노력을 통하여, 펑거렛과 같은 예의 옹호자가 말하는 것처럼 공리적 전략 이상의 것으로 발전할 수도 있을 것이다. 또 한 사회가 어느 정도 그러한 문명화를 이룩하는 것이 불가능한 것은 아닐 것이다. 세계에는 분명 이러한 관점에서의 더 문명한 사회가 있고 덜 문명한 사회가 있다. 그러나 공리적 타산의 세계로부터 보다 높은 삶의 양식으로의 도약은 차원을 달리하는 도약이다. 그것이 어떻게 가능한가는 사회사와 역사로써만은 설명할 수 없다. 의사와 같은 사람이 사회의 공리적 삶에서 저절로 나오는 것은 아니다. 그렇기 때문에 그러한 사람은 본인이 어떻게 생각하든, 카뮈가 어떻게 설명하든 간에 특출한 영웅적 인간이며 소설 속의 인물이다.

보통의 차원에서 한 사회가 할 수 있는 정상적인 것은 인간의 상호 의존성의 확인이며 그 의식의 제도화 정도이다. 이것은 보다 높은 행동과 삶의 방식과 같은 것은 아니면서 그것의 바탕을 이룬다. 그보다 더 중요한 것은 높은 삶의 가능성과 관계없이 살 만한 삶의 최소한도의 조건을 이룬다는 것이다. 상호 의존성의 인식은 참으로 강력한 권력의 압력하에서만 생기고 유지되는 것일까? 유감스럽게도 폭력적 투쟁의 가능성이 남아 있는 한 사람들은 그것을 완전히 버리지는 아니할 것이다. 그것은 불합리하고 불법적인 수단의 경우에도 마찬가지이다. 이러한 것들의 실용성을 보장하는 폭력의 독점, 강제력의 독점이 필요할 것이다. 그러나 기능적인 의미에서 생존의 상호 의존성이 눈에 보일 수밖에 없고, 어느 정도의 문명화된 의식이 있는 곳에서 이 권력은 법과 규범 그리고 민주적 권력의 체계로 대체될 수 있을지 모른다. 그리고 중요한 것은 상호 의존성의 공동체가 구체적으로 우리의 주변에 존재하여야 한다는 것이다. 또 이것은 우리가 살아가는 데에 필수적 조건이다. 단지 이것은 사회의 거대한 테두리, 역사적 과정과 권력의 체계와 의식의 확산 속에서 생기는 것이면서 또 그것에 의하여 파괴된다. 그것은 큰 사회 과정의 자비에 의존하면서, 그것으로부터 독자적으로 주제화되고 방어됨으로써 존재한다.

## 4

서양 근대 문학의 근거는 구체적인 생활의 공간에 있다. 그러나 어느 문학에 있어서나 문학이 심미적인 관점을 완전히 피할 수는 없다고 한다면, 그것은 현실에 대한 감각적 반응을 중요한 것으로 포함한다는 것이고, 구체적인 인간이 구체적으로 삶을 영위하는 공간을 그 토대로 한다는 것이다. 그렇기는 하나 서양의 근대 리얼리즘의 문학이 구체적인 생활 공간에 존재하는 인간에게 특히 그 시점을 돌린 것은 사실이다. 앞에 말한 바와 같이 폭력이 배제된 상호 의존의 세계는 전체적으로 합리화되어 가는 과정의 일부로서 다른 사람의 심리와 행동을 끊임없이 추측하고 계량하면서 자신의 생존 전략을 만들어야 할 필요를 낳았다. 엘리아스는 이것이 문학에 반영되어 17세기와 18세기의 인간 관찰의 문학이 성립했다고 말한다. 이러한 인간 관찰은 점점 더 세련된 심리적 성찰의 전통이 되어 20세기 소설에까지 이어진다.

문학의 합리화와 심리화에 대한 반응이 반드시 긍정적인 것은 아니다. 아마 이러한 심리적 현실주의의 소설들은 문명화되어 가는 세계를 전략적으로 관찰하거나 그리는 것 이상으로 그러한 세계의 진부성을 보고하고, 그러한 세계의 진부성에도 불구하고 일어나는 현실 초월의 순간을 드러내려고 한 것일 것이다. 다른 한편 문명화가 요구하는 원초적 충동의 억압은 더 적극적으로 불행의 원인이 된다. 프로이트(Sigmund Freud)가 말한 바 문명의 불편한 요소는 문명 생활의 필연적인 조건이 되고, 그것은 개인적으로나 사회적으로나 정신병적인 표현의 동력이 된다. 독일에 있어서의 『빌헬름 마이스터』에서 『마의 산』에 이르는 교양 소설에서 호소되고 있는 것은 문명화의 가혹한 억압에 대하여 충동의 해방이다. 이러한 억압의 고발은 심리적·인격적 면에서 사회 제도적 면으로 초점을 옮기면서 우리나라에서도 잘 알려진 비판적 리얼리즘의 문학이 된다.

이러한 개관은 지금에 와서 너무나 진부한 것이다. 다만 그것을 여기에서 상기하는 것은 이러한 문학의 흐름들을, 엘리아스가 시사하는 바와 같이 합리화 과정 또는 그보다도 상호 의존의 공간으로서 사회의 성립과의 관련에서 볼 수 있다는 것을 말하려는 것뿐이다. 조금 전에 말한 것처럼 문학은 어느 경우에나 구체적인 인간의 입장을 완전히 떠날 수는 없다. 이것은 동양의 전통 문학의 경우도 마찬가지이다. 앞에서 말한 대로 예의 체제가 동양 사회의 생각과 행동의 기본적인 규제였다고 한다면, 동양의 문학은 다른 문학보다도 인간의 상호성에 대한 의식을 강하게 가진 문학이었다고 할 수 있다. 지나친 일반화를 무릅쓴다면 문학 그 자체가 예의 행위의 일부를 이루었던 것이 아닌가 하는 생각도 할 수 있다. 그러나 그렇다면 그것은 인간 상호성의 문제를 지나치게 높은 차원에서 접근한 것이 된다. 그리하여 구체적인 공간의 문제가 시계 밖으로 벗어나는 결과를 가져온다. 대일본 관계를 논한 정다산(정약용)의 글에 일본이 예를 알게 됨으로써 더욱 원만한 양국 관계를 성립하게 될 것이라는 전망을 한 것이 있지만, 황매천(황현)이 쓴 글에는 산길에서 도적맞은 선비의 이야기를 전하면서, 선비를 알아보지 못한 도적이 있음을 개탄하는 것이 있다. 예의의 세계가 구성되기 전에 사람의 세계는 상호 의존의 공간으로 구성되어야 한다. 이것은 높은 원리보다도 사람의 구체적인 필요에, 일하고 거래하고 살아가는 구체적인 공간의 정상성에 그 근거를 가지고 있다.

이 공간의 상태가 어떠한 것인가? 이 공간의 문제는 많은 사람들이 현실로 부딪치는 문제이면서, 문학이 출발하는 자리의 문제이기도 하다. 물론 문학이나 사람의 보람이 이 공간 속에 모두 포용되는 것은 아니다. 또 사회의 일이 거기에서 끝나는 것도 아니다. 앞에서 말한 바와 같이 그것은 보다 큰 사회와 역사의 과정에 이어져 있다. 어쩌면 그에 부수하는 이차적인 현상일 것이다. 그러나 구체적인 삶의 공간, 평정된 일상생활과 그 물질적·제도적·심리적 기반은 주제화될 필요가 있다. 그리고 이것은 현실의 인식과 실천의 준거점이다. 어느 때보다도 어지러운 듯한 작금의 우리 사회를 보면서, 그 이전에도 우리의 나날이 험악한 것이었음을 생각하지 아니할 수 없다. 이러한 생각을 하면서 더 큰 문제와 더 큰 다른 요인을 떠나서도 이것은 살펴보아야 할 문제라는 것을 깨닫는다.

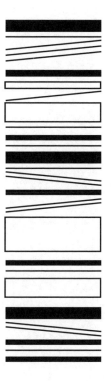

**2장**

상황과 전망

# 개혁의 현재

정작 서기 2000년에 들어서면서 새로운 천 년 관련 행사들은 조금 숙어드는 것으로 보인다. 1000년은 계속될 듯하던 흥분이 며칠 사이에 사위고 행사꾼들의 에너지는 또 다른 새로운 흥분을 찾아 다른 무엇을 모색하는 것일 것이다. 과거를 축약하고 미래를 점치는 일도 흔한 새 천 년 행사의 하나였다. 과연 모든 것이 연출과 공연이고 매체 언어가 되는 세상이다.

그러나 다른 한편으로 행사와 언어의 잔치의 연속은 정처를 찾지 못한 불안한 모색의 표현이다. 오늘의 시대가 현재의 위치와 미래의 향방에 대하여 새로운 검토를 필요로 하는 시점에 있는 것은 분명하다. 시대 변화의 속도는 날로 빨라지고 있지만 이 변화의 의미는 불분명하다. 비단 우리나라뿐만 아니라 세계적으로 그러하다. 우리는 근년에야 오랫동안의 권위주의 정치와 초기 산업화의 모순을 벗어나는 경험을 하였다. 그리하여 그 연장선상에서 지금의 변화는 보다 나은 미래를 향하는 것처럼 느낀다. 그러나 지금의 변화의 누적이 어떤 의미 있는 방향을 지시해 주는 것일까? 변화의 혼미를 넘어서 사실적이면서도 희망을 주는 어떤 역사적 전망이 가능한가? 지금의 시점에서 이러한 질문에 대한 답변을 분명하게 말하기는 심히 어려운 일이다.

역사와 사회를 하나의 분명한 기획 속에 포용한다는 것은 이론으로나 현실로나 어리석은 일일 것이다. 지난 10여 년 동안에 일어났던 세계사적인 사건들의 교훈이 그것이다. 그러나 한 사회가 그 미래에 대한 총체적인 비전이 없이 참으로 좋은 사회를 향한 변화를 꾀할 수 있을까? 오늘날 우리 사회를 움직이고 있는 것은 경제적 동기이다. 경제가 중요한 것은 사실이다. 그러나 경제적 번영이 반드시 살 만한 삶을 가져오는 것은 아니라는 비판도 적지 않다. 경제를 하나의 테두리 속에서 의미 있는 것이 되게 하는 것이 사회적 이상일 것이다. 더 나아가 이러한 이상을 정당화하는 것은 사람의 삶을 뜻있는 것이 되게 하고 고양된 것이 되게 하는 삶의 총체적인 비전이다. 이상적인 삶과 사회는 아무 데에도 존재하지 아니한다. 그렇다 하더라도 그러한 이상은 현실 정치와 경제와 사회 정책에 숨은 영감이 될 수 있다. 또 좋은 삶의 이상은 실현되지 아니하면서도 목적이 아니라 그것을 향한 과정 자체로서 사람들에게 보다 높은 삶의 기쁨을 깨달을 수 있게 한다.

오늘의 많은 변화들은 시대의 증후라는 점에서 양의적(兩義的)인 것으로 보인다. 그 점에서도 바로 오늘의 시대는 위기의 시대인지 모른다. 여러 서양 말에서 위기라는 말은 갈라내고 결정한다는 의미의 그리스어 크리네인(krinein)에서 온다고 한다. 여러 가능성을 하나로 선택하여 결정하여야 하는 시점이 위기이다. 선택의 어려움은 하나의 일과 하나의 선택에 여러 가지 가능성이 있다는 데에 있다. 어쩌면 역사는 이러한 이율배반적 선택을 더 많이 강요하는 것인지도 모른다. 경제 발전은 분명 보다 나은 사회와 삶을 위한 가능성을 열어 준다. 그러면서 그것은 또한 개인과 집단의 삶에 수없는 왜곡을 가져오기도 한다. 그러나 미래를 위한 선택은 양의적인 현실 속에 찾아지는 수밖에 없다. 진화론자들은 생물의 신체 기관의 진화를 설명함에 있어서 새로운 환경에 적응하는 기관은 지나간 환경에서 발달한 기관이 새로운 기능을 획득하고 또 그에 따라 새로운 형태적 변화를 이룩한 결과라고 말한다. 어떤 환경에서 생겨난 것이 다른 환경에 부딪쳐 전혀 다른 의미를 가지게 되는 것이다.(이것을 adaptation에 대하여 exaptation이라고 부르기도 한다. 상황 내 적응에 대하여 상황 외 적응이라고 할까.) 역사의 변화와 도약도 이러한 면을 가지고 있는 것으로 생각된다.

금년 초에 정부에서는 IMF 위기를 극복하였다고 선언하였다. 이러한 선언의 의미는 많은 정치적 일반론처럼 사회의 각 부분과 개인에 따라서 달리 받아들여질 것이다. 그러나 1997년 이후 한국 사회를 지배했던 경제적 위기가 극복되어 간다는 느낌은 일반적이라 할 수 있다. 기업들의 가동률이 그 전의 수준으로 회복되고 실업률이 내려가고 수요와 소비가 늘어난다고 한다. 경제 회복의 원인이 무엇인가는 위기의 원인이 무엇이었던가에 대한 정확한 이해가 없이는 불가능한 것이겠지만, 방만한 경영 체제로서의 재벌 해체와 정비, 금융 개혁, 기타 구조 조정이라는 이름의 경제 능률 향상을 위한 여러 시책이 위기 해소에 중요한 것이었다고 이야기된다. 하여튼 경제 위기가 이렇게 하여 극복된 것이거나 되어 가는 것이라면 그것은 매우 다행한 일이다.

구조 조정의 중요 부분을 이루는 것은 고용 축소인데, 이것은 긴급한 생활의 측면에서 사회적 고통을 수반하는 것으로서 경제 개혁의 방향에 대하여 적어도 당장에는 회의를 품게 하는 일이었다. 그러나 그것이 사회적 위기를 촉발할 정도의 상태까지는 이르지 않고 일정한 한계 속에 수행되는 것으로 보인다. 이것은 다른 요인들도 있지만 현 정부가 사회의식을 가진 정부라는 것을 표현하는 것이라고 할 수 있을 것이다. 물론 이것은 우리의 역사적 기대 수준이 낮은 것에도 힘입은 것이다. 이것은 여러 다른 사회 정책에 대한 우리의 기대에도 해당되는 일이다. 우리 사회에서 요구되고 있는 사회 정책은 매우 초보적인 것이다.

그러나 오늘의 경제·사회 정책들의 성공이 계속한다고 하더라도 그것이 보다 높은 기대 수준에 맞는, 좋은 사회의 도래를 향한 기대를 충족시켜 줄 수 있는 발전이 되겠느냐에 대한 우리의 전망은 불투명한 것으로 말할 수밖에 없다. 오늘의 성공은 한국 사회가 선진 산업 국가들이 주도하는 세계 경제 체제의 요구에 한 걸음 더 다가선다는 것을 의미한다. 이전에도 한국 경제가 세계 자본주의 경제 체제의 일부였던 것은 틀림이 없지만, 이번의 위기는 그것을 조금 더 분명히 하였다. 최근에 와서 이 세계 체제는 한국과 같은 후발 근대 산업 국가만이 아니라 선진 산업 국가에서까지도 그 체제적 강제성을 강화하고 있다. 한국의 경제 위기는 다른 여러 외적·내적 요인과 함께 이러한 체제 강제성의 한 국지적 표현이었다고 할 수 있다.

자본주의의 세계화가 요구하는 것은 정치·경제의 운영에 있어서 사회적 고려의 축소이다. 근래에 와서 미국과 유럽 여러 나라 정부들의 주 관심사는 그간 확대되어 온 사회 복지 정책들을 개혁하는 일이었다. 개혁한다는 것은 물론 축소를 말한다. 이것은 집권 정당이 보수 정당인 경우뿐만 아니라 사회당인 경우에도 마찬가지이다. 세계화 경제의 사회적 측면을 가장 신랄하게 비판하는 피에르 부르디외(Pierre Bourdieu)의 판단으로는, 오늘날 구미에서 일어나고 있는 것은 오랜 역사적 투쟁과 발전을 통하여 얻어진 사회적 업적을 헐어 내고 무한 착취의 체제를 그 자리에 들여놓으려고 하는 일이라고 한다.[11] 이러한 맥락에서 볼 때 우리 정부의 개혁 정책이 보다 나은 사회의 실현으로 나아가는 노정의 일부라고 볼 수 있을까? 그것

---

**11** Pierre Bourdieu, *Acts of Resistance: Against the Tyranny of the Market*(New York: The New Press, 1998), p. 94.

은 단지 세계 체제의 명령에 복종하는 것에 불과한 것이 아닐까? 이것은 조금은 현실적이라기보다는 공허한 이론적 질문이다. 그러나 세계 체제의 조건은 정부의 시책들에서 유추하여 사회의식과 인간적 삶의 실현에 대한 관심을 읽는 것을 어렵게 한다.

지난 몇십 년간의 한국의 역사는 크게는 두 주제로써 말하여질 수 있다. 하나는 산업화 내지 근대화이고, 또 하나는 민주화이다. 이 두 주제는 서로 보조를 같이하는 것 같기도 하고 서로 모순된 것 같기도 하다. 역사의 현실은 그 모순만을 강조하여 보여 준 인상을 준다. 그러나 실제에 있어서 그 관계는 매우 불분명하다. 이 불분명성은 IMF 위기에 대한 대처에도 들어 있다. 이 위기는 한국 사회의 민주화 과정의 한가운데에 왔다. 민주화 운동의 물결을 타고 등장한, 그리하여 민주화의 지속을 수임한 정부가 바로 경제 위기 해소를 위한 정책을 취하지 않으면 아니 되었다. 민주화와 IMF 경제 대책 사이에는 모순이 있을 수도 있다고 하여야겠지만, 민주화의 상승 곡선 위에 위치한 정부의 이에 대한 대처와 앞에 말한 우리의 역사적 기대 수준의 요인이 합쳐서 이 모순은 적어도 지금까지는 성공적으로 봉쇄될 수 있었다. 뿐만 아니라 경제 정책은 민주화의 정책이기도 한 것으로 보이기도 하였다. 사실 경제 위기의 한 원인은 경제와 정치에 있어서 여러 형태의 부패로 인한 비능률의 확산에 있었다. 부패 척결을 위한 조치는 불충분한 대로 경제 회복을 위한 것이기도 하고 민주화 프로그램을 이루는 것이기도 하다. 부패 척결은 민주 체제하에서의 정부와 기업의 국민에 대한 책임 또는 공공성에 대한 책임을 분명히 하는 데에 기본이 되는 것이다.

그러나 지난 몇 년 동안 부패 척결을 위한 조치들은 상당 부분 정부 자체의 이니셔티브보다는 국민 여론의 압력하에 이루어진 것이었다. 인권 수호의 정당성에 대한 적극적 인정, 표현의 자유의 확대, 노동 운동이나 시민 단체 활동의 자유화 내지 활성화 등도 그러하다. 이러한 이음새에서 다시 한 번 우리 사회의 주제가 민주화라는 희망을 가지게 해 주는 것이 최근 총선연대의 선거 관계 활동이다. 사회가 어디로 가는 것이든지 변화의 집단적 의지의 조직화된 주체가 되는 것이 정치이고 그러한 정치의 핵심에 있는 것이 국회라고 한다면, 국회가 기존의 특수 이익의 추구와 개인 권력의 확보와 부패의 고지로 남아 있고서는 그 사회에서 공동선의 실현을 위한 주체는 없는 것이 될 것이다. 선거를 통한 정치 개혁의 기틀을 마련하려고 하는 시민운동은 우리 사회의 향방에 사위어 가던 희망을 불러일으키는 일이다. 그것은 보다 큰 어떤 흐름을 시사하는 것 같기도 하다.

시민운동은 한국에서만이 아니라 세계적으로 중요한 것이 되어 가고 있다. 오늘날의 세계화 속에서 이것은 지역이나 국가 그리고 국제적 맥락에서 보다 나은 세계를 실현하는 데에 어떤 역할을 맡을 가능성이 크다. 유전자 변형 작물 생산 업체에 대한 저항, 환경 파괴 산업체 상품 매매 거부, 노동 착취 생산품 불매, 세계화라는 이름의 자본 시장 확대 반대 등의 움직임은 작은 대로 이러한 운동이 세계적으로 효과를 거두고 있는 예이다.

그러나 총선연대의 국회 의원 선거 공명화 운동에서 너무 많은 것을 기대할 수는 없을 것이다. 이러나저러나 기존 정치 체제의 부분 수정이 앞으로의 좋은 사회를 내다보게 하는 것은 아니다. 국회 의원 출마 예상자들이 범법자, 특히 수회(收賄)와 부패에 관련된 범법자이어서는 아니 된다는 것은 너무나 당연하다. 총선연대와 국민의 감시와 압력으로 이러한 사람들이 국회 의원 후보가 되지 못하게 된다는 것은 커다란 진보임에 틀림이 없다. 그러나 바른 후보자가 될 수 없는 사람을 대체할 사람은 어떤 사람이어야 하는가? 무엇을 위해서 새로운 국회 의원이 필요한가? 여기에 대한 토의가 없는 교체가 참으로 새로운 사회를 위하여 도움이 되는 것인가? 무작정한 세대교체의 요구는 끊임없이 신종 상품을 내놓고 그것을 발전으로 생각하게 하는 소비 시장의 논리와 비슷한 것이 될 수 있다.

보다 일반화하여, 계속되는 움직임으로서의 정치 운동은 바람직한 것일까? 정치의 정치로서의 계속이 좋은 것일까? 필요한 것은 정치 자체가 아니라 정치를 국민의 삶을 안정시키는 실질적인 작업으로 전환할 전망을 보여 주는 정치이다. 사람이 사는 데에 정치가 없을 수 없다. 정치는 영원할 것이다. 그러나 정치는 구체적인 삶의 작업으로의 전환이어야 한다. 진정한 정치는 부단한 자기 소멸의 과정이다. 어떤 경우에나 시민운동은 그 고무적인 영향력에도 불구하고 우리 사회의 정치 운영의 복판에 있지 아니하다. 많은 것은 아직도 모호한 상태에 있다. 정부가 추진하는 개혁들은 우리 사회의 전체적인 미래상이라는 관점에서 어떻게 생각해야 할지 알기 어려운 점을 너무 많이 가지고 있다.

정부가 개혁이라는 이름으로 추진해 온 교육 정책은 그것 자체의 잘잘못을 떠나서 오늘의 개혁 일반의 배후에 있는 철학, 인간과 사회에 대한 이해를 살피게 하는 좋은 예가 된다. 또는 그것은 그러한 철학과 이해의 결여를 단적으로 느끼게 한다. 대학 교육에 관계된 부분만을 살펴볼 때, 오늘의 대학 개혁의 목표는 교육과 연구의 실용화로 보인다. 그 자체는 시대의 요청에 부응하는 것이라고 할 수 있다. 그런데 시대의 개혁 움직임의 정신을 짐작해 본다는 관점에서 주목할 것은 정책 수행의 실제적인 수단과 정책의 내용과 정책 수행자의 언동을 통해서 드러나는 학문 이해의 태도이다. 오늘날의 지배적인 시대정신이 그러하기 때문에 정책 수행의 언어와 방법에 사용되는 가장 조잡한 단기적 돈의 경쟁 논리와 수단은 아무도 문제 삼지 아니하는 것으로 보인다. 그러나 무의식 속에서나마 많은 사람들로 하여금 교육부의 정책에 비판적이 되게 하는 숨은 이유의 하나는 여기에 대한 당연한 혐오감일 것이다. 그러나 이러한 돈의 경쟁 논리는 시대에 책임을 돌리는 수밖에 없는지 모른다. 그렇다고 그것이 보다 나은 사회를 생각할 때에 중요한 문제가 아니 되는 것도 아니고 또 정부 개혁의 근본 철학을 짐작하는 데에 중요한 지표가 아니 되는 것도 아니다. 어쨌든 좀 더 신중하게 생각해 볼 만한 것은 정책의 밑에 들어 있는 학문과 학문의 체제에 대한 이해와 태도이다.

여러 문화 전통에 있어서 학문은 공리적 결과에 관계없이 그 자체로 의의를 갖는 것으로 생각되었을 뿐만 아니라, 또 많은 경우 어쩌면 공리성이 약한 학문일수록 학문의 위계질서 속에서 더 높은 위치를 차지하는 것으로 생각되었다. 가령 중세로부터 서양에 있어서 신학이나 철학 또는 고전학, 동양에 있어서 경학이나 문(文)이 중요했던 것은 이러한 생각을 표현한 것이다. 여기에 대하여 현 정부의 관점에서 중요한 학문은 경제 발전에 직접적으로 관련된다고 생각되는 과학 기술과 경영학이다. 그리하여 대학은 그것 중심으로 개편되는 것이 마땅하다고 생각한다. 소위 근래에 많이 말하여졌던 인문 과학의 위기는 전통적 교육과 학문의 개념에 대한 현 정부의 해체 작업에서 연유한다. 그런데 이러한 문제는 대학에만 한정된 것이 아니고 전체적으로 사회에 있어서의 지식인 또는 지식을 재정의하려는 정부 방침에서도 볼 수 있다. 정부가 새로운 지식인의 이상으로 내세운 신지식인은 경제적 이익을 가져올 기술의 연마자나 발명자를 지칭한 것이다.

실용 학문 중시는 수긍할 수밖에 없는 국가 경제의 필요 이외에 정치적인 의미를 가지고 있다고 할 수도 있다. 순수 학문의 본래적인 의의가 무엇이든지 간에 그것에 대한 맹목적 숭앙을 강요하는 전통이 어떤 경우에나 비민주적 사회의 정당화의 한 수단이 되었던 것은 부정할 수 없다. 무용한 학문은 유용한 일을 하지 않는 유한계급을 사회의 상위에 두는 사회 조직에 상통하는 것이었다. 민주주의자였던 루소가 유용성이 높은 학문일수록 천시되는 당대의 학문 상황을 맹렬히 비판한 것도 이러한 관점에서였다. 최근 정부의 개혁 조치들도, 비록 그것이 정책 기안자의 의식에 있었던 것은 아니라도, 적어도 그 정조(情調)에 있어서 이러한 관점에서 말하여질 수 있는 것인지 모른다. 또 이것은 우리가 민주 사회를 지향한다고 할 때 충분히 이해할 수 있고 동의할 수 있는 생각이다. 실용적 학문 그리고 기술자와 기술공의 작업의 사회적·인간적 의미는 강조될 필요가 있고 우리 사회 신분 체제는 시정되어야 한다.

그러나 교육 개혁의 의도가 그러한 민주적 사회의 이상에 관계되는 것으로는 보이지 않는다. 그리고 민주 사회를 (기계를 파괴하는 것으로써 중세적 사회의 단순성을 유지하려 한) 러다이트의 관점에서 모든 것의 기층적 조직으로의 회귀로 보지 않는 한 그것은 인간의 여러 경영에 대한 균형을 지향한다. 거기에는 거기에 대응하는 의식이 있어야 한다. 총체적인 관점에서 파악되고 유지되는 학문의 건전한 활동은 그러한 인간 경영에 대한 균형 있는 의식을 유지하는 데에 관계되어 있다. 단순한 환경에서는 이러한 의식은 사람들에게 쉽게 접근되는 것이었을 것이다. 그러나 사람의 삶이 복잡하게 됨에 따라 개체적이고 집단적인 삶의 근본을 잊지 않으려는 일은 학문들의 노력에 의존하여야 할 필요가 생긴다. 일시적이고 국부적인 관점의 인간관은 사람의 삶과 그 필요를 단순화한다. 사회와 인간에 대한 단순화는 왜곡과 고통을 가져온다. 오늘날 우리 사회의 유일한 가치는 돈이다.(경제라고 하면 그것은 아직도 경세제민(經世濟民)의 뜻을 조금은 가지고 있다. 돈 위주의 경제는 이 어원의 뜻을 잊어버렸다.) 이것은 물론 오늘에만 그러한 것은 아니다. 그러나 이것이 작금에 특히 그렇게 된 것을 부정할 수 없다. 그리고 이것과 지금의 정부 사이에 상관관계가 없다고 할 수는 없다. 돈이 유일한 가치이고 모든 수단이 그것에 의하여 정당화될 때, 정의로운 사회 또는 인간성의 바른 실현이 가능할 것인가?(그것이 어떤 가치이든, 유일 가치의 체제 하에서는 같은 문제가 일어난다. 이것은 도덕적 정당성을 가진 가치의 경우에도 마찬가지이다.) 오늘날 대학의 학문과 사회의 기풍을 경제적 유용성이라는 한 방향으로 몰아가는 동기가 모든 증후로 보아 어떤 깊은 인간적 의의를 가진 것이라고 보기는 어렵다고 할 수밖에 없다.

그러나 문제는 대학의 문제가 아니라 사회가 어떠한 의식에 의하여 움직이고 있느냐 하는 것이다. 눈에 보이는 유용성이란 단기적이다. 오늘날의 급변하는 기술 경제 속에서의 유용성이란 특히 그러하다. 이 유용성에 결부된 인간도 단기적인 가치를 가진 존재일 수밖에 없다.(전통 사회에서의 유용한 기예는 단기적인 것이 아니었다. 그것은 모든 면에서 긴 시간에 관계되었다. 그것은 인간의 장구한 필요에 대응하는 것이고 세계와의 긴 사귐을 요구하는 것이었다. 그리고 그 유용성이란 개인적으로나 사회적으로나 사람이 사는 데에 유용한 것이지 극도로 추상화된 경제 수단인 돈 모으는 데에 유용한 것이 아니다.) 항구적인 의미에서 인간에 유용한 것은 무엇인가? 사람의 생물학적 필요는 비교적 자명하다. 사람의 사회적인 필요도 거의 이와 비슷한 절박성을 가지고 있다. 성은 이미 생물학적이고 사회적인 필요의 결합 속에 존재하지만, 의식주의 문제도 집단적인 노력을 통해서가 아니면 충족될 수가 없다. 그러나 인간의 집단적 결속은 그것을 초월하는 의미를 가지고 있다. 세대를 통한 생명의 지속성은 보다 넓은 인간의 유대 그리고 생명체와의 유대로 확장되면서 주어진 대로 사는 삶을 넘어가는 삶의 의미와 신비에 이어진다. 이러한 의미와 신비에의 접근은 모든 사람에게 절실한 필요가 되는 면을 가지고 있다. 그러나 생물학적·비사회적인 필요에 추가하여 모든 사람이 가지고 있는 깊은 또 하나의 필요가 있는 것은 분명하다. 그것은 삶의 보람, 삶의 충만함에 대한 요구이다. 감각의 쾌락이나 삶의 온전함에서 오는 충족감, 형이상학적 체험의 엑스터시 등이 이러한 요구에 대응하는 것이라고 할 수 있다. 그리고 중요한 것은 극한적인 궁핍의 경우가 아니라면 삶의 일체적 실현을 향한 느낌이 다른 실용적인 필요 충족의 노동에서도 보이지 않는 바탕이 된다는 사실이다.

인간의 필요와 욕구는 역사적으로 변용된다. 그리고 새로운 필요와 욕구로 전환된다. 필요와 욕구의 충족 방법도 역사와 더불어 진화한다. 문명이라는 것에 의미를 부여한다면, 문명이란 이 필요와 욕구와 그 충족의 진화를 개인적으로나 사회적으로나 일정한 균형으로 끌어올린 상태를 말한다. 적어도 원시적 단순성을 벗어난 삶에 있어서 문명의 균형을 목표로 하는 것은 불가피하다. 복합적 사회는 단기적으로 유용한 것 이상의 것을 고려할 수 있는 능력과 그것을 가능하게 하는 제도를 필요로 한다. 앞에 언급한 피에르 부르디외는 신자유주의하의 사회성 제도의 파괴를 비판하면서, 이 제도는 말하자면 칸트의 철학이나 베토벤의 음악에 비견될 수 있는 오랜 역사를 경유하여 이룩될 수 있었던 결과물이라는 말을 하고 있다.[12]

그런데 지금의 서유럽 정부들이 이것을 파괴하려 한다는 것이다. 그의 뜻은 사람들이 칸트나 베토벤이 이룩한 것을 없애 버리면 느꼈을 분노를 사회 제도의 파괴에 대하여서는 느끼지 않는다는 것이다. 서구의 경우보다도 급한 사회 문제를 가지고 있는 우리 사회에서 중요한 것은 칸트와 베토벤보다는 사회성의 제도라고 할지 모른다. 그런데 이렇게 말하면서 우리가 생각하여야 할 것은 칸트와 베토벤의 존재와 서구의 사회성의 제도의 성립 사이에 상관관계가 있을 것이라는 점이다. 인간성의 어떤 높이를 보여 준 그들의 철학과 음악은 인간의 가능성에 대한 근대 서구의 지속적 성찰의 일부를 이룬다. 경제적 발전이 사회적 업적으로 전환되는 데에는 인간에 대한 반성, 즉 인간의 필요가 무엇이고 또 궁극적으로 인간이 무엇인가 대한 깊은 성찰이 병행되어야 한다. 이러한 말은 조금 시대착오적인 것이라고 할 수도 있다. 인간성의 높은 한계로서의 칸트와 베토벤은 인간의 다른 면의 중요성을 잊어버리게 한다.(베토벤을 들으면 모든 사람들의 머리

---

12 Pierre Bourdieu, ibid., p. 61.

를 쓰다듬고 싶은 충동을 일으키니까, 그것을 경계해야 한다는 레닌의 농담은 엄청난 역사적 과오의 원인이 되었지만, 고급문화의 허위의식에 대한 비판을 포함한 말로서 일리가 없는 것은 아니다.) 문제가 있다고 하더라도, 온전한 삶의 실현에 대한 관심은 사회 발전의 주체를 형성하는 관심이다. 그것은 인간 과학만의 관심사가 아니다. 그것은 모든 소박한 일상적 삶의 영위 속에도 들어 있는 것이다. 오늘의 경제 이데올로기의 문제는 이러한 관심으로부터 너무 멀리 떠나 있다는 것이다.

인간학적 성찰을 통해서 얻어지는 것이든 실생활의 깊이 속에 잠겨 있는 것이든 온전한 삶에 대한 관심은, 보다 조화되고 고양된 인간의 필요와 욕구와 그 충족은 적절한 조건하에서만 가능하다. 이 조건이란 충족의 가능성과 함께 가능성에 가해지는 제약과 제한을 뜻한다. 그러나 이 가능성과 제약은 반드시 서로 다른 것이 아니다. 그것은 다르면서 하나이고 하나이면서 다르다. 이것은 사람의 자연과의 관계에서 쉽게 볼 수 있다.

오늘날 환경 문제는 성장주의 경제의 가장 큰 문제의 하나이다. 인간이 거주하는 한정된 지구 환경에서 무한한 경제 성장이 한계에 부딪치리라는 경고는 오래전부터 말하여져 왔다. 무한정한 경제 발전의 추구가 자원의 한계에 부딪칠 뿐만 아니라 엄청난 환경 파괴를 초래하리라는 이론적 경고는 이제 상당히 절실한 현실 의식으로 보편화되었다. 그러나 모든 사회와 국가의 정책은 경제 성장이라는 관점에서만 논하여진다. 정치와 국가의 모순은 무한한 성장이 후진국만이 아니라 선진국에서까지도 국가의 존재 이유가 되게 한다. 환경 파괴 원인의 하나는 경제 성장을 추동하는 산업 기술이다. 그러나 환경 파괴를 방지하거나 감소시키는 방법도 거기에서 나온다는 생각이 있다. 거기에 일리가 없는 것은 아니다. 그러나 궁극적으로 유한 체계 내에서의 무한한 팽창이 불가능하다는 명제는 벗어날 수 없다. 무한한 경제 성장의 이상과 생활 수준 상승의 기대는 이 궁극적인 진실, 날로 가까이 다가오는 진실로부터의 도피를 의미할 뿐이다. 경제 발전은 사회 내에서나 나라와 나라 사이의 불균형을 시정하는 의도에서가 아니라면 궁극적 재난을 향한 질주 이외의 다른 것이 아닐 가능성이 크다.

제약과 제한의 수락이 불행만을 의미하는 것일까? 인간은 참으로 무한한 필요와 욕망을 가진 것일까? 놀라운 것은 서양의 소비주의와 대표적인 진보주의 철학이 인간을 욕망이라고 말하는 점에서 일치한다는 사실이다. 그리고 이제 욕망의 철학은 우리 사회의 철학이 되어 가고 있다. 인간의 욕망은 다양하고 역사와 사회 속에서 변화한다. 그렇다고 하더라도 모든 역사적 욕망의 아래에는 근원적인 인간의 욕망이 있다. 그것은 인간성에 기초해 있다. 인간성은 인간에게 주어진 자연이다. 인간이 그 욕망에 복종한다는 것은 궁극적으로 자연에 복종한다는 것이다. 이 복종은 자연의 가능성과 함께 그 한계에 동의하는 것이다. 그러나 적절한 조건에서는 이 동의는 불행이 아니라 행복을 의미한다. 그것은 자연이 인간의 한계를 나타내면서 삶의 향유의 근본이기 때문이다. 바른 조건하에서 인간이 자연에 동의한다는 것은 자기 자신에 동의한다는 것을 말한다. 인공적인 소비재와 소비주의 인간 이해는 무한한 욕망의 환상을 만들어 낸다. 그럼에도 자연환경의 파괴 행위는 대부분의 사람들에게 본능적인 회의와 저항을 불러일으킨다. 파괴되어 가는 자연환경 속에서 사람들은 어떤 이론 때문이 아니라 본능적으로 무한한 인공적 욕망의 환상에서 깨어나 자연의 행복의 기율로 돌아갈 필요를 느낀다. 사람은 결국 유한 체계 안에서의 또 하나의 작은 유한 체계이다. 예부터의 지혜는 인간의 행복은 자유와 마찬가지로 필연에서도 발견된다는 역설을 되풀이하였다. 또는 자유는 필연에 일치한다고도 했다. 욕망이 자유의 한 표현이라고 한다면, 이 자유는 욕망의 경우에도 궁극적으로 필연에 일치한다. 욕망은 필연의 변증법적 전개에 불과하다. 다만 그것은 모순을 포함하는 것이기 때문에 하나의 조화 속에, 긴장된 조화 속에 유지하는 것이 늘 문제적이 될 뿐이다.

　오늘날 우리 정치에는 보다 나은 사회를 위한 증후로 보이는 움직임들이 적지 않다. 그러나 그러한 움직임들, 특히 정치의 주역들이 보여 주는 움직임에서 큰 감동을 느끼는 사람은 많지 않을 것이다. 그것은 그러한 움직임이 무언가 인간 필요의 바르고 고른 충족과 보람 있는 삶을 가리키는 비전을 가지고 있지 않은 것을 의심하기 때문이다. 시대의 조짐들은 깊은 양의성 속에 있다고 할 수밖에 없다. 이 양의성이 하나의 기획으로, 인간 실현의 기획으로 지양될 수 있을 것인가. 이것은 지금 이 시점에서 답변 없는 질문으로만 남는다.

# 대학 개혁

## 자유와 자유의 책임

## 1

흔히 말하듯이 대학교수의 일은 교육과 연구이다. 여기에 추가하여 사회봉사와 같은 일도 있다. 이러한 일은 다소간에 어느 교수나 해야 하는 일이지만 사람에 따라서 한 가지 일에 더 주력하게 되는 것도 불가피하다. 우리나라의 문제 중 하나는 대학교수의 이러한 일들이 분업화될 수 있다는 것을 인정하지 않는 것일 것이다. 어떤 사람은 다른 것보다도 연구에서 본령을 찾고 또 다른 사람은 교육에서 본령을 찾는다. 또 대학도 하나의 조직체이기 때문에 조직체의 운영을 맡을 사람이 필요하다. 여기에서 보람을 느끼고 능력을 발휘하는 사람도 있다. 학문의 일도 효율적인 조직을 통하여 보다 잘 수행될 수 있기 때문에 학문을 조직화하고 그것을 진흥할 수 있는 사람도 필요하다. 지금 우리 제도는 학문이라는 인간 경영을 지나치게 단순화하여 하나의 자로써 모든 것을 자르려는 것이다. 이것으로 하여 많은 문제와 허위와 억지가 생긴다. 그러니까 내가 여기에서 말하려 하는 것은 대학의 기능 한 가지일 뿐이다.

그렇기는 하나, 교수가 해야 하는 또는 할 수 있는 일이 많다고 하여도 핵심적인 것은 학문 연구이다. 아마 많은 교수들의 소원의 하나는 다른 걱정이나 의무가 없이 연구에만 종사하는 일일 것이다. 그러한 곳이 세계에 여러 곳이 있다. 그러나 그중에도 아마 가장 유명한 곳은 미국의 프린스턴에 있는 고등연구소(Institute for Advanced Study)일 것이다. 이곳은 학생은 없이 교수만 모여 있는 곳이다. 정규 교수는 서른 명 정도에 불과하나 그 외에 일정 기간 연구원으로 체재하고 있는 사람들은 200명 가까이 된다. 교수는 대체로 각 분야에서 잘 알려진 사람들이지만, 연구원은 세계적으로 유명한 사람도 있고 박사 학위를 취득한 지 얼마 되지 아니한 신예의 재사들도 있다. 지금도 각 분야에 뛰어난 연구자가 많이 모여 있지만, 과거의 교수 명단은 이 연구소의 가장 큰 자랑거리이다. 가령 물리학이나 수학의 아인슈타인(Albert Einstein)이라든가 괴델(Kurt Gödel)이라든가 폰 노이만(Johann von Neumann)이라든가 미술사의 파노프스키(Erwin Panofsky) 같은 사람이 이 연구소의 교수였다.

연구소라는 이름을 가진 많은 학문 중심이 있지만, 프린스턴 고등연구소의 특징은 연구가 특정 목적, 즉 국가나 사회 또는 경제 기구에서 전해 오는 과제로 제한된 것이 아니고 완전히 자유롭다는 것일 것이다. 연구는 연구자의 선택에 의하여 그가 하고 싶은 방법으로 완전히 자유롭게 행해진다. 또는 그보다는 연구를 해야 한다는 요구도 없는 자유로운 학문의 터가 이 연구소라고 하는 것이 맞다. 1930년 이 연구소가 설립될 때, 기본적인 아이디어를 제공하고 초대 원장이 된 에이브러햄 플렉스너(Abraham Flexner)는 그 정신을 이렇게 표현하였다. 연구소는 "학자들의 자유로운 공동체라야 한다. 지적인 탐구의 정열로 움직이는 성숙한 사람들은 그 자신의 목적을 그 자신이 원하는 방식으로 추구하도록 내버려두어야 하기 때문이다."[13]

물론 이러한 자유로운 연구에는 그것을 위한 물질적·제도적 뒷받침이 따라야 한다. 플렉스너의 생각으로는 환경의 단순성이 자유 연구를 위한 연구소의 요체이다. 무엇보다도 "고요가 있어야 하고, 세속적인 일들이나 미숙한 학생들을 돌보는 교육의 책임 때문에 정신이 흩어지는 등 방해 요인들이 없어야 한다. 그리하여 연구소는 프린스턴 대학의 연구 시설을 이용할 수 있으면서도 전원적인 지역에 위치를 정하게 되고, 교수들에게는 파격적인 급료를 주고 주택을 주선하여 연구자의 마음에서 현실의 잔격정을 제거하는 데에 노력하는 것을 중요하게 생각하였다. 연구에서 마음과 시간을 앗아 갈 행정적인 일들도 물론 최소화하였다.

자유를 보장하는 이 연구소의 분위기는 구체적으로 운영 상황을 보면 더 쉽게 알 수 있다. 플렉스너는 프린스턴의 연구소는 "조직 면에서 사람이 생각할 수 있는 가장 단순한 탈격식의 조직"이라고 말했다. 연구소에는 세 분야, 즉 수학, 인문학 연구 그리고 경제·정치 학교가 있다. 각 학교는 영구직의 교수와 매년 달라지는 연구원으로 구성된다. 각 학교는 자율적으로 일을 운영하고 학교의 교수와 연구원은 자기들이 원하는 방식으로 시간과 에너지를 사용한다. 조직의 단순성, 불간섭 원칙, 연구원의 자율과 자유는 항구직의 유명한 교수에게만 해당되는 것이 아니다. 주객 노소에 관계없이 모든 연구는 자유로움을 원칙으로 한다.

(연구원들은) 교수와 같은 자유를 누린다. 그들은 특정 교수와 자기들이 정하는 바에 따라 같이 일하기도 하고 혼자 일하기도 하면서 필요에 따라 이런저런 교수와 상의한다. 정해진 일과는 없다. 교수와 연구원과 객원 연

---

**13** Ed Regis, *Who Got Einstein's Office?*(New York: Addison Wesley, 1987), p, 14.

구원 사이에는 아무런 구분이 없다. 돌봐져야 하는 것은 학문 자체이다. 그 결과가 개인이나 사회에 어떤 것이 될 것인가는 관심에 있지 아니하다. 교수 회의도 없고 위원회 회의도 없다. 생각을 하는 사람들이 생각과 상의의 쾌적한 조건을 즐길 뿐이다. 수학자는 다른 것에 의하여 마음이 흩어지는 일이 없이 수학을 키우고, 인문학자는 인문학 분야에서, 경제학자나 정치학자는 또 그 분야에서 그의 학문을 키운다. 행정은 최소화되어 있다.[14]

프린스턴 연구소의 이완된 분위기는 플렉스너가 소개하는 객원 연구원들과의 대화로써 더욱 극적으로 전달될 수 있다. 객원 교수 한 사람이 부임하면서 그에게 물었다. "내가 해야 하는 의무는 무엇입니까?" 여기에 대하여 그의 대답은 "직무는 아무것도 없고, 기회가 있을 뿐입니다."라는 것이었다. 1년을 연구소에서 보내고 작별하러 온 수학자의 말은 다른 의미에서 연구소의 자유를 드러내 준다. 수학자는 말하였다. "나는 학위를 받은 지 10년이 되었습니다. 처음에는 최신의 연구들을 따라잡아 보려고 했는데, 최근에는 그것이 어렵게 되었습니다. 1년을 여기에서 지내고 나니 덧문이 열리고, 방이 환해지고, 창문이 열렸습니다. 이제 머리에 쓰고 싶은 논문이 두 개가 생겼습니다." "그런 느낌이 얼마나 계속될 것 같습니까?" "5년 아니면 10년이 될지⋯⋯." 여기에서 느낄 수 있는 것은 학문의 속도를 상당히 유장하게 본다는 것이다. 학문의 창조는 제품을 생산하는 데에 있어서의 단위 시간당의 생산성과는 다른 것이다.

프린스턴 연구소의 자유가 나태의 원인이 되는 일은 별로 없었던 것 같

---

**14** 여기의 인용은 미국의 어느 교양 교육의 독본에 실려 있는 Abraham Flexner, "The Usefulness of Useless Knowledge", *Haper's Magazine*(October, 1939)에서 온 것이다. 프린스턴 고등연구소의 오늘의 사정과는 다른 점들이 있다. 가령 현재 연구소는 다섯 개의 학교, 즉 역사, 수학, 자연 과학, 사회 과학 및 이론 생물학의 학교와 연구 그룹으로 구성되어 있다.

다. 플렉스너가 전하는 바로는, "[연구소에서는] 모두가 새벽 2시까지 일하는 것이 상례인가?" 하고 남편의 과로에 걱정이 된 부인이 물은 일이 있었다. 플렉스너는 "…… 자유의 결과는 정체가 아니고 과로의 위험이다."라고 말한다. 프린스턴 고등연구소의 경우는 그 포괄적인 자율과 자유에 있어서 매우 예외적인 경우라고 해야 할 것이다. 그것은 부유한 미국이 아니면 가능할 수가 없고, 미국이라도 특정한 경우임에 틀림이 없다. 그리고 앞에서 말한 것은 주로 1930년대 창립 당시의 철학과 체제를 말한 것인데, 그 시대는 대체적으로 자유 학문에 대한 또는 고전적 정의의 학문에 대한 인식이 극도로 자유주의적인 경향을 띠고 있던 때였다. 이 고전적 의미의 학문 숭상은 중산 계급의 사회적 지배를 강화하는 이데올로기의 기능을 수행했다고 말하여진다. 그것이 어느 정도는 맞는 지적이라고 한다면, 그러한 이데올로기의 뒷받침의 필요가 약화됨에 따라 그러한 학문 의식도 약화될 수밖에 없는 처지에 있었다고 할 수 있다.

이러한 사회적 기반은 연구소의 설립을 가능하게 한 것이 1920년대 미국 경제의 호황이었다는 데에서도 알 수 있다.(프린스턴 고등연구소의 기금은 뉴저지의 백화점주였던 창립자 루이스 밤버거와 그의 누이가 마련한 것이었는데, 연구소 창립 목적으로 그들 소유의 백화점을 판 것은 1929년이었다. 그들은 판매 대금을 1930년대의 공황이 시작된 1929년 9월의 '검은 목요일' 6주 전에 받았다.) 사정이 바뀐 오늘에 와서 미국 대학들은 대체적으로 보다 엄격한 손익 계산의 풍조가 풍미하는 시장 경제의 분위기에 강하게 지배되고 있다.[15] 이것이 프린스턴 연구소에도 영향을 미치고 있음에는 틀림이 없을 것이다.

그러나 대체적으로 말하여 지금도 프린스턴 고등연구소의 기본 철학과

---

15 미국 대학에 일어나고 있는 변화에 대하여서는, 미요시 마사오, 「세계화, 문화, 대학」, 《녹색평론》(1999년 9~10월 통권 48호) 참조.

관행은 변화되지 아니하고 있다. 최근의 연구소 취지 설명도 설립 당초의 것과 크게 달라진 것은 없다. 인터넷으로 확인한 내용에 의하면 이 연구소는 여전히 기초 학문 분야의 연구에 종사하며 "단기적인 결과물이나 괄목할 만한 응용을 기대하지 아니한다." 그리고 그 취지문은 "계약에 의한 연구나 지침이 주어져 있는 연구(contracted or directed research)"는 하지 않는다는 것을 선언하고 있다.

2

프린스턴 고등연구소의 자유 학문의 분위기는 미국의 사정 그리고 서구 학문 전통의 특수한 사정으로 하여 성립되고 유지될 수 있는 것임에는 틀림이 없다. 또 그것은 사실 매우 선택된 연구자들을 위한 연구소이다. 그러니만큼 그것을 다른 곳에서(미국의 다른 곳까지를 포함하여) 재현한다는 것은 용이한 일이 아닐 것이다. 그것이 가능하다고 하더라도 그러한 자유의 조건하에서 연구를 계속하는 것이 허용될 수 있는 것은 아인슈타인이나 그와 비슷한 최고의 학자들이라고 할지 모른다. 그러나 앞에서 말한 바와 같이 프린스턴 고등연구소는 많은 젊은 연구원들을 포용하고 있다. 그들도 비록 대우에 차이는 있을망정 기본적으로 고명한 학자들과 같은 자유를 누리고 있다는 점에서는 마찬가지이다. 이 연구소의 자유로운 분위기는 단순히 명성과 재능에 따르는 특권이 아니고, 적어도 연구소의 설립과 운영의 정신으로는 누구나 필요로 하는 학문 연구의 필수 요건이다. 이 연구소 고유의 물질적인 풍요를 뺀다면, 그곳에 구현되어 있는 자유로운 학문 연구의 조건은 어느 시기 어떤 장소에서나 정도를 달리하여 진정한 학문이 성립하고 번성하는 데에 필요한 조건이라고 하여야 한다.

학문이 아무 구속이 없는 자유 속에서만 존재하고 번성할 수 있다는 것은 동서를 막론하고 널리 인정되어 온 역사적 진실의 하나이다. 서양에서 이러한 인식은 플라톤의 아카데미나 스토아학파의 '여가(스콜레)'의 사상에서 싹터, 중세와 같이 단일 사상이 지배하던 시대에도 대학의 독립과 특권의 개념으로 유지되었고, 이것은 18세기 말 자유 교양 교육을 중심으로 한 훔볼트의 대학 이념에서 다시 한 번 근대의 대학을 위하여 확인되었다. 오랫동안 서양 대학의 정신적 핵심을 이루었던 학문의 자유, 배우고 가르치는 자유의 개념은 이러한 전통을 강력한 사회적·법률적 권리로서 정립한 것이다.

학문 연구에 있어서 구속 없는 자유는 동양에서도 똑같이 중요한 것이었다. 유교 전통에서 학문 연구와 학습이 사회에 유능한 인재를 기른다는 것을 주요한 목표의 하나로 한 것은 틀림이 없다. 그러나 이와 더불어 학문의 본령이 관에 나아가는 사람의 양성에 있지 않다는, 또는 조금 더 널리 말하여 직접적인 의미에서 국가에 봉사하는 사람을 길러 내는 데에 있지 않다는 것은 늘 새롭게 확인되었다. 국가의 일에 참여하고 관리에 등용되는 관문인 과거를 위한 공부가 학문을 왜곡한다는 사실은 학문의 목적과 체제에 관한 토의에서 늘 비판적으로 지적되었다. 주자의 백록동서원을 비롯한 여러 서원의 창립 목적의 하나가 과거 공부가 아닌 순수 학문의 추구를 위한 것이었음은 널리 지적되는 사실의 하나이다. 이것은 조선조 사원의 경우에도 마찬가지이다. 퇴계(이황)도 이러한 문제에 대하여 여러 군데에서 언급한 바 있다. 그는 서원이 국가의 인재 양성에 기본이 된다는 것을 부정하지는 아니하면서도, 직접적인 의미에서 그러한 것이 아니라는 것은 강하게 의식하고 있었다. 풍기의 소수서원 문제를 논한 김경언(金慶言)에게 주는 글에서 그는 서원의 목적을 국학이나 향교와 구분해 다음과 같이 말하고 있다.

국학과 향교가 없었던 것은 아니로되, 반드시 별도로 서원을 건설한 것은 무엇 때문이었습니까? 국학과 향교는 과거와 법령의 구속이 있어서 서원이 가히 어진 이를 존경하고 도를 강명하는 아름다운 뜻에 전념하는 것만 같지 못한지라, 그 때문에 혹은 사사로이 세우는 것을 잇달아 나라에서 은명을 내리기도 하고, 혹은 나라에서 명하여 건립하고 사람을 선택하여 인재를 교양하는 것이었습니다.[16]

퇴계는 이렇게 말하면서 서원의 학생으로서 "과거(科擧)의 누(累)를 벗어나지 못한" 자를 탄식할 만한 대상으로 생각하였다. 학문적 추구의 독립성이 단적으로 드러나게 되는 것은 선비 신분의 문제에 있어서이다. 선비의 위엄은 흔히 이야기되는 것이지만, 그것이 서구 대학의 전통에 있어서 교수 신분 보장의 이유와 비슷하게, 개인적인 것이 아니라 학문의 조건에 관련되어 있는 것임을 상기할 필요가 있다. 학문의 자유에 문제가 되는 것은 무엇보다도 정치와의 관계에서인데, 조선조 같은 사회에서 이것은 관과의 관계로 나타난다. 위에 인용한 편지에서 퇴계는 관과 학자의 관계에 대해 언급하기를 그것은 오로지 예의의 관계로서 평등하며, 일방적인 위계의 관계가 아니라고 말한다. 의(義)의 입장에서, 선비는 세력과 지위에 굽힐 하등의 이유가 없다. 다만 서원의 선비가 군수와 같은 관직의 사람에게 예의로써 대하는 것은 그가 왕명을 받들고 있다는 점에서이다. 왕이 중요한 것은 그가 사회의 윤리적 질서를 대표하기 때문이다.

학문과 정치의 관계는 소수서원에 있었던 어느 불미한 사건을 이야기하는 퇴계의 다른 편지에서 흥미롭게 드러난다. 사건은 관과 관을 배경으

---

**16** 이황(李滉), 성낙훈(成樂薰) 옮김, 「의여풍기군수 논서원사(擬與豊基郡守論書院事)」, 『한국(韓國)의 사상대전집(思想大全集) 1』(동화출판사, 1972), 192쪽.

로 하는 소수서원의 유사(有司)와 그곳의 유생 사이의 갈등에 관한 것인데, 사실 오늘날에도 많이 볼 수 있는 종류의 사건이어서 시대의 엄청난 변화에도 불구하고 이러한 갈등의 장구함을 새삼스럽게 생각하게 한다. 퇴계의 편지의 기술로는, 소수서원의 유사 김중문(金仲文)은 학문이나 인격의 면에서 그만한 자격이 되지 아니하면서 유력자들과의 교분으로 하여 그 자리에 임명된 자인데, 김중문의 오만한 태도로 하여, "많은 선비로 하여금 즐겨 나아가게 하여야 할 것인데, 도리어 거만하고 스스로 자만하여 여러 유생들 보기를 어린아이처럼 하고, 낮고 천한 말까지 내뱉는 데 이르렀"다. 그 결과 유생들이 집단적으로 서원을 비워 버리게 되었다. 새로 부임해 온 영천(榮川) 군수 안기(安琦)는 소수서원의 창시자이며 조선 유학의 근원의 하나인 안향(安珦)의 후손인데, 이 사태를 수습하는 데 있어서 김중문을 두둔하여 유생의 정당한 권리를 회복시켜 줄 의사가 없었다. 퇴계는 군수에게 사태를 예의로써 바로잡아야 할 의무가 있음을 상기시키면서, 김중문으로 하여금 "선비를 대접하는 도리를 잃었"음을 깨닫게 하고, 군수 스스로 유력한 유생들을 찾아 서원으로 돌아올 것을 권하라고 말한다. 그러면서 그는 관리와 학자의 관계를 다음과 같이 설명한다.

　　몸을 굽혀 선비에게 낮추는 것은 사대부의 아름다운 일이며, 몸을 비굴하게 낮추어 먹는 곳에 나아가는 것은 선비 된 자로서 부끄러워하는 바인데, 이제 성주는 선비에게 굽히지 아니하고 선비가 굽히어 서원에 나아가게 하고자 하는 이것은 성주가 아름다운 일을 보고도 취하지 아니하는 것이며, 선비는 부끄러움을 알면서도 스스로 허물을 무릅쓰니 옛사람이 말한 바 사람이 그 보배를 잃는다고 한 것이 바로 이러한 일일 것이니 어찌 애석하지 않으며 마음 아프지 않겠습니까.[17]

앞에서 퇴계가 말하고 있는 것은 『논어』와 『맹자』에 나와 있는, 선비 스스로 권력자에게 가까이 가는 것이 옳지 않다는, 선비의 몸가짐에 대한 가르침을 되새겨 말한 것이다. 이것은 예의 작법의 문제, 사회적 서열의 문제를 말한 것이다. 그러나 모든 것을 구체적인 인간과 사회적 틀 속에서 말한 유교적 담론의 형식을 생각할 때, 앞에서 이미 말한 것처럼 이것을 단순히 신분의 문제라고 보는 것은 잘못된 일이다. 신분의 문제라고 하더라도 선비의 위엄은 독자적인 위엄을 지닐 것을 필요로 하는 학문의 성격에 관계되어 있다. 이 위엄은 학문하는 자의 신분이나 오만이나 자존심의 문제가 아니다. 학문의 자율성이나 자유가 그것을 요구하고 근본적으로는 진리 탐구에 있어서의 인식론적 요구가 그러한 것이다. 학문의 방법론으로서 퇴계는 공평무사한 마음, 명경지수처럼 비어 있어 모든 것을 있는 대로 살필 수 있는 마음을 강조한다. 이 인식론적 요구는 외부적인 권위의 지시를 배제할 뿐만 아니라 자신의 마음속에 있는 새로운 이해관계나 욕망이나 편견의 명령도 배제해야 하는 것이다.

### 3

서양의 현대적 학문이 권위로부터의 자유에서 시작되는 것은 역사 교과서가 말하는 초보적인 사실이다. 베이컨이나 갈릴레오의 과학은 대체로 아리스토텔레스의 권위에서 해방되는 것을 의미하였지만, 그것이 동시에 당대의 정치적·사회적 힘으로부터의 자유를 의미하였던 것은 갈릴레오의 시련에서 잘 드러나는 것이다. 권위로부터의 자유 또는 권위의 부정은 전

---

**17** 「의여영천군수 논소수서원사(擬與榮川郡守論紹修書院事)」, 같은 책, 188~191쪽.

통적 지혜를 부정하는 것으로도 연결될 수 있다. 그리하여 어떤 인문 과학의 노력은(가령 가다머(Hans-Georg Gadamer)의 해석학에서) 어떻게 하여 권위를 다시 되살리는가에 그 관심을 쏟는다. 그러나 이때의 권위도 개별 연구자의 주체적 이해의 과정을 통해서만 회복될 수 있다. 즉 주체의 이해의 과정을 통한다는 것은 주체의 권위 해체의 과정을 거쳐야 한다는 것을 말한다. 이때의 해체 과정이야말로 가장 중요한 학문의 계기이다. 이것은 흔히 생각하는 것과는 달리, 유학에서도 마찬가지이다. 어느 경우나 학문은 지적인 자유 속에서만 존재한다. 그러나 그것은 보이지 않는 것이기 때문에 학문의 밖에 있는 사람에게는 생각하기 어려운 것이기 쉽다.

　이러한 계기가 쉽게 포착되기 어려운 것은 학문의 제도에 문제를 일으키는 원인이 된다. 학문의 모든 외적인 간여가, 좋은 의도가 있는 경우에도 실패하는 것은 바로 이러한 것을 보지 못하기 때문이다.(우리나라에서 정치 권력자나 또는 그 주변의 학자들은 모든 학문적 사고를 정치 목적을 위한 여론 조작의 수준에서 파악한다.) 관리자의 맹목성은 물론 정치가나 행정가에게만 한정되는 것은 아니다. 아마 더 무서운 것은 관리자가 된 학자일지 모른다. 스스로 영역의 한계를 의식하는 행정가는 그 한계 밖에 생겨나는 자유의 영역에 대하여 관대할 수 있지만, 학자의 경우 (스스로의 학문에 대한 가장 넓고 철저한 철학적 반성을 시도하지 않는 한) 자신의 어떤 도식 속에 모든 것이 포괄된다고 자만하여 자신의 도식 너머에 있는 영역, 즉 그의 무지의 영역이며 자유의 영역인 그의 한계를 넘어가는 영역을 인정하지 아니하는 경우가 많다. 이러한 학자가 학문의 경영자가 되는 경우, 특히 행정 권력과 결탁하여 그러한 경영자가 되는 경우 그것은 학문의 근본정신의 관점에서 가장 나쁜 학문 환경을 만들어 낼 수 있다. 이것은 깊은 의미에서 학문에 대한 외경심이 약한 사회, 우리나라의 오늘의 현실처럼 자생적이고 내재적인 학문의 전통에 대한 경멸심이 팽배한 사회에는 가장 쉽게 일어날 수 있는 사태이다.

물론 모든 연구가 완전히 자유로운 상태에서 이루어진다는 것은 매우 단순하고 순진한 생각에 불과하다. 그러나 그러한 이념이 학문의 바른 존재 방식을 보장하는 데에 중요한 역할을 맡는 것은 틀림이 없다. 학문의 자기 이해는 그 안에 스며들어 있는 선험적 조건을, 또는 단순한 선입견을 들추어내는 쉽 없는 노력에 기초하여 가능해진다. 말할 것도 없이 모든 학문이 이러한 근본적 자기 이해와 반성에 종사하는 것은 아니다. 그것은 대체로는 철학적 계획에 속하는 일이다. 철학도 근본적 문제 속에만 남아 있어서는 한 발자국도 앞으로 나아갈 수 없을지 모른다. 그러나 다른 한편으로는 가장 현실적인 과학의 연구도 스스로에 대한 반성, 특히 방법론적 반성이 없이는 곧 막힌 골목에 이르고 만다. 이러한 반성 또한 문제의 성격상 철학적 영역에 속한다고 할 수 있다. 그러나 학문 연구의 실제에 있어서도 자율과 자유는 필수적인 요소로 작용한다. 학문의 현실 속에서 그것은 어떤 공리적 목적과 학문적 객관성 사이의 끊임없는 교환의 형태로 존재한다. 연구의 과제는 흔히 삶의 문제에 의하여 주어진다. 그러나 그 과제의 수행은 삶의 콘텍스트로부터의 자유를 요구한다. 기하학이 측지의 필요에서 생겨났다고 하더라도 그것의 과학적 객관성은 현실의 필요가 아니라 기하학의 논리에서 얻어지는 것이다. 이러한 초보적인 일은 어떤 단계의 학문 연구에도 해당된다. 이러한 의미에서, 현상학의 용어를 빌려 말한다면, 학문적 절차는 현상학만이 아니라 어떤 학문의 경우에도 현상학적 환원과 자연적 태도의 교차 속에서 진행된다.

학문의 자율과 자유의 중요성은 사실 이러한 방법론적 의의를 넘어간다. 학문 활동은 인간 자유의 가장 중요한 표현의 하나이다. 근대 의식의 한 큰 성과는 자유가 인간의 인간됨의 가장 중요한 조건임을 보편화한 것이다. 분명 자유의 한 산물이라고 할 오늘의 소비주의 사회를 보면 이 점에 대하여 의심을 가지게 하는 면이 있음을 부정할 수 없다. 진정한 자유는 엄밀하게 정의될 필요가 있는지 모른다. 그러나 인간됨의 의의의 하나가 자유가 아니라면, 적어도 자율에 있음은 틀림없다. 그리고 이 자율의 중요한 원리가 이성적 반성의 능력에 있다고 할 때, 이 반성의 능력을 최대로 구현하는 것이 자율적이고 궁극적으로 자유로운 상태의 학문 활동이다. 또 이러한 반성에서 한발 더 나아가 자유로운 정신의 창조물로서의 진리와 예술은 인간 자유의 보람의 하나이다. 칸트의 말, 즉 모든 인간은 스스로가 목적이며 다른 어떤 것에도 수단으로 간주되어서는 아니 된다는 말은 문명 국가로서의 체면을 유지하고자 하는 현대 국가의 공리가 되었다고 할 것인데, 오늘의 현실이 어떠하든지 간에 이 칸트적 공리의 현실적 구현의 하나가(물론 더 중요한 것은 사회 자체에서의 모든 사람의 평등과 자유이지만) 자유로운 학문 활동에 있다고 말하는 것은 학자들의 아전인수만은 아니다.

### 4

학문의 선험적인 조건 또는 입지 조건에 대한 앞의 관찰들은 우리가 다 잘 알고 있는 진부한 명제들을 되풀이한 것에 불과하다. 그러나 이러한 진부한 명제들은 오늘에 드높이 구가되는 교육과 대학의 개혁을 살펴보는 데에 하나의 기준을 제공하여 준다. 오늘날 교육과 대학의 개혁이 참으로 그 본래의 뜻에 맞는 것인가? 나는 그것이 학문을 자유롭게 하고 자유로운 인간 정신의 개화를 부추기는 것과는 먼, 또 반대로 가는 것이라는 인상을 받는다. 오늘날 일어나고 있는 것은 학문의 행정 예속, 경제 예속, 좁게 생각한 공리적 예속이라는 인상을 받는 것이다.

대학의 자유를 조여 오는 현실의 급박함을 모르는 것은 아니다. 현실을 내팽개치고 학문의 도원경을 꿈꾸는 것이 옳다는 것이 아니다. 문제는 자유로운 학문과 현실이 먼 것이 아니라는 데에 있다. 학문을 현실적 명령, 사실은 권력의 일방적 현실 해석에 예속시키는 것이 반드시 현실의 문제를 해결하는 방법이 되는 것은 아니라는 것이 문제인 것이다. 자유 학문과 예속 학문 사이의 차이도 절대적인 것이 아니다. 인간의 활동은 일체적인 성격을 가지고 있다. 결국 이 둘 사이의 차이는 장기와 단기, 전체성과 부분성, 삶과 학문의 경험적 구체성과 행정적 추상성의 차이이다. 앞에서 언급한 플렉스너의 글의 제목은 「쓸모없는 지식의 쓸모」라는 것이다. 그가 이 글의 서두에서 말하고 있는 것은 얼핏 보기에 쓸모없는 학문적 탐구가 궁극적으로 쓸모를 발휘한다는 것이다. 가령 1930년대에 어떤 사람이 마르코니의 무선을 가장 쓸모 있는 발명이고, 학문도 그러한 발명을 지원함으로써만 유익한 것이 될 수 있다고 주장한 데 대하여, 그는 그것이 맥스웰, 헤르츠, 헬름홀츠, 패러데이, 외르스테드, 앙페르, 울러스턴 등의 오랜 기초 연구(쓸모를 생각하지 않은 단순한 이론적 연구)의 당연하고 불가피한 결과에 불과하다고 답한다. 그러나 앞에서 말한 것을 되풀이한다면, 더 중요한 것은 이러한 연구의 의의는 장기적으로 쓸모에 기여했다는 것 못지않게 그것이 인간의 자유로운 정신의 빛나는 성과라는 것이다. 결국 사람의 모든 경영은 좋은 삶을 위한 것이고, 좋은 삶의 증표의 하나는 자유로운 인간 정신의 창조적 표현이다.

원론을 떠나서 오늘의 개혁 실태를 작은 것들로부터 살펴보자.

(1) 행정 잡무의 문제. 오늘의 개혁은 많은 대학인에게 조여 드는 족쇄의 느낌을 준다. 개혁의 결과 지금 강화되는 것은 행정적 규제이다. 일상적 연구 환경 차원에서 그것은 회의가 많아지고 지시가 많아지고 서류가 많아지고 잡무가 많아지는 것으로 나타난다. 학문의 깊은 계기들을 알지 못하는 행정가들은 그들이 발하는 행정 지시의 누적이 학문적 업적의 누적

인 양 착각한다. 작은 독의 계속적인 주사는 큰 코끼리도 폐사시킨다. 사실 행정 잡무는 학문의 압살에 기여한다. 프린스턴 연구소 경우에 비추어 보아도 이러한 환경의 악화는 작은 문제가 아니다. 그것은 교수들의 시간을 빼앗을 뿐만 아니라 그 일상을 잡무의 그물에 사로잡아 정신의 폭을 제한하고 사유의 지평을 막는 일을 한다.

(2) 평가 제도. 규제 강화의 목적은 대학 전체로나 교수로나 경쟁적 평가 제도를 강화하여 대학의 질을 높인다는 것이다. 잘하려고 하는 일인 만큼 전혀 효과가 없다고 할 수는 없지만, 행정 서류상의 결과를 제하고는 그것이 대학의 자유로운 탐구 정신에 손상을 주는 만큼의 효과가 있는 것으로 말하기는 어려울 것이다. 평가의 수치상 결과를 볼 것이 아니라 현장의 현실을 보아야 한다. 빨리빨리, 대강대강 하는 것이 한국인의 일 처리 방식이라는 것은 외국인도 말하고 우리도 자조적으로 자주 하는 말이다. 대학에 관계된 여러 평가 작업들을 들여다본 사람이면 그것이 참으로 사실에 맞고 성실한 것이라고 할 사람은 많지 아니할 것이다. 그런데 이것은 단순히 한국인의 대강 하는 정신 습관의 문제가 아니다. 행정은 성질이 급하게 마련이고 획일화를 불가피하게 한다. 그것은 대체로 일목요연하게 집계될 수 있는 서류상의 결과를 중시한다. 그것이 사실에 맞는가는 별개의 문제이기 쉽다. 실질적인 내용에 대한 깊은 이해가 없이 행정 지시로써 이루어지는 일은 언제나 이렇게 될 수밖에 없는 것일 것이다.

(3) 교수 평가. 개인의 연구 노력을 촉진하기 위해서 교수의 업적 평가, 계약제, 정년제, 연봉제 등의 시행이 중요하다고 한다. 지금의 매우 거칠고 지극히 간단하게 계량화된 평가가 참으로 대학의 학문 연구를 향상하는 데 도움이 될지, 또는 국가 전체로 볼 때 탈락하는 사람들로 인하여 생기는 사회적 투자의 소각 처분이 참으로 정당한 것인지 많은 의문을 가질 수밖에 없다. 그러나 더 중요한 것은 이러한 행정적 분위기가 대학의 자율과 자

유를 손상하게 될 것이라는 것이다. 앞에서 말한 바와 같이 참으로 근본적인 연구에는 완전히 전제 없는 탐구가 필요하다는 것 이외에 이것은 정치적인 의미를 갖는 일이다. 밖에 있는 사람들이 생각하기 쉬운 일로서, 교수의 신분 보장은 게으른 교수들이 게으르게 지내는 것을 보장하자는 것이 아니다. 그것은 진리 추구가 추구자의 신분 보장을 요구하기 때문이다. 이것은 유럽과 미국에서 가장 분명하게 확립된 대학의 근본이다. 이러한 보장에 부작용이 없는 것은 아니다. 그러나 부작용이 더욱 중요한 작용을 부정하게 하여서는 아니 된다.

학교나 학문적 업적의 평가가 필요하더라도 그것이 획일적인 척도, 즉 질과 깊이에 관계없는 기계적인 척도로 행해질 때 생겨나는 부작용은 얻을 수 있는 효과를 넘어가는 것이다. 행정적이고 계량적이고 일률적인 평가로 학문의 창의성과 다양성 그리고 실질적 기준이 파괴될 것은 거의 불가피한 것이 될 것이다.

아이러니는 오늘의 개혁의 상당 부분이 입시 제도의 폐단을 시정하려는 의도와 관계되어 있다고 말하면서, 두 가지를 보는 시각이 전혀 반대라는 것이다. 입시 제도 개혁의 요구는 학부모들의 경제적 부담 때문에 일어나는 것이기도 하지만, 그보다 근본적인 명분은 고등학생의 과다한 학습 부담과 일률적 시험 준비 교육이 청소년의 창의성 함양을 어렵게 하고 기계적이고 파행적 발달을 조장한다는 것이다. 중·고등학교 교육에 대한 이러한 인식은 대학교수의 연구에는 적용되지 않는다. 대학교수는 계량화, 획일화된 객관식 기준의 시험을 부과해야 창의적이고 학구적이고 생산적이 된다는 것이 개혁 추진의 밑에 있는 인식이다.

참다운 수월성은 획일적인 척도로 판단할 수 없다. 이것이 바로 수월성의 정의이기도 하다. 이것은 어느 정도 대학 입시생의 경우에도 해당되지만, 가장 근본적인 학문 연구의 분야에서는 더욱 그러하다. 경제의 난국에 처해서 시정책으로 제시되어 있는 것의 하나가 여러 행정적 규제와 관료 체제의 경직성 완화이다. 이러한 경직성이 기업의 창의적인 발달, 특히 벤처 기업으로 대표되는 소수 개인의 이니셔티브에 의지하는 창의적 기업을 억제한다는 것이다. 이것이 학문 분야에서는 적용되지 않는다고 생각한다. 그리고 필요한 것은 학문의 관료 통제라고 주장된다.

학문의 관료 규제와 통제를 마지막으로 분명하게 한 것이 BK21이다. 그것은 학문의 분야와 연구 자원의 배분 문제를 한정된 관 주도의 계획에 얽어매려 한다. 개혁안의 의도가 그러한 것이 아닐지는 모른다. 그리고 부분적으로 그것으로 진흥되는 부분도 없지 않을 것이다. 그러나 그것이 지속적이고 항구적인 것이 되지는 않을 가능성이 크다. 아르헨티나는 집중적인 투자를 통하여 20세기 초에 자연 과학 분야에서 괄목할 만한 발전을 이룬 일이 있다. 그러나 그것이 학문 전체의 균형적이고 지속적인 발전에 이어지지는 아니하였다.

BK21과 같은 기획은 일부 제안자들에 의하여 작성되고 일부 제안자들의 학문에 대한 이해에 의존할 수밖에 없다. 그리고 제한된 행정 요원에 의하여 관리될 수밖에 없다.(이러한 관리는 어떠한 경우에나 불가피한 것이지만, 관리의 성격이 문제이다. 기구의 기본을 관리하는 것하고 실질적 학문 분야에 개입하는 관리 체제는 성질이 다른 것이다.) 소수의 이해 그리고 관리 능력으로 전 학문 분야의 실질적 내용에 영향을 줄 구조 조정을 맡게 하는 것이 현명한 것인가? 고려대학의 경우 학과의 수는 54개에 이른다. 학과 내의 상황은 또 어떠한가? 수학의 경우를 들어 보자. 수학자 필립 데이비스(Philip Davis)와 루벤 허시(Reuben Hersh)는 오늘의 수학을 논하는 자리[18]에서 현대 수학의 분야가 극히 세분화되고 오묘한 것이 되었음을 설명하면서, 어떤 분야의 전

---

18 Philip J. Davis and Reuben Hersh, *The Mathematical Experience* (Penguin Books, 1983).

문가 대여섯 명이 회의를 하기 위해서 항공기를 타고 가다가 항공기 사고로 전원 사망하는 일이 일어난다면, 그 부분의 수학은 소멸하게 될 것이라고 말한다. 현재의 프린스턴 고등연구소의 수학 분야 연구원을 분야별로 보면, 교수 여섯 명을 제외한 연구원 일흔 명은 거의 한 사람씩 독자적인 분야를 대표하고 있다. 그러니까 세분화된 전공 분야가 여기에 일흔 개가 있는 셈이다. BK21은 이렇게 복잡한 학문을 몇 개의 원리, 몇 사람의 아이디어로 다스려 보겠다는 것이다.

BK21 계획의 의도는 어떤 분야를 집중적으로 지원하려는 것이고, 학문 전체에 어떠한 영향을 끼치려는 것이 아니라고 할 수 있다. 그러나 몇 개의, 누구나 그 필요를 분명하게 알 수 있는 분야가 아니라 방대한 학문의 분야가 여기에 관계되어 있다. 그것은 공평성의 원칙에서 그렇게 된 것인지도 모른다. 이익 배분 관점에서의 공평성은 진정한 의미에서의 공평성과는 먼 것이다. 이익의 문제는 돈의 문제가 부각되는 데에서도 나타난다. 돈이 먼저가 아니라 일이 먼저여야 한다. 그랬더라면 돈의 문제가 크게 되지는 않았을 것이다. 돈의 유혹은 BK21 계획이 강제력을 사용하는 것이 아니라는 인상을 준다. 돈이야말로 무서운 강제력이다. 그것은 언제나 강제하는 자와 강제당하는 자의 야합에 의존한다. 진정한 인간 정신에 위협을 가하는 점에서 탱크보다도 무서운 것이 돈이다. 그것은 보이는 폭력이 아니라 세균의 감염력으로 저항을 불가능하게 한다. 구체적으로 검증된 일이 아니라 종이 위의 기획으로 존재하는 일과 돈의 결합은 부패를 낳게 마련이다. 간단히 말하여 돈을 내거는 데에는 여건이나 학문의 방향에 관계없이 사람들이 모이게 되어 있는 것이 오늘의 세태이다. 이 점에서는 증권 시장이나 학교나 별 차이가 없다. 그것은 생에 있어서 독약처럼 영향과 파급 효과에 대한 세심한 주의가 필요하다.

여러 종류의 규제와 평가 제도, BK21을 비롯한 구조 조정 계획은 학문적 생산성을 촉진하는 것을 목적으로 한다. 그리하여 구조를 현대화하고 집중적인 투자를 하고 경쟁을 강화하고 생산량을 늘린다. 여기에 들어 있는 학문의 모델은 산업 생산의 체제이다. 그리고 그것은 근본적으로 시장의 자유 경쟁에 의하여 기율을 얻는다. 학문이 공장의 어셈블리 라인 (assembly line)의 생산 방식에 의하여 생산될 수 있다는 것 자체가 잘못된 것이지만, 어셈블리 라인의 생산성에만 주의하는 것은 경제 이론으로도 유치한 것이다. 이러한 어셈블리 라인을 발명한 것은 테일러와 포드지만, 미시적 관점의 생산 중점주의는 포디즘(fordism)이라고 부를 수 있다. 그런데 이것은 자유 시장 경제에도 있고 소련의 사회주의 경제 체제에도 있었다. 소련이 망한 다음에 발 치수에 상관없이 또 시장의 구체적인 필요에 관계없이 무한정 생산되어 공장에 쌓인 구두가 화제가 되었다. 양만을 강조하는 관제 경제(command economy)가 그러한 것이다.

오늘날 우리 대학 교육의 근본 정책은 사회주의의 포디즘과 비슷하다. 무조건 노르마(norma, 근무나 노동의 기준량)를 정하고 생산량을 늘리라는 것이다. 그것의 질이 어떠한 것인가, 실제 수요에 대응하는 것인가 하는 문제는 전혀 아랑곳하지 않는다. 시장 경제에 있어서 생산 활동에 대한 최후의 제어 작용은 시장의 수요에서 온다. 그것이 공급의 질과 양을 결정한다. 경쟁은 이 시장의 요구에 맞추기 위한 경쟁이다. 그런데 학문에 어떠한 시장이 있는가? 가장 간단한 것은 산업 분야에서의 과학 기술과 관리 기술에 대한 요구이다. 그러나 이것은 학문의 제한된 영역의 문제이다. 어떤 논문이 어떤 학술 잡지에 실린다는 것은 그 질과 수요에 대한 증거라고 할 수 있다. 그러나 이 수요는 시장에서의 상품의 경우처럼 반드시 진정한 수요를 나타내는 것은 아니다.(상품 수요의 경우에도 그러한 문제가 있는 것은 소비 사회의 비판에서 자주 나오는 주제이다.)

미국 영문학계에 제임스조이스학회가 있다. 어떤 보고에 의하면 이 학계를 중심으로 하여 미국에서는 1년에 조이스에 관한 논문이 400편 정도가 발표된다고 한다. 10년이면 4000편이 된다. 세 편의 걸작을 낸 작가에 대한 4000편의 논문이 어디에 소용될 것인가? 이 논문들의 질이 어떠한 것인가를 나는 알지 못한다. 그리고 그것이 참으로 한 사회와 문화의 질적 향상에 도움이 되는 것이 아니라고 해서 쓰면 안 되는 논문이라고 말하려는 것도 아니다. 다만 이 중 많은 논문들은 생산성에 대한 포드주의의 강조가 없었더라면 쓰이지 않았을 논문일 거고, 아마 자연스러운 상태에서 그 논문을 쓰지 않는 사람은 보다 유용한 일에 자신의 관심을 돌렸을 것이다. 그리고 그의 에너지는 문학에 대한 덜 전문적이고 보다 유용한 글에 쓰였을 수도 있고, 보다 중요한 것으로는, 기쁨과 여유가 있는 감동적인 교육에 나타날 수도 있었을 것이다. 이러한 사정은 한국의 많은 학문 분야에서도 해당될 수 있는 일이다.

논문, 논문을 이야기하지만 노르마에 맞추어서 좋은 논문, 학문적 수요를 참으로 충족시켜 주는 논문이 나올 수는 없다. 또 모든 교수가 그렇게 많이 좋은 논문을 낼 수도 없다. 교수는 논문 생산의 기계도 아니고 그렇다고 영재도 아니다. 교수가 할 수 있는 일은 그 외에도 많이 있다. 그러한 것을 본령으로 할 수 있는 사람을 제외하고는 교육은 교수의 더욱 중요한 의무이고 기쁨일 수 있다. 미국에서 정치 철학의 기본 텍스트로 가장 유명한 책의 하나는 레오 스트라우스(Leo Strauss)와 조지프 크롭시(Joseph Cropsey)가 편집한 『서양 정치사상사(History of Political Philosophy)』일 것이다. 나는 크롭시에 대해서 이러한 일화를 전해 들은 적이 있다. 그는 시카고 대학의 교수였다. 그가 교수직을 은퇴하면서 하는 말이 이제 원하는 논문을 조금 쓸 수 있게 되었다고 하더라는 것이다. 그는 학부의 교수였고, 학부 교수로서의 그의 의무는 미숙한 학생에게 정치학을 쉽게 가르치는 것이었기 때문에, 교과서적인 것 외에 손을 대는 것은 옳지 않은 일이라고 생각하였다는 것이다. 이것은 감동적인 일화의 하나이다. 그에게서 배운 학생들은 가장 행복한 학생들이었음에 틀림이 없다.

지금 대학을 뒤흔들고 있는 것이 경영학적 사고이다. 그것의 기준은 가장 좁고 단기적인 생산성이고 경제성이고 국제적 경쟁력이고 위신이다. 그러면서도 그 경영학적 사고는 전혀 철저하지 못한 것이다. 그것은 시장의 성격에 대한 정확한 인식을 가지고 있지 못하다. 대학이나 학문의 공간은 현실의 시장이 아니다. 거기에는 저절로 성립하는 현실의 엄격한 규율이 없다. 그 현실은 가장 좋은 상태에서는 문화와 학문에 대한 총체적인 균형을 가지고 있는 학계의 양식이고, 나쁜 상태에서는 행정 당국자가 만들어 내는 인위적인 노르마이다. 오늘날 우리가 택한 것은 행정적 현실이다. 현실적 수요를 대표하는 것은 시장이 아니라 행정적 수치이다. 이것이 그 강제력으로 또는 돈의 힘으로 현실처럼 작용한다. 교수들이 전전긍긍하는 이유는 사업가가 그러는 것과는 전혀 다르다. 사업가는 시장의 수요의 움직임을 두려워한다. 교수는 마치 소련의 공장 책임자가 중앙당의 지침을 두려워했듯이 행정가가 만들어 내는 노르마를 두려워한다. 그러나 다시 한 번 말하여 기본적인 사실은 인간 정신의 세계를 움직이는 것은 간단한 시장의 원리가 아니라는 것이다. 시장의 모델은 학문과 정신에 그대로 적용될 수가 없다.


## 5


그러니까 대학이나 대학의 연구에 지원을 하지 않는 것이 좋겠다는 말은 아니다. 그러한 지원은 극도로 신중한 것이어야 한다는 말이다. 물론 어떻게 하는 것이 신중한 것인가를 쉽게 말할 수 없다. 지금 학문 연구와 같은 정신 활동 또는 예술 활동을 활발하게 하는 데에 어떠한 것이 좋은 방법인가에 대해서는 정설이 없다. 이러한 문제에 대한 연구가 없는 동안은 그것이 극히 어렵고 미묘한 것이라는 것을 되풀이할 수밖에 없다. 이 되풀이가 전혀 무의미한 것은 아니다. 그것은 적어도 이 문제에 있어서 조심성이 필요하다는 것을 상기시킨다. 하나 확실한 것은 플렉스너가 암시한 바와 같이 모든 지원의 제도는 자유로 하여금 과로는 아니라도 책임과 열의의 분위기를 조성하게 하는 방법이어야 한다는 것이다. 그리고 하나의 가설은 정신 개발은 직접적인 투자로 이루어지는 것이 아니라 그것을 북돋아 주는 환경을 조성함으로써 가능하다는 것이다.

여러 해 전에 나는 학문의 지원 방법을 이야기하면서, 프리먼 다이슨(Freeman Dyson)의 유전 기제의 비유를 언급한 일이 있다. 생명체가 대를 물려 가면서 살아남으려면, 그것은 한편으로는 쉽게 변하지 않는 구조를 가져야 하고, 다른 한편으로는 환경의 변화에 유연하게 적응할 수 있는 변화의 요소를 가져야 한다. 이것을 생명체는 유전 기구(genetic apparatus)의 지속성과 개별 유전 인자(gene)의 가변성을 종합함으로써 해낸다고 그는 지적한다. 대학에서 새로운 것을 만들어 내는 것은 구체적인 학문 연구를 담당하는 개별 연구자이고 연구자 정신의 신비한 창의성이다. 이것의 비교적 지속적인 환경이 되는 것이 학교와 학문의 제도이다. 작용의 대상이 될 수 있는 것은 이 지원의 현실적인 기구이다. 외적 기구의 강화는 개별 연구와 개별 연구자의 정신을 최대의 자유 속에 둘 수 있어야 한다. 그러면서 그것은 개별 인자로서의 학문을 의미 있는 틀 안에서 활성화시켜야 한다. 자원 배분은 이 미묘한 문제를 해결할 수 있는 것이라야 한다. 지원이 없이는 개인적인 창의성이 현실적 연구 결과가 되는 것은 불가능하다. 그러나 그것은 연구와 연구의 위상을 왜곡할 수 있다.

이러한 것이 구체적으로 어떻게 현실화될 수 있는 것인지를 여기에서 말할 수는 없다. 나는 그런 준비가 되어 있지 않다. 그것은 여러 사람에 의하여 연구되어야 할 대상이다. 어떻게 보면 그것은 간단할 것이라고 생각되기도 한다. 튀는 것을 좋아하고 학자나 행정가에서 튀는 아이디어를 가진 사람이 많은 요즘에는 그것이 어쩌면 전통적으로 대학에 필요한 것들로 생각되었던 것을 강화하는 것이라고 하면 사람들은 금방 권태를 느낀다. 전통적으로 연구가 잘되게 하려면 시설을 좋게 하고 교수의 부담을 줄이고 자유로운 환경을 만드는 것이다. 시설이란 연구 재료와 실험 기구와 조용한 공간을 말한다. 여기에 연구를 위한 시간이 첨가될 수 있다. 간단한 예를 들어 학생이나 교수에게 적어도 인문 사회 과학 분야에서 연구를 잘하게 하려면 가장 기본적인 것이 도서관을 확충하여 자료의 가용성을 높이고 공간을 정비하여 조용한 학습과 연구의 분위기를 높이는 것이 필요하다. 학점을 엄격하게 하고 교수의 연구 업적을 끈질기게 요구하는 것이 전혀 방법이 안 되는 것은 아니나, 그것이 진정으로 정신과 학문의 자유롭고 창의적인 성장을 촉진하는 핵심을 이루는 것은 아니다. 오늘의 개혁은 이러한 인프라의 정비에 주의하는 것으로는 보이지 않는다.

이러한 기본적인 것의 지원이든 아니면 조금 더 복잡한 새로운 시설의 지원이든 지원을 필요로 하는 부분이 있고 분야가 있다면, 그것은 경험적으로 확인되는 필요에 응해서 이루어져야 한다. 그렇다는 것은 추상적인 구도가 아니라 실제 현장에서 이루어지고 있는 일들에 즉해서 이루어져야 한다는 말이다. 이것이 낭비를 없애고, 무엇보다도 학문 세계의 무수한 지점들에서 일어나는 창의성과 창의성의 결합을 존중하는 일이 될 것이다. 지원은 어떤 경우에나 외부에서 일정한 견해가 작용하게 된다는 것을 의미한다. 외부의 견해를 배제하는 것은 학문의 발전에 도움이 되는 일이 아니다. 큰 테두리에서 교육부나 교육 관계자가 학문의 전 분야를 끊임없이 검토하며, 무엇이 중요하고 무엇이 촉진될 필요가 있는가를 파악할 필요는 있다. 그러나 학문의 제도를 행정적으로 또는 돈의 유혹으로 바꾸어서는 아니 된다. 다만 전체적인 필요는 연구 현장과의 대화를 통하여 연구 현실에 투입되어야 한다. 중요한 것은 연구의 실제와 전체적인 필요를 토의와 대화의 공간 속에 살아 있게 하는 일이다. 그러면서 어느 학교에서 중요한 일을 하고 있는가를 발견하여, 전체적인 파악과 관계하여 그 학교의 하는 일 자체를 도와주는 것이다. 결국 국가나 사회의 학문의 전체적인 이해를 참조하면서도, 구체적으로 할 만한 일을 발견하고 그 일을 해 나가고 거기에 어떠한 보조가 필요한가를 아는 것은 구체적인 연구자와 연구자 집단이다.

　앞의 이야기는 구체적이고 경험적인(다시 말하여 ad hoc의) 지원이 필요하다는 말인데, 어떤 경우에는 거시적인 관점이 가장 구체적일 수 있다. 이것은 대학원생이나 포스트닥(post-doc) 지원 문제에서 예시될 수 있다. 이번 BK21과 관련하여 대학원생의 장학생 지원은 그 계획에서 중요한 항목의 하나라고 한다. 그렇다면 미국의 자연과학재단(National Science Foundation) 같은 것이 있어서 자연과학재단 장학생(National Science Foundation Fellow)을 만들었더라면 좋았을 것이다. 그것은 한편으로 국가적인 규모의 조감과 관리를 쉽게 하고, 다른 한편으로는 학교나 교수에 관계없이 가장 우수한 학생에게 장학금을 지급하는 일이 되었을 것이다. 이러한 장학금이 결과적으로 우수한 대학, 우수한 연구 시설을 가진 대학으로 많이 모이게 하는 결과가 나왔겠지만, 그것은 불공평하다는 비난을 받지 않는 것이었을 것이다. 그러나 중요한 것은 그것이 불운한 자리에 있는 재능을 당초부터 간과하는 일이 되지도 않았을 것이라는 점이다. 이렇게 해서 장학 지원은 가장 구체적인 연구 단위이며 연구 현실인 연구생에게 가게 되었을 것이다. 이것은 연구에 종사하는 교수의 경우도 마찬가지이다.

나는 어찌하여 BK21의 지원 계획이 실제 이루어지고 있는 연구와 연구자를 대상으로 하지 않고 일정한 학교나 시설에 속하고 일정한 구성, 그러니까 몇 사람이 작당을 해야 하는 경우에만 이루어져야 하는지 그 이유를 알지 못한다. 아인슈타인은 더러 연구 보조원을 고용하였지만, 대체로는 단독 연구를 고집하는 사람이었다. 그것은 괴델 같은 수학자의 경우 더욱 그러했다. 연구자와 연구자의 관계, 연구 시설의 필요, 연구 과제의 발견과 수행은 구체적인 경우에 따라 모두 다른 것이다. 왜 이것을 일정한 조건 속에 묶어 놓으려는 것인지 알 수 없는 일이다. 모든 것은 구체적인 현실에서 시작해야 한다. 가장 구체적으로 좋은 연구가 어디 있는가, 준비되어 있는 개별 연구자나 연구 기관이 어디 있는가를 발견하는 것이 중요하다. 그것이 어떤 형태로 존재하느냐 하는 것은 상관할 바가 아니다. 이것은 많은 경우 거시적인 관점에서 포착된다. 지금하고 있는 바와 같은 중간 정도의 관점, 구체적인 것과 전체적인 조망은 놓치고 여기저기에 학문의 편제와 연구에 관여를 시도하는 중간 정도의 관점이 일을 그르치기 가장 쉬운 것이다.

논의가 분분함에도 불구하고 BK21이 성공하느냐 안 하느냐 하는 것은 아무도 분명하게 말할 수 없을 것이다. 모든 예측은 일정한 입장에서 하나의 가상일 뿐이다. 그러나 하나 확실한 것은 오늘의 개혁이 모든 학문으로 하여금 경제에 봉사하도록 한다는 것이다. 이 경제 지상 명령은 관료적 행정 체제와 돈을 통하여 학교에 작용한다. 경제가 오늘날 가장 중요한 국가의 지주임을 부정할 수는 없다. 그러나 학문을 경제 이상의 것을 향하여, 특히 일시적인 경제적 이점 이상의 것 그리고 구체적으로는 관료 체제의 규제나 관리 이상의 것을 향해 열어 놓는 것은 여러 가지 의미에서 국가적인 중요성을 갖는 일이다. 국가나 사회의 생존을 위하여 자유롭고 자율적인 학문은 특정 정권, 특정 시기의 정책의 시각을 넘어가는 선택들을 열어 놓는 일을 한다. 자유로운 학문의 추구가 단기적인 이익을 생산하는 데는 느릴지 모르지만 장기적인 생존 전략에서는 중요한 일부를 이룬다.

좁고 절박한 의미에서 학문을 생존 전략으로 규정하는 것은 문명된 사회가 할 일이 아니다. 학문의 존재 이유는 앞에서 말한 바와 같이 인간 본질의 가장 높은 구현이 자유로운 탐구의 정신에 있고 그 표현의 하나가 대학의 자유 학문이라는 사실에 있다. 문명된 사회란 이러한 정신과 학문을 소중하게 아는 사회이다. 그러면서 이것이 또한 사회의 생존의 방책이 되는 것이다. 조급한 이데올로그들은 실용과 관계없는 정신의 자유가 궁극적으로 가장 큰 실용이 된다는 미묘한 이치를 모른다. 다시 말하여 경제는 지금 일차적인 국가 정책의 대상이 될 만하다고 할 수 있다. 그러나 방금 말한 것처럼 경제는 단기적인 이점의 계산만으로 온전한 것이 되지는 못한다. 또 더 거리를 두고 보면 궁극적으로 잘사는 사회가 되는 데에 경제는 하나의 수단, 매우 중요한 수단임에 틀림없으나 역시 수단에 불과하다는 것이다. 이것이 수단임을 확실하게 인식한 사회가 문명된 사회이고 궁극적으로 잘살게 되는 사회일 것이다.

# 내 고장

세계화와 작은 고장

흔히 IMF 체제라는 말로 표현하고 있는 오늘의 상황이 일종의 위기 상황임은 틀림이 없다. 그러니만큼 위기를 극복하기 위한 대책이 있어야 하는 것은 당연한 일이다. 위기는 정상적인 삶의 많은 것을 단순화하거나 축소하고 모든 힘을 위기에 집중할 것을 요구한다. 고통 분담이라는 말이 많이 사용되고 있지만, 이 말은 이러한 집중에 따르는 고통을 모두가 참고 견디어야 함을 말한다.

그러나 한 가지 중요한 것은 위기의 의식과 대책이 정상적인 삶의 작업을 완전히 방기하게 하거나 그것에 왜곡을 가져오게 할 수 있다는 점을 기억하는 일이다. 위기 경영이 반드시 정상적인 삶의 문제를 영구적으로 해결하는 것이 아니라는 점을 상기하는 것이 필요하다. 말하자면 한 나라에 전쟁이 있으면 전쟁이 초미의 관심사가 되는 것은 당연한 일이지만, 그로 인하여 정상적인 삶을 포기할 수는 없는 것과 같다. 오랜 전쟁에서 전쟁이 국가적 관심의 핵심이 되면 모든 것은 전쟁을 위한 동원 체제로 편성된다. 어떤 때에 이 전쟁 체제는 항구적인 것이 된다. 그리고 사회생활에 본말의 전도가 일어난다. 전쟁의 목적은 국민 생활의 보호에 있을 것인데, 전쟁 동원 체제하에서 국민 생활이 상실되어 버리는 것이다. 이것은 전쟁뿐만 아니라 사회적 에너지의 집중적이고 집단적인 동원을 필요로 하는 다른 많은 계획(가령 혁명, 급격한 개혁, 경제 발전)에서도 일어날 수 있는 일이다. 역사 위기의 연속 속에 살아온 우리는 우리 삶이 이러한 위기에 의하여 형성되어 그로 인한 왜곡을 얼마나 많이 포함하고 있는가를 반성해 볼 필요가 있다.

그런데 소위 IMF 체제의 위기란 오늘의 우리 경제와 사회의 일시적인 위기가 아니라 지속적 위기에의 진입을 나타내는 것일 가능성이 크다. 그러니만큼 정상적인 삶의 문제를 상기하는 것이 어느 때보다도 필요하다. 그리고 이 정상적인 삶은 우리 처지에서 이미 있는 질서의 보수, 유지가 아니라 건설을 기다리고 있는 삶이다. 우리의 삶은 모든 증후로 보아 일단의 정상성의 균형에 이르렀다고 할 수 없다. 그것은 건설되어야 할 어떤 것이다. 그러나 정상적 삶의 건설 문제는 오랫동안 또는 항구적으로 뒷전에 밀려날 가능성이 있다.

IMF 체제가 보다 넓은 관련에서 무엇을 의미하는가는 분명치 않다. 그 성격을 밝히는 일은 경제 전문가의 일일 것이다. 그러나 그것이 우리의 경제가, 그러니만큼 사회와 정치 그리고 생활 전체가 세계 경제 그리고 일반적으로 세계에 열림을 말한다는 것은 쉽게 짐작할 수 있다. 세계에로의 열림을 나쁘게만 말할 수는 없다. 이 열림은 우리의 삶에 윤기를 더하고 의식과 문화를 더 넓고 풍부하게 할 수 있다. 그러나 그것이 가져올 여러 가지 문제점을 가볍게 볼 수는 없다. 우선 외부 세계에 노출된다는 것은 자신이 통제할 수 없는 힘에 노출된다는 것을 말한다. 외부의 힘에 대한 대응력이 약한 자에게 그것은 감당하기 어려운 힘에 뒤흔들리는 것이 되고 상황은 끊임없는 위기를 형성할 수밖에 없는 것이 될 것이다. 세계 경제 속에 살아간다는 것은 이러한 위기 속에서 산다는 것을 말한다.

예상할 수 없는 충격으로서의 외부의 힘을 밝혀 가는 일은 자세한 연구를 필요로 하는 일이다. 한 가지 지적할 수 있는 것은 이 외부의 힘이 자본의 이동에 의하여 생겨나는 회오리바람이라는 사실이다. 최근에 우리나라 경제 위기의 구체적인 전개 과정이 어떠한 것이든 그것이 외국 자본의 이동과 관계되어 있는 것은 분명하다. 정부에서 외국 자본의 유치에 많은 힘을 기울이는 것은 외국 자본의 이탈이 IMF 위기의 원인이 되었다고 하는 진단에 기초한 것이다. 그런데 이 외국 자본의, 또는 그것이 어떤 나라의 것이든지 간에 대규모의 자본 이동은 어떤 경우에나 위기적 성격을 갖는다. 그 자본이 좋은 의도를 가지고 좋은 목적에 쓰이는 경우에도 그러하다. 이것은 오늘날 외국 자본으로 대표되는 대규모의 자본이 아니라도 우리 주변의 보다 작은 규모의 돈의 움직임에서도 알 수 있는 일이다. 대체적으로 산업 자본의 문제뿐만 아니라 국가 경영의 모든 일에서 대규모의 자금과 기획은 필요한 것이면서도 여러 가지 부작용을 갖는다는 것을 의식하여야 한다.

우리는 대체로 무슨 일에서나 일을 큰 규모로 벌이는 것을 좋아하였다. 이것은 우리가 계속적으로 위기 속에서 살아왔기 때문일 것이다. 이번의 IMF 위기는 이러한 경향을 강화할 가능성이 크다. 큰 일과 큰 기획과 큰 사고 속에서 정작 중요한 살림살이의 문제를 놓치는 것을 경계해야 한다.

미국의 도시 문제 평론가 제인 제이콥스(Jane Jacobs)는 도시 계획에 있어서 대규모의 투자가 가져오는 여러 부정적인 면들을 말하면서 "천재지변을 가져오는 돈(cataclysmic money)"이란 말을 쓴 일이 있다. 그가 지적하려 한 것은 비록 좋은 의도를 가진 것이라고 하더라도 도시 개발을 위하여 갑작스럽게 투입되는 돈의 대량 유입은 궁극적으로 시가지와 시민 생활의 정상적인 발전을 뒤집어 놓는 결과를 가져온다는 것이다. 이러한 돈은 홍수와 같은 천재지변의 성격을 갖는다. "이러한 세 가지 돈(도시 개발에 투입되는 공공 자금, 금융 지원, 투기 성격의 개인 자금)은 생명의 물줄기로서 지속적인 성장을 돕는 관개 시설 체계처럼 작용하는 것이 아니라, 통제할 수 없는 악천후처럼 작용하여 모든 작물을 태워 버리는 한발을 가져오거나 표토를 쓸어버리는 홍수를 가져온다."[19]

이 한발과 홍수의 교차는 도시 삶의 다양성과 지속적 자기 갱생력 그리고 도시 거주민 생활의 근본을 파괴하는 결과를 가져온다. 우리의 도시처럼 광역 계획과 공공 투자를 필요로 하는 경우에 대홍수 규모의 기획과 투자를 완전히 배제해야 한다고 할 수는 없다. 그러나 도시 투자의 문제는 어떤 일에서나 대규모 외부 자금의 문제를 지적하는 데에 적절한 예가 되는 것임에는 틀림이 없다. 그러나 멀리 갈 것이 없이 외부 자금의 파괴력과 왜곡 효과는 오늘의 대학 교육의 예에서 찾을 수 있다. 교육부의 대학 교육 정책은 대체로 관의 권력 행사를 통하여 수행되었다. 그러나 지금의 개혁은 주로 거대한 자금의 유혹을 통하여 이루어진다. 개혁의 목적들은 정당한 것이라고 할지 모르나, 대학의 존재 방식에 미치는 왜곡 효과는 개혁의 과실을 넘어가는 것이 아닌가 하는 우려를 갖게 한다. 눈앞에 아롱거리는 돈에 휘말려 허둥대면서 작성한 개혁 방안 속에서 대학 본연의 존재가 왜곡과 손상 없이 살아남는 것은 기적이 될 것이다. 이러나저러나 돈의 움직임은 무서운 것이다. 우리 사회가 많은 발전에도 불구하고 많은 사람들이 그들의 생활에 대하여 가지고 있는 불안정감은 그간의 끊임없는 돈의 대규모 이동의 결과이다. 이 움직임은 발전을 위해 불가피한 것이었다. 그러나 농업에 기반을 둔 전통적 사회의 안정을 지상 목표로 삼았던 조선 시대에 상업을 극도로 억제하려고 하였던 것은 산업화 시대의 불안에 비추어

---

**19** Jane Jacobs, *The Death and Life of Great American Cities*(New York: Vintage Books, 1961), p. 293.

보건대 이해될 수 있는 정책이었다.

대학 개혁의 혼란이 생각하게 하는 것은 이것의 수배, 수천 배로 확대한 자본의 힘이 가져오는 경제와 사회 발전의 왜곡 효과이다. 모든 것은 이 자본의 질서에 의하여 좌우된다. 자본 이동이 일으키는 한발과 홍수 속에서 모든 대책은 자본의 움직임에 대한 대책이 된다. 그러는 사이에 우리의 생각과 시각도 온통 자본의 동정을 좇는 일에 집중된다. 이 골똘함이 IMF를 성공적으로 극복하게 할 수도 있을 것이다. 그리하여 우리 경제는 다시 세계에서 열세 번째로 큰 것이 되고 또는 그 이상의 것이 되고, 적어도 경제력과 국제적 영향력의 면에서는 선진국의 반열에 들지도 모른다. 그러나 그러는 사이에 전도된 우선순위의 지배하에서 균형 있는 삶의 질서는 영영 사라져 버릴 가능성이 있다. 비트포겔(Karl August Wittfogel)은 고대 중국의 사회 체제를 "동양적 전제 체제"라고 규정하면서 그것이 황하의 홍수 처리 문제에 연유하였다는 유명한 명제를 내놓았다. 하버마스는 현대 자본주의 체제의 특징으로서 "고삐에서 풀려난 경제적·행정적 체제에 의한 삶 세계의 식민지화"를 말한 일이 있다.[20]

사회의 모든 공적 경영과 개인의 관심사가 자본의 행각과 그 효과에 집중될 때 우리 시각에서 사라지고 파괴되는 것은 생활 세계의 질서이다. 자본 그리고 경제는 우리 삶에서 가장 중요한 결정 요인이다. 오늘의 시점에서 그것이 구성하는 세계는 우리 삶의 전체에 일치한다. 이러한 의미에서 그것은 우리의 생활 세계 그것이기도 하다. 자본과 경제의 세계와 생활 세계의 차이는 그 외포가 아니라 내연에 존재한다. 그것은 추상적인 의미에서의 사회 전체 또는 그것을 규정하는 거대한 힘들의 그물로서의 전체가

---

**20** Jürgen Habermas, "Modern and Postmodern Architecture", *The New Conservatism: Cultural Criticism and the Historians' Debate*(Cambridge, Mass.: MIT Press, 1989), p. 20.

아니라 여러 가지 다양한 삶의 요구와 실천의 내용으로 충만해 있는 전체를 뜻한다. 이것은 사회 내의 개인과 여러 크기의 집단의 주체적 삶과 그 실천의 관행이 구성하는 복합적 질서의 체계이다. 제이콥스가 도시는 "광폭한 천재지변을 가져오는 변화가 아니라 지속적이고 복합적이고 부드러운 변화"를 통하여 살 만한 곳이 된다고 말할 때 이러한 변화의 결과로 성립하는 것이 생활 세계이다.

이 체계는 사회적 총체를 구성하면서 동시에 총체적 압력의 절대화 속에서 파괴되어 버리는 삶의 내용이며 틀이다. 군사 체제하에서 개인과 가족과 이웃과 직장과 직업 등의 복합적 조직은 으깨어져 사라져 버린다. 큰 것에 대한 지나친 집중은 작은 것을 파괴한다. 삶은 큰 틀 속에 있으면서 작은 것을 그 내용으로 한다. 사회라는 큰 테두리를 채우는 복합적 삶의 내용 없이는 사회는 온전한 인간적 사회가 되기 어렵다. 이것은 그 나름의 건설·보수·유지·방어 작업을 요구한다. 장기적으로 볼 때 이 복합적 삶의 질서가 없이는 자본과 경제의 질서도 제대로 유지될 수 없다. 천재지변의 움직임과 비슷한 거대한 자본의 움직임에 대하여 사회 질서의 안정과 지속을 확보해 줄 수 있는 것은 이 삶의 질서가 있기 때문이다. 이 질서와 안정이 장기적인 발전과 생존의 근거가 되고 의의가 된다.

오늘의 시대, 또 우리의 주어진 상황에서 그것이 어떤 의미의 것이든지 간에 발전이란 불가피한 것으로 생각된다. 발전이란 주어진 틀을 깨고 나아가는 것을 말한다. 그러니만큼 하나의 지속적인 세계의 온전함을 말하는 것은 이러한 발전의 이념에 모순된 것이다. 그러나 발전이 참으로 의미 있는 것이 되려면 그것은 동시에 새로운 질서를 만들어 내는 것이라야 한다. 현대에 있어서 사회의 지속성은 틀을 깨면서 동시에 틀을 만들어 내는 모순의 균형을 뜻한다. 세계 자본 시장에 무방비로 노출된다는 것은 이러나저러나 잃기 쉬운 이 균형을 완전히 잃어버리는 것을 의미할 수 있다.

발전의 뻗어 나감을 재는 척도는 이윤이고 자본이고 그것에 의한 사회의 기반과 의식의 무한한 변화이다. 추상적으로 말하여 질서는 이 뻗어 가는 힘에 제동을 가하는 작업을 나타낸다. 또는 적어도 그 방향과 속도에 일정한 제어를 시도하는 일을 포함한다. 또는 최소한도로 이 뻗어 나가는 힘을 일정하게 예측할 수 있는 것이 되게 하는 일을 포함한다. 적어도 지금의 시점에서 또는 우리가 발전을 추구하는 한은 이러한 제동의 힘이 되는 것이 무엇인가를 생각할 필요가 있다. 고삐 풀린 자본의 힘에 제동을 가하는 것은 무엇인가? 물론 사람이 사는 데에는 이미 그러한 제동 장치가 도처에 존재한다. 민족이나 국가는 자본의 제약 조건이 된다. 그러나 동시에 그것이 구체적인 의미에서의 삶 세계에 파괴적 작용을 가할 수 있다는 점도 놓치지 말아야 한다. 도덕은 우리가 손쉽게 생각할 수 있는 가장 중요한 제동 장치의 하나이다. 특히 이웃에 대한 배려라는 형태의 사회 윤리가 그것이다. 사실 이것은 완전 고용이라든가 사회 복지 제도라든가 하는 데에 구체적인 정책으로 들어 있다.

　그러나 합리화와 관련해서 보건대 순수하게 산업 체제를 유지하는 일도 일정한 제어 장치가 없이는 불가능하다. 가령 생산성이라든가 능률이라는 것도 제어 장치라고 할 수 있기 때문이다. 물론 이것은 단순히 이윤의 움직임에 봉사하는 것이라고 할 수 있지만, 적어도 이윤 추구의 지속적인 체계화를 기한다는 점에서는 하나의 질서 원리가 될 수 있다. 더 확대하여 제도의 합리화는 그 나름으로 고삐 풀린 자본의 행각에 대한 제동 장치가 된다. 또 합리화는 궁극적으로 자본의 한계, 자원의 한계 그리고 인간의 한계의 인식에 입각한 것이기 때문에 자본을 넘어가는 현실, 형이상학적 의미의 현실에 부딪치게 마련이다. 이러한 의미에서 사람은 가장 물질주의적인 수행에 있어서도 인간 존재의 형이상학적 진실을 피해 갈 도리가 없다고 할 것이다. 도덕적으로 또는 인간적으로 산다는 것은 결국 사물 세계의 궁극적인 원리에 맞추어 산다는 것을 의미한다.

도덕과 산업의 한계 기율에 추가하여, 나는 인간의 총체적인 경영에 한계를 부여하는 것으로서 심미적 감각을 추가하고 싶다. 심미적 감각은 뻗어 나가는 힘과 이것을 일정한 형식 속에 수용하려는 충동의 결합이다. 그것은 사물이 보다 아름다운 모습으로 존재할 것을 희구한다. 그러면서도 그것은 그것이 일정한 한계 속에서 완성될 수 있기를, 다시 말하여 일정한 마감을 가지고 있기를 바라는 마음을 포함하고 있다. 이것은 비단 아름다운 것과 예술에만 한정되는 느낌이 아니다. 미국의 사회학자 소스타인 베블런은 일찍이 산업 사회의 희망을 전문 기술자들의 장인 의식(the instinct of workmanship)에서 찾으려 한 일이 있다. 인간의 사물과의 관계에서 어떤 완성을 찾고자 하는 느낌이 예술뿐만 아니라 공예품의 생산, 어떤 경우는 산업 생산, 개인과 개인의 관계, 사회 내에서의 인간관계, 인간과 자연의 교감 등에 널리 작용할 수 있는 것임은 틀림이 없다. 그러면서 또 가장 중요한 것은 그것이 개인적 실존의 자기완성에 깊이 관계되어 있다는 점이다. 미적 감각을 말하는 것은 인간 생존의 모든 분야에 존재하는 이러한 기본적인 감각, 다양한 질서를 만들어 내는 데에 작용하는 섬세하면서 인간 실존 전체에 걸치는 존재 방식을 말하는 것이다.

여기에 추가하여 심미적 능력의 가장 단적이고 가시적인 표현은 사람이 건설할 수 있는 도시에 있다. 그렇다는 것은 인간 생존의 현세적 한계는 환경에 있고, 이 환경과의 조화된 관계가 인간의 행복한 삶의 지평을 이루며, 현대 문명에 있어서 이 관계의 자연적이며 형성적인 구현은 도시에 드러나기 때문이다. 우리는 역사상 어느 때보다도 도시의 확장과 개조와 건설에 종사하여 왔다. 그러나 우리가 만든 것으로서 거기에 살아 보고 싶고 만족감을 느끼며 오래오래 보존하고 싶은 것들이 얼마나 있는가를 생각해 볼 일이다. 해방 후에 만든 것으로서 문화재라고 부르는 전통적인 건축물과 그 경역처럼 참으로 보존하고 싶은 것이 얼마나 있는가? 오늘의 도시의 가건물적 성격은 우리 삶의 가건물적 성격, 삶의 질서의 불안정성을 단적으로 나타내고 있다고 할 수밖에 없다.

발전과 자본 이동의 지각 변동 속에서 우리의 방어력은 일반적으로 문화에서 온다. 문화는 의식화되었든 안 되었든 삶에 대한 통합적 비전을 말한다. 물론 천재지변처럼 뻗어 나가는 발전의 힘도 삶에 대한 일정한 통합적 비전을 감추고 있다. 그러나 적어도 문화가 반성적 의식을 포함한다고 한다면, 그것은 균형의 의식, 축소 균형이든 확대 균형이든 균형에 대한 고려를 완전히 포기할 수는 없을 것이다. 문화가 삶의 온전함에 대한 보편적 심상을 나타내는 것이라면, 그것은 필연적으로 발전의 들뜬 비전에서 균형 잡힌 인간적인 삶에 대한 비전으로 바뀌어 갈 수밖에 없다. 이러한 문화적 비전의 필요는 오늘의 시점에서 특히 절실하다. 그리고 우리의 자연과 고장은 이것을 가시적으로 표현하여야 마땅하다. 언제야 우리는 국토를 약탈하는 것이 아니라 가꾸어 간다는 느낌을 가질 수 있을 것인가. 나는 우리의 발전된 양상들을 보면서 이러한 질문을 금할 수가 없다. 이것은 비단 나만 갖는 생각은 아닐 것이다.

# 능률과 좋은 사회

## 세계화와 보편성

오늘의 화제(話題)로 원래 한국문화연구원에서 제안한 제목은 '문화의 특수성과 보편성'이라는 제목이었는데, 아주 일반적이고 추상적인 문제를 다룰 준비가 되어 있지 않고 또 지금 상황에서 일반적인 얘기가 호소력이 있을까 하는 회의도 있고 해서 주어진 화제 대신에 그전에 좀 생각하고 이야기하던 문제를 이야기해 보기로 하였습니다. 그런데 생각을 좀 정리하다 보니까 오늘의 문제를 이야기하는 데에, 이 특수성과 보편성은 생각해 보아야 할 중요한 항목이 된다는 사실을 알게 되었습니다. 그래서 거기에 대한 얘기도 결국 언급이 되기는 하겠습니다.

인류학자들이 문화라고 말하는 것은 어떤 사회에 고유한 삶의 방식들을 말합니다. 그러면서도 문화의 특징의 하나는 이 고유한 것을 보편적인 것으로 착각하게 하는 데에 있기도 합니다. 한국 사람도 우리 딴에는 상당히 보편적인 차원에서 산다고 생각을 해 왔지만, 근년에 와서야 참으로 보편성의 문제에 부딪치게 되었다고 할 수 있습니다. 여기에서 보편성은 큰 차원의 철학적인 문제로 검토될 수도 있지만 실제 상황을 종합적으로 이해하는 데 매우 중요한 개념일 수 있습니다. 우리가 한국이라는 별천지에 사는 것이 아니라 궁극적으로는 보편적인 인류 공동체 또는 적어도 연합체 속에서 산다는 것이 절실한 현실로서 다가오게 된 것은 IMF라는 기호로써 표현하는 경제 위기로 인한 것입니다. 물론 그 전에도 우리가 국제적 환경에 놓여 있다는 것을 모른 것은 아니고 이것을 절실하게 경험할 기회가 없었던 것도 아니지만, 이러한 경험은 대체로 우리로 하여금 국제 사회에 대한 우리의 관계를 방어적인 관점에서 보게 하는 것이었습니다. 그러나 IMF가 말하여 준 교훈은 (물론 이것도 절대적인 진리라기보다는 하나의 해석과 하나의 선택에 불과하다는 점을 인정하여야 하지만) 우리의 생존이 국제적 환경에 의존함으로써 가능하다는 것 또는 우리가, 오늘날 많은 사람들이 암암리에 동의하고 있듯이 지금의 조건하에서 단순한 생존 이상의 20세기 후반의 현대 문명의 편의를 누려 가며 사는 생존을 추구하고자 한다면, 그것이 국제적 의존 관계 또는 상호 의존 관계를 전제하지 아니하고는 불가능하다는 것을 알게 한 것입니다. 이것은 자연스럽게 이념적으로도 보편성 또는 적어도 오늘의 세계사 지평에서의 보편성에 대한 우리의 관계가 어떤 것인가를 생각하는 데에 영향을 끼칠 것입니다. 이렇게 생각해 보면 한국 문화의 특수성과 보편성으로 주제를 주신 정대현 교수가 짐작하는 바가 있으셨던 것으로 여겨집니다.

IMF라는 것은 아시다시피 세계화라는 이름으로도 불리는 상황의 일부입니다. 세계화는 조금 전에 말씀드린 것처럼 보편적인 차원에서 사는 문제에 연결됩니다. 그러나 여기에서 우리가 생각하여야 할 것은 세계화가 보편성을 나타내는 것은 아니라는 것입니다. 그것이 오늘의 세계에서 보편적 성격을 가지고 있다면, 그 보편성은 세계화가 세계의 많은 곳에서, 또는 우리나라가 지금 의식적이든 무의식적이든 속하기를 선택한 세계에서 일종의 국가적인 그리고 개인적인 생존의 조건이 되었다는 한도에서입니다. 다시 말하여 그것은 오늘의 생존, 앞에서 말한 바와 같이 좋든 싫든 소위 문명의 편의를 포함한 삶을 선택한 사람들에게 생존의 조건이 된 것입니다. 그러면서 그것은 오늘의 시점에서 그러한 보편성인 것처럼 행세하고 있다고 할 수 있습니다. 분명 인간의 삶에서 보편성의 문제는 이러한 세계화와 관련되어 있지 아니한 것은 아니면서도 또 그것과는 다른 별개의 문제입니다.

세계화가 오늘의 삶의 사실적 조건이라고 말하는 것은 그것이 특별히 가치가 있다는 말도 아니고, 또는 적어도 그것이 절대적으로 주어지는 것이라기보다는 인간이 만들어 내는 조건이라고 할 때 유일한 생존의 조건이라고 말하는 것도 아닙니다. 오늘날 일반화되어 있는 삶의 조건으로서 세계화는 좋은 것일 수도 있고 나쁜 것일 수도 있습니다. 여기에 대하여 보편성을 말하는 것은 대체로 좋다고 판단되는 일반적 삶의 조건 또는 그러한 조건을 가능하게 한 질서, 그러니까 대체로 주어진 사실 세계에서 이상으로나 이념으로만 파악되는 어떤 것을 말하는 것이라고 말할 수 있습니다. 즉 세계화는 사실의 개념이고 보편성은 가치의 이념이라고 구분해 볼 수 있습니다.

물론 세계화라는 사실적 조건과 보편적 질서의 이념 차이가 좋고 나쁜가에 의해 정해진다고 할 때, 좋고 나쁜 것을 말하는 것은 가치 기준이 어떤 것인가에 달려 있습니다. 그러니만큼 어떤 경우에나 모든 것은 상대적인 것일 수밖에 없습니다. 가령 세계화는 아무래도 세간 속에 사는 삶을 전제로 한 삶의 조건일 터인데, 탈세간(脫世間)이 삶의 문제에 대한 가장 바른 답변이라고 한다면, 세계화는 나쁘고 좋고를 말하기 이전에 삶의 근본 문제와 관련이 없는, 생각할 필요도 없는 현상이고 개념이 될 것입니다. 민족 국가 내 또는 일정한 공동체 내에 자급자족하는 삶을 지향하는 경우에도 세계화는 무관련의 현상이거나 부정적으로만 보아야 할, 그리하여 그것에 대하여 방어적 자세를 강화하여야 할 현상인 것입니다. 정신주의나 자립 경제의 관점에서 구성되는 이상적인 세계 질서를 생각할 수 없는 것은 아닙니다. 이러한 목표도 인간성과 더 높은 인간성 실현에 대한 일정한 관점을 가지고 있습니다. 다만 이러한 정신적 태도 또는 자립 경제의 태도가 오늘날의 상황에서 참으로 보편적인 것일 수 있는가가 문제일 것입니다. 하나는 오늘날 이해되는 바의 인간성이라는 면에서 이것이 이 인간성에 어느 정도의 평정과 실현을 줄 수 있는 것인가 하는 문제이고, 다른 하나는 그것이 오늘날의 많은 사람들에 의하여 받아들여질 수 있는 것인가 하는 문제입니다.

오늘날의 보편성은 세계화가 전제하고 있는 인간 생존에 대한 현실주의적 이해를 수용하는 것이 될 수밖에 없을 것입니다. 다시 말하여 오늘날의 보편성은 인간의 현실적 삶의 이해 실천을 추구하는 세계화와 밀접한 관계를 가지고 생각될 수밖에 없습니다. 그러한 관점에서 그것은 세계화를 균형된 질서로 바꿀 수 있는 이념이라고 할 수 있습니다. 세계화를 인간 생존의 총체적 평정화로 바꿀 수 있는 조건들을 포함하는 것이 보편성의 이념입니다. 어떤 경우에나 물질생활에서의 만족을 추구하는 현실주의가 인간성의 모든 것, 정신적 욕구와 자율적 존재로서의 인간의 지향을 다 충족시켜 줄 것으로 생각할 수는 없습니다. 그러나 최소한도의 조건들은 생각할 수 있습니다. 세계화라는 조건에서의 물질적 추구가 배분적 정의를 배제하는 것인 한, 또는 좀 더 적극적으로 인간의 유대를 북돋는 것이 아닌 한, 그것은 모든 사람이 받아들일 수 있는, 그리고 궁극적으로 삶의 평정과 충족을 가져다줄 수 있는 질서로 확립되기는 어려울 것입니다. 또 세계화 속에 들어 있는 기술적·경제적 전제는 지구 환경의 한계를 계산하지 않은 것입니다. 그것이 들어 있지 않는 한 그것은 안정된 질서로서 형식화되기 어려울 것입니다. 그러한 차원에서 보편성은 균형을 가진 인간 공동체의 이념이면서 동시에 인간 생존의 궁극적인 조건인 자연의 관점에서 실현 가능한 삶의 이념을 나타내는 것이 될 것입니다.

되풀이하건대 인간 생존의 보편적 질서는, 오늘의 여건을 참조하면서 앞으로 구성되어야 하는 어떤 것일 수밖에 없습니다. 그것은 인간 집단이든 또는 개인의 실존이든 인간 생존의 관점에서 전체적 균형을 지향하는 하나의 이념입니다. 그것은 인간성의 총체적 실현을 기약하고 또 배분적 정의의 인간 유대 의식을 수용하고, 자연 질서의 엄격한 기율에 순응하는 질서일 것입니다. 이것은 세계화를 현실적 계기로 하여 일어나는 것이라 할 수 있습니다. 그러나 동시에 적어도 지금의 시점에서 세계화는 보편성처럼 보이면서 그것으로부터는 멀어져 가고 있는 어떤 것의 움직임을 나타내는 것이라는 인상을 주는 것도 사실입니다.


### 경제의 능률: 비능률적 경제의 세 가지 경로

세계화는 그간의 세계적인 발전(서양에서 시작하여 세계 전체의 흐름을 결정하게 된), 다시 단순화하여 과학 기술과 산업 발전의 오늘날의 표현이라고 말할 수 있습니다. 널리 말하여지다시피 17세기 이후 서양에서 과학 기술의 발달 또 그와 더불어 사회적·정치적 발달은 인간의 역사가 인간 운명의 개선을 위하여 나아간다는 희망을 주었습니다. 계몽주의 시대 이후의 희망은 그러했다고 흔히 말하여집니다. 그러나 지금에 와서 산업은 계속 진전하되, 개선의 희망은 사라진 것으로 보입니다. 산업에 의한 물질적 발달이 인간의 삶을 더 나은 것이 되게 하리라는 막연한 믿음은 살아 있지만,

이것만으로 참으로 미래와 희망이 확보될 수 있다는 증거는 별로 없는 것으로 말할 수밖에 없습니다. 물론 이렇게 말하는 것은 이 세계화를 비판적으로 보면서 하는 말이고 그것을 절대시하는 사람에게는 그것 자체가 희망을 표현하는 것으로 보일지 모릅니다.

그러나 인간의 내면으로부터 나오는 인간의 생존 조건에 대한 희망과 기획이 없이, 그것에 이어져 있는 이성적 기획 없이 세계화가 참으로 인간 운명의 향상을 의미할 수 있을 것 같지는 않습니다. 적어도 인간에 대한 순전한 과학 기술적 접근 또는 산업 경제적 접근이 인간의 미래의 운명을 전망 불가능한 것이 되게 하는 것은 틀림없지 않은가 생각합니다. 옛날에 갤브레이스(John Kenneth Galbraith)가 쓴 책에 『불확실성의 시대(*The Age of Uncertainty*)』라는 것이 있습니다만, 적어도 적극적인 의미에서의 기획의 불가능을 확인하고 유일하게 산업화가 가져오는 부(富)에만 모든 것을 맡기게 된, 그러니만큼 보편적 인간성의 실현이라는 관점에서는 불확실성이 더욱 심화된 것이 오늘의 상황이 아닌가 합니다.

근래의 중요한 사건의 하나는 주지하다시피 역사와 사회의 큰 이론들이 붕괴한 것입니다. 이 이론들은 산업 발전을 하나의 이성적 기획 안에 담아 보고자 한 것이었습니다. 그러나 적어도 지금까지의 형태 안에서는 이것이 불가능하다는 것이 여러 가지로 드러난 것입니다. 현실 정치의 관점에서 볼 때 이것은 1980년대 이후 사회주의 몰락과 냉전 체제의 소멸로 드러났습니다. 세계화가 진행되면서 보편적 세계 질서에의 길은 더욱 멀어진 것입니다. 역사 발전의 인간적 전망이 흐려진 상황에서 산업 발전은 계속되고 있다는 것이 이해를 촉구하는 오늘의 숙제입니다. 달리 말하면 총체적 관점에서 이 문제를 조명하는 것이 필요합니다. 그러나 어떤 총체적인 것을 생각하든지 간에 오늘의 형편은 산업의 발전 없이 총체적인 발전을 기하기가 어려운 상태에 있습니다. 적어도 산업에서의 위기를 심각하게 받아들여야 하는 것은 틀림없습니다.

IMF 위기에 부딪쳐 지난 2년 동안 계속해서 얘기된 것이 시장 원리가 강화되어야 한다, 시장 원리에 따른 경제 질서, 사회 질서가 성립되어야 한다는 것이었습니다. 많은 것이 무너지고 흔들리고 불확실해지는 것 가운데 유일하게 남아 있는 것이 자유주의 시장 원리가 되었습니다. 그것만이 인간 사회의 미래를 지시해 주고 있는 것이다, 이렇게들 얘기하는 것으로 생각됩니다. 시장의 모델이라는 것은 우리가 지금의 사정에서 받아들일 수밖에 없는 것으로 보입니다. 그런데 상식적으로 생각하면 시장 원리의 의미라는 것은 그 자체에 있는 것이 아니라 그것이 무엇을 가능하게 하느냐 하는 데에 있을 것입니다. 그러나 오늘날 이 부분에 대해서는 생각이 금지되어 있는 상태입니다. 물론 시장의 사상에는 시장이 산업 활동의 능률을 높이고 부를 증진하고 부의 증진이 사람의 행복을 증대한다는 것은 당연한 전제로 들어 있습니다. 그러나 생각할 필요가 없게 된 것은 부가 사람의 어떤 행복을 어떤 방식으로 늘리느냐 하는 것에 관한 질문입니다.

그러나 이러한 근본적인 질문을 하지 않더라도 시장의 문제가 커다란 교훈을 가지고 있는 것은 틀림이 없습니다. 그것은 능률의 교훈입니다. 능률은 시장 경제에서 생산성이라는 이름으로 불리면서 투자에 대한 이윤 회수의 잣대로만 말하여집니다. 그리고 그 방법이나 궁극적인 의미에 대해서는 물어보지 않습니다. 그러나 이러한 것을 다시 능률의 차원으로 옮겨 보면, 그것이 시장 경제의 맹목적인 체제에서만이 아니라 어떤 체제에서도 필수 불가결의 것임을 알 수 있습니다. 그것 없이는 어떠한 종류의 것이든 현대적인 발전은 불가능할지 모릅니다. 한국과 동아시아의 위기, 또구 사회주의권의 위기는 경제의 위기입니다. 그것은 경제를 개선해야 한다는 신호이고 경고입니다. 그 중요한 의미는 경제는 어떤 경우에라도 능률적으로 경영하여야 한다는 능률의 경고로 보는 것이 옳다고 나는 생각합니다. 물론 경제의 능률도 궁극적으로는 우리가 선택하는 가치와 목적에 의하여 한정되는 것이 마땅할 것입니다. 또 단기적인 관점에서가 아니라 장기적으로 생각할 때 무엇이 참으로 능률을 보장하는가 이것도 생각하여야 할 것입니다. 그러나 지금의 단계에서 능률은 그러한 한계에 비추어 검토하지 않더라도 일단은 성취하여 마땅한 것으로 말할 수 있습니다. 그렇다는 것은 오늘에 심화된 불확실성의 모든 문제가 여기에 이어져 있는 것으로 생각되기 때문입니다. 그것은 오늘의 상황을 헤쳐 나가는 데에 필요한 목표이고, 또 어떤 경우에서나 인간사의 경영이 받아들여야 하는 기율, 자연 조건의 제약이 부과하는 궁극적인 기율입니다.

오늘날 사회주의 체제의 붕괴 이후 거의 모든 사회는 시장을 유일한 현실성 있는 경제 기구로 받아들이고 있습니다. 그것은 시장이 산업 활동에서 능률을 보장해 주는 기구로 생각되기 때문일 것입니다. 그러나 우리는 시장 경제의 의미는 지금까지 각 사회가 따라온 역사적 궤적에 의해 다르게 나타난다는 것을 알 필요가 있습니다. 이것을 이해하는 것이 우리로 하여금 경제의 능률과 그 기제에 대해서 조금 더 여러 가지로 생각하게 할 것입니다. 여기에서 이 시장 또는 능률의 문제와 관련하여 우리는 서구의 경우, 소련을 비롯한 공산권의 경우, 또 한국 사회의 경우, 이 세 개의 다른 역사적 경로를 잠깐 생각해 볼 수 있습니다.

서구라파에서는 최근에 사회 민주주의 정권들이 많이 들어섰습니다. 영국의 토니 블레어 정권도 그렇고, 독일의 슈뢰더, 프랑스의 조스팽 총리의 경우도 그렇고, 아마 스페인에서도 그러한 것으로 아는데 이러한 사회 민주주의적인 체제는 구시대의 사회 민주주의 또는 사회주의 체제는 아니라고들 말합니다. 즉 이 체제들은 종래의 사회주의가 가지고 있던 시장 원리에 대한 불신을 불식하거나, 그것의 수용을 적극적으로 주장하는 체제라는 것입니다. 그 영국식 이름이 '제3의 길'입니다. 하여튼 서구라파에서

이 자본주의 체제를 사회 민주주의 체제 안에서도 받아들여야 된다고 생각하게 한 근본 원인의 하나는 아마 복지 문제에 있을 것입니다.

영국은 제2차 세계 대전 이후 줄곧 자본주의 발전을 지향하면서 시장 경제와 사회 복지의 이상을 함께 추구해 왔습니다. 그러나 시장과 복지 두 개의 목표는 시기에 따라서는 서로 모순된 것이라고 할 수 있습니다. 국가 체제에서 이 목표들이 균형보다는 모순을 노정하는 것으로 파악하고 영국 사회를 자본주의 시장 체제로 한껏 밀어 놓은 것이 마거릿 대처 총리였습니다. 블레어 정권은 노동당 정권이면서도 그 정책의 근본에서는 대처의 자본주의적 개혁을 계승한다고 말해집니다. 하여튼 블레어 정권은 종전의 복지 체제로의 복귀는 그것이 초래하는 과도한 비용과 산업 활동의 비능률화로 불가능하다는 판단을 가지고 있는 것입니다. 장기적으로 볼 때 전통적인 의미에서의 복지 국가가 파산에 이를 수밖에 없는 것이라면, 복지의 이상을 버리든지 아니 버리든지 그러한 결론에 이르는 것으로 생각이 됩니다. 그래서 우선적으로 추구되어야 하는 것은 시장 원리가 됩니다. 영국의 경우가 아니라도 복지 비용이 과대해지는 것을 시장 원리로 대처하는 것이 대체적으로 지금 서구라파 국가 운영의 방향이라고 할 수 있습니다.

이러한 논리는 러시아를 비롯한 공산권에도 어느 정도 적용될 수 있습니다. 어떻게 보면 공산주의 체제는 능률과 관계없는 복지 국가 체제라고 할 수 있었기 때문에, 그 많은 복지 비용을 청산하고 대안으로 자본주의 체제를 받아들여야 한다는 논리가 성립할 수 있습니다. 그러나 러시아의 문제는 비용의 문제 못지않게 단일 체제의 비능률, 모든 것을 하나로 묶은 거대한 계획 경제와 거대 관료 체제의 비능률과 부패에 있었다고도 말하여집니다. 물론 다른 원인들도 있지만 이런 것이 러시아를 비롯한 공산권을 몰락하게 하고 새로 자본주의적인 체제를 받아들이게 한 가장 큰 원인이

됐다고 진단되는 것입니다. 이와 아울러 사회주의의 평등과 인간 공존의 이상에 근본적으로는 문제가 있다는 생각도 일어나게 됩니다. 그러나 더 정확히 말하여 문제는 이러한 이상의 현실적 비용에 못지않게 더 복합적으로 그것의 실현 방법의 비능률성 때문에 생기는 것이라고 할 수 있습니다. 즉 사회주의 이상의 현실화를 위한 방법으로 관료 체제라든지 계획 경제 체제라든지 이런 것이 좋은 답변이 되지 아니한다고 생각하게 된 것입니다.

  우리의 경우는 무엇이 설득력 있는 설명인가를 분명하게 가려내기는 어려운 것으로 생각됩니다. 아마 가장 큰 원인은 자본주의 세계 시장 체제에서 한국이 약체인 것이라고 하여야겠지요. 외부적인 요인이 가장 결정적인 것이겠지만, 우리가 제어할 수 있는 요인을 찾자면 그것은 내부적으로 찾아질 수밖에 없을 것입니다. 우리가 듣는 이야기의 가장 중요한 것은 재벌 체제와 정경 유착의 비효율성이라는 것입니다. 이것이 위기화하여 IMF 체제라는 것을 가져왔고, 종전의 체제를 대체하는 방법은 시장 경제 체제를 공고히 하는 일이다, 신문에 보도되는 분석과 정부의 정책으로 미루어 보건대 이러한 답변이 제시되는 것으로 보입니다. 처음에는 관 주도 재벌 중심의 경제가 발전의 양호한 환경이 되었다가 결국 비능률의 원인도 거기에서 나왔다고 한다면, 이것은 소련에서 거대 계획 경제가 소련 경제 발전에 힘이 되면서 동시에 장애 요인으로 변한 것과 비슷한 것으로 생각됩니다. 관과 재벌의 체제가 실현시킨 거대한 기업 구조와 정경 유착 그리고 그 안에서의 만연한 부패, 이러한 것으로 경제적 효율, 비효율을 점검할 방법이 상실되었다는 것도 소련의 경우와 비슷한 것으로 보입니다. 그러나 자본주의와 사회주의 체제의 차이는 남아 있습니다. 그리하여 대안으로서의 자본주의 체제를 말할 때, 소련의 경우와는 달리 체제를 근본부터 새로 구축할 필요는 없다고 할 수 있습니다. 그러나 다른 한편으로 소련의 경우에서처럼 사회 비용이 경제 파탄의 원인이 되었다고 할 수는 없을 것입니다. 서구라파의 경우와 비교해서도 그렇습니다. 지출이 생산에 비해서 큰 것, 그러니까 비용이 큰 것은 사실이겠지만 그것이 사회적인 요인 때문은 아닐 것이라는 말입니다.

## 시장과 능률

어쨌든 오늘의 우리의 문제를 세계적인 관점에서 볼 때 이러한 구분이 가능해집니다. 그런데 세계적인 문제와 답변을 생각하면서 우리는 다시한 번 문제 발생의 경위와 함께 답변의 포괄성에 대하여서도 더 자세히 생각해 볼 필요가 있습니다. 여러 나라와 여러 체제에서 부딪치는 문제에 대하여 시장이 유일한 답변이라는 점 말입니다. 답변으로 말하여지는 시장을 좀 더 정확히 하면 문제는 앞에서 말한 바와 같이 시장이 아니라 능률입니다. 적어도 우리가 지금 말하고 있는 문제의 관점에서는 그것은 효율적경제 운영의 메커니즘이기 때문입니다. 그러면 능률은 무엇 때문에 필요한 것인가? 능률적인 경제가 사람이 잘사는 데에 필요한 것이기 때문입니다.(이것은 앞에서 한 번 말한 것입니다.) 그다음 또 물어볼 것이 있습니다. 하나는 시장이 아니라 능률이 문제라고 한다면, 능률을 높이는 요소에는 시장 외에 다른 방법도 있지 않을까 하는 것이고, 또 한 가지는 시장 자체가 과연 능률의 관점에서 반드시 합격될 만한 것인가 하는 것입니다.

능률은 경쟁을 통하여 판단됩니다. 이 경쟁의 장소가 시장입니다. 그런데 이 시장은 오늘날 세계 시장입니다. 이것이 오늘의 삶을 복잡하게 하는 것이지요. 모든 경제가 하나의 시장 속에 있다고 할 때, 모든 경제 활동은 세계 시장 내에서 경쟁 관계에 들어가고 그 관점에서 능률성의 판단을 받게 됩니다. 그런데 구체적으로 능률의 지표는 이윤입니다. 그리하여 능률이라는 것은 대체로 이윤 산출의 능률을 말하는 것이지요. 그런데 이것이 근본적인 의미에서의 능률인지는 분명하지 않습니다.

이윤이 중요한 것은 돈 버는 것이 지상 목표가 된 세상의 일이기 때문에 그러하기도 하지만, 그것은 척도를 정하는 일과도 관계되어 있는 일로 보입니다. 오늘의 시대 문제의 하나는 척도의 문제라고 할 수 있습니다.(가령 교수 업적 평가의 척도 문제도 그러합니다만.) 다루어야 할 변수가 많아지는 큰 스케일의 현상에서는 척도가 중요합니다. 척도가 없는 것은 주목의 대상이 되지 않기 쉽습니다. 그러나 삶의 중요한 요인들이 모두 다 수치로 표현될 수 있는 것은 아니고 또 이미 있는 척도가 반드시 유일하게 의미 있는 수치상의 척도일 수도 없습니다. 척도의 문제는 오늘의 삶의 매크로적 환경에서는 실로 가장 심각한 문제의 하나이지만, 우리의 화제를 넘어가는 문제입니다.

다시 능률로 돌아가서 이윤이 능률의 쉬운 척도가 되는 것은 사실이지만, 이것은 면밀하게 생각할 필요가 있는 문제입니다. 능률은 시장을 넘어가는 근원적 의미를 갖는 현상입니다. 그것은 인간이 여러 가지로 제한된 조건하에서 산다는 사실과 관계됩니다. 시장의 경쟁이 없더라도 자본이 한정되어 있고, 노동력이 한정되어 있고, 자원이 한정되어 있는 것이 인간의 생존 조건인 한 능률은 삶의 중요한 기율이 될 것입니다. 이 기율 없이 대부분의 경우 인간 생존의 물질적 조건의 재생산 또는 확대가 만족할 만한 수준에서 이루어질 수 없습니다. 인간 생존을 규정하는 제약들을 생각할 때, 능률은 윤리적 성격마저 갖는다고 할 수 있습니다. 그것이 인간의 힘이든 자연에서 얻을 수 있는 자원이든 아껴서 쓴다는 것은 그 자체로서 의미 있는 일입니다.

이것은 오늘날과 같이 환경의 위기가 심각해져 가고 있는 때에 많은 사람들이 쉽게 동의할 수 있는 명제입니다. 사실 이것은 환경 위기 이전의 시대에도 사람들이 일상적으로 경험하는 일이기도 하였지요. 사람이라면 누구나 자신의 능력과 자산이 극히 제한되어 있는 것을 느꼈을 터이고 그것을 경제적으로 써야 한다는 것을 알았을 터이니까요. 정신 능력의 경우까지도 그러합니다. 모든 사고는 사고의 경제를 지향하면서 진행되어야 한다는 것은 생각하는 사람이면 누구나 아는 것입니다. 사람은 한정된 존재입니다. 근검절약은 늘 삶의 한 방식으로 알려져 왔습니다. 그것은 이러한 인간 조건에 대한 일반적인 인식을 반영한 것입니다. 풍요의 조건에서도 궁극적인 차원에서 이것은 달라지지 않습니다. 풍요한 조건에서라도 자신의 삶을 일정한 능률의 경제 원칙에서 살지 않는 사람은 얼마 안 있어 자신의 삶이 혼란에 빠지는 것을 깨닫게 될 것입니다.

오늘날 자원 문제나 환경 문제는 개인적인 차원에서 늘 존재해 왔던 문제가 더 넓은 지평에서 다시 확인되는 것이라고 할 수 있습니다. 우리가 능률의 문제를 시장 경제나 자본주의 체제나 산업 체제의 문제라고만 생각하는 것은 사람의 삶을 지나치게 짧은 시간의 관점에서 보는 것입니다. 그런데 여기에서 이러한 문제를 본격적으로 논하려는 것은 아닙니다. 다만 앞에서 말한 바와 같이 시장이 오늘의 위기적 상황에 대한 하나의 답변이라고 하더라도 그것을 절대화하지 않고 능률이 가지고 있는 복잡한 의미의 관계로 볼 때 우리의 생각의 폭이 조금은 더 젊어질 것이라는 점을 시사하려는 것입니다. 그런 경우에 우리는 시장을 통한 단기적 능률화가 장기적인 의미에서 비능률화를 의미할 수도 있다는 사실을 깨닫게 될 것입니다.

그러나 이것은 그야말로 장기적인 관점에서의 이야기일 것입니다. 그러나 아마 지금 시점에서 더 중요한 것은 아주 짧은 시기, 최단기의 관점을 조금만 벗어나 생각해 보아도 시장만이 유일한 능률화의 수단이 아니지 않나 하는 것일 것입니다. 시장도 중요하겠지만 사회 복지까지도 능률 체제의 일부라는 것은 수정 자본주의에서 늘 얘기해 왔던 것입니다. 서구에서 사회 복지의 규모가 축소되고 있는 것은 사실이지만, 빈부의 격차가 심해지고 사회 안전망이 없는 상태에서 생산성이 얼마나 오랫동안 늘어나고 확보되겠느냐 하는 의문에 대한 답변이 확실하게 주어졌다고 할 수는 없습니다. 이미 이 문제에 대한 토의들이 시작된 것을 우리는 여러 곳에서 볼 수 있습니다.

러시아나 공산 국가에서 경제 능률의 개념에는 자기들이 착취 계급이라고 생각한 중간 매개자들을 다 없애고 직접적으로 생산자들이 체제를 운영한다는 생각이 포함되어 있었습니다. 착취 없는 자신의 일로서의 생산 활동은 생산자의 능률적 작업에 동기가 된다고도 생각하고, 스스로가 주인인 새로운 사회의 건설을 위한 혁명적 정열이 동기가 된다고도 생각했습니다. 선전 활동으로 고취하려고 하는 혁명적 정열이라는 것이 장기적으로 볼 때 공허한 것이 되는 것은 사실인 듯합니다. 그것만 가지고는 경제 발전도 안 되고 사회가 능률적으로 움직이지도 않는다는 것은 소련 체제에서 증명이 되었습니다. 그러나 동시에 혁명의 초기에 혁명적 정열이 중요한 능률 확보의 수단이 되었다는 것도 무시해서는 아니 됩니다. 혁명적 정열을 일반화하면 문화적 가치와 동기의 문제가 됩니다. 어쨌든 물질적인 동기 이외에도 능률을 촉진하는 요인이 없을 수가 없습니다. 시장과 더불어 말하여지는 여러 요인들, 즉 경영 능력, 기술, 훈련된 노동력, 작업 규율 등도 반드시 한 가지 동기로써만 촉진될 수 있는 것은 아닐 것입니다. 능률적인 삶의 문제는 제한된 조건에서 살 수밖에 없는 인간 생존의 영원한 문제에 속합니다. 그러니만큼 그것에 대한 근본적인 물음은 인간의 오랜 삶이 축적된 지혜와 관련하여 물을 필요가 있는 것입니다.

대학의 경우는 일반적인 산업 현장과 같다고 할 수는 없습니다. 그러나 대학을 움직이는 것이 시장의 원리라는 생각은 참으로 편협하기 짝이 없는 것으로 보입니다. 그리고 대학이 다르다고는 하지만, 이러한 경우가 인간사에서 전적으로 예외적인 것만은 아닐 것입니다. 차이가 있다면 그것은 정도의 차이겠지요. 아인슈타인으로 하여금 아인슈타인이 되게 한 것이 시장의 논리일 수는 없습니다. 크릭(Francis Crick)과 왓슨(James Watson)이 DNA의 구조를 발견한 것으로 노벨상을 받았을 때, 같은 연구를 하고 있던 한 여성 과학자가 그 업적에도 불구하고 여성이었기 때문에 상을 받지 못했다는 논란이 있었습니다. 이때 영국의 생물학자 메더워(Peter Medawar)가 쓴 글에 그 여성의 연구 태도, 시간 맞추어 퇴근하고 하기 휴가를 가고 하던 것으로 보아 커다란 과학적 발견의 촌전(寸前)에 있는 사람 같지 않았다는 것이 있습니다. 그러한 발견을 하는 사람은 그야말로 침식을 잃는 흥분 속에서 일한다는 것이 메더워의 관찰이었습니다. 그렇다면 과학자들이 열심히 일하는 것은 노벨상이라는 경쟁적 상 때문이라고 할지 모릅니다.

무엇이 사람으로 하여금 열심히 일하게 하는가 하는 것만을 전문적으로 연구한 시카고 대학교의 칙센트미하이라는 심리학자가 노벨상을 받은 과학자들을 인터뷰하여 쓴 책이 있습니다. 그의 발견으로는 이들 과학자에게 노벨상은 본질적인 의미에서 별다른 중요성을 가진 것이 아니었고, 그들의 연구 자체가 그들에게 보람 있는 것이라는 것이었습니다. 한 가지 더 보태면 칙센트미하이의 또 다른 보고에는 누가 자신의 일에 가장 크게 보람을 느끼고 열중하는가를 밝히려 한 것이 있습니다. 그 결과는 암반 등산가나 작곡자라는 것인데, 재미있는 것은 운동가 중에 직업 선수의 만족도가 별로 높지 아니한 것입니다. 그 이유는 적어도 칙센트미하이의 말로는 그들의 일에 금전적 보상이 따르기 때문이라는 것입니다. 이러한 결과는 스스로 동기가 강한 사람들, 높은 성취자들의 경우라고 할지 모릅니다.

그러나 또 다른 경우를 생각해 보지요. 시장 원리의 관점에서 비능률의 대가는 파산이라든지 퇴출입니다. 그러나 이것은 전체적인 관점에서 자원 낭비를 계산하지 않는 것일 경우가 많습니다. 대학의 능률을 높이기 위해서 교수 임용 제도를 더 엄격하게 한다고 합니다. 임용 제도로써 아인슈타인이 나오지 아니할지라도 상당히 능률적인 교수 연구자들이 나온다고 할지 모릅니다. 그러나 다른 것 다 빼고라도 30대 중반 혹은 40대 초반에 있는 사람들이 퇴출당해서 노는 사람이 될 때 그 사람들 안에 축적된 여러 가지 사회적인 투자는 어떻게 되는 것입니까? 계약제라는 것은 미국에서 배워 온 것이라고 하는데, 대학이 4000개가 넘는 미국과 달리 200개가 넘지 않는 대학을 가진 우리나라에서 30~40대의 교수가 퇴출되었을 경우에 못난 교수라도 그 사람 안에 축적된 사회적인 투자, 개인적인 투자라는 것은 달리 쓰일 장소가 없게 됩니다. 이런 것을 계산하는 것이 사회 전체의 능률을 계산하는 데에 관계가 없는 것이라고 할 수는 없습니다. 이러한 것은 대학에만 해당되는 것이 아닐 것입니다. 개인적으로나 사회적으로나 가령 퇴출이 필요하다고 하더라도 그것은 적재적소의 재배치의 계획이 없는 한 총체적인 낭비를 가져오는 것일 수 있습니다.

우리나라에서 능률을 높여야 된다는 것은 틀림이 없습니다. 그리고 대체적으로 말하여 시장 원리의 강화가 여기에 기여한다는 것을 무시할 수 없습니다. 그러나 시장 원리도 다른 많은 것들의 보완을 필요로 합니다. 앞에서 말한 것들을 빼고도 거기에 맞는 국가적인 법률 제도, 사회 제도가 정비되지 아니하고는 시장이 저절로 돌아가는 것이 아니라는 것은 시장 경제를 말하는 분들도 다 말하는 것입니다. 또 이런 제도를 공고히 하는 데에는 정치가 중요하기 때문에 정치가 능률적이 되어야 한다는 것도 말하여집니다. 그것은 정치권력의 구성에 관한 절차가 능률적이 되어야 한다는 것이기도 하지만, 일단 구성된 일을 제대로 하여야 한다는 말이기도 합니다. 작은 정부가 필요하다고 합니다. 그러나 그것은 정부의 역할이 바뀐다

는 것을 말하지, 우리 형편에서 정부가 정말 작아진다는 것을 말한 것 같지
는 아니합니다. 지금까지 정부가 주도적으로 경제 활동을 하고 그것을 규
제해 왔다면, 이제는 정부가 시장 규칙의 준수 여부를 감시하는 감시자가
되는 것이 아닌가 하는 생각이 듭니다. 정부는 행위자라기보다도 감시자,
감독자, 법의 집행자로서 분명한 입장을 가져야 되고 법의 지배가 받아들
여지는 사회의 보증자가 되어야 한다는 말입니다.

또 여기에 더하여 필요한 것이 도덕적인 기강의 확립입니다. 정치에서
나 경제에서나 비능률의 근본 원인의 하나가 부패라는 것은 다 알고 있습
니다. 경제가 부담해야 하는 부패의 비용만 다 없어진다 하더라도 경제 수
행 능력은 굉장히 올라갈 것이라는 생각이 드는데, 우리나라에서 부패의
비용이 얼마나 되는가를 총체적으로 계산한 것이 있을 성도 싶습니다. 물
론 정치에 들어가는 과도한 비용도 계산되어야 하겠지요. 미국의 사회학
자 밴필드(Edward Banfield)가 이탈리아 남부의 빈곤 지대를 연구한 책이 있
습니다. 제목이 시사적입니다. 『후진 사회의 도덕적 기초』라는 것입니다.
도덕적 기초가 없는 곳에서는 정당이나 정책, 보수주의도 자유주의도 공
산주의도 아무 의미가 없고, 정당은 어떤 주의를 표방하든지 간에 오로지
정객(政客)들의 개인적인 이익 추구를 위한 보스 체계로 돌아가 버리고 만
다는 것이 이 책이 밝히고 있는 것입니다. 공산당까지도 마피아 비슷한 패
거리가 되어 있는 것이 적어도 1950년대의 칼라브리아(Calabria) 지방의
정황이었습니다.

제가 지금까지 말씀드린 것은, 그러니까 IMF의 얘기 그리고 그 원인에
대해서 생각해 보면서, 그것이 능률의 문제로 환원될 수 있다고 한다면, 그
능률의 조성을 위한 여러 가지 요인들이 무엇이겠는가를 널리 생각하는
것이 필요하겠다, 이런 얘기였습니다.

## 목적과 수단: 도덕, 정치, 경제의 위계질서

경제 효율이 궁극적으로 갖는 의미라는 것이 개인에게나 사회에게나 좋은 삶을 가능하게 한다는 데 있다는 것은 새삼스럽게 말할 필요가 없습니다. 능률이나 효율이란 좋은 삶의 지표입니다. 그것은 참으로 넓은 의미에서 우리의 삶을 효율적인 것이 되게 할 때 진정한 효율이 됩니다. 진정한 효율이 봉사하는 전체의 삶의 비전이 여기에 관계되지 아니할 수 없습니다. 이것은 사회적으로나 개인적으로나 그렇습니다.

자유 시장의 철학을 얘기하면서 종종 잊어버리는 것이 '보이지 않는 손'이라는 문제입니다. 자유 시장은 개인의 부를 증대시킨다는 면도 있지만 국가의 부를 증대시키고 조화된 사회를 만들어 내는 원리라는 데에 그 정당성이 있습니다. 사람들은 애덤 스미스의 책 제목이 '부자가 되는 길'이 아니라 '나라의 부(國富)'라는 것을 잊어버립니다. 나라를 부강하게 하는 방법이 시장의 원리이지 시장의 원리 자체가 절대화되는 것은 아닙니다. 시장의 세계화는 이 전체적 부를 세계 전체에 확대합니다. 세계 시장에서 국가들의 대립은 그 원리에서는 식민주의적 침탈이 아니라 공동의 번영입니다. 그러니까 이 원리를 상기한다면 개인의 부나 국가의 부라는 면에서 누가 승자나 패자가 되느냐가 중요한 것이 아니라 그러한 승패가 궁극적으로 전체의 부와 복지에 어떻게 기여하느냐가 문제의 핵심입니다. 국가 간의 경쟁에서 민족주의나 제국주의가 아니라 공동 번영의 가능성이 쟁점이 되어야 마땅합니다. 개인의 부의 부침(浮沈)에서도 승패 경쟁이 문제가 아니라 공동체 전체의 발전이 문제입니다. 그리고 승패는 이 공동의 승리로써 정당화되고 복권되는 것이라야 합니다.

물론 오늘의 현실이 이 '보이지 않는 손'의 조화를 잊어버리고 있는 것이 사실이기는 합니다. 그러나 전체의 문제를 생각할 때, 시장 경제의 원리가 근본에서 그러하다고 하더라도, 그것이 단기적 이윤의 전망에 지배되어 장기적인 역사적 전망에 약할 수 있다는 것은 너무나 당연합니다. 그리고 이 점에서 그 시정을 위하여 새로이 생각되는 것이 있어야 합니다. 이러나저러나 하나의 방법이 좋은 사회, 좋은 삶을 만든다는 것을 들으면 대체로 그것은 미신일 경우가 많습니다. 공산주의 문제가 그러한 것이었습니다. 시장 자본주의 문제도 비슷하다고 할 수 있습니다.

도로, 항만, 에너지, 정보 소통과 같은 경제 생활과 사회생활의 기본 구조들이 이윤 동기가 아니라 사회적 투자로 이루어지는 것은 말할 필요도 없습니다. 이러한 사회적 투자는 감춰져 있어서 회사의 이윤 계산뿐만 아니라 생산성 계산, 궁극적으로는 능률 계산에도 포함되지 않는다는 것은 경제학자들도 지적을 하는 일입니다. 이 외에도 사람이 같이 사는 데 필요한 여러 가지 시설이라는 것은 돈이 들어가는 것이지 돈을 버는 것은 아닙니다. 궁극적으로는 그것이 돈 버는 수단이 되기도 하지만, 하여튼 너무 생산성 쪽만 얘기하면 사람 사는 데 필요한 많은 것들, 앞에 말한 하부 구조, 또 교육이라든지 의료라든지 공원, 문화 시설 이런 것들은 다 등한시하게 됩니다. 또 그것보다 더 나아가서 생명 존중이라든지 인간관계, 환경 존중, 이런 것들을 확보해 주는 여러 활동도 돈 버는 것들이 아닌데, 이러한 것들이 전부 시장으로만 해결될 수는 없습니다. 시장 경제에서도 이러한 것들을 포함한 사회적 생존의 문제에 대한 고려가 없을 수가 없습니다. 시장 속에서의 삶도 더 전체적인 관점, 목적과 수단을 분명히 하고 우선순위를 생각하는 관점에서 고려될 필요가 있습니다. 그러나 나는 이 고려가 반드시 일사불란한 연역적 논리를 따르는 것도 문제를 일으킨다고 생각합니다.

사회적 생존은 흔히 말하다시피 세 가지 영역으로 쪼개어 생각해 볼 수 있습니다. 경제, 정치, 도덕 또는 문화가 있습니다. 이 세 가지가 고루 잘되는 사회가 말할 것도 없이 좋은 사회입니다. 이 세 영역이 동시에 잘 발전이 되어야 합니다. 그러나 이 세 영역에는 위계적 관계가 있습니다. 삶이 있어야 할 모습을 말해 주는 것이 문화적 이상입니다. 그중에 집단적 삶에서 사람의 관계를 규정해 주는 것이 도덕입니다. 이것이 정치를 통해서 집단적 현실로 연결이 되고 집단이 설정하는 정치적 이상을 실천하는 데 필수적인 수단이 되는 것이 경제입니다. 다시 말하여 좋은 삶의 이상이 있고 그것을 현실화하는 데 정치가 필요하고 그 수단으로 경제가 필요합니다. 위계질서로 보면 좋은 삶에 대한 문화적 비전 또는 도덕이 있고, 그다음에 정치, 그다음에 경제 이렇게 되는 것이 마땅합니다.

그러나 이러한 위계적 질서의 현실적 수행이 반드시 좋은 사회를 만들어 내는 것은 아니라고 보입니다. 그것은 공산 체제를 봐도 그렇고 우리 유교의 질서를 봐도 알 수 있습니다. 유교 질서는 좋은 사회에 대한 그 나름의 비전이 있었음에도 불구하고 결국은 매우 답답하고 살기 어려운 사회를 만들고 말았습니다. 사회적 생존의 세 영역에는 가치론적 위계질서가 있다고 하겠으나 그것이 현실적인 것일 수는 없다는 것이 이러한 예들의 교훈이라고 하겠습니다. 오히려 반대로 경제가 있고 정치가 있고 그다음에 문화는 그 부산물로 있고, 이렇게 되어 있는 것이 좋은 사회를 만드는 수도 있다는 것이 유교적인 명분론에 구속되어 있는 사람들이 생각해 봐야 하는 명제입니다. 평등과 정의와 사회적 유대를 이상으로 하는 공산주의가 유토피아가 아니라 디스토피아를 만들어 낸 것은 또 하나의 교훈입니다. 공산주의가 도덕→정치→경제 순서를 지키려고 했다면, 자유주의는 경제→정치→도덕 또는 문화의 순서를 중요시했다고 할 수 있습니다. 그러니까 도덕을 이야기하고 문화를 이야기해서 좋은 사회가 될 수 없다는 것은 증명된 테제가 아닌가, 그것을 얘기해 봐야 되지도 않을 뿐만 아니라 반대 결과를 가져오는 것이 아닌가 하는 것이 오늘 우리가 가지고 있는 느낌입니다.

그러나 동시에 앞에서 말한 세 부분이 거꾸로 되어 있는 사회의 디스토피아적 결과를 무시할 수 없습니다. 오늘날 대부분 삶의 고통이 거기에서 온다고 할 수 있습니다. 그러므로 이 시점에서 이 세 개를 서열화하지 말고 동등한 것으로 보면서 매우 이완된 관계에 있는 것으로 보는 것이 어떤가 하는 생각을 하게 됩니다. 삶의 세 영역이 분리될 때 그리고 그것이 어떠한 순서로든지 경직된 위계로 생각될 때 문제가 있는 것은 분명하니까, 그 사이에 느슨한 관계가 설정될 필요가 있다, 그러한 생각을 하는 것입니다. 비유적으로 말하여 앞의 세 영역은 하나의 모터 축에 걸려서 돌아가는 것으로 보는 것보다 여러 가지 변속 장치를 통해서 서로 연결되는 것으로 보는 모델, 이런 것들을 생각할 필요가 있다, 이런 이야기입니다. 경제와 정치와 도덕 또는 문화는 각각 독립하여 있으면서, 또 밀접한 관계를 가지는 것이 되어야 합니다. 그러면 이 변속 장치가 뭐냐, 이것이 오늘날 문화적인 관심의 핵심에 놓이게 됩니다.

하버마스는 그의 사상의 주된 과제로서 사회적 이상을 구현하는 비교적 느슨한 상태의 정치 체제는 어떤 것이겠는가를 많이 생각했습니다. 그의 생각은 정치는 기본적으로 자유 민주적인 체제를 가지고(그러니까 경제도 그러하다는 것이 되겠습니다.) 문화와 사회 영역이 독립해 있으면서 비공식적인 기구를 통해서 여러 가지 문화적인 이해, 도덕적인 이해를 정치 기구에 투입할 수 있다, 이러한 것으로 보입니다. 그는 이런 얘기를 몇 군데서 하고 있는데, 구체적으로 그것이 어떤 제도를 말하는 것이냐는 분명치 않습니다. 정치란 사회의 토양에서 자라나는 것이다, 하버마스는 이렇게 말하고 있습니다. 이 사회에 질서를 주고 있는 것이 도덕입니다. 이것이 존재하게 되는 것은 사회 과정이고 역사 과정입니다. 여기에서 나오는 가치가 정치에 의하여 제도로 옮겨질 수 있습니다. 이렇게 생각하는 것은 사회가 이미 높은 도덕적 자각 속에 있다는 것을 전제합니다. 다만 이 자각은 정치의 강제 수단을 통해서가 아니라 역사적 형성 과정에 의존하는 것일 수밖에 없다, 이런 생각이 아닌가 합니다. 독일의 경우는 몰라도 우리나라에서 사회적 도덕이 구체적인 사회 정책으로 입법화되는 것을 보게 되는 일은 없으므로 이러한 것이 우리에게 얼마나 현실적일지는 모르겠습니다.(여기에서 도덕이란 독단론인 것이 아니라 반드시 일반화할 수 있는 것, 칸트적인 의미에서 보편적 규범이 될 수 있는 것을 말하는 것으로 간주하여야 할 것입니다.)

그러나 도덕이 국가적 또는 사회적 강제력으로 작용해서는 안 된다는 사실은 우리처럼 원리주의적 전통이 강한 나라에서는 깊이 생각하여야 할 문제입니다. 도덕 없는 정치가 견딜 수 없는 것이 된다는 것은 인간 현실에서 가장 분명한 진실의 하나입니다. 그러면서도 그것은 쉽게 제도화하면 아니 될 것입니다. 우리 전통에서는 도덕이라는 것이 정치에 직접 투입될 수 있는 것으로 얘기하는 것을 자주 보게 됩니다. 도덕의 문제에 대해서 경계해야 할 것은 건전한 도덕 문화는 꼭 필요하면서도 그것이 억압적인 성격을 갖는다는 사실입니다. 원리주의적 도덕이 인간의 도덕적 가능성을 제약하고 사회적 붕괴의 원인이 된다는 것은 이슬람 여러 나라들에서 볼 수 있습니다.(물론 미국 사람들이 이야기하는 것처럼 이슬람 국가들이 그런 사회주의적인 믿음을 포기하고 자유주의적인 제도를 채택하면 좋은 사회가 될 것이라고 말하는 것은 아닙니다. 그것도 사람의 사는 방식 중의 하나, 더 좋은 차원에서 삶의 이상을 생각하는 삶의 방식의 하나라고 할 수 있습니다. 다만 그것이 오늘의 세속적이고 다원적인 사회에서 가장 좋은 것은 아니라고 하는 것이 맞는 말일 것입니다.) 우리에게도 원리주의적인 도덕의 잔여 부분들이 있지만 그것이 우리 삶의 현실은 아닙니다.

우리가 도덕을 얘기하면서 생각하지 않는 것의 하나가 도덕을 말할 때에 사람들은 자기 규율보다는 다른 사람에 대한 규제에 열심이라는 사실입니다. 도덕도 사실 권력 행사의 일부라는 니체와 푸코의 생각은 날카로운 통찰에서 나온 것입니다. 이 점에서는 푸코의 의심은 자유주의의 의심에 일치합니다. 자유주의는 정치적 강제나 마찬가지로 도덕적 강제에 대하여서도 깊은 의심을 가지고 있습니다. 그러나 앞에서 말한 바와 같이 도덕 없는 정치 체제는 생각할 수 없습니다. 최상의 상태에서 자유주의의 장점은 여기에 존재하는 아포리아(aporia)를 인정한다는 것입니다. 즉 이 어려움을 쉬운 답이 없는 어려움으로서 받아들이는 것이 필요합니다.(물론 현실에서는 이 어려움 자체를 외면하고 마치 도덕은 정치에 필요 없는 것으로 행동합니다만.)

균형과 견제, 법의 지배, 공개성, 민중의 감시 이러한 것들은 자유주의 제도하에서 정치에 도덕성을 부여하는 기구들이라고 할 수 있습니다. 이러한 국가들에는 두 가지 요청이 작용하고 있습니다. 자유주의 원칙은 개인의 절대적인 권리를 보호하는 데에 관계되어 있습니다. 그러나 이 권리들의 보호는 전체적 균형 속에서 이루어질 수밖에 없습니다. 그러한 제도의 도덕적 의미에는 공공성의 원칙이 들어가지 아니할 수 없습니다. 이 공공성에는 모든 개인 권리의 배분적 균형의 원칙이 들어 있지만, 동시에 그것을 초월하는 공동 운명에 대한 의식도 들어 있습니다. 공동 운명의 자각은 현재에서의 배분적 관계를 초월한 정의를 포함하는 개념입니다. 이러한 공공성의 원리에 따라서 자유주의적 원리에 서 있는 사회도 복지적 문제에 대한 일반적 결정을 내릴 수 있습니다. 그러나 좀 더 인간적인 사회가 되기 위해서는 오늘날 자본주의 민주 국가에서 보는 것 이상의 공동체적 도덕이 필요하고 그것에 입각한 정치적·경제적 결정이 필요할 것입니다. 그러나 궁극적으로 도덕은 정치의 밖에서 역사적으로 획득될 수밖에 없습니다. 정치 과정 속에 투입되어 제도화되는 도덕도 사실 이러한 역사적 업적 속에서 생겨나는 것일 것입니다. 그런데 역설은 이러한 역사적 획득이 가능하기 위해서는 정치와 경제가 그러한 공간을 존중하여야 한다는 것입니다. 그러면서 또 하나의 문제는 자유주의는 그 형식주의인데, 사회 속에서 인간의 자유는 형식 속에서만 확보될 수 있기 때문에 필요한 것이면서도, 이 형식주의로 하여 역사적으로 얻어지는 도덕의 실체를 등한시한다는 것입니다.

　도덕의 궁극적인 문제점은 사실 사람이 추구하는 높은 삶이 도덕으로써 정의되는 삶만은 아니라는 데에 있습니다. 삶의 값과 보람은 도덕에 한정될 수 없습니다. 그러니까 정치의 요인으로서 도덕은 필수적이지만 더 넓은 삶의 비전에서 도덕은 삶의 한 부분에 불과합니다. 문화는 비록 가장 높은 삶은 아니라 하더라도 적어도 넓은 삶, 도덕이 얘기하는 것보다는 넓은 삶의 비전에 관계됩니다. 도덕이 긴박성을 갖는 것은 이러한 문화가 충실하지 못하기 때문입니다. 문화가 충실하지 못한 것은, 정치와 경제가 충분히 여유 있는 것이 되지 못한 때문입니다. 여유가 없기 때문에 사는 조건이 까다로워지고, 이 까다로운 조건에서 사람과 사람 사이의 관계를 규정하는 것이 필요하고 또 이 규정에 정치 아니면 도덕이 동원되는 것이라 할 수 있습니다. 그러나 다른 한편으로 이러한 문화를 위한 물질적 성립 여건을 떠나서도 도덕에 대한 지나친 강조는 그 자체로 좀 더 넓은 삶의 비전으로 문화를 억압하는 수가 있습니다. 도덕은 적어도 사회적 생존의 요건으로는 사회의 전체성과의 관계에서 생겨납니다. 이것은 정치나 경제에서의 사회 공간의 협소성, 그러니까 각박한 현실과 관계되어 있습니다. 그러나 그 자체로서도 많은 것을 협소화하는 역학을 만들어 냅니다. 그 사회적 강조가 바로 그러한 협소화를 만들어 내는 것입니다.

　인간 생존의 사회적 테두리를 강조하며 사는 삶은 그 나름의 숭고함을 지닙니다. 그러나 그것이 지나칠 때 그것은 억압적인 것이 되고 삶의 많은 가능성을 배제하는 요인이 됩니다. 그런데 이러한 면은 개인의 영욕 추구와 결합될 때 참으로 문제적인 것이 됩니다.

우리나라에서는 개인주의라는 것을 싫어합니다.(실제로는 우리나라처럼 이기적 동기에 의하여 움직이는 사회가 없다고 하겠지만.) 그런데 우리가 흔히 잊어버리는 것은 개인주의 또는 이기주의가 과대한 사회화의 결과일 가능성이 크다는 것입니다. 사람들은 권력, 지위, 부, 과시, 물질 이런 것을 추구합니다. 이런 것은 자기가 만들어 낸 것이 아니라 사회가 만들어 낸 것입니다. 이것들은 대부분 사회적 과시(conspicuous display 또는 conspicuous consumption)의 성격을 가지고 있습니다. 서울대학교만 가면 제일이라는 사람이 많으니까 서울대학교 경쟁률이 높아지고 서울대학교에 관계되는 사람이 우쭐해지지, 서울대학교가 뭐냐고 생각하는 사람이 많다면 서울대학교가 높을 수가 없습니다. 이화여대에 전화를 하면 지도자를 양성하는 기관이 이화여대라고 선전하는 말이 나옵니다. 과연 선전과 표어의 시대이고 사회적 동원의 시대가 오늘의 시대입니다. 이것 자체가 우리 사회가 사회의 압력이 강한 사회라는 것을 뜻하는데, 어쨌든 지도자만을 강조하는 것은 사회적인 의의를 가지면서 우리의 생존을 각박하게 합니다.

사회화와 개인주의는 동전의 양면입니다. 진정한 의미에서의 문화는 이러한 사회적인 것보다 내면적인 완성에 관계되어 있습니다. 사람들은 다 자기의 독자적인 내면의 영역을 가지고 있습니다. 그것은 경쟁이 될 수 없는 그러한 공간에서의 자기 확대, 자기완성 추구를 가능하게 합니다. 그러는 만큼 그것은 사회적 경쟁과 투쟁도 완화한다는 것을 의미할 수 있습니다. 문화에 외면이 없다는 것은 아닙니다. 외면만의 문화에서도 그것이 의미 있는 것이 되기 위해서는 내면의 계기를 아니 가질 수 없고, 그러니만큼 그것은 자기 속마음을 넓히는 것에 관계되고, 속이 넓어진다는 것은 여러 사람하고 경쟁할 필요가 없다는 것을 뜻하는 것이 되기도 하는 것입니다. 문화의 의미가 사람의 삶을 더 확장된 가능성 속에 존재하게 한다는 데에 있다고 하여야겠지만, 지금처럼 모든 사람들이 사회화되는 사회에서 문화적인 추구라는 것은 이러한 사회적 압력의 해소라는 면에서도 중요한 것이 아닌가 하는 것입니다.

결국 이러한 이야기는 도덕만이 비뚤어진 사회와 역사의 계획에서 유일한 해결책은 아니라는 말이 됩니다. 사회의 모든 질서를 이기적인 것이 되게 놓아두고 도덕을 말해 보았자 소용이 별로 없다는 이야기입니다. 뿐만 아니라 바로 그러한 이기적인 삶의 태도를 버려야 한다고 하는 도덕까지도 그러한 삶의 테두리 속에 있고, 또 도덕의 사회성의 강조는 숨은 개인주의를 강화하는 역할을 하기도 합니다. 연구해 보아야 할 것은 더 너그러운 삶의 질서의 문제입니다. 그러나 그러한 것이 오늘의 환경에서, 즉 세계화의 환경에서 가능하겠는가 하는 것은 문제로 남을 수밖에 없습니다.


## 보편성의 세계

도덕과 정치와 경제의 유연한 관계는 우리가 오늘날 새로이 느끼는 환경, 세계화의 환경 속에서 새로운 가능성을 갖는다고 할 수 있습니다. 물론 그것보다는 위험이 오히려 눈에 띄는 상황이기는 합니다. 모든 것이 경제, 세계화 속에서의 경제, 그러니까 아무 테두리도 한계도 없는 상태로의 경제에 역점이 주어지는 것이 오늘의 현실인데, 그것은 지나치게 경직된 사회 질서에 대한 우리의 생각을 수정하게 하는 면이 있으면서 동시에 조화된 삶의 질서를 불가능하게 할 것입니다. 앞에서 도덕과 정치와 경제가 한 덩어리의 상태에 있는 것보다는 느슨한 상호 작용 관계 속에 있는 것이 좋다는 말을 하였습니다만, 세계화의 압력에서 사회적 생존의 세 영역은 하나가 아닐 뿐만 아니라 간접적 연동 작용도 없이 뿔뿔이 움직일 가능성이 커지지 않나 합니다. 아마 그보다도 나쁜 것은 도덕, 정치, 경제의 위계가 완전히 거꾸로 되어 독자적인 영역으로서의 도덕이나 문화가 사라지는 일 일 것입니다.

　오늘날 우리가 부패한 정치 속에 살고 있는 것은 부정할 수 없습니다. 정치는, 마르크스가 말한 방식으로는 아닐망정, 경제의 시녀가 되어 있습니다. 이제 도덕이나 문화도 정치와 경제의 시녀가 되어 가고 있습니다. 어쨌든 도덕은 정치 전략의 일부가 되고 문화는 경제 전략의 일부가 되어 가고 있습니다. 이것은 저절로 일어나는 일일 뿐만 아니라 오늘날의 개혁 정치의 적극적인 아젠다가 되어 있습니다. 이러한 것들이 우리로 하여금 새로이 도덕적 질서의 필요를 절감하게 합니다. 그럼에도 불구하고 세계화의 새로운 환경이 우리로 하여금 더 여유 있는 관점에서의 삶의 질서를 생각할 수 있게 하는 것도 부정할 수 없습니다. 그것은 우리로 하여금 생각에서나 현실에서 꽉 짜여져 있는 질서로 돌아가지 못하게 합니다. 그 대신 좀 더 너그러운 원리로 다른 원리, 보편성의 원리를 새로 생각하게 합니다. 여기에서 우리는 다시 정대현 교수가 주신 과제로 돌아가게 됩니다.

　좁은 데에서 넓은 데로 나오면서 처음 갖게 되는 느낌은 두려움입니다. 그리하여 우선 생각하는 것이 자기방어를 위한 여러 방책입니다. 그러나 더욱 적절한 대응책은 더 넓은 공간을 전체적으로 조감할 수 있는 여유를 회복하는 것입니다. 여기에는 그 원칙을 이해하는 것이 중요합니다. 이 원칙이 사실을 설명해 주는 것은 아닐망정 우리가 어떻게 행동해야 할 것인가를 지시해 주며 이 공간에서 다 같이 구축해야 할 새로운 공간이 어떤 것인가를 말하여 줍니다. 우리가 세계 속으로 나오면서 확인해야 하는 것은 보편성 속에서 생각하는 것입니다. 이것은 도덕적 원칙이 되기도 하고 그것을 넘어가는 삶의 원칙이 될 수도 있습니다. 그러나 그것은 그 나름으로 형성의 노력을 필요로 할 뿐만 아니라 적어도 우리가 도덕을 포함하는 사회 질서 또는 세계 질서를 생각할 때 그 나름의 취약점과 위험을 갖는 것입니다.

도덕은 어떤 경우에나 개체와 개체를 초월하는 어떤 것과의 관계에서 생겨납니다. 이 초월자는 신일 수도 있습니다. 그러나 대체로 사회적인 측면에서 볼 때 이 초월자는, 뒤르켐이 생각하듯이 전체로서의 사회가 되어 온 것으로 보입니다. 지금까지 우리에게 가장 강력한 도덕의 근원, 적어도 사회적 차원에서 도덕의 근원이 되었던 것은 전체로서의 우리 사회, 흔히 민족이라고 표현되는 사회 전체였습니다. 이것이 우리의 행동을 일정한 한계 속에 — 도덕적이라고 할 수 있는 한계 속에 묶어 놓는 일을 했습니다. 어떻게 하여 이것이 개체적 행동을 규제하는 원리가 될 수 있는가를 간단히 말할 수는 없지만, 그 규범적인 힘이 우리 생존의 기본적인 사실 — 우리의 생존이 개체적이면서도 민족 단위의 사회 속에서 살지 아니할 수 없다는 기본적인 사실로부터 시작한다고는 말할 수 있습니다. 그런데 세계화는 이러한 민족이나 국가가 구성하는 사회의 구속력을 약화시킬 수밖에 없습니다. 여기에 따라 대체적으로 도덕의 힘은 우리의 삶에서 약해질 것이라는 우려가 일어납니다.

그러나 세계화와의 관련에서도 삶의 도덕적 규율화가 없을 수 없습니다. 이 원칙이 보편성이 아닌가 합니다. 세계화 속에서 개체가 관계를 갖게되는, 개체를 초월하는 더 큰 원리가 보편성입니다. 보편성 속에서의 도덕, 개체와 전체, 초월적인 원리의 존재 방식은 사뭇 다른 양상을 띠는 것으로 생각됩니다. 한편으로 우리의 초월적인 것에 대한 관계는 더 추상적이 되고 그러니만큼 구체적 실감이 없는 것이 될 것입니다. 다른 한편으로 보편성은 우리로 하여금 개체와 전체의 관계를 복잡한 모순 속에서 생각하지 아니할 수 없게 할 것입니다. 이것 또한 우리의 혼란의 한 요인이 될 수 있습니다.

현대 역사에서 민족과 국가의 중요성은 부정할 수가 없습니다. 그러나 좌우간에 이러한 인식은 지금 바뀌어 가고 있습니다. 베네딕트 앤더슨 (Benedict Anderson)은 "상상된 공동체"라는 말로 민족과 국가가 어느 시대 에나 인간의 삶을 규정하는 가장 중요한 초개인적인 범주는 아니라는 사 실을 유명하게 만들었습니다. 과연 사회와 경제의 기술적·행정적 통합이 현대적 수준에 이르지 못했던 조선 시대만 해도 그 중요성이 현대에서와 같았다고 할 수는 없을 것입니다. 그럼에도 불구하고 민족과 국가가 사람 의 삶에서 가장 중요한 한정적 조건인 것은 분명합니다. 우리 현대사는 이 것을 강력하게 보여 주었고 지금도 이것은 사실로 남아 있습니다. 여기에 대하여 민족 국가의 힘이 약해져 가고 있다는 것이 지적되고 있습니다. 말 할 것도 없이 세계화에 수반하는 하나의 현상이 되겠지요. 많은 나라의 사 람들이 같이 살아야 하는 형편에 놓이고 한 사회 속에서도 여러 다양한 생 각을 가진 사람들이 한데 어울려 살지 아니하면 아니 되는 그러한 세계가 되어 가고 있는 것입니다. 그리고 여기에 근본적인 원리로서 보편성이 등 장합니다. 그러나 사실적으로는 오늘날 세계화는 힘과 힘의 대결로 진행 된다고도 할 수 있습니다. 오늘날의 세계 체제는 자주 지적되다시피 강대 국의 이익을 위해서 작은 나라들의 국경을 해체하고 경제와 또 다른 관점 에서는 국가적 이익의 방어를 불가능하게 하는 체제라고 할 수도 있습니 다. 심지어는 그야말로 인류 공동의 보편적 권리인 듯한 인권의 문제까지 도 강대국의 힘이 외교의 일부로 사용되는 혐의가 짙어 보입니다.

그럼에도 불구하고 확인해야 할 것은 이념적으로 오늘의 세계가 요구 하는 것이 보편성이라는 사실입니다. 오늘의 세계화가 사실적으로 국제 적 현실 정치의 힘의 장에서 전개되는 만큼 여러 나라에서 특히 열세의 나 라들에서 힘, 술수, 거친 민족주의적 대결에 의한 요구가 일어나게 됩니다. 그러나 알아야 할 것은 미국과 같은 강대국의 강압 정책에도, 적어도 그 일 부분으로서는 보편성의 논리가 있다는 점입니다. 즉 미국의 세계화 정책의 밑에도 그것이 인류의 총체적 복지를 향상하는 길이라는 주장이 들어 있는 것입니다. 방심할 일은 아니지만 막무가내의 제국주의는 국제 무대에서 행세하기가 어렵게 된 것이 근래 인류사의 발전이라면 발전이라고 할 것입니다. 우리에게 그리고 여러 나라의 사람들에게 주어진 일은 보편성을 더 분명하게, 두드러지게 앞으로 나오게 하는 일입니다. 그리고 이것은 더 넓은 보편적 관점에서 인류 공동체 전체를 위한, 물론 우리 자신을 위한 대안을 지적하는 일까지도 포함합니다. 그러나 이러한 관점에서 우리의 생각을 어떻게 밝혀 갈 것인가 하는 것은 앞으로 생각해야 할 문제로 남는다고 할 것입니다.

보편성이 가져오는 변화의 하나는 초월적 원리의 자리, 그것이 어디에 놓이냐에 관계됩니다. 우리의 생각에 지각 변동을 일으키는 것은 사실 이 위치의 이동입니다. 보편성 가운데 사고한다는 것은 인류 전체로 우리 사고의 테두리를 넓히는 것을 의미하는 듯합니다. 그러나 동시에 그것은 사고의 주체가 어느 때보다도 분명하게 개체가 되는 것을 말합니다. 보편을 설명하는 데에서 우리의 아날로지는 가장 쉽게 물질세계에 작용하고 있는 물리 법칙입니다. 이러한 법칙의 보편성이란 어떤 사물의 집합체 전체를 지칭하는 것이 아니라 전체 속에 작용하는 어떤 원리가 개체적 현상에 나타나는 방식을 말한다고 할 수 있습니다. 물리 법칙은 어떠한 개체적 현상에도 작용하고 있으며 모든 개체에 작용하고 있는, 다시 말하여 개체들 전체에 하나로 작용하고 있는 법칙이고 이러한 작용의 방식을 지칭합니다. 우리가 하나의 사회 속에서나 또는 전 인류 또는 전 지구적인 테두리 안에서 생각한다는 것도 비슷한 관련 속에서 생각한다는 것을 의미합니다. 적어도 보편성을 통해서 전체를 말하는 경우 그것은 한 덩어리의 전체를 말하는 것이 아니라 배분적 전체성을 말하고, 개체에 외면적으로 있는 것이 아니라 내재하는 것을 말하는 것입니다. 하나하나의 인간에 관계되면서 인간 전체에 해당되는, 궁극적으로 인간에 작용하고 있는 원리로서의 인권과 같은 것이 중요해지는 것은 이러한 맥락에서입니다.

개체와 전체의 매개 방식으로서 더 배분적인 균형이 작용하는 보편성의 작용 방식은 모든 민족 국가적 테두리를 넘어가는 사고와 실천에서 하나의 전범이 될 것입니다. 그런 의미에서 세계화를 떠나서도 전체적인 사고, 사실 전체주의로 이어지기 쉬운 전체성의 구제 속에서 옹색한 느낌을 가졌던 사람들에게는 전체성에서 보편성에로의 이행은 해방적 의미를 가질 수 있습니다. 많은 사람들은 민족주의의 고압적 체제 또는 민족 고유의 것이기 때문에 가치가 있다는 주장 또는 좋은 것이라고 하더라도 보편적 사고나 규범에 의하여 정당화될 수 없는 것들의 독단론적 옹호를 들으며 불편한 느낌을 갖습니다. 그러한 주장들은 흔히 도덕적 정당성을 가지고 있습니다. 그러나 그 도덕적 정당성은 억압적 성격을 가지고 있습니다. 그 억압성은 민족주의적 주장이 보편성으로 지양될 수 있을 때에 약화될 수 있습니다.

삶의 질서로서의 보편성은 이미 비친 대로 간단한 의미에서의 전체성의 원리가 아닙니다. 그것은 배분적 성격을 가졌을 뿐만 아니라 어쩌면 자기모순을 내장하고 있고, 그러니만큼 분열의 가능성을 가지고 있습니다. 그러면서 이 모순으로 비로소 이루어지게 하는 것도 가지고 있습니다. 앞에서 나는 보편성이 여러 사람이 어울려 살고 모두의 자유를 가능하게 하는 원리라는 것을 시사했습니다. 그런데 다시 생각해 보면 이 두 요구에는 모순이 있습니다. 어울린다는 것은 간단히 생각하면 하나가 된다는 것이고, 자유로워진다는 것은 이 하나의 강요와 압력으로부터 자유로워진다는 것입니다. 이러한 의미에서도 그것은 모두의 하나 됨을 말하는 전체성의 원리와 다르다고 하겠습니다. 보편적 원리가 자유를 포용할 수 있는 것은 그것이 전체의 원리이면서도 개체의 영역에 대하여 스스로를 제한하기 때문입니다. 개체의 자유가 전체를 수용할 수 있는 것도 스스로를 한정하기 때문입니다. 이 한정은 똑같이 자유를 누려야 할 다른 개체와의 관계에서 그러한 것이기도 하고, 이 개체들을 하나로 하는 전체에 대한 것이기도 합니다.

이러한 자기 한정에 작용하는 것은 사람들 사이에 움직이는 연민, 사랑, 관용, 이해, 이해타산 등의 정서적 감응, 윤리적 또는 이성적 배려입니다. 그러나 가장 중요한 것은 합리성의 원칙들이라고 할 것입니다. 그것은 다른 정서적인 것보다도 가장 간단하고 분명한 것이기 때문입니다. 과학의 발달이 인간 능력 가운데에서도 따로 유리되어 높여진 이성 또는 합리성에 의존하는 것은 주지하는 바와 같습니다. 그것은 분명하고 확실하고 무엇보다도 그것이 사물이든지 아니면 사고의 체계든지 구성을 가능하게 하는 방법을 가질 수 있기 때문입니다. 그리하여 보편성은 합리성과 불가분의 관계에 있습니다. 어떤 것이 보편적으로 작용하게 하는 것은 합리성입니다. 그러니까 우리가 개체로서나 사회의 일원으로서나 스스로를 한정한다는 것은 합리성에 따라 행동한다는 것을 말합니다.

이러한 보편성의 합리적 한정으로 얻어지는 가장 큰 소득은 자유입니다. 합리적 구역 짓기는 저절로 개체적 생존을 전체로부터 해방합니다. 그것은 나의 실존적 구역을 다른 사람의 실존 구역에서 구분하게 합니다. 또다른 사람의 실존을 나의 실존에서 구분하여 존재하게 합니다. 그러나 이것이 단순히 구분만을 의미하는 것은 아닙니다. 주의해야 할 것은 이 구분이 내면적으로 설정되는 덕성에 의하여 매개됨으로써만 단순한 물리적 구분, 그렇기 때문에 나의 삶 또는 다른 사람의 삶에 대한 제약이 되지 않고 능동적으로 작용하는 나의 또는 다른 사람의 삶의 확장을 의미하기도 한다는 사실입니다. 다원적 세계의 공존은 물리적 위협의 균형으로도 가능하지만 관용의 덕성으로도 가능해질 수 있습니다. 동일 공간에서의 타자와의 공존을 말하지만, 이 공존은 단순히 공동 또는 분할 점유가 아니라 나의 내적인 덕성의 실현, 곧 자기실현을 뜻하는 것이 됩니다. 합리성이 자유를 가능하게 하는 것은, 적어도 원리의 면에서는 이러한 내적 계기를 통하여서입니다. 합리성의 이치는 우리 가운데 물리적 강제력이 아니라 내적인 승복을 통해서 작용합니다. 합리성을 통하여 오는 전체의 명령은 밖에서 오는 것이 아니라 나 자신의 내면으로부터 오는 것이기도 합니다.

이렇게 보면 이미 관용과의 관련에서 시사한 대로, 진정한 도덕 또는 현대적 도덕은 합리성에 기초하여서만 가능하다고 할 수 있습니다. 적어도 칸트적 의미에서의 도덕은 그가 되풀이해 지적한 것처럼 자유가 없이는 생각할 수 없고 그 조건에는 현실적으로 합리성의 조건이 필요한 것입니다. 우리 사회에서 자유가 없는 부분의 하나가, 감정을 비롯한 내면생활의 자유라고 할 수 있는데(가령 신문학 이후 문학의 중요한 주제가 된 자유 연애의 문제는 여기에 관련되어 있습니다.), 이것은 합리성이 없이는 불가능한 것입니다. 그러면서 그것은 도덕의 근원까지는 아니라 하더라도 그것에 깊이 관련되어 있는 인간 심성의 힘을 방치해 버리는 결과를 가져올 수 있습니다. 도덕가, 독단적 도덕의 수행만을 지상의 과제로 생각하는 도덕가들이 두려워하는 자유는 이러한 것입니다. 그러나 되풀이하건대 "감정의 불가항력성", 더 나아가 감정의 자율이 없이는 진정한 의미에서의 도덕은 존재할 수 없습니다. 도덕은 자유의 위험이 없이는 있을 수 없습니다.

그러나 자유와 자유의 도덕이 합리성의 유일한 결과는 아닙니다. 이러한 소득은 실제로 어렵사리 이루는 문화적 균형, 사회와 정치와 경제에 뒷받침되는 균형에 의하여서만 보장되는 것인데, 합리적 질서의 현실은 그러한 것을 실질적으로 불가능한 것이 되게 하는 것이 아닌가 하는 생각을 할 수 있습니다. 어떤 경우나 그것은 다른 요인들과의 복합적인 관련 속에서만 얻어질 수 있는 위태로운 소득이라고 하여야 할지 모릅니다. 원리주의적인 도덕가들이 합리적 질서의 보편화를 혐오하는 것은 이러한 사실과 관련되어 있는 면이 있습니다.

합리성을 원칙으로 하는 보편성은 인간의 심성에서 많은 것을 제거하거나 보이지 않게 합니다. 앞에서도 말한 바와 같이 많은 정서적인 요소들, 연민이나 사랑은 보편성의 윤활유가 되는 것이라고 할 수 있지만, 이것들이 합리적 질서의 구성에서 필수적인 원리는 아닙니다. 이러한 것은 작용하는 데에 시간이 걸리고 확실성을 가지고 있지 아니하며, 흔히는 구체적 인간의 구체적인 상호 작용을 필요로 합니다. 추상적으로 파악할 수밖에 없는 넓은 지역이 포함된, 그리하여 같이 느끼고 같이 생각하는 것이 불가능한 상황에서 남는 것은 합리성이라고 할 수밖에 없습니다. 그리고 이것은 곧 이해관계의 계산으로 환원됩니다. 물질적 이해관계만이 아니라 다른 면에서도 그렇습니다. 다시 말하여 물질 이외의 감정이나 가치도 내가 아랑곳할 것이 아니라 본인이 알아서 챙겨야 할 이익의 영역으로 보는 것입니다. 자유와 관용은 무관심과 방치 또는 방어적 상호 묵인 등, 부정적 구역 짓기의 한 부산물이라고 할 수도 있습니다. 최선의 경우에도 합리적 원칙으로 움직이는 보편성은 단순한 이해에 의한 개체와 개체, 전체와 개체 사이의 금 긋기로서 상충하는 이해의 조정 장치가 될 가능성이 크다고 할 것입니다. 이것은 이론의 문제로 증명되는 것보다는 자유주의 국가의 정서적·도덕적 고갈에서 드러나는 현상입니다.


## 신념, 정열, 보편성

메마른 손익 계산으로 환원될 수 있는 합리성을 제하고도, 보편성을 말하면서 괴롭게 생각하지 아니할 수 없는 것은 사람들이 느끼는 보람의 많은 것이 추상적이고 일반적인 것이 아니라 구체적인 데에서 온다는 것입니다. 합리적 질서 속에서는 사람의 원초적인 충동은 충족되기 어려운 것이라는 말입니다. 프로이트가 문명의 진전은 불가피하게 원초적 충동의 억압을 요구하고, 따라서 "불편한 요소"만 남아 있을 수밖에 없다고 한 것은 이러한 사정을 말한 것입니다. 그러나 더 중요한 것은 원초적 충동의 차원이 아니라도 사람의 생존의 많은 행복이 구체적인 것에서 온다는 것입니다. 어쩌면 프로이트가 말하는 원초적 충동은 그 원초적 폭력 속에서 충족되어야만 하는 것이 아니라 삶의 구체적인 계기들 속에서 승화하여 충족되는 것일 것입니다. 보편적 인간의 관점에서 본다면, 애인도 없고 부모도 없고 형제도 없어야 합니다. 보편적인 인간의 보편적인 사랑은 기독교에서도 얘기하고 불교에서도 얘기하는 것이지만, 그것만으로 만족할 수 없는.것이 사람이 아닌가 합니다. 사람의 제일차적 관계의 의미는 보편적 인간이라는 관점에서만은 이해할 수 없는 관계입니다. 사랑하는 사람의 독특함은 모든 예술적 표현의 핵심적인 주제입니다.

사실 보편적인 관계를 넘어서는 강력한 관계로서의 이러한 특수한 관계는 사실적으로도 중요한 의미를 갖습니다. 그 관계에서는 보편적 규범의 매개가 없이도 상호 구조의 행동이 직접적으로 현실화됩니다. 그 외에 또 하나 충족되지 아니하는 것은 더 큰 것과의 일체적 혼융을 갈망하는 인간의 욕구일 것입니다. 이것은 원형적으로는 신비 체험에서 말하는 "우주적 혼융"의 형태로 말할 수도 있으나 일상적 차원에서는 이 초월적 대상의 차원의 크기보다는 그것과의 자기 동일화의 방법에 관계되는 것으로 생각됩니다. 구체적 존재로서의 사람이 추구하는 것은 이성을 통한 간접적 일치가 아니라 감성적·감각적 일치로 생각됩니다. 앞에서 말한 바와 같이 독단적 신념의 근거가 되는 국가나 민족과의 일치는 실체 없는 보편성의 원리보다는 이러한 일치를 가능하게 하는 것이라고 할 수 있습니다.

최선의 경우에 보편성이 인간성의 진전, 적어도 사고의 진전을 나타내는 것은 분명합니다. 그것의 큰 특징은 속에서 작용하는 원리라는 것입니다. 그리하여 그것은 전체를 포용하면서도 자유의 주체로서의 개체를 잃어버리지 아니할 수 있습니다. 그러나 그것은, 원리로서 이미 앞에서 말한 것처럼 많은 복잡한 작용을 담고 있기 때문에 모순과 약화와 마비의 가능성을 가지고 있습니다. 다시 말하여 보편성이 내면으로 작용하는 것은 복잡한 반성적 사고를 통해서입니다.

다른 종류의 원리, 가령 독단론적 원리도 반드시 밖으로부터 오는 강제력으로 작용하는 것은 아닙니다. 독단적 원리의 경우 그것은 거의 직접적으로 투사(프로이트적으로 말하여 introject)됩니다. 그리하여 어떤 사람에게 그것은 강력한 또는 강박적인 삶의 원리가 됩니다. 여기에 대하여 반성적 내면화란 어떤 원리가 일단의 주체적인 사유 작용을 통하여 자신의 것이 되는 상태를 말합니다. 보편성이란 사유의 일반화, 일관화 또는 형식화를 통해서 인지되는 원리입니다. 그것은 독단적 원리의 강박성 또는 구체성을 가지고 있지 않습니다. 그리하여 그것은 합리성 또는 이성의 관점에서는 일단의 진전을 나타낸다고 할 수 있습니다. 그러나 그것은 민족주의가 요구하는 민족 또는 더 구체적인 공동체가 느끼게 하는 전체성의 실감을 가질 수 없습니다. 또 개인의 삶에서도 현실로서 현존하기가 어렵습니다. 사람은 이기적인 존재이기도 하지만, 개인이 아니라 공동체를 위하여 또는 더 큰 것을 위하여 살 때 높은 삶의 고양감을 느끼고 이러한 느낌을 필요로 하는 존재입니다. 보편성의 원리하에서 삶은 이러한 가능성을 배제하고 사람의 삶을 매우 따분한 일상성에 안주하게 하는 것이 될 수 있습니다.

우리는 고양된 차원에서의 이성적 인간의 삶에 대하여 일정한 전범을 가지고 있습니다. 이것은 대체적으로 민족적 영웅의 모습이거나 그게 관련되어 있는 덕성을 가진 도덕적 인간의 전범입니다. 우리가 조금 더 이완된 정치와 사회 체제를 생각할 때 커다란 안티테제가 되는 것은 어쩌면 무의식적으로 가지고 있는 이러한 이상적 인간의 원형입니다. 이것은 반드시 부정적인 뜻에서 말하는 것은 아니고 여러 의미를 가진 하나의 문제적 부분으로서 지적하는 것입니다.

우리 시대에서 개인적인 차원에서 사람들의 행동에 원동력이 된 것은 신념이었다고 할 수 있습니다. 민족이나 민중과의 자기 동화라든가, 민주주의나 사회주의의 이상을 향하는 열망이라든가 또는 도덕적 정열이나 양심은 사람들의 마음에서 뜨거운 신념이 되고 이것이 많은 행동적 영웅주의를 가능하게 하기도 하고 아니면 적어도 여러 정치적 움직임의 동인이되기도 하였습니다. 우리의 전통에서도 신념의 인간을 중시하였습니다. 그리고 일제에서 해방에까지 그리고 민주화 투쟁의 기간 중 우리에게 모범적 인간은 상황을 초월해서 믿는 바에 따라서 행동하는 인간이었습니다. 그러나 이러한 초월의식의 문제점은 그것이 너무 수직적이라는 것입니다. 삶의 지평을 너그렇게 포용하기보다는 예각적 단순화를 요구한다는 말입니다. 그러나 어떤 경우 이러한 점을 극복한 신념의 행동을 생각할 수도 있습니다. 학생들에게 문학을 가르치면서, 특히 비극에 들어 있는 역설적 의미를 가르치면서 영어의 패션(passion)이라는 말의 묘한 뉘앙스를 설명하는 경우가 있습니다. 패션이라는 말은 정열입니다. 그러나 그것은 동시에 예수 수난과 같은 것을 말할 때도 쓰는 말입니다.

가령 바흐의 「마태 수난」은 「마태복음」에 나온 것에 따라서 예수 수난을 그린 음악입니다. 이 수난은 영어로 하면 passion이죠. passion은 passive voice, 수동태라는 말의 경우나 마찬가지로 수동적인 상태를 지칭하는 것입니다. 그런데 예수가 수난을 당했다는 것은 무엇을 말합니까? 예수가 수난을 당한 것은 사실이지만 그것은 자기가 원한 것이기도 합니다. 그 수

난은 그가 정열적으로 삶을 추구한 것하고 일치된 현상입니다. 이러한 것은 신학을 하는 분들이 더 잘 해석할 수 있겠지만, 사실 문학 작품에 나오는 고통, 특히 비극이 취급하는 고통은 이러한 것입니다. 물론 이러한 삶이 반드시 고통에 이어질 필요는 없습니다. 어떤 경우에나 패션이 있는 삶이란 뜨거운 삶, 즉 그것은 수동적으로 많은 것을 받아들이면서 동시에 자기 신념을 발휘하는 매우 복합적인 삶입니다. 하이데거는 그가 말하는 사유란 존재의 부름에 열려 있는 것이라고 하면서, 동시에 이 열림은 진리를 향한 강한 결의(Entschlossenheit)와 그 결의 속에 흔들림 없이 거(居)하는 것(Inständigkeit)을 말한다고 정의한 일이 있습니다. 존재의 모든 것에 열려 있다는 것은 여기에서도 수동성과 강한 의지를 결합하는 삶의 방식을 요구한다고 할 수 있습니다. 다만 정열은 여기의 결의보다는 더 능동적이고 행동적인 삶의 방식을 시사한다고 할 수는 있겠습니다.

정열의 상태 또는 존재에 스스로를 버리는 일(gelassen)은 단순히 수직적인 것이 아니고 넓은 수용의 상태를 전제하는 것이라고 할 수 있습니다. 문제가 되는 것은 외연의 크기가 아니고 관계의 절박성이라고 할 수 있습니다. 앞의 정열의 삶은 어떤 보편적 측면을 가지고 있으면서도 상당한 정도로 구체적이면서 특수한 세계를 이루는 것으로 생각됩니다. 절박성은 이러한 특수한 관계에서 옵니다. 앞에 말한 것에 미치는 것은 아니라고 하더라도 보통 사람에게 민족이나 국가는 합리적 이해를 넘어서(여기에 그 위험이 있습니다.) 적어도 사람의 마음을 동원할 수 있는 이와 비슷한 힘을 가지고 있는 것으로 생각됩니다. 이렇게 보면 전체적으로 볼 때 한 사회도 그렇고 한 개인도 그렇고 조화된 삶이라는 것은 여러 가지 잡다한 것을 하나로 하는 그러한 것일 것 같지는 않다는 느낌을 버리기가 어렵습니다. 좋은 삶이라는 것은 정열적으로 사는 삶이다, 이런 생각이 듭니다. 이 정열이 넓은 것을 포용할 수 있느냐가 문제라고 할 수 있습니다.

그러나 정열의 삶은 세속의 시대에서 광신적이고 편협한 것이라고 비칠 수 있습니다. 필요한 것은 그보다도 수평적인 삶의 형태일 것입니다. 신념이나 정열의 삶이 아무래도 수직적으로 우리의 삶의 차원을 넘어가는 어떤 초월자 또는 원리와의 자기 동일화, 우리의 전통에서 국가나 민족 또는 어떤 도덕적 원리와의 자기 동일화에 기초한다고 하면, 보편성 속의 삶은 여러 개체들이 이루는 총계로서의 전체, 같은 평면에 있는 전체에 의하여 규정되는 삶을 말한다고 할 수 있습니다. 이러한 총계가 개체 속에 작용하면서 개체를 초월하고 또 그러니만큼 초월적 성격을 가질 수도 있지만, 그 초월성은 아무래도 경험적 총체 속에 내재하는 것이라고 할 수 있습니다. 보편성의 시대가 온다면 보편적 삶의 인간의 출현이 가능하겠느냐, 이것이 사실 제도에 못지않게 중요한 문제입니다. 이것은 특히 전통적 사회에서 근대적 사회로 옮겨 가는 과정에 있는 사람들에게 커다란 문제라고 할 수 있습니다. 결국 사람은 현실의 여러 이익에 의하여도 움직이지만, 시대가 처방하는 인간형에 의하여 움직여집니다. 우리나라에서 신념의 인간, 행동적 영웅이 사람들의 심상에 깊이 박혀 있는 한 보편적 인간의 출현은 매우 어려운 것이 될 것이고, 또 그러니만큼 보편적 질서로 나아가는 데에 문제가 있을 것입니다.

그런데 이것은 역사적 전환 못지않게 존재론적 전환의 문제라고 생각됩니다. 어떠한 경우에나 사람은 그를 넘어가는 더 큰 것과의 관계를 정립하지 않고는, 물론 많은 경우 사회 속에 무의식적으로 전제되고 역사적 선택으로 존재하는 이 관계가 없이는 일관성 있는 삶을 살 수 없습니다. 그런데 이 관계는 총체적인 일체성을 요구하는 것일 수도 있고, 더 느슨한 의식으로 작용하는 배경이고 틀일 수도 있습니다. 보편적 지평에 산다는 것은 대체적으로 그 거창한 듯한 명분에도 불구하고 느슨한 경험적 요인들의 세계 속에 사는 것을 뜻합니다. 보편성을 받아들인다는 것은 뜨거운 행동 그리고 더 나아가 뜨거운 삶을 포기하는 것을 의미하는 것으로도 보입니다. 그것은, 최선의 상태에서 사람이 여러 영역을 종합적으로 발전시키고 사는 것을 가능하게 할 것으로 기대할 수 있습니다.

그런 의미에서 보편성도 삶과 존재에 널리 열려 있는 것을 지칭하는 것이라고 생각할 수 있습니다. 그러나 그것이 신념의 삶이나 정열의 삶이 시사하는 뜨거움과 고양감을 가질 수 있을지는 모르겠습니다.(물론 나는 지금 시점에서 우리가 필요로 하는 것은 뜨거움이 아니라 차가움 또는 적어도 서늘함이라고 생각합니다. 가장 좋은 것은 이 두 가지의 온도가 긴장 속에 공존하는 것이겠지만.) 헤겔의 유명한 구절에 "보편성에의 고양"이라는 말이 있지만, 이것은 보편성도 단순히 여러 가지 요인의 종합과 평형의 원리가 아니고 고양의 원리가 될 수 있다는 것을 말하는 것으로 보입니다. 그러나 그것이 어떤 조건 하에서 직접적으로 우리의 정열로서 느껴질 수 있는지는 알 수 없습니다. 헤겔도 이성의 지배가 이루어짐에 따라서 삶으로부터 영웅적 차원이 상실된다는 것을 말한 바 있습니다. 어쩌면 보편성이 현실적 질서가 됨에 따라서 그것도 사람을 넓게만이 아니라 깊게, 높게 고양하는 것이 될지도 모릅니다. 조금 비근하게 생각해 보면, 그 원리는 다시 헤겔적인(그러나 헤겔이 만들어 낸 말은 아닌) 용어 "구체적 보편(concrete universal)"에 들어 있다고 할 수 있습니다. 미적 체험이 구체성과 보편성이 같이 얼크러져 드는 체험이라는 것은 일반적으로 인정될 수 있는 주장입니다. 아름다움의 호소력은 어떤 이상적인 것을 지시하면서도 우리의 감각에 구체적으로 존재하는 듯한 인상을 주는 데에 있습니다. 여기에서도 우리는 사람이 무엇인가 자기를 넘어가는 것을 지향하면서도 구체적인 것을 원한다는 증거를 볼 수 있습니다.

그런데 아름다움이란 독단론적 사회에서보다는 느슨한 형태의 보편주의적 사회에서 번창하는 것으로 생각됩니다. 그리고 한 사회에서 미적 형태의 발전이 인간의 자기실현에서 매우 중요한 것임은 틀림이 없습니다. 그것도 단편적인 대로(사실 신비가의 경우가 아니면 단편적인 자기 초월이야말로 보통 사람에게 주어진 유일한 초월이라고 할 것인데) 사람이 자기의 구체적인 생존을 확인하고 동시에 보편적인 차원에서 삶에 참여하는 기회가 됩니다. 그리고 사람이 사는 데에서의 쾌적한 상태라는 것은 다른 일에서도 이러한 양면적 요구가 일상적으로 충족되는 경우라고 할 수 있습니다. 사실 이러한 형태의 보편화가 문명된 사회의 삶의 형태일 것입니다. 다만 지금까지 충분히 검토된 것은 아니지만, 그것도 반드시 민족이나 자기가 속하는 사회 공동체의 테두리 안에서만 가능한 것으로 보입니다마는, 이러한 상태가 참으로 오늘의 보편성 속에서 현실이 될 수 있는 것인지는 분명치 않습니다.

다만 우리가 말할 수 있는 것은 좋은 문화는 사람으로 하여금 개체성 속에서 살 수 있게도 하고 전체성 속에서도 살 수 있게 하는 것이되, 이 전체성에는 보편성이 허용하는 너그러운 삶과 또 어떻게 보면, 개체나 전체 그리고 보편적 평형을 전부 포함하는 것으로도 보이고 그것을 완전히 넘어가는 것으로도 보이는 정열적 삶, 존재론적 진리의 삶도 가능하게 하는 것이리라는 것입니다. 이 모든 차원의 삶이 모든 사람에게 바람직하고 또는 가능한 것은 아니겠지만, 그러한 가능성을 열어 둘 수 있는 문화야말로 높은 문화일 것이라는 말입니다. 그러나 오늘의 문제는 보편성에의 이행 문제입니다. 그 일환으로 신념의 인간으로부터 보편적 인간으로의 이념형 전환의 문제가 있게 됩니다. 이 전환이 가져올 결과는 여러 가지로 착잡한 것이라고 할 수밖에 없습니다. 그리고 이 결과가 바람직한 것이 되겠느냐 하는 것은 전혀 예측할 수 없습니다.

어떤 경우에나 오늘의 전환에서 요구되고 있는 것은 합리성의 보편화입니다. 또 중요한 사실은 이러한 전환도 역사적으로 이루어지는 것이라는 것입니다. 합리성을 생각할 때에 주로 서양을 생각하게 되는 것은 그것이 서양 역사의 업적에 들기 때문입니다. 그러니까 하루아침에 합리성이 사회의 원리가 될 수 없고 또 그것이 밖에서 오는 강요가 아니라 스스로 승복하는 내면의 소리로 느껴질 수도 없습니다.(앞에서 합리성이나 이성이 안으로부터 작용함으로써 자유의 원리가 된다고 말하였습니다만, 이렇게 내면의 원리가 되는 것은 어떻게 보면 역사적으로 성장하는, 그리하여 사회나 개인의 내부에 편입되는 과정에 의한 것이라고 할 수도 있습니다. 그러한 전통이 없는 곳에서 이성적 원리는 가장 강한 외적 강제력으로 느껴질 수도 있습니다.) 그리하여 이 역사적 보편성은 아직은 세계적인 의미에서의 보편성이 아닙니다. 그렇지 않다고 하더라도 역사적 과정의 부재 자체가 보편성의 원리가 구체적인 것으로 느껴질 수 없게 한다고 할 수 있습니다.

다른 한편으로 보편성 문제의 하나는 더 적극적으로 그것이 아직 현실 세력으로 존재하지 않는다는 단순한 사실에 기인한다고 할 수도 있습니다. 어떤 질서가 현실적인 것이 되기 위해서는 그것은 현실적 제도로서 구성되어야 합니다. 그리고 그것은 힘으로 실재할 수 있어야 합니다. 그렇게 하여야만 현실 능력을 가질 수 있고 현실에 작용할 수 있습니다. 심리적으로는 어쩌면 이 현실적 능력보다도 힘의 암시로 족하다고 할 수도 있습니다. 서글픈 사실이지만 결국 힘만이 현실로 존재합니다. 그러한 힘은 우리의 이성만이 아니라 무의식과 신체에 작용할 수 있는 것이 됩니다.


## 보편성의 구성

지금 세계가 보편성을 필요로 한다고 하더라도, 서두에서도 말한 바와 같이 이것은 아직도 분명한 모습을 드러내지 못하고 있습니다. 말하자면 그것이 객관적으로는 이미 또는 거의 존재한다고 하더라도 주관적으로는 아직 존재하지 않는다고 할 것입니다. 다른 한편으로 말하면 그것이 참다운 의미에서 객관적인 실체를 얻지 못하고 있다는 것은 그것이 제도적인 실체를 얻지 못하고 있다는 말입니다. 현실적 제도화는 역사적 결과물이기도 하고 사람이 형성하는 것이기도 합니다. 국가가 실체를 가진 것이 되는 것은 여러 현실 제도, 궁극적으로는 도덕적 권위에 덧붙여 강제 수단을 가진 제도를 가짐으로써입니다. 세계화는 아직 유사한 제도적 구현을 보지 못하고 있습니다. 이것이 어떠한 것이 될 것인가, 내가 여기에서 쉽게 답할 수는 없습니다. 또는 그것이 도대체 가능한 것인가 아닌가 하는 것도 생각하여야 할 것입니다. 그러나 그것이 필요하다는 것을 시사하는 뜻에서 국가에서의 제도 문제 하나를 언급해 보겠습니다.

국가라는 사회는 일정한 형태로 구성되는 질서입니다. 이것은 자유와 같이 구성이나 질서에 반대되는 것과 같은 인간의 권리 경우에도 해당됩니다. 사람이 국가 사회라는 테두리 안에서 사는 한, 자유는 이 사회 기구 안에서 존재한다, 이러한 말입니다. 한나 아렌트(Hannah Arendt)는 미국의 독립 혁명을 논하면서 민주주의 국가로서 미국의 문제는 어떻게 자유를 구성하느냐 하는 문제였다고 말한 바 있습니다. 이 구성은 간단하게는 헌법에 어떻게 자유를 규정하느냐 하는 문제라고 할 수도 있습니다. 그러나 서양어의 constitution 또는 Verfassung이라는 말은 구성한다는 말입니다. 그러니까 그것은 이것을 어떻게 현실로 구성해 내느냐 하는 문제입니다. 그런데 자유를 가지고 하나의 체제를 구성한다는 것은 모순을 담고 있는 이야기입니다. 구성한다는 것은 벌써 자유를 억압하는 테두리를 얘기하는 것이고, 자유의 구성이라는 말은 모순된 테제를 내놓는 것입니다. 그러나 이것이 사회 속에서 살아야 하는 인간의 과제의 하나입니다.

소위 후진국에서 이 필수적인 작업의 어려움은 분명해집니다. 서양 사람들이 리비아에는 자유가 없다, 한국에는 자유가 없다, 중국에는 자유가 없다, 이렇게 자유·인권을 얘기하는 경우 그들이 못 보는 것은 서양에서의 자유·인권이라는 것이 사회적 질서의 한에서 받아들여진다는 것, 법률적으로 정의된 것이라는 것, 법률 제도와 정치권력과 훈련된 국민이 그것을 뒷받침하고 있는 것이라는 사실입니다. 서양의 제국주의적인 침략 아래서 혼란 상태에 빠진 나라들이 부딪치는 문제는 자유나 인권 문제 못지않게 또는 그보다도 먼저 기본적인 질서를 확보하는 문제입니다. 서양 사람들이 자유롭다고 하지만 지켜야 할 것이 얼마나 많습니까? 그런 이유로 하여 후진국 사람이 미국이나 영국에 가서 보고 감탄하는 것은 그들의 자유 이전에 그들의 질서입니다. 이것은 관광객도 받게 되는 인상입니다.

이것은 자유 이외의 여러 권리와 의무에도 해당됩니다. 오늘날 국제적인 관점에서 자유의 증가는 무역이나 자본의 이동에 한정되고 있습니다. 이것이 어떻게 다른 차원의 자유로 또 기업체들이나 국가만이 아니라 개개인의 자유로 확산되느냐 하는 것은 다음 단계의 문제가 될 것입니다. 여기에는 물론 그 외에 현대 국가에서 시민이 당연히 누리는 여러 권리가 인류 공동의 것이 되는 문제도 포함됩니다. 그러나 복잡하고 다양한 권리가 있기 위해서는 하나의 질서의 테두리가 필요합니다. 물론 그것도 다양하게 표현되는 것이어야 하겠지만, 되풀이하여 말하건대 그것은 보편적인 것이어야 합니다. 그러면서 그것은 현실적 제도로 구성되는 것이어야 합니다. 그렇다는 것은 달리 말하면, 그것이 일정한 현실적인 힘을 가진 것이라야 한다는 말이 됩니다. 그것은 강제력을 말합니다. 그리고 모든 것이 자유로울 수만은 없는 상태를 말합니다. 그러나 보편적 원칙을 인류 전체를 테두리로 한 제도로 구성하지 않고는 세계화는 인류 공동체의 역사에서 발전적인 단계를 이루는 것이 될 수가 없을 것입니다. 그러지 않는 한 자유만 있고 구속은 없습니다. 이 자유는 물론 강자의 자유입니다.

인류 전체를 포괄하는 어떤 제도가 가능한 것인지, 이것은 내가 말할 수 있는 종류의 문제가 아닙니다. 다만 사회와 국가의 현실을 볼 때 그러한 제도의 구성 없이는 어떠한 이념도 현실이 되지는 못한다는 것을 말할 수 있을 뿐입니다. 한 가지 짐작이 가는 것은 인류가 세계 국가 같은 것 속에서 살게 되더라도 국가(민족 국가) 또는 지역 공동체가 없어지지는 아니할 것이 아닌가 하는 것입니다. 어떤 경우에나 사람은 구체적인 존재입니다. 지금의 국가는 그것이 비록 상상된 것에 불과하더라도 역사적으로 얻어진 것이고 지리적으로 구체적인 터전에 자리하고 있는 것입니다. 단순히 추상적인 의미에서의 동등권, 즉 법률 앞에서 모든 사람이 동등하다는 것 이상의 현대 국가의 시책, 특히 복지 관점에서의 시책 밑에는 공동체적 정서가 작용한다고 할 수밖에 없습니다. 이러나저러나 오늘의 민족 국가 체제 아래에서 그것은 가장 구체적인 의미에서 삶의 중요한 토대가 되어 있습니다. 미국 사람이라는 것과 시에라리온 사람이라는 것처럼 개인의 운명에 결정적인 요인이 되는 것은 달리 찾아볼 수 없습니다.

세계화의 문제는 우리에게 민족과 국가를 넘어선 원리를 받아들일 것을 요구한다는 것입니다. 그러면서 또 하나의 역설은 앞에서 이미 말한 바와 같이 이 세계화가 사실은 국가와 국가의 격렬한 경쟁 체제를 말하는 것이라는 점입니다. 공리적인 관점에서 보아도 사실 권리와 복지에 대한 구체적인 책임을 지고 있는 것은, 또는 책임을 정치 행위의 일부로 생각하고 있는 것은 세계 전체가 아니라 국가입니다. 이러한 면에서 어떤 진보적인 인사들(가령 영국의 에릭 홉스봄(Eric Hobsbawm)이나 프랑스의 피에르 부르디외)은 세계화가 뜻할 수 있는 무자비한 세계 질서에 대항하는 방법으로 국가의 강화를 말하기도 합니다. 다른 한편으로 국가 자체가 억압적인 기구라는 면을 가지고 있는 것도 사실이고, 여기에 대하여 막연하나마 세계 공동체의 압력과 관심이 해방적 기능을 발휘하고 있는 면도 있습니다. 그렇기는 하나 국민을 참으로 사람으로 돌볼 수 있는 정부를 구성하는 데에는 여러 가지 구체적인 삶의 느낌이 작용하여야 합니다.

이러한 역사와 진리를 근본 태도로 하는 구체적인 삶의 연계는 세계 공동체의 경우에도 필요한 것일 것입니다. 아마 앞으로의 세계에서 그러한 공동체에 가까이 가는 방법은 국가나 지역 단위의 사회의 질을 높이면서 그것을 끊임없이 보편화해 나가는 방법이 아닐까 하는 생각이 듭니다. 결국 한 나라에서의 보편성은 저절로 더 넓은 범위로 확장되는 것일 것입니다. 단지 그것이 어떤 보편성이냐가 문제일 것입니다. 물론 이것은 오늘날과 같이 여러 형태의 강제력을 핵심으로 하는 국가라기보다는 그 자체가 보편적 원리에 의하여 변화된 국가를 생각하고 말하는 것입니다.(보편성은 앞에서 말한 바와 같이 반드시 외연의 문제가 아닙니다.) 우리에게 중요한 것은 우리 사회가 보편적 인간 이상을 구현하는 사회가 되는 것에 관심을 갖는 것입니다.

장황하게 이런저런 얘기를 했습니다만 여기에 IMF가 어떻게 관계되느냐를 다시 한 번 간단히 생각하고 이야기를 끝내겠습니다. 아까 처음에 얘기한 것은 IMF 사태는 우리로 하여금 시장 경제의 능률을 다시 한 번 생각하게 하였다, 그러나 이것을 너무 단순하게 생각하면 안 된다, 능률에는 여러 가지 차원이 있다, 그것을 고려해야 한다, 궁극적으로 그것은 더 보람 있는 삶에 대한 비전에 이어져야 한다, 이러한 것이었습니다. 그 결과 도덕과 정치와 경제 그리고 최종적으로 문화가 서로 맞물려 돌아가는, 그러나 너무 하나로 돌아가는 것은 아닌 사회 질서가 필요하다, 이 관점에서는 모든 것을 지나치게 꽉 조여 있는 일체로 보는 전체성의 개념보다는 보편성의 개념이 유용하다, 그리고 이것이 세계화가 요구하는 것이다, 이러한 말을 했습니다. 그러면서 이 보편성의 이념이 가져올 수 있는 문제들을 생각해 보았습니다. 이 문제들은 더 넓은 가능성 속에서 삶의 확장을 약속하는 것 같으면서도 여러 차원에서 삶의 구체적인 실현을 공허한 것이 되게 할 수 있다는 점에서 걱정스러운 것이기도 하다는 말을 하였습니다. 이 관점에서 세계에 열려 있으면서도 또 동시에 자기방어를 하는 여러 가지 방책, 우리 공동체를 보호하고 문화 가치를 보호하고 개체적인 삶의 위엄을 보호하는 문제들을 언급하였습니다. 그러나 이런 여러 방책을 생각하는 것은 앞으로의 일입니다.

이야기가 장황하고 두서없이 되었지만 처음에 이야기한 것에서 크게 떠나간 것은 아닙니다. 그리고 처음에 말하였던 능률의 문제를 부정하는 것은 아닙니다. 최근의 경제 사태가 우리에게 가르쳐 주는 것이 있다면, 그것은 우리가 아무리 좋은 삶을 원한다고 하더라도 그것은 경제적 능률의 한도 내에서 생각되어야 한다는 것입니다. 그런데 사람이 꿈꾸는 삶을 보람 있는 삶이란 말로 재정의하면, 그것은 처음부터 경제적 능률을 생각한 것이라고 할 수 있습니다. 보람이라는 것은 투자한 것에 대한 회수를 말하는 것으로 볼 수 있으니까요. 보람 있게 산다는 것은 밑천을 뽑는 인생이 되게 한다는 말입니다. 다만 이 밑천이란 우리가 만든 것이 아니라 인생이 우리에게 무상으로 준 기회를 말합니다. 그것은 어떤 경우나 일정한 한계 속에서 사는 삶일 수밖에 없습니다. 여기에서 능률의 중요성이 생깁니다. 이 한계는 개인의 삶의 한계이고, 그가 살고 있는 사회의 한계이고, 지금에 와서 점점 분명해지는 것은 자연환경의 한계입니다. 능률이라는 관점에서 오늘의 문제를 생각하는 것은 크게 도움이 되는 일입니다. 그렇다는 것은 그것이 한계를 생각하게 하기 때문입니다. 생산성이나 이윤 추구는 한계를 생각하지 아니하는 개념입니다. 인문 과학과 예술은 인간이 꾸는 꿈에 관계되어 있습니다. 그러면서도 인간이 죽음과 무상에 의해서 한정된 것이라는 사실을 잊지 아니하며 동시에 그것이 삶의 보람을 있게 하는 것이라는 인식을 떠나지 않습니다.(미국 시인의 말에 "죽음은 아름다움의 어머니"라는 말이 있습니다.) 할 수 있는 가장 좋은 것은 어떻게 한정된 조건에서 최선의 삶을 사느냐 하는 것을 생각하는 것입니다. IMF라는 현실은 그러한 사고를 우리에게 강요합니다.

## 토론

김동노(연세대 사회학과)  어제저녁에 오늘 김우창 선생님께서 무슨 말씀을 하실까 궁금하기도 하고 옛날 생각도 나고 해서 『궁핍한 시대의 시인』을 다시 한 번 읽어 봤습니다. 문학 하시는 분들에게는 아마 거의 고전적인 텍스트가 되었으리라 믿습니다만, 한용운(韓龍雲) 님의 시를 분석한 글인데, 주제는 제가 파악하기에 부정의 변증법, 이렇게 파악을 하신 것 같습니다. 부정의 변증법이라는 것이 프랑크푸르트학파의 아도르노(Theodor Adorno)가 말하는 그런 식의 의미는 아니고, 부재의 변증법이라고 하는 것이 좀 더 적당한 의미인 것 같은데요, 골드만(Lucien Goldmann)의 이론을 원용하시면서 부재의 변증법을 말씀하십니다.

내용을 간략하게 소개하면, 사회가 완전히 부패한 모습이나 부정적인 모습을 띠고 있을 때 사람이 거기에 어떻게 대응할 수 있겠는가 하는 문제인데, 첫 번째는 초월적인 진리를 찾아 나서는 길이고, 두 번째는 현재 존재하는 사회를 고치려는 것입니다. 세 번째가 비극적인 인간의 모습인데, 그것은 뭐냐면 진리의 측면에서는 현실을 완전히 부정하면서도 현실의 세계에서는 완전히 세계 속에 담겨져 버리는 그런 모습이라는 것입니다. 그래서 그것을 종교의 영역으로 바꾸자면 신이 존재하지 않는 이 타락한 세상에서 신을 구하는데 이 세상을 통해서 구할 수밖에 없다는 식의 부정의 변증법인 것 같습니다.

오늘 김우창 선생님으로부터 "능률 사회와 좋은 사회"라는 말씀을 듣고서 느낀 것은 이 두 가지가 모두 제가 보기에는 한국 사회에서는 없었던 것인데 하는 생각이었습니다. 우리 사회는 능률 사회도 아니었고 좋은 사회도 아니었지 않은가, 그런데 이것을 어떻게 풀어 나가실까 궁금하기도 했는데 역시 대가다운 면모로 이 두 개를 아주 적절하게 해결하셨기 때문에 제가 거기에 대해서 더 말씀을 드리기가 송구스럽습니다만, 뒤쪽 얘기부터 먼저 말씀을 드리면 좋은 사회, 가령 좋은 사회라는 것이 무엇인가? 저는 문학을 하는 사람은 아니고 사회학을 하는 사람이기 때문에 주로 제도적인 접근을 하기를 좋아하는데 오늘은 사회 과학의 자리가 아니니까 조금 부담 없이 그냥 말씀을 드려도 될 것 같네요. 좋은 사회라는 것을 지금 김우창 선생님은 정치-경제-도덕이 유기적으로 맞물려 들어가는 사회, 아마 이런 사회의 모습으로 파악하신 것 같은데, 그래도 결국 도덕이 우선되는 사회가 아닌가 하는 것이 제가 받은 느낌입니다.

물론 도덕이 우선되는 사회가 되어야 하는 것은 분명한 것 같습니다. 그런데 제가 생각하는 도덕은 조금 다른 것 같습니다. 그것은 도덕을 다시 개인의 도덕과 사회의 도덕 두 가지로 나누어 볼 수 있지 않겠는가? 개인의 윤리와 사회의 윤리로 나누어 볼 수 있는데, 사회를 구성하는 원리로서 도덕성이 발휘된다면 아마 개인의 윤리보다도 사회의 윤리가 우선해야 되는게 아닌가 하는 게 제가 가지고 있는 생각입니다. 그러니까 개인 내면의 심성을 닦는다든지 하는 것은 어떻게 보면 각자가 알아서 해야 할 문제인데, 우리나라의 교육이라는 것이 사실 그렇지 않습니까? 도덕 교육도 사실은 암기식 교육이 되어 버렸고, 그나마 그 암기식 교육의 내용이라는 것도 개인 윤리는 상당히 많이 가르치지만, 사회 윤리는 아주 기본적인 줄 서기도 안 가르치는 그런 식의 교육입니다. 그래서 사회가 정말 능률 사회도 아니고 좋은 사회도 못 된 게 아닌가 싶은데요.

사회의 윤리, 사회의 도덕성이 좋은 사회의 기반이 된다면 도대체 그 내용이 뭐가 되어야 할까 했을 때, 제 생각에는 공동체 원리가 아닌가 합니다. 공동체 원리라는 것은 공존의 원리인데요, 같이 더불어 살 수 있는 사회가 되어야 좋은 사회가 아닌가 하는 생각입니다. 그런 점에서 김우창 선생님은 공산주의 사회를 한 예로 들면서 이상 사회란 더 이상 불가능하지 않은가 하는 말씀을 하셨는데 저는 아직도 꿈을 버리지 못하고 있습니다. 언젠가 이상 사회가 되지 않을까 하는 그런 생각이 있고요. 그중에 하나가 더불어 사는 공동 사회, 공동체 사회가 구성되었으면 좋지 않겠는가 하는 게 제 바람입니다.

그러니까 이런 식의 공동체 원리가 사회의 기본 원리가 되었을 때 기본적인 문제는 아까 얘기했던 경제적인 능률성을 도외시할 수 없다는 측면입니다. 이것을 어떻게 해결해야 할 것인가 하는 것이 아마 인문 과학이나 사회 과학에서 계속해서 풀어야 될 문제인 것 같습니다. 사실 능률성이라는 것은 문자 그대로 해석을 하자면 개인주의의 원리인 것 같습니다. 개인주의의 원리인데 사실 우리는 이기주의는 있으면서 개인주의는 없고, 그러니까 다른 사회의 원리가 집합체의 원리, 공동체의 원리라면, 집합체는 없으면서 파벌은 있는 이런 식의 모습으로 나타나 버렸습니다. 좋은 원리로서의 공동체의 원리와 좋은 원리로서의 효율성의 개념을 종합해 낼 수 있는 어떤 해결책을 찾아야 되지 않겠는가 하는 게 제 생각입니다. 하지만 저도 사실 구체적인 아이디어가 정확하게 있는 것은 아닙니다.

그런데 한 2년 전에 나라가 사실상 망해 버린 거죠. 나라가 망하면서 여러 가지 이야기가 나온 것 중에, 저 개인적으로는 아마도 이게 우리나라를 다시 살릴 수 있는 아주 좋은 기회가 되지 않겠느냐 하는 생각도 해 봤습니다. 그것은 IMF 경제 위기가 오면서 제일 많이 부딪친 문제가 경제적 효율성을 높이는 문제였고, 그 효율성을 높이는 과정이라는 것이 계속해서 서구식 자유주의 경제 모델을 가지고 와서 이야기하는 방식, 그러니까 개인들 사이에 경쟁을 유발하고 개인들의 능률성을, 생산성을 어느 정도나 높일 수 있겠는가 하는 것이 결국은 사회적 목표처럼 되어 버린 것 같은데요. 이게 시장 경제의 원리였는데 오늘 또다시 김우창 선생님한테 제가 큰 깨우침을 받은 게, 그런 시장 경제가 아닌 다른 능률성의 개념을 생각해 볼 수는 없겠는가 하는 점으로, 사실 저도 고민을 해 오던 문제였습니다.

그런데 인간이 만들어 낸 제도가 여러 가지 있는데 참 잔인한 제도가 몇 가지 있는 것 같습니다. 그 가운데 우리 주변에 볼 수 있는 것 중 하나는 한국의 중·고등학교 교육 제도입니다. 그런데 아마도 느끼지 못하지만 그것보다도 더 잔인한 게 시장 경제가 아닌가 하는 게 제 생각인데요. 시장 경제의 잔인함이라는 것은 개인들의 경쟁을 통해서 힘 있고 능력 있는 자는 살고 힘없고 능력 없는 자는 죽으라는 식의 원리라는 점이죠. 그런 식의 시장 경제의 순수한 모델은 사실 세계 어디에도 없는데도 IMF 위기를 맞으면서 외국에서 나오는 간섭이라는 것은 세계 어디에서도 존재하지 않는 그런 식의 모델을 우리에게 강요하기도 했습니다. 그렇지만 능률성을 더 이상 도외시할 수는 없고, 그래서 다른 개념의 능률성이 뭐가 있겠는가 했을 때 제가 생각한 것은 개인적인 능률성의 개념이 아니고 공동체의 능률성을 높일 수 있는 방안을 찾아야 되지 않겠는가 하는 것이었습니다. 만약에 개인들의 능률성이 아니라 공동체의 능률성을 높일 수 있다면, 아까 이야기했던 좋은 사회로서의 공동체적 삶과 능률성의 개념이 일치할 수 있는 그런 형태가 될 수 있을 것 같습니다.

구체적인 방안에 대해서는 앞으로도 아마 많이 연구를 해야 할 터인데 개인적인 능률성과 공동체의 능률성 간의 차이는 예를 들면 이렇게 표현될 수 있을 것 같습니다. 가령 개인적 능률성이라는 것은 네가 하루에 얼마나 일을 했는가, 거기에 대해서 얼마나 임금을 받는가, 이런 식의 나누기

죠. 반면 공동체적 능률성이라는 것은 생산의 과정에서 공동 생산을 해 가지고 그 생산 팀이 어느 정도 생산을 했고 얼마나 전체 임금을 받는가 이런 식의 개념인데, 공동체 안에서 배분은 또 다른 방식으로 할 수 있습니다. 그렇게 하자면 개인들, 공동체 안에서 살아가는 개인들 사이에 기본 조건으로 만족되어야 할 문제는 아마 신뢰 관계의 회복이 아닌가 합니다.

그래서 결국 또다시 도덕성의 문제로 돌아갈 수밖에 없는 그런 문제이긴 한데요, 만약에 이런 식의 해결책 제시가 실행될 수만 있으면, 김우창 선생님의 개체·전체·보편성이라는 표현은 (제가 이해하는 헤겔의 관점에서 본다면) 인간을 개체와 전체를 통합해서 그 틀과 모순되지 않는 보편적인 존재로 되살릴 수 있지 않는가 하는 것입니다. 제가 가지고 있는 아이디어는 주로 그런 것이고 김우창 선생님이 구체적으로 하신 말씀에 제가 반대를 하는 부분은 거의 없습니다. 아까 조금 다른 방향으로 생각해 보자고 한 것은 도덕성을 개인적 도덕성보다는 사회의 윤리라는 측면으로 생각해 보면 어떻겠는가 하는 것입니다. 감히 질문을 드리고 싶은 점은 아까 김우창 선생님은 마지막에 좋은 문화를 위한 네 가지 원칙을 이야기하면서 개체, 전체, 보편성, 그다음에 패션(passion)을 말씀하셨는데, 저는 거의 패션이 없이 살아 가지고 사실 패션은 심정적으로 이해가 잘 안된다고 하는 것이고요. 나머지 세 개의 영역에서 보자면 결국 문제는 이들 사이의 조화로운 관계를 이루어야 된다고 말씀을 하셨는데 현실적으로 만약 이들 사이에 갈등이 왔을 때 어떻게 해결할 수 있는가 하는 점이 문제인 것 같습니다. 그래서 가령 전체로서의 국민 국가와 보편성의 원리로서의 인간의 원리라는 것이, 사실은 인간의 원리에 보편성을 가장한 형태로 나타나는 게 지금의 신자유주의 아닌가 하는 생각입니다. 인간의 원리를 이야기하는데 우리 인간과 그들 인간이라는 식의 구별 짓기라고 할까요, 그런 게 나타났을 때 전체성 아니면 개체성과 어떻게 조화시킬 수 있겠는가, 거기에 대해서 질문을 좀 드리고 싶습니다.

김우창  개인 윤리와 사회 윤리는 틀림없이 깊이 관계되어 있습니다. 그러나 구분해서 말한다면 사회 윤리에서는 윤리적인 것보다 법률적인 차원이 강조되어야 하지 않나 합니다. 적어도 그것은 보편적으로 규범화될 수 있어야 한다는 생각이 듭니다. 개인적인 차원의 문제는 사회에서 알아야 할 필요가 없는 거라고도 할 수 있죠. 최선의 의미에서는 개인 윤리는 그의 자아, 도덕적 자아실현의 문제에 이어져 있습니다. 그러나 다른 한편으로 개인의 문제가 어떤 것이든지 간에 사회에서 관여할 필요가 없다는 것이 될 수도 있습니다. 이게 자유주의 사회에서의 원칙인데, 클린턴이 개인적으로 이상한 짓을 해도 대통령 노릇 하는 것하고는 관계없다고 하는 해석이 나오는 것도 이러한 맥락에서라고 할 수 있습니다.

개인과 사회의 윤리를 별개로만 생각하는 것은 물론 문제가 있습니다. 인간이 일체적인 존재라고 할 때 개인적인 차원에서 잘못하는 사람이 공적 차원에서 잘할 수가 없을 것입니다. 또 개인의 차원에서도 공사(公私)의 윤리가 분리되어서는 만족할 만한 삶을 완성하는 것이 될 수 없을 것입니다. 이 두 개를 어떻게 조화시켜야 되는가는 저도 답변이 없습니다. 단지 말씀하신 대로 사회 윤리적인 측면이 절대적으로 중요하고 개인 윤리 차원은 이차적인 것이다, 하고 말할 수는 있을 것입니다. 하나 더 보탠다면 개인의 윤리가 완전히 멋대로 되어도 좋은 것으로 방치될 때, 그것은 사회적으로도 문제를 가져올 것이라는 점입니다. 결국 사회의 일을 하는 것은 개인이고, 그 개인은 믿을 수 있는 사람이어야 할 것입니다. 그러나 그 사람의 윤리가 기계적으로 사회에서 명령하는 윤리를 실행하는 것이 되어도 불행한 일입니다. 사회 윤리는 일반적 규범으로 표현됩니다. 그것이 인간 현실에 맞게 유연한 것이 될 수 있는 것은 현장과 체험의 실험을 거치는 개인의 판단력에 있습니다. 개인의 유연한 판단 속에서 사회의 규칙은 구체적 현실에 맞아 들어갈 뿐만 아니라 수정되고 변경되고 새로운 것이 될 수 있습니다.

다음은 능률성의 문제입니다. 개인의 능률성이 아니라 공동체의 능률성을 추구한다는 것은 필요한 일인데 많은 생각이 필요한 일입니다. 집단적 단위의 능률로 충분한 것인가 하는 문제가 있는 것이 아닌가 합니다. 러시아나 사회주의 국가의 집단 농장이나 공장에서 노르마로 생산 목표를 정해 주고 그것에 맞추어서 보상도 해 주고 했지만, 그게 잘 안되었던 것으로 들었습니다. 소련이 망해 가기 시작할 때, 러시아에 갔다 온 분이 러시아 농촌에 가 보고 하는 말이, 직물의 상태를 보면 어느 것이 개인 농장이고 어느 것이 집단 농장인지 안다고 했습니다. 잘되어 있는 것은 개인 농장이고 잘 안되어 있는 것은 집단 농장이라는 말이죠. 더 생각하여야 하는 문제임에 틀림이 없지만, 능률은 집단성을 통해서 쉽게 해결될 수 있는 것은 아니라는 느낌입니다. 말씀하신 것이 부분적 이윤 계산이 아니라 삶을 사는 마련으로서의 경제 활동 전체의 능률이라면, 그러한 계산이 도입되는 것은 매우 중요하다고 생각합니다. 어떤 경제학자들은 오늘의 산업 생산이 동시에 생산되는 쓰레기 처리 비용을 계산하지 않았다는 지적을 한 바 있습니다. 그 이외의 많은 것을 총체적으로 계산할 필요가 있습니다.

아까 개인 윤리와 집단 윤리를 연결하는 문제로 돌아가서 말씀드리고 싶은 것은 사람 사는 데 개체와 집단이 조화되는 차원이 있지 않겠느냐 하는 것입니다. 내가 꼭 이렇게 해야 되겠다는 의무감보다도 자기가 좋아서 하는데 그게 개인에게도 좋고 집단에게도 좋은 차원의 것이 있지 않느냐 하는 것입니다. 여러 가지 문화의 기능이라는 것이 상당 부분 그런 것이 아니냐, 저는 그런 생각을 합니다. 그것도 여러 가지 것이 있겠으나 패션 (passion)이라는 영어로 표현된 삶, 정열적인 삶이라는 것은 자기가 좋아서 하는데 결국은 사회에 도움이 되는, 두 개를 연결시키려고 계산을 하고, 그런 것이 아니라도 그냥 직접적으로 하나가 된 삶을 말하는 것이 아닌가 하는 생각이 듭니다. 교양이라는 것, "보편성에의 고양"을 핵심으로 하는 교양도 의무감에서만이 아니라 자기 발전의 일부로서 보편성으로 나아가는 것을 말하는 것이기 때문에, 그것도 조금은 완화된 형태로 그런 형태의 삶을 지시하는 것으로 생각할 수 있습니다. 넓어지고 봉사하면서 그럴수록 스스로 좋아지는, 기분이 좋은 자기완성의 상태로 들어가는 그런 삶의 형태라는 것이 있을 것이라는 희망을 나는 가지고 있습니다. 또 그러한 비전이 있는 사회가 사실 좋은 사회다, 이런 생각이 듭니다.

『논어』의 맨 처음에 나오는 "배우고 때로 익히면 즐겁지 아니하냐!" 하는 말, 이것은 배우고 익히면 이 대학에 들어가지 않느냐, 출세하는 것이 아니냐 또는 나라에 보탬이 되는 것이 아니냐가 아니고 즐겁다는 것입니다. 공자의 근본적인 통찰은 공부해서 엄숙하게 선비가 돼라, 그런 얘기가 아니고 재미있으니까 해 봐라 하는 것이 아닌가 합니다. 보편적인 것으로 나아가고 많은 것을 알게 되고 어떤 때는 죽음을 무릅쓰고도 보편적인 것에 봉사하고 이런 것들이 사실 즐겁고 보람 있고 자기완성의 일부가 되는 수가 있을 것입니다. 물론 이것은 개인적으로 가능한 것이라기보다도 사회에서 그것을 가능하게 해 주어야 할 것입니다.

이런 자기완성의 형태를 여러 가지로 마련해 주는 것이 한 사회가 문화적인 업적을 이루었다는 증거가 될 것입니다. 가령 장인(匠人)이 자기 하는 일을 열심히 해 가지고 먹고도 살고 재미를 느끼고 여러 사람에게 기쁨을 주고 사회에 기여하고 하는 것도 그러한 삶의 방식의 한 형태일 것입니다. 자본주의 사회의 문제 중의 하나는 장인의 설 자리가 없는 것이죠. 장인이나 노동자나 상인이나 학자나 정치하는 사람이나 모든 사람들이 보편적인 것에 참여하고 세계 속에 참여하고 거기에서 보람을 느끼고 자기완성을 찾는 길이 있을 것입니다. 이러한 길이 많은 사회가 좋은 사회인데 이런 것들이 문화가 사회를 도와서 할 수 있는 일일 것입니다. 이것이 어떻게 능률적인 사회, 생산성이 높은 사회에 기여하게 되느냐 하는 것은 김 선생님이 말씀하신 대로 좋은 얘기로 되는 것이 아니고 제도적 변형이 가능한 쪽으로 옮겨서 맹렬하게 생각해야 할 문제일 것입니다.

인간이라는 사실이 실제로는 인간의 일체성이 아니라 차별화에 기여할 수 있다는 말씀에는 저도 동의합니다. 보편성의 주장이란 늘 힘의 주장과 함께 갑니다. 인간적이라는 것이 정치에서 말하여질 때 당신들은 나에 비하여 인간이 덜 되었다는 주장들이 있을 수 있습니다. 그러나 보편성의 이름 아래 주장되는 것은 허위의 주장도 곧 생산적인 자가당착에 빠집니다. 서양 제국주의는 문명을 미개지에 전파시킨다는 명분을 가지고 침략과 약탈을 했지만, 얼마 안 있어 이러한 일이 문명인가 하는 질문에 답하지 아니할 수 없게 되었습니다. 민주주의를 표방하는 나라에서 일어나는 여러 부자유와 불평등은 시간이 감에 따라 비판적인 세력의 질문에 답하지 아니하면 아니 됩니다. 결국 거짓이든 참이든 역사의 싸움은 보편성의 이름으로 이루어지는 것이 아닌가 합니다.


박은정 선생님 말씀 잘 들었습니다. 모처럼 여러 가지 사유의 단서를 주신 데 대해서 감사드립니다. 저는 선생님께서 평상시에 하시는 담론들을 따라가면서 세 형태의 삶을 아우르는, 결국 문화적인 삶 이런 것을 통해서 어떻게 제가 전공하는 법에도 좀 희망을 주고 법도 풍성하게 할 수 있는가, 이런 생각을 내심으로 하고 있었습니다. 결국 토론자 선생님의 말씀하고도 일맥상통이 되는데, 제가 듣기에 결과적으로 선생님께서 강조하는 문화적인 삶이라고 하는 것이 일상적인 것 같으면서도 상당히 형이상학적인 개념이어서 결국 문화가 또다시 형이상학화되는구나(헤겔이나 칸트가 이성을 형이상학화시켰듯이) 하고 생각했습니다. 그러면서도 이제 직관적으로는 문화적인 삶의 의의와 어떤 실천적인 장소, 이런 것까지도 떠오릅니다. 왜냐하면 저도 재미를 느끼는 적이 있으니까요.

그런데 그게 어떤 주관적인 삶의 태도로서의 문화 지향성 외에 저나 혹은 토론자 선생님께서 전공하는 분야에서의 삶이란 좀 더 객관적인 제도와 규범적 논의와 연관이 된 것이니까 주관적인 어떤 정서나 태도를 넘어서서, 직관적이어도 좋습니다만, 조금 더 추상성의 정도나 형이상학성의 정도가 낮아 객관적인 질서에도 구체적으로 도움을 줄 수 있는, 조금 더 구체적인 문화 담론이 없을까 하는 것이 제가 가지고 있는 문제의식입니다. 선생님께서 말씀하시는 문화적인 삶이 결국은 개인주의가 추구하는 가치 그것과 단체주의도 좋고 그런 초인격적인 것들이 추구하는 가치들을 아우르는, 가치들의 화해를 시도하는 것인데, 사실 법이라고 하는 것도 생각해보면 세속화되기 이전에 전체 사회의 보편성을 추구하는 행위에 관한 가장 보편적인 이론을 추구하는 담론이었지 않습니까? 결국은 소박하게 표현한다면 이기주의와 이타주의라고 할까요, 개인의 어떤 이익과 공공적인 이익, 공공성의 조화, 공익의 조화 이런 것들을 법이 그렇게 추구하려고 노력하였고, 지금도 표면적인 담론은 그것을 추구하는데, 그러나 결과적으로는 실패한 것처럼 보인단 말이죠. 선생님의 노선도 결국은 조화로운 삶을 지향하는 것이라고 한다면 무릇 거기에도 추상성의 정도라고 할까, 형이상학의 정도가 낮은 그런 통로를 통해서 도움을 주실 수 있지 않을까, 이런 생각을 해 보았습니다.

김우창 아까도 그런 얘기를 했지만 복잡하고 다양한 사회가 될수록 사회의 합리적인 기초가 튼튼해야 된다고 생각합니다. 합리성이라는 것은 한쪽으로는 우선 법률로 표현되어야 되고, 그러니까 서양 사람이 얘기하는 법의 지배라는 것이 우리나라에서 더 분명해져야 된다고 생각합니다. 또 다른 한쪽으로 교육에서도 합리적인 사고 훈련이 있어야 하고, 사회생활의 규범도 합리성이 높은 것이 되어야 합니다. 우리나라에서 지금 합리성이 필요 없다고 생각하는 사람도 꽤 있는 것 같아요. 저는 어느 대담에서 데카르트적인 합리성의 지배로부터 벗어나야 된다는 주장들을 하는 것을 보고 놀랐습니다. 우리나라에 데카르트적인 합리성이 있어 본 일이 없는데 서양 사람이 얘기하는 것을 가지고, 소위 포스트모더니즘의 담론에서 말하는 것을 가지고 우리나라에 적용하는 것은, 많은 일에서 그러하듯이 현실을 잘못 파악하는 결과를 가져옵니다. 실제 우리에게 필요한 합리성이 있다면 그것은 서양 사람이 그렇게 했기 때문이 아니라 우리 사회 실상이 그것을 절대적으로 필요로 하기 때문입니다.

그런데 합리성이 반드시 보편성과 일치하는 것은 아니겠지만, 합리성이든 보편성이든 그것은 단순히 삶의 필요, 다시 말하여 개인적 이해관계의 균형을 위하여 필요한 것이라는 면 이상의 것이 있지 않나 합니다. 여러 사람이 사회라는 좁은 공간에서 싸우지 않고 살아가기 위해서는 그러한 균형의 질서가 필요하겠지요. 법이 그러한 균형을 형식화하고 규범화한 것이 아니겠습니까? 그러니까 이러한 차원에서는 법은 사회 공존의 질서를 위한 수단이고 그러한 관점에서 합리적 계산의 체계라고 할 것입니다. 그러나 다른 한편으로 그것은 단지 수단 이상의 형이상학적 실체를 가지고 있는 것으로도 생각됩니다. 개인의 이해(利害)라는 것도 사실은 형이상학적 의미를 가지고 있습니다. 개인적 실존의 정당성이 없이는 그 이해의 정당성은 인정될 수 없고, 이 정당성이 없이는 이해의 인정이란 단순히 인생에 대한 냉소주의의 산물일 수밖에 없습니다. 하여튼 사람은 보편성을 접할 때 어떤 고양감을 느낍니다. 법의 정의나 법질서의 온전한 실현을 볼 때 우리는 감동을 느낍니다. 그것은 우리가 어떤 부분적인 정의 구현 이상의 것을 법의 실현 속에서 발견하기 때문이 아닌가 하는 생각이 듭니다.

그러나 세계에 보편적인 법질서를 발견하고 거기에서 감동을 느낀다는 것은 반드시 그러한 질서가 일사불란한 합리적 질서라는 것을 뜻하는 것은 아니라고 생각합니다. 저는 하나의 법조문으로 많은 사건을 다룰 수 있다는 사실이 경이롭기도 하고 수상하기도 합니다. 사람의 실존적 다양성을 생각할 때 어떻게 그것이 가능한가, 수수께끼 같은 느낌이 드는 것입니다. 많은 사람이 동의할지는 모르지만, 저는 사람이 원하는 것에는 자기 삶의 어떤 형이상학적인 자기실현이 있다고 생각할 때가 있습니다. 이러한 관점에서 사람들이 이룩해야 하는 진실은 각자에게 고유한 것입니다. 그것은 일반화가 불가능한 어떤 것입니다.

부처를 두고 릴케가 쓴 시에 부처의 득도의 경지를, "모든 가운데 중의 가운데, 알맹이 가운데의 알맹이, 스스로 닫혀 단맛을 더해 가는 아몬드"라는 말로 표현한 구절이 있습니다. 부처의 진실은 완전히 폐쇄된 자아 속에서 이룩되는 것이라는 말로 생각됩니다. 물론 그다음 구절에는 "별에 이르기까지의 일체의 것이 그대의 과육이니" 하는 것이 있어서 결국 폐쇄된 자아가 우주에 일치하는 것이라는 시사가 나옵니다. 그러나 사람들의 삶은 "스스로 닫혀 단맛을 더해 가는 아몬드"라는 면을 가지고 있다고 생각합니다. 그러면서 그들은 어떤 보편적인 질서 속에 있습니다. 법이 우리에게 감동을 준다면 그것은 한편으로 엄정한 객관성과 보편성을 가짐으로써이고, 다른 한편으로는 그것이 개인의 형이상학적 유일성의 신비를 느끼게 함으로써가 아닌가 합니다.(여기에서 신비란 개체의 유일성이 보편적 질서 속에 있다는 역설을 말한 것입니다.) 어떻게 보면 법의 핵심은 개체들을 하나의 법 속에 구속해 놓는 데 있는 것이 아니라 개체들의 진실을 보장하는 보편적 질서를 받드는 데에 있다고 할 수 있습니다.

이러한 이야기는 매우 막연한 이야기입니다만, 말씀하신 대로 조금 더 일상적 차원에서 법 하는 분들의 기쁨은 한편으로는 실정법 속에 있으면서도 그것을 넘어 존재하는 어떤 근원적 보편성에 접하는 데에서 오는 것이고, 다른 한편으로는 이러한 테두리 속에서 역설적으로 일반화할 수 없는, 사람 하나하나의 실존적 현실에 접하고 그것의 보편적 가능성을 감지하는 데에서 오는 것이 아닐까 하는 생각을 해 봅니다.

그런데 방금 말한 바 개체의 형이상학적 완성이라는 것은 책임질 수 없는 막연한 말씀을 드린 것인데, 보통 사람의 자기 일의 충실에서도 우리는 일상적 차원에서 그러한 것에 가까이 갈 수 있는 것이 아닌가 생각합니다. 자기 일의 완성에서, 어떤 완성의 순간에 사람들은 그 일 자체를 초월하는 어떤 것에 가까이 간다, 이러한 생각이 듭니다. 가령 바둑 두는 데서 참 보람을 느낀다 하는 경우 같은 것도 그럴 수 있다는 생각입니다. 그러한 직업적 자기실현이 가능한 사회를 생각하면 모든 직업이 동등하면서 유기적인 질서를 이루고 있는 사회, 어떻게 보면 현대에는 불가능한 중세기적인 사회의 이야기가 될지 모르겠습니다.

이러한 이야기는 모두 일방적인 사회적 척도로써 모든 삶의 의미를 헤아리려는 우리 사회의 경향, 그러니까 권력이나 부는 그만두고라도 사회적 지위와 평가에 의하여 삶의 의미를 헤아리려고 하는 것에 반대하여 하는 말입니다. 각자가 자기 삶의 고유한 완성을 가능하게 하는 사회라는 것은 현대에도 반드시 불가능한 것은 아닐지 모릅니다. 지금 말씀드린 것은 각자가 자기 삶을 사는 문제이기 때문에 사회적인 제도의 면에서는 이차적인 중요성밖에 가지고 있지 않다 할 것입니다. 오늘날 제일 중요한 것은 법률적으로나 사회적으로나 합리성이 분명한 사회, 투명한 사회, 합리적인 관점에서 투명한 사회이고, 이러한 사회란 한편으로는 분명한 틀이 있는 사회이지만, 다른 한편으로는 그 틀로써 개인의 독자적인 삶의 공간을 확보하는 사회일 것입니다. 이야기가 엉뚱한 곳으로 흘렀지만, 법은 이러한 사회와 이러한 삶, 이러한 실존적 가능성의 핵심에 놓여 있는 것이 아닐까요?

정대현(이화여대 한국문화연구원장) 선생님 말씀에 트집 잡는 물음 같게도 들릴지 모르지만 평소 제 개인적인 경향을 탄 물음이기 때문에 이 기회에 말씀드리고자 합니다. 이대에 전화를 걸면 이대 지도자 교육 양성 그러는데 그것보다는 보통 사람도 포함되어야 한다고 하는 말씀을 해 주셔서 한편 안도가 되었습니다. 그런데 선생님께서 개인과 전체, 보편과 패션, 이런 조건을 가지고서 문화적 삶을 사는 것이다 하셨는데, 이제 선생님 책에서 형이상학적 자기실현이라는 말씀, 선생님 철학의 하나의 주제로서 제가 보기에는 자주 등장하는 개념입니다. 그래서 제 질문은 이것입니다.

아까 공자는 배우면 즐겁지 아니한가 그렇게 했는데, 공자님한테도 드리는 질문이죠. 그게 뭐냐면 배우지 않고도, 낫 놓고 기역 자 모르면서도 촌부가 농촌에 살면서 형이상학적 자기실현을 할 수 있는가? 아니면 제가 선생님의 형이상학적이라는 단어를 잘못 이해하고 있는 것인가? 다시 말해서 아까 그 개인과 전체, 보편과 패션 이러한 네 가지의 유기적 관계에 들어가려면 어떤 개념적 그림이 있어야 되는 게 아닌가? 선생님의 네 가지 조건의 유기적인 관계에 들어가면 결국 이 사회나 인류 공동체에 기여한다는 뜻 같은데, 선생님께서는 기여나 능률, 이런 단어 안 빼고 이렇게 하신 거라고 생각이 되는데, 거기에 들어가려면 개념적인 그림이 있어서 네 가지 조건의 유기적인 통합이 이루어지고 그럴 것 같은데요. 그래서 제 질문은 이것입니다. 낫 놓고 기역 자도 모르는 사람이 형이상학적 자기실현을 할 수 있는가? 이 사람이 개인과 전체, 보편과 패션의 유기적인 삶에 들어갈 수가 있는가? 결국 이런 사람은 자기 문화적인 삶을 살 수 없는 것이 아닌가? 이것이 제가 개인적으로 가지고 있는 질문이기 때문에 선생님께

올립니다.

　김우창　아주 중요한 질문을 하셨습니다. 요즘 인문 과학의 위기가 많이 이야기됩니다만, 여기의 문제는 그것이 먹고사는 것에 비해서 중요하다 할 수 있느냐(물론 먹고산다는 것도 수준의 문제이기 때문에 요즘은 그것이 현대 생활의 모든 이점을 누리는 관점에서의 이야기가 됩니다만), 하여튼 경제의 중요성을 인정하고 거기에서 인문 과학이 어떤 위치에 있다고 할 수 있느냐 하는 문제로 다시 옮겨서 표현될 수 있습니다. 오늘날 우리 사회와 국가가 그것은 그다지 중요한 것이 아니다 하는 답변을 내놓고 있는 것으로 생각됩니다. 아니면 적어도 인문 과학적 추구도 경제의 수단 또는 경제의 한 분과로 변신을 하라 이렇게 말하는 것으로도 생각됩니다. 이것이 위기로 느껴지는 것이지요. 인문 과학의 자기 수양과 인간의 형이상학적 자기실현 사이에는 깊은 관련이 있습니다. 그러한 의미에서 이 형이상학적 자기실현은 민주적인 가치와 갈등 관계에 있습니다.

　먹고사는 것의 중요성을 인정한 다음에 인문 과학의 문제도 생각해야 된다, 저는 이러한 이야기를 최근에 다른 곳에서 한 적이 있습니다. 인문적 수양과 민주적 가치 사이에는 갈등이 있습니다. 예부터 학문을 한다는 것은 먹고사는 것이 족한 다음 여유가 있는 곳에서만 가능한 것이었습니다. 그것은 사회적으로는 중산층 이상인 인간의 전유물이었습니다. 공부할 물질적 여유와 시간이 없이는 공부는 안 되고, 그 여유란 사회적인 특권을 말하는 것이 됩니다. 또 그러한 사정으로 하여 민중과 학문인 사이에도 간격이 있을 수밖에 없습니다. 저는 넓은 의미에서 학문의 인간인 지식인과 민중의 관계를 지나치게 간단히 생각하는 데에 늘 주저하는 느낌을 가져 왔습니다. 하여튼 갈등과 모순이 학문과 삶 사이에 있다고 한다면, 우리가 민주주의를 원한다고 할 때, 인문적 수양도 형이상학적 자기실현도 포기하여야 하는 것인지 모릅니다. 그러나 민주주의를 해야 하기 때문에, 공부가 있는 사람이나 공부가 없는 사람이나 똑같이 삶의 향수가 가능하여야 하기 때문에, 인문 과학 그리고 전통적 인문 과학은 없어지는 것이 마땅하다고 한다면, 그것은 매우 섭섭한 일이라고 할 수밖에 없습니다.

이것은 인문 과학에 한정된 것은 아니지요. 가령 수학이나 다른 과학의 경우도 마찬가지입니다. 이러한 것, 특별한 지적 수련, 개인적으로나 사회적으로나 그에 합당한 투자가 필요한 순수한 학문 활동이 민주적 요청에 맞아 들어가지 않기 때문에 없어져서 옳은 것인가? 먹고사는 것만이 제일이고 또는 요즘 식으로는 떵떵거리고 호기롭게 사는 것만이 제일이라고 하는 사람도 그래도 좋다고 하기는 어려운 것으로 느끼는 덕분에 발명된 것이 국가 경쟁력이라는 것입니다. 국가 경쟁력을 높이는 데에는 기초 과학이 필요하다, 거기에는 문화 상품이 필요하다, 이러한 논리가 나오는 것이지요. 같은 맥락에서 사회주의 국가에서도 사회주의의 우수성을 선양하는 데에 우리가 학문적으로도 탁월하다는 것을 보여야 한다는 주장도 나왔던 것이겠지요. 그러나 얼핏 보기에는 순수 학문을 옹호하는 듯한 이러한 논리는 학문 자체를 격하시키는 일이기도 합니다. 즉 이런 논리에서는 학문 자체(아무런 목적에도 봉사하지 않는 학문)의 목적이 있다면 인간의 자유로운 정신의 자기실현 또는 어떤 경우는 인간의 형이상학적 자기실현이라는 것 이외의 다른 의미가 없는 학문의 존재 이유는 보이지 않게 되어 버리고 맙니다. 학문은 값비싼 수련을 필요로 합니다. 모든 인간 정신의 아름다움의 구현은 그러한 경비 지출을 요합니다. 형이상학적 자기실현도 그러합니다. 이것은 그 문제점을 인식하면서도 솔직히 대면해야 하는 사실 중의 하나입니다. 그러나 세계적 민주화의 흐름 속에서 이러한 인정은 없어져 가고 있습니다.

그런데 학문에서의 인간 정신의 구현 또는 형이상학적 자기실현이 반드시 책을 많이 보고 시간을 많이 들이고 하는 것을 필요로 하는 것이 아니라는 사실을 상기할 수는 있습니다. 배우지 아니하고 타고난 지혜도 있고 삶에서 생기는 지혜도 있다, 이렇게 생각할 수도 있습니다. 성리학만큼 학문을 중요시한 전통에서도 삶의 지혜와 수양이 그것을 넘어갈 수 있음을 인정합니다. 원래부터 타고난 성인이 있고 배워서 성인이 되는 사람도 있다고 한 공자의 말은 거기에서 서열 의식을 제하면 같은 이야기라고 할 수 있겠습니다.

공자의 "학이시습(學而時習)"으로 돌아가서, 주자(朱子)는 "학이시습"의 '습' 자를 설명하면서 어린 새가 연습을 되풀이하여 공중으로 날아가게 되는 것을 말한다고 했습니다. 그러니까 공부를 해서 익히는 기쁨은 새가 날갯짓을 해서 처음으로 공중에 떴을 때의 기쁨을 말합니다. 배운다는 것은 학문적인 공부도 얘기하지만 여러 가지 기능을 배운다는 것도 얘기하는 것이 아닌가 합니다. 그러니까 낫 놓고 기역 자를 아는 것과 모르는 것 사이에 큰 간격이 있는 것은 아니다, 이러한 생각을 할 수 있습니다. 그러나 타고난 사람도 있겠지만, 적어도 낫 놓고 기역 자를 모르는 사람도 낫을 쓰는 일은 잘하는 것이 아닐까 생각해 볼 수 있습니다. 기술의 습득도 수양의 의미를 가지고 있으니까요. 기본적인 모델이 되는 것은 기술 습득입니다. 다만 기술 습득이 자기 기쁨 속에서 이루어지는 경지에는 가야 될 것이겠지요. 마지못하거나 강제적인 단계를 넘어서 자기 기쁨 속에서 이루어져야 된다는 말입니다.

동시에 이러한 기쁨에도 여러 가지 차원은 있을 수 있다고 생각됩니다. 새는 날아가는 데서 자기실현을 발견하고, 장인은 물건 만드는 데에서, 농부는 작물 재배에서, 또 어떤 사람은 과학 기술을 배우는 데에서, 또 어떤 사람은 옛날 책을 읽고 고전을 읽고 깨우침을 깨닫고 하는 데에서 자기실현을 발견할 수 있지 않을까 생각합니다. 또는 이런 것보다도 어떤 부름을 받았다고 생각하는 사람들한테는 순수한 형이상학적 추구, 그 안에서의 자기실현이 중요할 수도 있을 것입니다. 이 사람들은 형이상학적 자기실현의 전문가가 되는 것이지요. 말하자면 성인이라든지, 수도승이라든지, 혁명가라든지, 사회봉사라든지. 이러한 자기실현의 과정에는 차원이 있고, 또 여러 일 사이에도 차원의 차이가 있을 수 있을 것입니다. 차원이 있기 때문에 사회적으로 특권을 누려야 된다는 말은 아닙니다.

하나 더 보태면 사람 사는 모든 데에는 이데아적인 요소가 있는 것으로 보입니다. 저는 여러 군데에서 메를로퐁티(Maurice Merleau-Ponty)에 대한 관심을 표현한 바 있는데 여기에 대하여 더러 질문을 받습니다. 메를로퐁티는 추상적인 사고보다는 경험적이고 현상학적인 체험의 기술에 관심을 가지고 있습니다. 그러면서 가장 초보적인 지각 현상에서 센스, 의미와 방향을 발견합니다. 그의 관심은 제일차적으로 지각이나 육체의 불투명성에 있습니다. 저도 그의 "고공사고(高空思考)"에 대한 경계로서 육체에 기초한 철학을 뜻깊은 것으로 생각합니다. 그러나 저는 이 구체적인 체험의 불투명성에 못지않게 거기에 센스가 있다는 것을 흥미롭게 생각합니다. 그리하여 메를로퐁티와는 전혀 반대 방향으로 플라톤적인 이데아의 실재를 이러한 데에서 느끼기도 합니다. 이러한 이데아를 배경으로 하지 않고는 사람의 세계에서 아무것도 일어나지 않는 것이 아닌가 하는 생각을 하는 것이지요. 조금 다른 이야기로, 사랑이라는 인류 공통의 현상에서 그것이 육체적인 것이라는 것은 틀림이 없으면서도 끊임없이 모든 사회에서 이상화되어 나타난다는 것, 그리하여 하필 르네상스 이탈리아가 아니더라도 그것은 쉽게 모든 사회에서 플라토닉한 요소를 포함한다는 것에 대해서 저는 경이감을 가집니다. 이런 플라톤적인 요소는 다른 체험에서도 그것의 실현이 사물과 인간, 또 모든 사건, 이벤트의 주어진 형이상학적 운명인 양 느끼는 때가 있습니다.

최영(이화여대 영문과) 선생님께서 아까 말씀하실 적에 우리가 지금 개방화가 되어서 문을 열어 놓고 있는데 그럼에도 불구하고 우리가 스스로 방어해야 할 그런 요소들은 없는가 그런 생각을 합니다. 그랬을 때 사실 어떤 전략적인 것이 필요할 것 같기도 한데요. 지금 우리가 당면한 것은 저의 경우 영문과 선생으로서 영어의 세계화, 그래서 우리나라 모든 사람은 다 영어를 할 수 있게 만들려고 하는 이런 거대한 물결 앞에서 어떻게 처신을 해야 되는 것인가, 그리고 그것이 그렇게 필요한 것인가 하는 문제를 느낍니다. 그뿐 아니라 지금 세계의 소수 민족들이 가지고 있는 언어들이 하루에 몇 개씩 없어진다고 하고, 마찬가지로 지구상에 있는 여러 가지 작은 종들이, 동물이나 식물이나 전부 다 멸종하고 한쪽에서는 거대하게 생산되는 이상한 유전자로 조작한 그런 것들이 생겨나고 있습니다. 이렇게 변화하는 속에서 지금 선생님께서 말씀하시는 그 작은 것들에서 즐거움을 찾는, 어떻게 보면 유토피아적이고 어떻게 보면 목가적이고, 세계화가 안 되었으면 우리나라에서 가능할 것도 같은데 세계화가 된다고 하는 바람에 가능하지 않을 것 같은 그런 것들을 어떻게 구체적으로 저희가 할 수 있을 것인지요?

김우창 문화적인 유산, 문화적인 창조에 대해서 존경심을 갖는 것은 당연한 일일 것입니다. 보편적인 규범이나 문화 질서가 한 사회의 문화적인 특수성을 파괴하게 하여서는 곤란하다고 해야 할 것입니다. 희망으로는 그것이 어떠한 것이든지 간에 보편성은 이러한 특수성을 포함하는 것이어야 합니다. 합리성의 한 특징은 그것이 역사를 포함하지 않는다는 것입니다. 가령 도시 계획에서 똑바른 길을 내는 것이 합리적이라면, 역사적 건물이 있다고 해서 그것을 우회할 이유가 없습니다. 그러나 사람들은 길이 비뚤어지더라도 역사적 건물의 보존에서 그들의 삶이 풍부해짐을 느낍니다.

역사는 구체적인 것들의 축적소입니다.(우리는 역사를 지나치게 일관된 이데올로기의 산출지로 생각하는 경향이 있습니다.) 사람이 사는 데에는 일반적 원칙이 필요하지만, 동시에 구체적인 사례들에서 배우는 것이 필요합니다. 역사 없는 사람들이란 축적된 지혜, 구체적인 사례들을 갖지 못하고 또 그 기쁨을 갖지 못하는 사람들입니다. 일반적 규칙으로만 이루어진 삶은 삭막할 뿐만 아니라 잔인한 삶입니다.

그러나 역사 발전에서 중요한 사실의 하나는 의식화되지 않은 것은 다 소멸한다는 것입니다. 관습적으로 해 오던 것도 의식적으로 중요하다는 것을 인정하고 의미를 부여하지 않으면 모르는 사이에 다 없어져 버립니다. 그런데 의식화한다는 것은 다소간에 의식의 보편적 작용 속에 끌어들인다는 것을 말합니다. 적어도 의식의 보편적 지평에 비추어 허용될 수 있는 것만이 살아남는다는 말입니다. 가령 여성의 개가(改嫁)를 금지하는 규범이 요즘 살아남을 수 있겠습니까? 그러나 다른 한편으로 그것도 한 부분이었던 모든 전통적 예절의 체계가 다 사라지는 것이 옳은 것인가 하는 심각한 고려를 필요로 합니다. 오늘날 우리 사회의 문제의 하나는 인간관계에는 어떤 규칙, 엄격할 뿐만 아니라 그것을 아름답게 하는 규칙이 필요하다는 사실을 잊어버린 것입니다. 원래 예의란 인간 사이에 존재하는 일종의 안무법, 코레오그래피(choreography)라고 볼 만한 면이 있습니다.

영어를 공용어로 하여야 한다는 주장도 들을 수 있는 세상이 되었지만, 그것은 잘잘못을 떠나서 되지 않는 일이겠지요. 한문을 공용어로 수백 년, 수천 년을 써 왔어도 그렇게 안 되었는데 그게 되겠습니까? 언어가 역사적으로 축적된 삶의 방식 또는 지혜의 축적이라는 말은 맞는 말입니다. 한국어가 없어진다면 그 중요한 보고를 상실하는 것이 될 것입니다. 그러나 다른 한편으로 국어 순화 운동과 같은 것은 그 많은 부분이 낭비적이라고 생각합니다. 언어는 끊임없이 발전 변화하고 시대와 생활 그리고 생각의 변화에 맞추어 그 표현의 잠재력을 확장해 가야 합니다. 순화가 국어를 화석화하는 것이라면 그것은 바로 국어의 퇴화와 퇴출에 도움을 주는 일이 될 것입니다. 단어나 문법이나 우리의 현실 그리고 다른 나라 말의 영향으로 풍부해지는 것을 환영하는 것이 옳을 것입니다. 그것이 표현의 명증성, 섬세화, 풍부성 등에 도움이 되는 방향이냐가 문제겠지요.

영어 말하기를 비롯하여 실용성을 강조하는 것은 필요한 일이면서 언어의 문제를 가장 천박한 차원에서 보게 하는 일이 될 수가 있습니다. 많은 분들이 동의하듯이, 외국어 습득의 가장 큰 의의는 인문 과학적인 것이지요. 즉 의식의 진전에 도움을 준다는 데에 있지요. 그것이 한문을 배워 온 우리의 경험이기도 합니다. 또 거기에는 가장 쉽게 말하여, 영어를 배워야 국어의 중요성을 안다는 면도 있습니다. 이것도 실용성의 문제보다 더 중요한 것이라는 것을 우리는 지금 다 잊어 가고 있습니다. 피상적인 합리성, 특히 세계 자본 시장의 합리성에 의하여 특수한 역사적 경험의 축적인 지역 언어, 이 지역 문화를 폐기하는 것은 가장 어리석은 일의 하나일 것입니다.

최영 그런데 우리에게 획일화를 강요하는 그 힘이 너무나 커서 어떻게 개인으로서 할 수 없을 때, 그리고 개인끼리의 연대도 불가능하게 만들 때 어떻게 대처를 해야 되는 것일까요?

김우창 결국 의식화 작업을 하는 노력을 계속하는 수밖에 없습니다. 상당히 시간이 걸리겠지요. 우리 것을 보편성의 차원으로 올려놓는 것이 필요합니다. 이것은 획일화한다는 것이 아닙니다. 그것은 우리 것을 합리적으로 이야기할 수 있는 것이 되게 한다는 것을 의미합니다. 이것은 지역적 문화와 문제를 한편으로는 보편적 설득력이 있는 것이 되게 하면서 그러한 문제들을 세계적으로 연결해 나가는 것을 말합니다. 구체적으로는 정치적으로 지역적인 것들의 연합체를 구성하는 일이 하나의 방위 체제가 되는 것이 아닌가 하는 생각을 하게 됩니다.

제가 작년에 독일에 가서 독일 노동조합에서 나온 사람들하고 얘기할 기회를 가진 일이 있습니다. 세계화됨으로써 노동자의 입장, 특히 제3세계 노동자의 입장이 굉장히 약화되는데 그것에 대해서 어떻게 생각하느냐 하는 것을 물어보았습니다. 세계화의 영향은 독일에서도 노동자의 위치를 약화시키게 되었는데, 세계적인 유대를 만들어야겠다는 생각을 하고 있다고 했습니다. 지금 유럽 연합에는 사회 장전(社會章典)이 있어서 거기에 가입되어 있는 모든 나라가 일정한 기준의 노동 조건을 준수할 것을 요구하고 있습니다. 유럽 연합의 목표의 하나는 경제 통합인데, 그것을 통하여 경제적으로 유럽의 세계적 경쟁력을 강화하려는 의도를 가지고 있습니다. 그럼에도 불구하고 단기적 관점에서는 경쟁력에 도움이 되지 아니할 사회 규정을 받아들이고 있는 것입니다. 여기에 대하여 유보적인 입장을 가지고 있는 것이 자유주의 시장 원칙을 조금 더 많이 수용하고 있는 영국입니다. 독일 사람들에게 세계적인 사회 장전의 가능성을 물었더니, 그 사람들의 답은 자기들도 이미 그것을 의식하고 있다, 그리고 지금 연구 중에 있다는 것이었습니다. 그 자리에는 스위스에 있는 국제노동기구(ILO) 대표도 와 있었는데 그 대표도 그 문제에 대해서 적극적인 자세를 가지고 있는 것으로 이야기하였습니다.

조금 우원한 이야기가 되었지만 문화적인 가치와 인간의 삶의 위엄에 대하여도 비슷한 제도나 기구들이 만들어질 수 있는 게 아닌가 하는 생각이 듭니다. 우리가 지난 20~30년 동안에 만들어 낸 것 중의 하나가 시민 운동이라는 건데, 아시아에서 우리나라가 시민운동이나 노동조합 운동이

제일 강한 나라입니다. 한국의 노동 운동이나 시민운동에 세계적인 관심이 있습니다. 지역적인 인간 공동체의 방어, 인간 가치의 방어 체제가 궁극적으로는 세계적으로 생겨나는 것이 아니냐 하는 생각이 듭니다.

김현숙(이화여대 국문학과) 지금 인문학의 위기를 얘기하고 있는데요, 살기 좋은 사회라든가 능률 사회라든가 우리가 그런 사회로 가기 위해서는 어떤 의미에서는 궁핍한 시대에는 인문학을 하는 사람들이 마음은 더 풍요롭지 않았나, 할 일은 더 있는 사회가 아니었나 그런 생각이 듭니다. 그런데 오늘날처럼 사회가 기능화하고 모든 것이 어쨌든 풍요로워진 이런 상황에서 과연 인문학을 하는 사람들의 역할이라고 하는 것은 어떤 것이어야 할까, 저는 문학을 하는 사람으로서 그런 고민을 합니다. 그래서 그 전처럼 문학이라고 하는 것이 뭐라고 얘기할 수 없는 그런 상태에까지 와 있다고 생각이 들 때가 있는데요, 문학도 뭔가를 위해서 기능을 하고 효용성이 있어야 된다고 많이들 이야기를 해 왔습니다. 그런데 정작 오늘날에 와서도 우리는 문학을 하는 자세에서 앞으로 문학을 어떻게 자리매김하고 앞으로 어떻게 문학을 해 나가야 할까 그런 고민을 합니다.

김우창 저도 문학을 가르치는 사람이지만, 거기에 대해서 정답이 없는데 우리의 문학 그리고 인문학의 연구는 좀 더 반성적이 되어야 된다, 저는 늘 이런 생각을 합니다. 이것은 거칠게 말하면 서구화되어야 한다는 것입니다. 합리적인 관점에서 모든 것을 재검토해서 그것을 살려 나가는 노력을 해야 된다는 말이니까요. 합리적인 관점에서 정당성을 갖게끔 노력을 해야 되고, 그러기 위하여 합리적 사유의 관점에서 재검토해야 한다는 그러한 말입니다. 합리성으로 모든 것을 다 해야 된다, 그런 얘기가 되는 것은 아닙니다. 두 가지 이유로 합리적 검토가 절실합니다. 아까 말씀드린 대로 의식화되지 않는 것은 사라지는 것이 오늘의 상황입니다. 무의식적 행위 속에 지속되는 전통과 관습은 살아남지 못합니다. 또 한 가지, 오늘에 살아남는 것은 세계적인 공간에서 이야기될 수 있는 것이어야 합니다. 세계적 설명 능력을 가져야 합니다. 문학 자체가 어떻게 더 세계적인 열림이 있는 것이 되느냐 하는 것도 문제가 되지만, 문학 연구가 그러한 것이 되어야 합니다. 그러나 이것이 이미 있는 것을 고치는 것을 의미하지는 않습니다. 우리 역사에서 개작은 너무나 많이 해 왔습니다. 가령 조선조에서 고려 가사를 손질한 것과 같은 일 말입니다.

조금 방향을 바꾸어 인문학 연구의 위기에 대하여 이론적인 답변이 아니라 실제적인 간단한 답변을 시도하면, 대학 교육 제도를 바꾸면 간단히 해결된다고 말할 수 있습니다. 그것은 미국 제도에 매우 가까운 것이 되는 것인데, 모든 직업 교육을 대학원으로 옮기는 것, 그러니까 법률이라든가 경영이라든지 의과라든지 여러 가지 직업적 성격을 가진 것을 옮기고 대학 학부를 기초 과학에 입각한 교육을 실시하는 기구로 만들어 놓는 것을 말합니다. 그러면 인문 과학의 제도적인 위치는 요지부동이 될 거다, 저는 이런 생각을 합니다. 대학과 직업 또는 대학과 돈의 관계를 직접적인 것에서 간접적인 것으로 바꾸는 것입니다. 우리의 문제는 대학에 직업과 돈의 세력이 들어와 학문의 체제를 왜곡하는 것인데, 정부도 이러한 왜곡을 가중시켜서 문제를 해결할 수 있다고 하는 것으로 보입니다.

미국은 경제, 능률성, 돈을 좋아하는 사회이지만 실제 중요한 대학들의 조직은 기초 과학에 입각한 학생들의 교육을 그 내용으로 가지고 있습니다. 직업을 선택하는 것은 대학원에서 하게 되어 있습니다. 실제 대학의 운영도 그렇습니다. 하버드 대학교의 경우 교수 회의에 정규적으로 참석하는 사람들이라는 것은 문리과 대학의 교수들(Faculty of Arts and Sciences)입니다. 정확히 확인하지는 아니하였지만, 법과 대학이나 경영 대학, 행정 대학 이런 데서 사람들은 자기들의 대학원을 운영해 나가는 결정을 내리지 대학 전체의 정책에 크게 관여하는 것 같지는 않습니다. 그도 그럴 것이 학부를 주로 생각하면, 대학이라는 것은 하버드 칼리지를 말하고 Faculty of Arts and Sciences가 운영하는 것이 이 하버드 칼리지, 즉 하버드 대학입니다. 거기에서 학생들이 주로 공부하는 것은 물리학이라든지 수학이라든지 영문학이라든지 철학이라든지 생물학이라든지 이런 기초 과학입니다. 하버드를 나온다는 것은 기초 과학 공부를 한다는 얘기입니다. 법과를 한다든지 이런 것은 아닙니다. 그것은 졸업하고의 이야기이지요. 물론 기초 과학을 더 공부할 사람은 다시 Faculty of Arts and Sciences가 운영하는 대학원으로 진학하면 됩니다.

우리나라에서도 그렇게만 해 버리면 별 문제가 없지 않을까 하는 생각이 듭니다. 대학은 주로 기초 과학을 교육하는 기구가 되고 대학의 중요 정책이라는 것은 기초 과학을 하는 사람들이 결정을 하고 다른 실용적인 부분은 직업 대학원에서 하고, 그렇게 하는 것이죠. 왜 우리가 미국식으로 하느냐 하실지 모르지만, 이것은 미국식이고 아니고의 문제가 아니라 우리가 부딪친 문제가 요구하는 해결 방식의 하나입니다.

대학원 그 이상 수준에서의 연구비 등의 문제가 있기는 하겠지만, 일단 제도적으로나 기초적인 재정 면에서 위의 방책은 인문 과학의 문제를 해결해 줄 것입니다. 그런데 인문 과학의 연구에 엄격한 의미에서 연구비는 자연 과학이나 기술 분야에 비해서 적을 수밖에 없습니다. 결국은 도서관이 좋고 조사와 회의비가 있으면 될 터이니까요. 대학원생의 문제는 정부에서 전적으로 잘못 생각하고 있는 문제 중의 하나입니다. 대학원생의 지원 문제는 대학이나 과 문제가 아니라 전국 규모의 장학금 제도를 만들어서 전국 규모의 선발을 하면 대학 간의 불공정한 차별이라든지 하는 문제가 일어나지 않았을 것입니다.

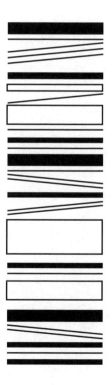

# 3장

# 정치와 이성

# 정치 지도자

## 1

사회가 한 사람 또는 몇 사람의 영웅적 지도자에 의하여 이끌어질 수 있다고 하는 것은 현대의 복합 사회에서는 맞지 아니한 생각일 것이다. 설사 그러한 면이 없지 아니하다고 하더라도, 영웅주의가 가져올 수 있는 부작용을 고려할 때, 그러한 생각은 매우 위험한 것이라고 해야 할 것이다. 그러나 지도자를 그러한 영웅적 관점에서 생각하지 아니하더라도, 모든 사람이 자신의 공동체의 일에 다 같이 참여하는 것은 쉽지 않은 것이고 또 많은 사람들이 원하는 것이 아니기 때문에, 공동체의 일을 전담할 사람이 필요하게 되는 것은 불가피하다.

좋은 사회에서 지도자나 공적인 일꾼의 문제는 큰 문제일 수가 없다.(물론 이 지구상에 그 이상 바랄 것이 없는 사회가 있다고 생각되지는 아니하기 때문에, 좋은 사회라는 것은 대체로 추상적으로 말하는 것에 불과하다.) 그러나 나쁜 사회나 더 나아져야 하는 사회에서의 지도적 일꾼의 문제는 풀기 어려운 문제처럼 보인다. 나쁜 사회는 바로 그 정의대로 나쁜 사람이 지도자가 되게끔 되어 있는 사회이다. 한 체제의 성격은 그 체제가 떠올리는 지도적 인물들로써 판단할 수 있다. 어떠한 사회 체제가 중요하게 존중하는 가치 체계, 그리고 체제의 요구에 맞는 인물이 전체적으로 체제의 지도자가 되는 것은 자연스러운 일이다. 물론 이때의 가치 체계나 요구는 반드시 사회가 의식적으로 내세우고 있는 것이라기보다는 실제의 작용에서 구현하고 있는 것이다. 그런데 정치 지도자와 사회 사이에 필연적인 관계를 상정하는 것은, 정치에 관련해서는 하나의 숙명론을 말하는 것처럼 들린다. 사회나 정치 체제의 향상을 생각하고 그 향상에는 불가피하게 그것을 이끌어 나갈 지도자가 필요한 것이라고 한다면, 좋은 체제에서는 좋은 지도자가 나올 것이기 때문에 문제가 없지만, 그렇지 못한 체제의 개선 또는 개혁은 체제와 지도자의 필연적인 순환 연쇄에 사로잡혀 출구를 찾을 수가 없을 것이기 때문이다. 그러나 다른 한편으로 이 필연적 연쇄성을 인정하는 것은 사회와 정치 개선의 현실적 방안의 모색에서 첫 고려 사항이 되어 마땅하다. 우리가 생각하여야 하는 것은 정치 지도자가 제대로 나올 수 없는 상황에서 어떻게 좋은 지도자가 나오겠느냐 하는 문제이고, 이 관점에서 문제를 생각할 때 우리는 현실적 해결은 아니더라도 조금이라도 현실적인 사고에 가까이 갈 수 있을 것이다.

최근에 우리 사회 정치권력의 정점에 있던 사람으로 국민적 지탄의 대상이 되고 사회적 화젯거리가 된 사람을 든다면 전두환, 노태우 두 전 대통령이 되겠는데, 그들이 최고 권력의 위치를 점해서는 아니 되었을 인물이라고는 하겠지만, 또 그들이 개인적인 특성으로만 그러한 위치에 나아갔다고 말하는 것은 개인의 힘을 지나치게 크게 과장하는 일이다. 역사는 필연과 우연이 놀음하는 장소이다. 그 두 사람이 아니었다면 역사의 경로가 전혀 달라졌을 가능성을 배제할 수는 없다. 그러나 다른 한편으로는 그와 비슷한 다른 사람들이 그와 비슷한 일을 하지 아니하였겠느냐 하는 의심이 많은 사람들의 마음속에 없지 아니하다. 전두환 또는 노태우는 전두환적 또는 노태우적 현상의 한 표현에 불과하다는 느낌이 있는 것이다. 즉 그러한 권력자는 그러한 권력자를 가능하게 한 사회 체제의 일부이어서, 그 둘 사이에는 상호 보완적인 작용이 있다고 아니할 수 없다. 야심 많은 사람들이 사람을 움직일 수 있는 모든 수단, 요즘으로는 힘과 돈과 선전을 통하여(물론 사회적 정의가 늘 명분이 되기는 하지만) 무엇을 위한 것인지도 알 수 없는 야심을 추구하는 것이 정치이고 사회라는 생각은 우리 사회에서의 어디에서나 발견되는 공공 철학이다. 또 부딪치는 개인적인 또는 사회적인 문제를 가능만 하다면 어떤 힘인가를 빌려서 한달음에 풀었으면 하는 성급한 생각은 많은 사람들이 가지고 있는 비밀 아닌 비밀이다. 정치 지도자 또는 공적인 일꾼의 문제는 전두환적, 노태우적 상황 속에서 비전두환적, 비노태우적인 인간이 어떻게 나올 수 있느냐 하는 것이다.

## 2

당위론적으로 말하면(민주주의의 정당성을 전제로 한 당위론의 관점에서), 정치 지도자는 가장 손쉽게 공복이라는 말로 정의할 수 있다. 지도자를 사회 또는 공동체의 일을 맡아 해 줄 심부름꾼이라고 생각하는 것이다. 이러한 공복의 이상은 민주주의가 당연한 정치적 이상으로 받아들이기 전에도 존재하였던 이상이다. 우리가 공복이라는 말을 언제부터 사용하였는지는 모르지만, 어쩌면 그것은 유럽의 계몽기에 국민과 통치자 간의 보다 개화된 관계를 정의한 프로이센의 계몽 전제 군주 프리드리히의 말, "군주는 국가의 으뜸가는 종"이라는 유명한 선언에서 유래한 것이 아닌가 한다. 물론 우리의 유교적 전통에서도 시중꾼이나 종이라는 말을 사용할 정도는 아닐망정, 정치 담당자는 오로지 백성을 위하고[爲民] 백성을 사랑하는 일[愛民] 이외의 다른 일이 있을 수 없는, 백성을 쉬게 하고 기르는[休養] 목민관(牧民官)으로서만 그 존재 의의를 갖는다고 생각되었다. 그러니 민주주의가 전제되는 사회에서 사람들이 그들 공동체의 일을 맡아 할 자를 뽑으면서, 모든 사람의 시중꾼이나 종이 아니라 그들 위에 군림하고 스스로 특권을 확보하고 또는 사회의 여러 사람을 괴롭게 할 존재를 누가 뽑을 것인가? 민주주의 원칙하에서야말로 공복이 아닌 정치 지도자는 용납할 수 없는 것이다.

그러나 다른 한편으로 민주주의 체제하에서 지도자의 문제는 더 복잡해진다고 할 수 있다. 정치 지도자가 공복이라고 할 때, 어디에 가서 심부름만 할 종을 찾을 것인가? 프리드리히가 스스로를 종이라 하고 목민관이 자신을 인민을 위해서만 존재하는 사람이라고 할 때, 그것을 곧이곧대로 받아들일 수는 없다. 그들은 종이면서 주인이고, 그들이 섬겨야 할 어떤 인민보다도 위에 서 있는 사람이다. 그들은 지위와 힘과 부에서 이미 더 바랄 것이 없는 것을 누리고 있는 사람들이다. 어떤 면에서 종 노릇을 해도 손해가 날 수 없는 위치에 있는 것이다. 이러한 보상이 없이 공공사를 위한 종을 부리는 것이 가능할 것인가가 민주주의의 난제이다. 얼핏 생각하기에 종노릇에 대한 대가로 임금(賃金) 같은 물질적 보상을 생각할 수 있지만, 임금이 상당한 정도가 된다고 하더라도 아마 그것만으로 만족할 공복은 많지 아니할 것이다. 오늘날의 인간 이해에서 물질적 이익을 인간 행동의 주 동기로 생각한다면, 정치 지도자 또는 공복과 같은 정치적 인간은 현대적 인간 이해를 넘어가는 것으로 말할 수밖에 없다. 그것은 공리적 이익의 동기 체계를 넘어가는 인간성의 어떤 측면, 그 관점에서 위대한 것일 수도 있고 사악한 것일 수도 있는 어떤 측면에서만 포착될 수 있는 것으로 생각된다. 정치적 인간의 신비를 쉽게 파헤칠 수는 없지만, 나쁘게 해석하면 정치적 인간은 한편으로 인민에 봉사하면서 다른 한편으로 봉사의 약속으로 사들인 사회를 통해서 자신을 신장하고자 하는 사람이다. 이 이중의 공식은 시대를 초월하여 변하지 아니하는 것으로 생각된다. 그것은 하나의 속임수의 놀이이다. 그러니만큼 위험하고 복잡한 것이다. 그러나 경우에 따라서는 정치의 두 모순된 요구 사이에 문화가 설정하는 회로를 통하여 이 위험이 완화되는 수도 있다.

오늘날의 상황에서 정치적 인간의 동기 체계가 어떤 것일 수 있으며, 또 현실적으로 존재하는 동기 체계 속에서 정치적 지도자가 형성될 수 있는가 하는 문제가 매우 답하기 어려운 문제임을 인정하면서, 추상적인 관점에서 사람들이 바라는 정치적 일꾼의 모습을 다시 생각해 보면, 되풀이하건대 공동체에 봉사할 수 있는 사람이라는 뜻에서 지도자는, 프리드리히의 말을 다시 빌려 "공정하게, 지혜롭게, 또 사사로운 이해를 초월하여 행동하며, 그의 일의 모든 점에서 시민에 대하여 책임을 지는 국가의 심부름꾼"이어야 한다. 이 말에서, 민주주의 체제에서는 추상적인 국가라는 말보다는 인민 또는 시민이라는 말의 대체가 필요할 것이나, 그것은 어떻든지 간에, 이러한 공복으로 적절한 정치적 인간이란, 간단히 말하면 경우가 바른 사람을 말하고, 처리할 일이 많다는 점에서는 일에 밝은 사람 또는 일반화하여 합리적이고 이성적인 인간을 말하는 것이라 할 수 있다. 물론 정치적 인간이 이성적이라면, 그것은 이론적인 의미에서 그렇다는 것은 아니다. 그의 이성은 추상적이라기보다는 구체적인, 인간사의 여러 착잡한 관계, 특히 이해관계 속에서 태어나는 것일 것이다.

물론 사회 구조적으로 군주도 아니요, 사대부도 아닌 시민이 경우 바르고 이성적인 정치적 일꾼이 되기 위해서 필요한 구비 조건은 공정성이나 지혜에 이르기 전에, 제일 먼저 시민의 사사로운 상태를 벗어나는 일일 것이다. 그는 우선 자기의 사사로운 이해관계를 초월한 사람이라야 한다. 그는 사회의 특정한 부분의 이해에 매여 있어서 사회 전체의 일을 그르치는 사람이어서도 아니 된다. 어떻게 하여 어떠한 사람이 사사로운 이해를 초월한 사람이 될 수 있는가? 이 요구는 시민 사회, 모든 사람들이 사사로운 생존의 이해에 얽혀 있는 시민 사회에서는, 다른 어떤 체제하에서보다 모순된 요구를 내놓는 것이다. 그리고 이러한 모순에서 사람들은 정치 지도자 또는 담당자에서 시민 사회의 테두리를 넘어서는 준엄한 자기희생의 도덕을 요구하는 것으로 보인다. 그러니 실제에 있어서는 이러한 도덕에 대한 요구는 충족되기보다는 피상적인 수사가 되고 또 사사로운 이익의 손아귀에서의 술수의 수단에 불과하게 되기 쉬운 것은 당연하다. 정치에 도덕이 있을 수 없다는 것은 아니나, 그것은 강한 이익 사회의 압력 속에서 현실적으로 지탱하기가 어려운 것이 될 것이다. 정치 지도자가 그 자신은 사사로운 이익을 초월한, 그리고 어떤 특수한 이익에 의하여 지배되는 사람이 아니라고 하더라도 사회 자체가 사사롭고 특수한 이익에 매여 있다고 한다면, 그는 그 사회의 이익 놀음에 어느 정도나마 관계되지 아니하고는 움직일 수 없고 또 아무런 현실적 결과를 만들어 낼 수도 없는 존재가 될 것이다.

어떤 경우나 이익으로 움직이는 시민 사회에서, 정치 지도자 또는 담당자의 가장 중요한 일은 사회에 존재하는 여러 이익들을 조정하는 일일 것이다. 이 일이 쉬운 일일 수는 없다. 사회에 존재하는 개인이나 집단의 이익이 어느 정도 균형을 취하고 있을 때 조금 더 용이한 일일 터이나, 심한 불균형이 사회의 특징일 때 조정의 역할은 단순히 조정만으로 끝날 수는 없을 것이다. 그는 이 이익을 단순히 갈등을 완화시킨다는 관점에서만 조정하는 것이 아니라 정의의 관점에서 이익 배분을 고르게 하는 일을 하여야 할 것이기 때문이다. 프리드리히의 공정성은, 위계적 사회의 정당화 없는 단순한 중립적인 중재에 그칠 수 없다. 민주 사회에는 민주 사회대로 불평등을 정당화하는 갖가지 평계들이 있다. 정치적 지도자는 불가피하게 사회의 한 편을 들며 다른 한 편을 억압할 수밖에 없다. 불평등이 집단적으로 표출될 때 특히 그렇다. 그리하여 심한 불균형의 사회에서 단순한 조정자의 자리는 매우 좁은 것이 될 수밖에 없다. 그러므로 자유 민주주의는 상당한 정도의 균형을 전제로 한다.

그 결점이 무엇이든지 간에 자유 민주주의는 타협의 체제이고, 타협의 상당 부분은 인간의 공존적 삶에 부합하는 것이다. 민주주의의 전제의 하나는 갈등과 대립이 반드시 사회 통합의 파괴에 이르는 것이 아니라는 것이다. 뿐만 아니라 그것이 오히려 통합의 한 중요한 동인이 된다는 것이다. 다만 갈등은 그 조정을 위한 절차를 통하여 합리적으로 해결 또는 균형화될 수 있어야 한다. 절차, 법 등의 중요성은 여기에서 온다. 시민 사회의 정치 지도자는 이러한 일들에 능숙한 사람일 가능성이 크다. 그러나 바로 그런 이유로 하여 그는 원칙주의자가 아니기 때문에 여러 가지 의미에서 부패의 가능성을 가질 수 있다. 사람들은 단순한 조정자를 가장 적절한 정치 지도자라고 생각하기는 어려울지 모른다.

이러나저러나 한 사회의 일은 사회 성원 개개인 또는 사회의 여러 집단 간 이익의 종합이나 조정의 일만으로 끝나지는 아니한다. 사회에는 어떠한 개인이나 집단에도 구체적인 이해를 가진 것이 아니면서 사회 전체의 이익에 관계되는 일들이 있을 수 있다. 쓰레기 소각장을 어디에 설치하느냐 하는 문제에서부터 환경 문제, 전쟁이나 평화, 통일과 같은 것들은 특정한 사람이나 집단과의 관계에서 직접적인 이익이나 손해의 관점으로 따져서 말할 수 없으면서 수행되어야 하는 문제들이다. 이러한 전체에 관련되는 일은 오늘의 사회 이익뿐만 아니라 미래의 가능성과 또 미래 세대의 복지를 포함하는 것들로서, 매우 넓은 의미의 전체성에 관련되는 것일 수 있다.

이러한 일들은 특수한 이익을 초월하고 공정하게 일을 추진할 수 있는 능력과 함께 부분적인 것을 보편적 또는 전체적인 것과의 관계 속에서 판단할 수 있는 이성적인 능력을 요구한다. 이것은 한편으로는 일반적이고 철학적인 판단력을 말하는 것이지만 공동체의 일에서 문제되는 것은 단지 철학적 판단을 요구하는 것이 아닌 까닭에, 그러한 판단력은 삶의 여러 가지 구체적인 일에 적용될 수 있어야 하고, 그러니만큼 사회의 구체적인 작용에 대한 지식을 보여 주는 것이라야만 한다. 그것은 실제적 지식과 더불어 인간성의 필요와 가능성에 대한 넓은 이해를 다 같이 포괄해야 하는 것이다.

이러한 이성적 판단의 능력은 몇 가지 면에서 조금 더 생각해 볼 필요가 있다. 그것은 시민 한 사람 한 사람이 구체적으로 느끼는 이해를 초월하는 일에 대한 것일 수 있기 때문에, (다수결에 의하여 결정되는 것일망정) 개개 시민의 이익과 견해의 총화로써 파악되는 민주주의적 여론을 넘어가는 것일 수 있다. 정치적 지도자를 두고, 사람들은 흔히 미래에 대하여 어떠한 비전을 가졌는가를 말한다. 이 비전이란 사람들이 가지고 있는 보다 나은 삶에 대한 꿈을 구체적으로 결정화하고 그것에 의하여 오늘의 삶에 희망의 활력을 부여할 수 있는 유토피아적 기획을 말한다. 그것은 다분히 비이성적인 욕망에 기초한 것이지만, 동시에 현실적 실현의 가능성이 있는 것처럼 제시되어야 한다. 유토피아적 기획은 그것이 개인의 욕망만을 나타내는 것이 아니라 그것이 일으킬 수 있는 사회적 갈등과 알력을 초월한 화해와 성취의 꿈을 제시하는 것이기 때문에 이미 그 점에서 이성적 성격을 띠게 된다. 그리고 이것은 현실 세력의 움직임에 연결되어야 한다는 점에서 물론 더욱 이성적 또는 현실 합리적이 될 수밖에 없다.

그러나 비전이나 이성적 기획 또는 적어도 그러한 것의 암시가 정치 지도자의 호소력을 구성하고 또 그러한 넓은 시야가 필요한 것이라고 하더라도 그 위험에 대하여서도 생각할 필요가 있다. 그것은 어떤 비전이 이성적인 것처럼 보이면서 반드시 참다운 의미에서, 그러니까 경험적 현실의 모든 것을 구체적으로 포함한다는 의미에서 이성적인 것이 되기 어렵기 때문이다. 독일의 나치즘 체제를 비이성적 전제(다분히 사람의 개인적 또는 집단적 욕망의 어떤 부분에 근거한 비이성적 전제)에 기초한 철저하게 이성적인 체제라고 설명한 정치학자가 있지만, 이성의 꿈이 만들어 내는 미친 괴물은 나치즘에만 한정된 것은 아니다. 이데올로기로 발전한 마르크시즘에 이러한 요소가 있음은 말할 것도 없지만, 정치의 현장은 사회와 역사 전체를 다 포용하는 것이 아닐망정 온갖 작은 이성의 미친 기획들의 난무장이라고 할 수 있다. 정치 지도자는 이러한 다소간에 미친 기회의 비전에 사로잡혔거나, 그것을 이용하여 자신을 정당화하는 사람이기 쉽다. 그 극단적인 경우가 이데올로기로 무장한 혁명가이다.

영향력 있는 저작 『이론과 실천』에서 하버마스가 하고자 한 것은 정치적 이성의 장을 이론으로부터, 즉 하나의 원칙에서 연역적으로 체계화해 나가는 이론으로부터 사람들의 다원적 상호 작용이 구성하는 실천으로 옮겨 놓는 일이었다. 실천의 구체적인 경험과의 교섭이 있어야만 사회는 이론적 광증으로부터 스스로를 지킬 수 있다. 실천의 내용이 그것만일 수는 없지만 경험 세계의 사실성은 그 중요한 요소를 이룬다.

그런데 실증 과학의 이성은 반드시 경험의 구체성을 완전히 수용하는 것은 아니면서 이 사실적 세계에 조금 더 가까운 이성이라고 할 수 있다. 이 사실 세계로서 사회의 움직임은 많은 실증적 사회 과학 또는 정책 과학에 의해서 파악될 수 있다. 이데올로기적 정치 기획의 파탄이 분명해진 20세기 후반에 있어서 아직도 살아남은 이성적 계획은 사회와 경제의 합리적 경영을 목표로 하는 정책 과학들이다. 사회와 경제의 움직임에 대한 과학적 이해는 사회의 현재와 미래의 전체성을 거머쥐려는 정치 지도자에게 필수적인 것처럼 말하여진다. 그리하여 이데올로기적 혁명가가 아니라 기술 관리자, 테크노크라트가 중요하여진다. 그러나 아직은 기술 관리자가 정치 지도자나 정치 담당자로 사람들의 상상력을 사로잡지는 아니한다. 정치는 (적어도 우리의 현실에서는) 단순히 현상의 조정을 위한 기구가 아니라 미래의 비전을 매개하는 기구이다. 실증적 정책 과학은 체제 외 관점 또는 가치의 관점으로부터 현상 유지의 과학이라고 비판되어 왔다. 비록 그들의 미래에 대한 꿈이 현상의 체제에 의하여 공급된 것이라고 하더라도 대부분의 사람들은 완전한 현실 존중을 정치의 내용으로서 받아들이기를 거부한다. 그리하여 사람들은 정치 지도자로서도 현실의 이치를 완전히 장악하고 있는(물론 그것이 가능하다면) 사회 과학자보다는 비이성적일망정 다른 가능성을 나타내고 있는 것으로 보이는 소위 카리스마를 가진 지도자를 선호한다.

어떤 경우에도 정치 지도자가 지식이 많은 사람일 필요는 없는 것으로 보인다. 그에게 중요한 것은 판단력이다. 물론 정치 지도자에게 지식이 많아서 나쁠 것은 없다고 할지 모른다. 판단력도 진공에서 작용하는 것은 아니므로 판단이 가능하기 위해서는 여러 중요한 것에 대한 기초 지식을 가지고 있을 필요가 있으나, 너무 많은 지식은 오히려 좋은 정치적 판단에 장애가 될 수도 있다. 정보가 많은 경우에도 판단력은 정보 자체나 그 축적으로 재어지는 능력이라기보다는 정보와 다른 정보의 관련 또는 전체적인 관련에 대한 인지 능력이다. 이 관련은 단순히 논리적 관련이 아니라 정치 목적과의 관련이고 삶의 궁극적 가치나 의미와의 관련이다. 이 전체적 관련은 소진될 수가 없다. 이 관련의 총체는 어떤 사실의 논리적 체계를 지칭하는 것이 아니라 구체적인 하나하나의 삶과 그것이 개입되는 구체적 상황의 총체를 지칭하는 것이기 때문이다. 그것은 상황과 상황 내의 여러 요인들과의 상호 작용을 지칭하고, 이 요인들이란 개체적 실존을 포함하는 것이다.

판단력은 여러 가지 의미에서 현재적인 것이라기보다는 잠재적인, 어떻게 보면 얼른 눈에 띄지 않는 능력이다. 가령 지식이나 정보를 문제 삼을 때, 정치 지도자에게 필요한 것은 그 양보다도 다른 지식이나 정보에 대한 준비성이다. 이 준비성은 지식이나 정보에 열릴 수 있는 일반적 능력이며, 또 그 일반적 능력을 구체적인 사항에 작용하게 할 수 있는 행위의 가능성이다. 이것은 달리 말하면 인식과 판단의 바탕이며 가능성으로서 이성의 능력을 지칭하는 것이다. 그러나 여기의 이성은, 되풀이하건대 행동의 인간으로서 정치 지도자에게는 추상적인 의미에서의 이성이라기보다는 한 사회의 이론적·행동적 실천의 총체에서 나오는 평균적 생각의 방식과 원리이다. 그것을 이성이라고 한다면, 그것은 사회적 실천에 들어 있는 일관성의 원리로서의 사회적 이성이다.

정치 지도자는 흔히 국민, 시민, 계급 또는 집단을 대표한다고 생각되곤 한다. 또 그들은 종종 그러한 집단의 이름으로 그들의 주장과 행동을 정당화한다. 그러한 경우 이 대표성은 단순한 경험적 일치, 선거 또는 여론 조사를 통해서 확인되는 것이라고 할 수 없다. 그것은 다분히 개인과 집단의 의식을 가로질러 작용하고 있는 사회적 이성에 의해서 외면적인 일치가 아니라 내면적인 일치로써 생겨나는 것일 것이다. 어떤 정치 지도자가 "국민의 이름으로", "민중의 이름으로", "노동자의 이름으로"라고 말할 때, 이 이름은 이러한 내적 일치감에 의하여 약간은 독단적으로 불려지는 것이라고 하여야 할 것이다. 그러나 이것이 현실과는 전혀 맞지 아니한 이름의 참칭에 불과한 경우가 많은 것도 사실이다. 이것은 특히 이데올로기적인 정당에 의하여 보강될 때 그렇다. 이에 대하여 사회적 전체성을 표방하지 않는 단순한 보편적 이성의 주장이 오히려 정직하고 사실적이라고 할 수 있다. 그러나 이것도 이데올로기적 편향을 벗어나기가 어렵고, 또 어떤 경우에나 이러한 이성적 주장은 특정한 사회에서의 이성의 진전, 과학과 문화 그리고 교양의 상태에 크게 의존한다. 정치적 행동에 드러나는 이성은 어디까지나 사회적 이성이며, 가장 좋은 상태에서 각자의 마음속에서 작용하는 양식이나 상식으로 나타난다.

하버마스가 연구한 바와 같이, 계몽주의 이후 공론 광장의 성립은 서구 현대 정치의 발전에 있어서 중요한 역할을 하였다. 정치적 권위의 힘으로 국민에게 부과되던 공공사가 공공 여론의 토의에 부쳐지고 이 토론 광장에서 정당성을 얻어야 하는 것이 된 것이다. 이 공론의 광장은, 실제에 있어서 모든 의견과 관점에 열린 토론의 광장이라기보다는 부르주아 계급의 사적인 이해의 공론화 기구로 작용하였다고 하여야 할 것이나, 그것을 이상적으로 생각할 때에는 시민이 그들의 "이성을 공적으로 사용하는" 광장이었다. 이상적으로 말하여 이 공론 광장을 지배하는 것은 이성이었다. 시민 국가의 정책은 공론의 이성에서 나온 것이어야 했다.[21] 이러한 경우 정치가란 이 이성의 담당자가 될 것이다. 조금 전에 말한 바와 같이, 이 이성이 참으로 가장 공평하고 정당한 이성이라고 할 수는 없지만, 적어도 어느 정도는 이성적인 모습을 띨 수밖에 없는 여론이 정치적 정당성의 일부를 이루는 것은 틀림이 없다. 이것은 부르주아 민주주의의 대두 이후 정치적 행동을 지배하는 중요한 원리이다. 그러나 근대 민주주의 이전에도 정치적 행동의 원리가 사회적 공간의 숨은 명령이었던 경우는 적지 않았을 것이다. 사실 집단적 공간에서의 행동은 개인의 영웅적 의지보다는 보이지 않는 사회적 주체의 외면화에 불과할 경우가 많다. 보통의 생각의 공간을 돌출하여 넘어가는 영웅주의까지도 사회 공간에 암시된 가능성, 그것

---

21 Jürgen Habermas, *Strukturwandel der Öffentlichkeit*, 특히 제4장 참고.

도 사회적으로 고도의 가치가 부여되는 행동 가능성의 점유 행위라는 면을 가지고 있다.

이러한 관찰은, 결국 우리가 이성적으로 행동하는 정치가를 원한다면, 그것은 사회 공간이 이미 이성적으로 구성되었을 때에 이루어질 수 있는 바람이라는 것을 말하여 준다. 여기에서 이성은 되풀이하건대, 단순한 이론이 아니라 인간 존재의 전체성, 이론과 실천과 감각, 또는 생존과 그 초월, 또는 개인과 집단, 지금 세대와 다음 세대 등의 차원을 아울러 지닌 인간 존재의 전체성에 대한 개방성을 지칭한다. 이것은 구체적으로는 생존의 경제적 조건, 사회적 실천의 관습, 사회의 진리의 기구, 문화적 전통 등의 상호 작용과 균형으로 현실화된다.


## 3

참으로 이성적인, 사회 전체의 관점에서 공평하고 그런 만큼 도덕적이고, 또 보다 나은 삶을 실현하는 수단에 대한 합리적 통제의 힘을 가진 사회적 주체성 공간의 구성이 한 사회가 정상적인 현대 사회로 기능하는 데 필수적이고, 좋은 정치 지도자는 이 공간의 요구에 대응한 사람이어야 한다면, 그러한 정치 지도자가 현실적으로 어떻게 찾아질 수 있는가? 되풀이하여 우리가 필요로 하는 것은 사심을 버린 공적 인간, 도덕적 인간이다. 그러나 그러한 지도자의 필요를 절실한 것으로 인정하면서도 동시에 도덕 또는 인간의 사회성에 대한 강조만이 사회의 사회성을 회복하는 방법은 아니다. 공적인 사회 공간의 파괴는, 이미 비친 바와 같이, 개인과 사회 양극의 어느 한쪽이 지나치게 커짐으로써 일어날 수 있지만, 주의할 것은 개인주의에 못지않게 사회성의 지나친 강조도 사회 공간을 파괴할 수 있다는 사실이다. 또 이것은 어떻게 보면 더 무서운 결과를 초래할 수도 있다. 사회성의 지배하에서도 사실 개인은 없어지는 것이 아니다. 일어나는 것은 개인과 사회가 하나가 되는 것이다. 그것은 사람들에게 사회를 자신과 별도로 구분하여 생각하지 못하게 하기도 하고, 또는 거꾸로 자기를 사회와 구분하지 못하게도 한다. 이것은 물론 지도자적 위치에 있는 사람의 경우 무서운 사회적 결과를 낳게 할 수 있다. 독재는 강력한 지도자가 자기의 의지를 사회 전체에 부과하는 폭거라기보다 그가 자기와 사회를 지나치게 일치시키는 데에서 일어나는 관념적·실제적 오류라는 면을 가지고 있다. "나는 국가"라는 말은 단순히 과대 망상만을 표현하는 것이 아니다.

최상의 상태에서도 우리는 정치 지도자의 이중적 성격, 즉 정치 지도자는 사심을 버린 인간이면서 그것을 통하여 누구보다도 자기를 최대로 확대하고자 하는 사람이라는 점을 잊지 말아야 한다. 그리고 이 양면은 완전히 하나가 될 수 있다. 히틀러가 없는 독일은 존재할 값이 없다고 한 히틀러는 단순히 자기를 주장한 것이 아니라 자기를 자기 나름으로 파악한 역사적 사명과 일치시킨 것이다. 공산 국가에서의 개인숭배도 이러한 일치화의 결과일 것이다. 그러나 정치 지도자의 이중성은 대체로는 조금 더 상식적으로 이해할 수 있는 이중성이 된다. 말할 것도 없이 우리는 가장 공적이고 도덕적인 지도자에게서도 흔히 숨은 자기주장이 있음을 발견한다. 그러나 반대로 가장 이기적인 정치 지도자의 경우에도 공적인 측면을 발견하고 놀라게 된다. 이러한 이중성은 사회성과 개인이 극단적으로 대립하고, 그것의 해결을 위하여 모순의 두 가지 가운데 하나를 선택할 것이 강요되는 상황에서 강화된다. 그러나 어떤 경우에나 최대의 공공성과 최대의 자기 확대의 야심, 보통의 정치적 인간을 특징짓는 이 두 모순은 단숨에 없애 버릴 수는 없는 것이다.

모순은 짧은 합선으로 없어지는 것이 아니라 복잡한 회로를 통하여 모순된 조화로 이끌어져야 한다. 이 회로가 성립한 곳에서 공공 공간의 요구에 참으로 맞아 들어가는 지도자는 발견된다. 우리가 원하는 것이 사회성이라고 할 때에도 개인의 확인은 오히려 사회성의 확립을 위한 필요조건이라고 할 수 있다. 공적인 인간이 되기 위하여 사인으로서의 이익을 버린다고 할 때, 그것은 역설적 조작을 필요로 한다. 즉 사인으로서의 이익을 버리기 위해서는 그것을 분명하게 인지하여야 하는 것이다. 구분이 완전히 없는 상태에서 무엇을 취하고 무엇을 버릴 것인가? 그러면서 개인은 절대적인 원리가 아니라 사회에 대항하면서도 그것에 의하여 완성되는 것으로 파악되어야 한다. 둘의 관계는 변증법적이다.

우리나라의 경우 사회 공간의 파괴에 책임이 있는 것은 이 변증법의 상실이다. 흔히 생각되는 것과는 달리 책임은 단순한 이기주의에 있지 아니하다. 오히려 어느 한쪽에다 책임을 지운다고 한다면 그것은 사회성의 절대화에 있다. 물론 여기의 사회성은 여러 가지 왜곡된 형태로 나타나는 사회성이다. 가령 우리 사회에서 커다란 정열의 원천인 부와 지위의 추구를 보자. 그것이 참으로 잘 고려된 개인의 행복의 관점에서 행해지는가? 그보다는 사회적 경쟁, 즉 사회가 인정하는 지위와 위세를 획득하려는, 그것만을 획득하려는, 또 그것을 남에게 보여 주려는 동기에 의하여 행해지는 사회적 경쟁이라고 하는 것이 옳을 것이다. 그것은 사회성이 조장하는 경쟁이다. 또는 그렇게 강조되는 도덕은 참으로 늘 도덕적이기만 한가? 그것은 낱낱의 사람의 삶의 존엄에 대한 깊은 관심보다는 사회적으로 강한 입장을 점령하고 남을 나무라고 단속하려는 의도와 관련이 없는가? 개인과 사회의 변증법으로 이루어지는 사회 공간이 파괴되었을 때, 개인과 사회는 매우 혼란스럽고 뒤틀린, 온갖 야합의 형태로 연결되어 존재하는 것으로 보인다. 이 야합의 형태들을 생각해 보는 것은 진정한 사회 공간의 구성에 필요한 비판적 작업 중의 하나이다.

최근의 유명한 사례, 전직 두 대통령의 사례에서도 우리는 여러 가지 착
잡한 동기의 혼재를 본다. 최고 공직자가 공직을 주로 공금 횡령에 이용한
것을 보면, 축재가 매우 중요한 동기인 듯하고 축재는 결국 개인적인 욕심
으로 설명되어야 하는 것으로도 생각된다. 그러나 단순히 여기에 작용하
는 것은 보통 사람이 생각하는 사리사욕이 아니다. 그 복잡한 동기와의 관
련들은 문제의 금액 크기만으로도 알 수 있는 것이다. 간단한 의미에서의
개인적인 이익 또는 행복에 관계되는 욕망은 그러한 거대한 금액을 필요
로 하지 아니한다. 사실 생물적 존재로서 인간이 그의 필요와 욕망을 충족
시키는 일은 금방 생물학적 한계에 부딪쳐, 그 한계 속에 정지한다. 물론
이러한 충족의 상태를 지속적으로 확보하고 또 다음 세대에까지 확보하는
일은 이 한계를 상당히 넓히게 된다. 그러나 여기에서 생각해야 할 것은 이
경우 이해관계는 이미 개인적 차원을 넘어서 사회적 차원으로 나아간다는
점이다. 그것은 그러한 충족을 보장할 수 있는 사회적 위치와 그 위치를 가
능하게 하는 사회 기구를 확보하려는 노력 또는 여러 가지 고려에 연결될
수밖에 없는 것이다. 여기에서 추구되는 것은 돈이 아니라 돈이라는 형태
의 권력이다. 이 권력은 사적인 만족을 위한 수단으로서의 권력이라고 하
더라도 불가피하게 사회에 대한 기획을 포함한다.
　또는 돈의 형태이든 다른 형태이든 권력 추구에 열중하는 정치가를 보
면서, 우리는 권력 추구가 그 자체로 의미를 갖는 것으로 생각해 볼 수도
있다. 그러나 권력 추구는 자연스러운 욕망의 하나이기 때문이라기보다는
사회의 억압적인 구조와 긴밀하게 관련되어 있는 것으로도 생각된다. 권
력 추구가 인간의 본래적 욕망 속에 없다고 말하는 것도 일방적인 이야기
겠지만, 그것이 무력감에 대한 강력한 반작용으로 생겨나는 것이라는 관
찰도 상당한 타당성을 가진 것이다. 이 관점에서 그것은 개인의 자연스러
운 기능이 저해되는 데에서 항진된다. 권력에는 물리적 억압에 못지않게

여러 가지 권위주의 질서 속에서의 심리적 무력감에 대한 반작용, 사람이 사람이라는 사실만으로 또 자연스러운 존재로서의 행복을 향유하고 있다는 것만으로는 아무런 인정을 받을 수 없는 위계질서 속에서 생겨나는, 자기 확인의 필요 등이 크게 작용한다. 사람의 삶이 완전히 사회적으로 규정되고 이 사회적인 규정이 위계적인 권위의 과시로 표현되는 사회에서 권력 또는 사회적 현시의 추구는 거의 생존 자체를 위한 투쟁이 된다.

전직 대통령 또는 고위 공직자들의 부패로 돌아가서, 그것은 앞에서 말한 모든 동기들을 포함하는 것이 아닌가 한다. 그러나 그 가운데에도 그것은 무엇보다도 권력 또는 비정상적인 방법에 의한 영향력의 추구 또는 가장 사소한 일에서의 사회적 위세의 유지에 관계되는 것으로 생각된다. 근년에 자본주의의 최종적 승리를 편리하게 요약하는 "역사의 종말"이라는 슬로건을 만들어 내어 유명해진 프랜시스 후쿠야마(Francis Fukuyama)는 정치와 역사의 원동력으로 (다른 사람에 의한 자신의) "인정을 위한 투쟁"을 말한 바 있다.(『역사의 종말과 최후의 인간』) 물론 이것은 플라톤이나 헤겔 또는 니체 등의 권위를 빌려서 하는 말인데, 이러한 사회적 인정을 위한 투쟁이야말로 우리 사회의 정치적 공간을 특징짓는 동기가 아닌가 한다. 그리고 이것은 우리 사회에서 특히 과열된 병적인 편향의 성격을 띠는 것으로 생각된다. 여러 가지 우회가 있는 대로, 고위 공직에서의 부패는 이러한 사회적 동기를 갖는 것이라고 할 수 있다. 이것은 물론 많은 다른 부패의 경우에서도 마찬가지이다. 이것은, 조금 전에 말한 바와 같이, 개인과 사회의 거리가 완전히 궤멸하고 개인이 자신의 존재를 사회적으로만 정당화하여야 하는 상태에서 일어난다. 또는 국회 의원 선거에서의 부패를 생각해 보자.

국회 의원이 되기 위해서는 큰 부패는 그만두고라도, 어느 신문이 요약해서 보도하며 사용한 표현을 빌려, 지워 버리고 싶은 "부끄럽고 추악한 필름" 같은 작은 부패와 수모를 참고 견디어야 한다. 조기 축구회에서 경조까지 끊임없이 봉투를 돌리고, 관청의 실력자에게 인사하고 돈 봉투를 돌리고, 동장이나 통반장을 상전으로 모시며 대접하고, 부녀회·청년회 등 갖가지 모임의 불고기 파티에 돈을 내고, 품삯을 지불하여 유세장의 박수 부대를 동원하고…… 이 무수한 작은 부패와 수모의 지불이 국회 의원이 되는 대가이다. 이러한 대가의 엄청남은 그것이 개인의 이익과 욕심이라는 차원에서만은 설명할 수 없는 것이라는 생각을 하게 한다. 적어도 "인정을 위한 투쟁"(헤겔이 죽음에 이르는 투쟁이라고 한), 자아의 생존, 사회적으로만 인정되는 자아의 생명을 위한 투쟁이 아니고서야 이러한 처절한 경험을 통한 국회 의원 당선의 노력이 가능하겠는가 하는 생각이 드는 것이다. 또는 관직과 지위와 일류 학교와 과시 소비와 선후배 가리기…… 이러한 것에서 추구되는 인정을 위한 투쟁은 얼마나 가열한가?

이 글을 쓰고 있는 아침에, 프랑스 미테랑 대통령의 장례식에 관한 뉴스가 나와 있는데, 그는 의학적으로 부질없이 그의 생명을 몇 시간 또는 며칠 연장할 것을 거부하고 의료 지원이 없는 상태에서 자기의 죽음을 선택했고, 그의 장례식을 조촐한 개인적인 것으로 할 것을 명령했다는 보도를 하면서, 우리 신문은 그의 임종 조치를 "추한 모습을 보이기 싫다."라는 미테랑의 고귀한 의지의 발현으로 설명하고 있다. 우리 신문의 관점에서는 죽음까지도 다른 사람에게 보이고 안 보이고 하는 연출의 관점에서 생각되는 것이다. 그리고 미테랑이, 관객과의 관계가 아니라 자기와 죽음이라는 사실과의 관계에서, 죽음을 단순한 사실적 직시로, 또 간소한 의식의 인간적 위엄으로 맞이하려고 했을지도 모른다는 생각은 일어나지 않는 것이다.

우리 사회를 움직이고 있는 큰 동기가 왜곡된 사회성이라고 할 때, 그것이 어떤 종류의 것이든 사회적 인정 속에서 자신을 확인하려는 인간의 충동 자체를 나쁘다고 할 수는 없다. 병적으로 과장된 상태에서도 그것은 그것 나름의 유익한 사회적 기능을 수행한다. 권력 지망자들이 원하는 것이 큰일을 했다는 인정을 받고자 하는 것인 경우도 적지 아니하다. 사회적으로 눈에 띄는 자리에 간 사람들이 "무엇인가 보여 주겠다."라는 마음을 가지게 되는 것만이라도 의미가 없지 아니한 것이다. 그럼에도 불구하고 이것이 건전한 것이라고 할 수는 없다. 일반적이고 무정형적인 사회성의 압력이 만들어 내는 사회는 획일주의적인 사회이기 쉽다. 이 사회는 여론의 덧없는 변덕에 의하여 좌우되는 것이면서도 근본적으로는 소비 문화와 그 제조업자들에 의하여 지배된다. 물론 사람들의 개성이 완전히 말소되는 것은 아니다. 그러나 그것은 소비 사회의 상품 회전의 속도에 맞거나 과시적 효과를 갖는 형태로만 존재한다. 보여 주지 아니하는 진정한 의미의 개인의 존엄성은 단순한 죽음의 사실과 마찬가지로 별다른 가치를 갖지 못한다.

그런데 더 중요한 문제는 이 획일적 다중 사회에서의 도덕의 존재 형태와 관계된다. 물질주의 사회의 사회적 압력은 저절로 그 반대 명제로서의 도덕적 정향의 필요에 대한 강조를 낳는다. 그것은 사회적 필요로 요구되고, 사회적 순응의 압력으로 작용하여, 로베스피에르(Maximilien Robespierre)의 도덕적 인간의 정치처럼 억압적 질서 그리고 그 질서의 항구화로 이어질 수 있다. 사회적 압력에서 요구되는 도덕의 문제점의 다른 하나는 도덕을 전적으로 외면적인 것이 되게 할 수 있다는 것이다. 사회적 요구하에서 도덕은 개인적으로 파악된 인간의 본질이나 그 완성이라는 관점에서는 별로 중요한 의미를 갖지 아니한다. 도덕은 내면적 과정이기를 그치는 것이다. 가령 우리 사회에서 범죄자 또는 범죄 용의자에게 요구하는 개전의 정을 보이라는 요구는 도덕이 자각의 상태나 내면의 과정과는 상관이 없는 것으로 간주하는 태도를 여실히 나타내 준다. 도덕성을 더 적극적으로 문제 삼는 경우도, 중요한 것은 그것이 외면적인 행동에 의하여, 종종 극단적인 행위에 의하여 표현된다는 것이다. 영웅주의적 경향 또는 적어도 강한 행동주의에의 요구도 여기에 관계되어 있다.

물론 이것은 반드시 강제되는 것은 아니다. 외면적 사회 순응으로서의 도덕적 행위는 개인의 관점에서는 사회적 인정으로써 보상된다. 물론 이 경우에도 문제는 그것 자체에 있다기보다는 그것이 과도한 것이 될 수 있다는 점에 있다. 과도한 사회적 보상에 대한 요구는 그 반대의 경우에 대조하여 생각될 수 있다. 최근에 신문은 폴란드 대통령이 자신의 본직이었던 전기공 위치로 돌아갈 것이라는 예측을 보도한 바 있다. 그리고 그에 대한 찬사가 있었다. 이것이 사실이든 아니든, 이러한 것이 가능하려면, 적어도 어느 정도는 대통령직이든 무엇이든 자신의 일을 사회라는 외면으로가 아니라 자신의 내면으로부터 파악하는 일이 선행되어야 한다. 내면으로부터 해야 할 일을 했다고 느낀다면, 또는 자신의 인간으로서 완성의 일부로서(공동체에 대한 의무의 수행, 공동체와의 유대의 확인은 인간의 보다 완전한 자기실현의 일부를 이루는 것일 것이다.) 그의 직무를 수행했다고 생각한다면, 대통령이나 다른 공공 봉사자의 일은 그것으로 완성된 것이고, 본질적으로는 지위나 재산이나 존경으로 보상될 필요가 없는 것이다. 스스로 완성되는 도덕의 내면적 과정은 이러한 경우에 심리적 과정의 중요한 한 부분을 이룰 것이다.

외면적으로 파악된 도덕의 큰 문제의 하나는 그것이 목적과 수단의 분리를 용이하게 한다는 점이다. 도덕이 외면과 내면의 일체성 속에서 진행되는 과정이라면, 그것은 행동을 그 결과만으로가 아니라 내적인 상태에 의해서 또 행동의 전체적 경과에 의하여 판단할 것을 요구한다. 즉 거짓, 사기, 협박 등을 포함하고 있거나 또 바른 행동이라고 할 수 없는 작은 행동들의 집적으로 이루어지는 행동의 결과는 그것이 사회적으로 좋은 업적이 된다고 하더라도 어디까지나 정당화될 수 없는 것으로 남아 있게 된다. 그러나 밖으로 나타나는 행동의 결과, 그것도 커다랗게 주제화되는 행동의 결과로써 행동을 평가한다면, 작은 내적·외적 부도덕은 별로 문제될 수가 없는 것이다. 물론 모든 정치적 목적이 내적으로, 외적으로 완전히 도덕적으로 정당한 수단에 의하여서만 이루어질 수 있다고 생각하는 것은 극히 순진한 생각일 것이다. 그러나 선과 악이 혼재할 수밖에 없는 것이 정치의 장이고 인생의 현실이라고 하더라도, 이 혼재가 야기하는 모순들을 강하게 의식하는 것과 그것을 당연시하는 것은 우리의 정치적 행동에 커다란 차이를 가져온다. 그러한 인식이 있어야 비로소 정치적 인간의 선택은 반드시 작은 의미에서 도덕적인 것이 되지는 않더라도 적어도 가공할 종류의 것일망정 인간적인 위엄을 가진 것이 될 수 있다.

외면적으로 파악된 도덕의 자기 부정은 또 하나의 관점에서 생각해 볼 수 있다. 즉 자기의 개인적 목적을 위해서, 부도덕한 개인적 목적을 위해서 도덕을 사회적으로 이용하는 경우도 있지 아니할까 하는 것이다. 되풀이하여 사회가 그 지도자 또는 정치 일꾼에게 요구하는 것은 그가 도덕적인 인간이어야 한다는 것이다. 정치적 지도자가 되려는 자가 이러한 요구에 응하려 하는 것은 매우 자연스러운 일이다. 자신의 사사로운 이익을 내세우면서 지도자가 되려는 사람은 오히려 찾기 어려운 것이다. 지도자가 되려는 사람은 속에 품은 뜻이 무엇이든지 간에 공적인 과업을 찾아내어 그것으로써 자신의 명분을 삼으며, 그것으로써 스스로의 위치를 공고히 하려 한다. 물론 과업의 발견이나 창조야말로 어떠한 동기로부터 나오는 것이든 지도자의 기능의 하나라고 할 수 있다. 사회 동역학에서 절로 나오는 이러한 업적이 동기가 어떻든 상관이 있겠는가? 결국 중요한 것은 사회의 과업이 수행된다는 것이 아닌가?

그러나 그러한 경우에도 신뢰성의 문제는 남아 있다고 할 수 있다. 정치

지도자의 동기가 도덕의 외면을 가지고 있지만, 근본적으로 자신의 개인적인 목적의 달성이라면 상황의 변화에도 불구하고 그의 공공 정신이 한결같을 수는 없겠기 때문이다. 물론 그의 존재는 사회성으로만 구성되어 있기 때문에, 그는 언제나 사회에 봉사하는 데에서만 스스로를 확인하고 그러니만큼 사회와 별도의 이해관계를 가지지 아니한다고 할 수 있다. 그러나 이것은 인간의 본성을 지나치게 단순화하는 것이다. 그리고 설령 그것이 사실일 수 있다고 하더라도, 적어도 그의 사회적 인정에 대한 요구는 그의 개인적 요구로 남아서 다른 사람이 견디기 어려운 과도한 것이 될 것이다. 또 그의 사회성은, 앞에서 말한 바와 같이 다른 사람에 대한 차이의 인정, 생존의 독자성에 대한 너그러운 이해에 기초한 것이 아니기 때문에 사회 전체에도 똑같은 사회적 순응만을 강요할 수 있다. 어떤 경우에나 도덕은 자신의 삶의 기율이 될 뿐만 아니라 다른 사람의 순응을 강제하는 좋은 수단이다.

완전한 사회성으로의 도덕에 대하여 내면성으로의 도덕은 개인으로부터 시작한다. 개인의 내면에서 일어나는 자각이 바로 도덕의 핵심이기 때문이다. 그리고 내면성으로서도 그것은 추상적으로 존재하는 것이 아니라 개인의 내면생활의 여러 요소와 양상을 하나의 조화된 종합으로 이끄는 과정의 원리로서 존재한다. 어떤 경우나 도덕은 사회적 결과를 갖지 아니할 수는 없으나, 순전히 내면의 관점에서 파악되는 도덕에서 사회적 영향 또는 보상이나 제재의 문제는 이차적인 성격을 갖는다. 내면적 과정으로서 의미를 완성하면서, 사회적 행동은 말하자면 내면의 넘침으로서 또는 그것과의 상호 작용으로서만 의미를 갖는다. 물론 이러한 내면적 과정 또는 그 과정의 완성이라는 관점에서의 외면적 교섭이 정치의 관심사가 되는 것은 아니다.

말할 것도 없이 정치의 관심은 사회적 균형과 경영에 있다. 그리고 도덕은 이러한 정치의 소관사에서 하나의 필수적이면서도, 그러나 그것만으로 충분한 요인은 아니다. 하지만 내면적으로 파악되는 도덕은 정치적으로 중요한 의미를 갖는다. 그것은 정치 지도자나 과정의 도덕성을 보다 신뢰할 만한 것이 되게 할 수 있다. 또 내면적 도덕에서, 그것은 출발에서부터 삶의 여러 측면들과 공존의 관계에 있고, 더 나아가 그것과의 조화된 관계를 이룰 가능성을 가지고 있다. 우리에게 참으로 중요한 도덕은 인간의 생존에 대한 깊은 이해(개인으로 살며 사회적으로 살고, 외면성이며 동시에 내면성이고 도덕적으로 살며 그를 넘어가는 삶의 가능성 속에 사는)를 포함하는 것이라야 한다. 정치가 이러한 의미의 도덕에 일치하는 것일 수는 없지만, 이것에 접해 있음으로써 그것은 신뢰할 수 있는 것이 되고, 너그럽고 다양하고 깊이 있는 사회의 구성에서 핵심적인 인간 활동이 된다.

## 4

우리가 구하는 것은 자신의 사사로운 이해관계를 초월하여 공정하게, 지혜롭게 공적인 일을 처리해 줄 사람이다. 그러나 앞에서 우리는 개인과 사회의 거리를 소멸하게 하는 사회성의 강조가 여러 가지 문제를 낳을 뿐만 아니라 불가능한 것임을 말하였다. 지상에서 추방된 자아는 결국 지하의 게릴라로 돌아오게 마련이라는 어느 시인의 관찰이 있지만, 이미 비친 바와 같이 절대적 사회성은 사회적 인정에 대한 강한 요구로 또는 다른 사람의 독자적 존재에 대한 강한 부정과 억압이라는 자기주장으로 돌아오게 마련이다. 그렇다면 사사로운 이익에서 출발해 공적인 일을 할 사람을 구할 수는 없을까? 또는 외면으로부터 오는 것이 아니라 거의 개인의 내면에서 나오는 요구로서 공정성을 생각해 볼 수는 없을까? 인간 실존의 근본의 하나로서 사람에게 개인의 이해관계를 넘어서는 측면이 있음을 우리는 부정할 수 없다. 그것은 그의 일부로, 또는 더 적극적으로 개인의 이익의 일부로 존재한다. 정치 지도자의 문제를 생각하면서도 이러한 측면의 존재에 희망을 거는 것이 더 자연스러운 것처럼도 생각된다.

사람의 공적 행동의 가능성은 사람의 존재 방식의 집단성 자체가 증거해 준다. 정의감, 공명정대에 대한 감각 또는 더 나아가 이타심 등 자신의 이익을 넘어서 공적인 일을 생각하고 처리하는 데에 필요한 이러한 자질은, 비록 현실적으로는 그것이 다분히 위축되고 왜곡되어 존재한다고 하더라도 사람에게 천부적으로 존재하는 것이라고 할 수 있을지 모른다. 그렇다는 것은 그것이 큰 기율, 희생 또는 억압을 통하여서만 태어나는 것이 아니라는 말이다. 전통적 유교는 측은히 여기고 부끄러워하고 싫어하고 사양하고 시비를 가리는 것은 사람의 본성의 특징으로서 이러한 성질이 사람의 사회적 성격을 뒷받침하며 사회적 질서의 근본을 이룬다고 생각하였다. 이상적 국가를 논하면서 플라톤은 국가나 시민적 덕성으로서 지혜나 절제와 더불어 용기를 들거니와, 용기는 분개심이나 성냄 등과 같이 보다 원초적인 정열, 배짱이나 뚝심과 같은 성질과 비슷한 것으로 생각된다.(앞에서 든 후쿠야마는 이것이 인정을 위한 소망과 같은 것이라고 말하고 있지만, 이것은 매우 일방적인 해석이다.) 그런데 용기에 나타나는 이러한 원초적인 정열은 좋은 국가의 특성인 정의의 현실성을 뒷받침하는 중요한 요소이다.

여기에서 이러한 것들에 새로 주목하는 이유는 공복으로서 지도자에게 필요한 공공성의 능력이 사람에게 이차적인 것이라기보다 본래부터 주어진 본성으로서의 측면을 가지고 있다는 것을 상기해 보자는 것이다. 되풀이하건대 사람은 본래부터 다른 사람의 곤경에 직접적으로 동정하고, 사람들이 고르게 또는 적어도 (그 정당성의 기준은 비록 달라지더라도) 정당한 대접을 받아야 한다는 본능적 느낌을 가지고 있으며, 아니면 어떤 경우에나 사물과 사람을 포함하는 질서의 명쾌성에 대한 느낌을 가지고 있는 것으로 생각된다는 말이다. 이것은 억제할 수 없는 인간성의 일부, 따라서 바로 개인의 행복에 직접적으로 관계되는 인간성의 일부를 이룬다. 사회와 그 사회 지도자의 문제는 어떠한 조건하에서 이러한 인간성의 원초적 자료들이 규범적으로 작용할 수 있게 되느냐, 또 그러한 성질을 대표하는 사람들을 공복으로서 선출할 수 있겠느냐 하는 것을 생각해 보는 것으로부터 풀어 나갈 수 있을지 모른다.

이것은, 보다 낮은 일상적 차원에서 생존의 이익과 사회적으로 요구되는 도덕성이 일치하는 상황이 어떻게 하여 가능할 수 있겠느냐 하는 문제라고 할 수 있다. 우리는 도덕적 정치 지도자를 원한다. 그럴 때 우리는 그 모범을 의사, 열사, 대쪽 같은 선비 등의 정의 인간에서 발견한다. 그러나 정상적인 사회에서 정치적 지도자는 도덕을 대표하는 사람이 아니라 사회 생존의 이익을 대표하는 사람이다. 정치의 과제는 도덕의 실현이 아니라 삶의 실현이다. 그것이 전부는 아니겠지만, 최고 정치 지도자는 공동체의 전체적인 삶의 이익을 대표한다. 그 아래 여러 집단의 지도자들은 그들 집단의 이익을 대표한다. 의회 민주주의에서 대의원들은 지역이나 계층이나 직업의 대표자로서의 성격을 가지고 있다. 물론 집단의 대표성은 쉽게 도덕적 성격을 띤다. 집단의 이익은 성스러운 의무로 비치기 때문이다. 또 이것은 종종 개인 이익의 희생을 요구하는 것인 까닭에, 초월적이고 규범적인 성격을 가지게 되고 쉽게 도덕에 합류한다. 정치 지도자가 사사로운 이해가 아니라 공적 규범의 인간이 되는 것은 개인과 개인이 속하는 집단의 이익이 보편적인 것으로 도약하는 데에서 이루어진다.

특수한 생존의 이해관계로부터 보편 의식에로 초월하는 고전적인 예를 들자면, 그것은 전통적으로 계급 의식의 형성 같은 데에서 찾아진다. 노동 계급의 계급 의식 형성에 대한 조잡한 심리적 설명은 그것을, 한 노동자가 자신의 삶을 살아가는 데에 있어서 여러 가지 문제에 부딪치고, 이러한 문제가 자신의 특수한 문제가 아니며 따라서 개인적으로는 해결할 수 없는 계급적인 문제임을 깨닫는 과정으로 말한다. 물론 이러한 과정이 직접적이고 연속적인 것만은 아니다. 노동자 개인의 이익과 계급의 이익이 일치하는가는 자명한 것이 아니며, 그 일치에 대한 인식이 저절로 일어나는 것도 아니다. 거기에는 자기 이익의 이론적·심정적·실천적 일반화가 있어야 하며, 삶의 일반화의 어느 경우에서나 마찬가지로 금욕주의적 개인의 극복을 수반하는 도덕적 결단이 있어야 한다. 그리고 이 결단은 단지 자신의 상황에 대한 일반화와 도덕적 결단만이 아니라 사회 전체에 대한, 계급을 초월하는 일반적 인식과 도덕적 입장을 또 하나의 지평으로 한다. 의식의 전경에 위치하지 않는 경우라도 그것은 대체로 잠재적 전체성의 의식으로 거기에 존재한다. 그리하여 계급 의식은 쉽게 새로운 사회에 대한 이상주의를 포함한다. 이러한 계급 의식의 특징은 도덕적 결단, 따라서 추상적인 결단의 계기를 포함하는 보편적 의식으로 성립함에도 불구하고 현실적 공고성을 갖는다는 데에 있다.

그러나 지금 시점에서 노동 계급의 의식만으로 다른 계급을 포함하는 사회의 전체 이익을 대표하게 할 수는 없을 것이다. 그리고 노동 계급도 사실상 계급적 특성만이 아니라 다른 여러 정체성의 특성을 가지고 있기 때문에 하나의 집단적 일체성 속에 통합되는 것만은 아니다. 그리고 투쟁의 현장에서가 아니라 보다 넓은 정치의 광장에서는 또 다른 다양성의 의식과 보편성의 의식이 요구된다. 그러나 계급 의식 형성의 체험은 이러한 보편성의 도약에 좋은 발판이 될 수 있다. 물론 배타적 계급 의식이 다른 계급을 포함하는 사회의 전체성에로 쉽게 나아갈 수는 없다. 그리고 지나치게 배타적인 정당성의 확신은 다른 계급과의 관계에서 그리고 일반적으로 다른 사람과의 관계에서 냉소적 마키아벨리즘으로 연결될 가능성을 가지고 있다. 그러나 다른 한편으로 계급 의식 형성에 들어 있는 보편적 초월의 계기는 도덕의 사회적 보상의 유혹을 물리치게 하는 요인이 될 수도 있다. 이러한 의미에서 계급 의식은 현실적 공고성을 가진 보다 넓은 도덕성 또는 보편성의 기초가 될 수 있다.

경험적 사실의 보편적 의식에로의 통합은 오히려 부르주아 이데올로기의 특징이라고 말할 수도 있다. 이것은 얼른 보기에는 개인적·실존적 체험을 포함하고 있지 아니한 것으로 보인다. 그러나 그것은 감추어져 있을 뿐이다. 흔히 지적되듯이 부르주아 자본주의의 발달은 합리주의의 확대와 병행하였다. 이 합리주의는 늘 모든 현상, 자연, 사회 또는 인간의 모든 것을 하나의 이성적 원칙에 통합할 수 있다는 신념에 기초해 있으며, 또 그러한 통합을 계속해 온 역사적 업적을 가지고 있다. 그 실천적 결과가 근대의 과학 문명이며, 그 이론적 결과가 이성에 입각한 근대 과학이다. 부르주아 문명에 있어서 보편적 이성의 업적은 과연 경이로운 바가 있다. 이러한 업적의 담당자로서의 부르주아 의식이야말로 보편적 의식이라고 할 수 있다. 그것은 늘 사물들의 합리적 인과 관계, 사회와 인간의 기능적 합리성의 지평 속에서 생각하고 행동하는 의식이다. 사회적으로 여기에서 나온 커다란 업적이 사회나 경제의 정책들이다. 물론 자본주의 사회의 정책 과학은 사회의 기능에 대한 일반적이고 추상적인 이론이고, 그것을 공부하고 현실에 옮기는 삶의 실존적 결단이 개입될 수 있는 여지를 가지고 있지 아니한 것으로 보인다. 그러나 앞에서 말한 바와 같이 그것은 감춰진 상태로 포함되어 있다.

자본주의의 사회 이론은 사회에 대한 객관적 이론이면서 부르주아적 인간의 실존적 오리엔테이션으로 내면화된다. 그것이 사람들로 하여금 전체 사회 상황에서의 자신의 위치를 가늠할 수 있게 하는 것이다. 그런 의미에서 자본주의 체제하에서의 매우 과학적인 것처럼 보이는 사회 이론도 인생철학으로서의 역할을 한다. 다만 그것은 이미 말한 바와 같이 실존의 핵심으로부터 확산되어 가는 이론은 아니다. 그것이 밝혀 주는 사회의 법칙적 질서는 자연 질서처럼 사람과 따로 있는 것이어서, 그것의 이해자가 실천적으로 개입하여 창조하고 개혁하고 파괴할 수 있는 것이 아니고 행동자가 자신에게 최대한 유리하게 이용할 수 있을 뿐이다. 그리고 그것은 그러한 이용자에게 공평하게 기회를 배분하고 또 총체적으로는 사회가 그 법칙을 적절하게 운영하는 한 전체의 부와 행복을 증진하는 쪽으로 작용한다. 물론 개인이 자본주의 체제와 이론에 대하여 갖는 이러한 느슨한 관계는 그의 입장이 절박한 것이 아니라는 것을 뜻한다. 그는 그의 삶이, 적어도 계급적 위치가 안전한 한, 이 사회 제도와 이론에 의하여 엄격하게 또는 냉혹하게 규정되고, 이 규정으로부터의 해방을 통하여 다른 것이 될 수 있다고 느낄 필요가 없다. 그러나 다시 말하여 그의 삶이 이 사회 제도와 이론에 의하여 정당성을 얻는 것은 사실이다. 그리고 그것을 통하여 사회 속에 존재하는 모순에 대하여 보편적 관심을 가질 수 있다. 테크노크라트는 자본주의 사회의 보편적 이론이 여는 관심을 통하여 사회에 봉사한다. 그러나 그는 이 봉사에 대한 관계에서도 느슨할 수밖에 없다. 그것의 실존적 관계가 절박한 것이 아니기 때문이다.

보편적 행동자로서의 기술 관료에 대해서는 앞에서도 언급한 바 있지만 사회의 많은 문제가 기술적 문제라는 것이 드러나고, 특히 자본주의적 기술 문명이 지배적인 생존의 질서가 된 오늘에 있어서, 기술 관료 또는 테크노크라트야말로 가장 대표적인 정치의 담당자로서 생각된다. 그러나 현대 사회의 운영에서 테크노크라트의 필요성은 분명하지만, 정치적 입장이 어떤 것이든지 간에 궁극적으로 사람들은 그를 참으로 정치적 지도자로서 원하지는 아니할 것으로 생각된다. 테크노크라트는 한편으로 신뢰할 만한 인격적 존재라는 느낌을 주지 않는 것으로 보인다. 그것은 앞에 말한 바와 같이 그의 보편성에 긴박한 인격적 계기가 결여되어 있기 때문이다. 이 결여로 하여 그는 여러 형태의 정치 체제와 지도자에도 봉사하는 가치 중립적인 존재가 될 수 있지만, 체제와 지도자의 도덕적 성격도 사람들이 구성하고자 하는 정치 조직의 중요한 구성 요소라고 할 때, 그는 어떤 체제에서나 단적으로 도덕적으로나 정치적으로 신뢰할 만한 인간이라는 것을 증명해 보여 주지 못한다. 테크노크라트적 합리주의는 합리주의란 면에서 개인의 특수한 사정을 넘어가는 지적인 실천적 태도와 관계되지만, 바로 그로 인하여 앞에서 말한 바와 같이 인격적인 근거를 공고하게 가지지 못하는 것이다.

또 테크노크라트에 대한 사람들의 불신은 사람들이 정치에서 요구하는 것이 단순히 보편적이고 합리적인 질서가 아니라는 데에도 원인이 있다. 우리는 그 질서가 보편적이기를 원하면서 동시에 개인의 인격적인 요소, 특수성을 포함하는 것이기를 요구하는 것이다. 전근대적인 영웅성은 아직도 정치적 지도자에게서 사람들이 기대하는 요소의 하나이다. 정치는 이성적이면서 비이성적인 공간이다. 그러나 정치가가 영웅적이고 인격적으로 호소력을 가진 존재이기를 기대하는 데에는 그 나름의 타당성이 있다고 할 것이다. 그것은 우리 자신이 정치 질서 속에서 그러한 존재로 인정되고 살 수 있기를 원하고, 그러한 인정과 허용의 테두리는 그러한 정치적 지도자에 의하여 지탱되는 것이라야 한다고 믿고 있는 것과 관계되어 있다. 다시 말하여 우리 자신이 그러한 존재이듯이 우리는 정치 지도자가 구체적 인간이기를 원한다.

그러나 현대 정치의 특징은 대체로 이러한 구체적 인간의 정치, 그의 생존의 이익과 사회의 보편적 이성을 그의 실존 속에 구현하는 사람들의 정치를 불가능한 것이 되게 한다. 현대의 정치는 구체적 인간을 배제하고 추상적인 명분과 추상적으로 만들어진 이미지로서의 인간을 통하여 행하여진다. 이것은 사회의 대중화와 대중 사회 속에서의 공공 공간의 구성 인자로서의 매체 발달로 인하여 크게 강화된 것이다.

부르주아 사상에 대한 마르크스주의 비판의 중요한 점의 하나는 그것이 구체성을 결여하고 있다는 것이다. 루카치는 부르주아 문명에서의 합리주의적 사고를 분석하면서, 부르주아 합리주의가 모든 것을 그 보편적 법칙성 속으로 환원하면서도, 근본적으로 환원할 수 없는 것으로 남아 있는 것은 "감각적 내용을 가지고 있는 존재의 실존과 존재 양식"이라고 지적한 바 있다.(「물화와 프롤레타리아 의식」) 결국 기능적 합리주의의 문제는 그것의 보편적 성격에도 불구하고 그 보편성 속에 사물과 인간의 실존을 접착시키지 못하는 것이다. 이 접착의 실패는 현실 세계의 구체성을 살려 내지 못하고 또한 구체적인 인간의 진실을 존중하지 못하는 결과를 가져온다. 우리가 논하고자 하는 주제, 개체적 인간이 정치적 역할 속에서 어떻게 보편성으로 초월하는가 하는 문제와 관련해서는 앞에서 지적했듯이 부르주아적 테크노크라트의 경우, 정치적 인간의 보편성의 명분은 그 명분을 말하는 사람의 구체적 실존에 결부되지 아니한다. 부르주아적 사고의 보편성은 구체적 실존에 주의하지 않는 보편성이다. 일반적으로 그의 질서 속에서 인간의 구체적 실존이 무시됨으로써, 말 또는 행동이나 말의 외면적 표현과 인간됨이 따로 놀게 되고, 여기에서 많은 나쁜 믿음의 가능성이 생겨난다.

그러나 말과 개념 그리고 사고의 주체적 체험의 역동적 과정에서의 분리는 부르주아 이데올로기나 의식에 한정된 것은 아니다. 그러한 소외의 언어가 가장 두드러지게 나타나는 것은 바로 비속 마르크스주의 언어에서이다. 역사이든, 변증법이든, 계급이든, 식민주의든, 제국주의든 몇 개의 거대한 개념의 공식으로 구체적인 현상을 재단하려는 이데올로기적 언어에 표현되는 현실이 현실과 동떨어진 것이 되는 것은 당연하다. 물론 이데올로기적 사고는 마르크스주의에 한정된 것이 아니다. 그것은 여러 거창한 부르주아 사상에도 해당되고, 작게는 일상적으로 반복되는 정치적 슬로건, 상투어, 유행어 등에도 작용한다.

물화된 언어와 물화된 의식에 의한 인간적 실존의 소외의 원인은 그것이 분명하게 제도화되어 있든 아니 되어 있든 간에 대중 관리의 권력 체제에 필연적인 것으로 생각된다. 부르주아 문명의 산물이라고 할 수 있는 과학에 있어서 적어도 사물의 법칙적 관계에 대한 사고와 표현은 외적 세계의 검증을 받지 않을 수 없음으로써 물화된 언어 통제의 폐쇄성을 완전한 것이 되지 못하게 한다. 사회 현상의 가치 중립적 설명도 일견 경험적이고 객관적 판단의 기준을 수용함으로써 우리의 체험적 진실로부터 완전히 독립한 것이 되지는 못한다고 할 수 있다. 그러나 마르크스나 루카치의 비판은 얼핏 보기에 객관적인 부르주아 사상의 표면이 그 물화 과정을 은폐하고 자유로워야 할 의식의 노예화를 의식하지 못하게 한다는 것이다. 그러나 공산주의를 비롯한 이데올로기의 언어는 오히려 더 분명하게 경직된 관념의 체계로써 우리의 의식을, 물론 또 삶을 얽어매려 한다. 거기에서 권력은 그 규범적 언어를 통하여 개체적 실존에 끊임없는 압력을 가하여, 좋은 의미에서이든 나쁜 의미에서이든 개체의 사회화를 조종하려고 한다. 대체로 물화된 언어는 조종의 언어이다.

자본주의 체제에 있어서 이러한 물화와 소외를 대표하고 있는 것은 저널리즘의 언어이다. 루카치는 이미 저널리즘의 물화된 의식과 언어를 다음과 같이 말한 바 있다. "여기에서는(저널리즘에서는) 바로 주체성, 지식, 성격 그리고 표현의 힘이 자동적으로 작용하고 그 소유주의 인격으로부터 유리되어, 또 사건의 물질적·구체적 성질과 분리되어 작용하는 추상적 기능으로 떨어진다. 저널리스트의 신념 결여, 그 경험과 신념의 매춘화 등은 자본주의적 물화의 정점이라는 관점에서만 이해될 수 있다."(「물화와 프롤레타리아 의식」) 이것은 저널리즘이 상업적 성격을 강하게 띠기 이전의 이야기이다. 오늘날 상품과 사회적 영향력의 상업주의 그리고 단순히 미디어 자체의 자동적 확산에서 오는 저널리즘의 자기 소외는 루카치 시대와 비교할 것이 아니다.

대중적 관리 체제 속에서의 정치적 지도자는 물화된 의식과 언어의 보편성을 통하여 사사로운 영역으로부터 공적인 영역으로 초월할 수 있다. 그러나 그러한 초월이 진정한 것이라고 할 수는 없다. 그의 언어와 의식은 그것 자체로 하나의 자동 기구가 된다. 그것은 그의 실존의 구체적 체험 또는 내면생활과는 아무런 관련이 없이 움직인다. 적어도 표현의 외면에 있어서는 그는 가장 사사로운 이해관계로부터 초월하여 공적인 규범의 세계에 헌신하는 사람일 것이다. 그리고 어쩌면 내면까지도 외적으로 표현된 공적인 목적으로 가득한 그 자신에게는 그것은 사실로 생각될 것이다. 그러나 그의 공적 헌신의 표현이 그의 생존의 구체적 변증법에서 창조되어 나온 것이 아닌 한 그는 소외된 인간이며, 그러니만큼 자기 소외의 인간이 그럴 수밖에 없듯이 진정으로 신뢰할 수 있는 인간은 아니다. 그의 공적인 인격은 진정한 것이 아니라 그의 사사로운 이익을 위하여 조종될 수 있는 객관물이다. 그러는 한 정치 행동의 객체로서의 민중도 구체적 인간이기를 그친다.

이것은 외면적 도덕과의 관련에서 이미 앞에서 말한 것을 되풀이하는 것처럼 보인다. 그러나 이것은 되풀이만은 아니다. 외면적 도덕의 세계에서도 대중 관리의 체제에서도 다 같이 인간이 완전히 사회화됨으로써 그 내면이 공동화된다. 그러나 도덕은 어떤 경우에나 인격적 존재로서의 인간을 완전히 사상(捨象)하고는 생각할 수 없다. 그리고 그것은 개인의 경우든지 사회 집단의 경우든지 삶의 궁극적인 방황에 대한 고려를 심각하게든 피상적으로든 포함하지 아니할 수 없다. 그것은 맞든 틀리든 사람의 삶이 일정한 가치와 의미 속에서 영위된다는 것을 전제한다. 그 가운데도 중요한 것은 사람이 규범적 상호 관계 속에 있다는 것을 억압적으로나마 잊지 않게 한다는 것이다. 대중 관리 체제, 특히 상업주의적 동기가 인간의 주된 행동 동기가 되어 있는 체제하에서 사람들은 상당한 개인적 자유를 누린다. 그 자유는 대체로 다품종 언어 생산 체제가 공급하는 피상적인 생각과 감각으로 채워진다. 물론 도덕적 언어와 정치적 명분, 애국의 슬로건도 이 체제 속에서 재활용되고 재생산된다. 그러나 이 도덕적 또 상업적 언어의 생산 기구는 숨은 개인주의적 동기에 잘 맞아 들어간다. 그리고 그것은 자본주의의 사람과 사람 사이의 체제 내적 경쟁의 격렬함에 의하여 더욱 부추겨진다.


**5**


어떤 경우에나 오늘날 우리 사회에서는 진정한 의미에서 삶과 인간이 존재할 수 있는 공간은 극히 좁아져 있는 것으로 생각된다. 여기서 진정성이라는 것은 물론 매우 정의하기 어려운 것이다. 그러나 그것이 반드시 주관적이고 자의적인 것만은 아니다. 되풀이하건대 사람은 개인으로도 살고 집단의 일원으로도 산다. 또 그는 외면적으로 행동하고 보이는 존재로, 또 내면적으로 감각하고 느끼고 생각하는 존재로 산다. 인간의 삶의 모든 표현이 늘 이러한 차원의 모든 것에 닿아 있을 수는 없다. 그러나 어디에 그 역점이 놓인다 하더라도 삶이 이 모든 것이 이루는 인간 존재의 전 지평에서 벗어나지 아니할 때만 그 삶은 온전한 상태에 있다. 인간 존재의 전체적인 지평 속에서 이루어지는 사고와 행동에서 얻게 되는 것이 우리의 삶이 거짓되지 않다는 느낌, 우리의 필요와 욕구 또 가능성에 합치되어 행동한다는 느낌이다. 이러한 느낌이, 보장이 없는 대로, 진정성의 한 신호이다.

사람이 어떻게 해서, 어떤 조건하에서, 어떤 노력을 통해서 삶의 진정한 핵심에 있게 되는 것인가를 확실하게 말할 수는 없다. 그러한 진정성이란 결코 완전히 얻어질 수 없는 것이라고 하는 것이 옳을 것이다. 우리의 정치적 지도자, 정치 담당자 또는 공복에게 이러한 진정성을 요구하는 것은 무리한 일이다. 그러나 우리는 그가 스스로의 삶에 안으로부터 이어져 있는 사람이기를 원한다. 그가 하는 말이 속에 지닌 마음과 다르지 않으며, 그 마음은 스스로와 일치하고 있고, 그의 내적 요구와 외적 필요에 일치하는 마음이어서 그의 언어와 행동이 일시적인 외면적 조작극과 물화된 언어 소비의 한 부분이 아닌 것이기를 바란다. 물론 모든 것이 자기 스스로의 안으로부터 나오는 것이어서도 곤란하다. 그가 완전히 내면적인 인간이라면 그는 정치에 관심을 가지지 아니할 것이다. 그런 경우 그는 자폐증 환자이거나 시인일 것이다. 정치 일꾼에게는 남다른 외향성이 있어야 한다. 이 외향성은 사회성이기도 하고, 또는 그것을 넘어가는 어떤 영웅적 정열이기도 하다. 인간의 모든 대담한 시도와 마찬가지로 정치에 있어서도 현재의 창조적 초월은 광증의 성격을 가지고 있다. 그러면서 그것은 성공적일 때, 그의 광증이 현재 속에 잠재적으로만 감추어 있던 이성적 가능성이었던 것으로 드러날 것이다. 그러나 대체로 우리는 그의 사회성이 사회의 보편적인 이성에 일치하기를 원한다. 그는 우리의 삶을 이성적 평화 속에 유지하여 주는 사람이다. 그러면서 다시 우리는 그가 그의 내면적 생활로 돌아갈 수 있기를 바란다. 그의 공공성의 업적은 단순히 그의 내면성의 완성이기 때문에 그로써 완성되고, 우리에게 아무런 보상도 억압적으로 요구하지 않기를 우리는 바라는 것이다. 그러나 그것은 그것보다도 그가 우리 삶의 완전성에 대한 모범이기를 바라기 때문이다.

이상적인 정치적 인간이 있다면 그것은 그의 개인적 천재와, 무엇보다도 현실적 정황의 선물이지만, 앞에서 구구하게 말한 바와 같이 그는 성숙한 사회의 소산이다. 좋은 정치가는 인간의 현실과 가능성에 대응하는 문화와 사회의 관습과 제도 또 경제적 조건의 성숙으로써 가능한 것이 된다. 그런데 우리 사회의 지금의 상태에서는 우리가 도덕을 싫어하든 아니하든 무엇보다도 도덕적인 일꾼이 필요함을 인정하지 아니할 수 없다. 모두가 원하는 것은 "공정하게, 지혜롭게, 또 사사로운 이해를 초월하여 행동하며, 그의 일의 모든 점에서 시민에게 책임을 지는" 정치 일꾼이다. 중요한 것은, 오늘의 우리 현실에 비추어 볼 때, 그가 절대적으로 사사로운 이해를 초월할 수 있는 사람이라는 것이다. 도덕의 강조는 그것의 실상이 어떠한 것이든지 간에 사사로움의 제거에 도움이 된다. 이 사사로움이 제거된 공공의 공간에서 다음 단계의 진정한 정치의 일은 시작될 수 있다.

# 이성과 사회적 이성

**1**

최근의 신문 보도는 한국은행의 1995년 통계로 한국의 국민 총생산이 4500억 달러로서 세계 11위를 차지했고, 일인당 생산은 1만 76달러로서 32위에 이르렀다고 한다. 문외한으로서는 우선 이러한 숫자가 얼마나 믿을 만한 것인가를 저울질할 수는 없다. 이러한 보도와 함께 작년의 호구 조사가 일부일망정 실제 조사를 기피한 공무원들의 탁상 위에서의 숫자 조작을 포함한 것이라는 뉴스도 있었다. 일인당 생산의 계산은 인구수에 따른 것이니, 호구 조사에 허위가 있었다면 이것은 일인당 생산 지수에도 영향을 주는 것일 것이다. 또 인구 숫자가 맞지 않으면 다른 숫자들은 얼마나 맞는 것일까? 이러한 불확실성은 우리의 발전이 매우 고르지 못한 것임을 나타내는 것이지만, 국민 또는 개인 생산이 높아진 것은 틀림이 없는 사실일 것이다. 이것은 무엇보다도 우리의 일상생활에서 느끼는 일이다. 한국 사회가 앞으로 무엇을 할 수 있는가 또는 오늘의 경제적 능력의 범위 안에서라도 무엇을 더 잘할 수 있는가 하는 것을 묻는 관점에서 보다 높은 기준을 적용하고, 또 경제적 성장에 불가피하게 따라오게 되어 있는 환경과 사회의 여러 부정적 요인들의 관점에서 본다면 비관적으로 생각되는 것들이 한두 가지가 아니지만, 생명 유지와 고용과 삶의 가능성이라는 최소한도의 관점에서 볼 때 좋은 세상이 된 것은 부정할 수 없다.

말할 것도 없이 경제 성장에서 무엇보다도 중요한 것은 산업 생산 능력의 창조이다. 그리고 이것은 과학 기술의 결과와 진전에 의존한다. 지금까지 한국의 산업화와 경제 성장에 기여한 과학 기술은, 전부가 그러한 것은 아니겠지만, 새로운 발견과 발명 또는 조직화를 핵심으로 하는 것보다는 이미 선진국에서 이루어진 발전을 도입하는 것이 주된 것이었을 것으로 추측된다. 최근에 와서 사회 여러 부분에서 연구 발전 투자에 대한 관심이 높아지고 그 필요가 역설되는 것을 보면, 이제는 새로운 발견과 발명은 아니라고 하더라도 적어도 경제를 뒷받침할 수 있는 독자적인 과학 기술의 기반 구축이 필요한 단계가 된 것으로 생각된다.

거의 모든 사람이 오늘의 경제적 번영을 환영하는 것이라면, 의식적이든 아니든 그것을 뒷받침하는 과학 기술을 동시에 긍정하고 환영하는 것이라고 할 수 있다. 세계의 기술 문명에 긍정적인 참여를 받아들이는 것이다. 그러나 과학 기술에 대한 비판도 그것의 긍정적 수혜에 못지않게 강하다. 비판의 일단은, 오늘의 경제 성장이 과학 기술의 외면적 결과라고 할 때, 경제 성장이 가져온 전통적 질서의 혼란을 우려하는 데에서 나온다. 그것이 어떤 원인에서 나왔든지 간에 오랫동안 익숙해 왔던 질서가 새로운 질서에 의하여 대체될 때 과도기의 혼란은 불가피하다. 근대 산업 이전의 농업이 한국 사회의 문제를 해결할 수 없었다고 한다면, 그 실패의 원인은 본질적인 것일 수도 사회적 시간의 문제에 관련된 것일 수도 있지만, 산업화의 혼란은 수락하지 않을 수 없는 중간 단계의 하나라고 할 것이다. 그렇다고 물론 산업적 질서가 참으로 인간적 질서가 될 수 있는가 하는 물음이 사라지는 것은 아니다. 모든 생활 질서를 교란하는 변화의 무서움이라는 것은 이미 우리가 겪은 바이지만, 그러한 변화의 비인간성에 대한 질문, 근대 과학 기술 문명이 요구하는 급속한 변화의 항구화에서 사람이 사람으로서 살아남을 수 있느냐 하는 데 대한 질문도 그대로 남는다고 할 수 있다. 변화의 문제를 떠나서 과학 문명의 산업적 생활 질서의 가혹성은 산업 문명의 당초로부터 가장 신랄한 비판과 저항의 대상이 되어 왔다. 이러한 과학 기술 문명의 문제점은 지금에 와서는 일반적인 환경 문제에 이어진다. 설사 오늘의 산업 문명이 그 자체로는 견딜 만한 것 또는 낙관론에서 생각되는 것처럼 적극적으로 희망할 만한 것이라고 하더라도, 그것이 가져오는 자연환경의 황폐화, 자원의 고갈 그리고 쓰레기의 무한정한 생산(모든 산업 생산은 제품과 함께 쓰레기를 생산한다.)은 지속적인 삶의 질서로서의 산업 문명의 질서를 암담한 것으로 보이게 한다고 아니할 수 없는 것이다.

　기술 문명의 양면성, 사람들의 생활 수준의 향상과 그 부정적 결과에 대한 무시할 수 없는 불안과 우려로서 나타나는 양면성은 어떻게 보면 사람의 모든 일에서 대가 없는 득은 없다는 철칙을 다시 한 번 회상시키는 일인데, 그것은 제3세계의 낙후된 국가에서 보는 바와 같은 생존의 고통으로부터 탈출하기 위해서는 피할 수 없는 운명적인 현실인 듯도 하고 또는 물질적 향상의 희망을 버릴 것을 강요하는 양자택일의 급박한 현실로도 생각된다. 그러나 다른 한편으로 기술과 과학의 문명은 여전히 긍정적 발전의 일부이며, 적어도 이론적으로 엄청난 재난의 규모에 이르는 자연과 사회와 인간성의 파괴에 귀착해야 할 필연적 이유가 있는 것은 아니라고 생각되기도 한다. 역사와 사회 또는 인간을 움직이는 것이 이념이나 개념의 필연성은 아니기 때문에 그것이 크게 실천적 의미를 갖는다고 할 수는 없는 것이겠으나, 과학과 기술이 인간의 반성적 능력의 소산으로서 바른 자기 이해를 잃지 아니하는 한 그것은 여전히 해방과 행복을 약속할 수 있는 것처럼도 보이는 것이다. 그러나 그 현실적 의미가 어떠한 것이든지 간에 오늘날 결여되어 있는 것은 과학 기술의 자기 이해이다. 특히 우리나라에서 과학과 기술은 전적으로 자의식의 결여 속에 있는 것처럼 보인다. 이것은 반드시 과학이나 기술의 문제보다도 그것의 현실적 환경의 문제라고 할 수 있으나, 오늘날 과학과 기술은 경제에의 전적인 종속을 당연한 것으로 받아들이고 있다. 이 종속을 흔쾌히 받아들이고 그것을 자신의 존재 이유로 내세우기까지 한다. 사실 오늘날 모든 인간 활동은 경제와 정치의 법정에서 자신의 존재 이유를 정당화하여야 하게 되어 있다. 스포츠나 문화까지도 그것이 가져오는 이익으로 또는 국위 선양의 수단으로만 그 중요성을 인정받는다. 역사적 현상을 어떤 이념으로부터 연역하는 것은 옳지 않은 일이나, 서양의 과학과 기술의 발전을, 적어도 그 기원에 있어서 보다 넓은 역사적 기획, 서양사의 속기술에서 "계몽의 기획(The Project of Enlightenment)"이라고 부르기도 하는 역사적 발전의 일부로 보는 것은 아주 틀린 것은 아니다. 즉 그것은 이성의 힘으로 인간의 자연적·사회적 조건을 이해하고 개선하려는 의지로 종합되는 역사적·문화적 복합체의 일부로 해석될 수 있는 것이다.

그러나 이러한 비전에서 오늘날 남아 있게 된 것은, 삶 전체에는 관계없이 경제적 이점에서만 스스로의 정당성을 발견하는 산업의 기술 그리고 그것에 봉사하는 과학이다. 달리 말하여 자주 지적되어 온 바와 같이 과학에 작용하는 이성은 도구적 이성이고, 도구로써 그것에 봉사하는 목적은 경제이다. 그러면서 경제가 그에 봉사하는 것이 무엇인가 하는 것에 대하여서는 물음이 제기되지 않는다. 또는 제기된다고 하더라도 거기에 대한 충분히 근본적인 답변을 기대하는 경우는 별로 없다. 경제는 모든 것이 그

곳에서 멈추는 지상 명령이다. 그것은 새롭게 이성적으로 검토될 것을 거부한다.

이러한 지상 명령이 이성적 체계 내에 서식하고 있는 비이성의 핵심이라는 것이 마르크스주의의 자본주의 비판의 일부였다. 자연과 인간이 지불하는 대가에 관계없는 경제 지상이야말로 계몽적 이성의 필연적 전개라고 생각하는 관점도 있을 수 있다. 오늘날 많이 보는 것은 이성 자체에 대한 비판과 회의이다. 그중에도 과학 기술 그리고 합리성의 보편화와 관련하여 발전한 자본주의의 강력한 패권 속에서 포스트모더니즘이라는 이름의 이성에 대한 회의가 지배적인 사상의 경향이 되는 것은 이해할 만하다. 그러나 마르크스주의적 이성 비판이 현실에서 더 많은 비인간화, 비이성화를 가져왔다면, 포스트모더니즘의 비판은 이성에 대한 비판이면서 동시에 그 나름으로 자본주의 문명 그리고 그 과학 기술, 따라서 도구적 이성에 대한 절대적인 의존과 공존함으로써 그 문명의 현실의 일부를 이룬다. 어떻게 보면 이성은 필연적으로 단편화된 방식으로만 존재하게 되어 있는 것인지도 모른다. 단편화되고 모순된 이성의 존재는 전 세계적인 현상이지만 한국과 같은 신흥 산업 국가에서 특히 강화되어 드러난다. 처음부터 계몽의 기획의 전체성 속에서 파악된 것이 아닌 이성이 도구적인 관점에서만 이해되는 것은 당연하다. 이성의 모순된 존재 방식은 어디에서나 인간의 일체적 행복이라는 관점에서 문제를 야기하지만, 이 모순의 변증법의 한 끝에 무비판적으로 편승해 있는 한국 사회에 있어서의 과학, 기술 그리고 이성의 문제성은 더욱 큰 것일 수밖에 없다.

**2**

이성의 단편화가 계몽적 이성으로 되돌아간다고 하여 이 문제성이 사라질 수 있다는 것은 아니다. 호르크하이머(Max Horkheimer)와 아도르노는 인간의 해방을 목표로 한 "계몽의 자기 파괴"[22]를 말한 바 있다. "진보 사상의 가장 일반적인 의미에서 계몽은 사람을 공포로부터 해방하고 그들의 주권을 확립하고자 했다. 그러나 완전히 계몽된 지구는 양양한 재난으로 빛나고 있다."[23] 이것은 1944년에 말하여진 것이지만 그 후에도 사정이 달라진 것은 아니다. 『계몽의 변증법』의 진단으로는 계몽의 이성은 처음부터 미래의 여러 가지 황폐의 전조, 기술과 실용과의 밀착, 연산의 형식주의, 내용 없는 획일성, 개체성의 등가화, 집단성 등 무엇보다도 이러한 특성들과 결부된 강한 지배 의지를 내포한 것이었다. 자본주의 산업 사회의 발전은 이러한 이성적 원리의 현실적 실천으로서 그것이 인간의 해방보다는 그 예속을 가속화한 것은 처음부터 예견된 것이었다.

그러나 이성의 권위에 마지막 타격을 가한 것은 프랑크푸르트 철학자들의 자본주의가 가져온 "관리된 사회"의 진상보다도 사회주의 사회의 붕괴였다. 구체적 현실로서 그것이 이념에 맞는 것이든지 아니든지, 사회주의는 적어도 그 표방하는 이념에 있어서 계몽적 이성의 인간 해방의 이상을 가장 철저하게 실천하고자 하는 것이었다. 그러나 사회주의 붕괴는 이러한 이념의 허망함을 여실하게 드러내었다. 또 체제의 붕괴와 더불어 드러난 여러 사실들은 개인적 자유의 대가 면에서나 집단적인 생활의 상대적 궁핍화에 있어서 중앙 집권적 이성이 이데올로기에 불과하며 경험적

---

22 Max Horkheimer and Theodor W. Adorno, *Dialectic of Enlightenment*(New York: Seabury Press, 1972), p. xiii.

23 Ibid., p. 3.

인간 현실에 도저히 적합한 것일 수 없음을 보여 주었다. 정치 현상에 적용되는 논리란 광증과 비슷하다고 미국의 시인 스티븐스(Wallace Stevens)는 스탈린주의를 비판하여 일찍이 다음과 같이 말한 바 있다.(다음 시구에 등장하는 빅토르 세르주(Victor Serge)는 스탈린에 의하여 숙청되었던 벨기에의 혁명적 지식인이고, 콘스탄티노프(Fyodor Konstantinov)는 숙청의 당위성을 옹호하였던 소련의 철학자이다.)

빅토르 세르주는, "논리적 광인 앞에서 느끼는/ 막연한 불안감을 가지고 그의 논의를 들었다"라고/ 썼다. 콘스탄티노프를 두고 한 말이다. 혁명은/ 논리적 광인들이 벌이는 일이다. 감정의/ 정치는 지적인 구조의 모습을 갖추게 된다./ 주의는 광증과 구분할 수 없는 논리를 만든다.

그리고 스티븐스는 다시 콘스탄티노프의 입장을 설명하여 말한다.

그는 많은 관념의 세계에서 하나의 관념의 광인이다./ 많은 관념의 세계에서 모든 사람이 하나의 관념 안에/ 살고, 일하고, 고통하고, 죽기를 원한다. 그는/ 논리의 순교자들을 백열의 불로 밝히며 구름을/ 알지 못한다. 그의 논리의 극단은 비논리일 것이다.

—「악의 미학」[24]

소련 혁명의 역사적 추이는 시인의 편리한 요약보다는 복잡할 것임에 틀림없다. 스티븐스의 그에 대한 발언은 콘스탄티노프의 논리에 못지않게 역사와 경험의 복합성을 자신의 주의의 관점에서 단순화한 것이라 할 수

---

**24** Wallace Stevens, "Esthétique du Mal", *Collected Poems*(New York: Knopf, 1954), pp. 324~325.

있다. 그러나 적어도 이성의 한 표현으로서 논리의 경험적 현실에 대한 관계를 말한 것으로서는 그런대로 과히 틀리지는 아니한 말이다. 이성의 관점에서 역사와 사회와 인간을 거머쥘 수 있다는 것에 진저리를 느낀 아도르노가 한 말, "전체는 거짓"이라는 말도 똑같이 단순화이면서 20세기 이성의 변증법의 한 진실을 포착한 말이라고 할 수 있다.

자본주의나 사회주의 이름으로 단순화할 수 있는 서양과 기타 지역에서의 역사적 체험을 떠나서도(물론 넓은 의미에서의 역사적 관련을 부인할 수는 없겠지만), 이성에 대한 비판은 계속되어 온 사상사의 중요한 흐름으로서, 데카르트의 합리주의에 대한 중요한 비판은 파스칼에서 이미 시작한다. 오늘날 서양 사상에서 이성에 대한 비판 또는 부정의 입장은 그 반대의 주장보다도 오히려 주류를 이루는 것처럼 보인다. 그것이 서양의 또는 세계의 사상적 주류라고 하는 것은 다분히 서양의 어떤 부분에 눈을 고착시킨 근시안적 관점이기는 하지만, 적어도 서구의 지적 논리에서 어떤 것을 들어 보든지, 가령 지금 영미 지성계를 풍미하는 프랑스 사상가들을 들어 보면 그 어느 누구도(바타유(Georges Bataille)도, 들뢰즈(Gilles Deleuze)와 가타리(Félix Guattari)도, 보드리야르(Jean Baudrillard)도, 부르디외도) 반이성주의자가 아닌 사람이 없다. 물론 여기에는 이미 이들보다도 더 넓은 영향력을 가지고 있다고 해야 할 미셸 푸코와 자크 데리다(Jacques Derrida)를 추가해야 할 것이다. 푸코가 그 저작 생활의 초기부터 이성이 인간 현실의 단순화와 사회적 통제의 도구임을 밝히려 했다고 한다면, 데리다는 이성은 물론 모든 언어적 표상 아래 숨어 있는 영원한 부재와 공허를 지적하는 것을 그의 철학적·문학적 노작의 초점으로 삼았다. 이러한 비판적 철학자들의 영향으로 오늘날에 와서 어떠한 철학적 또는 문학적 논의에서도 한편으로는 말 밑에 숨어 있는 권력의 흉계와 수사적 은폐를 생각하지 않고는 말을 할 수 없게 되었고, 다른 한편으로는 말의 진리에 대한 관계가 원천적으로 불투명한 것인 한 어떠한 말도 유희적인 것일 수밖에 없기 때문에, 아무 말이라도 일단의 정당성을 갖는 것으로 생각되어야 하는 형편이 되었다.


### 3

이성에 대한 회의는 그 가장 확실한 과실이라고 할 과학에 대한 논의에서도 발견할 수 있다. 이것은 한편으로는 과학사에 대한 새로운 연구에서, 다른 한편으로는 과학 내적인 발달에서 연유한다. 많은 과학사에 있어서의 연구는 과학의 발달이 반드시 합리적 사고와 방법에 의하여 이루어지는 객관적 진리를 향한 일사불란하고 누적적인 진전이 아니라, 종종 비과학적이고 신화적인 사변과의 연대 속에서 이루어지는 우연의 모험임을 들추어 내었다. 이러한 연구 중에도 가장 주목을 끈 토머스 쿤(Thomas Kuhn)의 『과학 혁명의 구조』는 한 시대의 과학이 반드시 확실한 근거에 의하여 정당화될 수는 없는 패러다임에 의하여 지배되며, 이 패러다임의 변화는 거의 혁명적 단절을 통하여 새로운 과학적 실천을 가져온다는 생각을 일반화하였다.

1960년대와 1970년대의 혁명적 시대 분위기 속에서 아나키즘과 과학의 방법을 연결하려고 한 과학 철학자 파울 파이어아벤트(Paul Feyerabend)의 생각은 과학사의 우연성에 대한 쿤의 생각을 조금 더 급진적으로 표현한 것이었다. 그는 과학사의 많은 사례, 특히 현대적 세계관의 단초가 되었던 코페르니쿠스나 갈릴레오의 과학적 사고의 전개 과정을 살피면서, 그것이 근거 없는 신화와 믿음, 시대의 분위기 그리고 불확실한 사실적 증거와의 관련하에서 발달했음을 말한다. 일반적으로 과학의 발전은 합리적 절차보다는 '비순수성', '혼란', '기회주의'를 통하여 이루어진다. 파이어아벤트는 사람들이 엄격하게 합리적 절차를 존중하였더라면 오늘의 과학은 존재하지 아니하였을 것이라고 말한다. 그것은 오히려 이성 또는 합리성에 배치되는 편견, 자만, 정열 등의 결과이다. 따라서 "과학 안에서도 이성은 포괄적인 것이 될 수 없고 되어서도 아니 되고, 그것은 다른 행동의 요인을 위해서 제한되고 제거되어야 한다." 오늘의 과학을 절대적인 것으로 생각하는 것도 옳지 않지만(그것은 다른 종류의 과학이나 신화나 마술, 종교 등 세계관을 구성하는 여러 방법과 동등한 입장에서 상호 관계를 가질 수 있어야 한다.) 주어진 과학의 범위 안에서도 "이성은 보편적인 것일 수 없고 비이성은 배제될 수 없다."[25] 파이어아벤트와 같은 이론가들의 주장은 과학이 아무리 합리적인 언어로써 세계를 설명해도 그것은 세계 자체와 등가의 것일 수 없고, 그렇기 때문에 어느 특정 시기의 과학을 절대화할 수 없으며, 그러한 과학의 이성 또한 제한된 것일 수밖에 없다는 말이라 할 수 있다.

파이어아벤트의 과학적 회의주의 또는 아나키즘에 대하여 오늘의 과학의 어떤 연구는 세계 자체가 이성적인 것이 아닐지 모른다는 가능성을 말하는 것으로 보인다. 가령 화학자 일리야 프리고진(Ilya Prigogine)이 세계가 다원적이라고 할 때 그 의미는 세계가 이성적 부분과 비이성적 부분으로 이루어졌다고 말하는 것으로, 이성의 한계를 실재 자체 속에서 인정하는 것이다. 20세기 과학의 발달, 양자론, 열역학, 화학, 분자 생물학 등의 발달은 우주에 두 가지의 과정, 즉 가역의 과정과 불가역의 과정, 달리 말하여 "두 개의 상충하는 세계…… 궤적의 세계와 과정의 세계"[26]가 있음을 인정하지 아니할 수 없게 하였다. 앞의 세계가 고전적인 합리성의 세계라면, 뒤

---

25 Paul Feyerabend, *Against Method*(London: New Left Books, 1975), pp. 179~180.

26 일리야 프리고진·이사벨 스텐저스, 유기풍 옮김, 『혼돈 속의 질서』(민음사, 1990), 322~328쪽. 한국어 번역의 '모순된 세계'는 여기에서 '상충하는 세계'로 고쳤다. 그것이 영문판의 'conflicting worlds'에 더 적절한 것으로 생각되기 때문이다.

의 것은 이것으로는 설명할 수 없는 세계이다. 근대 과학은 우주의 모든 현상이 불변의 보편적 법칙에 의하여 설명될 수 있다는 확신과 더불어 탄생하였다. 이러한 합리적 법칙의 세계를 대표하는 것이 뉴턴의 동역학이다. 그것은 물체의 상태는 위치와 속도로 결정되며, 이것은 일정한 궤적에 의하여 언제나 확인할 수 있다고 생각하였다. 그러나 열역학은 궤적의 법칙적 추적이 불가능한 현상을 보여 준다. 우주는 우연성, 예측 불가능한 새 현상 그리고 혼란의 과정을 포함한다. 이것은 프리고진의 생각으로는 단지 연구자의 무지 또는 능력의 한계로 그러한 것이 아니라 바로 이러한 과정의 소산으로만 설명할 수 있는 여러 현상을 포함하는, 우주의 한 본질적 양상을 나타낸다.

**4**

이러한 이성이나 합리성에 대한 여러 방면으로부터의 비판과 공격이 얼마나 타당한 것인가? 우리가 할 수 있는 일은 그 평가가 아니라 그러한 비판의 존재에 주목하는 일일 뿐이다. 그러면서도 그러한 이성 비판은 우리의 인간적·사회적·학문적 체험에서 경직된 이성의 가치가 얼마나 문제적이고 또 비현실적인가를 느낄 수 있게 한다. 그러나 동시에 이성 비판이 이성의 허무주의에 일치하는 것일 수는 없다. 궤적의 역학의 한계에 대한 프리고진의 지적은 그것을 완전히 부정하는 것도 아니고 새로운 패러다임으로서의 희망을 과정의 열역학에 전적으로 거는 것도 아니다. 그는 두 개의 설명과 두 개의 세계가 있을 수 있음을 말하고 있을 뿐이며, 사실 이 두 가지가 상보적으로 과학의 진전에 기여할 수 있는 것으로 생각한다. 입자의 충돌과 상관관계 현상을 양면으로 설명하면서 그는 말하고 있다. "한

가지 주목할 것은 열역학이 어느 면에서든 동역학과 상충하는 관계에 있지 않다는 점이다. 그것은 물리적 세계에 대한 우리의 이해에 부가적이며, 핵심적인 요소를 더해 주고 있다."[27]

파이어아벤트의 아나키즘은 훨씬 더 과격한 것으로 보인다. 그는 진리의 수단으로서 과학의 특권적 권위를 높이 생각하지 아니한다. 그리고 과학의 방법은 "아무것이나 통하는 것(anything goes)"이라는 원칙이 유일한 것이라고 말한다. 그러나 그의 경우에도 과학의 진전에 대한 근본적 커미트먼트(commitment)는 분명하다. 다만 그는 그 진전을 막는 기성의 합리성의 원리를 깨뜨리고자 할 뿐이다. 그는 교육적 관점에서 "시민의 지성이 하나의 그룹의 기준에 의하여 강요되어서는 아니 된다."라고 말하고, "사회가 한정적인 규율에 기초함으로써 사람이 되는 것과 이 규율에 복종하는 것과 일치하는 것이 될 때, 그 사회는 이단자를 전적으로 무규칙의 변경으로 몰아내며, 그의 이성과 인간성을 박탈하는 것이 된다."[28]라고 말한다.

그러나 그렇게 말하면서, 파이어아벤트가 구하고자 하는 것은 지성의 자유로운 작용이다. 사람이 무규칙의 변경으로 몰리게 된다는 사실 그것은 그 자체로 값있는 것이 아니다. 그것은 제한된 지성의 자유의 한 결과일 뿐이다. 또 이렇게 되는 것은 이 자유를 통하여서만 과학의 보다 넓은 지평으로 나아가는 것이 가능하기 때문이다. 프리고진이 말하는 바와 같이 이론가들이 알아야 할 것은 "실재의 풍부함, 어떤 단순한 언어로 표현하기엔 너무도 풍부한 그리고 단순한 논리적 구조로 나타내기에는 너무도 큰 풍부함"[29]이다. 과학이 지향하는 것은 과학의 폐기가 아니라 이 풍부함을 그 안에 포용하는 것이다.

---

**27** 같은 책, 364쪽.

**28** Paul Feyerabend, ibid., p. 218.

**29** 일리야 프리고진·이사벨 스텐저스, 앞의 책, 296쪽.

물론 파이어아벤트를 간단히 말하기는 쉽지 않다. 그의 과학에 대한 신념을 말하는 것은 파이어아벤트의 방법적 아니키즘을 좁히는 일이 될지 모른다. 때로 그는 이성에 대한 커미트먼트를 아주 버리는 것으로 보이기도 한다. 가령 그의 논쟁의 전략은 이성적 규칙을 전적으로 포기한 것으로 보이기도 하는 것이다. "인식론적 아니키스트"의 목적은 "일정한 것일 수도 변하는 것일 수도 있다. 그렇게 되는 것은 논의의 결과일 수도 있고, 권태 또는 개종의 체험의 결과일 수도 있고, 애인의 환심을 사기 위한 작전일 수도 있다. 목적이 주어진 경우 그는 그것을 혼자 또는 조직체의 도움으로 이루려 할 수도 있다. 그는 이성, 감정, 조롱, 진지한 우려의 태도 또는 사람들이 동료 인간을 휘어잡기 위해 연구해 낸 다른 어떠한 수단이라도 사용할 수 있다."[30] 여기에서 파이어아벤트가 말하고 있는 대인 전략은 학문상의 전략이지만, 그것은 동시에 정치적인 또는 사회적인 의미를 강하게 가질 수 있다. 또는 파이어아벤트가 뜻하는 바가 일반적 대인 전략을 말하는 것이 아니라고 하더라도, 이러한 발언은 우리에게 이성의 문제가 사회적인 문제임을 상기시켜 준다.

　파이어아벤트의 전략은 역설적으로 물리적 세계를 설명하는 수단으로서 이성이 어떠한 적절성을 가지고 있든지 간에, 그것은 사회생활의 토대로서 불가결의 것이라는 사실을 상기하게 한다. 이성의 기준이 없이 어떻게 한 사회가 사회 내의 분규를 조정하며, 서로 다른 이해를 통합하며, 사회적 동의를 이끌어 낼 수 있을 것인가? 권위, 물리적 힘, 억압, 몽매화 또는 경직화된 이성, 이러한 장애를 넘어서 자유롭고 동등하고 인간적 위엄을 가진 사람들의 사회가 성립하기 위해서 이성은 그 진리 기능에 관계없이 필수적인 실용의 도구가 될 수밖에 없다. 이렇게 말하면 그다음으로 그

**30** Paul Feyerabend, ibid., p. 189.

진리의 기능도 다시 필요해진다. 이성의 조정과 통합의 기능은 적어도 일부는 그 진리의 도구로서의 권위에서 오는 것일 것이기 때문이다. 이때의 진리가 전적으로 그것과 일치한다고 할 수는 없지만, 사람이 물리적 세계에서 사는 한, 진리는 궁극적으로는 자연 과학의 진리를 포함하는 것일 수밖에 없다.

그러나 이성이 참으로 사회적 통합과 조정의 수단이 될 수 있는가? 앞에서도 말한 바 서양적 이성의 역사적 전개는 그 해방적 기능에 대한 회의를 불가피하게 하는 것이다. 물론 오늘날 서양이 누리는 여러 가지 특권, 물질적 번영, 법 지배의 사회, 인권, 복지 정책, 또 국제 사회에서의 우위가 가져오는 집단적이고 개인적인 자부심, 이러한 것들은 충분히 매력적인 이성의 결과물로(그것이 참으로 이성의 소산이라고 한다면) 보인다. 그러나 그 실상에 있어서 사회 통합, 삶의 보람과 행복을 참으로 만족할 만큼 실현해 주는 세계를 이룩했다고 할 수는 없다. 뿐만 아니라 처음에 말한 바 기술 문명, 환경 그리고 제국주의와 세계 시장 체제의 여러 문제들도 바로 서양이 만들어 낸 것이다. 이러한 거대 관점의 결과가 없더라도, 이성은 인간의 내적 생활의 단순화에 대하여, 자기중심적이고 지배 의지로 무장한 인간 전형의 형성에 대하여, 그리고 살벌하고 비인간적인 사회 체제에 대하여 책임을 져야 한다는 비판을 피할 수 없는 것이다.


5


결국 다시 한 번 사회생활의 실용적 요건으로서의 이성과 복합적·현실적 업적의 원인으로서의 이성 사이에는 커다란 모순이 있는 것으로 보인다. 하버마스는 이성의 문제점이 바로 그 사회적 또는 사회 언어적 차원을 잘못 이해하는 데에 기인한다고 말한다. 그는 이것을 분명히 함으로써 계속되어 온 철학적 이성 비판으로부터 이성을 구해 내고자 한다. 현대적 이성의 출발은 반성하는 자아의 자기 동일성이다. 자아는 사유 속에서 자기를 발견하고 이 사유하는 자아의 명증한 인식 속에서 세계를 법칙적으로 구성하고자 한다. 여기에서 비롯하는 로고스주의는 인간과 세계의 관계, 인간 그리고 세계를 단순화한다. 하버마스가 이 단순화 또는 빈곤화를 조목화하여 말하는 것을 빌리건대, 로고스주의의 결과로 "존재론적으로, 세계는 전체적으로 사물들의 세계(표상될 수 있는 사물들과 기존하는 사태의 총체)로 단순화되고, 인식론적으로, 우리와 세계의 관계는 기존의 사태를 알고 그것을 목적 합리성의 원리로 설정하는 능력으로 단순화되며, 의미론적으로, 그것은 정언적 문장을 사용하는 사실 진술의 언술로서 단순화되고 폐쇄된 테두리에서만 심판되는 명제적 진리의 정당성 이외의 기준은 허용되지 아니하게 된다."[31] 이성의 문제점은 이미 역사적으로 이성의 비판자, 그의 생각으로는 이성 출현의 당초부터 이성 자신의 쌍둥이로 존재하였던 이성의 반대 언설(counter-discourse)과 그것에 정면으로 마주 서는 이성 비판자와 반이성주의자들이 지적해 온 바 있다.

『현대성의 언설』에서 하버마스가 요약한 바에 의하면, 헤겔과 마르크스는 이성에 의한 윤리적 전체성의 해소, 하이데거와 데리다는 이성의 움직임에서의 자기 재귀적인 주체에 의한 현존과 존재 지평의 망각, 니체와 푸코는 주체의 자기 일치로서의 이성을 뒷받침하는 권력의 의지에서 그 근본적인 문제점을 찾는다. 다시 말하건대 이성의 탄생이 가져온 개인적 주체(흔히 선험적 주체의 모습을 띠게 되지만)와 그에 대응하는 객관적 사실 세

---

**31** Jürgen Habermas, *The Philosophical Discourse of Modernity*(Cambridge, Mass.: MIT Press, 1987), p. 311.

계의 절대화는 자아와 세계를 물화(物化)하고, 그 결과 한편으로는 인간의 윤리적·심미적 생활의 쇠퇴, 존재 또는 근원의 망각을 가져왔다는 것이다. 푸코에게 이것은 전부 주체의 권력 의지의 산물 이외의 다른 것이 아니다. 하버마스는 이러한 자기 성찰적이며 동시에 객관적인 이성에 대한 비판의 정당성을 인정한다. 그러나 동시에 그는, 이러한 비판 그 자체도 잘못 구성된 이성에 대신하여 저 너머의 근본적 바탕에 대한 탐색을 계속함으로써 외로운 주체성의 길을 계속한다고 보고, 주체나 주체 부정의 철학에 대신하여 "상호 이해의 모형"을 제안한다.

상호 이해의 모델에서 이성은 객관적 지식을 생산해 내는 진리의 도구가 아니라 사람과 사람들 사이의 설득과 이해 속에 작용하는 유연한 매개체이다. 그것은 의사소통을 수행하는 언어 속에서 우선적으로 작용한다. 언어에는 객관적 사정을 진술하는 명제적(propositional) 기능, 사람들의 상호 작용에 관계되는 발언 내적(illocutionary) 기능 그리고 발화자의 마음을 표현하는 표현적 기능이 있다. 이성 또는 합리성(rationality)은 주체의 반성, 인식의 진리, 명제 등에 결부되어 있는 원리가 아니라 언어의 세 기능, 즉 진리, 사회, 표현의 모든 부분에서 상호 이해와 합의를 가능하게 하는 의사소통의 원리이다. 따라서 그 의의나 기준도 폭넓게 생각되어야 한다. "의사소통의 이성은 명제적 진리, 규범적 적절성, 주관적 진실성 그리고 심미적 조화에 대한 주장을 직접적으로 또 간접적으로 정당화하는 데에 필요한 논의의 절차에 그 기준을 갖는다."[32] 하버마스의 생각에 언어의 여러 가지 기능과 기능의 척도들은 서로 다르게 작용하기도 하지만 어떠한 언어적 표현에서도 얼크러져 작용한다.

그런데 더 중요한 것은 언어 기능의 여러 부분에 작용하는 합리성이 서

---

32  Ibid., p. 314.

로 의존적인 관계에 있으며 하나의 "합리성의 절차적 개념"으로 통합될 수 있다는 생각이다. 이것은 절차의 중요성에도 불구하고 그것보다는 포괄적인 내용을 암시하는 것이기도 하다. 그것은 "옛날의 이성을 상기하게 하는 것"[33]인데, 이 옛날의 이성은 과학 논리 또는 기술의 이성에 대하여, 가다머가 『진리와 방법』에서 다시 부활하고자 한 옛날의 지혜, 프로네시스(phronesis), 프루덴티아(prudentia) 또는 공동체의 공동의 느낌(sensus communis)과 비슷한 것을 말하는 것으로 보인다. 달리 말하면 그것은 인식론적·도구적 목적으로 단순화된 이성이 배제하는 도덕적·실천적·미적·표현적 영역을 포함하는 포괄적 이성이다.


# 6


우리가 인식론적 관점에서 이성의 위치와 가치를 어떻게 생각하든지 간에 사회나 세계에서 평화가 삶의 생존의 조건인 한, 앞에서 말한 바와 같이 의사소통의 이성이 필요한 것은 분명하다. 그러나 문제는 이러한 이성이 어떻게 현실 속에 성립하느냐 하는 것이다. 대체적으로 하버마스의 소통 이론의 문제점은 소통의 이성이 어떻게 실천적·도덕적 또는 심미적 차원을 포함할 수 있으며, 그것이 단순히 사회적인 동의로서 중요한 이성의 영역이라고 인정된다고 하더라도, 그 동의의 범위에서 어떻게 진리와 적절성과 진실성의 기준이 받아들여지며, 그 기준의 형식만이 아니라 그 내용이 결정될 수 있느냐 하는 현실적이고 실질적인 과정들을 밝히지 않고 있다는 것이다. "협동의 필요라는 제한 조건하의 의사소통 공동체에서의

---

[33] Ibid., p. 315.

무제한한 합의 형성"[34]을 위한 여러 조건들은 현실의 변증법에 관계되기보다는 규범적 처방이거나 또는 앞으로 있어야 할 학문적 탐구의 프로그램을 예시하는 것으로 보인다. 또는 그의 "합리성의 절차적 개념" 또 거기에 따른 소통의 이론으로서의 "보편적 소통 실제학(Universalpragmatik)"의 제안은 서양 역사의 업적으로 존재했던 보다 고전적인 이성의 비판으로, 즉 그 업적을 지양하면서 그것을 딛고 선 비판으로서만 정당성을 갖는다고 하는 것이 옳을지 모른다. 그러나 하버마스가 시도하는 것이 서양적 이성의 문제 틀(problematic)이 지닌 문제점을 지적하고 그것의 시정책을 제시하는 것이라고 하더라도(현실의 실제 움직임이 아니라 교정책으로서의 규범적 모델을 제시하는 것에 불과하다고 하더라도) 그것이 실제 새로운 이성의 확립을 가능하게 할 수 있을까 하는 것은 극히 불확실하다.

우리에게 중요한 것은 하나의 이론적 모델이라는 관점에서 고려하더라도 사회적 이성이 참으로 한편으로는 외로운 주체의 이성의 폐단을 피하면서 진리와 정의와 미를 포함하는, 그러면서 강제력 없이 자유로운 공동체의 기초가 되는 원리가 될 수 있겠느냐 하는 것이다. 하버마스에게 사회적 이성에 대한 관심은 무엇보다도 조화된 사회의 구성에 필요한 이성, 앞에서도 말한 것처럼 인간 생존의 여러 규범적 차원에 또 도덕적 차원에 기초를 부여할 수 있는 이성을 찾으려는 데에 있다.(구태여 그의 입장을 정치적으로 구분한다면 사회 민주주의의 입장이라고 할 수 있고, 그는 사회 민주적 체제의 근거가 될 수 있는 이성을 찾고 있다고 하겠다.) 그러나 이러한 과제는 사회적 이성의 성립에 관한 그의 설명에서부터 어려움에 부딪치는 것으로 보인다. 그리하여 미리 우리의 결론을 말한다면, 그것은 불가능한 것이고, 다른 한편으로는 궁극적 종착역이 어디든지 간에 사회의 발전이 이성적 사고의 담

---

**34** Ibid., p. 295.

당자로서 외로운 주체의 길을 피할 수는 없는 것으로 생각된다는 것이다.

서양의 근대적 이성이 개인의 사유에 그 기원을 가지고 있다면 앞에서도 말한 바와 같이 새로운 이성 또는 보다 현실적인 인간의 실제 상황에 밀착해 있는 이성은 사람들의 의사소통 과정에 그 기원을 갖는다. 의사소통의 테두리를 떠나지 않을 때 자아는 경험적인 자아 그리고 그 현실로부터 유리되어 사유 속에서만 모든 것을 발견하는 선험적 자아 속으로 숨어 들어갈 여유를 갖지 못한다. "언어에 의해서 형성되는 상호 주체성"에 들어가게 되는 "자아는, 상호 작용의 한 참여자로서 타자의 관점에서 자기 자신에게 관계하게끔 하는 상호 작용 속에 있다. 그리고 참여자이기 때문에 생겨나는 반성은 (고독한 사유에서의) 자기 성찰적 관찰자의 관점에 불가피한 객관화를 피할 수 있게 된다. 제삼자의 눈 아래에서는(이것은 자기 성찰의 눈을 포함한다.) 모든 것은, 안에서 작용하든 밖에서 작용하든 객관적인 존재로 얼어붙는다. (그러나 현실의 실제적 일을 사회적으로 해 나가는) 수행적 태도에 있어서 일인칭적 자아는 자신이 수행한 일을 이인칭의 관점에서 되돌아볼 수 있다. 반성적으로 객관화된 지식이 아니라(자기 성찰적 의식에 고유한 지식이 이러한 것이라고 하겠는데) 우리는 (이인칭적 관계에서는) 이미 활용된 지식의 복습된 재구성을 가지게 된다."[35] 사회적 사고의 단초를 하버마스는 이렇게 설명한다.

그러나 협동적 삶의 현실에 기초한 이성에 대한 하버마스의 충정은 이해한다고 하더라도, 여기에서 설명하는 바와 같은 상호 작용의 이인칭적 관계가 삼인칭의 냉정한 관찰에서 일어나는 객관화를 극복할 수 있을 것인지는 분명치 않다. 객관화는 어떻게 보면 삼인칭적 태도에서가 아니라 너와 나의 투쟁적 마주침에서 일어나는 것이라고 할 수 있다. 헤겔이 말한

---

35  Ibid., p. 297.

두 주체의 투쟁, 적대적 주체를 객체화하려는 투쟁이 근본적으로 인간의 객체화가 일어나는 장(場)인 것이다. 이 투쟁적 관계는 인간과 인간만이 아니라, 인간과 세계의 관계에도 확대하여 해당시킬 수 있다. 세계는 사람과의 일대일의 주의의 관계 속에 들어갈 때 객체화된다. 오히려 제삼자로서 사람에게 맞서는 관계가 아닐 때 그것은 그 본연의 모습으로 돌아간다고 할 수 있는 것이다. 다시 말하여 투쟁적인 대결의 관계(투쟁이 잠재적인 것이든 아니면 실제에 드러나는 싸움이든)가 객관화 또는 객체화의 근본적 계기이다. 이 투쟁의 전제는 두 존재가 일단 너와 나의 대칭적 관계로 들어가는 것이다. 물론 너와 나의 관계가 반드시 적대적인 것이 되고 또 객관화 또는 객체화로 퇴화하는 것은 아니다. 그것은 잠재적으로 두 가지 가능성을 갖는다. 일대일의 관계는 마르틴 부버(Martin Buber)의 너와 나의 관계가 될 수도 있고, 사르트르가 "지옥이란 다른 사람이다."라고 할 때의 관계가 될 수도 있다. 이러한 잠재성은 한 가지로 결정되고, 이 결정에서 너는 타자가 되고 사물의 현존은 물건이 된다. 이러한 결정은 여러 가지 계기에 의하여 매개되는 것이지만, 그것은 다분히 두 사람 또는 사람과 사물의 관계를 전체적으로 규정하는 상황에 의하여 좌우된다.

오늘의 지배적 상황은 인간이 서로에 대하여 투쟁적 관계에 놓이는 것을 조장하는 상황이다. 현대 사회는 개인을 한편으로는 서로 적대적인 관계에 놓음으로써 인간의 객체화의 첫 계기를 만든다. 이런 상태에서 사람은 극단적인 개인주의자가 되고, 다른 사람은 나의 이해관계에 대하여 객체적인 입장에 놓이게 된다. 물론 현대 사회의 다른 특징은 모든 사람을 지나치게 획일적인 관리 체제 속으로 몰아넣는 것이다. 그러나 이것도 앞의 경우에서 그다지 먼 것은 아니다. 앞의 경우에도 적대적 관계는 같은 사회적 재화와 가치에 대한 경쟁에서 자극되기가 쉽기 때문이다. 사회 합리화의 진행은 이 적대적이고 경쟁적인 관계를 관리 체제를 통하여 조정한다.

뒤집어 말하면 적대적인 이인칭의 관계가 삼인칭의 관리 체제를 불가피하게 하는 것이다.

하버마스가 이러한 상황을 모르는 것은 아닐 것이다. 「도덕적 발전과 자아의 정체성」이란 글에서 사회적이고 도덕적인 이성의 가능성을 논의할 때 그는 현대 문명의 불리한 상황에 주목하는 것으로부터 그 논의를 시작한다. 이 상황이란 사회성의 지나친 강화에 의하여 개인이 소멸된 상황이다. 이를 설명하기 위해 그가 인용하는 아도르노에 따르면 현대 사회에서의 개인적 심리의 소멸은 그 좋은 증거가 된다. "(오늘날) 심리는 일반자로부터 보호되는 개별자의 보호 구역이 아니다. 사회적 적대 관계가 커질수록 철저하게 자유주의적이고 개인주의적인 심리관은 정녕코 그 의미를 상실한다. 부르주아 이전의 세계는 심리를 알지 못하지만, 전체적으로 사회화된 세계도 심리라는 것을 알지 못하게 된다. 정신 분석학의 수정주의가 이런 상태에 대응한다. 이것이 사회와 개인 사이의 힘의 이동에 맞아 들어가는 것이다. 사회화된 힘은 자아나 개성이라는 매개 기구를 필요로 하지 않는다. 이것은 소위 자아 심리학이라는 심리학의 발달에 나타난다. 그러나 실상에 있어서는 개인적 심리의 동역학은 의식적·무의식적 퇴행의 표현인, 개인의 사회에의 적응으로 대치된다."[36]

아도르노의 이러한 현대 사회 비판에 들어 있는 이상은 "강제되지 않는 자기 통일의 자아(an uncoerced ego that is identical to itself)"[37]이다. 이것이 그의 기준이 된다.(물론 하버마스는 이 점을 비판적으로 지적하여 말한다.) 아도르노가 자아의 자율이라는 이름으로 이루어지는, 지나치게 경직된 자아의 문

---

36 T. W. Adorno, "Zum Verhältnis von Soziologie und Psychologie", *Sociologica*(Frankfurt, 1955), p. 43(Jürgen Habermas, "Moral Development and Ego Identity", *Communication and the Evolution of Society*(Boston: Beacon Press, 1976), p, 71에서 재인용).

37 Ibid., p. 43.

제적 성격을 잊은 것은 아니다. 그러나 그는 자기 통일에 입각한 자아나 그 자아의 벽의 철거 작업 어느 쪽에 대해서도 분명하게 말하는 것을 피하였다. 이러한 모호함에도 불구하고 하버마스는 아도르노나 마르쿠제(Herbert Marcuse) 같은 비판 이론가가 은밀하게 자기 동일의 자아에 대한 향수를 버리지 못하고 있다고 본다. 그리고 발달 심리학의 관점에서 이 두 요구의 적절한 중도의 길을 찾을 수 있다고 생각한다. 그가 돌아가는 것은 인간의 사회적 존재의 경험적 토대이다. 자아는 성장의 과정에서 자연스럽게 도덕적 규범과 원칙을 가장 일반화된 관점, 보편적 관점에서 내면화하고, 더 나아가 행동의 장의 개방적 가능성에도 열려 있는 인간으로 발전할 수 있다. 이것은 사회에서의 상호 작용 과정, 즉 자신의 욕구를 인지하고 다른 사람과의 관계에서 그것을 실현하고 수정하고 또 그러는 가운데에 사회의 일반적 구조를 반성적으로 내면화함으로써 이루어진다.

　이러한 성숙의 과정에서 중요한 것은 "인식적 자아(epistemic ego)의 결정"이 아니라 "사회적 상호 작용에서 형성되는 능력"[38] 또는 "상호 작용의 능력(interactive competence)"[39]이다. 다시 말하여 인식에 관계되는 이성이 아니라 사회생활의 이성인 것이다. 그렇다고 하여 추상적 사고의 능력이 사회적 능력과 사회적 자아 또 도덕적 자아의 형성에 관계가 없는 것은 아니다. 사회 능력을 통한 도덕적 성장은 사실상 특정한 충동이나 사회가 요구하는 구체적 요구에 따라서가 아니라 "반성적 사유", "추상화와 차별화", "일반화" 등의 추상적 원칙에 따라서 행동할 수 있는 능력의 성장을 말한다. 달리 말하면 이것은 도덕적 원칙을 습득하는 과정인데, 이 과정이란 인간 상호 작용 내에 들어 있는 상호성의 원칙을 총체적으로 수용하면

---

38  Ibid., p. 74.
39  Ibid., p. 92.

서 동시에 그것을 논리적 이유 속에서 인식하는 과정이다.

일반화, 추상화는 어디에서 오는가? 물론 그것은 인간 본연의 능력이라고 말할 수 있지만, 그것의 주제적 강조는 반드시 자연스러운 인간 능력의 표현이라고는 생각되지 아니한다. 사회의 상호 작용의 과정에서 어떤 종류의 이성 또는 합리성이 생겨나기는 할 것이다. 그러나 합리성은 어떤 독자적인 원칙이나 가치보다는 힘의 균형의 상태를 지칭하는 것에 불과한 것일 수 있다. 그것은 개인적 이익을 최대한도로 추구하되, 그것이 다른 사람의 같은 종류의 추구와 갈등을 일으켜 파국에 이르지 않는 한도에서 그렇게 한다는 행동의 전략적 결정에 일치하는 것일 수 있는 것이다. 그렇게 볼 때 여기의 도덕적 원칙은 "계약적·법률적 지향"으로 가장 잘 표현된다. 물론 도덕적 의식이 여기에서 정점에 이른다고 하버마스가 말하는 것은 아니다. 개인적 이익 추구의 동기가 되는 개인적 필요는 사회적으로 주어지면서도 인간의 자연적 필요라고 인지됨으로써, 계약적·법률적 인간관계는 보편적 행동 규범 그리고 일반적 도덕적 규범으로 승화되며, 더 높은 도덕적 단계에서는 개인적 필요 자체가 사회적 토의의 대상이 되고, 그것은 주어진 문화 전통을 넘어서 새로운 유토피아적 가능성에로 열려 있는 것이 될 수 있다고 하버마스는 말한다.

그러나 이러한 보다 높은 도덕의식의 단계에 대한 주장에도 불구하고 어떻게 사회적 상호 작용의 테두리 안에서 사람과 사람, 이익과 이익, 이익과 이익의 충돌이 단순한 균형의 방식을 넘어선, 말하자면 상충하는 힘들이 기진맥진하게 됨으로써 받아들이게 될 계약과 법을 넘어선 원리, 강약에 관계없이 또는 운명의 영고성쇠, 사태의 역전까지 상정한 통시적 계산에서 나오는 강약에 관계없이 작용할 수 있는 보편적 규범이 나오며, 또 한발 더 나아가 일정한 사회와 문화가 규정하는 인간의 필요를 넘어가고 그 충족의 현재적·잠재적 기구를 넘어가는, 인간과 사회의 새로운 유토피아적 형성의 전망이 열릴 수 있는 것인지 분명치 않다. 아마 그러한 것이 가능하다면, 그것은 전제 없는 사회적 상호 작용으로부터 나오는 것이라기보다는 이미 역사적으로 이룩된 문화적 가치에서 나오는 것일 가능성이 크다. 또는 그것은 개인적 욕구와 이익의 추구의 균형과 조화의 원칙으로서의 이성과는 다른 어떤 것으로부터 끌어내어질 수밖에 없을 것이다.

그런데 사실 이러한 가장 높은 도덕적 단계 이전에 있어서도 사회적 이성에는 이미 성취된 문화적 업적으로부터 차용된 것이 많이 들어 있는 것으로 생각된다. 앞에서 본 바와 같이 도덕의식의 성장은 어느 단계에서나 사실적 사회관계를 반성적 사유를 통해서 추상화하고 일반화하여 규칙으로 인식하는 과정을 통하여 진행된다. 이러한 인식은 이미 비친 바와 같이, 사실적 경험이 저절로 일반적 경험으로 전환된다기보다도 인식 능력을 통하여 추상화되고 일반화됨으로써 이루어진다. 이 인식의 기능은 사회적 상호 작용과는 별개의 것으로(물론 그것과의 복잡한 상호 관계 속에서) 독자적 계기를 이루는 것이라고 하는 것이 옳을 것이다. 그렇다고 하는 경우이 일반화하는 능력도 그냥 주어지는 것이 아니라 개인적으로나 문화적으로나 계발·발전되는 것일 것이다. 퇴니에스(Ferdinand Tönnies)나 베버(Max Weber)가 계약과 법의 사회의 실현이 합리성의 발전과 밀접한 관계에서 얻어진 특별한 역사적 업적이라고 하는 것은 이러한 이성적 계기의 독자적 중요성을 인정한 것이다.

하버마스의 생각으로 규범적 인식은 주로 사회 구조의 상징적 일반성("가족 내의 몇몇 역할의 상징적 일반성들"[40]이거나 더 광범위한 "소통 행위의 일반적 구조"[41]이거나)의 내면화 결과이다. 그리고 이것은 앞에서 말한 것처럼, 궁

---

**40** Ibid., p. 85.
**41** Ibid., p. 86.

극적으로 상호성과 논리성으로 향한다. 그러나 사회 구조가 반드시 그러한 일반성에로의 이상화를 허용하는 것인지는 분명치 않다. 어쩌면 그것은 사회의 종류에 따라 다른 것일 것이다. 하버마스는 도덕의식의 관점과 사회적으로 가능한 행동 사이의 갈등이 있는 "비극적" 상황을 인정한다. 사회적으로 반규범적이 되는 도덕의식과 도덕적 행동은 어디에서 유래하는가? 참다운 도덕적 행동은 "(대체로 갈등이 없는 정상적 상황에서) 성공적으로 습득한 상호 작용의 능력을 어려운 조건하에서도 유지하는" 것으로 말하여진다. 그러나 "대체로 갈등이 없는 정상적인 상황"이 없다면 도덕은 어디에서 올 것인가? 혁명가들이 정의하는 혁명을 요구하는 상황은 바로 이러한 구조적으로 지속되는 비정상적 상황이다.

## 7

내가 여기에서 이러한 것들을 문제 삼는 것은 인식이 사회적 이성에 있어서도 단순히 사회의 소통 구조에서 나올 수 없는 독자적인 계기라는 것을 강조하려는 것이다. 앞에서 비친 바와 같이, 계약과 법에 입각한 사회 관계에서도 계약과 법에 대한 순응은 힘의 관계를 떠나서, 규범의 정당성 자체의 인정을 전제로 한다. 그것은 순수한 형태로서는 아마 형식적으로 납득될 수 있는 보편성으로 인하여 주장되는 정당성이다. 여기에서 형식적이라는 것은 논리적 정합성을 가리키는 말이지만, 그러한 합리적 정합성의 인식은 현실 생활의 동기에 들어 있는 내용, 충동과 욕망, 이해관계, 합리적으로 검증되지 아니한 가치들을 사상하고 형식의 관점에서만 사물을 볼 수 있게 하는 금욕적 단련, 아스케시스(askesis)를 전제로 한다. 이 아스케시스는 개인적 의지의 표현일 수도 있고 사회의 교육 제도나 실천적 제도가 요구하는 것일 수도 있다.

하버마스의 상호 작용의 모델은 일단은 전제 없는 상태에서 또는 존 롤스(John Rawls)의 공식을 빌려 참여자 모두가 무지의 베일 속에서 한군데에 모이는 원형적 지점[42]에서 상호 작용이 이루어지는 것을 생각한다. 물론 그가 사회적·문화적 현실의 개입을 배제하는 것은 아니다. 사회의 구조는 경험적으로 주어진 것이고, 또 무엇보다도 정의나 상호 작용의 사실적 출발점이 되는 사람의 필요는 사회와 문화에 의하여 결정된다. 그렇다는 것은 사람들의 행동의 동기를 이루는 문화적 가치가 상호 작용 속으로 투입된다는 말이지만, 그 문화 가치는 이미 상대화되어 독단적 성격을 벗어난 것이어야 할 것이고, 아니면 적어도 서로 다른 독단적 신념들이 폭력적으로 맞부딪치게 될 상황은 아니어야 할 것이다. 이러한 요인들은 결국 하버마스의 상호 작용은 이미 세속화되고 합리화되고 형식화되고 또 상대화된 문화유산과 그것이 지켜질 만큼의 물질적 조건이 확보된 사회의 일이라는 말이 된다. 다시 말하여 이미 이루어진 문화적·사회적 업적의 형식화가 이 상호 작용의 모델인 것이다.

이 문화적 업적이란 간단하게는 서양의 근대적 발전을 전부 포함한 것이다. 그러나 여기에서 내가 주목하고자 하는 것은 이 문화적 발전에 들어 있는 인식의 계기이다. 그것은 이미 말한 바와 같이 이성의 이름으로의 아

---

42 롤스가 그의 『정의론』에서 생각의 출발점으로 상정하는 '원초적 지점(the original position)'은 사회 속에 묶이는 사람들이 아무것도 전제하지 않고 만나게 되는 상황인데, 그 지점에서는 "아무도 자신의 사회 내의 위치, 계급적 위상, 사회적 신분을 알지 못하고, 타고난 자산과 능력, 지능, 힘 등을 알지 못한다. 더 나아가…… 무엇이 좋은 것인가 하는 것도 자신의 특정한 심리적 편향도 알지 못하는 것으로 상정한다. 정의의 원칙은 무지의 베일을 쓰고 선택된다." John Rawls, *A Theory of Justice*(Cambridge, Mass.: Harvard University Press, 1971), p. 12. 하버마스의 상호 작용 모델이 롤스의 정화된 상태의 상호 작용을 상정하는 것은 아니지만, 궁극적으로 롤스가 가정하는 바와 같은 선입견 없는 상태 또는 그것을 자제하는 상태의 마음가짐을 전제하는 것은 사실일 것이다. 적어도 내용을 사상한 형식적 정합성의 인지 가능성이 전제되어야 사회 행동의 규범화 그리고 일반화를 말할 수 있을 것이다.

스케시스를 위한 결단을 요구한다. 개인적인 것이든 집단적인 것이든 그것은 말하자면 데카르트적인 계기를 요구하는 것이다. 즉 모든 것을 회의하고 오로지 명증한 것만을, 논리적 관점에서 명증한 것만을 받아들이게 하는 이성을 위한 결단이 필요한 것이다. 이것은 하버마스가 비판하는 바 외로운 사유 속에서 자기와 자기의 동일성을 발견하고 경험적 자아로부터 환원된 선험적 주체로부터 모든 것을 시작한다는 것을 말한다.

이렇게 말한다고 하여 앞에서 말한 모든 문제점, 실천적·도덕적·심미적 차원의 포기 그리고 이 포기에서 나오는 여러 폐해들을 낳은 기술 문명의 황폐성을 무시할 수 있다는 것은 아니다. 단지 우리가 원하는 것이 보다 넓은 이성의 개념이라고 하더라도 단순한 합리성의 원리로서 이성, 개인적으로는 이성을 위한 외로운 결단을 요구하며, 집단적으로는 합리적 문화의 제도화 등에 의하여 뒷받침되는 합리성의 원리로서의 이성을 빼어놓을 수 없다는 것이다. 그보다도 오히려 그것의 바탕 안에서만, 그로 인하여 제외되는 다른 차원의 이성, 도덕적이고 미적인 이성도 재확립될 수 있지 않나 하는 것이다. 그것이 어떻게 가능한가는 물론 간단히 답할 수 있는 것은 아니다. 여기에는 하버마스도 초기에 말한 바 있듯, 실증적 이성에 대하여 자기 성찰적 이성의 확립이 필요하다.

우리는 앞에서 20세기의 과학에서 점점 확대되어 온 불확실성의 느낌을 말하면서 프리고진이 한 말, 20세기 과학의 교훈은 우리로 하여금 "실재의 풍부함, 어떤 단순한 언어로 표현하기엔 너무도 풍부한, 그리고 단순한 논리적 구조로 나타내기에는 너무도 큰 풍부함"을 깨닫게 하는 것이라는 말을 인용하였다. 어떠한 로고스의 공식으로도 표현하기에는 너무나 풍부한 실재는 물리적 세계에 못지않게 삶의 세계, 그 사회적 생활과 내면 속에 있다. 과학의 이성이 한편으로는 과학의 더욱 넓어지는 지평을 확보해 가면서 다른 한편으로는 점점 자신의 무력을 깨닫게 되었다고 한다면

(사실 우리 과학의 문제는 총체적 반성이 없는 단편화된 도구적 이성에 만족하는 데에 있다고 하겠지만), 철학적 또는 인문적 이성도 최초의 자기 발견에서부터 시작하여서만, 그 업적을 딛고서 계속적으로 스스로를 한정하면서 동시에 스스로를 확대할 수 있지 않을까 한다. 그것은 모순과 피곤의 길이기도 하지만, 그리고 그 미래의 전망이 밝은 것으로 보이지도 아니하지만 우리에게 열려 있는 유일한 길일 것이다.

이것은 우리 사회의 현실과 경험을 생각할 때 더욱 그렇게 생각되는 것이다. 서양의 발전에 대비하여 우리에게 서양의 이론적 이성과 비슷한 것이 있다면, 그것은 성리학의 '이(理)'라고 할 것이다. 이것도 내면적 반성의 기율을 통하여 얻어지는, 자아와 세계의 질서의 원리라는 점에서 데카르트적인 이성의 원리와 비슷한 점이 없지 않으나 그것보다는 프로네시스, 프루덴티아 또는 공동의 느낌에 더 가깝다고 할 수 있다. 그것은 무엇보다도 도덕적 이성이고 사회적 이성이다. 그것의 직관에 드러나는 것은 논리적 세계의 법칙적 명증성보다도 세계의 도덕적 바탕에 대한 확신이다. 그러한 의미에서 성리학의 '이'는, 비록 그 궁극적 정당성이 경험보다는 형이상학적 직관에 있다는 차이는 있을망정, 하버마스의 사회적 이성과 비슷하다고 할 수 있다. 그리고 삶의 질서를 단순한 합목적적 또는 도구적 이성보다는 더 넓은 기초 위에 놓는 것을 가능하게 하는 원리라고도 할 수 있다.

그러나 그것이 억압적이고 퇴영적인 구질서의 원리가 될 수 있다는 것을 우리는 간과할 수 없다. 그것은 오늘날에도 우리 사회의 (대체적인 의미의) 합리성과 사회의식, 도덕성의 근원이면서 다른 한편으로는 그 퇴화된 결과인 공리적 편의주의, 독단적 도덕주의, 물화된 집단주의 등의 원인이기도 하다. 이러한 현상에 대한 단순한 이념적 설명이 옳은 것이라고 할 수는 없지만, 이념의 관점에서만 볼 때 그것은 성리학의 내적 반성이 물리적 세계에 적용될 수 있는 철저한 합리성의 자각에 이르지 못한 것과도 관계된다. 모든 것이 사회관계 속에 맡겨질 때, 이 사회관계의 규범은 한편으로는 획일적 사회 통념의 독단적 도덕주의, 다른 한편으로는 이해관계의 기회주의에로 쉽게 타락할 가능성을 갖는다. 여기에서 필요한 것은 개인의 엄정한 사유와 사회적 검증에 다 같이 열려 있는 확실성, 독단적이 아니면서 확실한 근거 또는 합의할 수 있는 근거, 독단적인 확신으로 강제되는 것이 아니라 무한한 토의에 열려 있는 확실성과 합의의 근거이다. 이것은 교육의 중요한 계기의 하나가 되어야 하며, 또 제도의 근본이 되어야 한다. 되풀이하건대 이것이 인간의 현실을 단순화하고 비인간화하고 사람의 자연과의 관계를 근본적으로 뒤틀린 것이 되게 할 가능성을 잊어서는 아니 된다.

서양의 역사는 여러 가지로 우리가 배워야 할 것을 가지고 있는 역사이다. 그런데 그것은 그 업적의 관점에서 우리에게 교훈을 준다. 그것은 데카르트적인 이성의 교훈이다. 그러나 그것은 부정적 결과의 관점에서도 교훈을 준다. 그것은 소외와 지배와 환경 파괴의 교훈이다. 이 점과 관련해서 우리의 전통에서 발견하는 사회적 이성은 새로운 의미를 가지게 되고, 새로운 전개의 가능성을 가질 수 있다. 그러나 그것의 부정적 업적을 덮어 버려서도 아니 될 것이다. 이러한 점에 대한 반성은, 우리 사회의 도덕주의 그리고 오늘날 서구의 포스트모더니즘의 이성 비판을 액면 그대로 받아들일 수 없게 한다. 총체적 이성은 비판되어야 하는 것이면서, 과학에 있어서나 사회에 있어서나, 없을 수 없는 원리이다.

# 궁핍한 시대의 이성

## 철학과 현실

이 심포지엄에서 나에게 주어진 과제는 철학이 현실에서 하는 역할이 어떤 것일 수 있는가 하는 것이다. 그러나 아마 우리의 논의는 철학과 현실 사이에 어떤 직접적인 통로가 있다기보다는 오히려 그것이, 직접적인 의미에서는, 막혀 있거나 우원한 것이라는 사실에서부터 출발해야 할 것이다. 흔히 생각하듯이 철학을 한다거나 철학 하는 사람이 된다는 것은 벌써 현실로부터 한발 물러선다는 것을 말한다. 그러나 다른 한편으로는 철학과 현실의 거리가 멀다고 하는 것은 오늘의 현실 자체가, 철학적 사고가 거머쥘 수 있는 범위를 넘어가 버렸기 때문이다. 어느 때라도 철학적 사고가 현실을 거머쥘 수 있다는 생각은 우물 안 개구리의 망상이거나 제국주의적·지적 오만의 결과라고 할 수 있다.

그러나 사람은 대체로는, 넓은 의미에서의 철학적 구도를 통하여 구성되고 설계된 사회에서 살고, 그러한 만큼 그 현실은 철학에 의하여 파악될 수 있는 것이었다. 가령 조선조 사회에서 사람들은, 그것이 전부는 아니고 또 전부라고 하는 것이 하나의 패권적 의도를 가졌던 허위의식이라고 하더라도, 성리학의 현실 속에서 그리고 성리학의 현실 설명 능력 안에서 살았다. 말할 것도 없이 지난 한 세기 또는 한 세기 반 동안 우리가 살아온 세계는 성리학이 그 현실 장악력을 완전히 상실하면서 그것과는 다른 철학이 만들어 놓은 세계였다. 이것은 17세기 이후의 서양의 과학과 기술 또는 그것에 뒷받침되는 군사력과 경제력에 의하여 만들어진 세계이다. 이것을 구태여 다시 사상사적 관점에서 말한다면, 과학과 기술이 합리성의 원리에 의하여 이끌어지는 것이라고 할 때, 이 세계는 넓은 의미에서 이성의 철학이 만들어 낸 세계이다. 즉 그것은 과학 기술과 병행하여 전개된 현대 철학, 가령 데카르트, 로크, 칸트의 철학(경험적이거나 비판적 고려를 포함하는 과학적 이성 또는 합리성을 그 근본 원리로 하는), 이성의 철학이 만들어 놓은 세계라고 할 수 있는 것이다.

돌이켜 보건대 과학 사상이나 이성의 철학도 다른 사상이나 철학과 마찬가지로 하나의 이데올로기로서의 한계를 가지고 있는 것이라고 하여야겠지만, 그것은 현실 인식의 능력에 대한 주장에서나 그 기술적·정치적·사회적 업적의 세계적 범위에 있어서나 모든 사상과 철학 중에도 특권적인 위치에 있는 것처럼 보였다. 여기에서의 이성의 원리는 현실에 억지로 부과되는 주관적 관념이 아니라, 현실 탐구의 방법으로서 현실에 대하여 무한한 개방성을 유지하면서 동시에 그것을 일정한 원리에 따라 이해하고 재구성하는 절차이며, 따라서 이데올로기적 허구가 아니라 현실의 구성적 원리 그 자체처럼 보였던 것이다. 그러나 이 점에 대하여 또 그러한 원리가 시작한 역사적 기획에 대하여 많은 회의가 일고 있는 것이 오늘의 현실이다. 즉 이성의 철학은 오늘날 오늘의 현실을 거머쥘 만한 것이 아닌 것으로 보이는 것이다. 오늘에 철학과 현실의 관계가 문제가 된다면, 그것은 이성의 철학 또는 그 현실적 의도를 생각하여 더러 부르듯이 계몽의 철학과 현실의 관계가 문제되는 것이라고 할 수 있다.

서양 계몽 철학의 전통에 깊이 뿌리내리고 있는 철학자라고 해야 할 호르크하이머와 아도르노는 『계몽의 변증법』에서 "계몽의 기획은 자폭하였다."라고 말한 바 있다. 이것은 1944년의 일이지만 그 후에도 이성의 계몽 기획의 자폭까지는 아니라도 적어도 위기는 그 이전에나 그 이후에나 계속 지적되어 온 일이다. 여기에서 이 위기의 성격에 대한 논의를 자세히 검토할 수는 없지만, 이 위기의식의 결론은 그것이 이성의 철학이든 계몽의 기획이든 사람의 주체적 사유가 현실을 거머쥘 수 없다는 인정으로 귀착한다고 할 수 있다. 역설적인 것은 어떻게 보면, 현실에 의한 사유의 패배는 사유의 성공으로 인한 것이라고 할 수도 있다는 점이다. 달리 말하여 이성의 실패가 그것의 성공의 다른 한 면을 이룬다는 점이다. 다른 신념이나 철학적 체계의 실패는, 말하자면 단순히 새로 등장하는 현실을 어거(馭車)할 수 없게 됨으로써, 또 이에 따라 현실에 대한 진리 주장의 근거를 상실함으로써 그 이데올로기로서의 성격을 드러내게 된 사정을 말하는 데 대하여, 이성의 실패는 그 승리가 가져온 현실의 부작용, 즉 제국주의, 비인간화, 환경 파괴 등으로 인하여 그 이데올로기적 성격을 노출하게 된 사정을 말한다.

이성의 힘을 통한 인간 생활의 향상에 대한 희망은 오늘날 도처에서 회의의 대상이 되지만, 다른 한편으로 오늘날은 인류 역사의 어느 시기에서보다도 과학 기술 문명의 승리 또 그것의 뒷받침으로서의 이성의 승리가 분명해진 시기이기도 하다. 외적인 승리와 내적인 좌절, 이 모순의 원인을 호르크하이머나 아도르노는 계몽의 이성이 원래 배태하고 있던 이성의 도구화 가능성과 또 그것과 지배 의지의 결합에서 발견한다. 이들의 판단으로는 이러한 왜곡의 가능성은 이성 자체에 이미 들어 있는 것이다. 그러나 계몽의 기획의 중심 원리로서의 이성이 약속한 인간의 전면적인 해방, 행복, 삶의 평정화도 반드시 허망한 것이라고 할 수는 없기 때문에, 왜곡은 이성 자체의 변증법의 결과라기보다도 역사적 전개의 불행한 결과라고 말하는 것도 틀린 말이 아닐 수 있다. 이러한 관점에서 책임은 본래의 목적 상실로 인한 이성의 실증화, 즉 넓은 목적과 관계없이 주어진 사실의 설명에만 집착하게 된 이성의 변모 그리고 그에 따른 무반성적·기술적 목적에의 봉사로 인한 도구화 등에 있다고 할 수 있다는 말이다.

1937년에 쓰기 시작한 『유럽 과학의 위기와 선험적 현상학』에서 후설 (Edmund Husserl)이 지적하고 있는 위기도 바로 이러한 점, 이성의 단편화 또는 실증화에 관계되는 것이다. 그에 의하면 이성은 중세적 어둠에서 깨어나 "인간 세계와 세계에 대하여 자유롭게 스스로를 결정하는 존재로서의 인간"의 문제에 대한 정당한 답변을 찾으려 한 유럽인의 기획의 일부였다. 그리하여 이성은 "지식(참되고, 합리적인 지식)과 참되고 순정한 가치(이성의 가치와 일치하는 순정한 가치), 윤리적 행동(실천적 이성으로부터 나오는 참으로 선한 행동)에 관계되는 모든 기율에서 핵심을 이루는 것"이었다. 그리고 이 이성은 더 나아가 계몽주의에서 목표한 바와 같이 "교육과 인간의 사회적·정치적 존재 방식 일체를 철학적으로 개조하고자 하는 열정"을 가진 것이었다. 그러나 이러한 이성의 높은 임무는 단순히 사실 추구의 과학 속에 사라지게 되었다. 이 본래의 보다 높은 인간성에의 발전 수단으로서 이성의 소멸이 후설의 생각에 현대 유럽인의 그리고 이제는 더 나아가 인류의 정신적 위기를 이루는 것이었다.[43]

---

**43** Edmund Husserl, *Die Krisis der europäischen Wissenschaften und die transzendentale Phänomenologie: Eine Einleitung in die phänomenologische Philosophie*(Hague: Martinus Nijihoff, 1954); *The Crisis of European Sciences and Transcendental Phenomenlogy*(Evanston, Illinois: Northwestern University Press, 1970), pp. 3~18.

물론 오늘의 시점에서 이성의 계몽의 기획은 성공했다고 하든 실패했다고 하든 단지 철학적 문제만은 아니다. 그것은 오늘날 현실적 문제이며, 또 현실적 문제의 악화는 많은 사람에게 이성 자체의 문제성을 생각하게 하는 것이다. 이러한 관련에서 사상적·철학적 관점에서나마 이성의 문제는 다시 한 번 우리의 고찰의 대상이 될 만하다. 그리고 이 고찰에서 이성의 본래의 원대한 희망에 대한 후설의 말은 그 나름의 의의를 갖는다고 할 수 있다. 이 이상을 생각하며 그것이 어떻게 폭넓은 해방의 이상, 즉 진리와 윤리적 이상과 다른 가치의 이상을 포함하는 기획으로부터 도구적 이성, 즉 단순한 지배 의지에 복종하는 도구적 이성이 되었는가 하는 것을 생각하고, 더 나아가 어떻게 하여 그 폭넓은 인문적 이상의 차원을 회복할 방도가 있겠는가를 궁리하는 것은 현실에 관심을 갖는 철학의 중요한 과제가 된다.

## 이성과 내면적 체험

서양에 있어서 현실과의 관련에서 이성에 새로운 질문을 가하고 또 이성을 재건하는 데에 가장 큰 관심을 가져온 사상가의 한 사람이 오늘 우리가 이 자리에서 만나게 된 위르겐 하버마스 교수이다. 그에 의하면 이성의 기획의 실패는 다분히 이성을 외로운 개체의 사유에서 도출해 내는 사유의 조직에 관계되어 있다. 모든 것을 대상화하는 주체적 사유는 한편으로는 자연스럽게 지배 의지와 결부되며, 다른 한편으로 외로운 주체적 사유가 요구하는 합리적 명증성의 기준은 저절로 그러한 요구와 합치할 수 없는 중요한 가치, 가령 미적 가치 그리고 무엇보다도 윤리적 가치를 평가 절하하게 되기 때문이다. 그리하여 하버마스 교수는 이성이 사회적 상호 작용에서도 나올 수 있는 것이라고 하고, 이러한 상호 작용에 기초한 이성의 전개가 오히려 계몽의 기획에서의 넓은 인간적 이상의 실현에 합당한 것일 수 있다고 생각한다. 또 이러한 이성은 자유로운 의사소통의 확보를 조건으로 하며, 그것은 소통 기구의 제도에 의하여 뒷받침된다고 말한다. 그러나 내가 이 자리에서 생각해 보고자 하는 것은 의사소통의 이성의 개념보다도 이성 그리고 그것 이외의 철학적 사고, 현실과의 관계 속에서 존재하는 사고의 내면적 기원과 존재 방식에 대해서이다. 이것은 다시 사유의 고독한 근원으로 돌아가는 것을 의미한다. 여기에서 이 사실을 다시 생각해 보려는 것은 오늘날 이성(도구화된 것이 아니라 넓고 깊이 있는 인간 존재의 현실과 이상을 포괄하는 이치로서의 이성)의 존재 방식이 내면적일 수밖에 없는 것으로 생각되기 때문이다. 오늘날 외부 세계에 의존하는 이성이 온전하게 스스로를 보존할 가능성은 매우 희박한 것으로 보인다.

최근에 내가 외지에서 본 놀라운 뉴스 하나는 터키에서 석유 채굴을 하는 다국적 기업 쉘 석유 회사가 기름에 오염된 물을 처리하는 방안으로 200만 인의 수원지가 되는 지하수에 그 물을 주입해 왔다는 것이었다. 쉘 회사도 그 잘못을 인정하고 적절한 조처를 취한다고 하지만, 이 물이 다시 깨끗해지려면 100년에서 300년이 걸릴 것이라고 한다. 또 금년 초의 보도에 따르면 나이지리아에서도 채유하고 있는 이 회사는 나이지리아 군사 정권과 특별한 관계를 가지고 있다고 알려져 있는데, 군사 정권은 채유 과정에서의 환경과 공동체 파괴에 항의하는 켄 사로위와(Ken Saro-Wiwa)라는 지도자를 교수형에 처한 바 있다. 이러한 일들은 과학 기술과 탐욕과 번영의 합성물이 어떤 엄청난 부정적 결과를 낳는가를 단적으로 예시해 주는 것이다. 그러나 오늘의 문명, 한편으로는 과학 기술의 소산이기도 하고 국제 자본주의의 소산이기도 한 오늘의 세계 문명 또는 세계화하는 문명의 여러 부정적 현상들은 이미 잘 알려진 것들이고, 여기에서 새삼스럽게 언급할 필요는 없다. 아마 우리가 더 절실하게 느끼는 것은 우리의 일상생활에서 자라 나오는 불행 의식이다.

그간 한국이 이룩한 경제 발전은 세계가 주목하고 우리 자신이 자랑스럽게 생각하는 것이지만, 거시적 관점을 떠나서 미시적으로 우리의 일상을 돌아볼 때, 우리의 누구도 그간의 물질적 성장, 물질적 번영과 더불어 방출된 무한한 욕심과 지배 의지 그리고 그 속에 날로 거칠어 가기만 하는 우리 삶의 결을 느끼지 아니할 수 없는 것이다. 역사가 빛을 통해서만이 아니라 어둠을 통해서도 만들어진다는 말은 우리의 역사를 보는 일방적 시각을 교정해 준다. 그러나 오늘날 계몽의 이성 또는 (그것이 서양만의 전용물이라고 할 수는 없기 때문에[44]) 대체적으로 너그러운 삶의 이상이라는 관점에서 볼 때 오늘의 세계 상황은 이성의 진전을 말할 수 있는 것이라기보다는 이성의 전개로서의 역사가 종말에 이르렀다는, 자본주의 승리론자나 포스트모더니스트의 주장이 오히려 현실 감각을 가진 것으로 보이게 한다. 그러나 다른 한편으로 역사가 명암의 이중주라는 것, 또 현실의 이치에 관계없이 혼란과 야만을 피하기 위하여 이성은 불가결의 요청이라는 것을 생각할 때, 이성의 운명이 그렇게 간단한 것만은 아니라고 여겨진다. 무엇보

---

**44** 이성 또는 계몽의 이성이 반드시 서양 역사에 한정된 특수한 원리인가 하는 문제에 대해서는 심각한 연구가 필요하다. 페리 앤더슨(Perry Anderson)은 최근 서구 진보 사상의 전개를 개관한 저서 『싸움이 벌어지는 곳(*A Zone of Engagement*)』에서, 19세기 프랑스 경제 사상가 앙투안 쿠르노(Antoine Cournot)의 관찰에 주목하여 다음과 같이 말하고 있다. "…… 현대가 유럽사 전개의 창조물이라고 한다면, 그 배경에 들어 있는 것은 이미 아시아의 경험에서 예시되었던 것이다. 헤겔과는 달리 쿠르노의 세계사 방향에 대한 비전은 전적으로 서양 중심적인 것은 아니었다. 여러 세기 동안 중국 문명은 유럽 문명에 대하여 업적에 있어서 필적하면서도 가치에 있어서 다른 대칭을 이루고 있었다. 서양 사회들이 신앙, 조국, 자유 등의 이상을 차례차례 절대화하는 동안, 중국의 현실주의는 개인의 물질적·도덕적 향상, 이용후생을 위한 사회 제도들을 만들어 냈다. 합리적 행정 제도와 산업 발명의 원리들이 개척된 것은 유럽이 아니라 중국에서였다. 그러한 것은 서양에서는, 중국이 주체가 되는 역사의 영웅적 에너지가 꽃이 피고 지고 난 훨씬 후에 가서야 크게 나타나게 되었다." Perry Anderson, *A Zone of Engagement*(London: Verso, 1992), p. 218.

다도 그것은 사람의 안으로부터 나오는 깊은 요청의 하나이다.

일반적으로 세계를 하나의 원리 속에 파악하고자 하는 것은 사람들의 억제할 수 없는 욕구이고 필요이다. 놀라운 것은 세계의 제1원리가, 그것이 무엇이든지 간에, 세계에서 찾아지는 것이면서 사람의 내면에서도 발견된다는 사실이다. 제1원리의 탐구를 위한 움직임은 밖으로 움직이는 것이면서 또 안으로 움직인다. 내적 움직임이란 신비가에게서 보는 바와 같은 긴 내면의 여로이기도 하고, 과학, 철학 또는 일반적으로 학문적 성찰 조건으로서 어떤 종류의 에포케(epoché, 판단 중지)일 수도 있다. 그런데 이러한 움직임은 궁극적으로 세계를 파악하고자 하는 것인 까닭에 세계로 나아가게 마련이지만, 이 움직임이 드러내는 원리는 우선 내면에 존재하는 또는 내면에만 존재하는 것일 수도 있다. 미국 시인 월리스 스티븐스의 시에 「가운데 있는 암자(The Hermitage at the Centre)」라는 것이 있는데, 이 제목이 뜻하는 바는 세상의 여건이 불리한 시기에는 삶의 행복에 대한 명상은 마음 한가운데로 숨어들어 가서 은거한다는 것이다. 이 명상은 외적인 실현을 결여하고 있는 만큼 반드시 건강한 상태의 것은 아니고, 또 그가 다른 시에서 말하는 바와 같이 "형체 없는 괴물"일지 모른다. 그러나 궁극적으로 안으로 잠적한 "빛나는 것들에 대한 지식은 그 완성적 날개를 타고/ 우리를 시간에로 이끌어 간다."

즉 미래 세계의 실현으로 우리를 이끌어 간다고 그는 말한다. 오늘에 있어서 넓은 의미에서의 이성은 주로 이러한 내면성의 일부로서 존재하는 것으로 생각된다. 이 점을 확인하는 일은 중요한 일이다. 의식화되지 않은 모든 것은 소멸한다. 이것이 오늘의 시대 특징의 하나이다. 그리하여 보존과 확장은 인식과 확인을 전제로 한다. 그리고 이러한 확인을 통하여 비로소 우리는 외적 상황에 관계없이 이성과 내면의 가치를 보존하고, 가능하다면 궁극적으로 그것이 외적 현실로서 실현될 전략에 대해서 생각할 수 있다. 사실 역사적으로 이성은 내면의 원리로 또는 적어도 상황과의 적대적 관계 속에서 존재해 왔다고 할 수 있다. 그것이 세계와 사회의 법칙으로 존재하게 되었다면, 그것은 다분히 일단의 역사적 승리의 결과로 가능해진 것이다. 그러나 그 궁극적 이상으로서의 이성은 계속적으로 적대적인 조건 속에서 존재해 왔고, 앞에서 비친 바와 같이 오늘에 그것은 특히 적대적인 상황 속에 있는 것으로 보인다. 이성이 그 전체성을 상실한 것도 이러한 적대적 상황에서 그 수난과 정열의 에너지를 잃어버린 것에 관계되는 것인지 모른다.

현대 문명의 합리주의 또는 이성의 폐해의 근본은 데카르트로 소급하여 이야기되는 수가 많다. 그것이 맞는 것이든 틀리는 것이든 간에, 우리는 데카르트에게도 이성이 단순한 합리성이었다기보다는 새로운 발견의 난관과 열정을 포함하는 체험이었다는 것을 상기할 필요가 있다. 데카르트의 코기토의 발견은, 깊은 의미에서라면 몰라도, 즉 모든 사람은 다 같이 시대의 보이지 않는 철학적 기획 속에 있으며 그 생각은 의식하든 아니하든 이러한 기획의 한 표현이라는 의미에서라면 몰라도, 사회적 관계 속에서보다도 사회에 역행함으로써 이루어진 것이었다. 이 역행의 사실이 없었더라면 데카르트의 사유는 도대체가 있을 수 없는 것이었을지 모른다. 데카르트의 스콜라 철학에 대한 관계를 간단히 말할 수는 없지만, 대체적으로 그의 철학이 그것에 대한 비판과 부정인 것은 틀림이 없다. 『방법 서설』에서 말하고 있는 것처럼 그를 새로운 사고로 이끌어 간 것은 학교에서 배운 철학이나 과학의 불확실성이었다. 그는 "학교에 다니면서 아무리 이상하고 믿을 수 없는 것이라도 어느 철학가가 말하지 아니한 것은 없다는 것을 발견했다."라고 말할 정도로 스콜라 철학의 견해들을 허황하고 독단적인 것으로 생각하였다. 그가 비판적으로 생각한 것은 지난 시대의 철학이나 학문만이 아니었다. 그는 사람 생각의 뿌리가 얼마나 허황할 수 있는

가를 잘 알고 있었다. 그는 사람들의 사고가 어떻게 시대와 지역의 관습에 따라 달라지는가를 보았다.

여행을 통하여 만나게 되는 우리와 느낌을 달리하는 사람들도 그 다르다는 이유로 하여 미개인이나 야만인이 아니며, 그들 중의 많은 사람들이 우리 못지않게 또는 우리보다도 더 이성을 널리 사용한다는 것을 알게 되고, 똑같은 정신을 가진 똑같은 사람이라도 어릴 때부터 프랑스인이나 독일인 사이에서 성장한다면, 중국인이나 식인종 사이에서 살아온 사람과는 다르게 될 것이며, 우리가 입는 옷의 경우만 해도 10년 전에 좋아 뵈던 것 그리고 지금부터 10년이 지나지 않아 다시 좋아 뵐 것인데도 지금은 눈에 나고 우습게 보인다는 것을 생각하고, 그리하여 우리를 설득하는 것은 확실한 지식보다는 관습과 보기라는 것 그리고 진리는 여러 사람보다는 차라리 한 사람이 발견할 가능성이 많은 까닭에, 여러 사람의 말은 조금 발견하기 어려운 진리의 경우 아무런 확증이 되지 않는다는 것, 이러한 것들을 고려할 때, 나는 여러 사람들 가운데 특히 그 의견을 존중하여야 할 사람을 찾을 수는 없고, 나 스스로가 나의 길잡이가 될 수밖에 없었다고 알게 되었다.[45]

데카르트는 자전적인 기록으로써 어떻게 시대에 맞지 않게 새로운 이성의 일을 택했는가를 이렇게 말하였다. 그의 유명한 철학적 방법은 이러한 삶의 경험을 그대로 일반화한 것이다. 그의 유명한 회의 방법, 즉 오관으로 알 수 있는 세계, 자신의 신체, 신, 기억 또는 수학의 정리까지도 일단 의심의 대상으로 삼고 가장 확실한 것만을 찾는 그의 철학적 방법은 철학적 방법일 뿐만 아니라 경험적 근거를 가진 것이다.

---

45 René Descartes, "Discours de la Methode", *Oeuvres et Lettres*(Paris: Edition Gallimard, 1953), p. 136.

이 경험은 그의 관찰을 말하기도 하지만 깊은 내적 체험을 말하는 것이기도 하다. 우리가 여기에서 주의하고 싶은 것은 그의 이성의 발견, 즉 사유하는 자아와 추론하는 사유의 확실성의 발견은 그것이 사회의 전통과 관습에 배치되는 것인 만큼 단순히 경험적 관찰에 근거했다는 것 이상으로 깊은 개인적인 체험의 성격을 가졌다는 점이다. 사회의 관습, (요즘 우리 사회에 유행하는 말로는) 관행에 역행한다는 것은 깊은 확신의 체험 없이는 불가능한 것이다. 그러한 체험을 극적으로 나타내고 있는 것이 스물두 살 나이의 그가 독일 병영의 스토브 가에 앉아서 가지게 된 새로운 철학적 출발의 비전, 그로 하여금 『방법 서설』의 철학을 생각하게 한 비전이라고 할 수 있다. 그것은 하나의 개종의 경험과 같은 결정적인 전기를 이루는 것이었던 것으로 생각된다. 그의 최초의 전기 저자 바이예(Adrien Baillet)는 이때 데카르트의 정신 상태가 "격렬한 혼란" 속에 있었다고 하면서 다음과 같이 기술하였다. "…… 불이 그의 머리에 일었다. 그는 일종의 열광 상태가 되어, 의기저상되어 있던 그의 정신으로 하여금 꿈과 환영을 받아들이기 쉬운 심리에 빠져들게 하였다."[46] 이러한 기술이 그의 철학적 체험 또는 이성에의 개종이 얼마나 극적인 정신적 경험이었던 것인가 설명해 주는 것인지는 알 수 없으나, 여기에까지 이르는 그의 생애만도 상당히 외곬으로 "진리에 대한 사랑(l'amour de la vérité)"만을 표현하는 것으로 말할 수 있다. 그의 철학적 개종이 극적인 정신적 체험이었다면, 그것은 그때까지 상당 기간의 학문적 세계와 현실 세계에서의 방황과 탐색의 결과였던 것이다. 그의 삶은 그 결과 이미 세속적인 삶에 대한 초연함을 나타내는 것이었지만, 그의 새로운 철학적 비전은 그로 하여금 더 적극적으로 은거를 추

---

[46] Adrien Baillet, *La Vie de Monsieur Descartes*(Paris: Collection 'Grandeurs', La Table Ronde, 1691), p. 37.

구하게 하여, 화란으로, 즉 "친지가 있을 수 있는 모든 곳으로부터 멀리 떠나…… 먼 사막에 사는 듯 홀로 숨어 살 수 있는"[47] 곳으로 이주를 결심하게 했다.

여기에서 이와 같이 데카르트의 사유의 길을 살펴보는 것은 이성의 원리를 다시 그 출발에 있어서의 고르지 못한 환경과 개인적 체험의 조건 속에서 상기하자는 것이다. 되풀이하건대 데카르트에게 이성적 사유는 시대적·개인적 혼란과의 갈등 속에서 필요한 것이었다. 그것은 개인적인 방황과 결정적 비전과 결단 그리고 금욕적 희생, 즉 내면적 과정에서 일종의 에포케와 실제 삶에서의 세속적인 삶에 대한 어느 정도의 체념 등을 통하여 삶의 주제적 원리가 된다. 그런 다음에야 그것은 세계를 새로 구성하는 원리로서, 세계의 주인이 될 수 있는 원리로서 정립된다. 이 후자의 측면에서 이성은 오로지 사실적 세계를 정당화하고 세계의 기술적 통제에 봉사하는 것으로 보이지만, 그것은 다른 한편으로 자주 지적되듯이 부정의 원리 또는 거스름의 원리이다. 그리고 그것은 개인적인 체험에서 탄생하며 그 결심 속에서 유지되는 것이다. 이러한 면에서 그것은 다른 내면적 경험에서 확인되는 원리와 비슷하다. 체험으로서의 이성의 경험은 다른 내면성의 경험, 신비적 경험이거나 단순한 일상적 경험이거나 내면적 지속의 경험과 비슷하게 여러 불리한 조건 속에서도 유지되는 내면 공간에 크게 의존한다.


## 내면성의 유형들

찰스 테일러(Charles Taylor)는 하버마스 교수의 회갑을 기념하는 논총

---

47 René Descartes, ibid., p. 146.

에 실린 글에서[48] 근대화의 원리로서 이성을 설명하면서 그것이 서양사에 있어서 특별한 내면적 경험의 소산이라고 말한다. 내면적 체험은 그의 말로는 서양 문화의 독특한 체험이다. 그것은 "근본적 반성성(radical reflexivity)"으로서의 데카르트 그리고 로크나 칸트 등의 이성 원리가 서양 현대 문화 고유의 내면성(inwardness)을 결정적으로 규정하기 때문이다. 이러한 테일러의 발언은 문화적 편견을 나타내는 것이라고 하겠지만, 그가 데카르트적인 이성을 보다 넓은 내면성의 평면에 놓고, 또 그것의 특징을 일단 다른 것과 판별하려고 한 것은 이성의 내면적 근거에 대한 매우 시사적인 접근이 되는 것으로 생각된다.

진리의 인식을 내면적 선회를 통해서 이룩하고, 이 선회에서 이성을 발견하려고 한 것은 서양 사상사에서 오래된 근원을 가진 것이다. 대표적인 예를 들면 그것은 플라톤 또는 스토아 철학자들에게로 소급한다. 플라톤에 있어서 사람이 자기를 되살펴본다는 것은 자신 속에 있는 이성의 원리를 확인하는 것이다. 이 이성은 사람으로 하여금 사물의 질서, 이데아의 세계, 진선미의 세계를 볼 수 있게 한다. 이것을 본 사람은 그 장관에 감동하여 선한 삶을 살지 아니할 수 없게 된다. 여기의 이성은 사람의 내면의 속성이면서도 기묘하게 객관적이고 외적인 성격을 가지고 있다. 그것의 기능은 사람에게 사물의 바른 이치를 직관하게 하는 데 있고, 현실적 결과로서는 사람의 삶을 바른 사물의 질서에 따라 살게 해 주는 데에 있다. 이러한 외면성, 즉 내면의 외면성이라고 할 수 있는 것은 스토아 철학의 경우에 더 분명하다. 스토아 철학자에게도 이성은 중요하다. 그러나 그것은 플라톤에 비하여 실천적 의미를 갖는다. 그것은 사람으로 하여금 절제된 삶을

---

48 Charles Taylor, "Inwardness and the Culture of Modernity", *Philosophical Interventions in the Unfinished Project of Enlightenment*, eds. by Axel Honneth, Thomas McCarthy, Claus Offe and Albrecht Wellmer(Cambridge, Mass.: MIT Press, 1992).

살게 하는 데에 목적이 있다. 스토아 철학에서 인간의 내면을 돌아보는 것은 그 주제적인 부분(헤게모니콘, hegemonikon)을 확실히 하려는 것이다. 그것은 내면 자체를 주제화하는 것이 아니라 그것을 통하여 확실한 삶의 지침을 발견하고 그것을 삶의 외면적 관계에 적용하는 것을 목적으로 한다. 이 지침을 통하여 사람은 영혼을 치유하고 도덕적 삶을 살 수 있다. 그러나 여기에서의 내면성이란 자기 성찰의 영역에 속한다기보다는 의학의 영역에 속하는 것이다. 이성적으로 살라는 것은, 테일러의 예로는, 과로하는 비지니스맨에게 몸을 아껴서 지나치게 일을 하지 않는 것이 좋겠다고 말하는 것과 비슷한 것이다.

이에 대하여 17세기에 서양인은 그 문화에 새로운 반성의 이상을 도입하게 되었다. 플라톤 등의 옛날 사람들에게 반성은 자신의 내면으로 들어가되 거기에 머물려는 것이 아니라 그것을 통하여 객관적 질서를 바라보라는 것이었다. 그런데 데카르트나 로크가 대표한 17세기의 변화는 성찰의 눈을 사람의 내면 자체에 돌렸다. 물론 이러한 내면화에서도 중요한 것은 인간의 내면 전체라기보다는 그 이성적 부분이다. 또 이것은 주어지는 것이라기보다는 특별한 순화 작용을 통하여 구성되어야 한다. 그것은 순수한 이성으로 스스로를 구성하기 위하여, 그것도 도구적 이성으로 스스로를 구성하기 위하여 세계와 자신의 비이성적 부분으로부터 자신을 절단하고 "초연하고 첨예화한 주체(a disengaged punctual subject)"가 된다. 또 이러한 주체로부터 "떼어 내어진" 세계도 주어진 대로 수용되기보다는 주체의 표상에 따라서 재구성된다.

이러한 "근본적 반성성"은 또 하나의 차원을 가지고 있다. 이것은 사실 데카르트가 이어받은 것이면서 그에 의해 감추어지게 되는 차원이다. 테일러는 서양 전통에서 내면성의 시작은 아우구스티누스로부터라고 한다. 자신을 되돌아보는 것은 아우구스티누스에게 자기 수련의 가장 중요한 부분이었다. 물론 그는 신이나 진리는 사람의 내면에, "나보다 더 깊은 내면에, 나보다도 더 드높게" 있다고 생각했다. 테일러는 데카르트의 코기토는 이러한 아우구스티누스적 전통을 계승한다고 말한다. 그러나 이 전통은 데카르트로부터 출발해 새로운 방향으로 전개된다. 테일러는 데카르트적인 내면적 반성은 두 가지 목적에 의하여 성격을 달리하는 것이 된다고 한다. 즉 그것은 자아의 기율과 통제를 위하는 것일 수도 있고 자아를 있는 대로 탐색하기 위한 것일 수도 있다. 이 후자의 방향은 이미 아우구스티누스에도 나와 있지만 몽테뉴의 『수상록』, 루소의 『고백』, 괴테의 『시와 진실』, 워즈워스의 『서곡』 등에 표현되어 있는 자아의 경험에서도 드러나는 것이다. 여기에서 사람의 내면은 불안정하고 투명한 것으로서 탐색되고 이해되어야 할 어떤 것이다. 테일러는 이 자아의 문제를 그의 다른 저서, 즉 『헤겔』 그리고 『자아의 근원(Sources of the Self)』에서 "표현적 인간관"이라는 이름으로 잘 설명하고 있다. 이 관점에서 자아는 단순히 이성적 조직이 아니라 어두운 충동과 감각과 관능적 정열로 이루어져 있다. 이 자아는 세계 내의 자기표현을 통해서 일정한 형태의 자아로 형성될 수 있다.[49]

이러한 낭만주의적 자아관은 데카르트적 이성과 일정한 관계를 가지고 있다. 그러나 일단 표면적으로는 그것은 오히려 그것에 대항해서 성립한, 말하자면 합리주의의 단순화에 대한 낭만적 보완을 이룬다. 그 관계가 어떻든지 여기에서 우리는 이성이 아니라 감각이나 욕망의 어두운 힘들, 그러나 낭만적 전통에서는 형성되어야 할 어떤 것으로서의 어두운 힘들로 이루어진 내면을 발견한다. 독일의 낭만주의자들에게 내면성이란 이러한 내면성을 말한다. 요약하건대 사람이 진리를 위하여 내면으로 눈을 돌릴

---

**49** Charles Taylor, *Sources of the Self: The Making of the Modern Identity* (Cambridge, Mass.: Harvard University Press, 1989), pp. 368~390 참조.

때, 그 결과로 얻어지는 내면성은 몇 가지 유형으로 구분될 수 있다. 하나는 우선 플라톤의 경우처럼 세계의 참모습에 대한 형이상학적 또는 철학적 직관을 지향하는 내면성이다. 데카르트의 내면화가 발견하는 것은 자아와 세계의 객관적 구성을 가능하게 하는 이성이다. 이에 대하여 눈을 내면으로 돌려 볼 때 드러나는 것은 형이상학이나 이성의 질서 속에 포착될 수 없는 인간 심리의 모든 어두운 진상일 수도 있다. 지금 말한 내면성들은 서양 이외의 전통에서도 발견할 수 있을 것이다. 그것은 비슷하면서도 다른 유형들을 생각하게 한다.

한국 또는 동양의 전통에서는 어떠한가? 근대화 이전의 한국에서 전통의 핵심을 이루었던 성리학에서도 진리에 이르는 길은 내면을 통하여서였고, 이것은 일단은 플라톤적인 것으로 말할 수 있다. 그것은 세계의 형이상학적 진상의 직관을 향한 것이기 때문이다. 다만 그것은 스토아 철학에서처럼 조금 더 실천적인 성격을 띤다. 그러나 그 실천은 개인적인 수양과 행복보다는 흔히 사회적 성격을 띤다. 테일러는 "내면의 깊이라는 생각은 근대 이전의 서양을 포함하여 많은 다른 문화에는 기이한 것이었을 것"[50]이라 하고, "근본적 반성성" 이후에야 "내면적 공간"이라는 것이 형성되었다고 하지만, 불교나 성리학의 내면성 또는 내면 공간의 중요성은 새삼스럽게 말할 필요도 없다. 테일러가 말하는 것이 내면을 통하여 보게 되는 형이상학적 실재가 아니라 내면의 움직임 자체라고 한다면, 성리학에 있어서의 내면 응시는 바로 마음의 섬세한 움직임 자체에 주의하는 것이다. 경험적 요소, 즉 마음을 거칠게 하고 흐리게 할 감정을 비롯한 경험적 요소도 긍정적인 의미에서는 아니지만 주의의 대상이 된다는 점에서, 성리학의 내면성은 낭만주의의 내면성에도 유사한 점이 있다고 할 수 있다. 그러

---

**50** Charles Taylor, op. cit., 1992, p. 94.

나 그러한 요소는 적극적으로 수용되어야 할 것이 아니라 경계하여야 할 것으로 생각되었다는 점에서는 다른 의미를 갖게 된다. 성리학의 마음은 종종 거울의 이미지로 파악된다. 이것은 한편으로 투명한 상태, 즉 허령불매(虛靈不昧)의 투명한 상태를 가리키고, 다른 한편으로는 세계에 대한 개방성을 가리키는 데에, 달리 말하여 경험과 경험을 초월한 원리로서의 마음의 관계를 설명하는 데에 적절한 비유이다. 퇴계는 이를 김돈서(金惇敍)에게 주는 편지에서 다음과 같이 설명하고 있다.

…… 편지에서 이른바 "선생의 마음은 마치 맑은 거울이 여기에 있어서 이곳을 통과하는 모든 사물이 절로 비추어 있지 않은 것이 없는 것"과 같고 "거울이 사물을 좇아 비추는 것"이 아닙니다. 일반적으로 사물이 통과하여 비치는 것은 마치 불이 하늘 가운데에 밝게 탐으로써 만상이 두루 비치는 것과 같습니다.[51]

여기에서 퇴계가 거울을 들어 그리고 햇빛에 비유하여 설명하고 있는 것은 움직이지 않는 하나의 중심, 주일무적(主一無適)하면서 사물을 있는 그대로 수용하는 원리이다. 우리의 목적을 위해서 중요한 것은 성리학에서도 가장 핵심적인 정신 기능, 마음[心]이고 내면 공간이라는 사실이다. 그리고 이 공간의 특징으로서의 투명성이다. 이 투명성으로 하여 유연한 개방성이 가능한 것이다. 이러한 점에서 그것은 데카르트적인, 아니면 칸트적인 인식의 원리로서의 이성과 비슷한 것처럼도 생각된다. 그러나 그것이 표상을 만들어 내고 세계를 구성하는 원리라기보다는 형이상학적 진리의 관조를 위한 원리라는 점에서는 플라톤적인 성격을 가졌다 할 수 있

**51** 윤사순(尹絲淳) 역주, 『퇴계선집(退溪選集)』(현암사, 1982), 122쪽.

다. 관조되는 것은 하늘의 이치이다. 천인합일이 인식되는 것은 사람의 마음에서이기 때문이다. 그러나 성리학의 추구가 마음에 집중하는 이유는 이러한 형이상학적 관조 자체보다도 거기에서 얻어지는 윤리적 행동의 보장 때문이다. 퇴계가 『성학십도(聖學十圖)』에서 인용하는 정복심(程復心)의 말과 같이, "부귀가 마음을 음탕하게 하지 못하게 하고, 빈천이 마음을 바꾸지 못하게 하며 위무(威武)가 마음을 꺾지 못하게"[52] 하려는 것이다. 더 적극적으로 마음이 드러내 주는 것은 인의예지라는 덕목이다. 사회적 윤리의 수호와 도덕의 실천에 가장 역점을 둔 것이 성리학의 현실이었기 때문에 여러 다른 연관에도 불구하고 성리학의 내면 응시에서 중요한 것은 이 윤리·도덕적 측면이다. 원하는 것은 궁극적으로는 내면의 복잡한 움직임보다는 이 윤리와 도덕 원리의 도출이다.

이렇게 하여 우리는 내면성의 경험의 또 한 가지로서 도덕적 이성을 추가하여 볼 수 있다. 다시 말하여 이것은 플라톤적 또는 형이상학적 이성에서 그리 먼 것은 아니다. 성리학의 도덕적 직관은 앞에서 말한 바와 같이 형이상학적 진리의 직관에 이어져 있다. 그러나 그것은 어디까지나 형이상학에 의하여 도덕과 윤리를 잃어버리게 될 것을 경계한다. 성리학에서 진리에 이르는 길은 마음의 직관에 이르는 길이고, 그것은 세계의 사물로부터 마음 그 자체를 유리해 낼 것을 요구한다. 그렇게 하여서만 마음은 집착이 없는 허명(虛明)한 상태에 이르러 거울과 같이 될 수 있다. 그러나 자칫 잘못하면 좋은 일 나쁜 일, 큰 일 작은 일 등의 있음에 집착하지 않는다는 것은, 퇴계의 생각으로는, "불로(佛老)의 고고(枯稿), 적멸(寂滅)", 즉 마른 나무 또는 죽은 재와 같고 소리 없는 죽음의 세계로 간 것과 같은 것이

---

**52** 같은 책, 365쪽.

될 수 있는 것이다.[53] 불교의 지혜는 무(無)나 공(空)의 깨우침에 있다고 말하여지지만, 불교의 강한 영향을 받으면서 성립한 주자학의 마음의 정화 과정은 이러한 불교의 절대적인 경지에 가까이 가는 면이 있다. 그러면서 바로 불교적 깨우침의 직전에 정지한다. 그것은 무엇보다도 불교적 무의 자각에 가져올 수 있는 윤리와 도덕의 허무주의를 두려워했기 때문이다. 심학(心學)과 불교가 서로 대립하면서 영향을 주었던 명 대의 유학자 고헌성(顧憲成)은 이 두려움을 다음과 같이 표현하였다. "'선악의 시비에 무관한' 마음이 있다는 이론이 있음과 달리 없음을 뜻한다면, 그것은 선한 일을 등한히 하는 결과를 가져올 것이다. 없음과 있음이 다 같은 것이라고 하면 모든 것을 악이 휩쓸게 될 것이다."[54]

이러한 불교와 유교의 차이를 언급하는 것은 동양의 전통에 존재하였던, 성리학의 그것에 인접해 있으면서 그것과 다른 또 하나의 경험에 주목하는 것이 된다. 이것은 보다 더 본격적으로 형이상학적이란 점에서 플라톤의 이성의 경험과 비슷하다. 다만 플라톤의 있음의 세계에 대하여 불교적 내면성은 무를 지향한다.

### 내면적 선회의 연속성

이렇게 내면적 선회를 통하여 드러나는 세계를 말하면서 우리가 주목하게 되는 것은 그 일치점과 차이이다. 그것은 첫째로 세계의 실재에 가까이 가는 길은 직접적으로 대상적 세계로 향하는 것이 아니라 거꾸로 자신

---

**53** 같은 책, 119쪽.

**54** Araki Kenko, "Confucianism and Buddhism in the Late Ming", *The Unfolding of Neo-Confucianism* eds. by Wm. Theodore de Bary et al. (New York: Columbia University, 1975), p. 47.

의 내면으로 들어가는 것이라는 것을 받아들인다. 테일러는 앞에서 본 바와 같이 데카르트 이후의 서양의 합리적 사고의 특징을 "근본적 반성성"으로 특징지었지만, 이 내면적 선회는 어떤 경우에도 사람과 세계의 관계에서 다소간에 주체적 바탕을 되돌아보는 것인 까닭에 반성의 행위를 포함한다. 여기에서 주어진 대로의 대상적 세계는 일단 괄호 속에 들어가고, 비반성적 상태에서 우리를 사로잡는 특수한 사실적 세계를 넘어서서 보다 넓고 본질적인 관련에서 세계를 인식할 수 있는 가능성이 생겨난다.

그러나 주체성의 반성에서 드러나는 새로운 세계를 어떻게 받아들이느냐에 따라 반성의 성격은 달라진다. 반성의 저편에 나타나는 초월적 세계는 영원한 진리(이 진리는 이데아에 관한 것일 수도 있고, 제행무상 제법무아에 관한 것일 수도 있고, 또는 인간의 윤리적 규범의 우주적 정당성에 관한 것일 수도 있다.)의 세계일 수도 있고, 아니면 주체성의 자아 그 자체일 수도 있다. 데카르트적 이성은 마지막의 입장을 말한다. 그러나 그것은 다른 인간의 내면 체험과의 연속성을 가지고 있다. 물론 반성의 철저함에 있어서 데카르트의 회의와 코기토는 다른 어떤 내면적 선회보다도 근본적이라고 할 만한 면이 있다. 그것은 그것에 머물러 있다. 다만 그것은 객관적 세계를 구성하는 원리가 되기 때문에 보이지 않게 될 뿐이다. 그것은 "내면으로 들어가 우리 자신의 활동과 우리를 형성하는 작용들을 의식"[55]하게 한다. 이 내면의 의식은, 사실의 세계에로 다시 나아갈 수 있는 길로서 이성을 주제화하고, 그것으로써 과학적 세계를 구성하는 길잡이가 되게 하는 것이다. 또한 과학 그리고 과학 기술의 세계를 떠나서 인간의 사회적 공존의 관점에서도 매우 중요한 역할을 한다. 그렇다는 것은 거대한 회의에 기초해 있으면서도 확실한 구성의 원리로 등장한 합리성이 현대 사회를 가능하게 하는 것

---

**55** Charles Taylor, op. cit., 1992, p. 101.

이기 때문이다. 이러한 이중적 원리가 없이는 현대적 사회는 성립하지 않는다. 합리주의는 한편으로는, 그것이 어떤 것이든지 간에, 초월적 진리에 대한 확신의 광신적 성향을 누그러뜨리고, 다수와 다수의 견해가 공존하는 관용의 사회를 가능하게 한다. 물론 그것은 다른 많은 것을 위한 테두리를 마련하기도 한다. 그것은 초월적 또는 근본적 진리와 상관없는 사실적 도구성의 기구로서 사회의 발전을 가능하게 한다. 또 개인적 생존 차원에서도 합리성의 원리는, 사람에게 "나보다 깊이 있고 나보다 더 드높은 자아가 있다고 한다면, 그것을 마음속에 지닐 수 있는 공간을, 어쩌면 단순한 무시의 결과로 허용하면서, 동시에 일정한 규범으로 구속되는 사회에의 참여를 가능하게 한다.

그러나 다른 한편으로 데카르트의 죄과를 말하는 주장들을 묵과할 수는 없다. 오늘날의 과학 기술 문명 또는 국제 자본주의 문명의 모든 잘못은 자주 그로부터 비롯한 합리주의 탓으로 돌려진다. 우리는 내면적 선회가 드러내는 다른 결과들, 즉 형이상학적·도덕적 진리에 대한, 그리고 감각적·감정적 진실에 대한 직관들을 보았다. 이것은 아마 현대적 이성의 관점에서는 정당화하기 어려운지 몰라도 사람과 사람이 사는 세계에 대한 중요한 통찰을 담고 있는 것일 것이다. 현대의 합리주의는 이러한 것들을 잊게 하였다. 테일러도 데카르트 또는 로크의 근본적 반성에서 나오는 근본적 주관(체)성이 근본적 객관성을 나오게 하고, 스스로를 잊혀지게 했다고 말한다.[56] 하이데거의 유명한 '존재 망각'이란 이러한 몇 겹의 망각을 요약한 것이다.

이러한 비판은 철학적 관점에서는 반성이라는 개념으로 다시 접근해 볼 만하다. 반성(reflection)은 주체가 그 스스로와 스스로의 활동을 사유 속

---

56 Charles Taylor, ibid., 1992, p. 102.

에 포착하는 행위를 뜻하는 것으로 말할 수 있다. 이것의 중요성은 앞에 언급한 어떤 내면화의 경우에도, 그것이 어떤 종류의 것이든지 간에, 반성이 주어진 사물들의 구속에서 벗어나서 보다 본질적인 자기 이해 그리고 세계 이해로 나아가는 계기로 요구된다는 사실에서 볼 수 있다. 하버마스 교수는 거의 30년 전에 출간된 그의 중요한 저서 『인식과 관심』에서 이 반성이란 말을 매우 중요한 뜻을 부여하여 사용하였다. 그는 첫 장의 서두에서, 실증주의는 "경험주의적이고 합리주의적인 유산의 여러 요소들을 사용하여 과학의 절대적 타당성에 대한 믿음을 반성하는 대신 추인하는 식으로 강화하였다."라고 하고, 인식에 관한 근본적 논의를 칸트가 밝힌 바 있는 "반성의 단계"로부터 후퇴하게 하였다고 비판하였다.[57]

이 책에서 하버마스 교수의 기획은 이 반성의 작업을 계속하는 것, 즉 현대 학문의 성립에 근본적인 자기반성(Selbstreflexion)을 행하는 일이었다. 그것은 반성 그리고 비판 또는 자기비판(Selbstkritik)을 통해서만 사람은 그 자신이 이루어 놓은 사실적 세계, 그 실증성을 이해하고 그로부터 풀려나 해방의 길을 갈 수 있기 때문이다. 그 결과의 하나는 과학적 인식이 인간 인식의 하나의 형태에 불과하다는 것을 보여 주는 것이다. 과학적 이성의 일면성은 반성의 차원에서 평가될 수 있다.(그러나 하버마스는 반성의 비판적 가능성을 포기하고 그것을 '상호 작용'으로 대치하게 되었다.) 데카르트의 반성성은 철저한 것이면서 동시에 충분히 근본적인 것이 아니었다 할 수 있다. 후설은 데카르트가 그의 방법적 환원 이후에 초월적 실재론에 빠져, 자기의 반성에서 드러나는 초월적 주체와 또 그에 근거하여 구성된 객관성의 세계를 주어진 사실로 착각하였다고 지적한 바 있다.[58] 반성의 불철저함은

---

**57** Jürgen Habermas, *Erkenntnis und Interesse*(Frankfurt am Main: Suhrkamp Taschenbuch, 1968), p. 13.
**58** Edmund Husserl, *Cartesianische Meditationen und Pariser Vorträge*(Haag: Martinus Nijhoff, 1950), p. 63.

후설에도 해당될 수 있다. 조르주 바타유는 현상학이 선입견 없이 사물 자체, 경험 자체에 이르겠다고 하지만 이미 그것은 지식의 획득이라는 선입견을 가지고 시작한다고 말한다.[59] 이 편견으로 인하여 사라지는 것에는 내면적 응시를 통한 형이상학적 직관이나 도덕적 직관 또는 감각적 존재로서의 인간의 확인 아래 들어 있는 원초적 동기도 포함된다. 반성의 평면에 드러나는 인간과 세계 그리고 인식의 가능성의 중요한 부분이 어떻게 정당화될 수 있느냐 하는 것은 분명 새로운 문제의 영역이 될 것이다.

그러나 모든 원리가 정당화되는, 선험적 원리를 넘어가는 선험적 원리를 찾는 것은 불가능한 일일 것이다. 결국 모든 내면적 반성이 드러내는 선험적 원리는 한편으로는 어떤 종류의 편견의 파괴와 다른 한편으로는 그러한 파괴의 토대가 되는 다른 편견 사이에서 움직인다고 할 수 있다. 이 토대로서의 편견은 한 시대의 문화 속에서 정당화된다. 데카르트적이든 또는 전근대적이든, 내면적 반성의 기획은 보이지 않는 결정의 요인으로서 시대의 에피스테메(episteme)의 핵심 동기로서 존재한다. 시대적 에피스테메는 사람들 눈에 보이지 않는 것이기 때문에 자명하고 분명한 바탕으로 생각된다. 이것은 조용한 관조 속에 드러나는 세계의 형이상학적 일체성의 비전일 수도 있고, 그와의 관계에서 인지되는 윤리와 도덕의 질서일 수도 있고, 또는 있는 그대로의 사물의 법칙성 또는 지식의 동기일 수도 있다. 이러한 시대의 에피스테메의 근거는 무엇인가? 이것은 경험적으로 생각될 수밖에 없을 것이다.

한 시대의 인식의 구도 그리고 궁극적으로 경험이 어떤 선험적 원리에

---

59 "현상학은 지식에 경험을 통하여 이르고자 하는 목표의 값을 부여한다. 이것은 서로 맞지 않는 짝짓기이다. …… 이 균형의 결여는 경험을 가능성까지 밀고 간다는 자유를 견뎌 내지 못한다. 끝까지 간다는 것은 적어도, 지식이라는 목표의 한계를 넘어가는 것을 의미한다." Georges Bataille, *Inner Experience*(Albany: State University of New York Press, 1988), p. 8(프랑스어판, *L'Experience interieure*(Paris: Gallimard, 1954)).

의하여 구성된다면, 이 선험적 원리는 순환적으로 경험 세계에 의하여 형성된다고 할 것이다. 사람이 살고 있는 사회 세계는 잡다한 사실들을 포함하면서 동시에 하나의 전체성을 구성한다. 이 전체성의 지평이 하나의 계시처럼 나타나는 것이, 형이상학적 또는 인식론적 자명성의 근거를 이룬다. 이것이 인식의 체제, 에피스테메의 체제를 구성한다. 반성은 이 지평을 점점 더 먼 곳으로 물러가게 함으로써 그것을 넓히면서 다른 한편으로 해체된 지평의 저편에 다른 지평을 나타나게 한다. 그러면서 사회 세계의 변화와 재조직을 요구한다. 현대적 합리성의 반성은 이 근본적 지평을 과학적 세계의 요청에 맞게 변화·확대해 온 것이다. 지평의 확대는 다른 지평을 단순히 대체하는 것일 수 있다. 그러나 반성의 회복은 이 지평의 교체와 중복을 가시적인 것이 되게 하며, 우리로 하여금 조금 더 많은 가능성들을 규지(窺知)하게 한다. 이 가능성 속에서, 그것은 보다 포괄적인 인간과 사회 원리의 일부로 드러난다.

## 내면성의 정열

철학적으로 철저한 반성이 어떠한 것이어야 하느냐에 대해 여기에서 충분히 따져 볼 준비가 나는 되어 있지 않다. 그것은 오늘의 현실 속에서 별로 의미를 가질 수 없는 것으로 보이기도 하지만, 나는 그것이 적어도 이론적으로 또는 하버마스 교수의 학문적 노력의 가장 기본적 동기라고 할 수 있는 "인식의 해방적 관심(Das emanzipatorische Erkenntnisinteresse)"[60]의

---

**60** Jürgen Habermas, *Technik und Wissenschaft als ʻIdeologieʼ* (Frankfurt am Main: Suhrkamp, 1969), p. 159. 여기에 수록되어 있는 "Erkenntnis und Interesse"는 영문판 *Knowledge and Human Interests*에 부록으로 실려 있다. 사회 과학은 사회 행동의 법칙성을 확인하는 작업을 목적으로 하나 비판적

관점에서 필요하다고 생각한다. 무엇이 가능한 인식이며 무엇이 구성 가능한 자아이며 세계인가를 아는 데에 이러한 관심의 지향이 필요하기 때문이다. 그러나 이 관심이 어떻게 정당화될 수 있는지는 분명치 않다. 다만 우리는 그것을 하나의 공리로서 가정하든지 아니면 인간성으로부터 도출하는 수밖에 없다. 철학을 떠나서 이러한 반성적 선회는 자기의 삶을 살려는 개인들의 심리적 요청으로써 설명될 수 있다. 모든 내면적 선회는 사람이 주체적이고 자율적 개인으로 자신을 확립하고자 하는 불가피한 욕구의 철학적 표현이라고 할 수 있기 때문이다. 또는 이것이 이미 자율성의 이상을 상정하는 것이라면, 단순히 개체적 생명의 개체적 생존의 요구라는 것에서 그 동기를 찾을 수도 있다. 하여튼 데카르트에서 또는 대체적으로 서양의 주체성의 철학에서 철학적 사유의 근본은 사유하는 주체의 자기 동일성에 있다. 이것은 철학적 연산 행위이기도 하지만, 정체성을 위한 심리적 움직임이기도 하다. 그것은 대체로 곧 진리 인식의 관심으로 수렴되기 때문에 정체성 획득을 위한 개인적 고뇌의 면은 은폐되고, 진리를 위한 사유의 움직임으로 보일 뿐이다. 그러나 이러한 확인과 은폐는 모든 정체성의 움직임에 들어 있는 것이다.

자신을 자신으로 세우고자 하는 정체성의 추구는 한편으로는 사회 관습에 의하여 부여된 자아, 그 권위로부터 해방되어 독자적인 자아로 나아가려는 것이면서, 동시에 그것은 대부분의 경우 다른 새로운 권위, 다른 관습의 수락으로 완성되는 과정이다. 아우구스티누스가 자신으로 돌아갔을 때, 그는 기억 속에서 "하늘과 땅과 바다, 내가 잊어버린 것 그리고 생각할

---

사회 과학은 이 법칙성 가운데 무엇이 항구적인 법칙성이며 또 무엇이 이데올로기적으로 옹고된 그러나 원칙적으로 바뀔 수도 있는 법칙성인가를 밝히려 한다고 말하면서, 하버마스는 이러한 비판적 사회 과학의 방법론에 속하는 것이 자기반성의 개념이라고 말한다. 그것은 "주체를 사물화된 권력으로부터 해방한다. 자기반성은 인식의 해방적 관심에 의하여 결정된다." Ibid., p. 159.

수 있는 것을 만나고…… 또 거기에서 나를 만나고, 나를 회상하고, 언제 어디에서 무엇을 했고, 어떤 느낌을 가졌던가를 만나고…… 또 그 안에서 하느님 당신이 있음을 확신한다. ……"⁶¹라고 했다. 그가 자신 안에 돌아가서 최종적으로 확인하는 것은 말할 것도 없이 신의 존재며 은총이다. 이것은 동양의 전통에서도 마찬가지이다. 주자에게나 퇴계에게나 마음의 중요성은 그것이 곧 사람의 본성과 하늘의 이치가 드러나는 매체라는 데에 있다. 데카르트가 자신의 사유 속에서 발견한 것은 자신이면서도 이성적 절차의 확실성인데, 그것은 객관적 세계의 원리이기도 하다. 다만 데카르트의 주관적 철학의 경우에는 의식의 매체가 두드러지는 데에 대해서, 형이상학적 직관에서 투명한 의식은 자신의 모습보다는 형이상학적 총체성을 보여 주는 데에 전념한다. 데카르트에서도 물론 그것은 일정한 원리를 가지고 있어서 세계를 설명하고 구성하는 투명한 원리로 바뀐다. 다른 한편으로 성리학에서 의식은 완전히 투명한 상태에 이르기보다도 여러 가지 원리, 특히 시비와 윤리와 도덕을 가리는 원리를 가진 것으로 생각되고, 이것에 따라서 사회적 질서가 이해되고 구성될 수 있는 것으로 생각된다.

　반성은 철학적으로 확실성의 탐구의 방법이다. 그것이 그 내면성에도 불구하고 이 내면성의 과정을 잘 보이지 않게 한다. 반성의 문제를 철학적 정당성의 문제가 아니라 정체성의 문제, 즉 사회에서 고립된 것이 아니라 사회와의 조화와 갈등의 관계 속에서 구성되는 정체성의 문제로 옮겨 생각하는 것은 이 과정 자체에 주목하는 효과를 가질 수 있다. 내면성 자체를 목적지에 이르기 위하여 통과해 가는 도정이 아니라 인간과 진리가 구성되는 공간이라고 보는 것이 필요한 것이다. 이 관점에서 중요한 것은 이 정체성의 구성 과정에서의 종착역보다도 과정 자체이고, 그 과정의 변증

---

**61** Erik H. Erikson, *Young Man Luther*(New York: Norton, 1958, 1962), p. 183에서 재인용.

법 속에서 생겨나는 새로운 가능성, 즉 순정한 정체성의 가능성과 사회의 이념적·실제적 재구성의 가능성이다. 또 이 내면의 과정은 고뇌와 고통의 정열이 차 있는 공간이다. 그러나 이것은 물론 철학적·정치적 의미를 갖는다. 그것은 진리와 새로운 사회의 가능성을 보다 넓게 열어 놓는 결과를 낳을 수 있다.

사람에게 순정한 정체성이 있다면, 즉 실존주의에서 말하는 바 자아에게 본래성(Eigentlichkeit, authenticity)이 가능하다면, 그것은 개인이 스스로의 자아 정체의 일부로 받아들이는 특정한 신념이나 이념에 못지않게 또는 그보다는 그것이 자아의 변증법 속에서 이루어지는 과정에서 온다고 할 수 있다. 물론 사회적으로 중요한 것은 이 과정의 종착역인 이념적 사회화이다. 이것이 사회의 통합의 외적 형태를 구성한다.(다른 한편으로는 이념적으로 서로 다르게 구성된 정체성들이 사회 내에서나 사회와 사회 간의 갈등의 원인이 된다.) 이렇게 볼 때 더 중요한 것은 정체성의 가장 중요한 계기로서의 이념이라고 할 수 있다. 그러나 이념이 어떻게 작용하든지 정체성 구성의 유연한 변증법의 소멸은 이념의 새로운 조화의 가능성까지도 없애 버린다. 전체주의 체제, 독단적 도덕주의 사회 그리고 오늘날의 소비 자본주의에서 위협을 받고 있는 것이 이러한 과정의 소멸이다. 자아의 본래성은, 그것이 궁극적으로 어떠한 것이든지 간에 주어진 것이 아니라 스스로의 쟁취의 과정에서 얻어진다.

앞에서 살펴본 여러 가지 내면성의 유형은 서로 갈등하는 것이면서도, 그것이 내면적 과정으로서 존재하는 한, 순정한 자아의 정체성과 새로운 지평으로 이동의 가능성을 갖는 것으로 말할 수 있다. 내면적 선회의 중요성은 여기에 있다. 그리고 여기에서 주목하고자 하는 것은 그 최종 결과의 차이에도 불구하고, 우리가 말한 여러 내면성의 전통적 방법들이 당초에 가지고 있던 이러한 가능성이다. 이것들은 일단 승리한 이데올로기가 된 다음에는 굳어 있는 이념의 체계가 되지만, 그 출발에 있어서는, 앞에서 비쳤던 것처럼, 거스름의 조건하에서 투쟁적으로, 즉 시대적이면서도 개인적인 투쟁을 통해 얻어진 것이다. 또는 거꾸로 시대와의 갈등 속에서, 또는 갈등 속에서 유지되는 정체성의 내면 공간이 있음으로 하여 비로소 굳어진 사실의 세계는 새로운 가능성으로 열릴 씨앗을 갖는다. 우리는 앞에서 데카르트의 회의와 확신이 개인적 구도의 성격을 가지고 있음을 언급하였다. 데카르트가 그의 회의 여정의 끝에 "나는 이와 같이 모든 것을 그릇되었다고 생각하려고 했는데, 그때 이것을 생각하는 내가 어떤 것일 수밖에 없다는 것에 곧 착안하였다. '나는 생각한다. 그러므로 존재한다.'라는 진리는 그렇게 단단하고 확실한 것이어서 회의주의자들의 모든 과장된 가설들도 그것을 움직일 수 없다고 알고, 나는 거침없이 이것을 내가 찾는 철학의 제1원리로 받아들이기로 했다."[62]라고 말한다. 이것은 철학적 명제로서 사유를 받아들이는 행위일 뿐만이 아니라 자신의 정체성의 확신을 선언한 것이다. 이러한 개인적 차원은 『방법 서설』의 자전적 서술의 방식에 이미 나와 있다.

성리학은 가장 보수적이고 고루한 이념의 체계라고 비판되어 왔다. 그러나 그것도 그 근원에 있어서 이념이나 신념은 어떤 것이든지 간에 참으로 살아 있는 것이 되기 위하여는, 늘 새로이 시작되고 새로이 소유되어야 하는 까닭에, 사유의 근원으로 돌아가는 행위에 있어서는, 인간의 드라마에 반드시 있게 마련인 페이소스를 드러내 보인다. 주자의 유교 발견은 도교와 불교와의 투쟁, 그 매력과의 내면적인 투쟁을 통하여 이루어진 것이다. 주자학은 개종의 경험의 결과이다. "거기에는 다른 유명한 개종의 경우를 생각하게 하는 격렬함, 전적인 심각성이 있었다. 거기에는 바울의 기독교 개종이나 구마라습의 대승 불교에의 귀의와 비슷하게, 인생의 모든

---

**62** René Descartes, op. cit., pp. 147~148.

것을 다하여 새로운 삶의 목표를 위한 지속적인 활용에 스스로를 바치려는 결의가 있었다." 그러니까 다시 말하여 주자에게나 다른 유학자들에게 다른 길을 버리고 유학의 길을 택하는 것은 "다시 태어나서 새로운 삶을 얻는 것과 비슷했다."[63]

한국의 유학자에게 개인적 정체성의 관점에서 유학이 무엇을 뜻했던가는 분명하지 아니하다. 일단은 한국 유학에서 발견하는 것은 정체성의 고뇌가 아니라 정통성에의 무비판적 동화이다. 그러나 성리학의 정진이 격렬한 자기 훈련을 요구하는 것이었음은 틀림이 없다. 독서(讀書)와 정좌(靜座)에 대한 엄격한 요구 자체가 깊은 수련을 요구하는 것이었지만, 그 학문의 경험이 개인적인 위기에 가까운 고뇌를 나타내는 경우도 없지 아니하였을 것이다. 퇴계는 어릴 때부터 학문을 시작했지만, 14세에 이르러 참으로 학문에 깊이 침잠하기 시작했고, "20세경에는 마침내 '침식을 잊어 가며 독서와 사색'에 잠겼"고, 이로 인하여 "몸이 야위는 일종의 소화 불량증[羸悴之病]"에 걸렸다[64]고 하거니와, 이 병은 단순히 그의 지나친 학구열의 결과가 아니라 어떠한 심신의 위기를 나타내는 것이었다고 해석될 수 있다.

정체성의 관점은, 이미 비친 바와 같이 철학적 또는 이념적 문제를 다시 한 번 내면적 갈등의 지평으로 열어 놓는다. 물론 이 정체성이란 흔히는 개인의 문제이면서 개인이 사는 시대적 정체성이다. 이 관점에서 철학적 제1원리는 자아의 일관성의 요청에 대응한다. 그러나 정체성을 여러 어두운 선택을 통과해야 하는 과정으로 생각할 때, 이 관점은 철학적 추구를 다시 한 번 불확실한 선택의 장으로 열어 놓는다. 그리고 그것은 이념의 뒤에 작용하는 선택의 주체적 활동을 다시 볼 수 있게 한다. 그리고 인간의

---

63 Wm. Theodore de Bary et al., "Introduction", *The Unfolding of Neo-Confucianism*, p. 6.
64 윤사순(尹絲淳), 『퇴계 철학(退溪哲學)의 연구(研究)』(고려대출판부, 1980), 4쪽.

주체적 활동과 이념과 현실 사이에 새로운 투쟁과 조정의 가능성이 생긴다. 달리 말하여 그것은 인간 내부에 작용하고 있는, 말하자면 자연스러운 반성의 움직임을 보게 하는 것이다. 그러나 개인적으로나 집단적으로나, 이념이 개인 내부의 고뇌 속에 해체되는 불확실성과 주체성의 순간은 잠깐에 불과하다. 그것은 새로운 이념에서 곧 종착역을 찾는다. 그러나 정통적 학문으로 정착한 유학에서도 유학자들은 종종 획일적 이념에의 순응보다는 광증과 비슷한 일탈을 택했다. 왕양명(王陽明)과 같은 이단적 사상가에서 이것은 특히 두드러지지만, 정통적인 주자의 추종자들도 순응주의의 위선보다는 격렬하고 거친 행동을 선택할 때가 많았다. 이러한 격렬성이 있었기 때문에 그들은 사회의 부정에 맞서서 싸울 수가 있었던 것이다.[65] 그러나 정통성에 대한 순응과 함께 반항적인 미친 행동도 이데올로기적 경직성을 나타내는 것에 불과할 수 있다. 사실 내면적 진리로서의 형이상학적 또는 도덕적 확신은 그것이 지닌 내면성의 계기에도 불구하고 극히 협량한 광신주의와 거의 구별되지 않을 수 있다. 여기에 대하여 아마 데카르트적인 주체의 철학은 또 한 번 특권적 위치를 점한다고 할 수 있다. 그것은 어떤 실질적인 형이상학적 진리에 대한 직관을 가지고 있는 것이 아니라 적어도 원칙에 있어서는 자아의 활동 자체에 대하여 주목할 뿐이다. 데카르트주의가 그 나름의 광신이 되는 것은 다시 말할 필요도 없지만 "이성의 최고 승리는 그 자신의 정당성을 회의하는 일이다."라는 미겔 우나무노(Miguel Unamuno)의 말은 데카르트적 이성의 개방성을 말하여 준다.

그러나 내면성의 과정이 보다 단순한 의미에서의 합리주의를 넘어가는 인간 형성 과정의 일부를 이룬다는 것은 다시 확인할 필요가 있다. 사실 철학적 의미에서의 반성은 이보다 포괄적인 과정의 일부이고, 이 포괄

---

65 Wm. Theodore de Bary et al., op. cit., pp. 27~28.

적 과정 속에서 참다운 것이 된다고 할 수 있다. 그것은 인간 생존의 근원적 동력의 일부이다. 모든 체계의 경직성에도 불구하고 모든 개체가 스스로의 삶을 살고자 하는 욕구에는 억제할 수 없는 무엇이 있다.(물론 이것도 문화적으로 주제화되는 한도에서일 것이지만.) 미국의 비평가 라이어널 트릴링(Lionel Trilling)은 『성실성과 본래성』이라는 저서에서 자기 통일성의 문제, 성실성(sincerity)이라거나 본래적 삶(authenticity)이라는 이름으로 부를 수 있는, 자기가 자기로서 살고 사회적으로 그렇게 인정되고자 하는 문제가 서양 근대 문학에서 문화적 주제로서 등장하는 것을 추적하고 있다. 이 자기의 삶의 느낌이란 사실, 사회적으로나 이념적으로, 순수한 코기토로 확립될 수 있는 것과는 다른, 대체적으로 말하여 보다 원초적이고 육체적인 느낌이다. 그것은 가령 워즈워스의 시 「마이클」에서, 도회적 삶으로부터 고절된 자연 속에서 자신만의 힘으로 사는 시골의 늙은 농부의 묘사, 특히 비극적 사건으로 아들을 잃고 난 다음에 아들과 함께 양 우리를 짓던 그가, 어떤 날은 가만히 앉아 "돌멩이 하나 들어 올리지 아니하였다."라고 그의 심정을 서술할 때, 우리가 느낄 수 있는 고독한 인간의 슬픔의 깊이와 존엄과 무게와 같은 것이라고[66] 트릴링은 말한다. 달리 개념적으로 말하면 그것은 개인의 체험이 주는 생존의 독특한 느낌, "존재의 느낌(the sentiment of being)"[67]이다. 이는 본래 루소가 "나 자신의 의식(La conscience de moimême)"[68]이라고 한 것을 그 나름대로 번역한 것이다.

루소는 『고백록』에서 자기는 "생각하기 전에 느꼈다."라고 하며, 이것은 모든 인간에 공통된 것이나 자신이 유독 그러한 것은 타고난 성품과 조숙한 글 읽기, 특히 소설 읽기 때문이었다고 말한다. 이 소설 읽기로부터

---

**66** Lionel Trilling, *Sincerity and Authenticity*(Oxford University Press, 1974), pp. 92~93.

**67** Ibid., p. 68 이하.

**68** Jean Jacques Rousseau, *Les Confessions I*(Paris: Livre de Poche, 1972), p. 10.

시작하여 그는 간단없이 계속된 "나 자신의 의식"을 가졌다는 것이다. 이 자신의 느낌을 송두리째 포착하려는 노력의 하나가 바로 『고백록』인데, 여기에서 그는 자신의 좋은 것, 나쁜 것, 행동한 것, 안으로 느끼고 생각한 것을 모두 "자연 그대로의 진실 속에서" 보여 주겠다고 한다. 그에게 자신의 삶은 그 자체로서 하나의 전체성을 이루는 것이었고, 그것은 어떤 하나의 이념이나 개념 속에 수용될 수 있는 것이 아니었다. 다시 말하여 이 전체성으로서의 삶에서 중요한 것은 그것이 사회나 개념으로써 포착될 수 없는 부분을 포함한다는 것이다. 이러한 점에서 루소의 "나 자신의 의식"은 앞에서 테일러가 말한 바 인간 내부의 여러 비이성적 요소를 포함하는 표현적 형성의 기초가 되는 의식이라고 할 수 있다.

표현적 인간관은 독일의 교양주의로 가장 잘 대표된다. 교양주의적 관점에서 개인의 삶은 완전히 억압과 소외가 없는 자기표현 속에서 만족할 만한 것이 될 수 있다. 그리고 이것은 단순히 개인적인 차원에서의 만족할 만한 삶을 의미하는 것은 아니다. 그것은 조화된 사회적 질서로 곧바로 연결될 수 있다. 그렇다는 것은 개인적 삶 자체가 완전한 것이 되기 위하여서는 사회를 요구할 뿐만 아니라, 개인적·표현적 완성의 추구가 미적인 형성의 충동 속에 있는 한 그것은 자연스럽게 조화된 사회 질서에 이어지는 것이기 때문이다. 가령 이러한 것이 실러(Friedrich Schiller)가 그의 『인간의 미적 교육』에서 말한 미적 국가(Der ästhetische Staat)의 이상이다. "미적 국가는 개인의 자연스러운 품성을 통하여 전체의 의지를 완성한다."[69] 그러나 미적 완성의 상태에서 사람은 그 개인적 생존에서나 사회적 생존에서 권력과 법의 강제력이나 도덕적 의무를 지양한 완전한 자유와 조화의 삶을

---

**69** Friedrich Schiller, "Über die ästhetische Erziehung des Menschen", *Werke II*(München: Doremersche Verlag, 1964), p. 640.

누릴 수 있다고 하는 실러의 생각은 말할 것도 없이 낭만적 이상에 불과하다. 문화가 존재하기 위해서는, 즉 사회적 생존이 가능하기 위해서는, 사람은 그 내면적 삶에서나 사회적 삶에서 영원히 일정한 규범의 규제를 피할수 없다고 하는 프로이트의 관찰은 가장 적절한 현실적 타협안이라고 할것이다.

우리가 문제 삼는 이성은 이러한 규제의 원리이다. 다만 그것은 내면적과정을 통해서 인간 자유의 표현으로, 즉 그것이 완전히 규제적 성격을 벗어 버리지는 아니하더라도 인간의 내면적 필연으로 전환될 수도 있다. 대의 민주주의 체제에서 권력과 법의 행사가 형식적 동의의 체제를 통하여강제성에의 복종에서 자유의 표현으로 바뀌는 일과 비슷하게, 이것은 간단히는 형식적인 동의의 문제이다. 다만 이것은 내면으로부터의 동의이어야 하고 이 동의는 정열적인 것이라야 한다. 정열적 또는 정념적인 것은 이성의 테두리에 가두어 둘 수만은 없는 감각과 감정으로 이루어진 내면 과정의 특징이다. 앞에서 우리가 지적하고자 했던 것은 사회적 전형의 형성에서나 개인적 정체성의 획득 과정에서나, 이성도 그 근원적 행위에서는정열적 요소를 갖는다는 점이었다.


### 양심과 사회


내면과 그 정열로부터, 개인이 규범적 사회성으로 나아가는 데에 또 하나의 매개 작용을 하는 것은 양심이다. 그것은 이성보다도 더 자아의 느낌의 비이성적인 면에 연루되어 있으면서도 반드시 아무런 이치가 없는 감성의 원리는 아니다. 그것은 이성의 경우보다 더 강력하게 사회에 관계되면서도 개체적인 존재의 느낌과 사회의 모순된 긴장을 그대로 가지고 있다. 이 모순은 양심으로 하여금 이성보다도 더욱 강렬하게 정열의 바탕 위에서만 존재하게 하는 것이라고 할 수 있다. 그것이 표현하는 것은 존재의 느낌이라기보다는 존재의 정열이다.

프로이트에 따르면 양심은 개인의 내면에서 아버지의 권위 또는 사회의 의무를 대표하는 부분이다. 그것은 우리의 내면에 이질적인 요소로서 우리의 자유와 자율성 그리고 존재의 느낌을 제약하는 요소로 존재한다. 그리하여 그것은 인격의 원만한 성숙을 저해하며 도덕주의자나 정치적 선동가의 손에서 억압의 수단으로 사용되기도 한다. 그러나 양심의 문제는 이러한 부정적 해석보다는 더 복잡한 이해를 필요로 한다. 그 발생적 원인이 어디에 있든지 간에 그것은, 우리 자신의 삶을 근원적으로 생각할 때나 또는 현실적으로 생각할 때, 단순히 외부로부터의 투입으로 생각하기에는 너무나 삶의 내면적 본질에 가까이 있다. 우리 속에 존재하는 외부의 권위라고 하더라도 그것은 우리의 내면을 통하지 않고는 (비록 고뇌의 과정이 된다고 하더라도) 존재할 수 없다. 개체와 사회를 연결하는 어떤 요인의 경우에도, 그것이 양심이든 이성이든 또는 심미적 동화이든 그러한 과정은 불가피하다. 다만 이 교량이 진정한 삶의 정열이 되기 위하여서는 외부의 힘과 우리의 내면의 일대일의 맞부딪침이 아니라 제3의 어떤 것, 우리 내면의 어떤 보편적 토대를 통하는 것이 아니면 아니 된다.

양심의, 우리의 존재, 본래적 존재와의 깊은 관련을 밝히고 있는 것은 하이데거의 양심에 관한 설명이다. 개인적 실존의 독자성에 깊은 관심을 가지고 있는 그의 철학에서 모든 것은 개인에서 출발한다. 그런데 거기에 우리를 타자에게로, 사회로 연결해 주는 양심이 개입될 수 있는가? 하이데거에게도 데카르트의 "코기토 에르고 숨"은 그 나름으로 우리의 모든 사고에 있어서 하나의 근원을 지적한 것이다. 그러나 이 공식에서 존재론적으로 중요한 것은 "코기토"가 아니라 "숨"이다. 그러므로 "내가 나라는 확실성은 코기토 숨의 확실성이 아니다."[70] "숨"의 특질은 죽음이다. 확실한 것은 내가 죽는다는 것이다. 이 사실이, 누구에 의하여서도 대체될 수 없는 죽음이 나의 존재를 가장 자신으로 있는 현존(Dasein)이 되게 한다. 죽음은 "현존의 절대화, 영원, 개체화의 원리이다."[71] 죽음이야말로 나를 나로 돌아가게 하는 것이다. 그런데 그것은 타자와의 관계에서 나를 단절한다. 죽음의 가능성을 통한 자기에의 복귀는 삶의 존재 양상일 뿐만 아니라, 하이데거의 암시로는, 본래적 삶을 살고자 하는 사람의 참모습이어서 마땅하다. 그러나 이 본래적인 삶은 피상적인 의미에서 자기 자신에게 그리고 자기 이익에 충실한 삶을 의미하는 것은 아니다. 그것은 그러한 삶을 넘어서서 다른 차원으로 나아가는 것을 말한다. 그리고 여기에 양심이 관계된다.

양심은 하이데거에게 소리로 표현된다. 그것은 들려오는 어떤 것이다. 그것은 일단 공존적 현존(Mitdasein)으로 다른 사람의 소리를 듣는 행위와 비슷하다. 그러나 양심의 소리를 듣는 것은 "사람들"의 일반화된 소리를 듣는 것은 아니다. 그 소리는 오히려 현존으로 하여금 "사람들"의 소리로부터 유리되게 하는 결과를 가져온다. 그것은 멀리서 들려온다. 그러면서 그것은 현존을 자신에게로, 즉 그 가장 고유한 존재의 가능성으로 불러 간다. 그러면서 이때 현존은 스스로가 낯선 존재임을 드러내고 이 낯섦으로, 궁극적으로는 존재로 스스로를 이끄는 것이다. 이 목소리는 누구의 목소리인가? 이것은 특정 개인에서 나오는 것은 아니면서, 우리를 보편적 의무 아래 놓이게 하는 목소리도 아니다. 그것은 현존 자신의 소리이다. 양심의

---

70 Jean François Courtine, "Voice of Conscience and Call of Being", *Who Comes After the Subject?*, eds. by Eduardo Cadava, Peter Connor and Jean-Luc Nancy(London: Routledge, 1991), p. 80. 하이데거의 양심(Gewissen)에 대한 해석은 전반적으로 쿠르틴의 이 글에서의 해석을 따랐다.

71 Ibid., p. 86.

목소리는 자신 고유의 목소리이면서 동시에 밖에서 오는 목소리이다. 그것은 존재가 현존을 부르는 소리이다.

양심에 대한 이러한 하이데거의 생각은 양심이 개인의 생존과 사회를 연결하는 매듭이라고 하더라도, 그 작용이 매우 복잡한 경로를 통하여서만 작용하는 것임을 말하여 준다. 사람이 사회와 합치는 것은 직접적인 것이 아니라 존재의 바탕 위에서이다. 양심에 대한 하이데거적 이해는 우선 우리에게 말할 것도 없이 인간 존재의 신비스러운 깊이를 느끼게 한다. 모든 것은 인간의 내면의 깊은 과정에서 나온다. 이 내면의 깊이는 단순히 나 자신의 깊이가 아니라 내 가운데 있는 낯선 어떤 것, 존재의 깊이이다. 많은 것이 이러한 내면의 깊이에서 이루어진다.(이성의 탄생과 과정도 근본적으로는 이러한 내 것이면서 내 것이 아닌 내면의 과정에 이어져 있다고 할 것이다.) 우리는 하이데거의 통찰을 보다 세속적인 언어로 옮겨 생각하는 것에 대하여 주저감을 느낀다. 그러나 이것을 좀 더 세속화하면, 그것은 진정한 우리 자신의 소리, 하이데거가 죽음을 향한 존재로서 현존의 본래적 모습에 적용한 형용사를 쓰건대 "가장 내 것인 본래적인, 무관계적이며 따라붙일 수 없는, 확실한 그리고 그럼으로써 불확정된(eigenste, unbezügliche und unüberholbar, gewisse und als solche unbestimmte)"[72] 어떤 것의 소리이다. 이것을 사회와의 관계로 옮기면, 양심은 우리 자신의 소리가 바로 아버지, 초자아 또는 사회의 목소리와 일치한 상태를 말한다. 이것의 한 의미는 그만큼 삶이 철저하게 사회적으로 존재한다 하더라도 그것은 사회적 상호 작용의 차원에서가 아니라 우리 자신의 자아의 근본에서 그러하다는 것이다.

---

[72] 하이데거는 현존(Dasein)의 본래적 존재 방식을 이러한 형용사로 설명할 수 있는 가능성으로 말했다. 이것은 물론 죽음에 이르는 존재로서 현존과의 관계에서 말하여진 것이다. 쿠르틴은 조금 더 직접적으로 죽음을 같은 형용사로 말한 하이데거의 말을 그의 글에서 인용하고 있다. Martin Heiddegger, *Sein und Zeit*(Tübingen: Max Niemeyer, 1972), p. 259 그리고 Eduardo Cadava et al.에 실린 쿠르틴의 글, p. 86 참조.

그러나 우리의 양심은 존재의 차원 또는 우리의 사회적 자아의 근본에서 존재함과 같이, 또 다른 삶을 결정하는 경험적이고 세간적 요인들의 틀속에 있다. 양심의 형성에 중요한 것은 보다 경험적인 개인과 사회의 연관들이다. 프로이트가 말한 초자아의 억압적 얼크러짐도 그 일부를 이룬다. 독일의 정신적 전통에서 루터는 제도로서의 기독교에 양심의 내면을 다시 부여하려던 사람으로 생각할 수 있지만, 루터의 생애를 정신 분석적으로 설명하고자 한 에릭슨(Erik Erikson)은 루터의 양심 문제를 사회관계의 관점에서, 또 이것과 개인적 욕망의 균형을 성취해야 하는 건강하고 창조적인 정체성 획득의 심리적 과정의 관점에서 파악한다. 그에 의하면 인간의 내면성 자체가, 적어도 그 강조된 형태로는, 본래적이라기보다는 아버지 또는 사회와의 갈등에서 생겨나는 것이다. 그가 "부정적 양심"이라고부르는 금지의 원리는 초자아가 자아에게 가하는 압력을 나타낸다. 이 압력이 개인에서나 집단에서 지배적이 되면, "경험의 전체적인 질이 특정한 존재의 느낌, 어떤 측면의 주관적 공간과 시간의 강화에 의하여 특정지어지게 된다."[73] 이때 들리는 양심의 소리는 우리가 마땅히 추구했어야 할 완벽성의 기준에서 너무나 멀리 있다는 것을 우리에게 속삭인다. 이러한 양심의 나무람이 가져오는 우울증으로부터 벗어나는 길은 대부분의 경우 이소리와의 타협의 방법을 찾아내는 일이다. 그리하여 대부분의 양심의 문제는 주어진 상벌의 상징과 제도를 가지고 있는 이데올로기의 조정을 받아들이는 것으로 해결된다.

그러나 보다 만족할 만한 방법은 초자아의 요청을 인정하면서도 자아의 요구를 완전히 억압하지는 않는 것이다. 루터는 기존 이데올로기와의 쉬운 타협보다도 새로운, 매우 긴장에 찬 균형을 찾아냈다. 그는 한편으로

---

**73** Erik H. Erikson, op. cit., p. 214. 여기의 논의를 위하여는 pp. 214~218 참조.

양심의 절대적인 요청을 인정하면서 동시에 그것을 개체적인 욕망과의 균형 속에 두는 방법을 찾아낼 수 있었다. 이러한 균형은 강한 자아에 의하여서만 얻어질 수 있는 것이다. 물론 그것은 단순한 의미에서의 충동이나 고집을 말하는 것은 아니다. 그것은 양심의 요구에 대항하는 원리이면서 동시에 스스로의 충동을 현실 세계에 적응하게 하는 합리성의 뿌리가 되는 것이다. 그것은 이성의 원리를 통하여 형성된다.(정신 분석을 통하여 우리는 이성이 단순히 사변의 원리로서 주어지는 것이 아니라 심리적 갈등의 경로를 통하여 성취되는 것임을 깨닫는다.) 강한 자아는 "우리의 충동에 대한 지나친 부정으로 짓눌리지 아니하며, 우리로 하여금 즐길 수 있는 것을 즐기게 하며, 거부해야 할 것을 거부하게 하며, 작은 희생과 속죄에 만족하지 않는 양심의 절대성을 적절하게 인정하면서, 우리의 창조력에 알맞은 승화를 받아들이며, 그러나 늘 행동의 전 폭에 걸쳐 요인으로 작용하는 것이다."[74]

에릭슨의 생각에 양심은 인간 생존의 중요한 요인 중의 하나이다. 루터가 원만하고 전인적인 인간이었다고 할 수는 없다. 에릭슨은 그가 병적인 인간이었다고 진단한다. 그 원인 중의 하나는, 에릭슨의 생각으로는 독일적인 풍토와 합하여 선과 죄를 전부냐 전무냐 하는 극단적인 관점에서 보게 하는, 그의 양심에 있었다. 그러나 그에게 신앙의 창조적 재생을 가능하게 한 것도 이 양심의 요구와 인간 현실의 갈등이었다. 그러나 궁극적으로 그에게 가장 높은 인간적 성숙을 가능하게 한 것은 그의 자아의 힘이었다. 그것이 무엇인가는 정신 분석의 관점에서 복잡하게 설명되어야 하겠지만, 자아는 합리성의 기구라는 특징을 가지고 있다. 에릭슨은 양심과 욕망의 갈등에 있어서, 사람은 "인간 조건의 패러독스를 포괄하기 위하여 여기와 지금에 있어서의 하늘이 준 의식의 기관들(our God-given organs of awareness

---

**74** Ibid., p. 216.

in the here and now)을 활용할 수밖에 없다."라고 말한다.[75] 이 기관들 중 가장 중요한 것이 자아라고 하면, 이 자아는 의식 기관의 하나, 달리 말하여 합리성의 기관이다. 이렇게 볼 때 자아 또는 그 원리의 하나인 합리성은 양심에 대하여 우위에 있는 인간 능력이다.

양심의 근거를 사회관계에서 찾는 것과 함께 그것을 합리성에 예속시키는 것은 하이데거적 양심을 피상화하는 것으로 보인다. 그러한 면이 있는 것은 틀림이 없다. 설령 양심이 사회적인 기원을 갖는 것이라고 하더라도 그것의 커다란 힘은 그 무관련의 절대성에 있다. 루터가 법황과 황제의 세력에 대항하여 또는 모든 세속의 세계에 대항하여 "나 여기 섰다."라고 자신의 정당성을 확인할 때 우리는 양심의 영웅성을 본다. 물론 에릭슨이 설명하듯이 루터를 버티어 준 것은 단순한 양심의 힘이 아니라 충동과의 타협을 이룩한 자아의 힘, 그리하여 참으로 독자적인 의지가 된 양심의 힘이었다고 할 수 있다. 그러나 그러한 복잡한 양심과 자아의 변증법을 떠나서, 우리는 양심에 대하여 안정된 삶의 원리로서 이성의 중요성을 인정하지 아니할 수 없다. 더구나 양심의 비타협적 성격에 비추어 많은 다른 종류의 신념 그리고 다른 종류의 양심이 공존할 수밖에 없는 오늘의 현실에서 이성의 중재는 어느 때보다 중요하다.

그러나 우리가 여기에서 강조하고자 하는 것은 이성에 의한 양심의 중화가 아니라 이성의 양심에의 착근이다. 이성은 내면성 속에 양심과 공존한다. 그것은 우리의 내면적 과정에서, 즉 다른 내면의 여러 요소들 그리고 우리 내면에 투입된 외부 힘들과의 긴장 관계 속에서 하나의 요인인 것이다. 그것은 그러한 요소와 작용 속에 이미 들어 있다. 위기와 고뇌 속에서 형성되는 내면적 비전은 불확실성 속에서의 여러 가능성의 하나를 선택한

---

75  Ibid., p. 216.

결과이다. 이성의 작용이 가능성의 조감과 선택의 원리라고 할 때, 내면적 비전에는 이미 이성의 움직임이 있다고 할 수 있다. 이성 자체가 세계에 대한 하나의 태도가 될 때에, 데카르트의 밀랍에 대한 명상에서 전형적으로 드러나듯이, 이성의 작용에서 자유 변화(freie Variation)는 방법적 필요이다. 이 자유 변화와 그것을 통한 선택은 대상의 본질을 파악하는 데에 작용하지만, 근원적으로 이성적 태도의 선택에도 작용한다. 이성을 위한 선택에는 두 가지 다른 계기가 있다. 이성을 위한 선택은 도덕적 선택이다. 그것은 세계와 삶에 대한 여러 형이상학적·도덕적·심미적 태도에 대하여 이성적 태도를 택하는 행위이다. 이것은 가치의 선택이 아니라 단순히 기능적 선택일 수도 있지만, 가치의 선택을 보류한다는 점에서 이미 가치의 선택이다. 다음에 이성은 그 시선을 대상의 세계로 돌린다. 그리고 선행한 도덕적 선택을 잊어버리는 것이다. 앞에서 이성의 내면 작용에의 착근을 말한 것은 이러한 이성의 근원적인 도덕적 선택을 상기하자는 것이다. 이 상기는 이성적 선택이 다른 내면적 선택들과 본질적으로 다른 것이 아님을 다시 한 번 우리에게 생각하게 하고 또 그것이 다른 내면적 선택에도 관계되어 있음을 깨닫게 한다. 이성은 근원에 있어서는 물리적 세계의 원칙이면서 삶의 선택에 간여되어 있는 것이다. 그러니만큼 그것은 다른 내면적 선택들에 비하여 특별한 것이면서, 또 그것과 같은 것이다. 도덕적 차원에서 그 선택은 다른 선택이나 마찬가지로 외부의 세계뿐만 아니라 사람의 삶을 선택하는 것인 만큼, 삶의 가능성이라는 기준으로 저울질되어 마땅하다. 그것은 그 발생에 있어서 이미 그러한 기준을 스스로 적용할 수 있는 힘을 가지고 있다.

인간의 해방적 가능성을 매우 낮게 잡을 때, 사람은 결국 주어진 상황에 적응하여 사는 것 이외의 다른 사는 방법이 없다고 할 수 있다. 삶의 생각과 느낌이, 스스로의 삶을 파악함에서나 사회를 파악함에서나, 아무리 주어진 상황과 이념을 벗어나는 것이라고 하더라도 결국 최종적인 사회화의 한 단계를 이루는 것에 불과하다는 관점이 있을 수 있다. 그러나 다른 한편으로 중요한 것은 바로 이 다른 생각과 느낌의 순간을 갖는 것이라고 할 수 있다. 이 다름의 순간이 우리에게 우리 삶을 우리 것으로 느낄 수 있게 하고, 삶의 특이한 있음으로 우리를 열어 주고, 또 궁극적으로는 사회화 그것까지도 우리 삶의 기회로서 포착할 수 있게 한다. 뿐만 아니라 이 다름의 순간은 사회가 스스로를 변화하고 또는 새롭게 하는 기제가 된다. 에릭슨은 개체와 사회의 이러한 관계를 세대 간의 문제로 옮겨서 말한다. "사회 과정은 단순히 새로운 인간을 틀에 집어넣어 사회에 순치시키려는 것이 아니다. 그것은 세대를 빚어내면서 이 빚어지는 세대들에 의하여 다시 빚어지고 다시 활력을 얻는다. 그렇기 때문에 사회 과정은 본능적 충동을 단순히 억압하거나 지도할 수만은 없다."[76] 이 내적 충동이 사람들로 하여금 세계와 도덕과 자아에 대한 새로운 비전을 추구하게 한다. 이것은 주로 인간의 내면 속에서 일어나는 과정이다.


## 내면성과 오늘의 현실

오늘날의 세계에서 사라져 가는 것은 인간의 내면 공간이다. 이것은 데카르트적 주체의 철학, 그것의 합리주의 또 다른 한편으로는 그것의 지배 의지의 소산이라고 할 수 있다. 물론 이에 대항하는 다른 이념의 세계가 있다. 그것은 주로 독단적 이념의 체계, 인간의 내면에서 나와서 곧장 외면화되어 물화된 이념의 체계로 경직되어 있는 세계이다. 그러나 현대화되

---

**76** Ibid., p. 254.

는 세계에서 지배적인 것은 합리성이다. 그런데 이것도 스스로의 불확실한 탄생을 잊어버렸다는 점에서 독단론의 세계를 이루고 있다. 그것은 사실성, 날로 풍요해지는 사실성에 의하여 지탱되는 독단론이다. 그리고 독단적 합리성의 세계는 그 압도적인 승리로 하여 더욱 다른 대안을 허용하지 않는 것이 되었다. 인간의 내면성의 소멸은 이 독단론의 결과이기도 하고 원인이기도 하다. 모든 것은 빈틈없는 합리적 연산 속에 처리되고 새로운 결정의 여유를 남기지 아니한다. 이 연산을 지배하는 것은 한편으로 맹목적인 능률이기도 하지만, 궁극적으로는 자본과 권력, 즉 국내적 또는 국제적인 힘의 추구이다. 빈틈없는 합리성의 연산은 그 세계의 주변에서 폭력의 소용돌이를 낳는다.

내면성의 소멸은 좀 더 일상성의 관점에서, 현실적 그리고 비유적 공간의 관점에서 말할 수 있다. 오늘날의 과학 기술은 공간을 축소했다. 교통의 발달과 도시화로 인한 밀집 상태는 사람과 지구, 사람과 사람 그리고 사람과 사물의 거리를 좁게 하였다. 이것은 사람이 사는 환경의 반영이게 마련인 사람의 마음에서도 공간을 좁혔다. 가속화되는 소비 문화는, 소비되고 쓰레기가 되는 물건의 끊임없는 회전으로 우리 삶의 공간과 함께 우리 마음에 물건의 과포화 상태를 만들어 냈다. 끊임없는 공간의 이동, 사물의 순환, 작업의 능률화를 위하여 최대한으로 시간표화한 시간도 공간과 함께 밀집 상태가 되어 반성과 관조의 시간을 허용하지 아니한다. 사람들은 오늘의 세계를 정보의 세계라고 하고 이것이 커다란 인지 발달의 증표이며 도구인 양 이야기한다. 그러나 정보화의 효과는 우리의 지적 생활에서 도시의 밀집화나 소비 상품의 포화나 시간의 시간표화와 같은 역할을 한다. 그것은 우리의 내면 공간을 파괴한다.

참다운 지적 작용, 정신 작용 또는 감정 작용은 다른 모든 인간 활동이나 마찬가지로 일정한 행동 공간을 필요로 한다. 꿈꾸는 일까지도 꿈의 작업의 시간을 필요로 한다. 빠른 속도로 공급되고 사라지는 정보는 우리에게 참다운 생각과 느낌을 갖게 하려는 것보다는 우리에게 빠른 반응만을 허용하고 또 그렇게 하도록 계획된 것이다. 우리의 반응은 반성되지 아니한 조종의 전략에 의하여 지배된다. 사람이 정보 교환 속에서 자기를 느꼈을 때 그것은 곧 반응해야 하는 숨은 게임의 한 파트너로서 자기를 인식하는 것일 뿐이다. 우리는 자기로 돌아가서 자신을 되돌아볼 여유를 허용받지 못한다. 자기와 자기 사이에 끼어드는 것은 상황을 결정하는 게임이며 또 게임에 대응하는 전략적 사고이다. 사람이 자극과 반응의 자동 체계인지 아닌지는 분명하지 않지만, 적어도 전자화된 세계에서 사람은 그러한 존재로 만들어져 간다. 그리하여 우리 자신의 물음을 묻고 우리 자신의 사실을 정의하고 만들며, 우리 자신의 사고와 동기를 되돌아보는 것은 불가능해지는 것이다. 이러한 상황에서 세계의 전체상에 대한 관조도, 양심의 투쟁을 통한 사회와 자신에 대한 반성도, 자신의 육체적 자질과 능력에 대한 자기 포착도, 또는 사회와 인간 해방의 전반적 기획으로서의 이성의 작용도 설 자리가 없게 됨은 당연하다.

그리하여 오늘날 필요한 일의 하나는 내면으로 돌아가는 길을 열어 놓는 일이다. 극단적인 경우 이것은 동양의 전통에서 익숙한 은둔 또는 유럽의 지식인에게 잘 알려져 있는 내적 이민이라는 패배주의를 의미할 수도 있다. 하버마스 교수의 현실주의 철학이 강조하는 바와 같이, 어떠한 가치도 사회 제도로 옮겨질 때까지는 현실적 의의를 갖지 못한다. 그러나 우리는 유토피아의 상징들이 앞에서 언급했던 스티븐스의 시가 말하고 있듯이 마음의 중심의 암자에 숨어들어 가지 않을 수 없게 되는, 가치와 현실 제도의 분리가 불가피한 경우가 있음을 인정하지 아니할 수 없다. 할 수 있는 일이 없는 것은 아니다. 내면성의 과정이 사회 과정의 일부로서 중요함을 잊지 않게 하는 것도 작은 일만은 아니다. 또 이것은 내면성의 문제에 대한 교육의 문제로도 말하여질 수 있다. 이 교육은 비단 대학을 포함하여 공식 교육 제도에서의 교육만을 뜻하는 것은 아니지만, 대학과의 관계에서 말하여 본다면, 대학에서 내면성의 교육 또는 더 좁혀서 이성 교육의 필요를 말할 수 있다. 오늘의 대학은 주어진 사실성의 세계에의 적응과 진입과 이용 전략을 가르치는 곳이다. 여기에서 바랄 수 있는 최선의 효과는 피상적인 의미에서의 합리적 계산 능력의 내면화이다. 심오한 의미에서의 이성의 교육이 이것과 완전히 별개의 것은 아니다. 이미 존재하는 것은 자기초월을 통하여 전혀 다른 것으로 질적 변화를 이룩한다. 그럼에도 불구하고 나는 큰 의미에서의 이성 또는 일반적으로 삶의 내면 과정에 대한 각성을 방법화하는 것이 절실하게 필요하다는 생각이 든다. 이것은 우리의 일반적 상황에서 나오는 느낌이지만, 동시에 최근에 우리 사회에 드러난, 일어난 그리고 일어나고 있는 엄청난 부정과 불합리로 하여 더욱 절실하여지는 느낌이다. "아니요"를 말할 수 있는 힘이 어디에서 올 것인가? 앞에서 내가 대표적 사상가들의 개인적 체험을 조금 두드러지게 말하여 본 것도 이러한 의도에 관계되는 일인데, 일단 필요한 것은 내면성의 경험을 절실한 체험이 되게 하는 것이다. 이 경험은 위기의 경험으로서 인격에 각인될 때에, 삶의 전기를 이룰 만큼 강한 것이 될 수 있다. 물론 이를 위한 구체적인 방법이 어떤 것이 되어야 하는지는 알 수 없다. 이것은 많은 전근대적 사회에서 정체성 형성의 중요한 수단이 되었던 통과 의례에 대체하는 어떤 것으로서 고안되어야 할 것이다.

되풀이하여 말하건대 궁극적으로 중요한 것은 현실의 제도이다. 국제 자본주의, 국민 국가 간의 분규, 빈곤, 환경, 제국주의, 인간성의 전반적인 황폐화 등 현실적 문제들이 현실적 해결을 요구한다. 내면성의 회복, 이성의 깨우침 또는 사회적 이성의 소통을 위한 담론이 이러한 것에 대한 현실적 답변을 대신할 수는 없다. 문제의 규모는 대등한 규모의 답변을 요구한다. 그러나 또 기억할 것은 오늘날 과학 기술의 자본주의 문명이, 앞에서도 비쳤듯이 반드시 부정적 힘만을 의미하지는 아니한다는 사실이다. 보다 나은 인간적 가능성을 위한 이 힘의 임기응변적 전환도 중요한 일이다. 또는 더 적극적으로 일정한 수준의 물질적 풍요의 확보가 인간적 생활의 중요한 조건이라고 한다면, 우리가 최근 우리 역사에서 배운 바와 같이, 이 문명의 생산성은 경이로운 것이기도 하다. 문제는 그것이 인간적 규모 안에 제어될 수 있느냐 또는 그것이 받아들일 수 없는 부정적 결과들을 필연적으로 포함하는 것이냐 하는 것이다. 메를로퐁티는 역사를 개조하는 일은 어떤 이미지를 비유로 전용하는 것과 비슷하게 주어진 상황을 원하는 비유적 방향으로 틀어 놓는 것이라는 말을 한 일이 있다. 보다 나은 인간의 미래를 위한 커다란 계획들이 휴면 상태에 들어간 오늘에 있어서 이 말은 지금 의지할 수 있는 유일한 말로 생각되기도 한다.

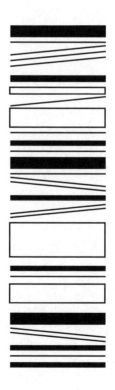

**4장**

환경과
깊이의 사유

# 문명된 삶

지난여름 나는 KBS 이사진의 일원으로 강원도 일대의 KBS 방송국과 그 시설물들을 돌아볼 기회를 가졌다. 그 방송국 시찰 일정의 하나로 가게 되어 있는 곳이 함백산의 중계소였다. 그곳에서 가까운 도시는 태백시인 데, 태백은 탄광 지대의 중심 도시로서 석탄 산업이 사양 산업이 되는 바람 에 여러 가지로 어려운 곳일 터인데도 외관상으로는 매우 아름다운 곳이 었다. 이것은 주로 산세 때문이겠지만, 좋은 산은 사실 강원도 도처에 있는 것이니, 그 아름다움은 그곳에서도 얼마 되지 아니하는 해안 변에 비하여 지대가 높아 공기가 다르고, 이 높은 지대의 공기가 푸른 산과 파란 하늘에 맑음을 더하여 주는 때문인지도 몰랐다. 마침 계절은 한여름이 조금 이우 는 듯한 때였는데, 무더위가 남아 있는 바닷가로부터 서늘한 고원으로 올 라오니, 우선 몸에 닿는 서늘함으로 하여 산이나 하늘의 푸르름이 한결 더 선명하게 느껴지는 것이기도 했다.

함백산은 태백에서 더 깊이 산으로 들어가는 곳인 까닭에 더 아름다운 곳일 듯하지만 반드시 그러한 곳은 아니었다. 길은, 탄광 지역의 남은 흔적들이 삭막하게 산견되는 깊은 산속, 폐광이 된 성싶은 침묵 속에 서 있는 탄광 입구의 갱도 승강 탑들, 탄광의 폐수들로 하여 녹물이 벌겋게 든 냇물들, 저런 데에서 어떻게 사나 싶게 사람들이 떠나 버린, 한두 집만이 남아 있는 마을 등을 지나고, 틀림없이 군사 작전 도로라고 부를 수밖에 없는 교통이 없는 좁고 황폐한 포장도로로 이어져, 해발 1400미터가 넘는 함백산 꼭대기에 이른다. 사람을 불어 갈 듯이 센 바람이 8월인데도 차다. 안내하는 이의 말로는 변덕이 심한 날씨는 개어 있는 시간이 드물다고 하는데, 어제까지도 흐렸다는 날씨가 맑아 멀리 태백산의 꼭대기며, 그 주변의 준령들이 한눈에 다 보이고, 올려다본 하늘은 구름 없이 아스라하다. 조망이 좋기는 하지만 가까이는 나무도 별로 없고 멀리 보이는 산들도 푸르다기보다는 검고, 태백의 영롱한 기분은 느껴지지 아니한다. 그러나 자연이란 삭막한 곳은 삭막한 대로 풍미가 있는 것인 까닭에, 그 나름의 메마른 아름다움이 없는 것은 아니다. 발에 밟히는 굵은 모래땅 아래로 골짜기가 아래로 내려앉은 것, 높은 곳에 있다는, 진세(塵世)를 떠난 어떤 높은 경지에 와 있다는 느낌을 주는 것도 이 고지의 아름다움의 한 부분이라면 한 부분이겠다.

우리나라의 높은 곳은 전부 군사적인 것이 되었던 시대로부터의 유적이라, 함백산 고지는 그 올라오는 길부터 그러하지만 군사적인 맛이 나는 곳이다. 이것이 이곳의 삭막한 아름다움의 한 원인이다. 이제는 쓰지 않게 되어 버린 군사 시설물과 건조물의 잔해가 아직도 폐허로서 남아 있지만, KBS 중계소 자체도 군사 시설과 같은 인상을 준다. 철조망이 그러하고, 요새의 인상을 주는 건물의 모양이 그러하고, 아직도 긴장이 없을 수 없는 한반도의 외딴 산꼭대기라는 사실 자체가 미리미리 그러한 마음으로 모든 것을 보게 한다. 중계소 건물의 분위기도 마찬가지다. 건물은 별로 밖으로 난 창도 없이 기계로 가득 차 있어 공장과 같은 느낌을 준다. 이렇게 꽉 차 있는 느낌은 집을 원래부터 하나의 종합적인 안목에서 지은 것이 아니라 필요에 따라 공간을 첨가해 간 때문이기도 할 것이다. 그리하여 공간이 협착한 것이 될 수밖에 없고, 또 공간과 공간 사이를 이동해 가는 데에 협착한 미로와 같은 통로를 통하게 되어, 건물 안은 지상의 높은 곳에 있으면서도 지하의 비밀 시설물 속을 다니는 듯한 느낌을 준다.

생활 공간도 대체로는 군대의 막사와 같다. 취사장이나 식당이나 침실, 기타 시설들은 말할 것도 없이 최소한도의 필요를 기준으로 하여 만들어 낸 것이다. 생활 공간의 느낌은 탄탄한 콘크리트 건물의 일부인데도, 다른 중요한 시설을 하고 난 다음에 큰 집에 헛간을 붙여서 짓듯이, 부차적으로 만들어 낸 공간 같기도 하고, 특히 어두운 것도 아닌데 건물의 다른 부분이나 마찬가지로 지하 시설물의 일부를 이루고 있는 듯한 느낌을 준다. 침실이라기보다는 군대 막사의 내무반이라고 부르는 것이 마땅한 방들에, 유리창이 없는 것은 아니지만 건물의 상투적인 개념의 일부로 존재하는 것이거나 기껏해야 채광을 위한 기능적인 의미를 가진 것이고, 건물이 위치해 있는 고지의 풍광을 끌어들여 보자는 의미는 전혀 가진 것이 아니다.

함백산 고지에서의 생활 자체가 조금은 군사적 엄격성을 띨 수밖에 없다고 할 수도 있었다. 엄격한 기율 속에서가 아니면 생활 자체가 될 수가 없다. 모든 생활품이 평지로부터 운반되어야 하는 것이 생활의 문제에 한계를 정한다. 겨울이면 눈으로 길이 차단되는 수가 많아서 가을부터 이듬해 봄까지의 생활 준비를 하지 아니하면 아니 된다. 무엇보다도 큰 문제의 하나는 물인데, 겨울 동안에 특히 부족이 심하여 미리미리 물을 저장해 두고, 이것을 극히 아껴 쓰지 아니하면 아니 된다. 그러나 이곳의 생활이 더 힘든 것은 심리적인 것인지도 몰랐다. 대부분의 사람들에게 마을과 도시의 모든 위락으로부터 떨어져 지낸다는 것은 매우 견디기 어려운 일이기 때문이다.

이러한 어려운 조건이니, 이곳의 근무도 그렇게 즐거운 것으로 받아들여질 수는 없다. 근무하는 사람들은 대부분이 서울을 포함한 여러 방송국에서 파견되어 온 사람들로서, 1주일이라든가 2주일이라든가 하는 동안에 그 복무를 끝내고 돌아가게 되어 있다고 한다. 해를 넘기고 더 길게 근무하는 사람들이 있었지만, 이들도 가족은 평지에 두고 군대식의 금욕적인 생활을 하고 있었다. 물론 나의 이러한 묘사는 지나치게 삭막함을 강조하는 것일 수 있다. 사실 전체적으로 함백산 중계소가 그렇게 험한 곳이라고 할 수는 없다. 시설물도 그 정도면 충분히 견딜 만한 것이다. 이것은 대부분의 사람들이 시설물의 빈약함에 주목하지 아니한다는 사실에서도 알 수 있는 것이다. 내가 그 삭막함이나 빈약함을 말하는 것은 그 자체로보다는 다른 가능성, 특히 좋은 자연 위치가 허용할 수도 있는 다른 가능성을 생각해서이다.

우리는 중계소를 돌아본 후에는 사무실에 모여 그곳의 직원들과 여러 가지로 의견을 교환할 기회를 가졌다. 나는 생활의 여러 조건들을 물어보았다. 그것은 대체로 이곳의 근무가 더 쾌적한 것인가 하는 관점에서 한 질문들이고, 또 그것은 지금의 근무 조건 또는 생활 조건이 꼭 만족할 만한 것이 아닌 것으로 보인다는 관찰을 전제하는 것이었다. 그러나 대답하는 사람들은 "더 쾌적하게 할 수 없느냐."는 의미를 함축한 질문에 조금 어리둥절해하는 것 같았다.

사실 이미 말한 바와 같이, 함백산의 생활 조건이 그렇게 나쁜 것은 아니다. 기본적인 공간이나 조건은 다 갖추어져 있는 것이니까, 특히 괴롭고 부족한 것이 있다고 할 수는 없다. 중요한 것은 해야 할 일을 할 만한 조건이 갖추어져 있는가 하는 것인데, 그 관점에서 문제는 없다고 할 수 있는 일이다. 이러나저러나 시찰의 목적은 방송 사업의 현황을 현장에서 직접 느껴 보자는 것이고, 또 이러한 확인에서 중요한 기준은 방송의 기능이 제대로 수행될 만한 상태에 있는가 하는 것이다. 그 이외의 것은 장식에 불과하다. 그러니 '쾌적성'에 대한 질문과 관심은 조금 상궤를 벗어난 것이고 조금 기이한 것으로 받아들여질 수밖에 없는 것이었다. 그리하여 나도 그것을 잠깐 입 밖에 내었을 뿐 길게 이야기하지는 아니하였다. 그러나 나는 대체로 우리가 하는 일을 기능과 의무 그리고 거기에 따르는 최소한도의 기준으로 평가하는 것이 옳은가는 한번 생각해 볼 필요가 있다고 생각한다. 이러한 관점에서 사람의 행동과 삶을 간단히 하는 것은 필요한 일이면서도, 장기적으로 볼 때 이 단순화된 관점은 삶의 행복에 또는 더 나아가 사람이 사람답게 사는 데에 도움이 되는 일은 아닌 것인데, 우리 사회에서는 여러 가지 이유로 이러한 사실이 전혀 고려되지 아니하고 있는 것으로 보이기 때문이다.

몇 해 전에 나는 미국 캘리포니아의 샌디에이고에 갔다가 마침 그곳에 머물러 있던 유종호 형과 지금은 연대에 와 있는 문상영 선생과 그 근처를 돌아보면서 옛 등대를 본 일이 있다. 관광객의 눈이라는 것은 믿을 수 없는 것이지만, 샌디에이고는 바다와 하늘과 나무와 공간의 강렬한 색채가 남국의 낙원이라는 인상을 주었다. 등대 근처도, 교통이 어렵고 사람이 드물던 옛날에는 험한 곳이었을 성싶은, 높다랗게 바다로 나간 곳 위에 있었지만, 관광지로 단장을 해 놓아 그림엽서처럼 아름답게만 보이는 곳이었다. 등대도, 언제부터 그랬다는 것인지는 모르지만, 이제는 자동식 등대가 다른 곳에 설치되어 있어서 실제로 활용되는 곳은 아니고, 그런 까닭에 실용의 장소가 그럴 수밖에 없는 그러한 지저분함이나 어수선함이 없이 깨끗이 단장되어서 관광의 대상이 되어 있었다.

그런데 내가 감탄한 것은 등대의 안이었다. 깨끗한 것은 새 단장 덕에 그렇다 치고, 감탄을 금할 수 없는 것은 등대가 사용되던 때, 비바람과 파도가 가냘픈 땅끝을 위협하는 날도 있었을 것이고, 그것보다도 일용할 생활필수품을 마련하고 정시에 등대의 불이 켜지도록 하면서 외롭고 스산한 시간을 보내야 할 그러한 때도 많았을 시기에도, 들여다본 등대 안으로 보건대, 생활에 일정한 문명과 인간적 행복의 기준을 유지한 것이 역연했다. 등대 안에는 등대의 시설물을 유지하는 작업의 공간도 있었지만, 살림의 공간도 있는데, 거기에는 보통 미국 집에서 보는 바와 같은 거실, 침실, 부엌 등의 구분이 있었고, 또 거기에 옛대로 유지되어 있는 가구는 그 나름대로 아늑한 실내를 이루어 줄 만한 것이었다. 그리고 아직도 조개껍질을 모아 일정한 모양을 만들어 액자로 만든 것 또는 수나 뜨개질로 만든 수공품들이 남아 있었다. 외로운 등대의 생활 속에서도 등대지기의 가족들은 이러한 수공품들을 만들어 그들 나름의 생활을 창조하고, 또 등대지기도 그러한 가족과 함께 인간으로서의 단란을 가졌던 것으로 보였다. 이러한 수공품들은, 옛날 먼 항해에서 뱃사공들이 심심파적으로 깎은 소박한 조각품들처럼, 사람이 아무리 급박한 조건에 처해도, 물론 그런 경우에 우리가 생각하기로는 사람에게서 좋은 속성보다는 나쁜 속성이 나올 성싶지만, 그래도 창조적 아름다움과 그 질서를 추구하는 일을 그치지 않는다는 증거를 발견한 듯, 한 가닥 마음을 따스하게 해 주는 바가 있었다. 샌디에이고의 등대의 수공품 그리고 (이것은 개인의 힘이 아니라 제도 자체가 허용하지 아니하면 실현될 수 없는 것인데) 최소한도의 인간적인 삶의 여유를 가능하게 하는 생활 공간의 넓이와 배치로 미루어 보건대, 그곳의 등대지기의 삶에는 힘겨운 날도 있고 따분한 날도 있고 외로운 날도 있었겠지만, 우리가 흔히 등대지기와 같은 직업에 관련해서 생각하는 낭만적이고 목가적인 삶을 즐기는 때도 있었을 것으로 생각되었다.

이러한 것을 보면서 개인적으로나 사회적으로나 어느 자리에서나 인간적 행복의 가능성을 허용하는 것이 문화라는 생각을 하게 된다. 물론 문화적 생활 또는 미명의 상태가 아닌 문명된 생활은 그 나름의 조건이 있고 그 나름의 한계가 있다. 조건이 있다는 것은, 많은 편안함의 삶이나 인도적 기준이 대개 그러하듯이, 일정한 물질적 기초가 없이는 문화적 생활은 불가능하기가 쉽다는 말이다. 그리고 사람 사는 일이 어찌 편안함이나 행복 또는 (이것은 어느 경우에나 지켜지기를 우리가 갈망하는 것이기는 하지만) 너그러운 인도적 기율로만 이루어지겠는가. 사람의 삶은 세 가지 수준에서 일정한 상태를 구성한다고 생각해 볼 수 있다. 그 하나는 물론 최저의 상태여서, 생명 유지의 최소한도의 조건 확보 자체가 문제가 되는 상태이고, 다른 하나는 인간이 할 수 있는 모든 것이 한껏 개화된 상태이다. 요즘 세상에서는 전문화된 특수성 속에서만 이것은 이루어질 수 있는 것이기 때문에, 예술이나 학문이나 정신세계나 정치나 사회에서 가장 두드러진 능력의 개화가 이루어진 상태를 말하는 것이겠지만, 이 모든 것이 하나의 조화를 이루고 세계를 구성한 상태를 상정해 볼 수도 있다. 그러나 대부분의 사람들은 이것도 저것도 아닌 중간의 상태, 즉 삶의 필요에 쫓기며 산다. 그러나 지나치게 쫓기지는 아니하며, 생존의 노력 이후에도 조금은 여분의 능력이 있어서 어느 정도의 창조적 표현을 할 수 없는 것은 아닌, 그리하여 생존의 필요에서 영위되는 삶의 부분까지도 창조적 표현의 한 부분처럼 보이게도 할 수 있는 그러한 상태를 생각할 수 있다.

여기에서 즉흥적으로 해 보는 이런 구분은 별로 타당성이 있는 것이라고 할 수는 없으나, 우리가 우리 아이들과 젊은이들에게 요구하는 교육과 훈련을 들여다보면, 전혀 의미가 없는 구분은 아니라고 할 것이다. 회사의 신입 사원 수련에 지옥 훈련이라는 것이 있지만, 우리 학교 제도에서 사실 하나의 기준점이 되어 있는 것은 지옥 훈련이다. 혹독한 조건에서 견디고 복종하고 하는 것이 교육의 중요한 내용이 되어 있는 것이다. 또 그것은 곧 높은 성취의 강조로 이어진다. 견디고 살아남고 이겨 내고 한 결과 그 과정에서 상으로 주어지는 것이 일등으로, 일류 학교로, 높은 자리로, 노벨상으로 표현되는 높은 고지라고 말하여지는 것이다. 그러다 보니 보통 차원의 인간적인 삶의 이상은 완전히 사라져 버리고 만다.

그런데 여기에서 더 문제가 되는 것은 이러한 지옥과 천당의 포상 제도가 인간 삶의 자연스러운 과정을 왜곡할 수 있다는 것이다. 이 왜곡은 그 자체로서 잘못된 것이라고 할 수 없는 최저의 견딤과 높은 성취까지도 비뚤어진 인간성의 표현이 되게 한다. 높다고 하는 이상까지도 괴물이 되게 하는 것이다. 지옥 훈련의 의미는 혹독한 조건에서 살아남는 것을 가르침으로써 인간 이하의 조건을 당연한 것으로 받아들이게 한다. 그러한 훈련에 의미가 있다면, 살아남고 이기는 것에 못지않게 최악의 조건에서도 어떻게 인간적 위엄, 즉 아름다움과 질서와 너그러움과 다른 사람에 대한 사려 등이 모여 이루어지는 인간의 존엄성을 유지할 수가 있는가를 배우는 것일 것이다. 이것을 배우는 것은 그 자체로서 이미 인간적 성취이고 또 인간으로서의 행복을 얻는 것이다. 천당의 경우에도 높은 성취의 의의는 높은 곳에 이르렀다는 것, 즉 남을 이겨 내고 남보다 높은 곳에 이르렀다는 것보다는 높은 인간성의 실현을 할 수 있었다는 것에 있는 것일 것이다. 그 단계에서 얻어지는 것은 행복이지 인간적 투쟁에서의 승리감만은 아닐 것이다. 수단과 목적이 분리되고, 조화와 일체성이 아니라 갈등과 억압을 깔고 서 있는 정점이 진정한 의미에서 인간성의 높은 실현을 나타낸다고 말하기는 어려운 일이다.

그리하여 사실 중간 상태에서의 조화, 거기에서의 생존과 창조적 완성감의 조화는 모든 수준에서의 삶의 한 전형이 된다고 할 것이다. 그것은 생존의 필연성에 얽매어 있으면서도, 주어진 바의 조건 속에서 그것을 창조적 표현 그리고 행복의 기회가 될 수 있게 하는 인간성의 가능성을 작은 차원에서 보여 줄 수 있다. 물론 예술가들이나 정신의 절정을 추구하는 사람들이 지적하듯이 그것은 작은 자기만족의 협소함에 갇혀 있는 삶일 수도 있다. 그러나 여기에서 중요한 것은 최저의 상태에서나 최고의 상태에서나, 인간적 위엄과 행복을 자기 속에, 운명의 제약이나 다른 사람의 구구한 의견이나 사회적 요구에 관계없이 자기 속에 지닐 수 있는 능력을 기르는 것이 교육의 한 중심임은 틀림이 없다는 것이다. 그리고 이것은 보통의 생활과 일터의 환경에서도 실현될 수 있는 삶의 가능성이기도 한 것이다.

이야기가 길어졌지만, KBS의 함백산 중계소에서 생각하는 것은 오늘날과 같은 도시의 혼란으로부터 멀리 있는 이와 같이 좋은 자연 조건의 장소가 간단한 의미에서의 기능적 장소가 아니라 조금 더 넓은 의미에서의 인간적인 만족을 주는 장소로 시설될 수 있었으면 얼마나 좋을까 하는 것이다. 가령 내무반을 고쳐서 개인적 공간을 만들고, 거기에 각자가 친숙하게 느낄 수 있는 개인적인 물건들, 책이나 사진이나 그림을 놓고, 또 유리창도 크게 하여 널리 트인 자연을 방 안에서도 느낄 수 있게 하고…… 이러한 일은 개인적으로는 원할 수 있는 것이지만 사회적으로는 배려할 수 없는 것일까? 편안함의 원칙은 작업 공간에도 최대한도로 수용하여, 일자리를 조금 더 시원하게 바깥도 보이게 하고, 도서실을 만들고, 휴식 활동을 위하여 취미실도 만들고…… 이왕에 지어져 있는 것이기 때문에 지금에 와서 어떻게 할 수는 없는 것일지는 모르지만, 건물도 조금 심미적 만족감을 주게 고쳐 보고, 건물의 밖에도, 눈 멀리 또 발아래 깔린 태백산맥의 장엄하고 유원한 경관을 내다볼 수 있게 하고, 이 높은 곳에서도 가능하다면 약간의 정원도 만들고…….

돈이 얼마나 들지는 모르지만, 함백산 중계소 같은 곳이 단지 필수 불가결한 기능과 의무를 수행하는 곳이 아닌, 조금 더 매력적인 곳으로 바뀐다면, 그곳은 괴로운 수자리 살고, 급히 서둘러 도시로 돌아가야 하는 곳이 아니라, 사람들이 도시에서 뒤틀린 자기를 되찾고 본래의 생명력을 재충전하기 위하여 즐겁게 찾아오고 싶어 하는 휴양처가 되지 아니할까? 그러나 그렇게 되려면 우리 사회의 많은 것이 변화하지 아니하면 아니 될 것이다. 그것은 사회적으로 규정되지 아니할 수 없는 우리의 마음가짐의 변화도 포함한다. 나는 KBS에서 근무하는 몇 젊은 사람에게 이러한 시골 또는 고향에서 근무하는 것을 어떻게 생각하느냐고 물어보았다. 그것이 좋다는 생각이 들 때도 있지만, 시골에 있으면 승진도 늦어지고 하여 본인도 주저가 되고, 집안에서도 크게 반대한다는 것이었다. 그것은 오늘의 우리 사회 사정에 맞는, 반박할 수 없는 대답이었다.

우리 사회는 한편으로는 모든 것을 거대한 의무와 가차 없는 공리적 가치에 의하여 규정한다. 그리고 다른 한편으로는 모든 것을 꼭대기로, 꼭대기로 향하는 출세의 야망으로 정의한다. 그리고 있는 자리에서의 행복은 무한히 연기된다. 그리하여 그것은 난폭한 쾌락이나 지위와 세력의 과시에 의하여 보상된다. 그 자리의 행복과 더불어 일의 완성에서 오는 기쁨도 사라진다. 물론 아름다움도 사라진다. 에머슨(Ralph Waldo Emerson)은 그의 한 시에서 산골의 이름 없는 꽃을 보고, "아름다움은 그것으로써 있어야 할 이유가 되니."라고 말한 바 있지만, 아름다움은 있는 그 자리의 완성이라고 할 수 있기 때문이다. 또는 거꾸로 아름다움이 없고, 잘해 낸 일의 기쁨이 없는 곳에, 난폭한 쾌락이 폭발하고, 자기 과시와 사회적 마찰이 편만하고, 공허한 꼭대기 경쟁에 세상은 영일과 안심이 없는 곳이 된다고 할 수도 있다. 이렇게 말하면, 이것은 퇴폐적 심미주의의 공상이라고 할 사람도 있을 것이다. 그러나 이것은 공리적 입장에서 뒤집어서 말할 수도 있다. 모든 것이 수단의 관점에서 생각되는 사회에서는, 진정한 의미에서의 고향에 견디는 힘이 얻어질 수도 없고, 높은 성취의 참다운 기쁨이 마음속에 충만할 수도 없다. 세상이 아무리 어리숙해도 참고 견딤의 위대함과 진정한 성취의 드높음을 사람들이 참으로 못 알아보는 것은 아니다. 세상의 작고 큰 많은 것들이 궁극적으로는 이러한 힘으로부터 나오기 때문이다.

# 바다의 정치 경제학과 형이상학

해군사관학교의 최영호 교수는 해양문화재단의 일에 매우 열심인 분입니다. 몇 가지 인연으로 저는 최 교수가 하고 있는 해양문화재단의 일에 대하여 이야기를 주고받게 되었습니다. 최 교수와 이야기를 주고받으면서, 바다에 대해서 아무것도 아는 것이 없으면서도 몇 번 한 말은 기왕에 해양문화재단이 해양 문화에 대한 사업을 벌인다면, 과학적이고 실증적인 접근을 하는 것이 좋겠다는 것이었습니다. 반도인 우리나라를 둘러싸고 있는 바다와 연안에 대한 기초적인 조사에 주력하는 것이 나라에 도움이 되는 일일 것이라는 그런 말이었습니다. 자연 과학의 입장에서, 즉 해양학, 지질학, 생물학, 지리학이라든가 하는 학문의 입장에서 또 사회 과학적인 관점에서, 즉 경제나 인구나 환경의 관점에서 기초적인 자료를 조사·수집·분석하는 것이 필요할 것이라는 말이었습니다. 또 어촌과 어민의 생활 조건에 대한 조사와 이 조사에 기초해서 정보나 기술 또 어민의 국제적인 교류, 즉 중국이나 일본의 어민과의 교환 교류 계획 같은 것도 생각해 볼 수 있는 것이 아닌가 하는 이야기도 했습니다. 여기에 보탠다면 국민 교육과 여가 그리고 관광의 관점에서 자연사 박물관이나 다른 박물관 또 휴가 시설, 이러한 문제들에 관한 기초 조사도 필요할 것입니다. 이러한 잡담들을 주고받은 인연으로 하여 제가 여기 서게 되었는데, 바다를 전혀 모르는 사람으로서 이 자리에 맞춰 있기가 심히 거북한 일인데, 여기에서 문학 하는 사람으로서 해양 문제에 대하여 왈가왈부하는 것은 앞에 조금 비친 잡담의 취지와도 어긋나는 것이 되겠습니다.

개인적인 이야기를 더 하면, 수십 년 전이 됩니다마는 서울대학의 입학 시험 문제에 '바다'라는 제목으로 작문을 하라는 것이 있었습니다. 이때 저는 마침 채점을 하여야 하는 입장에 있었는데, 작문 답안지는 한결같이 바다에 대한 낭만적인 수필 종류의 글이었습니다. 저는 그때 "바다는 지구 표면의 71퍼센트를 차지하며 그 성분은 19퍼센트의 염소와……" 식으로 시작하는 글이 한 편이라도 발견되면 하고 바랐는데 적어도 제가 채점하는 부분에는 그러한 작문 답안지는 하나도 없었습니다. 요즘은 어떠한지 잘 모르겠지만 옛날의 국어 교과서에 바다에 관한 글이 나온다면, 아마 그것들은 전부 바다의 낭만을 노래하는 시나 산문이었을 것입니다. 과학적이고 사실적인 것이 소외된다는 의미에서는 우리 현대 시 가운데 아마 가장 나쁜 영향을 끼친 것은 유치환의 「깃발」 같은 시였는지 모르겠습니다.

이것은 소리 없는 아우성
저 푸른 해원(海原)을 향하야 흔드는
영원(永遠)한 노스탈쟈의 손수건.

순정(純情)은 물결같이 바람에 나부끼고
오로지 맑고 곧은 이념(理念)의 푯대 끝에
애수(哀愁)는 백로(白鷺)처럼 날개를 펴다.

아아 누구인가

이렇게 슬프고도 애달픈 마음을

맨 처음 공중에 달 줄을 안 그는.


　이 시는 바다를 노스탤지어의 대상이 되는 푸른 들이라고 하는가 하면, 또 다른 한편으로는 이러한 비유들이 서로 맞아 들어가는지 어쩐지는 모르지만, 바다의 물결의 움직임은 순정의 흔들림과 비슷하다고 말하고 있습니다. 바다를 직접 이야기한 것은 아니지만, 이 시는 바닷가의 깃발이 아우성을 친다고도 하고 순정에 흔들린다고도 하고 슬프고 애달픈 애수를 느낀다고 말하는데, 이것들도 서로 맞아 들어갈 수 있는지 모르겠습니다. 하여튼 여기에서 중요한 것은 깃발과 아우성과 노스탤지어와 순정과 애수가 뒤범벅이 되어 바다의 이미지에 섞여 들어가 있다는 점입니다. 유치환 선생은 우리 현대 시의 거장 중의 한 사람임에 틀림이 없습니다. 「깃발」의 문제점들을 과장하는 것은 옳지 않은 일입니다마는, 그가 바닷가 태생이었기 때문인지 모르지만 그에게는 바다를 언급하는 시가 많은데, 그러한 시들은 「깃발」을 제외하고도 대체로 이러한 식으로 여러 낭만적인 감정을 바다에 투사하여 말한 것들입니다. 그런데 다른 바다의 시들도, 최남선의 「해(海)에게서 소년(少年)에게」로부터 시작하여, 서양식으로 말하여 과장된 "정서 오류"에 전적으로 의존하는 것들이 대부분이라고 하겠습니다.

　그렇기는 하나 바다가 낭만적인 감정을 불러일으키는 것은 틀림이 없습니다. 그리고 이러한 감정을 유지하여 나간다는 것은 개인의 삶에서나 집단적 삶에서 중요한 것이 아닌가 합니다. 다만 제가 바라는 것이 있다면, 그러한 감정이 과장된 정서 오류 이상으로 심화된 것이었으면 하는 것입니다. 그리고 또 바라는 것은 그것이 현실적인 인간과의 유기적인 관계를 가진 것으로 생각되었으면 하는 것입니다. 인간은 현실적인 존재입니다. 그렇다는 것은 오늘날 크게는 정치·경제 속에 사는 존재라는 것이고, 작게는 매일매일의 삶의 걱정 속에 살아가는 존재라는 것입니다. 그러면서 제가 말하고자 하는 것은 인간이 낭만적인 존재, 그렇게 말하기보다는 조금 더 거창하게 말하여 형이상학적 존재라는 것입니다. 애정도 하고 애수도 느끼는 낭만적 정서는 그 먼 관계를 따지고 보면 결국 이 형이상학적 차원에서 나오는 것일 것입니다. 그런데 중요한 것은 형이상학적 차원이 정치·경제적 존재로서의 인간의 삶에 깊이 관계되어 있다는 것을 인식하는 일입니다. 또는 그렇게 하는 것이 인간의 자기실현에도, 그러니까 정치·경제적 현실에서 행복한 삶을 이룩하는 데에도 좋은 결과를 가져올 것입니다. 바다를 대하는 태도로서 제일 기본이 되어야 하는 것은 조금 전에 말씀드린 대로 과학적이고 정치·경제적인 연구의 태도입니다. 그러나 그 쪽은 제가 별로 알지 못하는 까닭에 조금은 문학적인 관점에서 바다에 관한 말씀을 드릴 수밖에 없습니다. 그러면서 역설적으로 인간 존재의 조금 전에 형이상학적이라고 부른 차원이 모든 것의 근본이라고 말씀드리려는 것이 오늘의 제 주제가 되겠습니다.

우리가 다 아는 말로 "지자요수 인자요산(知者樂水 仁者樂山)"이라는 말이 있습니다. 『논어』에 나오는 이 말을 두고 왜 하필이면 아는 자는 물을 좋아하고 어진 자는 산을 좋아하는지 하고 물으면, 이 구절의 다음에 나오는 말, 즉 "지자동 인자정, 지자락 인자수(知者動 仁者靜, 知者樂 仁者壽)"에 어느 정도의 답변이 나와 있습니다. 지식을 추구하는 사람은 사물 사이에 움직이며 그것을 관통하고자 하는 까닭에 움직이는 물을 좋아하고, 어진 사람은 고요한 마음을 지닌 사람이기 때문에 고요한 산을 좋아한다는 것입니다. 그런데 그다음에 나오는 말, 즐기는 것 자체를 아는 사람의 몫으로 치고 어진 사람은 오래 산다고 한 것은 논리적으로 안 맞는 해설인 것 같습니다. 인자를 빼고 즐기는 것이 지자라고 한 것은 인자의 즐거움이란 비유

적인 것이지 지자와 같은 의미에서의 즐거움은 아니라는 뜻이 있는 것이
아닌가 합니다. 여기에 역설이 숨어 있는 듯합니다. 보통으로 생각하면 지
자는 인식하는 자이고 인자는 정을 베푸는 사람이어서, 지자가 가만히 있
고 인자가 움직이고 있다고 할 것입니다. 높은 경지에서는 안다는 것 자체
가 움직이는 것이고 정을 베푸는 것은 인식의 분방함의 움직임도 없는 가
만히 있는 것 같은 평정의 상태에서 이루어지는 것이라는 뜻이 있는 것일
까요? 바른 유자(儒者)의 즐거움이란 어떤 지적에 의하면 적극적인 것이라
기보다는 도덕적인 평정 상태에 가까운 "무관심적 만족"이라고 합니다.
말하자면 유학자가 즐긴다는 것이 그러하다면, 인자의 경우는 이런 의미
에서 지자의 즐김과는 다른 즐김을 가진 것이라고 할 것입니다. 인자는 즐
김 대신 수(壽)를 한다고 하였는데, 그것은 움직임은 에너지 소비를 필요로
하기 때문에 명을 짧게 하는 면이 있는 데 대하여, 움직이지 않는 정지 상
태에 있다는 것은 그만큼 수를 한다는 뜻인지 모릅니다. 아니면 조금 더 고
상하게 해석하여 정지해 있다는 것은 진리의 근본과 더불어 있다는 것이
므로 변하지 않는 것과 더불어 있다는 것이고 그만큼 오래가는 것이라는
말이 될 수도 있겠습니다.

　그런데 다시 본래의 표현으로 돌아가서 "지자요수 인자요산"에서 물이
나 산은 지와 인의 어떤 양상을 설명하기 위한 비유처럼 해석이 되는 수가
많지만, 사실은 그보다 먼저 물이나 산수를 즐기는 것이, 즉 자연을 즐기
고 자연과의 만남을 기쁘게 생각하는 것이 알고자 하거나 어질게 사는 사
람의 삶에서 필수적이라는 뜻이 이러한 비유적 해석에 선행하는 것으로
생각하여야 할 것입니다. 인간의 삶에 있어서 자연이 중요하다는 것, 자연
에서의 즐김이 중요하다는 것은 산과 물의 소재가 절대적으로 중요한 동
양의 문학과 회화, 즉 산수기, 산수시, 산수화에 이미 드러나 있는 것입니
다. 이렇게 말하면서 다시 주목해야 할 것은 단순히 자연을 있는 대로 즐기

는 것에 못지않게 그것을 사람 삶의 테두리로서, 말하자면 생태적인 환경으로서 인식하는 것이 중요하다는 점입니다. 산수화에는 대체로 산수만이 아니라 사람이 그려져 있습니다. 이들은 초동(樵童)이거나 어부이거나 농부이거나 글을 읽고 자연을 즐기는 고사(高士)입니다. 그러나 이러한 인간에 비하여 산과 물은 엄청나게 큰 것으로, 사람은 작은 것으로 그려져 있습니다. 자연이 단순히 즐김의 대상이 아니라 그것을 넘어서 삶의 전체적인 테두리라는 것이 강조되는 것입니다. 이것은 사실 산수라는 말에도 들어 있습니다. 쉽게 볼 수 있는 자연이 산과 물이기도 하지만, 음양 이론에서 산은 양을, 물은 음을 나타내는 것이니까 산수라는 것에는 음양, 즉 세계의 기본 원리 전부를 포괄한다는 뜻이 들어 있는 것으로 생각됩니다.

자연을 전체적으로 인식한다는 것은 중요한 일입니다. 사람이 길을 잡아 가기 위해서는 자기가 위치해 있는 장소와 관계하여 전체적인 지형을 파악해야 합니다. 산수도는 이 전체를 파악하는 데에 필요합니다. 말하자면 지도와 아주 비슷한 것이지요. 그러나 산수도가 파악하게 하는 전체는 매우 역설적입니다. 그것은 산과 물을 전체적으로 알 수 있게 할 뿐만 아니라 그것을 모르는 곳으로서 느끼게 하려는 면이 있습니다. 산수도에는 대체로 유현한 곳이 숨어 있습니다. 그것은 우리가 알 수 없는 먼 곳입니다. 산수도는 알 수 없고 이를 수 없는 자연 전체의 신비를 전달하고자 하는 것입니다.

자연의 신비는, 이러한 신비를 포함한 자연은, 사실 우리 보통 사람의 관점에서는, 즉 산수도의 오묘한 뜻을 쉽게 알아보지 못하는 보통 사람에게는 단순히 즐김의 대상으로 생각될 수 있는 자연이 아니라 외경의 대상이 되는 자연입니다. 그러한 신비한 전체로서의 자연은, 영국 시인 블레이크(William Blake) 식으로 말하여 한 알의 모래에서도 알 수 있는 것이고, 물론 산수도의 유원함에서도 알아야 하는 것이지만, 우리의 조잡한 지각으로는 그러한 것은 규모가 커다란 자연에서 느끼기 쉽습니다. 서양 미학의 범주에서 숭고미라고 하는 것은 대개 이러한 거대한 자연에 들어 있기 쉽습니다. 그런데 우리는 자연을 너무 단순한 즐김의 대상으로만 보는 경향이 있습니다. 또는 진정한 의미에서 즐긴다는 것이 무엇인가를 생각하지 않지 않나 합니다.(요산요수(樂山樂水)를 말한 공자의 알고[知] 좋아하고[好] 즐기는 것[樂]을 주석하여, 주자는 즐긴다는 것은 그저 되는 것이 아니라 끊임없이 힘써서 쉬지 않는 노력 뒤에 얻어지는 경지라고 말합니다.)[77] 그런데 즐김에 대한 가벼운 태도는 우리나라에서 알 수 있는 자연이 규모가 작고 쉽게 '정복'할 수 있는 것이기 때문인지도 모르겠습니다. 요산요수에서의 산도 우리 산으로는 지나치게 큰 산은 아닌 듯싶고, 물은 원래부터 사실 흐르는 물을 말하는 것으로서 바다와 같은 큰 물을 말하는 것은 아닙니다. 여기에 대하여 바다는 큰 규모의 자연입니다. 큰 산에 못지않게 사람은 바다에서 거대한 자연을 느끼고 그 앞에서 외경과 신비를 느낍니다.

그러나 큰 자연의 압도감을 가지려면 사막에 가야 한다는 사람도 있습니다. 사막이야말로 산이나 바다를 능가하는 큰 자연을 느끼게 하는 곳이라는 것입니다. 프랑스의 작가 에드몽 자베스(Edmond Jabès)는 무한의 개념을 불러일으키는 각종의 거대한 자연의 효과를 다음과 같이 비교하려 합니다.

산에서 무한의 느낌은 기율을 가지고 있다. 그것은 높이와 깊이 또는 사물의 밀도만으로도 기율을 얻는다. 그리하여 당신은 여러 대상물 가운데 존

---

**77** 주자(朱子), 『사서집주(四書集註)』, 『논어(論語)』, 「옹야(雍也)」. 안자(顏子)가 빈곤 속에 즐기는 사연을 공자에게 물은 것에 대하여 주자는 공부하는 자가 스스로 깨닫는 것으로써 즐거움을 들고 있다.[……顔子樂處』 所樂何事……蓋欲學子 深思而自得之, 今亦 不敢妄爲之說. 또 그는 즐김[樂]에 이르는 단계를 다음과 같이 말한다. 知之者, 知有此道也. 好之者, 好而得也. 樂之者, 有所得而樂之也.

재하는 하나의 대상으로서 제한되고 규정된다. 바다에는 물과 하늘만이 있는 것은 아니고, 물과 하늘과는 다르게 있는 존재로서 당신의 차이를 규정해 주는 배가 있어서 사람으로서의 설 자리를 준다. 그러나 사막에서 무한의 느낌은 조건에 의하여 제한되지 아니하고 그러니만큼 순정하다. 사막에서 당신은 완전히 홀로 있다. 하늘과 모래의 그 간극 없는 동일성 안에서 그대는 아무것도 아니다. 절대적으로 무가 된다.

이 자베스의 인용은 영국의 소설가이면서 미술 평론가인 존 버거(John Berger)의 글에서 따온 것입니다. 그는 이 글을 인용하며 왜 아랍 사람들이 이슬람교의 절대적인 신앙을 발전시켰는가를 말하고 있습니다. 이슬람교는 사막의 체험, 즉 자연의 거대함 속에서 갖지 아니할 수 없는 인간의 왜소함, 무력감, 격렬한 종교적 감정에서 생겨났다고 합니다.[78] 결국 전체로서의 자연의 느낌은 종교적인 감정에까지 이어진다는 말이 됩니다.

자연은 되풀이하건대 보다 세속적인 관점에서도 우리 마음에 외경심을 일으키고 신비를 느끼게 합니다. 이 정도가 스스로의 존재를 완전히 허무하게 느끼게 하는 절대적인 타자로서의 자연에 대한 체험보다 현실적인 우리 삶에는 더 중요한 것이라고 할 수도 있습니다. 자연은 우리를 무화하는 것이면서도 우리를 밑에서 받쳐 주는 것입니다. 그러나 받쳐 주는 자연속에 살아야 한다고 하더라도 그것 이외에 궁극적으로 우리를 무화하는 자연을 아는 것이 필요합니다. 자연을 전체적으로 아는 것은 일단은 아주 실용적인 의미를 갖습니다. 전체를 가늠하는 것은 낯선 곳에서 지도가 필요한 것처럼 살아가는 데에 필요한 것이지요. 그런데 자연의 거대함, 그 무한함 그리고 사람을 넘어가는 그 신비도 이 지도의 일부가 되어서 마땅합

---

**78**  John Berger, *Keeping a Rendezvous*(New York: Pantheon Books, 1991), pp. 63~64.

니다. 익숙한 곳에서 사는 우리는 전체를 생각할 필요도 없고, 또 전체 속에 숨어 있는 신비는 더욱 생각할 필요가 없습니다. 대체로 우리는 익숙한 관행에 따라 정해진 길을 가면 됩니다. 낯선 땅에 갔을 때에야 겨우 우리는 발길을 조심하게 됩니다. 그러나 우리가 잘 아는 곳도 사실은 원래 모르던 곳입니다. 그런데 때로는 이 아는 곳도 모르는 곳으로 바꾸어 놓을 필요가 있습니다. 그것은 우리의 생각을 새로이 하기 위하여서도 필요하고 또 계산하지 아니하였던 위험을 피하고 그것을 조심하기 위하여서도 필요합니다. 물론 더 근본적으로는 삶의 신비에 참여하기 위하여(이 신비에 참여하여 무엇을 어떻게 하자는 것이 아니라 이 참여 자체가 삶의 의의의 하나이기 때문에) 필요합니다. 그리하여 우리가 익숙히 안다고 생각하는 삶에 대하여 적절한 원근법을 얻을 수 있습니다.

러시아의 형식주의 비평이 유행할 때에, 슈클롭스키(Viktor Shklovsky)의 "낯설게 하기"라는 말이 크게 이야기되었습니다. 문학과 예술의 기능은 과연 낯설게 하기를 포함합니다. 이미 알고 있고 익숙한 것을 낯설게 보이게 하는 것이 문학과 예술의 큰 기법이고 기능입니다. 자연이 우리에게 주는 영향은 바로 이러한 낯설게 하기를 포함하고 있습니다. 이러한 낯설게 하기의 극단에 있는 것이 종교적인 체험, 즉 아랍인이 사막에서 느끼는 절대 타자로서의 신의 체험일 것입니다. 이러한 것들은 그 자체로 중요한 체험들이지만, 공리적 입장에서도 현실의 삶에 진정한 원근법을 제공해 줍니다. 오늘날처럼 기술과 경제와 권력으로 모든 것을 다 알고 다 해결할 수 있다고 하는 과도한 자신이 넘치는 세상에서 이것은 특히 필요합니다. 자연의 전체성의 신비는 우리에게 인간의 기술적·경제적 오만에 대하여 겸손할 것을 가르쳐 주고, 궁극적으로는 균형 있는 삶을 가능하게 해 줍니다. 자연이 즐김의 대상으로나 외경의 대상으로서 우리에게 기쁨과 깊이의 근원이라고 할 때, 그것과의 균형이 없이는 사람은 행복할 수 없기 때문입니다.

사막의 비전에서 궁극적인 체험은 인간을 넘어가는 절대적 초월의 체험입니다. 그러나 보통의 우리에게 중요한 것은 사람을 초월해 있는 세계를 의식하면서도 사람의 능력으로서 살 만한 세계를 만드는 일입니다. 여기에서 우리가 생각하는 사람의 모습은 커다란 산 앞에서 스스로를 작은 존재로서 깨달으면서 또는 바다와 하늘을 배경으로 서 있으면서 저 스스로 설 자리를 마련하는 존재로서의 모습입니다. 하이데거의 「짓기, 살기, 생각하기(Bauen, Wohnen, Denken)」는 구체적인 아이디어를 제공해 주는 것은 아니면서 건축과 도시 그리고 국토 계획에 대해서 가장 근본적인 것을 말해 주는 연설문입니다. 집을 짓고 마을을 이루고 산다는 것은 네 가지 기본적인 것에 기초한다고 그는 말합니다. 그 네 가지(Das Geviert)란 땅과 하늘과 신성한 것과 인간(죽어 가는 존재로서 그리고 서로서로에 의지하는 존재로서의)입니다. 사람이 집을 짓고 다리를 만들고 도시를 짓는 것은 사람이 땅 위에 머물기 위한 것입니다. 그런데 이 머묾은 동시에 땅과 하늘 그리고 신성한 것을 돌보는 행위입니다. 더 나아가 땅과 하늘과 신성한 것이 그의 머묾을 통해서 드러나게 하는 행위라고 그는 말합니다.(생각한다는 것도 이러한 네 개의 원리 가운데 머무는 것을 말합니다.)

하이데거에게 왜 사람이 이러한 네 가지 속에 머물러야 하고 그러한 머묾을 위해서 집과 도시 그리고 여러 기구를 지어야 하는가 하고 묻는다면, 대답은 사람의 존재의 모양이 그러한 것이기 때문이라고 할 것입니다. 더 쉽게 말하여 나는 그러한 하늘과 땅과 신성한 것 가운데 잠깐의 머묾으로서의 짓기를 이룩하지 못하면 사람은 결코 행복할 수 없기 때문이라고 말하겠습니다. 그러한 머묾의 깊은 행복이 없는 한 사회는 끊임없는 불안과 불화와 부조화에 시달리는 사회가 될 것입니다. 물론 사람들은 이 불안과 불화와 부조화를 활력이라 하고 발전이라고 합니다. 그러나 그것이 참으로 높은 단계의 문명을 이룩하는 길은 아닐 것입니다. 물론 좋은 발전에도 활력이 필요하고 움직임이 필요합니다. 그러나 한곳에 머물지 못하는 불안에서 생겨나는 힘은 오래가지 못합니다.

그동안 우리가 많은 발전을 이룩한 것은 사실입니다. 그리고 그것이 긍정적인 것 못지않게 부정적인 것을 포함하는 것도 어쩌면 탓만 할 수는 없는 일입니다. 그러나 우리의 발전의 총화가 땅과 하늘과 신성한 것과 죽어 가는 존재로서의 인간을 아끼고 드러나게 하는 데에 얼마나 기여했는가, 오히려 그것은 땅을 가리고 하늘을 가리고 사람을 가리고 삶과 세상에서 신성한 것을 쫓아 버리는 것이 된 것은 아닌가 생각해 볼 일입니다.

바다의 문제도 이 관점에서 생각해 볼 일입니다. 전통적으로 한국 사람은 바다를 멀리했습니다. 집을 짓거나 도시를 짓거나 모두 바다로부터 멀리 지었습니다. 그 나쁜 결과의 하나로 바다에 가까이 사는 사람들을 기피하는 것도 있습니다. 바다를 멀리한 것은 중요한 경제적 이점을 소홀히 한 결과가 되었을 뿐만 아니라 우리의 생각의 지평을 제한하였습니다. 다른 이점을 제쳐 두고라도 옛날에 바다를 통한 무역이야말로 나라의 부는 물론 과학적 발명과 철학적 사유의 가장 중요한 매개체였습니다. 우리는 이러한 것들을 놓친 것입니다. 신문화의 초기로부터 진취적인 새 역사를 생각하는 사람들이 바다를 중요한 상징으로 잡은 것은 자연스러운 일이었습니다. 이러한 우리의 역사적 배경으로부터 시작하였음에도 이제 우리는 세계적인 무역 국가가 되었고, 문화나 생각이나 사람이나 해외와의 교류가 그보다 활발할 수 없는 나라가 되었습니다. 이제 국토의 개발도 바야흐로 내륙에서 연안으로 움직여 가기 시작했습니다. 울산, 포항, 목포, 여수, 광양 등 바닷가에 산업 기지를 건설하기 시작한 것은 이미 오래전부터이나, 서해안고속도로의 건설은 한국 사람이 일상적 삶에 있어서도 바다에 근접하여 살게 되었다는 것을 뜻하는 것으로 생각됩니다. 그동안 내륙을 개발해 왔듯이 이제는 어느 때보다도 활발하게 바다와 바닷가가 가속적으로 개발될 것으로 보입니다. 그러나 그것이 땅이 보이지 않게 되고 하늘이 보이지 않게 되듯이 바다가 보이지 않는 개발이 될지, 아니면 그와는 다른 것이 될지 이제 두고 볼 시기가 되었습니다.

바다의 개발은 마구잡이가 아니라 참으로 계획된 발전이어야 합니다. 우선 이렇게 생각해 볼 수 있습니다. 계획이란 하는 일에 생각이 들어가게 한다는 말인데, 이 생각은 하늘과 땅과 바다 그리고 신성한 것과 인간을 아끼고 드러나게 하는 것을 궁리하는 일을 말합니다. 이 생각은 자연을 자연 그대로 방치하는 것을 포함합니다. 해안과 습지의 자연 상태를 보존하는 것과 같은 일이 무계획의 계획일 것입니다. 물론 개발하고 발전한다는 것은 바다와 연안의 경제적 이용을 꾀하는 일도 포함합니다. 경제적 계산은 불가피합니다. 경제란 여러 가지 관점에서 말하여질 수 있는 것이지만, 이 경제의 계산에는 무엇보다도 현지 주민(지역에 뿌리내리고 오래 사는 사람)의 이익의 관점이 들어가야 합니다. 그러면서 경제적 개발은 자연의 형이상학적 측면을 훼손하지 않는 것이라야 할 것입니다. 그런데 한자리에서 오래사는 사람이라면 토지의 경우나 마찬가지로 바다의 경우에도 바다의 깊은 의미를 등한히 하지는 않을 것이 아닌가 하고 나는 생각합니다. 바다나 토지의 깊은 의미란 오랜 삶의 터로서의 자연을 말한 것에 다름 아닙니다.(물론 우리 사회의 문제는 땅이든 바닷가이든 일생을 또는 몇 세대를 한곳에 살 생각이 있는 사람이 거의 없어지고 값만 맞으면 무엇이든 팔아 치울 그런 사람들의 세상이 되었다는 점입니다.)

경제나 산업의 문제는 다른 전문가들이 알아서 이야기할 것입니다. 여기에서는 보통의 시민으로서 간단한 문제를 말해 보겠습니다. 앞에서 육지의 발전이나 마찬가지로 바다의 발전도 자연의 의미가 보이게 하는 것이라는 말을 했습니다. 보이게 한다는 것은 비유적인 뜻으로 근원적인 삶의 모습이 느껴지는 여러 가지 인간의 존재 방식을 다 포함하는 것이라고 하여야겠지만, 문자 그대로 보이게 하여야 한다는 말이기도 합니다. 아주 하잘것없는 예를 하나 들어 보겠습니다. 나는 차를 가지고 서울의 북악스카이웨이에 가끔 찾아갑니다. 최근에 스카이웨이에 있는 팔각정과 그 주변이 새로 개축되고 정비되었습니다. 많이 좋아졌습니다. 그런데 그 전에는 팔각정의 시설을 이용하는 경우를 제외하고는 공간이 비어 있을 때에는 주차료 없이 차를 세울 수 있었습니다. 지금은 반드시 주차료를 내야 차를 세울 수 있습니다. 요금도 과히 비싸지 아니하고, 주차료를 받는 것이 또 공간 정리를 위해서 필요한 일일지는 모릅니다. 그러나 이러한 현대화를 보면서 시민이 자신의 도시를 내려다볼 수 있는 권리는 어떻게 되었는가 하는 문제를 생각해 보게 됩니다. 그런데 도대체가 북악스카이웨이에는 서울시를 내려다볼 만한 공간을 만들어 놓은 것이 없습니다. 차를 세울 데도 없고 걸어간다고 해도 길 옆을 철조망으로 막아 놓아서 길 밖으로 나갈 수도 없습니다. 사정은 서울의 산에 있는 차도 주변이 대개 비슷합니다. 서해안 바닷가의 사정은 어떠할까요? 또는 동해안은?(영국에서는 사유지를 경유하여 산보할 권리의 법제화가 지금 문제되고 있습니다.) 우리의 산이나 바닷가에 자유롭게 산과 들과 도시 그리고 바다를 바라볼 공간이 없다는 것은 그만큼 일에 사회적인 배려가 없다는 것을 말합니다.

본다는 것은 가장 천박한 행위의 하나일 수도 있습니다. 그러나 그것은 보통 사람들이 할 수 있는 가장 간단한 관조 행위입니다. 아까 말씀드린 존 버거는 도덕가와 정치가와 상인이 지배하는 세상에서 강조되는 것은 행동이요, 생산이어서 구체적인 체험의 가치에 대한 고려가 없다고 말합니다. 나는 이와 비슷하게 오늘의 우리 사회는 행동과 생산과 쇼와 이벤트만이 있고 생각하고 관조하는 일은 있을 자리가 없어진 곳이라고 말할 수 있지 않나 합니다. 그나마 생각하고 관조하는 일은 구경거리로라도 자연을 보는 일에 조금 남아 있는 듯합니다. 자연을 보는 순간은 보는 대상으로부터 거리를 유지하고 바쁜 일상적 추구, 즉 돈 버는 일과 세력 넓히는 일과 즐기는 일로부터 거리를 유지하는 순간입니다. 경관을 보는 것은 보는 대상을 넓은 테두리 속에서 보는 일입니다. 이것은 무엇인가 넓은 것으로, 투쟁적 삶을 위하여 기를 넓힌다는 뜻에서가 아니라 참으로 넓은 있음으로 기를 넓히는 일일 수 있습니다. 그것은 산수화나 마찬가지의 고양감을 줄 수 있습니다. 물론 좋은 경관은 관광의 자원이 되기도 할 것입니다.(사실 관광객이 찾는 것도 궁극적으로는 좋은 삶의 비전에 대한 암시입니다.)

우리의 개발에서 전망 지점이 없는 것을 말하면서 내가 말하려 하는 것은 이것만은 아닙니다. 문제는 우리의 공공 사유에 미적이고 형이상학적인 것이 들어갈 만한 자리가 있는가 하는 것입니다. 또 우리의 발전과 개발 사상에, 추상적인 숫자의 관점에서가 아니라 참으로 구체적인 사람들의 행복과 만족을 고려하는 공공성이 들어갈 여지가 있는가 하는 것입니다. 이것은 사상의 문제이기도 하지만 현실의 문제입니다. 모든 산지와 해안이 사유라고 한다면, 그것이 부동산 투기의 대상이 된다고 한다면, 사유 재산 보호의 이름으로(사실은 사유 재산 보호가 아니라 사유 재산의 투기화 권리 보호라고 해야겠지만) 개발 제한을 철폐한다면, 모든 볼만한 장소가 '가든'과 '호프'와 '러브 호텔'에 의하여 점유된다면, 관광 호텔이 해안의 접근을 불가능하게 하고 고층 아파트가 시계를 차단하는 것을 방치한다면, 자치 단체가 공유지를 주로 세수 증대의 원천으로만 삼는다면 산이나 바다에 전망 지점이 생길 수가 없을 것입니다. 이렇게 볼 때 산이나 바다에 전망 지점을 설치하여 국민으로 하여금 자연의 무한과 신비를 잠깐이나마 경험할 수 있게 한다는 것도 현실적으로 간단히 실현될 수 있는 일이 아닙니다. 그러니 정치·경제와 생태학과 사회학과 인구학과 미학을 조합하는 바다의 발전을 현실이 되게 한다는 것은 얼마나 어려운 일이겠습니까? 그러나 이제 우리도 지금 정도라도 살 만하게 되었고 또 여러 가지 시행착오도 거쳤으니, 지금은 국토 발전과 삶의 의미에 대하여 조금 다른 생각을 할 때가 되지 않았나 합니다.

知者樂水, 仁者樂山, 知者動, 仁者靜, 知者樂, 仁者壽. 산과 물을 즐기는 것은 삶의 높은 보람입니다. 사람은 물과 산을 즐김으로써 그 움직임과 고요함을 즐기고 그리고 스스로의 마음의 움직임과 고요함을 압니다.(바다는 움직임과 고요함을 아울러 가졌다고 할 수 있겠습니다.) 산과 물과 바다를 즐김으로써 얻어야 하는 것은 오래 사는 삶, 한 사람만이 아니라 여러 사람이 세대를 이어 오래 사는 삶입니다. 仁者壽. '수'라는 글자를 자전에서 찾아보면서 생각해 보니, '수'는 오래 산다는 뜻 외에 단순히 목숨이라는 뜻이 있습니다. 어진 사람에게 중요한 것은 즐김을 넘어서 단순히 목숨을 온전히 하는 것이라는 뜻이 여기에 있는지 모릅니다. 그런데 수에는 또 찬양한다는 뜻이 있습니다. 어진 자는 찬양하는 자입니다. 어진 자는 삶을 찬미하는 자입니다. 정치의 가장 높은 이상은 즐거움과 삶의 찬미를 가능하게 하는 데에 있습니다. 그러한 삶을 오래 지속하게 하는 데 있습니다. 여기에는 삶을 지탱하는 현실적 기반으로서 정치·경제를 확실히 하는 것이 필요합니다. 그러나 그것은 삶을 형이상학적 차원에서 완성합니다. 정치의 궁극적 지평은 기릴 만한 삶의 실현입니다.

# 깊은 마음의 생태학

## 제도와 마음

환경 의식의 성장은 근래의 놀라운 일 중의 하나이다. 동강, 녹지와 공원, 상수도원 보호, 공기 오염, 유기 농업에 대한 관심, 생명 운동, 이러한 문제들에 있어서 우리나라 환경 운동가들의 강력한 발언이나 일반 국민의 공감들을 보면서 우리는 놀라움을 금치 못하는 것이다. 그것이 놀라운 것은 그간의 우리 사는 모습이 전혀 그만한 여유를 남겨 놓았을 것으로 보이지 아니하였기 때문이다. 홉스가 말한, 사람이 사람에 대해서 이리가 되는, "짐승스럽고, 잔인하고, 단명한 삶"이라고 하는 것이 바로 우리 삶의 방식처럼 보였다. 살아남기 위해서라면, 나중에 어찌 되든 우선 독약도 사양하지 않는 험한 삶의 방식이 우리의 삶을 지배해 왔다. 가차 없는 생존 투쟁의 세상에서 인간에 대한 고려가 없는 마당에 자연을 돌아볼 여유가 어디에 있겠는가. 지금도 우리가 그러한 삶을 벗어났다고 할 수는 없지만, 본래의 사람다움을 회복하는 안간힘들이 사회 도처에 되살아나고 커져 가고 있음을 우리는 느낄 수 있다. 극적인 충격을 가져오는 것은 아니면서도 환경 운동이나 일반적인 환경 의식의 성장은 우리의 마음이 자연스러운 평형을 되찾고 있다는 가장 확실한 증거로 생각된다. 이러한 재생의 힘은 어디에서 오는 것일까.

특히 놀라운 것은 정부가 환경에 대한 고려를 그 정책에 도입한다는 것이다. 이러한 모든 것에도 불구하고 환경 의식이 아직은 제도와 현실 속에 깊이 들어가 있다고 할 수는 없다. 또는 여러 면에서 제도는 겉도는 것에 불과한 것이라는 말이 맞는 것인지 모른다. 최근에 우리는 신문에서 북한산 국립 공원에 호텔과 카지노를 포함한 놀이터 조성 계획이 건설부에 의하여 추진되고 있었다는 보도와 국립공원관리공단의 직원들이 공원 관련의 토지나 시설에 투자하여 그것을 재산으로 보유하고 있다는 보도를 읽었다. 더 놀라운 것은 개발 공사와 관련된 환경 영향 평가 보고서가 건성으로 또는 허위로 작성되는 것이 통상적이라는 보도였다. 환경의 수호자이며 환경 정책에 대한 감시자의 입장에 있어야 할, 그리고 학문적 엄정성에 의하여 뒷받침됨으로써만 의미가 있을 일에서 이러한 일이 일어나고 있는 것이다.

그러나 이것은 놀랄 일이 되지 못한다고 할 수도 있다. 그러면 그렇지, 우리 사회를 지배하고 있는 것이 홉스적 질서인데 환경 분야에서만 예외가 있겠느냐 하는 것이 많은 사람의 심정일 것이기 때문이다. 환경 문제에서만이 아니라 우리 사회에는 제도적으로 불충분한 것이 많지만, 설사 제도적 정비가 이루어진다고 하더라도 무엇인가 보다 더 깊은 의미에서의 마련이 없이는 모든 일은 공허한 요식 행위에 불과하다는 것을 우리는 새삼스럽게 느끼지 않을 수 없다. 이 깊은 의미의 마련이 무엇일까.

앞에서 든 예들로 미루어, 이 깊은 마련의 핵심에 있는 것은 사람의 마음으로 생각된다. 일을 꼼꼼하게 하지 않는 것이 우리의 병폐라는 것은 이미 우리 스스로 많이 비판적으로 이야기해 온 것이다. 환경 문제에 있어서도 설사 제도가 있고 법이 있고 규칙이 있다고 하여도 그것을 현실 속에 지킬 마음이 없다면 이 모든 것은 껍데기에 불과하게 된다. 성심과 성의가 없는 곳에 제도와 법이 기능할 수는 없는 것이다. 바른 마음가짐이 어떻게 가능한가. 이 마음을 마음먹기에 달렸다는 식으로 생각하는 것은 사태를 지나치게 간단히 보는 것이 될 것이다. 마음은 전체적인 현실의 일부이다. 그것은 현실과 더불어 돌아가면서, 현실을 만들어 내고 또 거꾸로 현실에 의하여 결정된다. 마음의 문제를 생각하려면 이 전체를 해명하고 그것을 어떻게 바른 균형 속에 놓게 할 수 있는가를 생각하여야 한다. 마음은 사람의 모든 일에서 일에 수반하는 보이지 않는 매체이다. 아무리 작은 일상적인 일이라도 그것이 없이는 바르게 되는 일은 하나도 없다. 그러나 동시에 그것은 깊은 구조를 가지고 있다.

환경 문제를 접근하는 방법으로 '깊이의 생태학'이라는 말이 있지만, 깊이라는 말은 이러한 점에서 많은 것을 시사한다. 여기에서 환경이라고 한 것은 물론 자연환경을 말하는 것이다. 그러나 우리가 사는 환경의 중요한 부분이 인위적인 것은 새삼스럽게 말할 필요가 없다. 도시 또는 도시적인 것은 오늘의 삶에서 가장 중요한 환경이다. 또 자연이든 도시이든 물리적 환경 못지않게 중요한 것은 사회 환경이다. 물론 이것은 환경을 비유적으로 말한 것이라고 할 수도 있지만 자연과 도시의 물리적 환경을 사람이 사는 곳이 되게 하는 것이 사회적 조건이라고 할 때, 사회 환경은 비유 이상의 것이다. 이 사회 환경을 주관적 관점에서 본 것이 문화이다. 그리고 그 핵심에 있는 것이 사람의 마음이다. 물론 이 마음이란 어느 개인의 마음만을 말하는 것은 아니다. 사람이 사는 환경(적어도 적절한 환경)에는 그것을 관류하는 어떤 로고스나 도가 있다. 그것은 한 사람 한 사람의 마음에 있으면서 보다 큰 현실의 깊은 구조에 대응한다. 깊은 구조의 마음은 사람에 의

해 완전히 포괄될 수 없는 것이면서, 사회 또는 사람 사는 세계에 보이지 않는 구조로 존재한다. 이것이 파괴된 곳에 자연과 도시와 사회가 바르게 성립되지 아니하고 또 그것에 대한 우리의 태도나 그 운영이 바를 수가 없다. 여기에서 생각해 보고자 하는 것은 사람의 삶을 통합하는 자연과 사회 그리고 마음가짐의 깊이의 생태학이다.

## 깊이의 생태학

깊이의 생태학[79]이란 말을 최초로 쓴 것은 노르웨이의 철학자 아르네 네스(Arne Naess)라고 한다. 이것은 생태계와 환경의 위기에 처하여, 그 대책으로서 경제학이나 과학 기술의 대책이 불충분함을 지적하거나 그것을 배격하면서 인간의 자연에 대한 관계를 근본적으로 재정립할 필요가 있음을 주장하는 입장을 이름한다. 기술적 대처 방안이 아니라 근본적인 태도의 전환을 통하여 삶의 방식 전부를 자연 착취적인 것으로부터 자연 친화적인 것으로 바꾸어야 한다고 말하는 것이다.

깊이의 생태학의 주장은 오늘의 환경 문제의 긴박성을 생각할 때 지나치게 낭만적이라는 인상을 준다. 사람의 근본적 태도를 바꾸는 일은 장구한 시간을 필요로 한다. 더구나 그것이 생활의 방식을 전적으로 바꾸는 것을 요구하는 것일 때 그것은 오늘의 삶을 180도 뒤집어 놓는 내적·외적 혁명을 요구하는 것인데 그것은 어떤 천재지변이 있기 전에는 거의 불가능한 것처럼 보인다.(물론 오늘의 환경 파괴의 속도로 보아 천재지변은 별로 먼 미래의 일이 아닐지 모른다.) 좋은 것이든 나쁜 것이든 과거의 역사를 백지로 돌리

---

**79** Deep Ecology의 번역이다. 이것은 깊은 생태학 또는 심층 생태학이라고 번역할 수도 있을 것이다.

는 것은 불가능하다. 어떠한 환경 문제의 해결도 오랫동안의 과학 기술 문명의 심리적·물리적 누적을 참고하는 것이 아니 될 수 없을 것이다. 그러한 의미에서 현실 개입의 수단으로서의 과학 기술적 해결을 외면하는 것은 매우 비현실적인 일이 될 것이다. 역사의 불가역성을 떠나서도 과학 기술이 인간 이성의 높은 표현이며 이성의 보다 높은 발현이 문제 해결의 길일 것이라는 생각을 우리는 떼어 버릴 수 없다. 그러나 다른 한편으로 깊이의 생태학의 낭만주의는 바로 어떠한 기술적인 해결에 있어서도 핵심을 이루는 것이 아닌가 한다. 그것 없이는 다른 해결책들은 바르게 움직이지 않을 수 있다.

앞에서 언급한 우리 사회의 문제가 말하는 것은 바른 정신이 없는 곳에 제도와 규정, 기술 행정적 조치들은 기능을 발휘하지 못한다는 사실이다. 자연에 대한 깊은 외경심이 없는 곳에서 많은 환경 대책은 곧 작동하지 않는 녹슨 기계가 될 것이다. 깊이의 생태학은 역설적으로 환경 문제의 기술주의적 해결에도 필수 불가결한 것이다.(깊이의 생태학은 반기술적이라기보다 반산업주의적이라고 하는 것이 옳다.) 깊이의 생태학의 기본 입장을 이해하기 위해서는 환경에 관한 다른 접근 방법을 살펴보아야 한다. 미국의 환경론자 빌 디볼(Bill Devall)과 조지 세션스(George Sessions)는 그들의 저서 『깊이의 생태학』에서 그들의 입장을 설명하면서 그것을 다른 몇 개의 접근 방법과 구분한다. 그들이 이러한 다른 방법을 전적으로 부정하는 것은 아니다. 다만 그들은 이러한 것들이 근본적인 대책이 아님을 말하는 것이다. 아마 필요한 것은 이러한 것들을 다른 것으로 대체하는 것이 아니라 거기에 바른 정신, 결국 깊이의 생태학이 가장 적절하게 지적하는 정신의 동기를 부여하는 일일 것이다.

그들이 논하는 여러 환경 사상의 유파는 주로 미국 환경 운동의 테두리에서 하는 이야기이나, 일반적으로 환경을 생각할 때에 참고할 만한 것임에는 틀림이 없다. 디볼과 세션스가 열거하는 바에 따르면, 개혁 환경주의는 일반적으로 산업 경제의 환경 황폐화를 방지하고 개선하려는 정치 운동의 하나이다. 그것은 정부나 국회 의원이나 일반 대중을 상대로 환경의 여러 문제, 광물 자원이나 석유 또는 천연 가스 개발, 환경 영향 평가 보고서, 자연 경관 보호, 유독 폐기물, 공기 및 수자원 오염 그리고 표토 유실의 문제에 있어서 의견을 제시하여 환경 개선을 도모하고자 한다. 또 하나의 환경 운동의 방향은 대중 동원 전문가들의 기술을 이용하는 것이다. 여기에 들어 있는 것은 선거 운동이나 정치 운동의 모델이다. 이것은 출판이나 각종 대중 매체를 통하여 국민 여론을 환기하고, 대중 교육을 시도하며, 환경을 정치 이슈화하여 환경 정책에 변화를 가져오고자 한다. 또 하나의 환경 운동은 과학의 가능성에 스스로를 일치시키는 흐름이다. 지구의 자원은 보존되어야 하고 지구는 사람과 자연을 포함하여 일체적인 존재라는 것이 강조된다. 이 일체성을 요약하여 표현하는 것이 '우주선 지구(Spaceship Earth)'라는 이미지이다. 그러나 궁극적으로 자연은 이 관점에서 인간의 발전을 위한 자료로 간주되는 것이라고 디볼과 세션스는 말한다. 인간의 과학적 발전(에너지 개발, 정보 기술의 발전)은 인간으로 하여금 화성이나 우주 공간으로 진출하게 할 것이다. 여기에 있어서 지구의 자원은 중요한 자산이 되는 것이다. 이러한 발전에 있어서 인간은 완전히 인공적인 환경을 조성하여 그것을 생활의 환경으로 삼을 수 있다고도 생각된다. 그러니까 이 관점은 자연을 존중하되 인간이 자연 질서 안에서 겸허하게 삶을 추구할 필요는 없는 것이라고 생각한다.

또 하나의 환경에 대한 접근법은 환경의 문제를 경제적 합리성에 연결시키는 것이다. 모든 것을 시장에 호소하여 해결하려는 신자유주의의 정신 태도에서 가장 환영받는 것이 이러한 접근이다.(이것은, 그에 못지않게 신자유주의가 환영하는, 기발한 아이디어로서 입신을 도모하는 신지식인의 기발한 아이디어의 하나로 보인다.) 미국의 자원 경제학자 존 베이든(John Baden)은 보존이 필요한 토지를 환경 운동가들의 단체로 하여금 소유하게 하고 그들로 하여금 토지 이용 방향을 결정하게 하자고 주장한다. 토지가 환경 애호가들의 소유가 되면, 그들은 그것을 자연 보호의 관점에서 보존하는 것에 힘쓸 것이다. 그러나 필요에 따라서는 환경 보호 운동의 비용을 염출하기 위하여 그 토지의 일부를 자원 개발에 이용하는 것이 허용될 수도 있을 것이라고 베이든은 말한다. 또 일정한 면적의 땅을 자연 보호 구역으로 하면, 자원 개발의 필요에 따라 이 면적을 유지하면서도 보호 구역을 교환하는 것이 가능할 것이다. 즉 한 보호 구역을 보호 해제하여 개발하면서 다른 지역에 그에 상당한 보호 구역을 조성하게 하는 것이다. 이것은 자연을 보호하면서 토지 이용도 가능하게 하는 유연한 정책과 제도를 만드는 것인데, 말하자면 시장 경제의 자원 배분의 유연성과 합리성을 환경 대책에 도입하자는 것이 베이든의 아이디어이다.

이러한 여러 환경 정책이 그 나름의 가치를 가지고 있지 아니한 것은 아니라고 디볼과 세션스는 말한다. 그러나 동시에 그것들이 결국 한계와 부작용을 가지고 있고 또 자가당착에 빠질 가능성이 높은 것들이라고 그들은 말한다. 이들 대부분의 대책은 자원 경제의 원리에 기초해 있다. 이것들은 결국 자원을 합리적으로 관리하여야 한다는 것인데, 이 발상에 입각해서는 근본적인 문제는 해결되지 아니한다. 그것은 끊임없는 논쟁과 분규와 모순에 빠질 것이 틀림없을 뿐만 아니라 참으로 소중한 인간적 실현을 가져올 생활 태도와 제도의 근본적 변화를 약속해 주지 못한다. 그 하나의 예를 들자면, 정치적 동원과 호소에 의존하는 환경 운동은 민족주의와 자원 확보 정책의 수사에 빠지기 쉽고, 대중 동원 전문가들의 중앙 집중적 체제를 가져오고 동시에 대중 정치에 모든 것을 맡기는 결과가 될 수 있다. 이것이 참으로 평등하고 자유로운 사회의 이상에 맞아들어 가는 것일 수는 없는 것이다.

이러한 경제적·기술적·정치적 접근에 대하여 『깊이의 생태학』의 저자들은 삶과 마음가짐을 전적으로 오늘의 산업주의와 과학 기술 문명의 테두리에서 빼어 내어 보다 근원적인 것으로 복귀시켜야 한다고 주장한다. 여기에는 과학 기술이나 경제 정책적인 제안보다는 철학적인 지혜가 근본이 된다. 노자나 장자의 철학이나 이슬람의 수피즘이나 헨리 데이비드 소로(Henry David Thoreau), 하이데거 또는 자연을 주제로 한 시인들이 경청되어야 할 텍스트가 된다. 중요한 것은 환경 의식이다. 목표는 이 의식을 통해서 새로운 인간의 삶의 방식, 자연과의 일체감 속에서 새로운 삶의 방식을 만들어 내는 것이다. 디볼과 세션스에 따르면, 깊이의 생태학에 대한 비전은 자못 신비주의적으로, 총체적 인간 실현을 지향한다.

깊이의 생태학은 사람들, 공동체, 일체의 자연, 이 사이에 새로운 균형과 조화를 일깨우는 방법이다.[『깊이의 생태학』의 저자들은 말한다.] 그것은 인간의 가장 깊은 갈망을 충족시켜 줄 수 있다. 즉 우리의 기본적인 직관에 대한 믿음과 신뢰, 직접 행동의 용기, 우리 신체의 리듬, 흐르는 물의 리듬, 날씨와 계절의 변화 그리고 지상의 생명 현상의 일체 사이에 일어나는 자연스럽고 즐겁고 감각적인 교섭, 그 여러 가지 조화, 그와 더불어 춤출 수 있는 기쁨에 찬 자신감, 이러한 것에 대한 욕구를 깊이의 생태학은 충족시켜 준다.

구체적으로 이것은 전통적으로 철학자나 구도자나 시인이 목표로 하던 자연 속에서의 삶을 전체적인 삶의 방식으로 확정하는 것을 통하여 이루어진다. 자연을 가까이 알고 인간 자신의 내면에 친숙해지는 관찰과 명상, 시적·철학적 경지에 이르는 것이 깊이의 생태학에 이르는 기본이다.

새로운 생태 의식의 함양은 바위와 늑대와 나무와 감의 실재를 알게 되는 것, 또 모든 것이 하나로 이어져 있다는 의식을 기르는 것을 의미한다. 환경 의식을 기른다는 것은 고요와 고독의 존귀함을 알고, 타자에 귀 기울이는 법을 배우는 것을 뜻한다. 그것은 수용적 열림과 신뢰와, 일체적 지각을 기르며, 개발 황폐화와 무관한 과학과 기술의 미래를 내다보는 일이다.[80]

이러한 자연 속의 삶의 이상이 널리 보급된다면, 오늘의 환경 문제는 해결되기보다는 그 이전에 발생하지 아니할 것으로 생각된다. 이러한 입장을 조금 비판적으로 보면, 이것에 추가하여 필요한 것은 이러한 자연에 대한 이상으로부터 출발하여 환경 문제가 없는 세계에 이르는 현실적인 방안을 명시하는 것일 것이다. 물론 의식의 전환을 위한 교육 활동이 반드시 현실적 의미를 갖지 아니한다고 할 수는 없다. 오늘의 산업주의가 제공하는 여러 편의와 소비재가 필수적인 것이 아님을 깨달은 사람들의 삶 자체가 문제의 발생을 원천적으로 방지하는 데에 도움을 줄 것이다. 사실 철학적 수행이 없는 사람이라도 소비주의가 하나의 열병임을 깨닫게 되는 일은 어려운 일이 아니다. 이러한 문제에 있어서도 많은 사람들은 집단주의적 행동만이 사회 변화의 유일한 길이라고 생각한다.

그러나 오늘의 우리는 많은 집단주의적 실험이 실패로 끝난 것을 기억하지 아니할 수 없다. 정치 행동의 차원에서 여기에 인용하고 있는 깊이의 생태학자들이 생각하고 있는 것은, 앞에 인용한 부분에 나와 있듯이, 환경주의자 또는 생태주의자와 일반 시민들의 직접 행동이다. 이것은 이윤과 국가적 이익의 계산으로 움직이는 산업 경제의 거시 개발 계획들에 저항하는 국부적인 정치 계획과 행동을 말하는 것일 것이다. 말하자면 직접 행

---

80  Bill Devall and George Sessions, *Deep Ecology*(Salt Lake City: Gibbs Smith, 1985), p. 78.

동을 통한 산림 벌채, 댐 건설이나 핵 시설 설치의 저지, 작은 규모의 협동 조합 운동들을 통한 자본주의적 농업 경영에 대항하는 대안 농업 체제의 수호, 즉 이러한 것들일 것이다. 시민운동 단체들의 행동 방식을 확장하자는 것이다. 다만 여기에 우선하는 것은 의식화이다.

그러나 직접 행동도 여러 가지 위험, 근본적으로 산업 체제에 기식하는 대중 정치에 이용될 가능성이 있다. 그리고 앞에 언급한 『깊이의 생태학』의 저자들이 비판적으로 열거한 여러 환경 운동의 방식이 배제될 필요는 없는 것이라고 말할 수 있다. 결국 오늘의 환경 위기의 긴박성은 어떠한 환경을 위한 움직임도, 그것이 재래식의 여러 문제점을 가지고 있다고 하더라도 배제할 만한 여유를 주지 않는 것으로 보이는 것이다. 다만 여러 가지 움직임은 깊이의 생태학이 말하는 바의 정신에서 그 영감을 얻는 것이 되지 않으면 아니 될 것이다. 일은 일의 한가운데에서 움직이는 정신이 없으면 공허한 것이 되고 모순에 빠지게 된다. 이것은 적어도 오늘의 한국인에게는, 앞에서 말한 바와 같이, 제창되는 아이디어도 많고 실험되는 제도가 많으면서도, 좋은 사회가 되는 데에는 아직도 요원한 것으로 보이는 한국 사회의 역사적 체험에서 나오는 교훈이다.

그러나 궁극적으로 깊이의 생태학의 낭만주의의 정당성은 현실에서 온다. 최근의 유엔 환경 보고서는 오늘의 많은 생태계 파괴가 돌이킬 수 없는 것이 되었다는 것을 지적하고 있다. 종의 다양성 문제 같은 것도 위기의 지점을 지난 것으로 말할 수 있지만, 놀라운 일의 하나는 지구의 온난화가 이미 가역 가능성의 지점을 지났다는 것이다. 즉 지금의 시점에서 무엇을 하든지 온난화는 상당 정도까지 진행될 도리밖에 없다는 것이다. 결국 생태학이 권장하는 삶의 방식에로의 전환은 인간의 삶의 문제에 대한 가장 현실적인 답안이 되는 것이다. 이것은 자연과 환경 그리고 생태계에 대한 낭만적 태도가 가장 현실적인 것이라는 말이 된다. 다시 말하여 결국 현실의 구조가 그 깊이에 있어서 낭만적이라는 말이 되는 것이다. 그러나 이것은 장기적이고 전체적인 관점에서이다. 그러나 오늘의 사회가 허용하지 아니하는 것이 크게 보고 깊이 생각하는 일이다.

## 세계와 실존의 깊이

깊이의 생태학에서 깊이라는 말은 하나의 비유이다. 깊이의 생태학은 오늘의 과학 기술적이고 정치·경제적인 언어가 지나치게 삶과 세계의 표면적인 현상만을 말하는 것이라고 느낀다. 여기에 대하여 더 큰 발언권을 가져 마땅한 것이 시적이고 철학적인 언어이다. 그것이 오늘의 삶의 위기에 대하여 보다 깊은 성찰을 제공한다. 그러나 참으로 깊이의 생태학 그리고 깊이의 사고가 오늘의 현실을 구제할 수 있는가. 이와 관련하여 우리는 깊이의 의미를 생각해 볼 필요가 있다. 모든 언어의 근본적 텍스트는 현실에 있다.

깊이는 우리가 세상에 대하여 또는 세상에 대한 어떤 언표에 대하여 갖는 기분을 나타낸다. 깊이는 우선 물리적 현상이다. 깊은 바다가 있고, 보통의 공간에서도, 지각 연구자들이 말하는 깊이의 공간 지각이 있다. 그러나 깊이는 외부 세계의 현상임에도 불구하고 동시에 보는 사람의 선 자리에 완전히 엉켜 있는 어떤 현상이다. 완전히 객관적으로 파악된 물리적 세계에 깊이는 존재하지 아니한다. 깊이는 거리이다. 거리는 자로 잴 수 있는 것이며, 재고 난 거리는 깊이가 아니라 너비이다. 그것은 보는 사람의 위치가 적절치 못한 까닭으로 깊이로 보였던 것이다. 보는 사람이 없다면 모든 것은 너비일 뿐이다. 그럼에도 불구하고 깊이가 주관적인 것 이상으로 존재하는 것임을 부정할 수는 없다. 그러나 그것은 그 자체로 존재하는 것이라기보다는 나와 내 앞에 펼쳐지는 세계와의 불가분의 관계에서 생겨나는 어떤 것이다. 그러면서 그것은 주관적 환상이 아니다. 인간 실존에 드러나는 경험의 관점에서 그것은 가장 원초적인 현실이다. 그의 공간 분석에서 깊이의 개념을 분석하고자 한 메를로퐁티는, 깊이는 "모든 차원 가운데 가장 실존적인 차원"이라고 말한다. 그것은 "사물과 나 사이에 존재하는 끊을 수 없는 사슬"을 보여 준다.[81] 이 사슬은 의식과 객관화에 선행하는 근원적인 사슬이고 깊이는 근원적인 현상에 속한다. 그리하여 그는 근본적 반성을 시도하는 현상학이 "사물들의 사이, 평면들 사이의 관계가 된 깊이, 즉 경험으로부터 분리되고 너비로 변형된, 객관화된 깊이 아래 숨어 있는 근원적 깊이, 전자에 의미를 부여하고 사물 없는 매체의 두께인 근원적 깊이를 되찾아야 한다."라고 말한다.[82] 이 근원성을 생각할 때, 깊이는 없고 너비만 있는 세계가 반드시 있는 대로의 세계라고 할 수 없다. 그것이 오히려 추상적으로 구성된 이차적 세계라고 볼 만한 이유가 있는 것이다.

메를로퐁티의 분석에서 드러나는 것처럼, 많은 깊이의 현상은 비유 이상의 현상이라고 하여야 한다. 깊은 바다나 깊은 골짜기, 우주 공간의 깊이와 마찬가지로 우리가 일상적으로 말하는 생각이 깊은 사람이라거나 깊은 생각이라거나 하는 것도 반드시 비유적인 의미만을 갖는 것은 아니다. 깊은 생각은 주관적인 기분이나 평가를 넘어서 세계와 인간 존재의 근원적 현상에 관한 중요한 진실을 담고 있는 생각을 말한다. 그것은 물론 개인의 생각일 수 있다. 그러나 그것은 동시에 넓게 여러 사람에게 설득력을 가진, 그러기 때문에 이미 여러 사람의 마음에 있는 생각일 수 있다. 그러나 동시에 그것이 사람이 세계에 존재하는 어떤 방식, 실존의 어떤 양식을 말하는

81 Maurice Merleau-Ponty, *Phénoménologie de la perception* (Gallimard (Tel), 1945), p. 296.

82 Ibid., p. 308.

것이 아니라면 그것이 그렇게 설득력을 가질 수는 없을 것이다. 우리는 깊은 생각이나 깊은 생각을 가진 사람을 이야기할 때, 단순히 널리 대중적 호소력을 가진 현상을 지칭하는 것은 아니다. 깊이란 더 단적으로 세계 자체의 객관적 속성에 깊이 관계되어 있는 어떤 것이다. 그것은, 메를로퐁티가 분석한 공간적 깊이처럼, 객관주의를 초월하여 세계와 실존의 근원적 현상의 한 특성을 이룬다. 다만 우리가 깊이라고 말할 때, 메를로퐁티의 분석에서처럼 지각 현상으로서, 그러니까 물리적 세계에 동기를 가진 것으로 보는 일 이외에 그것이 실존 구조의 일부라는 것을 조금 더 강조할 필요가 있을지 모른다. 깊이의 중요한 속성은 그것이 대체로 정서적인 감흥을 수반한다는 것이다. 단순한 차원에서 그것은 물리적 현상에 따르는 한 느낌이다. 사람은 깊은 곳 앞에서 공포를 느낀다. 그러면서 다른 한편으로 우리는 정신적인 깊이를 나타내는 것 앞에서도 비슷한 외포감을 느낀다. 그리하여 구체적인 대상이 없는 깊이에서 느끼는 것은, 실존주의자들이 말하는, "으슥한 느낌(Unheimlichkeit)", 우리의 실존과 세계가 나아오는 근원적인 어떤 것에 대한 예감이라고 말할 수 있다. 깊이는 실존의 느낌이다.

이러한 존재의 깊이에 대한 느낌은 현실적인 의미를 갖는다. 사람이 만드는 어떤 계획도 대상을 규제하는 모든 요인을 참조하지 아니하고는 성공을 기대할 수 없다. 존재의 깊이에 대한 우리의 느낌은 사람 삶의 전체적 조건을 감지하게 하는 기능을 가지고 있다. 우리는 합리적 방법을 통하여 이 전체를 계산하고자 한다. 그러나 그러한 노력은 몇 가지 이유에서 근본적인 장애에 부딪치게 된다. 합리성은 모든 것을 투시 가능하고 측정 가능한 너비로 바꾸어야 한다. 그러나 복합적 체계에서 모든 요인을 측정한다는 것은 불가능하다. 인간의 생존은 공간적이면서 시간적이다. 시간은 너무나 많은 예측 불가능한 것들을 가지고 있다. 예측되는 시간은 공간화된 시간일 뿐이다. 세계 내에서의 인간의 삶은, 앞에서 말한 바와 같이, 늘 깊이로서 나타날 수밖에 없다. 세계는 인간의 존재 방식과 분리하여 투시될 수 없다. 동시에 인간 자신은 스스로에 대하여 투명한 존재가 아니다. 깊이를 가지고 있는 구조에서 모든 것은 일목요연한 것으로 보일 수가 없다. 세계와 인간의 표면에 분명한 것이 있고 안에 깊숙이 감추어진 것이 있는 것은 불가피하다. 그리고 이 드러남과 감추어짐의 모습은 시간과 더불어 변화한다. 삶의 계획이 삶을 규정하는 전체 조건의 파악을 요구한다고 한다면, 그 계획은 이 깊이에 귀 기울이는 일을 포함하여야 한다. 삶의 전체적 조건은 그렇게 암시될 수밖에 없기 때문이다. 그러나 이것이 합리성의 계획을 배제하는 일은 아니다. 어떤 계획도 객관적 조건의 구성 원리로서의 합리성 없이는 불가능할 것이다. 다만 우리가 말할 수 있는 것은 그것을 넘어서는 근원에 이어져야 한다는 것이다. 그것이 인간 행복의 조건에 가까이 가는 일이다.

깊이의 생태학이라는 말에서 깊이는 단순히 시적인 비유의 성격을 넘어 물리적 객관성에 기초하면서도 인간 존재의 형이상학적 구조에서 나오는 전율을 지칭하는 언어라고 할 수 있다. 오늘의 삶에서 우리가 잊어버린 것은 일체의 깊이에 대한 감각이다. 오늘의 생태계의 위기 또는 더 좁혀서 환경의 위기도 이러한 깊이의 상실에 연루되어 있다. 깊이의 생태학은 적어도 세계와 인간의 생존에 상실된 것이 있다는 것을 지적하는 점만으로도 매우 중요한 기능을 수행한다고 할 것이다.


## 건축과 도시의 깊이/깊은 공간

다른 한편으로 깊이는 우리가 생각하는 것보다는 우리의 일상생활과 긴밀한 현상이라고 할 수도 있다. 사람의 가장 피상적인 일도 그것을 가능하게 하는 삶과 세계의 조건하에서 이루어진다. 그러나 건축과 도시만큼 피상적일 수도 있으면서, 적어도 우리 사회에서 그것을 움직이는 제일차적 동기는 이윤과 권력과 부를 위한 과시 소비와 사치라고 할 것이기 때문에, 직접적인 의미에서 깊이에 관계되어 있는 인간 경영은 달리 찾아보기 어렵다. 그것은 인간 존재의 깊이의 비밀을 숨겨 가지고 있는 가장 분명한 물리적 기초인 공간의 역사(役事)이다. 그러니만큼 거기에는 깊은 공간성의 규칙이 움직인다. 이 규칙은 매우 간단한 의미에서의 물리 법칙일 수 있다. 그러나 최선의 경우에 건축의 공간적 역사는 앞에서 깊이를 말할 때의 깊이의 공간에서 나오는 인간 존재의 근원적 공간성의 부름에 응하는 것일 수도 있다.

칸트는 공간을 감성과 인식의 직관 형식으로 말한 바 있다. 이 관점에서 그것은 사물이나 사물의 지각에 선행하며 그것을 가능하게 하는 조건이다. 그러한 만큼 그것은 근원적인 것이다. 메를로퐁티에게도 공간은 이러한 근원성을 가지고 있다. 다만 그는 이것을 조금 더 경험적으로 파악한다. 공간은 지각의 조건이고 상황 속에 있을 수밖에 없는 인간 존재 자체의 조건이다. 또 이것은 공허한 형식 이상의 것이다. 그것은 구조적 질서와 한계로 정의되어 있다. 이것은 인식론적인 차원에서 또 물리적인 차원에서 그러하고, 인간 존재의 역사성으로 인하여 그러하다. 내가 보는 공간은 이미 역사적으로 여러 주체에 의하여 구성된 것이다. 이러하다는 것은 공간의 전체 의미를 개념적으로 이해하는 것이 불가능하다는 것을 말하기도 한다. 그것은 모든 것에 선행한다. 인간 삶의 조건이라는 관점에서 특히 중요한 것은 이 공간이 실존적이라는 점 또는 메를로퐁티가 강조하는 바로는 인간의 실존이 공간적이라는 점이다.(그는 "우리는 공간이 실존적이라고 말하였다. 그러나 차라리 실존이 공간적이라고 말하는 것이 옳다."[83]라고 말한다.) 건축과 도시가 공간의 작업이고 이 작업의 수행에 공간적 존재로서의 인간의 개체적이고 집단적인 삶의 행복과 자기실현이 달려 있다고 한다면, 우리는 이 복합적인 공간을 고려하여야 한다. 이러한 의미에서 공간의 깊이는 무한하다. 그리고 이 무한한 깊이는 앞에서 말한 바와 같이 철학적·시적 또는 형이상학적 의미도 포함한다.

건축물은 어떤 경우에나 보이는 것 이상의 깊은 구조를 스스로 안에 감추어 가지고 있다. 건축물은, 그것이 아무리 엉성한 것이라도 물리적 세계의 중요한 원리인 중력의 법칙을 존중하여야 한다. 또 물의 역학에 주의하여야 하고 더 나아간다면 햇빛의 움직임을 참조하여야 한다. 이러한 것들은 간단한 원리들이지만, 현실의 복합적인 요인, 여러 물질의 중력에 대한 관계 그리고 그것들의 시간 속에서의 변화 등의 요인들 가운데에서 이것을 실현하는 것이 반드시 용이한 것은 아니다. 성수대교와 삼풍백화점의 붕괴, 터키와 대만의 지진에서의 부실 건축물의 문제는 이것을 단적으로 말하여 준다. 또 이러한 사례들은 건축물이 가장 간단한 차원에서도 사회와 문화의 산물임을 증거한다.

건축물이 그것에 필요한 모든 물리 법칙에 복종하여야 한다면, 그 복종까지도 문화적인 산물일 경우가 많다. 현대 과학의 비조의 한 사람 프랜시스 베이컨의 말에, "과학은 복종함으로써 정복한다."라는 말이 있지만, 이 복종이 요구하는 기율과 인내는 문화적으로 습득된다. 건축물과 건축 공간은 물리적인 것과 아울러 문화적인 것을 포함하는 중층적인 공간 속에 존재한다. 사사로운 건물과 공공건물의 구분은 가장 기본적인 것의 하나이다. 공공건물은 실용적인 의미를 가질 뿐만 아니라 세속적인 권력과 신성의 힘을 상징한다. 건축물이 모여 이루는 도시 공간은 물리적·문화적 현상으로서의 건축의 경우보다도 훨씬 복잡한 구조를 갖는다. 그것은 간단

---

**83** Ibid., p. 339.

한 의미에서의 물리적 법칙으로부터 훨씬 자유로울 수 있다. 우리가 오늘의 많은 도시에서 보듯이 도시 공간을 규정하는 조건의 이완은 창조의 기회이기도 하고 혼란의 원인이기도 하다. 도시 계획이 생기기 전의 도시 공간은 자연 발생적이고 누적적인 것이지만, 거기에도 공간과 집단적 삶의 연계 관계에 대한 암묵의 이해가 삼투되어 있기 마련이다. 그것이 도시 공간에 인간적인 질서를 부여한다. 그러나 도시는 더 적극적으로 역사와 사회 구조와 기하학과 우주론적 사변을 반영할 수도 있다. 이러한 인공적 요소들의 분절화가 명백하고 깊은 인간적 필요를 반영할 때 도시 공간의 질서는 볼만하고 살 만한 것이 된다.

이와 같이 건축물, 건물의 공간 및 도시 공간은 불가피하게 또는 의도에 의하여 그것을 규정하고 있는 틀에 의하여 삼투되어 있다. 그러나 흔히는 이러한 삼투의 현실이 크게 의식되지는 아니한다. 그러나 그러한 요소를 의식화할 수 있다. 신전이나 권력자의 궁전이나 미술관 등은 그 외관에 있어서 이미 내용물 이전에 상징적인 의미를 부여받는다. 순치된 자연으로서의 정원은 늘 낙원의 표상이 된다. 이러한 상징은 인위적 개념의 부과라는 성격을 가지고 있을 수도 있지만, 많은 경우 심미적 호소력을 가지고 있다. 심미적이란 그것이 인위적으로 부여된 교리를 경유하지 아니하고도 의미를 갖는다는 말이다. 이것은 신전이나 궁전이 아니라도 사람이 사는 모든 공간에 해당되는 말이다. 심미적인 것의 특징은 의미 이전에 직접적으로 감각에 호소한다는 것인데, 이것은 심미성이 물질과 지각이 맞부딪치는 근원적인 것과 관계된다는 것을 의미한다. 심미성은 얼른 보아 무용한 가치처럼 보인다. 그러나 가장 간단한 경우에도 그것은 우리에게 쾌감이나 쾌적감의 지표가 된다. 이것은 우리의 존재가 즉물적인 차원에서 세계에 열려 있다는 것을 말하고 그것이 쾌감에 관계되어 있는 그 열려 있음이 어떤 균형 속에 있다는 것을 말한다. 달리 말하여 그것은 성공한 자기

초월의 증표이다. 그런데 이 초월은 그 자체가 스스로를 넘어서면서 스스로를 확정해 가는 경향을 가지고 있다. 그것이 인간의 공간 속에서의 거주에 관계되는 한은 거주 공간의 환경으로서의 의식과 일치한다. 확대된 심미 의식은 곧 환경 의식이다.

조금 전에 나는 여러 가지 의미를 포용하는 공간이 좋은 삶의 공간이라는 말을 했지만, 이러한 공간이 성립하는 데에는 심미 의식의 도움이 필수적이다. 물론 우리의 삶의 공간은 순전히 공리적이고 합리적인 관점에서 계산될 수도 있다. 그러나 심미적인 감각은 이러한 객관화된 계산을 넘어간다. 그것은 정확히 헤아릴 수 없는 물질과 물질의 형상화에 관계됨으로써 객관적 인식을 넘어가는 근원적인 것에 대한 예감을 포함한다. 그것은 객관화된 공간 이전의 근원적인 공간, 즉 인간 존재와 세계가 맞물려 나오는 원초적인 공간에 관계되는 것이 될 수 있다. 심미적 요소는 어떤 경우에나 건축과 건축 공간을 규정하는 큰 틀의 현존을 가장 분명하게 느끼게 해 주는 요소이다.

심미성은 건축과 건축 공간 어디에나 존재한다. 그러나 그것은 의식적으로 의도되어 두드러진 것이 된다. 앞에서 언급한 구조물의 간단한 원리로서의 중력은 어느 건축물에나 작용하는 것이지만, 그것을 특히 강조한 건조물을 생각할 수 있다. 피라미드 같은 건조물도 그러한 것이지만, 거대한 건물들은 분명 중력만이 아니라 거대한 질량의 미적 효과를 현시하는 것이 될 수 있다.(여러 가지 권력을 상징하는 건물들은 실용성의 관점에서 설명될 수 없는 질량을 가지고 있다.) 중력에 관계된 또 하나의 현상인 수직선도 심미적 호소력을 가질 수 있다. 오벨리스크의 아름다움은 수직선으로 치솟아 올라감의 에너지에서 온다. 고딕 건물의 첨탑은 하느님의 거처인 하늘을 향한 소망을 표현하는 것으로 말하여진다. 고딕 건물보다 높이 치솟아 올라간 것이 현대의 하늘 쓸기 고층 건물이다. 그러나 대부분의 경우 그것이 같은 효과를 가지지는 아니한다. 그것은 그 동기가 수직선을 강조하는 것이라기보다는 인간의 야망, 물질적이거나 기술 공학적인 야망을 현시하는 것이기 때문일 것이다.

수직선의 강조는 수평선과의 관계에서 가능하다. 고층 빌딩의 숲은 이 수평선을 확보할 수 없게 한다. 또 수직선의 보다 강화된 의미는 그 자체보다는 그 수직 운동의 끝에 보이게 되는 하늘과 무한을 지시하려는 것이라고 할 수 있다. 지평선이나 하늘을 의식할 수 없는 밀집된 도시 공간의 수직선은 공리적인 의미 이외의 다른 의미를 갖기가 어려운 것일 것이다. 물론 이것은 정도 문제이다. 허드슨 강에서 바라본 뉴욕은 그 나름으로 볼만한 '스카이라인'을 드러낸다. 몇 년 전에 나는 시카고 도심의 호텔에서 열리는 회의에 참석한 일이 있었다. 아는 미국인 교수에게 시카고를 구경하는 가장 좋은 방법이 무엇인가 하고 물었다. 그는 간단히 도심에서 곧장 걸어 호수 쪽으로 걸어가면서 도시를 돌아보라고 하였다. 나는 얼마 멀지 않은 곳에 있는 녹지를 지나 호숫가에 이른 다음 도시를 돌아보았다. 여러 고층 건물들을 일목요연하게 볼 수 있었다. 여러 형상의 추상적 입체 조형물 같은 고층 탑들이 적절한 간격을 두고 서 있는 모습은 하나의 총체적 조형미의 구도를 드러내고 있었다. 나는 처음으로 시카고가 아름다움이 있는 도시라는 것을 알게 되었다. 그 조형미는 반은 우연의 효과이고 반은 의도된 것이다. 또는 그 밑에 들어 있는 것은 건축주와 건축가에게 암암리에 건물과 건물의 관계 그리고 도시와 하늘과 호수의 관계를 생각하지 않을 수 없게 하는 시민적 문화라고 할 수도 있다. 시카고의 스카이라인은 공적 공간과 자연 공간에 대한 어떤 시민 의식을 전제한다. 물론 그것은 대체로 그들의 마음에 엄숙한 도덕적 의무로보다는 미의식의 형태로 존재하였을 것이다.

여기에서 다시 말하여야 할 것은 높은 구조물의 아름다움이 단순히 그 자체의 것이 아니라는 점이다. 시카고의 고층 건물이나 고딕 건물이나 오벨리스크의 아름다움은 하늘에서 온다. 하늘이 어떤 상태인가에 따라서 그 인상은 달라지게 된다. 물론 치솟은 수직선과 하늘의 아름다움이 드러나기 위해서는 거기에 다른 여러 요소들이 맞아들어 가야 한다. 조금 전에 말한 바와 같이 수평선과의 관계도 적절해야 하고 다른 여러 요소들, 그 서 있는 장소가 사막인가 녹지대인가 호숫가인가에 따라 달라지는 여러 요소와의 조화도 그것을 뒷받침해야 한다. 또는 구조물의 자료에 따라서 그 느낌이 달라질 수 있다. 몽생미셸과 시카고 빌딩의 차이는 자료의 차이이기도 하다. 자연 자료는, 석재이든 목재이든, 시간의 지질학적 또는 유기적 장구성을 느끼게 하고, 인공 자료는 또 다른 의미에서 시간에 도전하는 형상의 이념성을 느끼게 한다.

아마 가장 중요한 미적 체험은 무한과 무변의 체험일 것이다. 결국 사람의 환경, 개인적인 공간과 시간이 무한성에 이어지는 것은 신비주의에 의존하지 않더라도 누구나 짐작할 수 있는 일이다. 선축에 있어서 또는 회화에서 형상을 만드는 것은 큰 공간 안에 한정된 공간을 그리는 것, 제한된 피난처를 만드는 일이다. 그리하여 이 한정 행위는 안의 공간과 함께 그 밖에 있는 무한한 공간을 암시할 수 있다. 원근법은 파노프스키가 지적한 바와 같이 무한성을 화면으로 끌어들이는 것을 가능하게 하였다. 한 건축 이론가의 설명으로는 17세기의 유럽의 어떤 건축은, 가령 베르사유는, 비스타의 창조, 주로 원근법의 입체화를 통하여 이루어진다고 할 비스타의 창조로써 무한을 현실 속에 나타나게 하였다. 그러나 17세기 건축물의 원근법은 오스만의 파리 시가지 정비에 드러나는 기하학적 구도인 단순한 원근법과는 차이가 있는 것이다. 그 원근법은 추상적인 구도로 단순화되는 대신 여러 감각적 색채, 냄새, 광선, 물의 유희, 불놀이 장치, 신화적인 조형물 등을 통해서 의미로 가득 찬 무한의 공간을 조성할 수 있었다. 19세기

도시의 바둑판 구도에 비해 17세기의 비스타는 감각적 세계가 곧 무한에서 이어지는 것임을 보여 준 것이다.[84]

무한의 의의는 그것이 전체성의 가장자리를 이룬다는 데에 있다. 공간의 끝에는 무한이 있다. 그러면서 그것은 측정할 수 있는 공간을 초월한다. 무한으로 초월하는 감각적 세계의 전체를 보여 준다는 점에서 가장 뛰어난 예의 하나는 동양의 사원 건축이다. 동양의 사원은 그 자체를 두드러지게 하는 것보다는 그것이 커다란 자연 속에 있음을 느끼게 한다. 이 자연은 단순히 인간이 소유하는 아직 개발되지 아니한 토지도 아니고 이용이나 놀이의 대상도 아니다. 자연은 모든 것을 포용하듯 사원을 감싸는 모태가 되기도 하고, 중층하는 산들의 조망을 통하여 무한으로 이어지는 무진성을 느끼게 하기도 한다.

이러한 것들은 건축물에서보다 그림에서 더 분명하게 암시된다. 많은 산수도의 의의는 산과 물 그리고 그 속에서의 사물과 인간을 그려 내면서, 동시에 공간을 넘어가는 공간을 그려 낸다는 데에 있다. 산수화는 이 깊이, 삼원법(三遠法)으로 묘사되는 세 가지 깊이의 공간 그리고 근접할 수 없는 세계를 그려 내는 데에 관심을 가지고 있었다. 자연의 유원함을 그리는 산수도의 공간은 그야말로 "(객관화된 깊이에) 의미를 부여하고 사물 없는 매체의 두께인 근원적인 깊이(une profondeur primordiale qui donne son sens à celle-là [la profondeur objectivée] et qui est l'épaisseur d'un médium sans chose)"[85]를 암시한다. 가령 우리는 이러한 공간을 안견의 「몽유도원도」나 「소상팔경도」에서 볼 수 있다. 나는 특히 이 점은 정선(鄭敾)의 「금강전도」 같은 것과 비교될 때 잘 드러나는 것으로 생각한다. 정선의 금강산에는 공기의 움직

---

**84** Alberto Perez, *Architecture and the Crisis of Modern Science*(Cambridge, Mass.: MIT Press, 1983), p. 175.

**85** Maurice Merleau-Ponty, op. cit., p. 308.

임을 시사하는 어떤 것, 구름도 안개도 없다. 모든 것은 힘찬 붓의 흔적에 따라 분명한 윤곽을 가진 것으로 묘사된다. 거기에는 연무의 저쪽에 있는 산봉우리도 없다. 여기에 비하여 안견의 그림에서 사물들은 분명한 윤곽을 가지고 있지 않다. 그것은 하나의 관점에서 모든 것을 통일하는 분명한 구도가 없으면서도 산수를 바라보는 특이한 원근법을 가지고 있다.

우리는 여기에서 사물이 없는 매체의 두께로서의 공간의 환상성과 현실성을 느낀다. 강산무진의 느낌이 산이나 강에 선행하는 것이다.[86] 건축과 건축의 공간이 그림과 같이 심미적인 효과를 그 주된 목표로 할 수는 없다. 그러나 그림이 보여 주는 공간의 심미성, 심미성으로 접근되는 근원적 공간이 공간적 존재로서의 인간에 관하여 시사해 주는 것이 있음은 틀림이 없다. 그것은 적어도 사람의 지상의 거주를 둘러싸고 있는 최종적인 틀이 무엇인가를 느끼게 한다. 우리들은 심미성을 통하여 구역화된 공간이 이 유원한 공간의 한 부분으로 존재한다는 것을 깨닫는다. 건축도 궁극적으로는 이러한 근원적 공간 의식으로서의 심미성 속에 존재함으로써 우리의 삶을 풍부하게 할 수 있다.


### 생각의 깊이/마음의 여러 작용

근원적 깊이, 근원적 공간의 체험이 특권적 체험임은 틀림이 없다. 그것은 특별한 순간의 체험이고 현실적 삶의 모든 순간에 체험되거나 드러나는 것은 아니다. 그것은 대체로 종교적 명상을 통하여 이르게 되는 어떤 경

---

**86** 나는 동서의 원근법과 무한성의 묘사 문제를 다른 글의 다른 관련에서 논한 바 있다. 정선의 「금강전도」에도 무한을 시사하는 다른 종류의 이상화가 내재한다. 그러나 그것은 지각의 즉물성을 가진 것이라기보다는 관념적인 것이다.《월간미술》(1996년, 2~4호).

지이다. 도원을 보는 것은 적어도 꿈속에서이지 평상의 번거로운 마음에서 가능한 것은 아니다. 그리고 이 꿈은 도를 수양하는 일에 가깝다. 안견의 「몽유도원도」에 시를 붙인 이개(李塏)는, 이 그림의 경지를 말하여, "지위가 높고 생각이 고상하신 분, 도가 절로 트여 초연히 세상 밖의 신선 사는 곳을 꿈꾸셨네."라고 적고 있다.

그러나 이 경지가 반드시 꿈에나 있는 초세간적인 것만은 아닐 것이다. 그의 시 마지막에서 이개는 자신의 소감을 요약하며, "내 마음에 티끌 먼지 끼고 지나온 발자취 더욱 거칠어 부끄럽기만 하구나."라고 스스로의 수양 부족을 반성하였다.[87] 티끌 없는 마음을 닦는 것은 세간적 일에 종사하든 또는 정신적 수양에 정진하든 전통적인 학문에서 가장 기본적인 훈련에 속하는 것이었다. 세상의 이치도 닦아진 마음에 비로소 비치는 것이다. 그러니만큼 이 마음 또는 이 마음에 의한 이치의 깨달음은 단순히 초월적인 진리와 세계의 지혜를 얻는 데만 소용되는 것은 아니었다. 경(敬)은 주지하다시피 성리학에서 그 인식론에서나 도덕론에서나 명상적 깊이를 가진 마음의 한 지속적인 상태를 말한 것이다. 이것을 설명하는 다음 구절은 이것이 일상적 행동이나 일에 있어서도 중요한 것임을 보여 주는 구절이다.

의관을 바르게 하며, 그 보는 눈매를 존엄하게 하라. 마음을 침잠하게 하여 상제를 대하듯 거하여라. 발은 반드시 무겁게 놓을 것이며, 손은 반드시 공손하게 쓸 것이다. 땅을 밟을 때는 반드시 가려 밟되 개미집을 피하여 돌아가라. 문을 나설 때는 큰 손님을 뵈옵는 것같이 공손히 하며, 일을 할 때는 제사를 지내는 것같이 조심조심하여서 혹시라도 안이하게 처리하지 마

---

**87** 안휘준(安輝濬)·이병한(李炳漢), 『안견(安堅)과 몽유도원도(夢遊桃源圖)』(예경, 1993), 170쪽.

라. 입을 다물기를 병과 같이 하고, 뜻을 방비하기는 성(城)과 같이 하라. 성실하게 하여 혹시라도 가벼이 하지 마라. 서쪽으로 간다 하고 동쪽으로 가지 말며, 북쪽으로 간다 하고 남쪽으로 가지 마라. 일을 당하면 오직 한곳에만 마음을 두고 다른 데로 좇지 않게 하라. 마음을 두 갈래로 내지 말고 세 갈래로 내지 마라. 마음을 오로지 하나로 하여 만 가지 변화를 살펴볼 것이다. 여기에 종사하는 것을 지경(持敬)이라고 한다.[88]

퇴계가 『성학십도(聖學十圖)』에 인용한 주자의 경제잠(敬齊箴)은 오늘의 입장에서 상당히 억압적인 행동 규범으로 들린다. 그러나 그 세목에 대하여 우리가 어떻게 비판적으로 생각하든, 주목할 것은 경이 일 처리에 있어서의 주의 집중과 성실성을 말한 것이라는 점이다. 그리고 전체의 분위기로 보아 그것이 진의처럼 보이기는 어렵지만, "마음을 오로지 하나로 하여 만 가지 변화를 살펴보라.(惟心惟一 萬變是監.)"라는 말은 변함없는 주체성과 더불어 변화하는 사물에 대한 유연한 수용성을 권한 것이다. 이러한 경의 현실성에서 우리는 깊은 철학적 또는 정신적 명상의 훈련과 성실한 일의 수행과 도덕적 행위의 관련을 본다.

묵은 전통을 대지 않더라도 세계가 우리에게 나타나는 것은 우리의 마음에 대응하여서이다. 그리고 이 대응은 마음의 상태에 따라 달라진다. 세계의 전체성은 깊은 명상에 대응하여서만 드러난다. 물론 과학적 방법에 의한 명제들의 구성이 세상의 전체적인 모습을 보여 줄 수 있다. 과학이 추구하는 것은, 자연 과학이든 사회 과학이든, 이러한 관점에서 세계상을 제시하려는 것이다. 그러나 그것은 앞에서 말한 바와 같이 근원적인 존재의 깊이, 공간의 깊이에 이르는 방법은 아니다. 그것은 방법적으로 이미 일정

---

**88** 이황(李滉), 『한국(韓國)의 사상대전집(思想大全集) 10』(동화출판사, 1972), 109~110쪽.

한 구성의 원리에 스스로를 맡긴다. 방법적 구성 이전의 것을 지향하는 것이 명상적 고요, 흔히 명경지수(明鏡止水)의 비유로 말하는 정적의 상태이다. 그러나 현실과의 관련에서 볼 때 이러한 마음은 높은 정서적 경지를 유지하는 데에만 필요한 것은 아니다. 현실의 문제에 있어서도 고요한 마음이 있어서 비로소 많은 것을 분명하게 생각할 수 있다. 그것은 고려되어야 할 많은 요인들이 나타나는 것을 가능하게 한다. 사실과 견해는 편견 없는 나타남의 장이 필요하다. 고요한 마음이 그러한 장이 된다. 그러나 보다 많은 경우 현실의 삶은 우리에게 수많은 판단과 결정을 끊임없이 요구한다. 이 판단과 결정 속에서 비로소 현실은 구체적인 양상을 드러내고 현실을 일정한 방향으로 구성해 나가는 것을 허용한다.

　그런데 이러한 마음의 존재는 하나의 체계를 이루고 있는 것으로 생각된다. 형이상학적 명상, 만 가지 일과 사물을 비추는 부동심(不動心)의 상태, 객관성을 가능하게 하는 과학적 태도, 변화하는 세계 속에서의 일(일상의 번쇄사를 포함하는 일의 처리에 있어서의 판단력), 이러한 것들이 우리가 세계를 인식하고 감지하며 사회를 움직이는 데에 필요한 마음의 상태이다. 이것들은 서로 연결되어 있다. 이 여러 상태를 일관하여 마음은 주인으로, 또는 공손히 손님을 대하는 주인으로 움직이고 있어야 한다. 이 마음은 개개인의 것이면서 동시에 사회적 로고스로 존재한다. 개인은 이 사회적 로고스에 기여하며 이 로고스에서 스스로를 빌려 온다. 그러나 마음에 관계된 더 중요한 체계는 앞에 말한 여러 기능의 위계질서이다. 마음의 여러 기능은 상호 작용하면서 마음 전체를 변화하게 한다. 그러나 동시에 그중 가장 위에 있는 것은 근원에 대한 명상인 것으로 생각된다. 성리학의 한 특징은 지나치리만큼 인간의 사회성을 강조한 것이다. 국가에 대한 봉사야말로 성리학의 지상 목표였다. 그럼에도 불구하고 그것은 사회의 작은 규칙의 습득을 중시한 것이 아니라 명상적 훈련을 그 교육 프로그램의 핵심으로 삼았다. 이것은 다른 많은 전통적 인간 수련의 프로그램에서도 마찬가지이다. 플라톤주의의 전통에서이든 기독교의 전통에서이든 또는 이슬람의 전통에서이든 최고의 존재에 대한 명상은 최고의 진리에 대한 직관을 목표로 하는 것일 뿐만 아니라 이 세상의 삶에 대한 기본적인 지침을 준다고 생각되었다. 이러한 명상적 진리에 대한 지나친 강조의 병폐는 새삼스럽게 말할 필요도 없다. 그것은 실학 이후 계속적 비판의 대상이 되어 왔다. 모든 원리주의는 그 나름의 병폐의 원인이 된다. 내가 여기에서 말하고자 하는 것은 마음의 질서의 위계이고 이 위계적 사고에서 마음의 기본적인 훈련은 일상사의 처리에 이르기까지 적절한 마음의 움직임을 보증한다는 것이다.

결론을 말하기 전에 비근한 예를 들어 다시 이야기해 보기로 한다. 우리는 마음을 새로 먹으라는 말씀을 너무나 많이 들어 왔기 때문에, 그리고 마음만 새로 먹어서는 되는 일이 별로 없다는 것을 잘 알고 있기 때문에, 많은 것을 마음으로 환원하는 데에 주저를 느낀다. 그러나 마음은 현실의 일부이다. 그것은 현실과 맞물려서 돌아가는 한 원리이다. 일을 하는 데에는 일의 대체적인 설계도가 필요하다. 이 설계도에 마음이 작용한다. 그러나 더 중요한 마음의 움직임은 이 설계도를 현실화하는 데에 있어서이다. 하나의 구조물은 설계도를 기계적으로 적용하는 것만으로는 현실이 되지 아니한다. 필요한 것은 현실과 마음의 대화이다. 현장에서의 마음의 끊임없는 판단이 필요하다. 이 판단은 설계와 현장의 큰 의미에서의 적합성에 관한 것이기도 하지만, 가장 작은 손질에 있어서의 수많은 작은 결정에 관한 것이기도 하다. 이 작은 마음의 판단들은, 최선의 상태에서라면, 목하의 작은 일에 집중하면서 동시에 큰 설계에 이어져서 움직인다. 그리고 신비한 것은 이 작으면서 큰 판단은 설계도를 넘어갈 수도 있다는 점이다. 설계도를 보는 것은 단순히 그것을 하나하나 세부적으로 추적하는 것만을 의미하지는 아니한다. 그것은 설계도를 전체로서 통일성으로서 보는 것을 포함한다. 그것은 말하자면 설계도의 정신을 이해하는 것을 말하기도 하는 것이다. 그것은 이러한 보는 눈 속에도 정신이 들어 있기 때문이다. 여기에서 보는 사람은 설계도를 넘어갈 수 있다. 그리하여 그것은 그것을 전체적으로 파악하고 그것의 테두리 속에 있으면서도 바로 그 정신에 입각하여 새로운 수정안들을 제시할 수도 있다.

현실의 일에 판단이 개입하게 되는 과정을 더 쉽게 예시할 수 있는 것은 법 집행의 과정에서이다. 법은 일반적인 규칙을 말한 것이지만, 그것은 구체적인 상황에 적용되면서 현실 속에 집행된다. 집행에 논리적 포섭의 관계만이 들어 있는 것은 아니다. 거기에는 수많은 사실에 대한 판단이 작용하여야 한다. 지하철 파업에 법대로 한다는 것이 있지만, 법과 현실 사이에 인간의 판단력이 들어가지 아니하면, 법이 현실의 원리가 될 수 없다는 것을 단적으로 보여 주는 사례이다. 법대로 한다는 말을 들을 때 그 위협을 범법자만 느끼는 것은 아니다. 법은 사람 마음의 판단력을 통하여 인간의 현실에 개입할 수 있다. 반대로 마음은 법을 넘어서 법을 지배하여야 할 정의에 미친다. 그리하여 법을 넘어가는 정의의 질서를 생각할 수 있다. 달리 말하면, 그것은 마음의 움직임이 법의 질서 속에 있는 법의 정신에 이른다는 것을 뜻한다.

법을 넘어가는 법의 질서, 법의 정신은 어디에서 오는가. 한편으로는 사람 마음의 모든 움직임이 그러하듯이 주어진 사실을 법칙화하고 형식화하고 이상화하는 능력이 그 원천의 하나이지만, 다른 한편으로 그것은 사람의 삶 속에 스며 있는 그와 같은 종류의 가능성에 의하여 훈련되는 것이라고 할 수 있다. 법을 생각하며 그것을 넘어가는 질서와 정신을 생각하는 것은 그것을 삶 일반의 질서 그리고 삶에 일관하는 정신에 비추어 보는 일을 의미하는 것일 것이다. 이러한 삶의 질서와 정신은 부분적으로, 그리고 점점 더 포괄적인 것이 되는 어떤 것 그리고 궁극적으로 하나의 포괄적인 어떤 것으로 생각될 수 있다. 그것은 대체로 우리의 간단한 추론과 사변을 넘어서 사물과 생각의 저 깊은 곳에 존재하는 어떤 것이다.

이렇게 말하는 것은 이 정신의 움직임이 단순히 논리적 운산 능력을 의미하는 것이 아니라는 말이다. 마음의 힘은 직관적인 형태로 작용하고, 또 그것은 우리 마음속에 어찌할 수 없는 도덕의 힘으로 또는 사물의 넓은 질서에 대한 외경심으로 작용한다. 현실적인 차원에서 그것은 과학에서의 객관적 진리의 존중, 자신의 일에서의 장인의 성의, 일상적인 삶이나 인간 관계에의 성실성 등에서 드러난다. 다만 그것은 그것들만으로는 피상적인 것이 되기 쉽다. 그것은 넓고 깊은 정서적 감흥을 수반한다. 그것은 어떤 종교적인 경건함과 비슷한 것이라고 할 수도 있다. 앞에서 말한 것처럼 정신을 움직이는 정열은 자가발전한 소란스러움이 아니다. 그것은 존재의 깊이에 대한 직관 또는 예감에서 온다. 깊이는 우리에게 두려움을 주기도 하면서 세계의 신비를 절감하게 한다. 이것이 모든 마음의 움직임에서의 진지성을 보장하는 것이다. 이 글의 맨 처음에 말한 환경 문제에 있어서의 형식주의는 이러한 정신의 질서의 붕괴에 기인한다고 말할 수 있다.

그러나 정신의 질서는 문제를 지나치게 유심적으로 보는 혐의가 있다. 그것의 현실 연관을 강조하기 위하여 정신의 문제를 시각의 비유로 옮겨 보는 것이 도움이 될지 모르겠다. 그것은 시각이 현실에 대응하여 현실을 구성하는 것처럼 정신의 문제는 현실에 반응하고 현실을 구성하는 문제이다. 오늘과 같은 시대에 있어서도 사람들은 널리 보는 것의 중요성을 인정한다. 또 멀리 보는 것의 중요함도 인정한다. 그러나 바로 보려면 평면만이 아니라 입체적 공간을 보아야 한다. 깊이 보는 것이 필요한 것이다. 서양화는 공간을 그려 내는 방법으로 원근법을 사용한다. 원근법에서 소멸점(vanishing point)은 화면의 깊이 속으로 사라지는 것처럼 보인다. 깊이를 포함한 시각의 원추에서 이 소멸점은 시각적인 것일 뿐만 아니라 존재의 깊이를 나타낸다고 보아야 한다. 시각의 원근법에서 중요한 것은 보는 자와 함께 소멸점이다. 이 소멸점이 모든 것을 가능하게 한다. 나는 이러한 시각의 구조는 사는 일의 도처에 묻혀 있는 것이라고 생각한다. 사회와 문화에도 이러한 깊이의 구조가 있다. 이 근원적 원근법이 상실될 때, 우리가 하는 많은 일은 혼란에 빠진다. 우리 사회에서 하는 일의 많은 것이 껍데기에 불과한 것이 되는 것은 앞에서 말한 것처럼 이러한 종류의 마음의 구조가 상실된 까닭이다. 튄다는 말은 매우 상징적인 말이다. 깊이와 뿌리가 없는 곳에서는 튀는 것만이 중요한 것이 된다. 그것은 단명하고 천박한 삶의 파노라마를 이룬다.

이 튀는 일들의 무대는 오늘날의 세속 도시이다. 이 도시는 깊은 공간의 일부로서가 아니라 걷잡을 수 없는 정치·경제 세력 그리고 물리적 힘들의 희생으로 가속화된 엔트로피의 공간으로서만 존재한다. 도시 계획의 최소한도는 물리적인 의미에서 사람들의 주거지와 생존의 조건과 작업과 동선을 밀집된 공간 속에 확보하는 일이다. 우리는 아직도 여기에 필요한 인간 생존의 최소한도의 조건과 기하학도 확보하지 못하고 있다. 어쩌면 이것은 오늘의 민주적 정조와 공리주의에 힘입어 해결될 수 있는 문제일지 모른다. 그러나 이 공리주의로써 오늘의 도시의 삭막한 콘크리트 건축물과 거리의 기능주의를 참으로 인간적인 성취의 조건으로 바꾸는 일은 지난한 일일 것이다. 깊이의 생태학은 자연으로 돌아가지 않고는 그것은 불가능하다고 말한다. 그리고 그러한 도시의 모체인 현대 산업 사회를 떠나서 자연으로 돌아갈 것을 말한다. 그러나 그것의 보다 깊은 교훈은 깊은 공간성에로의 회귀이다. 그러기 위해서는 우리의 마음이 이와 더불어 움직여야 한다. 그러나 동시에 그것은 고요와 고독의 존귀함을 새로 익혀야 한다는 것을 말한다. 오늘의 사회와 그것을 지배하는 이데올로기는 마음의 효용은 돈이 되는 기발한 아이디어의 가속화된 생산에 있다고 한다. 그러나 마음은 쉽게 죽어 없어지지 아니한다. 그것은 끊임없이 자신의 원형을 또는 원형적인 움직임을 회복하려는 탄력성을 가지고 있다. 깊이의 생태학이 말하는 자연의 깊은 위안은 이 회복을 도울 것이다.

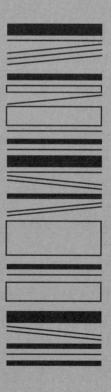

2부

자유와
인간적인
삶

# 내면성, 제도, 섬세성
서문

이 글은《비평》에 연재하면서 밝힌 바와 같이 원래 고려대학교 문과 대학 창립 60주년에 행한 강연에 기초한 것이다. '자유'라는 글의 주제는 기념 행사를 조직한 분들이 제안한 것이다. 그리하여 그것은 필자 스스로 선택한 것이라기보다는 주어진 것이라고 할 수 있지만, 그것이 중요한 주제임은 틀림이 없다. 군사 정부 시대 그리고 그 이후에도, 민주화는 많은 사람이 민족 전체의 정치 목표로 받아들였던 것이고, 여기에 내포된 가장 중요한 원칙은 자유였다. 이것은 지금도 중요한 주제이고, 이것이 무엇인가를 생각하는 것은 의의 있는 일임에 틀림이 없다. 물론 고려대학교에서 자유의 주제를 강연의 제목으로 정한 것은 대학의 모토에 그것이 들어 있기 때문일 것이다. 그러나 이러한 주제 선정에는 그 시대적 의미에 대한 고려가 없지 않았다고 할 수 있다. 게다가 사실 그것을 논하고 분석하는 사람 자신보다도 시대에 의하여 주어진다. 그러한 관점에서 보면, 밖으로부터 주어진 문제를 두고 생각하는 것은 그 나름으로의 의미를 갖는다.

이러한 사정은 생각한다는 것이 얼마나 상황 종속적인가를 상기시킨다. 삶의 근본은 생각과 글을 넘어선 곳에 있을 수 있다. 하지만 나날의 일상 속에서 사람이 생각하고 말하는 존재인 한, 우리는 지나치게 주어진 상황을 모든 것으로 간주하고 거기에서 발하여지는 명령을 삶의 모든 것으로 받아들인다고 할 수도 있다. 그러나 상황을 넘어가는 더욱 근원적인 삶의 사실이 있다고 하더라도, 그것은 아마 상황으로서 주어진 것을 생각함으로써 역설적으로 접근될 것이다.

자유의 문제도 이러한 역설을 가지고 있다. 그것은 스스로의 의지에 따라서 살고자 하는 인간의 소망을 나타낸다. 그러나 그러한 의지의 근본은 상황의 제약에 있다. 그것은 상황과의 투쟁에서만 실현된다. 그러나 그 의지는 상황에 의하여 침윤된 의지이다. 그러한 의지에 진정한 자유의 실현이 가능한 것일까? 상황을 초월하고 또 상황에서 부여되는 자유에의 의지, 그리고 이 의지의 원천적인 침윤을 초월하여, 돌아가고자 하는 근원적 자족 상태는 어떤 것인가? 그것은 상황과 자유 의지에 의하여 오염되지 않는 자연의 상태일 것이다. 그러나 자연이란 그 나름의 필연성 속에 있는 상태를 말한다. 자유는 상황과 상황에의 보다 깊은 개입과 극복에서 근접되고 다시 근원적 필연성에의 순응에서 도달된다고 할 수 있다.

사람이 원하는 자유는 억압으로부터의 자유, 빈곤으로부터의 자유, 표현의 자유, 믿음과 신앙의 자유 등으로 구분하여 생각해 볼 수 있다. 이러한 자유에 대한 갈망은 사람의 마음에서 이는 것이지만, 그것은 다른 한편으로 삶의 조건에 관련되어 일어나는 갈망이다. 빈곤으로부터의 자유는 물질적 빈곤이 사람의 생존에 위협을 가하기 때문에 논의될 수밖에 없다. 그러나 빈곤이 없다고 하더라도 사람이 그의 생명을 향수하는 기본 조건으로서 신체적인 자유가 없다면, 또 그리고 그것을 통하여 보다 넓은 의미의 생명 향수를 위한 활동이 허용되는 것이 아니라면, 그 빈곤의 극복은 별 의미가 없는 것이 될 것이다. 부과되는 필연의 압박으로부터의 자유, 소극적 자유는 출발에서부터 삶의 신장, 즉 적극적 자유에 깊이 연루되어 있다.

그리하여 더욱 적극적으로 자유의 활동은 육체와 함께, 정신의 활동을 말한다. 사실 어떻게 보면, 육체를 움직이는 것은 마음이기 때문에, 육체의 활달한 움직임은 마음 또는 정신의 활달한 움직임이 있어서 비로소 뜻있는 것이 된다. 그러나 그 마음은 단순히 육체의 주인으로서의 마음만을 말하는 것은 아니다. 그것 이상의 자유로운 주체성을 원하는 것이 사람의, 그리고 사람 마음의 특징이라고 할 수 있다. 표현이나 믿음의 자유는 여기에 연결되어 있다. 표현의 자유를 원한다면, 표현할 것이 있기 때문이다.

이러한 설명들은 단순하고 진부한 것이다. 그런데 표현의 자유는 조금 더 특이한 인간 존재의 있음새에 뿌리내리고 있는 것으로 해석될 수 있다. 사실 육체를 부리는 것이 마음이라고 할 때, 또는 그 이상으로 다른 어떤 것을 주체적인 뜻으로 움직이고자 하는 것이 마음이라고 할 때, 그것이 반드시 어떤 매체를 통하여 표현되어야 할 필요가 있다고 할 수는 없다. 표현의 욕구는 일단 사람이 사회적인 존재라는 사실과 연결된 것으로 말할 수도 있다. 그러나 그것은, 그 발원이 어떤 것이든지 간에, 그 자체로서 독자적인 요구가 되어 사람 안에 존재한다. 그리하여 그 독자성을 지니면서 소통한다.

조금 달리 보면, 그것은 그 이전에 사람이 동적인 존재라는 사실에 이어져 있다. 『모시(毛詩)』「대서(大序)」의, 시의 근원에 대한 설명은, 말로 표현하지 못하는 마음을 소리와 손발의 움직임으로 표현하고 그것이 춤이 된다는 것을 밝혀 언어적 표현이 사람의 신체적 존재 방식에 관계되어 있다는 것을 말한다. 사람은 물리적 환경 속에서 몸으로써 산다. 신체적 표현은 이 물리 환경의 조건하에서 일어난다. 그러면서도 동물적 필요에서 나왔을 동작은 그 필요를 넘어가는 여분의 움직임이 되고 그로부터 다시 무도라는 양식화된 표현으로 나아가게 된다. 언어는 가장 중요한 표현의 매체이다. 사람은 물리적인 환경에 존재하듯이 사회적 환경 속에 존재한다. 무도가 물리적 환경 속에서의 움직임이라면, 언어는 사회적 환경 속에서의 움직임이다. 그러면서 두 표현은 하나의 뿌리를 가지고 있다. 언어의 주된 기능으로 간주되는 사회적 소통은 삶의 환경 속에서의 움직임의 일부로 존재한다. 소통의 많은 부분은 물리적 환경에 대한 정보를 내용으로 한다. 동시에 그것은 이 지시를 넘어 사회 환경 속에서 스스로의 독자적인 존재 가능성을 확인한다. 그것은 사회적 소통을 목표하면서 물리적 세계의 사물을 지칭하고 그 자체로 존재하는 것이다. 그러면서 인간이 언어 속에 존재할 수 있음을 증명한다. 이러한 과정에서 세계를 일정한 의미로 구성한다. 언어 표현이 모사, 즉 미메시스의 기능을 가지고 있다는 것은 바로 표현 안에 들어 있는 이러한 현실 구성의 가능성을 확대하는 것이다. 사람이 일정한 환경에서 일정한 시간적 지속을 특징으로 하는 존재라는 사실은 이것을 필수적인 것이 되게 한다. 일정한 시간적·공간적 범위를 포괄하는 모든 삶은 주어진 환경을, 그 직접성을 넘어 구성하여야 한다.

여기에서 표현의 자유와 관련하여 그것이 가지고 있는 복합적 의미를 말하는 것은 사실 다른 자유에도 간단한 삶의 필요만으로 설명되지 않는 것이 있다는 것을 상기하자는 것이다. 빈곤으로부터의 자유는 빈곤의 물질적 압박으로부터 벗어나고자 하는 본능적인 삶의 충동을 표현하는 것이지만, 그 빈곤은 자기 나름으로 해석되고 그로부터의 탈출의 방식도 그 나름으로 고안되게 마련이다. 그러면서도 그것은 독립된 영역을 구성한다. 그 문제의 해결은 이 영역의 논리에 의하여 추구되어야 한다. 그러니만큼 그것은 다른 영역에서 나오는 고안을 거부한다. 그러나 빈곤이 삶의 일부 영역이 되는 한 그것은 다른 인간적 고려를 수용하면서 해결되어야 한다. 다만 이 고안은 영역의 독자성들을 존중하면서 동시에 그것을 넘어가는 것이어야 하는 것이다.

영역을 넘어간다는 것은 자유 변주가 가능하다는 것을 말한다. 특히 어떤 영역은 그 자체로 자유의 영역이기 때문이다. 그러니만큼 필연의 명령의 수행도 일정한 자유 속에서 이루어진다. 그러나 이것이 완전히 자유로운 것이 될 수는 없다. 거기에는 굶주림과 추위와 같은 육체적인 필요의 테두리가 있다. 그러니까 이것과 관련하여, 자유롭다고 할 때, 그것은 이 필연성 안에서의 자유를 의미한다고 할 수 있다. 이 자유는 삶의 전체적인 구성 속에 있다. 이 구성은 다시 더 큰 자유를 허용한다. 그러면서도 그것은 삶의 가능성의 총체라는 넓은 필요의 테두리 속에 있다.

그렇기는 하나 이 글에서 생각하고자 하였던 것은 자유의 토대가 되는 필연성이 어떻게 자유롭게 구성될 수 있는가 하는 것이다. 이 필연성은 반드시 외부적으로 부과되는 것 — 폭력 아니면 도덕적 명령이어야 하는가? 사람의 자기 형성 과정은 이러한 필연성이 자연스럽게 성장되어 나오는 자유의 열매일 수 있다는 것을 말해 주는 것이 아닐까? 자기 형성은 더 보람 있는 삶을 살고자 하는 내면적 동기에서 나온다. 이것은 극히 개인적인 동기라고 하겠지만, 결국은 세계와 일치하는 삶의 형성으로 나아가게 된다. 그리하여 그것은 조화된 사회의 발전 그리고 자연과의 생태적 조화를 확보하는 것이 된다.

자기 형성이 사회적 의미를 갖는 것은 그것이 도덕적·윤리적 발전을 포함하는 것이기 때문이다. 그러나 이 도덕이 반드시 외적으로 부과된 초월적 진리나 집단의 명령에 개인을 순응하게 하는 것은 아니다. 도덕은 어떤 경우에나 내적 동의 없이는 도덕일 수 없지만, 자기 형성은 도덕 자체를 스스로 만들어 낸다. 이 도덕은 그 명령하에서 인간의 내적 욕구의 어떤 부분을 억제하거나 억압하는 형태의 도덕이 아니다. 그것은 그러한 욕구를 인격 속에 통합하고 단련하여 이루게 되는 전체적 인간의 자연스러운 속성의 일부로서 태어난다. 그럼으로써 그것은 바로 더욱 풍부하고 보람 있게 사는 일의 바탕이 되는 것이다.

그러면서 이 글은 인간의 자기 형성의 노력에서 중요한 것이 심미적 감성의 발달이라는 것을 생각한다. 그것은 감각이 인간 현실의 확실한 토대라는 데에서 시작한다. 도덕적이든 아니든, 어떤 추상적인 원리가 의심할 수 없는 삶의 토대로서의 감각 또는 지각 현실을 절제(切除)하는 것을 허용하는 것은 삶을 단편화하는 일이다. 독단적 정치 이념에 의한 삶의 희생도 거기에서 나온다. 그러나 추상적인 원리와는 다른 의미에서 감각은 사람의 삶을 단편화된 순간에 갇히게 할 수 있다. 온전한 삶은 그것들이 하나의 지속으로 형성됨으로써 가능하게 된다. 그리고 여기에 정치적 조화의 계기가 생겨난다.

심미적인 것은 감각과 이성 그리고 물질과 정신의 중간 지역에 서식한다. 사람에 내재하는 더 나은 삶을 향한 충동은 이 혼합에 형성의 힘을 제공한다. 형성을 향한 움직임은 놀이의 여유 속에 드러난다. 삶에의 지향과 거리를 동시에 가지고 있는 놀이는, 그 여유로움을 통하여, 현상 세계의 형상을 드러내 준다. 형성은 현상을 지향한다. 그것은 놀이를 넘어서 감각과 물질을 버리지 않으면서도 하나의 형상 속에 이성과 물질의 원리들을 구현할 수 있다. 심미성의 특징은 높은 정신의 원리를 내포하면서도 그것을 결코 추상적인 이념으로, 즉 강제적 성격을 띤 정신적 목적 — 이성적이거나 도덕적인 목적으로 강요하지 않는다. 아름다움의 외적인 형상은 곧 보는 사람의 감각에 호소한다. 심미적 형상화는 도덕을 자유에 호소함으로써 구현할 수 있게 한다. 이렇게 하여 도덕이나 정치적 원리 — 평등한 우애의 관계를 포함한 정치적 원리는 자연스러운 인간의 특징, 인간 사회의 특징이 될 수 있다.

다분히 실러의 이론에 의거한 앞과 같은 주장이 이 글에 들어 있다. 몇몇 친지들은 이 글을 읽고 그것을 토의에 부쳐 주었다. 여기에서 나온 질문 가운데 핵심적인 것은 이러한 주장이 어떻게 현실적인 제도로 구현될 수 있는가 하는 것이었다. 사실 여기에 답하지 않는 한 앞의 주장은 공허한 환상에 그친다고 할 수 있다. 글 안에서도 말하였지만, 여기에서 이야기된 것은 쉽게 제도로 옮길 수 없는 성질의 인간 심성의 과정이다. 주장의 중요한 부분의 하나는 문제가 제도보다도 제도 속에 움직이고 있는 심성이라는 것이다. 글은 스스로 안에 폐쇄되면서도 그것을 넘어 현실에 작용할 수 있다. 이 심성에 대한 글도 이러한 사실에 호소할 수 있을 것이라는 사실에서 위안을 얻어야 하는지 모른다.

그러나 이 글이 말하고 있는 것이 현실에 관계되어 있는 것은 틀림이 없다. 생각하고자 하는 것은 흔히 쓰이는 말을 사용하여 소외 없는 사회이다. 그것에 대한 여러 가지 생각들은 수없이 이야기되어 왔다. 그러나 소외 없는 사회가 현실에 완전히 구현된 일은 없다. 그러나 더 인간적이거나 더 비인간적인 사회는 존재한다. 다른 한편으로 자유롭고 섬세한 심성을 압살하고 그러한 심성의 발전이 허용되지 않는 제도가 있다. 적어도 이에 대한 비판은 계속되어 마땅하다. 인간의 내면적 형성과 거기에서 나오는 가치를 빼 버린 제도 — 경제적 이윤의 추구 또는 그것의 평등한 분배만을 유일한 삶과 사회의 목적이 되게 하는 제도가 참으로 인간적인 사회를 이룩해 낼 수는 없다. 다시 말하여 중요한 것은 제도에 못지않게 제도에 움직이는 인간 정신이다. 제도가 있다면, 그것은 섬세한 작은 변주를 통하여 정신이 깃들 수 있게 하는 제도여야 한다. 동시에 그것은 간단없는 사실적 조정을 허용하는 것이라야 한다. 그러나 적어도 당분간 자유롭고 조화된 삶의 약속은 유토피아적 환상으로 남아 있을 수밖에 없다. 그것은 특히 정신의 조율을 필요로 하는 경우 그러하다. 정신의 발전과 변화는 시간을 요한다. 그러나 이러한 환상들이 의미가 없는 것은 아니다. 그것은 하나의 영역 속에 있으면서, 다른 영역으로 넘어간다.

*

얼마 전 서울대학교에서 '자기를 돌보는 방법'이라는 주제로 강연을 행한 바 있다. 이 제목은 물론 미셸 푸코의 '자기를 돌보는 기술'이라는 유사한 말을 따온 것이다. 자기를 돌본다는 것은, 제일 간단하게 생각하면, 밥벌이를 어떻게 하고 어떤 직장을 어떻게 구하고 하는 문제라고 할 수 있다. 이것은 요즘의 세상에서는 자기 스스로 결정하는 문제라기보다는 밖에서부터 주어지는 일정한 조건에 적응하는 것을 의미한다. 그러나 조금 더 깊이 생각한다면, 자기를 돌보는 일은 우선 자기의 삶이 어떤 상태에 있는가 확인할 것을 요구한다. 지신에 대한 돌아봄이 필요한 것이다.

자기를 돌아보고 돌본다면, 어떻게 하는 것이 잘 돌보는 것인가, 어떤 삶이 살 만한 것인가를 생각하게 된다. 그런 다음에야 무엇을 어떻게 하여 돌보아야 하는가의 문제가 바르게 고려될 수 있다. 그러나 이러한 질문에 대한 답이 필요하다고 해서, 밥벌이하는 일을 중단할 수는 없다. 그것은 철학적인 문제를 논리적으로 답해서 해결되는 것이 아니라 지금 당장의 현실적 결정을 요구한다. 그렇다고 자기를 바르게 돌보는 일에 대하여 질문하는 것이 무의미한 것은 아니다. 급한 현실 속에서 여기에 일반적인 답변이 있을 수는 없다. 그러나 현실로부터 먼 듯한 철학적 질문은 나의 삶에 궁극적으로 차이를 가져온다.

사는 것을 배우기 위하여
삶을 바쳐야 하는 무의미한 학교!
상 받을 시간도 주지 않는데, 교과를
외우는 사람이란 바보일밖에.

이것은 토머스 하디의 「인생에 대한 어떤 젊은이의 경구」라는 제목의
시이다. 어떤 일을 잘하기 위해서는 그 일을 잘 알아야 한다. 그리하여 일
을 하기 전에 예비적인 연구가 필요하다. 같은 논리에서 인생을 잘 살기 위
해서는 인생을 알아야 하고 그리고 공부해야 한다. 그것을 위해서는 인생
을 살아 보아야 한다고 할 수 있지만, 인생을 살아 그것을 알게 된다고 하
더라도 그 배움이 끝났을 때는 인생은 지나가 버린 것이다. 그러니 그 배움
이란 쓸모없는 것이다. 이렇게 보면 인생을 알고 사는 것은 불가능한 일이
라고 할 수 있다.

그럼에도 불구하고 앞의 경구와 같이 인생에 대한 질문을 논리적 극단
으로 밀고 가 보는 것이 반드시 무의미한 것은 아니다. 질문은 있되 답이
없는 경우들이 있다. 어떻게 살아가야 할 것인가? 이러한 질문이 틀린 것
은 아니지만, 그 질문에는, 적어도 논리적으로는 정답이 없다. 그러면서도
이 질문은 우리가 발할 수밖에 없는 것이고 또 그것을 발함으로써 우리의
삶은 달라진다.

삶에 대하여 발하는 질문들은 대체로 이러한 성질을 가지고 있다. 그것
은 논리적 답변을 요구하는 것이 아니라 실존적 답변을 요구한다. 가령 인
생이 살 만한 것인가 하고 묻고 살 만한 값이 없다면 죽음을 택한다고 할
때, 그것은 이성적으로 정당화될 수 없는 결정이다. 얼핏 보기에 여기에 관
계되어 있는 선택은 삶이냐 죽음이냐를 비교하고 선택하는 것처럼 보일
수 있지만, 그러한 선택에서 삶에 대해서는 어느 정도 알고 거기에 판단을

내리는 것이지만, 죽음은 전혀 알지 못하고 거론되는 것이다. 그리하여 여기에서 질문은 선택을 말하는 것이 아니라 미지의 것에 뛰어들 실존적 결단의 가능성을 말하는 것이다.

카뮈는 『반항적 인간』의 첫 부분에서, 전혀 다른 맥락에서 말한 것이지만, 자살의 문제를 논하고 있다. 그리고 그는, 자살할 것인가 하는 질문은 답할 수 있는 것이라기보다는 삶을 받아들이며 그 삶을 일정한 일관성 속에서 살겠다는 확인으로 나아갈 수밖에 없다고 말한다. 그 질문은 삶이 있음으로써 일어나는 것이다. 삶을 전제하지 않고는 질문을 생각하는 자체가 무의미한 일이다. 또 질문은 일정한 논리적 일관성으로 삶의 문제에 답할 수 있다는 것을 전제하는 것이다. 그리고 이러한 질문을 하는 것은 벌써 이 일관성을 만들기 시작하는 것이고 그 조건하에서 삶을 살고 있다는 것을 확인하는 일이다. 이렇게 하여 논리 영역에서의 질문은 실존의 영역으로 넘어 들어간다.

인간의 자유에 기초하여 어떻게 개인적으로 또 사회적으로 보다 풍부하고 보람 있는 삶을 살 수 있는가 하는 것이 반드시 실존적 질문이라고 할 수는 없다. 그러나 제도로 옮겨질 수 있는 답이 금방 주어지지 않더라도 그것을 묻는 것은 삶에 변화를 가져오기 시작하는 질문이 되는 것이 아닌가 한다. 근본적 질문은 기존의 것들을 현실의 전부로 받아들이는 것을 어렵게 한다. 생각은 그 나름 무한성의 공간 속에 존재한다. 그것은 우리가 하는 유한한 일을 보람 있는 것이 되게 할 것을 촉구한다.


이번의 글이 책이 되어 나오게 된 것은 오로지 도서출판 생각의나무 박광성 사장의 권고로 인한 것이다. 그리고 《비평》 편집을 맡고 있는 김지환, 임윤희 선생은 그 뜻을 적극적으로 전달하고 추진하였다. 문광훈 교수는 자신의 바쁜 집필 일정이 있는데도 교정을 맡아 출판이 빨리 진행되도록

해 주었다. 이분들의 독려와 노력이 없었더라면, 이 글이 쉽게 책이 되어 나오지 못하였을 것이다. 이 자리를 빌려 심심한 사의를 표하는 바이다.

2007년 7월 1일

김우창

# 무세계의 세계성

## 삶의 선택

**페렐만 사건** 최근에 학문에 관계된 것이기는 하지만, 개인적인 일인데도 한국 신문에 크게 나고 세계적으로도 두루 보도되어 사람들의 관심사가 된 일이 하나 있다. 그것은 러시아의 젊은 수학자 그리고리 페렐만(Grigori Y. Perelman)에 관한 것이다. 그는 수학의 난제로 알려진 '푸앵카레 추측'이라는 문제에 대한 해답을 2002년에 인터넷에 올려놓았다. 그동안 많은 수학자들이 검증을 시도한 결과 그 해답이 옳다는 결론이 거의 내려졌다. 미국의 한 사립 수학 연구소는 이 문제의 답을 제시하는 사람에게 100만 불의 상금을 현상한 바 있었다. 이제 100만 불의 상금을 받을 수 있게 된 셈이었으나, 페렐만은 그 상금이 주어져도 받지 않겠다는 의사를 밝혔다. 또 8월 하순에는 그에게 필즈 메달을 수여하겠다는 결정이 있었지만, 거절할 것이라는 소문이 이미 나 있었으며, 그는 과연 수상을 거절하였다. 필즈 메달은, 상금은 1만 3400불에 불과하지만 수학자에게 주는 상으로는 다른 분야의 노벨상에 필적하는 최고의 영예를 나타내는 것으로 생각되는 상이다.

그 외에도 그의 기행에 대한 보도는 여러 가지가 있었다. 그는 상트페테르부르크 국립 대학에서 학위를 마친 뒤에 미국의 여러 대학에서 박사후 연구생 생활을 하고, 이어 스탠퍼드나 프린스턴 대학에서 자리를 주겠다는 제안을 받았다. 그러나 그는 그것도 거절하고 상트페테르부르크의 스테클로프연구소로 다시 돌아갔다. 그리고 최근 소식에 의하면 그는 연구소도 그만두고 어머니와 아파트에서 조용히 살기로 했다고 한다. 그의 취미는 등산과 등산하는 가운데 버섯을 따는 일이라고 한다.

이러한 페렐만의 이야기가 화제가 되는 것은 그것이 흔히 있을 수 없는 일이기 때문이면서도 거기에 숨은 다른 이유가 있기 때문이지 않나 한다. 즉 이야기를 듣는 많은 사람들은 그것이 사실 전혀 불가능한 일이 아닌 까닭에 자신도 그것을 할 수 있지 않겠는가 생각하고 그것이 어렵다면 왜 그러한지 그 원인에 대하여 생각하게 되는 것이다. 사람들은 본능적으로 거기에 사람의 삶의 방식에 대한 근본 문제가 개재되어 있다고 느끼는 것이다. 그가 보여 준 것은 간단히 말하여 사람이 자신의 삶을 자신의 생각대로 선택하여 살 수 있다는 사실이다. 이것은 동시에 거꾸로 우리가 그러한 자유 선택의 가능성을 얼마나 멀리하고 살고 있는가를 보여 준다. 다시 말하여 잠깐이나마 사람이 삶을 자유로이 선택하여 살 수 있게 하는 것은 무엇이며, 그 자유를 행사할 수 없게 하는 것은 무엇인가를 생각하게 하는 것이다.

**학문의 가치**  대학에 있는 사람들은 페렐만의 행동에서 한없는 부러움을 느끼는 것으로 보인다. 페렐만은 학문 하는 사람의 자유를 몸으로 구현해 보여 주는 것으로 생각될 수 있다. 그의 학문은 가장 높은 경지에 이르렀지만, 그것은 그 자체로 그러한 것이지 사회적으로 부여되는 보상 ─ 지위나 명예나 금전적 수입과는 관계가 없다. 또는 한발 더 나아가 생각해 본다면, 그의 전공 분야는 순수한 이론적 분야인 수학의 위상학에 속하는 것으로서 개인으로나 국가적으로나 어떤 실용적인 의미에서의 부가 가치를 증대하는 분야가 아니다. 한국식으로 생각한다면, 적어도 그것은 국가의 위상을 높여 주었다는 현실적 의미를 부여받고 국가적인 인정을 받아 마땅한 것으로 생각될지 모르지만, 러시아가 수학으로 지금 그러한 인정을 받을 필요가 있는 나라라고 할 수는 없고, 지금까지의 페렐만의 행동 양식 또는 삶의 스타일로 보아 그의 학문을 애국심이나 민족주의에 의하여 정당화할 것으로 상상하기는 어렵다. 그에게 그의 학문은 그 자체로서 의미가 있고 해 볼 만한 일이다. 그리고 확대하여 말한다면, 그 자체로서 값과 의미를 지니는 것을 해 본다는 것은 모든 사람의 삶에 해당되어야 마땅한 것일 것이다. 사람의 삶이라는 것도 자신이 벌어들이는 돈이나 명예와 함께 밖으로부터 주어지는 어떤 목적이나 쓸모로 ─ 가령 국가나 민족 또는 인류의 이름으로 정당화될 필요 없이 그 자체로 값있는 것이어야 마땅할 것이기 때문이다.

**한국의 대학** 최근에 내가 참석한 한 자리에서도 페렐만은 화제가 되었다. 처음에 표현된 것은 그의 기행에 대한 놀라움이었지만, 그것은 곧 어떻게 하여 오늘의 사회 조건이 그러한 행동을 불가능하게 하는가에 대한 논의로 바뀌었다. 불편한 마음들이 이는 것은 학문 연구가 연구자의 마음대로 되지 않는 데 대한 사실적인 원인 때문만은 아니었다. 그것은 여러 작은 일들에서 표현되고 있는, 근본적인 상황을 조성하는 오늘의 정세 그리고 거기에서 오는 학문의 자유와 가치의 쇠퇴에 대한 당연한 불행 의식을 나타낸다고 할 수 있다.

대개 일치된 의견은 페렐만과 같은 행동이 한국의 학계에서는 용납될 수 없다는 것이다. 우리나라에서 학문은 그 자체로서 의미와 위엄을 갖는 영역으로 생각되지 아니한다. 대학의 연구자들이 이것을 느끼는 것은 우선 그들의 학문 활동을 에워싼 작은 규정들에 있어서이다. 학자들의 업적을 촉진하고 평가하는 제도를 보면, 여러 자질구레한 규제들 — 논문의 편수와 발표 방식에 의한 평가, 인용도에 의한 또는 발표된 잡지의 관료적 기준의 인증에 의한 논문의 평가 같은 것들은 이제 학문을 왜소화하고 그 자유와 위엄을 손상할 정도에 이르렀다고 생각하기에 족하다.

페렐만의 경우, 논문을 발표한 방법도 매우 특이하다. 한국에서만이 아니라 세계적으로 과학 논문은 일정한 인증을 얻고 있는, 여러 동료 과학자들의 심사 통과를 기준으로 내세우는 잡지에 발표되는 것이 보통인데, 그는 그러한 절차를 뛰어넘어 그의 논문을 인터넷에 올렸다. 한국의 학술 논문 발표 제도에 따르면, 이것은 취직이나 승진, 재임용에서 전혀 점수를 딸 수 없는 방법이다. 궁극적으로 논문 가치의 타율적 규제는 가장 천박한 의미에서 학문을 개인적인 또는 국가적인 이익으로 환원할 것을 강요하는 데에서 온다. 이러한 추세를 만든 것은 신자유주의 체제이다. 그것은 경쟁을 통하여 생산성을 강화하고자 한다. 그리하여 거기에 해당되는 것이든 아니든 모든 것을 그 체제에 편입한다. 급기야는 경쟁 그 자체가 가치가 되어 그것이 어떤 것을 기준으로 한 것이든지 무조건적인 경쟁 — 단순히 외면화된 경쟁의 규칙이 강화된다.

**체제와 자유** 우리나라에서의 학문의 상황을 말할 때 대체로 위와 같은 설명 또는 불평이 나온다. 이러한 설명이 대체로 타당한 것은 사실이지만, 이것이 이데올로기화되는 경우 이러한 어려운 조건들에도 불구하고 실제로 페렐만의 행동과 같은 것이 일어난다는 사실을 놓칠 수 있다. 아직도 러시아에는 도스토예프스키나 톨스토이의 소설에서 보는 바와 같은 성자들이 존재할 여유가 없지 않은지 모르겠으나, 그곳도 부귀를 초월한 사회는 아닐 터인데, 중요한 사실은 그러한 행동이 일어났다는 것이다. 또 한국을 포함한, 사람들이 말하는 신자유주의 사회에서도 그러한 행동적 선택이 완전히 불가능한 것은 아니다. 이렇게 말하는 것은 학문에 종사하는 사람이 페렐만처럼 행동하여야 한다고 하는 것은 아니다. 다만 우리의 처지가 자유로운 행동을 완전히 봉쇄하는 것은 아니란 말이다. 이것은 개인적인 차원에서만 그러한 것이 아니다. 이 사실을 심각하게 생각하지 않을 때, 상황의 성격을 바르게 파악하지 못하게 할 가능성이 있다.

되풀이하건대 근본적으로 신자유주의 체제가 지금의 연구자들이 느끼는 부자유에 대한 원인이 되는 것은 사실일 것이다. 그러나 그것이 전부를 설명하는 것은 아니다. 첫째, 신자유주의적 사고에 책임을 돌리는 것은 문제를 정면으로 마주 보기를 피한다는 혐의를 피할 수 없다. 이 문제에 신자유주의 체제가 개입되어 있다면, 그것은 민족주의나 국가주의와 결합된 신자유주의 체제이다. 경쟁 체제는, 학문의 경우에도, 국가 경쟁력이라는 관점에서 정당화된다. 여기에 관계되어 있는 것은, 적어도 이론적으로는, 국경 없는 세계 시장을 지향하는 신자유주의만이 아니다. 그리고 주의할 것은 경쟁의 관점에서 주어지는 혜택들이 국가에 귀속될 뿐만 아니라 개인적인 이익으로도 환원된다는 사실이다. 또한 적어도 대학의 경우, 신자유주의적 또는 국가주의적 결정이 보이지 않는 체제에 의하여서가 아니라 접근이 가능한 대학 관계 인사들과 정부 당국자에 의하여 이루어지므로 체제 논의만으로는 문제에 대한 원인 파악이 불충분하다고 할 수밖에 없다. 그러니까 구체적인 행동의 가능성이 없는 것이 아니다. 그런 데다가 현 정부는 신자유주의에 대하여 비판적인 진보적인 정부이다. 또는 바로 그렇기 때문에 구체적인 방안들보다 이데올로기적 설명이 우세한 것인지도 모른다. 그것은 여러 가지 차원에서 (자신을 포함하여) 구체적인 대상들과 마주치는 것을 피할 수 있게 한다.

겹치고 겹치는 이러한 아이러니의 덫을 벗어나는 데에 필요한 것은 생각을 다시 한 번 사실로 돌리는 일이다. 궁극적인 문제는, 개인적으로나 집단적으로 실제 할 수 있는 일이 무엇인가보다는 무엇이 그것을 불가능하게 하는가이다. 여기에는 우리의 마음을 사로잡고 있는 궁극적인 이론의 틀이 관계되어 있다. 즉 학문의 자유 또는 인간적 가치의 자유 또 인간의 자유가 어떤 방식으로 존재하는가에 대한 더욱 근원적인 이해의 문제가 관계되어 있는 것이다. 책임을 지나치게 어떤 한 사회 체제에 환원할 때, 그것은 그러한 사회 체제 또는 그것이 만들어 내는 보이지 않는 심리적 압력의 체제가 자유를 어떻게 포용하는가를 미리 결정하는 일이 된다.

학문의 자유 또는 독자적인 가치의 존립은 두 가지로 고려될 수 있다. 그것은 어떤 사회 체제 전체에서의 자동적이고 종속적인 기능이라기보다는 체제 안에 학문적 자유 그리고 자유로운 또는 자율적 존재로서의 인간이 숨 쉴 여유가 얼마나 존재할 수 있는가에 따라 정해지는 것으로 볼 수 있다.(그렇다고 체제 자체가 문제를 가지고 있지 않다는 것은 아니다. 그것은 다른 문제 항목들과의 관계에서 그러하다.) 인간의 자유와 자율적 존재를 위한 여유라는 관점에서 우리 사회는 극히 좁은 공간밖에 인정하지 않는 것으로 보인다. 이것은 단순히 신자유주의 체제보다도 우리의 삶과 사고의 유일 체제적인 성향에 깊이 관계되어 있는 일일 것이다. 신자유주의 체제를 유일 체제가 되게 하는 것도 삶과 사고에 있어서의 유일 체제적인 경향으로 인한 것이라고 할 수 있다.(물론 이것은 다음에 보듯이 세계적인 경향이지만, 우리나라에서 특히 도덕주의적 강박성을 가진 형태로 나타난다.)

이렇게 말하면서 우리가 또 생각할 수 있는 것은 학문의 자유를 포함한 인간 가치의 영역은 정치나 경제의 현실 체제와는 다른 인간 활동의 구역 또는 체제를 이룰지 모른다는 사실이다. 물론 이것은 많은 경우, 현실적·물질적 또는 정치적 힘을 자체적으로 구사할 수 없기 때문에, 정치·경제의 현실 체제가 ── 그것이 어떤 것이든지 간에 ── 허용하는 범위 안에서 독립된 구역이나 체제로 성립될 수 있다. 물론 이것이 가능하기 위해서는, 이 영역 자체의 행동이 그 존립을 정당화할 만큼의 사명 의식과 방어적 활동을 보여 주는 것이라야 할 것이다. 자체의 힘이 충분하지 않으면서 인간의 가치 추구적 활동이 어떻게 하나의 독립된 영역을 구성하느냐 하는 것은 간단히 답할 수 없다. 그것은 순환 논법으로, 그러한 전통이 있는 곳에 성립한다고 말할 수밖에 없을지 모른다. 그것은 그에 대한 많은 커미트먼트(commitment)에서 나오는 누적된 업적의 결과이다.

그러나 동시에 학문의 자유, 가치의 독자성 또는 인간의 자유는, 에너지 장으로서의 자유 영역이 성립되기 이전에 사람 본성의 표현으로 언제 어디에서나 존재한다. 우물에 빠지려는 어린아이를 붙들어 잡는 연민의 정, 타인이나 원수에게도 보이는 동정심, 핍박받는 자의 자기희생적 용기, 수인 생활에서의 지적 추구 등등 수많은 영웅적이고 인간적인 이야기가 우리에게 말하여 주는 것은, 체제가 어떤 것이든지 간에 높은 가치 구현의 행동이 어떤 환경에서나 존재할 수 있다는 것이다.(또 어떤 체제에서든지 사람답지 않은 일은 존재하기 마련이다.) 이러한 의미에서 사람이 감옥에서도 자유롭다는 말은 전적으로 틀린 말이 아니다. 문제는 어떻게 여러 가치 추구 행동이 영웅적인 순간이 아니라 일상적인 삶의 질서의 일부가 되느냐 하는 것이다. 이것은, 하나의 독립된 영역으로서 가치 추구 영역의 존재를 요구하는 것으로 보인다. 그러면서도 그것은 인간의 다른 삶과 따로 존재하는 것이 아니라 그 일부로 삶의 여러 국면에 편재한다.

## 무세계성의 세계

**세계와의 정합과 부정합**   한나 아렌트는 1959년에 독일의 함부르크 자유시로부터 레싱상(Lessingpreis der Freien und Hansestadt Hamburg)을 받았고 수상 연설을 하였다.[1] 이 연설에서 그는 자기가 이 상을 받기가 얼마나 주저되었던가를 주로 피력하였다. 독일 태생 유대인으로서 나치가 등장하는 독일을 떠나 파리로 망명하고, 다른 독일 피난민들을 돕는 일을 하다가 미국에 정착하고 정치 철학자로서의 명성을 얻게 된 그로서, 종전 14년 만에 독일의 도시에서 상을 받는 것은 간단한 일이 아니었을 것이다. 그러나 그가 이 연설에서 말하고 있는 것은 개인적인 것이라기보다는 이러한 상을 받기 어렵게 하는 당대의 시대상 ── 또 오늘의 시대의 성격이다. 그의 생각으로는 공적인 상이란 수상자와 '세계와의 정합(concord with the world)'이 있어야 가능한 것이다.

그러나 오늘의 사회의 특징은 세계가 없다는 것, 즉 '무세계성(worldlessness)'이다. 이때의 세계는 사람들이 서로 주고받는 대화 가운데 성립한다. 그러나 오늘의 세계에는 이러한 대화가 존재하지 않는다. 이 무세계성에 중요한 기여를 한 것은 그의 생각으로는 현대의 정치 현실과 이론이 지나치게 빈곤과 고통과 원한과 동정과 고통받는 사람들의, 또 그러한 사람들과의 유대만을 강조한 때문이다. 사람들의 대화는 그것 이상으로 삶의 기쁨과 고결한 우정과 드높은 덕성에 관계되는 것이라야 한다. 그렇다고 그가 '불행한 사람들(Les Malheureux)', '비참한 사람들(Les Miserables)'의 문제를 도외시하여야 한다고 한 것은 아니다. 다만 이러한

---

1   Hannah Arendt, "Von der Menschlichkeit in finsteren Zeiten"("On Humanity in Dark Times", *Men in Dark Times*(New York: Harcourt, Brace & World, 1968)) 참조.

것이 유일한 주제가 되는 사회는 최악에 떨어져 있는 상태라는 것을 알아
야 하고, 그것이 더 높은 의미에서 공적 공간의 존재 가능성을 폐쇄하는 것
이어서는 아니 된다는 것이다.

이 점은 이 글에서만이 아니라 아렌트의 정치 철학 전부를 통하여 강조
되는 주제로서 큰 쟁점이 될 수 있는 것인데, 우리가 그의 관점을 너그럽게
생각한다면, 인간 삶의 다양한 관심을 유지하고 또 그 관심의 객관성을 높
이는 것이 인간적 사회의 필수 요건일 뿐만 아니라, 그것이 빈곤과 억압의
문제를 해결하면서 동시에 사회의 인간적 품격을 높게 유지하는 데에 도
움이 된다고 생각한 것이라고 말할 수 있다. 사회를 인간적 품격을 가진 것
으로 유지하는 대화는 결코 독단적인 진리의 주장에 기초한 것이어서는
아니 된다. 그가 받은 상의 이름에 나와 있는 레싱(Gotthold Ephraim Lessing)
은 어떤 독단적 진리에 대한 확신보다도 인간성을 중히 여기는 작가였다.
중요한 것은 진리보다도 인간의 인간됨에 대한 존중이다. 진리가 중요하
다면 그것은 인간의 인간됨에서 나오는 필요이기 때문이다. 그러나 이러
한 인간의 높은 가능성에 대한 대화로서 이루어지는 세계가 존재하지 않
는 것이 오늘의 시대이다.

**공공의 빛**  이 연설에서만이 아니라 여러 군데에서, 아렌트는 오늘날
이 어떻게 공적인 성격을 가진 세계가 존재하지 않는 때인가를 되풀이하
여 강조하였다. 진실을 이야기한다는 것이 곧 진실을 감추고 호도하고 무
의미한 것이 되게 하는 것이 오늘의 시대이다. 인간의 위엄에 대한 선전
제(先前提)가 없다면 진리는 인간 조종의 수단이 될 뿐이다. 그는, 사르트
르의 말 — 그는 1964년에 노벨상 수상을 거절하였다. — "자기 기만(La
Mauvaise Foi)"과 "거룩하신 정신(L'esprit De Sérieux)"이 배어 들어 있는 상
황에서 유명인은 모두 "추악한 인물(Les Salauds)"이라는 말에 동의한다. 그

리고 이를 다시 전체적으로 설명하여, 하이데거의 말, "공적인 빛은 모든 것을 어둡게 한다.(Das Licht der Öffentlichkeit verdunkelt alles.)"라는 표현이 참으로 오늘의 상황을 설명하는 데에 가장 정당한 말이라고 생각한다.[2] 이 것은 이미 반세기 이전의 진단이지만, 오늘에 특히 맞는 말일 것이다. 아렌 트가 말한 무세계의 어두운 시대는 오늘도 계속된다고 할 수밖에 없다.

권터 그라스의 고백 이야기가 지엽에 흐르는 혐의가 있지만, 국제적인 물 의를 일으킨 최근의 한 사건은 오늘의 세계의 특징을 다시 한 번 되돌아 보게 하는 예가 될 수 있다. 몇 달 전에 독일 문학계 그리고 세계 문학계에 크고도 작은 사건이 하나 있었다. 이것은 노벨상 수상 작가 권터 그라스 (Günter Grass)가 그의 자서전 출간을 앞두고《프랑크푸르터 알게마이네 차 이퉁》과 인터뷰를 하면서, 자신이 젊었을 때 히틀러 휘하의 독일 군대에서 도 정예 부대인 '바펜 에스에스(Waffen SS)'의 대원이었다는 것을 밝힌 일 이었다. 이것은 독일과 유럽 그리고 미국에 커다란 파문을 일으켰다.

논란은 두 가지 점을 중심으로 돌아가는 것 같다. 하나는, 비록 징집으 로 끌려간 대원은 예외가 되었지만, 뉘른베르크 전쟁 범죄 재판에서까지 범죄 집단으로 규정된 바펜 에스에스 대원이었다는 사실 자체이다. 또 하 나 문제가 된 것은 그가 왜 그러한 과거를 그렇게 오래 감추어 왔던가 하는 점이다. 그리고 이것이 특히 사람들의 마음에 걸렸던 것은 그가 독일과 독 일인이 그 잘못된 과거를 분명히 밝히고 뉘우쳐야 한다는 것을 되풀이하 여 강조하고, 그러는 사이에 독일의 양심을 대표하는 비판적 작가로서 위 치를 굳혀 왔기 때문이다.

첫째, 바펜 에스에스 대원이 되었던 문제에 대하여 사람들의 태도는 비

---

2  Ibid.

교적 관대한 것으로 보인다. 바펜 에스에스 대원이 되었을 때에, 그라스는 17세의 소년에 불과했다. 한 그라스의 지인이 말한 바와 같이, "사람은 그 시대를 사는 도리밖에 없고" 설령 그라스가 잘못된 시대적 열광에 휩쓸렸다고 하여도 그것을 그렇게 크게 탓할 수는 없다는 것이다. 가장 중요한 쟁점은 그가 그 일에 대하여 62년 동안이나 침묵을 지키다가 왜 이제야 고백했느냐 하는 데에 집중되는 것으로 보인다. 여기에 대하여는 본인도 분명한 답을 하지 않았고, 평자들도 분명한 이해를 갖지 못한다. 이해하려 하는 사람들도 있고 악의적으로 해석하는 사람들도 있다.

여기에서 내가 이 문제를 언급하는 것은 그에 대한 논란을 소개한다거나 거기에 대하여 어떤 판단을 내리려는 것이 아니다. 앞에서 말한 바와 같이, 우리 시대를 이해하는 데에 도움을 주는 사건의 예로서 이 사건을 거론할 뿐이다. 여기에 관계되는 것은 그라스가 한 고백의 의도를 나쁘게 해석한 논평들이다. 그 하나는, 가령 고백을 미루어 온 것은 그것을 밝히면 그가 받고 싶었던 노벨상을 받을 수 없었을 것이기 때문이고, 이제 여든이 다 된 마당에 죽은 후면 전기 작가들이 모든 사실들을 파고들 것인데, 미리 이것을 방어적으로 밝혀 두는 것이 좋을 것이기 때문이라는 것이다. 그중 가장 나쁜 해석은 이번 고백이 새로 나오는 자서전 판매 전략의 일부라는 것이다. 이러한 내용이 영국의 《가디언》에 전재된 것으로 보면 영국에서는 그것을 타당한 것으로 보았다고 할 수도 있겠는데,《슈피겔》은 "그라스가 매체들을 빌려 그의 고백을 지휘하여 몰아가는 수법을 보면, 마돈나가 새 음반을 출시하고 선전할 때의 수법도 그것을 따라가기 힘들 것이며" "수치스러운 일을 그처럼 능숙하게 상품화한 사람을 달리 찾기도 쉽지 않을 것이다."라고 혹독하게 평했다.

**숨은 의도를 가진 말의 세계** 이 일을 보면서 우리가 생각할 수 있는 한 가지는 사람의 삶이 공적 심판의 대상이 된다는 것이 얼마나 무서운 일인가 하는 것이다. 바펜 에스에스 복무는 그라스의 긴 생애에서 극히 짧은 기간 동안의 일에 불과하다. 그리하여 그에게 그것은 그렇게 중요할 수 없는 순간의 일일지 모른다. 그러나 공공의 광장에서는 그 한때의 일이 그의 삶 전체를 무의미한 것이 되게 할 만큼 큰 비중을 차지한다. 사적인 삶과 공적인 삶의 끼워 맞춤은 이와 같이 두려운 것이다. 그라스의 역사와의 해후는 독일의 거대한 역사적 실책과 마주친 사건이기 때문에, 그의 힘으로는 피할 수 없는 운명적인 것이었다. 그러나 그것을 떠나서, 이러한 마주침의 두려움에 대한 의식 그리고 그에 대한 존중이 사라진 것이 오늘이라는 것을 새삼 느낀다. 그것은 높은 공적 공간이 부재하는 데에 따르는 한 부대 현상이다.

한발 더 나아가 더 적극적으로 주목할 수 있는 것은 그라스의 의도에 대한 해석이다. 오늘의 시대를 말한다는 점에서 볼 때, 오늘의 시대는 단순히 모든 것이 부귀의 추구에 귀착될 뿐만 아니라 모든 공적인 언어 행위가 그것을 위한 전술과 전략이 된 시대이다. 이 해석들은《슈피겔》에 실린 글의 집필자 말이 옳다거나 그르다거나 하는 것을 가리는 것이 아니다. 그것이 옳든 그르든, 중요한 것은 인간 행동과 언어를 해석하는 근본적 준거가 이러한 것이 되었다는 것이다. 그라스로부터 정직한 해명이 있어도 그것은 그러한 관점에서 해석될 가능성이 많고, 또 실제 그의 의도가 그러한 상업 선전의 전략에 의하여 움직인다는 것을 부정할 아무런 다른 준거도 없다. 언어의 순수성을 보장하는 것은 무엇인가? 이 보장이 전혀 보이지 않는 것이 오늘이다.

**부와 귀, 부와 귀의 가상 세계화** 예로부터 사람들이 탐하여 마지않는 것은 부와 귀인데 — 부귀영화라는 합성어가 있는 것 자체가 이를 증거해 준다. — 부귀를 거부하는 행동은 어느 시대에나 사람들에게 주목을 받게 마

련이다. 그렇다고 부귀의 추구를 완전히 잘못된 것으로 보는 것이 옳다고
만 할 수는 없다. 문제는 부귀의 추구가 하나의 전체성의 체제를 이루어,
그 이외의 다른 삶을 선택한다는 게 불가능한 것이 되었다는 점이다.(이것
을 획일적으로 제약하려는 체제는 그 나름으로의 전체화된 체제를 이룬다. 이것은 조
선조의 유교 체제, 가령 17세기 주네브에 성립한 칼뱅주의 체제 또는 공산주의 체제
에서 볼 수 있는 바와 같다.) 세계가 하나의 전체화된 체제가 되는 데에 중요
한 요인이 되는 것은 세계가 하나의 담론이 된다는 것이다. 부귀의 추구는
실질적인 체제를 이루기도 하지만, 동시에 인식과 담론과 동기를 지배하
는 체제가 된 것이다. 그리하여 이 담론의 체제는 우리 마음 안에서 세계와
일치한다.

물론 여기에 투영되는 세계는 현실이라기보다는 사람의 마음을 사로
잡은 가상의 이미지이다. 그러나 그것이 완벽한 가공의 세계를 이루는 것
은 아니다. 이 체제 아래에는 늘 그 사실성에 대한 의심이 잠재한다. 가상
의 전체성이 ― 그것이 현실에 맞는 것인가 아닌가를 떠나서 ― 개인이나
집단의 전략적 조종의 대상이라는 것은 이미 전제되어 있는 사실이다. 그
것은 사실도 아니지만 순수한 가공물도 아니다. 공공 공간의 언어는, 말하
자면 게임의 규칙과 전략의 언어가 된다. 이것이 공공 언어의 신뢰성을 박
탈한다. 또는 그것을 반신반의 속에서 부유하게 한다. 그라스의 동기가 의
심을 받게 되는 것은 이와 같이 모든 공공 언어가 전략적 수단이 되어 버린
사정에 관계된다.

모든 말은 숨은 의도 ― 주로 경제적인 또는 정치적인 의도를 가지고
있다. 대중 매체의 발달은 공적 공간에서의 말의 영향력을 크게 하였거니
와 동시에 그것의 신뢰성을 의심받게 하였다. 그렇다는 것은 그 성장이 곧
그 광고 매체로의 성장을 말하기도 하기 때문이다. 광고란 그 상업적 용도
를 말하는 것이기도 하지만, 대중 민주주의에 있어서의 정치적 기능을 말

하는 것이기도 하다. 어쨌든 대중 매체는 사람들의 소통 수단으로서 언어의 성질을 크게 다른 것이 되게 했다. 어떤 말이든지, 공적 공간에서 말하여지는 것은 그 자체로서 권위를 가지고 전체화되는 경향을 갖는다. 공론의 장에서 이루어지는 발언은 그 자체가 공공 공간의 형성에 기여하는 것이면서 또 전제되는 공적 공간의 권위를 빌리게 된다. 그럼으로써 그 설득력을 강화한다. 이러한 과정의 연속 속에서 언어의 익명성과 추상성이 증가한다. 익명성은 언어의 진술을 사실화하는 데에 도움을 준다. 추상성은 전체성의 특징이다. 전체성은 추상적으로밖에 존재할 수 없기 때문에, 추상적인 언어는 그 자체로서 전체성의 권위를 얻는다. 이 모든 것이 사람의 마음속에 일정한 삶의 질서 그리고 담론화된 질서를 만들어 낸다.

언어의 익명화·추상화·전체화 경향은 자본주의 체제의 팽창 그리고 그에 따른 추상화에 일치함으로써 더욱 사실적인 보증을 얻는다. 그리하여 세계는 하나의 총체적 담론의 그물 속에 짜여 들어간다. 이 담론은 구체적인 사실에 의하여 검증될 수 없다. 그리고 발화자의 개인의 성실성 또는 신뢰에 의하여 뒷받침되기도 어렵다. 모든 발화는 완전히 개체를 떠난 추상적 공간에 존재하기 때문이다. 그리고 이 담론의 공간은 한편으로 공공 공간의 권위를 빌리면서 다른 한편으로 익명의 발화자들의 숨은 책략과 의도를 위한 게임 공간이 된다.

그렇다면 다시 페렐만으로 돌아가서, 그라스의 경우와 비슷하게 그의 동기를 어떤 숨은 의도를 지닌 전략의 관점에서 볼 수도 있는 것이 아니겠는가? 그가 100만 불의 상금을 거절하고 필즈 메달을 거절하지 않았더라면, 어떻게 그의 명성이 이와 같이 세계의 도처에 울려 퍼질 수가 있었겠는가? 그러한 일이 없이 자기를 알리기 위하여 광고를 내기로 하였다고 한다면, 아마 그 광고료만도 그의 상금 전부를 가지고 감당할 수 없었을 것이다. 물론 이것은 오늘의 시대 정황에 비추어 가설을 만들어 본 것이고 실제 그렇다는 것은 아니다. 그리고 그랬을 것 같지는 않다. 도덕이나 인격의 문제를 떠나서 손익 계산으로 따져 보면, 그라스의 고백의 상품 전략적 가치는 정확히 계산하기 어렵다 할 것이나, 페렐만의 경우, 그가 모든 것을 희생하여 세계의 모든 신문에 빠짐없이 나고 싶다는 편집광일 가능성을 완전히 배제할 수는 없지만, 상금과 상을 거절함으로써 생기는 이익은 너무나 계산해 내기가 어렵기 때문이다.

## 평등의 관료 체제와 진리

**마르크스주의의 대안/진실의 강요** 모든 것을 손익 계산의 관점에서 맞추어 보아야 하는 세계가 삭막한 세계인 것은 틀림이 없다. 이 세계에서 언어와 진실은 마음속에 숨겨 가진 의도의 수단으로 전락한다. 이러한 상황에서 아렌트가 말한 바와 같은 어떤 대화가 가능하고 그것에 기초한 어떤 믿을 만한 세계의 구축이 가능할 것인가? 공공 공간에서의 언어가 그 진실성 그리고 투명성을 회복하려면 무엇이 필요한가? 자본주의적 경제 원리가 사회 전체 원리로 강화된 것이 신자유주의라고 할 때, 흔히 말하듯이 상황이 이렇게 된 원인에는 이러한 신자유주의 세계 질서가 큰 비중을 차지한다. 그런데 지금 시점에서 신자본주의 또는 자본주의에 대체할 수 있는 사회 조직의 원칙이 무엇이 될 수 있는지는 전혀 짐작할 수 없다.

그러면서도 이에 대한 많은 비판 뒤에 유령처럼 서려 있는 것이 마르크스주의 또는 공산주의이다. 자본주의 체제에서 언어와 진실이 개인적인 이해관계에 희생된다고 한다면, 마르크스주의, 공산주의 또는 사회주의는 사회를 개인 이익의 거래 공간 이상의 것이 되게 하고자 한다. 따라서 이 체제에 있어서 언어의 진실은 더욱 엄격한 공적인 관심의 대상이 되고 더욱더 심각한 보호 구역이 되어 있을 성싶다. 그러니만큼 신자유주의 비판에 마르크스주의의 그림자가 서려 있다면, 마르크스 체제에서의 공적 언어 그리고 그것이 조종하는 인간 동기의 문제를 잠깐 살펴볼 필요가 있다.

우선 간단한 답변은, 아렌트식으로 말하여, 지나치게 일방적인 문제의식에 기초한 마르크스주의의 문제 접근은 여기에 바른 대답을 제공하지는 못한다는 것이다. 마르크스주의 또는 속류 마르크스주의의 인간 이해 방식에 따르면, 인간은 철저하게 경제적 필연성에 의하여 규정되는 존재이다. 그리하여 이러한 인간 이해의 관점에서 인간에게 주어진 실천적 과제는 이 필연의 멍에를 사회의 모든 인간이 고르게 지거나 모든 인간에게 그것이 가볍게 되도록 하는 것이다. 그런데 문제는 이 필연성이 부과하는 과제 속에서 많은 인간적 가치 —— 이성적·윤리적·도덕적·심미적 가치가 보이지 않는다는 사실이다. 보이지 않게 되는 것의 하나가 인간의 자기 충실에서 나오는 사실성이나 정직성이다.(사실이란 그 자체로 존재하는 것이 아니다. 그것을 보장하는 것은 개인의 자유이며, 그에 기초한 자기 충실을 위한 노력이다.)

공산주의 체제에서의 언어와 진실의 운명이 가혹하다는 것은 널리 알려져 있는 일이다. 자본주의 체제에서 사실이 완전히 상실되는 것은 아니면서도 그것이 개인적이고 집단적인 경쟁 전략의 수단이 된다고 한다면, 공산주의 사회에서 사실은 가장 유일한 가치 —— 평등의 확보라는 지상의 가치와 목적에 종속된다. 이것은 다시 권력화하고 체제화함으로써 도덕적 강박에서 정치적 억압으로 바뀐다. 인간의 자유, 자유에 기초한 언어의 진실, 그 공적인 공간의 구성 —— 이러한 것들은 그것이 어떤 것이든지 간에 외적으로 부과되는 필연의 체계를 넘어간다.

공산 체제 또는 관료화한 공산 체제에서의 언어와 진실의 왜곡은, 공산주의 체제의 붕괴가 아직은 요원한 것으로 보이면서도 그 취약점을 드러내기 시작할 무렵인 1978년에 바츨라프 하벨(Václav Havel)이 쓴 「힘없는 사람들의 힘」이란 에세이에 많이 이야기되어 있다. 이 글에 주제로 되풀이되어 있는 것은 "진실 안에서 산다(영어 번역에 의하면 "living within the truth")"라는 것이다. 그는 공산 체제하에서의 진실의 왜곡을 하나의 쉬운 예를 들어 설명한다. 채소 상인이 가게의 창문에 "세계의 노동자들이여, 단결하라!"라는 표어를 붙여 놓을 때, 그의 진짜 의도는 무엇인가? 이것을 열렬히 믿고 있기 때문에 그것을 자기 손님들에게도 알리고 세계에도 전파하려는 것인가? 하벨의 생각으로는, 그 진리 여부에 관계없이, 그의 의도는 자신이 세상이 시키는 바대로 사는 사람이고 자신이 사회의 기존 질서에 순응하는 사람이라는 것을 당국자에게 알게 하려는 것이다.[3]

또 하나의 예로, 나는 10여 년 전에 일본에 체류하면서 음력 정월 텔레비전 프로그램에서 양쯔 강의 산샤 댐에서 일하는 노동자들을 인터뷰하는 것을 본 일이 있다. 질문은, 정월인데도 고향에 가지 않고 댐 공사를 계속하는 데에 대한 소감을 묻는 것이었는데, 대답은, 집에 가는 것보다도 조국의 사회주의 건설을 위하여 일하는 것이 얼마나 더 기쁘고 영광스러운 것인가 하는 것이었다. 이 뉴스를 같은 숙소에 머물던 베이징에서 온 중국 학자에게 전하였더니 그의 반응은 너무나 당연한 그러한 거짓말의 진위를 논의할 필요가 있는가 하는 것이었다. 이러한 것은 군사 정부 치하에서 우리도 익숙하게 해 온 관습이다. 지금은 이러한 것은 많이 없어졌다고 하겠지만, 지금도 물론 보이지 않는 압력에 의하여 강요되는 말이 있고 또 불온한 것으로 되어 있기 때문에 기피하는 말들이 있다. 그런가 하면 어떤 종류의 의견은 참으로 우리 의견인가를 검토할 틈도 없이 세상에 살다 보니 저절로 우리 자신의 의견이 되어 있지만 그것이 편의상의 견해에 불과하다

3  Václav Havel et al., "The Power of the Powerless", *The Power of the Powerless*(New York: Armonk, 1985), pp. 27~28.

는 것을 깨닫지 못하는 경우도 있다. 이것은 좌나 우를 막론하고 마찬가지이다.

　신자유주의 경제 원리의 지배나 그에 대한 반대 또는 민족주의나 세계화, 그에 대한 찬반의 의견 등은 많은 경우 우리도 모르게 강요된 심성의 표현이기 쉽다. 다만 공산주의 체제하에서 이것이 더욱 체계적으로 강화된 것은 사실이다. 그 체제는 단순한 권력의 독재 체제가 아니라, 하벨이 말한 바대로, 사회와 역사에 대한 '바른 이해'에 기초해 있다. 그것은 "모든 질문에 대하여 답을 가지고 있다. …… [일단 받아들이면] 모든 것이 분명해지고 …… 인생은 새로운 의미를 띠게 되고, 모든 신비, 모든 답이 없던 질문, 불안과 고독은 완전히 사라지게 된다."⁴ 그러나 그 결과는 이성과 양심과 책임을 버리는 일이고, 거짓과 위선을 당연한 것으로 받아들이는 것이 된다. 바른 이해와 오류의 교차는 노동 계급의 이름으로 노동 계급을 탄압하고, 개인의 예속을 개인의 궁극적 해방으로 받아들이는 것을 용이하게 한다.⁵

　**진실 안에서 산다**　이러한 상황에서 "진실 안에서 산다."라는 것은 무엇을 말하는가? 그것은 거창한 이데올로기의 체제 속에서 사는 것이 아니라 구체적인 삶의 필요와 진실 속에서 사는 것을 말한다. 그것은 맥주를 빚는 사람에게는 다른 눈치를 보는 일 없이 자신의 최선을 다하여 맥주를 빚는 일이고, 즐기는 음악을 연주하고 자신의 삶에 의미가 있는 노래를 부르는 것을 말한다. 채소 장수에게 그것은, "그 목적이 단순히 감시원에 의하여 당국에 보고되지 않기를 바라는 뜻에서 가게 창문에 깃발을 걸어 놓지 않으

---

4　Ibid., p. 25.

5　Ibid., p. 40.

며, 가짜 선거임이 뻔한 선거에서 투표를 하지 않으며, 상급자에게 자기의 의견을 감추지 않는" 등의 행위이다.[6] 또는 더 일반적으로, 그것은 삶의 '진정한 목표'에 따라 사는 것, 자신의 지적이고 정신적인 관심에 따라 사는 것 또는 단순히 가장 초보적인 실존적 요구, 즉 위엄을 잃지 않고 자신의 삶을 살고 싶다는 생각을 실천하는 것이다.(물론 공산 체제가 아니라고 하더라도 대체로 사람은 '바른' 이데올로기의 작은 변주 속에서 생각하면서 산다고 할 수 있다. 그리하여 참으로 진실 안에서 사는 것이 가능한 것인가를 물어볼 수 있다. 그러나 절대적인 의미에서의 진실에 이르는 것이 불가능하다고 하더라도, 추상적인 공식이 아니라 자신의 삶의 구체적인 경험과 느낌에 충실하면, 그것은 그 나름으로 자신의 진실에 가까이 다가가는 것이라고 할 것이다.)[7]

## 인간적 가치와 정의의 체제

가치 디폴트(Default) 체제로서의 신자유주의 체제   이러한 예에서 보듯이, 자본주의 사회에 진실의 언어가 없다면, 공산주의 사회에서 그것은 더욱 위태로운 상태에 있다. 그리하여 진실이나 진리의 소멸은 현대 사회의 일반적 특징이라고 할 수 있다. 자본주의 체제에서 진리의 자유는 적어도 사회 규범으로, 법률 체제로, 또 과학적 탐구의 기준으로 보장되는 것으로 되어 있다. 그러나 그것이 단순히 정치적 권리 또는 실용적 수단이 아니라 윤리적 가치라는 사실은 대체로 망각되는 것으로 보인다. 그것은 많은 경우 사회가 요구하는 더욱 큰 목적 ― 즉 경제의 수단으로 또는 권력의 수단으

---

6   Ibid., p. 64.
7   Ibid., pp. 47~48.

로 또는 후진 자본국에서는 국가 목적의 수단으로서의 의미를 갖는 것으로만 생각되는 것이다. 공산주의 사회에서도 이것은 사회의 더욱 큰 목적에 봉사하는 한에서만 존중될 수 있는 가치가 된다. 그것은 그 자체로서 존중되어야 하는 것이 아니다. 자본주의에 있어서 사회적 목적은 분명한 자각이 없이 성립하는 것인 데 반하여, 공산주의 사회에서 다른 인간적 가치들은 스스로 최고의 가치가 된 사회 목적에 종속된다.

그러나 이렇게 말하면서 주의가 필요한 것은 진리와 진실 또는 가치의 소멸이 반드시 의도된 것은 아니라는 것이다. 이것은 특히 자유주의 체제에서 그러하다. 그것은 오히려 가치 보존 의도의 부재, '디폴트'에 의하여 생겨난 결과라 할 수 있다. 어떤 사회가 하나의 엄격한 통일 체제가 되는 것은 사회적으로 받아들여진 당위적 목적에 의한 체계화를 통해서이다. 자본주의 체제 또는 신자유주의 체제가 기본적으로 경제 체제라는 것은, 그것이 목적이 없는 체제라는 말이 된다. 그렇다는 것은 경제가 본질적으로 모든 윤리적·문화적·사회적 또는 인간적 가치를 통합하고 정당화하고 창조하는 모태는 될 수 없기 때문이다. 경제는 그 중요성이 아무리 강조되더라도 원칙에 있어서는 더 나은 삶을 위한 수단일 뿐이다. 어떤 더 나은 삶이 경제라는 수단의 목적이 되는가는 분명하게 정의되지도 아니하고, 경제를 생각하는 사람들은 그것에 대한 토의가 필요하다고도 생각하지 않는다.

물론 이것은 매우 단순화하여 말하는 것이다. 목적 부재의 개념인 경제도 현실에 있어서는 쉽게 그 자체로서 의미를 갖는 것으로 생각된다. 경제가 삶에 대하여 가지고 있는 간단한 의미는 그것이 사람의 기본적 생존의 필요 ─ 의식주에 필요한 물자를 마련하는 행위라는 데에 있다. 이러한 의미에서의 경제는 단순히 수단이라고 하기에는 너무나 절박한 삶의 필요를 충족시키기 위한 필수 요건이다. 그러나 이 필요는, 우리가 현대 경제의 수요 공급에서 볼 수 있듯이, 기본적 생존의 필요를 넘어서 계속적으로 편의를 더하고 사치를 더하는 것으로 변화될 수 있다. 그리고 이것도 삶을 더욱 풍부하게 할 수 있다는 점에서 다른 수단에 의하여 대체될 수 없는 필수적인 수단, 목적에 가까운 것이 될 수 있다. 그러나 사람의 물질적 또는 경제적 필요가 거의 무한히 발전하고 변용될 수 있는 것이고 그것이 삶의 필수 조건이 된다고 하여도, 그것이 반성적으로 선택되는 것이 아니라면, 무한한 경제 추구는 엄밀한 의미에서 목적이 될 수 없다.

오늘의 사회에서 일어나고 있는 것은 수단으로서의 경제가 무반성적으로 목적이 된다는 것이다. 이러한 변화에는 단순한 무반성 이외에도 많은 계기들이 개입된다. 경제가 개인적인 의미에서 인간관계와 사회관계에서 힘의 수단이 되는 것은 이러한 변화를 뒷받침하는 가장 중요한 계기일 것이다. 지역이나 국가의 단위로 확대하여도, 부국강병과 같은 말에 표현되어 있듯이, 그것은 힘의 표현 수단이 된다. 그리고 그것은 다시 국내 정치에서 정치적 구호로서 중요한 기능을 갖는다. 경제 발전이 국가 목표가 되고 정치권력의 명분이 되는 것은 우리에게 너무나 익숙하다. 또 그것은 민족주의나 제국주의와 결합하기도 한다. 말하자면 사람이 가지고 있는 여러 가지 원초적인 충동과 소망들이 경제에 얽히고 그것은 다시 집단화 수단으로서의 민족이나 국가에 얽히게 된다. 이러한 맥락 속에서 그 자체로서 의미를 가지고 있었을 소망이나 목적들까지도 경제적 기여를 통하여 자기 정당화를 꾀하게 된다. 학문과 진리도 마찬가지이다.

가치 디폴트 체제로서의 자본주의/그 이념적 근원  오늘날 경제는 목적이 되었지만, 본질적으로 목적이나 자존적인 가치를 결여하고 있다는 의미에서, 경제 체제로서의 자유주의 또는 신자유주의 체제 또는 자본주의적 세계 체제가 가치 디폴트의 체제라고 말하는 것은 크게 틀린 말이 아니다. 자유주의의 기원은 바로 탈가치의 요구에 있다고 할 수 있다. 가치 배제의 경제 체제 그리고 사회 체제는 적어도 그 시작에 있어서는 부정적인 의미와 함께 긍정적인 의미를 가지고 있었다.

근대 자유주의의 정치적 지표 가운데 하나는 전통적인 제도의 억압으로부터 개인이 해방되는 것이었다. 물론 이것은 동시에 그러한 전통적 제도들이 표현하고 또 그 실천을 요구하고 있던 목적이나 가치로부터의 해방을 의미하였다. 목적과 가치가 있어야 한다면, 그것은 개인의 선택과 재량의 영역에 속하는 것으로 처리될 필요가 있었다. 그 결과 목적과 가치는 마치 삶의 내용으로 또는 지침으로 별로 필요가 없는 것처럼 되어 공적 담론의 세계에서 탈락하게 되었다. 그리고 사회는 그 구현에 책임을 부과하거나 책임을 질 실체가 아니고, 각자가 자유로이 선택하는 삶의 목적 — 어떤 가치에 의하여 설정되는 삶의 목적을 위하여, 그 사회적·물질적 수단을 생산하고 거래하는 공간이 되었다. 거기에 공통된 목적이 있다면, 그것은 그러한 수단을 풍부하게 하자는 것이다.

**경제와 사회 정의와 가치의 영역**  이렇게 하여 삶의 목적이나 가치의 문제는 공적 담론의 공간에서 사적 영역으로 후퇴했지만, 공적 관심의 대상으로 새로 부상할 수밖에 없는 한 가지는 정의의 문제였다. 각자가 자신의 생각에 따라 사는 삶의 영위를 위하여 또는 소유가 가져오는 사회적 인정을 위하여 사회적 자산의 확보가 필수적인 일이 되고, 거기에 다수자가 관계될 때, 그것은 갈등과 불평등의 원인이 될 수밖에 없다. 그리하여 사회 정의의 문제는, 모든 삶의 목적과 가치가 사라진 후에도 가장 핵심적인 도덕적 과제로 남거나 등장하지 않을 수 없었다. 사회가 하나의 질서로 존립하는 데에 이 문제가 무시될 수는 없다. 이것은 소극적으로 최소한도의 관점에서 생각할 수도 있고, 적극적인 관점에서 생각할 수도 있다. 소극적인 관점은 다시 좀 더 덜 소극적인 것이 될 수도 있다. 즉 정의의 문제에 대한 대책들은 자본주의 체제에서의 기회균등 정책이나 최소한도의 복지 제도 등의 자체 보완의 방책이 될 수도 있고, 또는 이러한 것들에 대한 제도적 보장을 조금 더 분명히 하고자 하는 사회 민주주의의 사회 제도가 되거나, 극단적으로는 생산과 분배의 공유를 목표로 하는 공산주의 체제가 될 수도 있다.

그런데 사회 정의와 평등에 대한 관심은, 자본주의 체제 어느 쪽에서나 다른 인간 가치를 이차적인 것이 되게 하거나 보이지 않게 하는 결과를 가져온다. 가령 진리, 진실, 개인적 의미에서의 선, 정치 목적을 떠난 미적 가치, 정직성, 개인적 성실성, 너그러움, 사랑, 연민, 동정, 용서, 개인적 의미에서의 도덕적 책임감, 초월적 세계에 대한 관심, 깊은 의미에서의 개인의 자유 ── 이러한 인간 가치들의 소멸 또는 종속화가 일어나는 것이다. 마르크스주의에서 이러한 것들은 대부분 부르주아적 또는 소시민적 가치로 생각된다. 그리하여 이름은 다르지만, 그 테두리 안에서도 모든 것은 경제 그리고 인정의 요구에 연결되어 있는 한 권력의 종속 변수로 환원된다.

그러나 다시 좁게 해석하면, 마르크스적 해석에 의하면 원래 자본주의 체제에서 문제의 초점은 경제와 사회에서 일어나는 역기능의 시정 또는 필연성의 영역에서의 기능적 원활성이다. 그리하여 공적인 공간에서의 자유롭고 다원적인 대화에 의하여 구성되는 목적이나 가치가 여기에 개입될 필요가 없다. 물론 그것이 정의의 문제로 파악될 때, 경제의 문제도 사회적 담론의 체계를 경유하여 제시된다. 앞에서 말한 바와 같이, 경제는 가치로 또 그에 따라 움직이는 심리적 동기로 전이되게 마련이다. 그러면서도 여기에는 경제 이외의 다른 가치가 근본적으로 부재 상태에 있다.

자본주의하에서 특히 두드러지는 이 부재와 공백에 들어서는 것이 사회 정의의 기획이다. 이것은 이 공백이 야기하는 문제에 대한 대응책으로 생각된 것이다. 근본은 여전히 경제라고 하겠지만, 복잡한 사회적 간접화로 인하여 심리적 차원에서 이 공백은 분노와 원한 그리고 정의로 표현된다. 그리고 이렇게 성립하는 사회 정의의 원리는 하나의 관점에서 모든 것을 제어하고 통일한다. 물론 다른 목적과 가치가 존재할 여유는 허용되지 아니한다. 또는 그것은 정의의 체제에 종속적으로 존재하는 것으로 생각된다. 자본주의의 경제 체제에 의한 인간성 왜곡을 비판적으로 지양하려는 것이 마르크스주의 또는 공산주의라고 할 수 있지만, 제시하는 해답도 대체로 자본주의와 같은 문제의 지평에 남아 있다고 할 수 있다. 이 지평은, 아렌트식으로 말하여, 자유로운 대화가 구성해 내는 세계와 일치하지 않는다고 하는 것이 옳다. 어떻게 하여 삶의 여러 가치가 그 자체로 존중되는 영역을 구성할 수 있는가 하는 문제는 해결되지 않은 채로 남아 있다.

# 적극적 자유

## 자유와 그 모순

"사람은 자유 속에 태어나지만, 어디에서나 사슬에 묶여 있다." 이것은 루소의 『사회 계약론』을 여는 유명한 말이다. 노자는 유자(儒者)의 윤리, 도덕에 대한 집착을 마치 물에서 나온 물고기가 물을 찾고 그것을 뿜어 서로 끼얹어 주면서 기뻐하는 것과 같다고 하였다. 윤리, 도덕이 중요해지는 것은 바로 그것이 상실되었기 때문이다. 이와 비슷하게 자유에 대한 추구가 일어나는 것은 바로 자유를 잃었기 때문이다. 또 사람은 끊임없이 자유를 추구하지만, 그 추구는 자유 의식의 상실로 끝난다. 결국 진정한 자유의 상태란 자유가 주제가 되지 않는 상태이다.

자유가 그 상실로 인하여 문제가 된다면, 자유는 어떻게 하여 상실되고, 어떠한 조건에서 다시 회복되는가? 자유에 대한 의식이 없다면, 그러니까 동시에 자유의 상실에 대한 의식이 없다면, 그것은 어떠한 상태를 말하는 것인가? 부자유에 대한 의식이 없는 것은 스스로 얼마나 부자유 상태에 있는지 모르기 때문이라고 할 수 있다. 이렇게 볼 때, 자유에 대한 요구는 바로 부자유의 의식을 만들어 내고 그것이 부자유의 조건이 된다고 할 수도 있다. 부자유가 무엇을 의미하든지 간에 — 즉 현실적 부자유든, 자유의 환상이 만들어 내는 부자유의 환상이든 — 인간이 감옥에서도 자유로울 수 있다는 말도 틀린 말은 아니다. 그렇다는 것은 인간의 자유, 특히 생각의 자유가 철저하게, 절대적으로 봉쇄될 수는 없기 때문이다. 그것은 상당 정도로 마음에 또는 마음먹기에 달려 있다. 이 마음먹기의 자유를 포기하는 경우 모든 부자유의 책임은 외적 조건으로 돌아간다. 그러면서 사람은 책임으로부터 자유로워진다. 이러한 의미에서도 사람은 언제나 자유롭다.

자유로워진다는 것은 마음대로 한다는 것이다. 거꾸로 그것은 구속으로부터의 해방에 대한 요구이다. 이 해방은 두 가지 면에서 말할 수 있다. 우선 내 마음은 그것을 제약하는 일체의 구속으로부터 자유로워야 한다. 이것은 대체로 내 마음의 밖에서 오는, 내가 동의하는 것이 아닌, 윤리·도덕의 의무로부터 자유로워지는 것을 말한다. 조금 더 적극적으로는 내 마음이 현실적으로 어떤 목적을 자유롭게 추구한다는 것은 그 실현을 위한 수단이 있어야 한다는 것을 말한다. 삶의 현실적 목적을 실현하기 위해서는 여러 가지 수단과 자료가 필요하다. 삶의 목적 또는 그중 하나로서 행복을 위하여서는 얼마나 많은 물질적 수단과 사회적 자원의 동원이 필요한가. 자본주의의 발달은 이 수단의 추구를 단순화한다. 모든 물질적 또는 사회적 자원까지도 하나의 수단 — 금전의 축적 — 으로 단순화하는 것이다. 그러나 금전의 축적, 즉 자본주의에서 그 주된 방법인 이윤의 축적은 그 자체가 목적이 된다. 그러면서 당초의 목적은 상실돼 버리고 만다. 수단의 추구로 인한 목적의 상실은 자유의 획득이 가져온 가장 큰 인간성 왜곡의 하나라 할 것이다.

자본주의에서 인간 해방이 가지고 있던 여러 목적 가운데 잔존하는 것이 있다면, 그것은 주로 사회적 인정에 대한 요구일 것이다. 이 인정은 물론 금전이 지배하는 사회 체제 안에서, 그것의 다과에 의하여 결정되는 위계 속에 위치하는 것을 말한다. 기초적 삶의 필요를 벗어난 풍요의 경제 또는 여유의 경제에서 가장 중요한 것은 이 금전의 위계에 따르는 사회적 지위와 권력일지 모른다. 그러나 일상적 차원에서 금전은 조금 더 직접적으로 삶을 지배한다. 그렇다는 것은 수많은 작은 욕망들이 그것에 의하여 충족될 수 있기 때문이다. 소비주의의 확대 속에서 소비 그것이 곧 삶의 목적이 되는 것이다. 그러나 이 욕망은 소비주의 시장에 의하여 이미 암시된다. 자본주의 체제하에서 소비뿐만 아니라 모든 삶의 목적은 밖으로부터 주어지거나 암시되는 목적일 뿐이다. 되풀이하여 시장이 제시하는 목적이 삶을 지배하고 또 그 이외의 목적은 보이지 않는 것이 되어 버리고 만다.

이 과정에서 사람과 사람의 관계는 극도로 대립적인 것이 된다. 모든 사람이 하나의 목적을 위하여 경쟁하기 때문이다. 이것이 감추어질 수 있는 것은 언어의 허위성으로 인한 것이다. 언어는 아직도 진리에 대한 주장을 지니고 있다. 이 진리의 주장은 사회적 소통의 조건이다. 진리에 입각한 사회적 소통이 없다면, 언어의 기능은 사라질 수밖에 없다.(그렇다고 이러한 주장이나 소통의 목적이 언제나 타당성과 순정성을 가지고 있다는 것은 아니다. 여러 변화에도 불구하고 진리의 기능이 기본으로 남아 있다는 말일 뿐이다.) 그러나 경쟁 체제에서 또는 소비주의 사회에서 언어는 개인적 이익 추구의 위장 전술이 된다. 그것은 대체로 내 목적을 위하여 다른 사람을 조종하는 수단이다. 그리고 이렇게 뒤틀린 언어의 힘을 강력하게 하는 것은 각종 소통 매체의 발달이다. 이것은 결국 가상의 세계가 현실의 세계를 대체하는 결과를 낳는다.

다른 한편으로 사람과 사람의 경쟁 관계가 만인의 만인에 대한 전쟁까지 이르지 않는 것은 자유의 발달이 동시에 합리성 또는 법의 지배의 발달과 병행하기 때문이다. 자본주의 사회에서 공적인 의미의 투쟁은 합리성과 법의 지배를 위한 투쟁이다. 그러나 경쟁 체제가 커다란 물질적·사회적 불평등을 낳는 것을 피할 수는 없다. 그리하여 모든 사회 행위의 목적이 되어 버린 삶의 수단을 좀 더 균등하게 분배하라는 요구가 대두된다. 이것은 단순한 분배에 대한 요구 이상의 의미를 가질 수 있다. 분배에 대한 요구는 힘의 투쟁에의 부름이면서 동시에 정의, 평등, 우애라는 이름의 윤리 규범에 대한 환기이다. 그것은 물질적 배분에 대한 요구 이상의 윤리적·도덕적 의미를 가지고 있고, 그 자체로서 ─ 특히 우애의 이상은 ─ 인간의 인간 됨의 중요한 부분을 이룬다고 할 수 있다. 그러나 이러한 환기는 쉽게 힘의 투쟁을 정당화하는 수단에 불과하게 된다. 그리하여 다시 윤리와 도덕의 순정성은 상실된다.

이것은 특히 투쟁의 집단적 성격이 강조되는 데에서 그렇게 되는 경향이 있다. 모든 것은 집단의 투쟁 목적에 그리고 집단을 하나로 결속하는 데에 필요한 지배 체계에 종속된다. 표방되는 모든 윤리적·도덕적 목적도 그에 종속된다. 언어도 다시 한 번 진리에 입각한 소통의 수단으로부터 전술적 수단으로 변화된다. 물론 이 모든 것은 정의와 평등의 이상이 그 한 부분을 이루는 이데올로기에 의하여 정당화된다. 이데올로기는 다른 일체의 현실 이해 ─ 생활 세계의 나날의 삶에서 검증되는 현실을 대체한다. 정의와 평등의 이상 또 우애의 이상은 이데올로기에 종속된다. 설령 그것이 그대로 유지된다고 하더라도, 이데올로기가 다른 삶의 이상이나 목적을 포괄한다는 것은 삶의 의미를 지나치게 단순화하는 것이다. 그리고 그러한 이상들이 단순히 집단의 투쟁적 결속만을 통하여 실현될 수 있다는 것은 삶의 다양한 매개 작용을 전적으로 무시하는 것이다.

어느 경우에나 삶의 목적이라는 영역이 사라진다. 그것을 그 자체로 추구될 만한 값진 것으로 생각하는, 가치의 영역이 사라지는 것이다. 목적의 추구에 있어서, 그것을 위한 일정한 물질적 수단이 필요한 것은 틀림이 없다. 그러나 수단의 확보가 목적을 보장해 주지는 않는다. 수단의 무한한 확대 추구는 목적으로부터의 이탈 또는 그것의 상실을 가져온다. 이것을 제한하고 분배의 정의에 의하여 고르게 분배한다고 하여도 그것으로 목적의 중요성은 지탱되지 아니한다. 수단이 없는 목적이 무력하고 또 그러한 경우 그것이 저절로 소멸·상실되는 것도 사실이지만, 목적은 그 독자적 영역 속에서만 지속적인 것으로 확인된다. 흔히 말하는 인문 과학의 위기는 이 영역의 위기의 일부를 이룬다. 물론 이 독자적인 영역은 수단의 체제 속에서만 보장된다.

목적의 영역을 구성한다는 것은 대체로 그것을 삶의 필연성의 영역으로 구성한다는 것을 말한다. 즉 그것은 삶의 필연성에 의하여 정당화되는 것이라야 한다. 이것은 자유를 포기하고 다시 윤리적·도덕적 필연성의 세계로 복귀하는 것이 될 수 있다. 사람이 감옥에서까지 자유로울 수 있다고 한다면, 감옥 안에서의 자유는 개인의 실존적 선택의 결과이지, 사회적 행동의 자연스러운 표현일 수는 없다. 자유는 사회적 공간 안에서만 자연스럽게 행사될 수 있다. 물론 자유도 추구하여야 하는 목적으로 규정될 수 있다. 그러나 그것은 앞에서 말한 바와 같이 수단의 추구, 즉 사회적 필연으로서의 법의 규정 내에서 수단의 추구이다. 이 수단 추구에서도 목적이 소실되는 결과가 일어날 수 있다. 자유는 다른 무엇을 위한 수단이다. 그리고 이 다른 무엇은 필연성에 의하여 정당화되어야 한다. 그렇다면 자유는 포기되어야 하는 것인가? 자유의 포기는 역설적으로 동시에 모든 목적의 포기를 의미한다. 왜냐하면 어떤 목적이 강요되는 것이라면, 그 목적은 그 자체로 값있는 것이어서 추구되는 것이 아니기 때문이다. 자유는 모든 목적을 목적으로서 정당화하는 근본이다.

## 자유의 담론/두 가지 자유

**칸트의 자유** 자유를 완전한 자의적 자아 의지의 발현으로 보는 경우, 그것이 결국은 모든 가치를 부정하고 자유 그것마저도 무의미하게 한다. 자유는 수단의 추구에 사로잡히고 또 이 수단의 공간에서 일어나는 외적 욕망에 사로잡히기 때문이다. 이러한 딜레마를 풀어 나가는 방법의 하나는 자유가 무엇을 위한 것인가를 분명히 하는 것이다. 자유가 자유이면서, 완전히 자의적인 것이 되고 그리하여 인간의 삶에서 모든 의미 있는 목적이 소실되게 하는 것이 아니게 하려면, 자유는 어떻게든 필연에 연결되어야 한다. 자유의 문제가 서구 근대 역사에서 가장 중요한 주제의 하나라고 할 때, 이 문제에 대한 가장 간단한 답변은 칸트의 답변이라고 할 수 있다. 그것의 비록 여러 변주와 여러 다른 종류의 답변에도 불구하고, 칸트의 답변은 숨어 있는 원형이 된다.

칸트에게 자유는 인간을 인식과 윤리적 실천의 주체로 이해하는 데 핵심적인 개념이다. 자유는 물론 외부적인 강제로부터의 자유를 말한다. 이것은 인간의 성정의 관점에서 당연한 요구라 할 수 있다. 그러나 이 자유는 곧 다른 법칙적 관계, 또는 필연성으로 대체된다. 가장 중요한 것은 무엇을 시작할 수 있는 능력, 즉 '자발성(Spontaneität)'이다. 그러나 이 시작할 수 있는 자유라는 것은, 단순히 외부 세계에 자의적 의지를 부과하는 것을 말하는 것이 아니라, 스스로 자기 안의 일정한 법칙적 관계를 인지하고 이것을 능동적으로 표현하고 활용하는 것을 말한다.

자유는 모든 물리적 강제로부터의 자유뿐만 아니라 자신의 반성되지 아니한 충동으로부터의 자유를 말하고, 더 나아가 이성적 원리 그리고 실천적 윤리의 법칙을 자유로이 따를 수 있게 되는 것을 말한다. 그러니까 실천적 관점에서, 자유는 보편적·법칙적 성격을 갖는 윤리에 따라서 살 수 있는 조건을 말하는 것이다. 그러나 조금 더 광범위하게 생각할 때, 자신의 능력을 한껏 발전시키고 그렇게 함으로써 행복한 삶을 추구하는 것도 자유의 영역에 포함될 수 있다. 그러나 칸트에게는 이러한 자기완성과 행복의 추구도 도덕적·윤리적 법칙 속에서 행하는 의무로서 이해된다. 그럼으로써 자신을 위하여 이러한 삶의 목적을 추구하는 것은 다른 사람을 위해서도 똑같은 삶의 완성과 행복을 원하는 것이어야 한다. 따라서 이것도 내 윤리적 의무의 일부를 이룬다. 그러나 이러한 덕의 완성은 더 엄격한 의미에서 윤리적 기율을 지키는 것, 다시 말하여 권리와 의무 속에서 행동하는 것에 부차적인 것이어야 한다.[8]

**적극적 자유** 이와 같이 자유는 그것이 무엇을 위한 것인가라는 관점에서 고찰할 때 비로소 실질적인 내용을 가진다. 이때 자유는 두 가지로 나뉘어 논의될 수 있다. 두 가지 자유란, '소극적인 또는 부정의 자유(Negative Freedom)'와 '적극적인 또는 긍정의 자유(Positive Freedom)'를 말한다. 앞의 것은 밖으로부터의 강제가 없는 의지의 조건, 즉 '~으로부터의 자유'를 말하고, 뒤의 것은 주체가 자율적으로 무엇을 시작하기 위하여 행사하는 자유, 즉 '~을 하기 위한 자유'를 말한다. 자유에 대한 이러한 두 가지 구분은 서구의 자유에 관한 담론에서 오래 존재하였다고 하겠지만, 20세기에 와서 자유에 대한 영미권의 논의에서 두 가지 자유 문제를 유명하게 한 것은 이사야 벌린(Isaiah Berlin)이다. 벌린은 사람이 자유를 원한다면, 무엇을 위하여 그것을 원하는가가 중요한 문제가 된다는 것을 밝혔다. 이 질문은 그에 대한 답변으로서 목적의 제시를 요구한다. 그러나 이 답변은 자유

---

8  Immanuel Kant, "Einleitung in die Metaphysik der Sitten", I~III, u. "Einleitung [in die Metaphysische Anfangsgruende der Tugendlehre]", I~IX, *Die Metaphysik der Sitten*(Suhrkamp, 1977) 참조.

를 제한하는 결과를 가져오고 결국 자유에 대한 중요한 위협이 될 수 있다. 그리하여 그는 '적극적 자유'의 탐색에 회의를 표현하는 것으로 그의 논의를 끝맺었다.

적극적 자유의 이념에서 자유는 자기 의지의 외적 실천을 통하여 비로소 현실적 의미를 갖는다. 그러나 이 의지는 소비주의 시대의 개인의 욕망으로서가 아니라 자아의 깊이로부터 확신되는 것으로 이해된다. 그리하여 그것은 당위적 요구로서 정당화된다. 이 당위성은 매우 엄격한 의미에서의 윤리적·도덕적 규범에 일치하는 것일 수도 있고 또는 낭만적 성격의 감정이면서 인간성의 깊이에 들어 있는 원리에서 나오는 정당성일 수도 있다. 이것이 특히 자유에 대한 위협이 되는 것은 그 보편성의 주장이 다른 사람에 대한 강요를 정당화하는 경우이다. 그것은 특히 의지적 요소와 결합할 때이다.

**낭만주의의 자유**  칸트의 자유에 대한 생각은 적극적 자유의 바탕에 들어 있는 원형으로 생각될 수 있다. 다만 그것은 인간성을 좀 더 넓게 긍정하고자 하는 관점에서 보면 지나치게 좁은 도덕주의적인 것으로 보인다. 그러나 도덕적 규범에 대한 의식이 아니라 개인의 욕망이나 자의적 의지의 자유를 추구하는 동력이라고 인정하는 경우에도, 그것들은 대체로 더 넓은 보편적 바탕 — 우주적 근거에 서 있는 것으로 간주됨으로써 정당화된다. 그러나 그것이 직접적으로 그리고 단순하게 이러한 보편적 근거에 수렴되는 것은 아니다. 칸트 이후의 낭만주의자들에게 자유를 향한 인간의 의지는 도덕적인 규범을 향한 것 이상의 수많은 심리적 에너지의 움직임을 표현한다. 다시 한 번 말하여 자유의 의미는 주로 자기표현의 이상에서 찾아진다. 그러나 그것은 세계의 원리에 일치함으로써 현실적인 것이 된다. 자아와 세계가 일치하려면, 자아는 단순히 자의적 욕망의 담지자 이상의 것으로 생각되어야 한다. 이러한 자아는 가장 심각한 철학적 사유 속에 드러나는 자아이다. 이때 나는 "궁극적이고, 무한하고, 전(全) 창조적이고 전지(全知)한 초자아의 유한적 표현"[9]이다.

그러나 바로 이와 같이 일시적 충동이나 욕망을 배제하고 높은 차원에서의 자아 실천을 말하는 낭만주의는, 특히 피히테(Johann Gottlieb Fichte)의 경우에, 정치적으로 위험한 비약의 가능성을 갖는다. 그것은 개인의 상상력, 지력 그리고 실천력을 신(神)적인 것에 이음으로써 거기에 절대적인 정당성을 부여하고 그것을 다른 사람이나 사회에 부과하는 것을 허용한다. 그러면서 그것은 폭력적 혁명이나 영웅주의까지도 인간의 자유로운 구성적 활동의 전형으로 옹호할 수 있다. 이것은 전체주의적 정치 이론으로 쉽게 연결된다. 인간의 자유로운 형성의 힘은 물질적으로나 사회적으로, 내 의지에 대항하는 것들에 부딪혀서 이를 상대로 투쟁하고 극복하고 파괴하고 그것을 내가 뜻하는 바대로 재형성하는 데 있다고 생각할 수도 있기 때문이다.

**소극적 자유** 적극적으로 행사되는 자유는, 개인의 자유 의지 발현이 일정한 이성적 목적과 가치의 실천적 근거가 되는 경우에도 또는 바로 그로 인하여, 자유를 절대화하면서 동시에 자유를 부정하는 자기모순에 빠질 수 있다. 그리하여 자유주의의 발달에 있어서 기본이 되는 것은, 벌린의 생각으로는, 무엇을 적극적으로 행하는 것이 아니라 행하고자 하는 일에서 방해받지 않는 자유, 즉 '~으로부터의 자유' 또는 '~에 대항하는 자유'이다. "자유에 대한 요구는 [단순하게는] 어떤 영역에 있어서 원하는 것을 금

---

**9** Isaiah Berlin, "Two Concepts of Freedom", *Political Ideas in the Romantic Age*(Princeton University Press, 2006), p. 183.

지해서는 …… 아니 된다는 요구이다. 궁극적으로 정치의 자유란 …… 소극적인 또는 부정의 개념(negative concept)이다."[10] 이것은, 더 적극적인 의미에서 자발성 행사로서의 자유에 있어서도 그것을 뒷받침하는 조건이 된다. 이것 없이는 다른 가치들의 현실적 실천도 그것을 가능하게 할 기초를 결하는 것이 될 것이기 때문이다.

소극적 또는 부정의 자유를 가장 극명하게 정의하고 근대 자유주의의 기본적인 이념이 되게 한 존 스튜어트 밀(J. S. Mill)에 의하면, 사람이 다른 사람에게 어떤 것을 강요할 수 있는 것은 자신의 생명 보존이 위험할 때에 한한다. 그렇지 않은 경우에 있어서, 강제는 귀중한 인간적 가치들, 즉 "인간의 자유로운 자기표현에 대한 불간섭, 개인의 사생활과 개인적 관계의 보호, 사람의 상상력, 지적 능력 그리고 정서의 완전하고 자연스러운 발전을 제한하고, 그리고 다른 사람에 방해나 침해가 되지 않는 한, 경험의 가장 풍부한 다양성을 가져오게 하고 독창성, 성품, 천부의 자질을 자극하여 개인 발전을 위해 가장 넓은 폭을 제공한다는 의미에서, 개인의 기벽을 기르는 일 등을 위태롭게 할 수 있다."[11]

이러한 밀의 견해에 동의한다고 하여 벌린이 아무 제한 없이 소극적 자유만을 말한다고 할 수는 없다. 자유가 중요한 것은 그 자체로 중요하다기보다는 그것이 다른 가치의 실현을 위한 기본 조건이기 때문이라는 것이 앞에서 본 밀의 입장에도 이미 시사되어 있다. 이것은 대체로 소극적 자유를 옹호하는 많은 자유주의자들의 뜻을 함축하는 것이라고 할 수 있다. 문제를 인지하면서도, 정치적으로 보았을 때 자유란 소극적 자유를 의미한다는 것을 강조한 벌린이 요약하여 말한 바에 따르면, 이러한 가치는 "사

---

10  Ibid., p. 156.
11  Ibid., pp. 160~161.

랑과 우정, 사사로운 관계, 공적 생활에서의 정의와 다양성, 인문 과학과
예술 그리고 과학"[12]을 포함한다. 어쨌든 이러한 정의의 문제를 포함하여,
다시 말하여, "자유를 위한 투쟁은, 정의를 위한 투쟁이나 마찬가지로, 적
극적인 의미에서의 목표가 아니라 적극적인 의미의 목표가 달성될 수 있
게 하는 조건의 확보를 위한 투쟁이고, 그것이 추구될 수 있는 공간을 열어
놓는 일인데, 추구할 만한 목적이 없이는 이 공간은 진공의 공간이 되는 것
임에 틀림이 없다.[13] 그럼에도 불구하고 자유주의의 불행은 이러한 가치와
목적이 공적 제도 밖에 놓이게 됨으로써 보이지 않게 되고 결국은 사라지
게 되었다는 것이다.

**평등/인간 가치와 사회 제도** 앞에서도 여러 차례 언급한 이 목적 상실의 경
위는 중요한 것이면서도 분명하게 밝히기 어려운 것이다. 간단히 설명하
자면 이때 가치와 목적은 단순히 경제의 상부 구조에 속하며, 하부 구조를
옹호하고 호도하는 이데올로기에 불과하여 실체를 가진 것이 아니며, 그
러니만큼 쉽게 소멸하는 것은 당연한 일이라는 것이다. 이 관점에서는 어
쩌면 계몽기에 중요한 이념으로 등장하는 자유도 경제에 봉사하는 부르주
아의 이데올로기적 수단에 불과하다. 특히 이것은 불평등의 문제가 중요
한 사회적 과제로 등장할 때, 그렇게 해석된다. 중요한 것은 자유가 아니라
평등이다.

이것은 마르크스주의 관점에서도 자본주의 체제가 가진 중요한 문제이
지만, 자유주의 관점에서도 문제가 되지 않는 것은 아니다. 개인의 자유가
있다고 하더라도 그것을 현실화할 수 있는 수단을 갖지 못한다면, 즉 "경

---

12  Ibid., p. 161.
13  Ibid., p. 166.

제적 자유"가 없다면, 그것은 무의미하다고 할 수 있다. 소극적 자유의 근본적 성격을 옹호하는 벌린에게도 이것은 문제가 아니 될 수 없다. 다만 그는 그것이 장애물의 부재로서의 자유를 부정하는 것은 아니라고 생각할 뿐이다. 그에게 경제적 자유 없이는 개인의 자유가 무의미하다는 것은 보행할 수 없는 사람이 있기 때문에 보행의 자유가 무의미하다고 말하는 것과 같다. 그러니까 경제의 문제는, 단순히 부의 결여라는 관점에서는 문제가 될 수 없다고 생각하는 것이다. 그것이 문제가 된다면, 그것은 정의에 관련되는 한에서이다. 그것은 가치의 문제이고 그 가치의 제도화의 문제이다. 어떤 사람이 마땅히 다른 사람에게 돌아가야 할 몫을 빼앗는다면, 그것은 한 사람이 다른 사람의 권리를 침해하는 것이다. 즉 경제적 자유의 침해는 기본권으로서의 자유의 침해이다. 그러나 벌린의 생각으로는 그것은 법적 의미에서 권리의 문제이기 이전에 정의의 문제, 그러니까 그것은 가치의 문제에 속한다.[14] 이 점에서 벌린은, 되풀이하건대 마르크스주의에서 강조하는 물질적·사회적 구조의 문제가 가치의 문제라는 관점에서 해결될 수 있고 또 그렇게 되어야 한다고 생각하는 것이다.

그러나 벌린의 생각과는 달리, 정의는 사랑이나 우정과 같이 개인적인 발전과 같은 차원의 가치라고 할 수는 없다. 그것은 단순히 개인의 권리나 도덕적 의미에서의 정의의 문제로 환원되지 아니한다. 경제적 차원에서의 사회 정의는 개인의 경제 이익 추구, 그것을 위한 법률적 규정만으로 해결될 수 없는 사회 구조의 문제이기 때문이다. 그것은 가치의 문제이면서 사회 체제의 문제이다. 또는 달리 표현하여 이 문제는 체제와 개인의 소극적 자유의 중간 지대에 속한다고 할 수 있다. 그리하여 사회 제도라는 관점에서 이것은 소극적 자유의 보장이라는 범위를 넘어서 더욱 적극적인 대책

---

14 Ibid., pp. 158~159.

을 요구하는 것일 것이다.

그러나 다시 한 번 모든 것을 물질적·사회적 구조의 문제로 돌리는 것은 목적 영역의 자유를 부정하는 것이 될 수 있다. 앞에서 언급한 평등 문제에서 사회 제도와 덕성으로서의 정의 사이의 미묘한 균형을 이야기하면서 우리가 깨닫게 되는 것은, 사회 체제도 단순히 물질과 경제 그리고 인간 상호 관계의 객관적 구조가 아니라 어떤 공통된 가치에 의하여 뒷받침되는 가치의 구조물이라는 것이다. 이 구조에 작용하는 가치에는 정의라든가 공정성이라든가 합리성과 같은 기본적인 것이 있고, 사랑이나 우정 그리고 자기표현 또는 상상력, 지능, 정서적 개발을 통한 자기실현 등 이차적인 성격을 갖는 것이 있다. 이것들은 다 같이 가치로서 존립하는 것이어야 마땅하다. 그러면서도 앞의 가치들은 개인의 자발성에만 의지할 수 있는 것이 아니라 사회 제도 속에 구현되어야 하는 가치들이다.

자유주의적 사고에서 가치의 전반적인 개인화는 제도로서의 정의를 보이지 않게 하는 데 반해 마르크스주의는 이를 다시 전면으로 끌어들인다고 할 수 있다. 그러나 그 결과 정의 제도는 인간의 자유의사에 기초한 가치로서의 성격을 잃어버리게 되고, 또 다른 가치들의 존재는 무시되게 하는 부작용을 낳는다. 어떤 경우에나 정치와 가치의 단일 체제는 모든 자발적 가치의 상실을 가져온다. 우리가 상기하여야 할 것은 마르크스의 처방이 자유주의와 그 쌍생아인 자본주의가 가진 폐단에 대한 대처 방안으로서의 의미를 갖는 만큼, 문제가 그 영역 안에 남아 있다는 사실일 것이다. 그 처방은 더 넓은 철학적 인간학을 통해서만 가치의 영역을 포함하는 것이 될 수 있다. 한때 이른바 서방 마르크스주의가 마르크스의 초기 저작 『경제학—철학 수고』를 통해 새로운 인간주의적 마르크스주의가 출발할 수 있다고 생각한 것은 이에 관련되는 중요한 사건이었다.

**자발적 인간 가치**  사람의 삶을 참으로 살 만한 것이 되게 하는 것은 정의를 비롯하여 사회 구조적 의미를 갖는 가치 이외의 좀 더 너그러운 관점에서 파악되는 가치와 목적들이다. 그리고 이것들은, 한계를 지닐 수밖에 없는 세계에서 사회 구조적 구속 안에 있는 인간의 삶을 보다 인간화하는 데에도 크게 기여한다. 가령 기독교의 성경에 나오는 선의의 행동이나 유교에서 말하는 불인지심(不忍之心)의 개인적 선의 실천은 반드시 조직화된 정의의 이념에서 나오는 것은 아니면서도 분명 사회의 인간화에 도움이 되는 것이다. 또는 조직화된 것들이기는 하지만 반드시 체제로서 조직화된 것이라고 할 수는 없는, 인도주의적 봉사 활동들도 일정한 체제에서 나오는 것이 아닌 윤리적 가치의 발현이라고 할 수 있다. 이러한 것들이 자발적인 행위라는 점에서 자유주의 체제는 대체로 더 쉽게 삶의 다양한 가치와 목적들에 자유 실천의 공간을 허용한다. 아니면 적어도 그것은 방치의 미덕을 가졌다고 할 수 있다. 다만 미덕이 실질적 미덕의 원천이 되는 것은 가치 담론의 독자적 영역이 건재할 때이다.


## 가치의 근거/공동체와 초월의 정신


**공동체와 그 위험**  앞에서 말한 가치들이, 제도에 투입되어 있는 것이든 아니든, 개인의 자발성에 의지하는 것이든, 그것에 현실성을 부여하는 것은 무엇인가? 아마 가장 간단한 설명은 많은 도덕적·윤리적 또는 인간적 가치가 인간의 본성에서 나온다고 말하는 것이다. 앞에서 든 불인지심이나 여러 자연스러운 선의의 동기들은 그것이 인간성 본연의 한 모습을 이룬다고 보는 관점으로 가장 쉽게 설명된다.(맹자의 성선설이나 18세기 스코틀랜드 도덕 철학자들의 선의(benevolence)에 관한 논의가 그러한 것이다.) 그러나 동시에 우리는 인간성의 자연스러운 발현이라고 생각하는 가치들이 사회와 전통에 따라서 다를 수 있다는 것을 안다. 보편적 인간성에 대한 주장을 두려워하는 경험주의적 입장은 많은 가치가 사회적인 것임을 강조한다.

벌린의 두 가지 자유에 대한 논의에 의하여 촉발된 논문에서, 찰스 테일러는, 벌린보다 더 강력하게 적극적 자유의 정당성을 옹호한다. 사람이 자유를 원한다고 할 때, 그것은 무차별적으로 모든 일에서의 자유를 원한다는 것을 의미하는 것은 아니다. 어떤 종류의 일에 있어서는 집단적 삶이 우선되고 개인 삶의 추구에서 자유가 억제되는 것이 오히려 삶의 원활한 운영에 도움이 될 수 있다. 가령 교통의 자유를 제한하는 교통 규칙과 같은 것에서 자유의 제한은 문제가 되지 않는다. 이에 대하여, 우리의 자아의식에서 더 중요한, 목적과 가치의 추구가 방해되는 것은 자유에 대한 심각한 제한으로 간주된다. 인간으로서의 위엄이나 자기실현에 관계되는 가치와 목적들이 이러한 것이지만, 원한에 따라 행동하지 않겠다거나 자기 과시의 경박한 행동을 하지 않겠다거나 하는 목적도 여기에 포함될 수 있다. 이러한 자유의 차별화는 어떤 근거에서 가능해지는가? 사람들은 할 수 있는 일에 의미를 부여하고 그 의미에 차등을 둔다. 이 때문에 자유와 자유의 제한이 문제가 될 때에도 인간이 행하고자 하는 일에 따라서 반응이 달라지는 것은 당연하다. 사람이 할 수 있는 일은 '강력한 가치화(strong valuation)'에 의하여 평가되게 마련이다. 그렇기 때문에 자유는 가치와 목적을 추구하는 자유를 말한다.[15] 여기에서 자유를 요구하는 행위에 대한 가치 부여는 "크고 작은 의미를 가진 목적에 대한 배경"[16]과의 관계에서만 의미를 갖는다.

---

**15** Charles Taylor, "What's Wrong with Negative Liberty?", *Philosophy and the Human Sciences, Philosophical Papers 2*(Cambridge University Press, 1985), p. 220.

**16** Ibid., p. 227.

그런데 이 배경이란 무엇을 뜻하는가? 그것은 개인의 가치관 전체를 말한다고 할 수도 있다. 그러나 이 배경 자체는 사회적으로 정해지거나 사회적 영향에 의하여 형성된다고 할 수 있다. 개인적 관점에서 선택되는 가치의 경우에도, 그것이 사회적 규범 속에 실현되어야 하는 가치와 목적이라는 점에 있어서, 가치는 공동체 속에 존재한다고 할 수 있다. 마르크스나 루소의 공동체 이상이 상정하는 것이 바로 가치 실현을 가능하게 하는 '일정한 규범적 형태의 사회(a society of a certain canonical form)'[17]이다. 그러나 이것은 바로 전체주의적으로 구성되는 공동체를 뜻할 수 있다.(루소의 공동체는 정서적 공동체이다. 장 스타로빈스키(Jean Starobinski)는 그의 루소 연구에서 그 원형을 포도 수확 축제[18] 같은 것에서 찾고 있다. 그러나 루소의 '일반 의지'에 기초한 사회가 전체주의적 함축을 가진 것임은 틀림이 없다.) 그리하여 테일러는 자유롭게 실현되어야 할 가치가 이러한 공동체에서 오는 것이라고 말하기를 주저한다. 그의 적극적 자유에 대한 반론은 결론적으로 적어도 원칙에서는 모든 자유를 허락하는 자유의 비현실성을 지적한 다음, "[적극적인] 자유가 일정한 사회 안에서만 실현될 수 있는 것이라고 할 것인가, 또 이렇게 말하는 것이 자유의 이름으로 일어나는 전체주의적 억압을 받아들여야 한다는 것을 의미하는가 ── 이러한 문제는 다시 연구해야 할 문제들이다."[19]라는 새로운 과제의 설정으로 끝난다.

　그러나 테일러는 공동체주의자로 알려져 있다. 그는 공동체를 전체주의적 위험을 피하면서 가치 실현의 자유로운 장으로, 그리고 그 출처로 생각하는 것이다. 그가 생각하는 것은, 가령 캐나다 내의 특이한 공동체인 퀘벡이라 할 수 있다. 그는 퀘벡이 캐나다 전체와 다른 분명한 자기 정체성을

---

17 Ibid., p. 217.

**18** Jean Starobinski, *Jean-Jacques Rousseau: La transparence et l'obstacle*(Paris: Plon, 1957).

**19** Charles Taylor, op. cit., p. 229.

가지고 있고 다른 종류의 집단적 목적을 가지고 있기 때문에, 자유주의 체제의 기본권을 받아들이면서도 별도의 공동체로 성립할 수 있어야 한다고 생각한다.[20] 그리고 분명하게 표현하지는 않지만 그가 깊은 가톨릭 신앙을 가진 철학자라는 것을 생각할 때, 그가 생각하는 공동체는 일정한 그리스도교적 가치에 의하여 움직이는 공동체일 것이다.

**비판적 공동체**  그것이 어떤 것이든지 간에, 가치의 근거로서의 공동체는 테일러 입장에서는 개인이 뿌리내리는 전통적인 사회를 의미하는 것으로 보인다. 그러나 가치의 근거를 전적으로 공동체에 두는 것은, 그것이 다시 한 번 전체주의적 사회에 귀착하는 것이 아니라고 하더라도, 개인을 전통적 윤리·도덕 규범에 종속시키는 결과를 가져올 것이다. 그리고 그것은 인간의 보편적 공동체라는 이상을 포기하는 일이다. 가치의 근거로서 공동체를 말한다면, 그것은 적어도 그 기초 가치에 비판을 허용하는 공동체라야 할 것이다. 이 비판의 과정은 보편적 진리의 가능성을 인정하는 것이 될 수밖에 없다. 예를 들어 복수는 많은 원시적 사회에서 정의로운 질서의 일부를 이룬다. 또 한국 사회에서 '한(恨)'이라는 이름으로 불리는 원한은 적극적(긍정적) 가치로 찬양된다. 그러나 이러한 것들이 보편적 관점에서 참으로 높은 가치를 나타내는 것이라고 할 수는 없을 것이다. 보편성의 입장이 없고는 비판은 불가능하다.

**정신의 변증법**  보편성은 논리적 사고의 자연스러운 소산이라고 할 수 있다. 그러나 보편성을 향한 움직임은 논리적 능력 그 자체보다도 현상과 자

---

**20** Charles Taylor, "The Politics of Recognition", *Multiculturalism*, ed. by Amy Gutman(Princeton University Press, 1994), pp. 61~62.

기 초월을 향하여 움직이는 인간 내의 어떤 동력으로 인한 것이라고 할 수 있다. 이것을 우리는 정신이라고 부를 수 있지 않을까 한다.(헤겔은 세계와 자아를 연속적 통일성 속에서 총합하는 활동의 담지자를 정신이라고 불렀지만, 그의 철학 체계를 상정하지 않더라도 좀 더 넓은 이해와 활동을 향하여 나아가는, 그러니까 보편성을 지향하는 동력이 사람의 마음에 있다고 상정할 수 있다. 이 보편성의 동력이 정신의 움직임에서 온다고 생각해 본 것이다.)

인간 본성의 핵심을 정신에 일치시키는 것은 벌린이나 테일러가 지적한 전체주의의 위험에 가까이 가는 것일 수 있다. 정신을 말하는 것은 결국 어떤 절대적 진리에 이르는 인간 내부의 운동을 긍정하는 것이기 때문이다. 그러나 그것이 비판적 공동체 안에서 존재할 때 그러한 위험성은 줄어든다고 할 수 있다. 충분히 비판적으로 생각할 때 인간의 정신은 주어진 것을 넘어 절대적인 것에 가까이 간다. 그러나 그것은 부정의 관점에서만 접근된다. 초월적인 것은 인간 정신의 추구 대상이면서 주어진 것의 초월로써만 접근된다. 그러므로 그것은 일정한 입장에 머무를 수 없다. 그러면서도 어떤 보편적 가능성을 지시한다. 사람이 그 자유를 행사하는 것이 가치를 추구하는 것이라고 할 때, 가치는 공동체와 함께 보편성을 지향하게 마련인 인간의 정신에서 나온다. 그러나 이것은, 공동체에 내재하는 가치와 그것을 초월하는 정신의 변증법적 움직임 속에서 살아 있는 것이 된다.


## 자아 형성/욕망과 정신


사람이 정신으로서 존재하고 그것에 따라서 산다는 것은 바로 참다운 의미에서 자유를 실현하는 것이다. 이것은 물론 일정한 가치와 목적에 따라서 산다는 것을 말한다. 이 가치와 목적은 외부로부터 부과되는 것이 아니라 자아의 내부로부터 나오는 것이다. 동시에 이 자아는 개체이면서 동시에 공동체의 규범이 요구하는 가치와 목적을 스스로의 요구로 받아들인다. 이것은 개인으로나 집단으로나 커다란 노력을 지속할 것을 요구한다. 모든 문명 과정의 핵심에는 이러한 정신의 자기 성찰 과정이 들어 있다.

그리고 이러한 자유의 실현 ── 개체의 진정한 자유의 실현 그리고 그것과 공동체의 일치가 반드시 개체 그리고 일반적으로 인간의 모든 것에 자유로운 실현 기회를 주는 것이라고 할 수는 없다. 그렇다는 것은 그 과정이 사람이 직접적으로 느끼는 충동과 욕망 그리고 감정의 억제를 요구하는 것으로 생각되기 때문이다. 공동체적 가치나 정신의 관점에서 이러한 것들은 참으로 의미 있는 자아의 내용을 구성하는 것이 아니라, 그것에 대하여 장애가 되는 요소이고 그러니만큼 억압되거나 억제되어야 하는 것이다. 그러나 그 출처가 어디에 있든지 간에, 가장 절절하게 표현과 실현을 요구하는 이러한 것들을 억압하고서는 전인적 자유의 실현이 가능하지 않다고 생각할 수도 있다.

앞에서 언급한 벌린의 두 가지 자유를 논한 글을 수록한 그의 저서 제목은 『낭만주의 시대의 정치적 이념』이다. 적극적 자유는, 그의 생각으로는 ── 이것도 이미 비친 바와 같이 ── 낭만주의 시대에 등장하였다. 벌린의 책에 논의된 것은 주로 독일 낭만주의자들이 가졌던, '적극적 자유'에 대한 생각들이다. 낭만주의는 인간의 내면으로부터 나오는 충동이나 욕망과 더불어 자기표현과 자기실현의 의지를 적극적으로 긍정한다. 그러면서도 극단적인 낭만주의 문학에서 볼 수 있듯이, 그것은 사회와 사회가 요구하는 도덕적 규범에 대한 저항과 반발을 나타낸다고 할 수 있다.

**전인적 자기실현**  이러한 반사회적인 것으로 간주될 수 있는 충동이나 감정의 표현에 대하여 낭만주의의 또 다른 큰 발견은 자아 형성의 이념이다.

이것이 시사하는 것은 반사회적인 것으로 보이는 인간 심리의 요소들까지도 규범적 형식 속에 통합될 수 있다는 가능성이다. 사람은 충동이나 욕망 그리고 감정을 순치하여 인격 형성의 일부가 되게 함으로써 이성적 인간이 이룩하는 것보다도 더 전 인간적인 자기실현을 할 수 있다. 그러면서도 이 변용에 작용하는 형성적 원리는 이성적 성격을 가지고 있어서 인간의 사회적 통합을 도울 수 있다. 또는 사회는 '그러한 개체의 전 인간적인 자기 형성 과정의 확대를 통하여 더욱 넓은 의미에서의 이성적 사회로 재구성된다. 위에서 언급한 두 가지 자유의 개념에서 적극적 자유는 좀 더 넓은 역동적인 의미에서 다시 고찰의 대상이 될 수 있다. 그것은 개인의 자유로부터 나오는 자기실현 욕구가 어떻게 사회적 필요 또는 집단적인 삶의 질서를 포함하여 더 넓은 질서에 맞아들어 가는가를 생각하려는 개념이 되는 것이다.

**삶의 문제와 선택**  가장 원초적인 필요의 충족은 거의 강박적 상태를 나타낸다. 그러나 순전히 충동이나 욕망 실현이라는 관점에서 보아도, 그것들은 단순한 충족 이상의 것이 됨으로써 진정으로 만족할 만한 것이 된다. 여기에서 벌써 자아 형성의 필요가 생겨난다. 길게 그리고 넓게 생각한다면, 욕망의 충족은 ── 심리의 비이성적 요소들을 욕망으로 단순화하여 부른다 할 때 ── 욕망 소유자의 삶에 도움이 되는 것이라야 한다. 이것은 욕망의 실현 또는 그 실현을 위한 의지의 행동적 수행이 불가피하게 선택의 문제에 부딪히게 된다는 것을 뜻한다. 모든 욕망의 실현은 사실상 불가능한 것이기도 하고 또 나라는 존재를 전적으로 혼란에 빠지게 하고 나를 잃어버리게 하는 것이 될 수도 있기 때문이다.

욕망의 선택은 주체의 존재를 상정한다. 이 주체가 자아이다. 그러나 이 자아, 즉 주체적 자아 자체는 순환론적으로 욕망의 선택 과정에서 형성된다고 할 수 있다. 그것은 동시에 주어진 욕망을 초월하는 능력을 전제로 한다. 이 능력은 욕망 충족의 지속성을 살필 수 있는 능력이다. 그것은 여러 욕망을 하나의 지속성 속에 선택·통합하여야 한다. 그러나 다른 한편으로 욕망은 그 현실적 가능성을 헤아릴 수 있는 능력을 통하여 좀 더 쉽게 충족될 수 있다. 따라서 필요한 능력은 욕망의 지속성 이외에 그와의 관련에서 현실 대상의 조건을 살필 수 있는 능력이다. 자아는 이러한 능력이 지속하는 기반으로 형성된다고 할 수 있다.

**선택의 단순 회로** 많은 경우 이것은 자아의 일체적 인식으로 발전하고 다른 한편으로 이것은 여러 추상적 도식에서 그 정향성의 중심점을 찾게 된다. 여기에서 그것은 앞에 말한 사회적 또는 초월적 질서에 일치하는 것이 된다. 가령 나라는 자아를 확립한다는 것은 우주의 질서 속에서의 내 위치를 분명히 한다는 것을 말하고, 그 경우 이 질서에 나를 일치시키는 것이 진정한 자아를 찾는 것이라는 답변이 되는 것이다. 종교에서 보듯이 어떤 종류의 우주론에 근거한 도덕적 가르침이 제시하는 것이 이것이다. 또는 이 질서는 더 세속적인 것일 수 있다. 민족이나 국가와의 일치에서 자기 자신을 찾는 것도 더 큰 것 가운데 자신의 자리를 찾으려는 노력이다.(광신적 종교에서는 그렇지 않다고 하겠지만, 종교적·우주론적 답변은 개인의 반성적 탐구를 통하여 얻어지는 것인 데 대하여, 민족주의를 비롯한 집단적 일체성에 의한 답변은 대체로 자아의 반성적 노력을 건너뛰는 것이 보통이다. 오늘날 우리 사회에서 다시 이야기되는 전통적 윤리 사상이나 집단주의적인 엄숙한 가르침들이 가지는 문제는 거기에 필요한 반성의 계기 — 결국 집단의 명령이 아니라 개인적 노력을 요구하는 반성의 계기를 간과 또는 생략한다는 점이다.)

이러한 정신 지향에서 비슷하게, 큰 것 가운데에 자신을 발견하려는 것이면서도, 매우 좁게 정의되는 정신적 존재로서의 자아 속으로 숨어 들어

가는 정향의 선택도 있을 수 있다. 세속적으로 느끼는 욕망들은 사실 진정한 나의 일부가 아니고 오히려 그것에 대한 속박이 되는 것이기 때문에 욕망을 줄이거나 없애는 것이 진정한 자기를 확립하는 방법이라는 금욕주의의 가르침이 그러한 것이다.

**전인적 선택**  앞에서 말한 바 낭만적 인간관은 인간의 내면적 욕망이나 충동까지를 두루 포함하는 정향의 선택이 가능할 것으로 생각한다. 즉 그것은 자아에 대한 형성적 노력이라는 정향을 만들어 낸다. 이 과정에서 욕망을 비롯한 비이성적 요소들은 형식적 규율 속에 통합되는 것이 된다. 또는 그것은 지적 계기를 포함하는 상상력, 구상력 속에서 변용되면서 일정한 형태적 지향을 가지게 된다. 그러나 이러한 과정의 중요한 의미는 구상력의 형성으로 이루어지는 내면의 질서가 외면의 질서에 일치한다는 데에 있다. 이 일치는 인간의 내적 형성의 작용이 우주적 형성의 작용에 일치한다는 것을 전제한다. 이러한 세계관에서는 외면의 세계도 인간의 구상적 능력 또는 그에 대응하는 우주적 구상력의 형성 활동의 결과이다.

자아와 세계의 근본적 일치에 대한 근거 중 가장 분명한 증거는 과학적 세계와 나의 인식과 실천의 일치에서 찾을 수 있다. 사람이 인식하는 세계의 과학적 구조가 가진 타당성은 그것이 밖에 있는 세계와 일치하는 데에서 오는 것이 아니라 양편에 존재하는 이성이 일치함으로써 생겨나는 것이다. 과학의 공리와 규칙, 역사의 법칙, 종교의 원리 등은 모두 인간의 구성적 활동에서 나오는 것이면서 자연 속에서의 그러한 활동을 표현하는 것이다. 그러나 낭만주의의 특이한 점은 이 일치가 단순히 과학적 이성이라는 면에서만이 아니라 인간의 모든 구성적 또는 형성적 활동에까지 확대될 수 있는 것으로 생각하는 것이다. 세계를 이해함으로써 내가 깨닫게 되는 것은 그 법칙이 나의 가장 자유로운 활동 ── 상상력, 고안력, 실천력에서 표현되는 법칙성과 일치한다는 것이다. 이것을 조금 더 연장하여, 세계를 지각하고 그것에 작용을 가한다는 것도 자아의 창조 행위가 된다.

이러한 설명에서 흥미로운 것은 벌린이 예로 들고 있는 음악 연주자의 이미지이다. 바이올리니스트가 어떤 곡을 연주할 때, 그는 그것을 제 마음대로 연주하는 것이 아니라, 악보에 나와 있는 작곡자의 의도를 최대한으로 살려서 연주하여야 한다. 그의 연주가 악보와 작곡자의 의도에 충실하면 충실할수록 그의 연주는 훌륭한 것이 된다. 그러면서 역설적인 것은 그렇게 할수록 연주자 자신도 자신의 음악적 능력, 음악적 창조성을 드러내게 되고, 또 그것이 그의 개성을 표현해 내는 작업이 된다는 것이다.[21] 이러한 일치는 모든 예술 활동에서 증거되는 일이다.

**교양의 이념** 바이올린 연주는 일시적인 자아와 작곡자 그리고 음의 질서가 이루는 세계의 일치를 표현하는 것이지만, 이러한 일치가 가능하기 위하여서는 연주자의 자기 수련을 통한 오랜 준비가 있어야 한다. 물론 이 준비는 악기 연주라는 인간 활동의 어떤 특정 분야에 한정된 것이다. 그러나 이것은 한 개체의 인격 전체에 확대될 수 있다. 욕망을 포함한 인간의 내면의 힘들이 하나로 형성되고 그러면서 더욱 큰 세계 질서의 일부가 될 수 있다는 생각을 표현한 것이 독일 교양의 이념이다.

**교양의 이념과 그 위험** 교양적 자기 수련의 가능성 또 필요는 사람의 삶에서 매우 중요한 일면을 말한 것이라고 할 수 있다. 자유주의 체제나 마르크스주의 체제에서 보이지 않게 되는 것은 이러한 것이 어떤 형태로든지 사회 체제의 일부로 존재하여야 한다는 사실이다. 벌린의 생각도 이러한 것

---

**21** Isaiah Berlin, op. cit., pp. 180~181.

의 강조는, 적어도 정치적 관점에서는 불필요하고 자유의 이념에 부합될 수 없다는 것이다. 우선 자유의 실천이 반드시 높은 이상적 자기 실천 그리고 그것에 기초한 사회 통합을 지향할 필요가 있는 것은 아니기 때문이다. 이것은 옳은 말이라고 할 것이다. 독일 낭만주의가 설파한 교양의 이상 — 그것에 기초한 인간의 개인적·사회적 완성의 이상이 기본적인 의미에서 소극적 자유의 이상을 부정하는 결과를 가져온다면, 소극적 자유의 옹호는 좀 더 근본적인 인간의 자유와 가치의 의미를 부정하는 위험을 무릅쓰는 일일 것이다.

벌린이 이를 "두 이상[즉 자유의 두 가지 이상]은 양립할 수도 없고 타협할 수도 없다."[22]라고 말한 것은 지나치게 강력한 표현이 아닌가 한다. 자아의 세계 일치에 대한 지나친 확신은 앞에서 언급한 전체주의적 강제성으로 나아갈 위험을 갖는다. 자아의 내적 완성 그리고 그에 기초한 자기 확신은 정치적 실천의 의지로 나타날 수 있다. 그리고 사회와 정치에 일정한 형성적 압력으로 작용할 수 있다. 그러나 최선의 경우, 이것은 인간의 주체적 능력 속에는 경험적 자아를 넘어서는 어떤 초월적 원리가 들어 있다는 칸트의 통찰을 상기함으로써 완화될 수 있을 것이다. 이 원리는, 한편으로는 통합적이고 조직적인 세계 인식을 가능하게 하는 이성이고 다른 한편으로는 개인적 책임을 넘어서는 실천적 도덕과 윤리의 근본이 되는 실천 이성이다. 세계에 대한 인식 — 과학적이든 시적이든 실용적 필요에서 나오는 것이든 — 에서 명징한 이성적 바탕에 이르고자 하는 노력은 필수적인 것이다.

사물에 대한 명징한 인식 그리고 보편적 규범에 따른 행동의 수련으로써만 실천적 윤리를 따르는 삶이 가능하다는 것은 동서고금에서 인정되는

---

22 Ibid., p. 207.

사실이다. 이것은 더 확대하여 인식이나 윤리와 도덕에만 해당되는 것이 아니라 삶의 완성 그 자체에도 해당된다. 이상적 삶은 바로 이러한 초월적 원리를 내면화한 삶이다. 자기 형성은 비이성적 욕망을 포함한 자기 형성이고 자기실현이면서 동시에 그것이 이성으로 제어되는 삶의 과정을 말한다. 인간의 내적 충동들도 이러한 이성의 움직임 속에서 세속적 욕망이나 야망 또는 권력 의지 이상의 좀 더 높은 인간 형성의 에너지로 승화된다.

**자아의 이상과 제도**  문제의 하나는 자아 형성에 함축된, 세계와 자아의 일치라는 이상이 어떻게 정치 제도에 옮겨지는가에 있다. 이 일치가 이데올로기가 되어 정치권력에 의하여 사회에 부과되거나 정치 제도의 일부가 될 때, 그것은 전체주의적 정치가 될 수밖에 없다. 또는 그렇지 않더라도 그것이 획일주의적 압력으로 작용할 때, 그것은 자유로운 정신의 표현을 제한하게 될 것이다. 그리고 사실상 그것은 자유로운 자기표현이 아니어서 자기모순에 이르는 일이 될 것이다.

그렇다면 형성적 이상이 정신적 압력으로 작용하는 이데올로기가 아니고 또 정치 제도의 일부가 아닌 형태로 어떻게 존재할 수 있는가? 이것은 연구가 필요한 일이지만, 일단은 공공 기구가 아니라 시민 사회의 공론의 광장에 존재하는 것이라야 한다고 할 수 있다. 물론 이러한 공공의 광장은 정치에 의하여 설정되고 보호되어야 한다. 그러나 이 보호는 완전한 자유의 영역 외곽에서 이루어지는 것이라야 한다. 사람이 자신의 삶을 의미 있는 것으로서 살려고 한다면, 거기에 어떤 지침 또는 지침에 대한 연구가 없을 수가 없기 때문에, 어떤 경우에나 적극적 자유의 실천으로서의 자기표현과 자기완성에 대한 추구가 없을 수는 없다. 다만 이것은 공적 공간에서의 담론으로 존재할 때, 믿을 만한 것이 될 것이다.

**형성적 담론의 다원적·다층적 구성**  그러면서 생각하여야 할 것은 이 담론의 내용이 어떤 것이어야 하는가이다. 이 문제에 대한 담론의 역점이 사적 탐구와 공적 질서의 제도적 일치가 아니라 개인적 삶의 자기완성이라는 데에 있다면, 그러면서도 그것이 공적 질서의 숨은 원리에 일치하는 것이 된다면, 일단은 이 일치가 전체주의화하는 것을 피하는 길이 될 것이다. 다른 한편으로 또 필요한 것은 자기 형성이나 자기완성과는 관계가 없는 삶의 부분이 더 원초적인 삶의 기반으로 존재한다는 것을 인정하는 것이다. 형성적 가치의 추구는 다른 여러 삶의 경영의 일부로서 존재할 뿐이다. 이 사실을 인정하는 것도 이러한 이상의 전체주의화를 막는 데에 중요한 역할을 한다고 할 수 있다. 형성적 이상의 추구는 삶의 일부일 뿐이고 또 거기에 특별한 관심을 갖는 사람도 사회의 일부일 뿐이다. 이것은 더 큰 테두리가 포용하는 여러 이상과 여러 작업의 일부이다. 그러면서도 이것이 존재함으로써 전체적으로 삶의 가치 기준은 인간적인 높이에서 유지된다. 그리고 그것은 사회 전체의 삶이 하나의 높은 질서를 구현하는 데 공헌한다.

자기완성의 추구가 큰 질서에 일치한다면, 그것은 일단은 우연의 일치로 생각되는 것이 옳을 것이다. 다만 이 우연은, 다시 음악의 비유를 빌리건대, 자유로운 변주, 즉흥 연주 그리고 새로운 창조가 가능하다는 것을 말하는 우연이다. 사람은 사람의 존재가 더 큰 존재의 일부라는 사실을 벗어나지 못한다. 그리고 더욱 적극적으로 생각할 때, 이 우주적 테두리는 필연적 한계를 말하면서도 동시에 창조를 가능하게 하는 매트릭스로 생각될 수 있다. 그것은 마치 새로이 작곡되는 음악이 일정한 음악적 형식과 체제의 테두리 속에 있는 것과 같다. 이 테두리는 한계이면서 창조를 가능하게 하든 모태이다. 동시에 창작을 가능하게 하는 음악의 체제는 사실 더 큰 음악의 가능성의 한 표현으로서 사회적으로, 시대적으로 규정되게 마련이다.

이와 비슷하게 사람의 자기완성 추구도 결국 존재론적 한계만이 아니라 사회적·시대적 한계에 의하여 규정된다. 그렇다고 이 한계가 자유로운 자기 형성을 불가능하게 하는 것은 아니다. 그것은 오히려 새로운 창조의 중요한 요인이 될 수 있다. 그러면서 사람이 새로이 여는 형성적 활동은 이러한 테두리를 넘어서 좀 더 근원적인 존재의 매트릭스에 이어질 수 있다. 그리하여 새로운 창조는 시대를 넘어서 보편적 의미를 가질 수 있게 된다. 모든 사람의 삶은 이에 대하여 다른 변주로서 존재한다. 그러면서 그것은 서로 상사(相似) 관계에 있다고 할 수 있다. 이것은 이 변주에 한계를 부여하는 사회적 테두리에도 적용되는 것으로 말할 수 있다. 더 큰 존재론적 테두리에 대하여, 사회적 테두리도 그것대로 변주와 상사의 관계에 있다고 할 수 있다.

**적극적 자유의 의의** 인간의 자유를 논할 때에 소극적 가치가 근본이 되어야 한다는 벌린의 주장은 타당한 것이라고 할 수 있다. 그러나 그 결과로서 목적과 가치의 문제가 공적 영역에서 사라지는 것은 불행한 일이다. 소극적 자유의 체제 속에서 모든 것은 정의되지 않은 목적 실현 수단의 쟁취에 집중된다. 그리하여 모든 가치와 목적은 경제 가치에 종속된다. 여기에서 적극적 자유에 대한 고려와 요구가 일어난다. 그러나 그것이 가치와 목적의 사회적 강요에 이르는 것은 자유의 이념을 완전히 부정하는 것이 된다.

적극적 자유의 내용을 이루는 가치의 영역은 독자적으로 존재하여야 한다. 이 영역 속에서 사람의 사람됨의 여러 이상 — 자유, 정의, 진리, 인간의 존엄성, 사랑 또는 자기 형성, 자기실현 등이 현실적 의미를 갖는 것이 될 수 있다. 스스로를 형성하고, 그 형성 과정의 일부로서 내면화하고 그에 승복하게 되는 규범적 지침을 잃어버린 자아가, 사회의 주요한 활동이 된 경제 가치와 그것에 이어지는 힘의 가치에 무방비적으로 그리고 무비판적으로 노출될 수밖에 없는 것은 당연하다. 그러나 규범적 가치에 대한 논의가 이루어지는 공공 영역이 곧 정치 제도에 일치하여야 하는 것은 아니다. 그것이 정치 제도에 의하여, 정치에 깊은 관련을 가지면서도 그것으로부터 독립된 영역으로 인정되어야 한다는 것은 불가피하다. 그것은 사회의 모든 자산이 이 제도로써 매개되기 때문이다.

# 심미적 질서

## 심미적 일체성

**음악 체험의 일체성**  앞에서 우리는 음악을 비유로써 여러 차례 이야기하였다. 이 음악의 비유는, 다시 한 번, 인간의 자유로운 삶의 향유, 그러면서 이루어질 수 있는 자기완성 그리고 개인과 그 자신, 개인과 사회가 조화될 수 있는 가능성을 생각하는 데에 중요한 교훈을 가지고 있다.

음악의 중요한 의미의 하나는 그것이 감각적 체험이라는 사실이다. 그러면서 그것은 단순히 외적 자극이 아니라 우리의 내부에 깊이 공명하는, 그리하여 내면 그 자체에서 나오는 듯한 체험이다. 뿐만 아니라 그것은 감각의 체험을 넘어가는 지속성과 일체성을 가지고 있다. 그것은 감정을 포함한 마음 상태의 흐름을 만들어 낸다. 이 흐름은 지속적인 의미에서 사람과 세계의 일체성을 보장하는 근본을 느끼게 한다. 다시 말하여 그것은 인간의 감성과 감각에 일치하면서 마음의 숨은 리듬과 세계의 일치를 생각하게 하는 것이다. 사람이 원하는 자유란 자신의 뜻에 따라 행동하면서 동시에 그 뜻이 자신의 삶의 깊은 동기와 세계에 일치하는 상태를 말한다고 할 수 있다. 이러한 점에서 음악의 체험은 깊은 의미를 가진다. 그러나 동시에 그것이 삶의 항구적인 조건이 될 수 없다는 것도 중요한 교훈이다.

**감각 체험의 두 축**  삶의 현장은 감각이다. 삶이 만족할 만한가 아니한가는 궁극적으로 이 감각에 의하여 시험된다고 할 수 있다. 사람의 내부로부터 끓어오르는 충동과 욕망이 최종적으로 완성되는 것도 감각적 체험에서이다. 이성적 계획 자체도 그 검증은 감각적으로 이루어진다고 할 것이다. 사람이 육체적인 존재인 한, 그의 이성적 계획도 육체가 존재하는 현세 속에서 검증되어야 할 것이기 때문이다. 감각은 가장 직접적으로 사람이 세계에로 열리는 창구이다. 의지나 소원과 세계의 일치·불일치는 이 창구를 통하여 살피는 도리밖에 없다. 정치 기획의 경우에도 마찬가지이다.

모든 경험에는 두 가지 축, 공시적(共時的) 축과 통시적(通時的) 축이 있다. 언어의 의미가 여러 비슷한 단어의 집단에서 하나의 단어의 선택과 그것의 통사적 연결로 생겨난다고 한다면, 감각적 체험도 비슷하게 특정한 시점에서 선택될 수 있는 특정한 감각 체험과 그것을 전후한 시간의 지속 속에서의 다른 체험과의 연결, 이 두 축을 가졌다고 할 수 있다. 그러나 사람이나 사물을 감각이라고 한다면, 그것은 일시적 감각의 충격에 빠져 전체적 균형을 잃게 되는 경우를 말한다. 감각은 대체로 현시점에서의 절대적 충만감으로 대표되기 마련이다. 감각에 치중되는 경험을 별로 좋게 보지 않는 경향이 있지만, 그 이유는 바로 감각의 공시적 요소의 우위로 인한 것이라고 할 수 있다.

그러나 인간의 체험에도 어떤 것이든 통시적 축이 없다고 할 수는 없다. 의식적 통시성이 없는 경우, 그것은 종종 의식화된 주체의 통제 밖에 존재한다. 그것은 여러 억압과 공격의 혼란 속에 있는 무의식의 지배하에 있거나 우리 의식의 저편에 있는 이데올로기 — 분명하게 선언된 것이 아닌, 상징 체계 또는 광고나 정보 매체들이 전달하는 소비 이데올로기의 지배 하에 있다. 이에 대하여 합리적·도덕주의적 또는 공리주의적으로 주입되는 삶의 계획은 경험의 통시적 축을 지나치게 강조한다. 이것은 감각의 공시적 축을 억압하고 그것을 무의식으로 밀어낸다. 그 결과는 감각적 관점에서의 공허한 삶이다.

여기에 대하여 좀 더 유연한 감성과 감정 그리고 이성의 배합은 통시적 지속성의 바탕이 되면서 동시에 공시적 세계의 풍요에 열리는 것을 가능하게 한다. 음악은 체험의 두 축을 통하여 작용한다. 공시적 축은 우리를 압도하는 감각에 드러나고 이것은 다시 앞에 있었던 감각, 소리의 기억이기도 하고 그것을 넘어가는 어떤 원리이기도 한 통시적 지속성에 이어진다. 이에 대하여 정치 기획은 다른 이성적 기획들과 마찬가지로 현재에서 미래로 이어지는 통사의 우위만을 강조하기 쉽다. 그것은 현재를 억압하고 삶을 추상화한다.

**존 스튜어트 밀의 시 체험** 존 스튜어트 밀의 자서전의 한 대목은 추상적 기획에 의해서만 조직되는 삶의 공허함과 그것의 극복에 관한 좋은 기록으로서 유명하다. 밀은 근본적으로는 공리주의자이지만, 그것만으로는 포괄될 수 없는 삶의 여러 인간적 순간에 민감한 사상가이다. 이러한 점은 앞에 말한 기록 — 한국 영문학 교육에 사용되는 대표적인 교과서 『노튼 사화집(*Norton Anthology*)』에도 일부 실려 있는, 「나의 정신사에서의 위기」라는 부분에 잘 나와 있다.[23]

---

23 John Stuart Mill, "Autobiography", *Essential Works of John Stuart Mill*, ed. by Max Lerner(New York: Bantam Books), pp. 82~121.

밀은 아버지로부터 철저한 공리주의자로서 교육을 받았다. 그의 젊은 시절에 가장 중요한 철학자는 벤담이었다. 그는 아버지와 벤담의 영향하에 10대 중반으로부터 인류 복지 향상에 봉사하겠다는 결심을 하고, 그에 정진하는 데에 모든 힘을 쏟았다. 그러나 20대 초에 들어 아무것에도 재미나 기쁨을 느낄 수 없는 무덤덤한 심리 상태 — 우울증에 빠지게 된다. 그러고는 인류를 위해서 모든 것을 바친다는 숭고한 이상까지도 의미 없는 것으로 느끼게 된다. 그는 그가 바라는 이상 사회를 앞당길 사상과 제도의 변화가 전부 이루어진다면, 그가 참으로 행복할 것인가, 사회의 개혁 운동가들이 원하는 대로 모든 사람이 자유와 행복을 얻게 되고 궁핍과 싸움이 사라진다고 할 때, 그들이 행복할 것인가를 묻는다. 그리고 이에 대한 답이 부정적이라고 느낀다. 이러한 그의 정신사의 위기에서 그를 구출해 준 것은, 반드시 거창하거나 장기적인 목적으로 정당화되는 것이 아닌, 지나는 순간들의 즐거움이었다. 자신이 슬픈 일에 슬픔을 느낀다는 것을 확인한 것도 그에게는 중요한 일이었다. 그다음에야 그는 다시, "햇빛과 하늘과 바위와 책과 대화와 공적인 일"에서 기쁨을 발견한다. 지나는 순간들의 의미를 느낄 수 있는 감각의 부활이 중요한 것은 사실이겠지만, 그것이 반드시 단순한 감각의 쾌락 그것만을 뜻하는 것은 아니었다. 감각은 좀 더 지속적인 기쁨으로 고양될 수 있어야 했다. 그리고 그것은 개체로서의 자기 내면의 계발로 이어지는 것이어야 했다. 위안은 이 모든 것이 하나가 된다는 데에서 왔다.

내면 계발은 물론 그가 그 시점까지 쌓았던, 이성적이고 분석적인 능력과 그로부터 유래되는 현실 참여의 능력의 훈련을 포함한다. 그러나 그것은 이러한 '능동적인 능력(active capacities)'에 추가하여 '수동적 감성 능력(passive susceptibilities)'의 개발을 포함해야 한다고 그는 새삼스럽게 깨닫게 된다. 여기에서 중요한 것은 시와 예술이었다. 그의 관점에서는 그중에도 중요한 것이 시였다. 그것은 다시 한 번 그에게서 감각의 회복이 보다 지속적인 어떤 것에 이어져야 한다는 것이 중요했다는 것을 말한다.

**감정의 지속성** 마음에 '큰 흥분'을 주는 음악은 그에게 어릴 때부터 기쁨을 주는 것이었는데, 위기의 시기에 그는 다시 음악에서 잊고 있었던 즐거움을 되찾을 수 있었다. 그러나 음악의 즐거움은 그에게 너무 단속적(斷續的)인 것으로 생각되었다. 그에게는 조금 더 지속적인 기쁨이 필요했는데, 워즈워스의 시에서 그가 발견한 것이 바로 이러한 기쁨에 대한 긍정이었다. 그의 시는 자연 사물의 아름다움에 대한 "기쁨의 감수성"을 되살려 주면서 그것과 연결된 "조용한 명상 속에 지속하는 행복감"을 전해 주었다. 그의 시에 대한 통찰은, 즉 자연의 아름다움에서 느끼는 쾌락은 정신의 내적 함양의 일부가 되어서 비로소 진정한 행복감을 만들어 낸다는 것을 알게 한 것이었다. 즉 쾌락은 반성을 통하여 정신의 삶의 일부를 이룬다는 것이다. 감각과 정신의 함양에 대한 이러한 교훈은 개인적으로만이 아니라 모든 사람이 나누어 가진다는 데에서 더욱 도움이 될 수 있는 삶의 진리였다. 워즈워스가 그에게 가졌던 의미를 그는 다음과 같이 요약하고 있다.

　내 마음의 상태에 워즈워스의 시가 약이 된 것은, 이 시들이 외면적 아름다움만이 아니라 아름다움으로 고양된 감정의 상태와, 아름다움이라는 감정의 색채를 띤 생각의 상태를 표현하기 때문이었다. 그것은 내가 찾고 있던 감정 함양의 모습을 보여 주고 있었다. 이러한 감정이 나는 어떤 내면적 기쁨의 원천, 공감적이고 상상적인 즐거움의 원천으로부터 나오는 것이라 생각하였다. 이 원천은 모든 인간이 나누어 가질 수 있는 것이고, 인생에서 경험하는 부족감이나 안간힘의 싸움에서 멀리 떨어져 있는 것이며, 사람들 삶의 물리적·사회적 조건을 개선함으로써 더욱 풍부해질 수 있는 것이라고

생각하였다.[24]

**감각적 체험과 지속성의 원리** 밀은 시가 말하는 사물의 아름다움이 주는 기쁨 그리고 그것의 마음에서의 공명, 공감, 지속성을 긍정하였다. 그는 이러한 시의 특성을 음악의 단속성과 다른 것으로 보았다. 그러나 시의 지속성은, 밀이 말하는 차이에도 불구하고 앞에서 우리가 말한 음악이 시사하는 것과 크게 다르지 않다. 역점에 차이가 있을 뿐이다.

이것은 우리의 화제 — 열려 있는 감각에 의하여 매개되는 자아와 세계의 일체성 그리고 그것의 정치적 의의라는 우리의 화제에서 벗어난 것 같지만, 조금 길게 생각해 볼 필요가 있다. 밀이 음악의 고양감을 단속적이라고 생각한 것은 음악의 재생 장치가 없는 19세기의 사정에 관계된 것이었는지도 모른다. 물론 그의 설명 자체는 음악의 근본적 한정성을 말한다. 그에게 음악의 가능성은 그 음계의 제약에 이미 예상된 것이었다. 밀은 일곱 개의 온음과 다섯 개의 반음으로 이루어진 음계의 제한성 때문에 "음악적 조합의 쇄진"은 불가피하다고 생각하였다. 그리고 그가 좋아한 모차르트나 베버와 같은 음악가의 음악이 한없이 나올 수 없다고 생각하였다. 그러나 다른 한편으로 음악의 쇄진 가능성에 대한 우려는 음악을 외면적 사건이며 외면적으로 유발되는 감정의 경험이라고 생각한 때문이 아닌가 한다.

그에게 중요한 것은 지속성이었고, 그것은 사람의 심성에 의하여 보장된다고 생각했던 것이다. 이것이 감정이 더 중요한 이유이기도 하였다. 그러나 음악이 시사하는 지속성과 일체성이 반드시 외면적 한계에 관계된다고 할 수는 없다. 앞에서 말한 바 음악의 감각성 이외에 또 하나의 특성으

---

**24** Ibid., p. 91.

로 말한 일체성은, 일단은 음악의 시간적 지속성 — 끝날 수밖에 없는 지속성을 말하지만, 이 지속성이 환기하는 것은 일정한 일관성을 가진 음악 표현의 구조적 매트릭스이다. 이 구조는 음악의 창조자, 연주자, 청자 그리고 그를 포괄하는 음악의 전통을 가리키고 또 그 너머에 열리는 소리의 사건으로서의 음악, 그것의 감각적·지각적 인지, 감정적 체험을 넘어, 즉 음악 그것을 넘어, 그 뒤에 드러나는 의미의 지속, 이 지속의 신비를 생각하게 되는 것이다.

다만 밀의 관점에서 음악은 지나치게 감각적 현재의 순간에 밀착한 예술 경험이었을 것이다. 그러니만큼 그것은 시보다도 더 강한 느낌을 줄 수 있지만, 감각의 순간을 지난 다음의 통시적 지속 효과에서는 시에 비하여 더 약하다고 할 수 있다. 그러나 음악에 있어서 체험의 순간을 넘어 지속하는 효과는 마음에 의하여 매개되고 또 기억된다. 그런 다음 마음은 음악의 순간을 넘어 일정한 태도로 세상을 대할 수 있다. 그리고 그것은 정치적 문제에 대한 태도에도 영향을 미치게 된다. 이렇게 생각해 보면, 음악의 의미는 밀이 생각한 시의 의미와 크게 다르지 않다. 밀이 워즈워스의 시를 긍정하는 것은 그의 시가 궁극적으로 "어떤 내면적 기쁨의 원천"에서 발원하는 "조용한 명상 속에 있는 지속하는 행복감"을 주기 때문이다. 이 기쁨은 체험 폐쇄적이거나 자기 폐쇄적인 것이 아니라 자연 사물과의 접촉에서 다시 새로워지는 행복감이다. 그리고 이것은 사람의 마음을 "보통 사람의 감정과 보통 사람의 운명"에 공감할 수 있게 한다.

밀은 그가 특히 마음에 두는 워즈워스의 시, 「영혼의 불사에 대한 암시를 노래하는 송가(Ode: Intimations of Immortality)」를 두고 이것이 플라톤주의를 말하는 것이라는 평가를 잘못된 것이라고 생각하였다. 그러나 이것은 거기에 그러한 요소가 있다는 것을 인정하는 것이라고 해석할 수도 있다. 다만 밀은 플라톤의 세계가 차안이 아니라 피안에 있다고 생각한 것이다. 이 시는, 그 요지를 다시 상기한다면, 한편으로는 자연 사물이 주는 기쁨을 읊으면서, 다른 한편으로는 이러한 기쁨의 상실과 그것의 다른 차원에서의 회복을 말한다. 시인은 어릴 때 그를 감격하게 했던 자연의 기쁨을 나이와 더불어 잃었다고 한다. 그러나 그것은 실제 자연물의 감각적 기쁨을 전부 잃었다기보다는 어린 시절 그 기쁨에 따랐던 어떤 황홀감 — 그의 표현으로는, "하늘의 빛(celestial light)", "멀리 비추이는 빛(the visionary gleam)"을 잃은 것을 말한다. 그것은 그의 생각으로는 사람의 "영혼의 무한성"에서 나온다.(이 무한성은 그가 다른 시, 가령 그의 자전(自傳)시, 「전주곡(The Prelude)」에서 말하는 어린 시절의 경험들로 미루어 보면, 자연의 한 부분을 보고 현상 세계를 전체적 현존으로 느낄 수 있는 능력을 말한다고 할 수 있다.)

그러나 이러한 무한한 영혼의 능력이 어른에게서도 완전히 없어진 것은 아니다. 그것은 조용한 명상의 능력 속에 살아 있다. 이 영혼의 힘에 의하여 — 또는 어린 시절의 회상에서 태어나는 영혼의 힘, "모든 보는 일의 뒤에 있는 큰 빛"의 힘에 의하여, 시인은 사람의 일이 "영원한 침묵의 존재" 안에 있는 순간들이라는 것을 알게 되고, 이 앎을 통하여, 지나는 순간들을 더욱 소중하게 그러나 일정한 거리를 두고 볼 수 있게 된다. 이것을 플라톤적 이데아의 세계에 대한 기억을 말하는 것이라고 할지 어쩔지는 여기에서 분명하게 따질 수 없다. 밀의 경험주의적 입장에서는 워즈워스의 의의는 자연물이나 일상적 사물의 있음에 대한 기쁨을 그에게 다시 상기하게 한다는 데에 있다. 이 기쁨은 열려 있는 마음 — 사물을 명상적 관조 속에 거두어들일 수 있는 마음을 통하여 다시 회복되고 유지된다. 이 마음이 없이는 새로운 기쁨은 불가능하다. 그것은 어린 시절 체험의 기억을 새로 확인한다. 그 체험이 확인해 주는 것은 사람의 마음이 원래부터 기쁨 속에서 세계와 일치한다는 사실이다. 이것은 반드시 그러한 마음의 출처로서 플라톤적인 초월적 세계를 전제하는 것이 아닐 수도 있다.

## 정치와 미적 경험의 모순

자연의 양의성과 자유  여기에서 「영혼의 불사에 대한 암시를 노래하는 송가」를 언급하는 것은 이 시를 자세히 논하자거나 그에 대한 밀의 의견을 평가하자는 것이 아니다. 주목하고자 하는 것은, 이러한 시나 글이 증언하는 바 아름다움의 인지에 반복적으로 확인되는 현상적 세계가 지닌 지속성의 신비이다. 이것은 사람이 생각하는 자유와 그에 관련된 정치적 기획에 대하여 중요한 의의를 갖는다. 개인적이든 집단적이든 자유의 기획은 현상 세계로부터의 이탈 — 또는 거기에서 발견되는 어떤 부족감 또는 결여에서 시작된다고 할 수 있다. 자연의 아름다움은 세계가 그 자체로서 완전한 존재적 균형을 가지고 있다는 것을 시사한다. 거기에는 결여된 것이 없고 또 그러니만큼 그것을 회복하려는 움직임이 없다. 이것을 확인하는 것이 인간의 아름다움에 대한 인지 능력이다.

그럼에도 불구하고 자유의 기획은 이러한 존재의 균형이 없다는 것을 확인한다. 자유는 자유의 부재 상태의 증표이다. 그러나 다른 한편으로 자족적 상태의 회복에 대한 기획은 자연의 자기 충족적 있음에 대한 직관에서 온다. 그것은 사람에게 주어진 세계가 불완전하다는 느낌을 유발하는 것이다. 자유가 지향하는 것은 자유가 없는 상태 — 완전히 실현이 되었기 때문에 자유를 생각할 필요가 없는 상태이다. 그러나 이러한 마지막 상태의 자유가 불가능한 것이 인간 존재의 조건이라고 할 수 있다. 자유가 없는 상태에서의 자유 그리고 자유가 실현되어 있기 때문에 자유가 없는 상태 — 자유는 이 두 모순 사이의 진동으로서만 존재한다. 이 진동은 사람의 모든 감각적·지각적 체험 속에서 발견된다. 그 가운데 대표적인 것이 자연 체험이다.

실러가 "순진한 시와 감상적 시"를 논하면서 시적 체험에서 자연의 의미를 설명한 것은 자연 체험의 양의성을 밝히는 데에 도움이 된다. "자연은 …… 자유로운 있음, 사물들의 스스로의 지속, 그 스스로의 변함없는 법칙에 따른 존재 이외의 다른 것이 아니다." 우리가 꽃이나 냇물, 바위, 새, 윙윙대는 벌들에 있어서의 자연을 사랑하는 것은 그 "말 없는 창조적 삶, 스스로의 조용한 작용, 스스로의 법칙에 따른 있음, 스스로에 영원히 일치하는 내적 필연성"이다. 그리하여 자연은 "우리가 일찍이 그러했던 모습, 우리가 다시 그래야 할 모습을 나타낸다." 그러니까 사람은 자연의 조화 상태로부터 타락한 것이다. 이 타락은 사람에게 다시 한 번 원상으로 회귀해야 한다는 것을 상기시켜 준다.

그러나 이 회귀는 똑같은 상태로 돌아가는 것이 아니다. 자연의 자연스러움은 사람의 돌아봄을 거치면서, 있는 그대로의 자연이 아니게 된다. 그것은 인간의 마음속에 일어나는 생각 또는 이념을 통하여 되찾아진 것이다. 사람이 자연으로 되돌아간다면, 그것은 이성과 자유를 통하여 되돌아가는 것이다. 자연에서 기쁨을 느끼는 일 자체가 이미 이념에 의하여 매개되는 것이라는 실러의 지적은 정당하다. 사람이 자연의 자연스러움으로 되돌아간다는 것은 자연의 필연성 속에 얽매이게 되는 것을 지향하는 것이 아니라, 자유를 잃지 않으면서 그것을 완성하고자 한다는 것을 의미한다. 이 완성된 상태는 "자유로운 의지로 필연의 법칙을 따르고, 상상의 유연한 변화 가운데 이성의 규칙이 드러나게 되는" 상태 그리고 그것을 통하여 "신적인 것, 이상적인 것이 현현하는" 상태를 말한다.[25]

자연으로 돌아가면서도 인간의 정신적 요구에 알맞은 더 높은 상태에서 자연으로 돌아가는 것은 인간이 생각을 가진 정신적 존재이기 때문이

---

**25** Friedrich Schiller, "Über naive und sentimentalische Dichtung", *Schillers Werke, Band 2*(München: Knauer, 1964), pp. 642~643.

다. 이 정신은 자연과 인간의 완전한 조화, 완전한 통일을 지향한다. 정신은 무한으로 열려 있는 한없는 통일의 원리이다. 그리하여 이러한 통일의 성취는 자연의 자연스러움에 안주할 수가 없고 또 어떻게 보면, 그러한 통일은 본질적으로 불가능한 것이다. 그러나 그것을 향한 지향은 끊임이 없다. 감각적 체험에서도 이러한 통일은 끊임없이 제시되는 암시이다. 조금전에 말한 바와 같이, 참으로 인간적 입장에서의 자연 체험은 이념에 의하여 ── 완성을 지향하면서 완성되지 않는 이념에 의하여 매개된다. 이러한 체험의 전형은 심미적 체험이다. 이 체험의 감각과 정신의 가냘픈 결합에서 사람은 한편으로 감각의 기쁨에 접하고, 다른 한편으로 정신과 이데아의 영원한 세계를 엿보게 된다.

그러나 이것은 특권적 체험에 속한다고 하는 것이 옳다. 다시 말하여 모든 삶의 모든 체험이 그러한 것일 수는 없다. 이것은 인간의 주어진 조건이 완전한 것이 아니기 때문이기도 하지만, 사람이 사는 사회적 조건이 자유와 이성을 두루 갖추어 가진 것이 아니기 때문이다. 이 사실은 자기 수양과 정치에 있어서 중요한 의미를 갖는다. 자유의 기획은 두 가지 관점에서 이러한 인간의 조건 ── 그러니까 타고난 불완전한 조건과 사회 조건과의 관계에서 두드러진 주제가 된다고 할 것이다. 감각에 침몰한 삶은 자연의 필연에 사로잡힌 삶이다. 그것은 그 나름으로 완전한 것일 수 있으면서도 자유를 잃은 만큼 부분적 삶이다.

사람의 삶은 전체적 완성을 지향한다. 그것은 사람은 감각이면서 정신이기 때문이다. 정신의 자기 통일은 이 부분적인 충족 상태에 만족할 수 없다. 다른 한편으로 정형화된 정신의 원리 ── 도덕적 규범과 이성은 감각의 삶을 메마르게 할 수 있다. 이것은 현상적 지속으로서의 인간을 단편화한다. 그리고 감각은 지나치게 형식화된 질서 속에서 질식한다. 그러면서도 이러한 질서 없이는 인간적 전체성의 일부로서 살아남을 수 없다. 그것은 일정한 인간적 질서 ── 삶의 온전함을 가능하게 하는 질서를 필요로 한다. 이 질서의 가장 중요한 부분은 정치 질서이다. 자유의 기획은 이러한 질서와 질서의 파괴의 틈에서 일어난다.

**심미적 체험의 현재성와 정치의 통시적 성격**　그러나 이러한 질서와 자유의 기획은 많은 금욕과 기율 그리고 투쟁을 요구한다. 그리고 이것은 많은 경우 인간성의 단편화를 가져온다. 현대의 대표적 정치 지도자는, 사학자 브루스 매즐리시(Bruce Mazlish)가 말한 바와 같이, 로베스피에르나 레닌 또는 마오쩌둥에서 볼 수 있는 바와 같은 "혁명적 금욕주의자(The Revolutionary Ascetic)"이다. 그들은 "사사로운 차원에서 사랑하는 대상물로부터 리비도를 의도적으로 빼내어" "자기애(自己愛)를 자기와 일치시킨 추상으로 전이한다." 그리고 그들은 모든 것을 "혁명, 인민, 인류 또는 덕" 등에 바친다.[26] 이들의 금욕주의와 기율은 그들의 정치적 기획을 수행하는 데 중요한 심리적 자원이다. 그러나 그것은 또한 혁명적 정치 기획에서 정책과 행동이 지나친 것이 되는 원인이 되기도 한다. 리비도 단절의 결과는 감각적·감정적 생활의 소략화라고 할 수 있다. 그리고 감각의 현재 또는 그 시간성 속에 사는 인간에게 정치 기획의 초시간적 추상성은 많은 비인간적 결과를 가져오게 되는 것이다.

이에 대하여 심미적 체험은 인간 존재의 시간성과 함께 그 지속성의 일치를 말한다. 물론 혁명적 금욕주의자에게 그것의 현재적 성격은 미래의 전망을 잃게 하는 것으로 생각된다. 이와 같이 감각적 일체성과 정치 기획 사이에는 일단 건너뛸 수 없는 모순이 있다고 할 수 있다. 레닌의 음악에 대한 태도에 관하여 막심 고리키(Maksim Gor'kii)가 전하는 이야기는 이 모

---

26 Bruce Mazlish, *The Revolutionary Ascetic*(New York: Basic Books, 1976), pp. 22~23.

순을 잘 드러낸다.

어느 날 모스크바에서 레닌은 베토벤의 음악을 들으면서 말하였다. "베토벤의 「열정」 소나타보다 더 위대한 음악은 없다. 나는 그것을 매일 들었으면 좋겠다는 생각을 한다. 베토벤의 음악은 아름답고 초인적인 음악이다. 순진한 말이 될지 모르지만, [이 곡을 들으면] 나는 사람이 얼마나 위대한 일을 할 수 있는 것인가 하면서 뿌듯한 마음을 갖는다. 그러나 나는 음악을 너무 자주 듣지는 않는다. 음악은 신경을 자극하고 속없이 상냥한 말을 하게 하고, 무서운 지옥에 살면서도 그러한 아름다움을 창조하는 사람들의 머리를 쓰다듬어 주고 싶은 마음을 일으킨다. 요즘 세상에서는 누구의 머리가 됐든 사람들의 머리를 쓰다듬으면 안 된다. 그러다가는 물려서 손이 떨어져 나간다. 이상적으로는 폭력을 써서는 아니 된다고 하겠지만, 사람들의 머리를 사정없이 내리쳐야 한다. 그렇다. 우리의 의무는 지옥의 의무처럼 어렵다."[27]

이 고리키의 이야기는 앞에서 든 매즐리시의 저서로부터 재인용한 것인데, 매즐리시는 이러한 의무의 어려움에 대한 토로는 다른 더욱 분명한 정치 범죄자, 힘러(Heinrich Himmler)나 아이히만(Adolf Eichmann) 또는 소련 비밀경찰의 우두머리였던 스코로코도프에게서도 발견된다고 말한다.(한나 아렌트가 『예루살렘의 아이히만』에서 크게 다루는 것도 아이히만이 자신의 유대인 처형 의무를 개인적으로 괴로운 일이라고 하면서도 막중한 역사적 소명이라 생각했다는 사실이다.) 매즐리시는 이러한 사례들을 들고 난 다음에, 인간적

---

27 Maksim Gor'kii, *Lenin*(Edinburgh: University Texts, 1967), p. 45; Bruce Mazlish, ibid., p. 140 에서 재인용.

'감정을 억누르고', 사람과 사람을 잇는 공명(共鳴)의 "화음의 현을 끊어 버린 다음에, 감정적 화성을 되찾는 것이 쉬운 일인가" 하는 것이 문제라고 말한다. 레닌은 약해지는 신경을 위해서 산책도 하고 등산도 하는 한편, 혁명의 작업에 더 냉혹하게 굳어진 마음으로 돌아가는 데에서 자신의 흐트러진 정신의 치료책을 찾았다.[28]

끊어진 화음의 현을 다시 찾을 수 있는가? 매즐리시는 앞의 에피소드를 말한 다음, 레닌이 어린아이들을 만나 그 머리를 쓰다듬으면서, 이들은 레닌 세대처럼 혹독한 삶이 아니라 좋은 삶을 살 것이라고 말했다는 또 다른 고리키의 회고담을 언급한다. 그러면서 레닌은 자신의 세대는 시대가 그러니만큼 커다란 역사적 의의를 가진 작업을 할 수밖에 없었지만, 그렇다고 하여 보다 행복할 다음 세대를 부러워할 것은 없다고 했다. 지금의 시점에서 이 말이 그 후의 역사에 의하여 정당화되었다고 할 수 있을까?

사람이 하는 일에 대한 확실한 보장이 있을 수는 없다. 그러한 역사의 손익 계산은 별 의미가 없다고 하는 것이 옳을지 모른다. 그렇다 하더라도 미래가 아니라 당대적 의미를 가진, "부러워할 것이 없다."라는 말은 매우 모호한 의미를 가진 말로 들린다. 그렇다는 것은 당대의 투쟁의 삶은 그 나름으로 만족할 만한 것이었다는 것을 뜻하고, 그것은 단순히 미래를 위하여 일한다는 만족감 이외에 인간성의 단순화가 주는 만족감 ── 그것이 어떤 일이 되었든지 간에 단호한 결단이 주는 통쾌감을 가리키는 것을 생각하게 하기 때문이다. 정치적 과업의 동기는 반드시 미래의 인간을 위한 이상주의에만 있는 것이 아니다. 그것은 그 나름의 도취와 열광을 가지고 있다. 이것은 현재 삶의 조용한 즐거움이나 미래를 위한 진지하고 쉬지 않는 노력보다도 더 강력한 만족감을 주고 하나의 중독으로 발전한다. 사

---

28 Bruce Mazlish, ibid., p. 141.

실 그것은 미래를 위한 현재의 금욕이 아니라 현재의 열광을 의미하는 경우가 많다고 할 것이다. 어쨌든 한번 끊어진 화음의 현은 다시 이어지기 어렵다.

이에 대하여 인간이 인간인 한, 인간이 자연의 위안에 접하는 것이 어려운 것은 아니다. 다만 그것의 의미를 자신에 내면화하는 것은, 이미 시사한 바와 같이 지속적인 자기 함양을 요구한다. 그러한 위안이 늘 존재하는 것이 아니라도 그것은 추억과 함양을 통하여 되살아날 수 있다. 이러한 위안의 중심을 갖는 것은 정치적 작업에서도 중요한 역할을 한다. 자연의 위안이 정치적 기획과 모순과 갈등을 야기한다고 하여도, 계속 확인될 필요가 있다. 그것은 정치적 가혹성을 완화한다. 그것이 없다면, 사람의 정치 기획은 무엇을 목표로 하고 어디에 가서 종착역을 찾을 것인가? 자유로움 가운데 자기를 실현하고 세계와 일치하고자 하는 갈망은 삶의 보람이면서 정치의 목적이다. 정치는 그것을 삶의 정상적 조건으로서 고르게 확보하자는 것이다.

## 심미적 국가

**심미적 세계와 무위자연** 되풀이하건대 음악의 순간, 시적 순간은 하나의 긍정적 일체성 —— 그 자체로 지속하면서도 사람의 인지 능력에 일치하여 존재하는 세계를 암시한다. 결여로부터 시작하는 자유가 실현하고자 하는 것도 이러한 세계이다. 그 세계는 모든 인식론적·법률적 사유 또 도덕적 판단에 의한 구분과 차이를 넘어 존재하는 일체성 속에 움직인다. 그것은 진위나 선악의 구분을 초월한다. 즉 앞에서 말한 다른 가치, 목적, 덕성들을 초월하는 것이다. 그러나 이러한 것들을 배제하는 것이 아니라 그것들을 종합한다. 그것은 지각적이면서 이성적인 질서를 완전히 넘어가지도 않는다. 그 이성은 사변적 이성을 넘어가는 이성이라 할 수 있다.

자연에서 사람들이 느끼는 것도 이것이다. 이 상태는 선이 말해지지 아니하면서도 선이 있고 진리가 말해지지 아니하면서 진리가 있는 노자(老子)적 세계를 말한다고 할 수도 있다. 다만 이 세계는 주어진 자연이 아니라 문화의 인위적 수련을 거쳐서만 다시 돌아가는 자연이다. 이러한 무위자연(無爲自然) 또는 유위자연(有爲自然) 상태가 정치 공동체적 체험이 될 수 있을까? 세계가 세계인 만큼 여기에 대해서는 부정적 대답을 내리는 것이 옳을지 모른다. 그러나 진정으로 문명화된 사회가 된다는 것은 인위적 방법일망정 그에 근접한다는 것을 말한다.

**권력 국가, 윤리 국가, 심미적 국가**  정치 문제에 있어서 심미적 요소의 중요성을 깊이 생각한 사람은, 앞에서도 언급한 바 있는 실러이다. 소극적 자유 또는 경제적 자유 —— 이윤 추구와 함께 삶의 수단의 평등한 배분을 말하는 자유를 넘어서 더욱 만족스러운 인간성의 실현과 그것이 가능한 사회가 어떤 것일 수 있는가를 생각해 보는 데 『인간의 미적 교육에 관한 편지 (Über die ästhetische Erziehung des Menschen)』는 지금에 와서도 많은 것을 시사한다. 실러에게 감각은 육체적 존재로서 인간의 토대를 이룬다. 사람과 사람 사이의 의미 있는 관계에서도 그러하다.

그러나 다른 한편으로 인간으로서의 모든 문제는 이 감각을 어떻게 극복하는가 하는 데에서 나온다고 할 수도 있다. 감각에 사로잡힌 삶은 그것을 넘어가는 많은 것 —— 삶을 더 넓고 높게 하는 것에 대하여 맹목이 된다. 또 인간관계는 감각만으로는 원만한 것이 될 수 없다. 그것은 감각의 맹목성을 넘어가는 규범성을 요구한다. 그리하여 개인적으로나 사회적으로나 더 나은 삶은 바로 감각의 강박성을 극복하는 데에서 시작하는 것으로 생각할 수 있다. 특히 감각을 넘어가는 추상적 공간에 더 넓은 삶의 가능성이 있고 더 넓은 사회가 존재하는 것이 현실이라고 할 때, 감각의 억제는 필요 불가결한 것으로 보인다.

그러나 감각을 떠나는 것은 여전히 삶의 현실을 떠나고 그것을 공허하게 하는 것을 의미한다. 이러한 곤경에서 예술은 감각에 충실하면서도 거기에서 일정한 규범성을 발견할 수 있다는 암시를 준다. 감각과 규범을 조화한 심미적 원리에 기초한 국가를 실러는 "심미적 국가(Ästhetische Staat)"라고 부른다. 그러나 『인간의 미적 교육에 관한 편지』는 그것을 현실적 관점에서 논의하는 것보다는 철학적으로 또는 시적으로 그 가능성을 증명해 보이고자 한다. 그러나 이것이 프랑스 혁명으로 야기된 유럽의 정치 상황의 심각성에 대한 답변으로 쓰인 것은 사실이다. 철학적 사변은 멀리에서나마 이 긴급한 현실을 염두에 두고 펼쳐진다. 실러는 프랑스 혁명에 표현된 인권과 자유의 이상에 공감하고 강제력과 우연이 아니라 이성과 원칙에 의하여 정부가 구성되어야 한다는 것에 찬성하였다. 그러나 이와 동시에 프랑스만이 아니라 전 유럽을 휩쓰는 혁명적 정치 변화의 결과가 만족할 만한 것이 아니라고 생각하였다. 그의 생각에 힘에 의한 정치가 부당한 것은 물론이지만, 단순화된 원리로써 이상적 국가나 사회가 구성될 수는 없는 것이었다. 간단히 생각된 이성이나 도덕의 원리는 사회의 원리에 필요한 것이면서도, 인간이 참으로 인간적인 삶을 영위하기 위하여 필요한 원리로는 불충분한 것이었다.

실러에게 인간성의 모든 가능성을 포용할 수 있는 것은 심미적인 것에 있었다. 사람의 삶에서 감각이나 감정이 중요한 것이고 이것의 심화로서의 미적인 것들이 삶을 풍요롭게 해 주는 요소이지만, 이 심미적 요소는 바로 자연스러운 사회적 인간관계의 매체가 된다고 그는 생각하였다. 이것이 없는 곳에 인간적 사회는 성립하지 않는다. 실러는 당대의 정치적 변화가 추상적 이념을 표방하면서도 그 격동 속에서 개인의 위엄에 대한 존중과 동정, 선의와 높은 인격 또는 맑은 사고, 풍부한 감정, 상냥하고 예의 바른 행동 등의 인간적 품성의 가치가 사라지는 것을 유감스럽게 생각하였다. 이러한 것들이 존중되지 않는 정치 질서가 진정한 자유의 질서가 될 수는 없다. 이러한 것들이 존중되기 위해서는 인간의 감각적·감성적 능력을 개발하는 것이 필요하다. 그는 심미적 교육만이 "진정한 정치적 자유의 구성"[29]을 가능하게 한다고 말한다.

실러가 생각한 심미적 국가는 다른 두 가지의 국가 형태에 대조된다. 원시적 충동이 난무하는 상태에서는 사람은 다른 사람을 힘으로 대하여 그 힘으로써 힘을 제어한다. 이 힘의 관계를 하나로 집약한 것이 힘에 의한 "권리 국가(Der dynamische Staat der Rechte)"이다. 실러가 반드시 계몽주의 시대 이전 유럽의 국가들을 이러한 국가로 규정한 것은 아니지만, 이성적 반성이 없이 자연 상태에서 등장한 왕권 국가들은 이러한 힘에 기초한 국가 형태로 구분되는 것일 수밖에 없다. 그는 동시대의 상황을 힘에 의한 국가가 붕괴하고 법적 정당성을 가진 국가가 등장할 가능성이 있는 것으로 진단하면서도, 그 법이 거의 물리적 힘과 비슷한 것이라고 생각한다. 이제 "자연 국가의 건조물이 흔들리고, 그 썩은 기초가 약화되고, 법을 옥좌에 올려놓을 물리적 가능성이 존재한다." 그러나 이것으로 "인간을 그 자체의 목적으로 존중하고 진정한 자유를 정치적 결합의 토대로 하는 것이" 가능할 것인가? "물리적 가능성"은 아직 준비되어 있지 않은 "도덕적 가능성"과 같은 것일 수 없다.[30] 그러나 어떤 형태이든, 도덕이 있는 국가는 역사의 발전을 나타낸다. 법과 도덕에 기초하는 국가를 실러는 "의무로 이루

---

29 Friedrich Schiller, "Über die ästhetische Erziehung des Menschen", *Schillers Werke*, *Band 2*, p. 563.
30 Ibid., p. 571.

어지는 윤리 국가(Der ethische Staat der Pflichten)"라고 부른다. 이런 나라에서 "사람은 다른 사람을 법의 위엄으로써 대하고 그로써 사람들의 의지를 규제한다."[31]

그런데 도덕은 이상적 국가를 약속할 수 있는 것인가? 실러가 이러한 법 — 결국은 도덕률에서 나오는 법에 의하여 지탱하는 사회를 부정적으로 본다고 할 수는 없다. 그러나 『인간의 미적 교육에 관한 편지』의 비판은 힘이 권리를 갖는 국가에 대한 것이라기보다 오히려 윤리 국가에 대한 것이라는 인상을 준다. 법과 도덕의 질서는 받아들이지 않을 수 없는 것이라고 하면서도, 실러는 그것을 전적으로 긍정하지 못한다. 그에게는 그에 대한 너무나 많은 유보가 있다. 인간의 역사는 자유를 향한 진보의 역사이다. 이 역사 발전에서 도덕은 매우 착잡한 현실적 연관을 가지면서 나타나게 된다. 도덕은 너무 쉽게 왜곡되어, 인간의 자유에 대한 외적 구속으로 작용한다. 그 왜곡은 그 자체의 속성보다도 현실 상황으로 인한 것이라고 할 수도 있다. 인간이 처음으로 물질과 감각으로부터 깨어날 때 "인간에게 가장 성스러운 것인 도덕률"이 나타난다. 그러나 그때 너무 쉽게, "도덕의 목소리는 단순히 금기를 말하고 동물적 자기애를 금하고, 자신에 대하여 외적인 것으로 들린다." 그리하여 인간은 자신에게 이 도덕에서 이성이 채우는 족쇄를 느끼고, 그것이 무한한 해방임을 느끼지 못한다. 법이나 도덕을 외면적인 것으로 받아들이는 것은 종교에서 신적인 것을 성스러운 것이라기보다 힘으로서, 두려움의 대상으로 생각하는 것과 유사하다.[32]

물론 더욱 본질적인 깨달음에서, 이 도덕률은 자기 스스로의 안에서 나오는 목소리가 되고, 해방의 약속이 된다. 그러나 그러한 경우에도 그것은

---

**31** Ibid., p. 640.

**32** Ibid., p. 639.

사람의 구체적 삶과는 관계가 없는 추상적인 것이 된다. 그리고 그것은, 스스로 받아들이는 것일망정 필연성으로서의 억압적 성격을 완전히 버리지 못한다. 이러한 제한을 넘어 삶의 자유로운 실현이 가능한 것은 오로지 심미적 국가에서이다. "[감각적 자연의] 무서운 힘들의 왕국 그리고 법의 성스러운 왕국의 복판에서도, 심미적 형성의 충동은 모르는 사이에, 놀이와 형상의 즐거운 제3의 왕국을 세우기 위하여 움직인다. 그리고 거기에서 그 미적 형성의 충동은 사람을 모든 상황적 조건의 쇠사슬로부터 풀어내고, 물리적인 것이든 도덕적인 것이든 모든 강제력으로부터 해방한다."[33]

심미적 인간, 관조와 대상 세계  사람의 심미적 충동은 이와 같이 필연의 억압으로부터 사람을 해방하여 자유를 실현할 수 있게 한다. 그러면서도 그것은 사람을 물리적 세계 그리고 율법의 세계로부터 단절하는 것이 아니라 그것을 더욱 심화하여 받아들일 수 있게 한다. 인간의 심성(Gemüt)은, 심미성에 위치함으로써만 물리적 세계와 이성의 법칙적 세계 어느 쪽으로든 쉽게 옮겨 갈 수 있다. 이 "심성의 조율(Gemütsstimmung)을 통하여, 감각 영역 안에 이성의 자율 활동이 열리고, 감각 영역의 힘이 그 경계 안에서 해체되고, 물리적 인간은 충분히 높은 품격을 얻어 자유의 법칙에 따라 자기 발전을 이룩할 수 있게 된다."[34]

심미의 영역은 인간이 가진 두 개의 모순된 영역과 능력, 즉 물리적 세계의 감각 그리고 규범의 세계를 하나로 합침으로써 성립한다. 여기에서 중요한 것은 칸트에게 그러한 것처럼 실러에게도 세계는 인식의 주체에 대하여 존재하는 대상의 세계로 생각된다는 것이다. 그러니까 그것은 경

---

**33** Ibid., p. 639.

**34** Ibid., p. 620.

험되는 세계이다. 심미적 세계는 인간 경험 그것에 내재한 원리들을 더욱 분명하게 함으로써 구성된다. 그러면서 그것을 가장 넓게 의미 있는 것으로 포괄하고자 한다.

실러의 생각으로는 경험은 하나의 움직이는 중심과 시간 속에 끊임없이 변화하는 감각적 사건으로 이루어진다. 그는 이 중심을 "인격(Personalität)"이라고 하고 그것을 에워싼 사건들의 총체를 "상황(Zustand)"이라고 한다. 인격은 변화하는 세계에서 변함없는 기초로 남아 있는 "절대적 주체(Das absolut Subjekt)"이다. 그것은 신적인 것이다. 그것은 "있음으로써 있는 모든 것이다." 사람의 자아는 이 신적 주체의 현상 세계의 대표로 생각할 수 있다. 사람은 그 "인격성(Persönlichkeit)"을 통하여 모든 변화하는 것을 종합하면서 지속하게 된다. 이 통합의 작업에서 인간의 자아도 신성을 갖는다. 그것은 직접적으로 드러나지 않더라도 감각이 열어 주는 세계의 모든 가능성을 하나로 통합하는 과정에 시사된다.[35]

경험의 세계에서, 이 종합은 완전한 것도 아니고 그 종합의 원리로서의 인격이나 주체 또는 주관도 절대적인 하나가 되는 것은 아니다. 그리하여 추상 속에서 하나가 되는 덕이나 진리나 행복은 현실에서는 여러 덕성, 여러 진리 그리고 행복한 시간으로 나타날 뿐이다. 절대적 주체나 이성도 시간의 제약 속에 있는 부분적인 것일 수밖에 없다. 다만 이러한 것들은 사유의 세계에서는 절대적이다. 그리고 도덕과 윤리 그리고 인식을 그 추상적 절대성으로 이끌어 가는 것이 자연 과학과 도덕 과학의 임무이다. 이와 비슷하게 다양한 아름다움을 통하여 절대적 아름다움에 이르게 하려는 것이 심미적 교육의 임무이다.[36] 그러니만큼 그것도 어떤 절대성을 지향한다고

---

**35** Ibid., pp. 587~590.

**36** Ibid., p. 603.

할 수 있다. 그러면서도 아름다움의 이상은 다른 경우에 비해서도 더욱 철저하게 상대적 세계에 남아서 절대적인 것에 대해 경험 세계에서의 끊임없는 조정과 균형으로만 시사한다고 할 수 있다.

**인간적 가능성**　다시 말하여 아름다움은 이데아의 세계보다는 현실 세계에 존재한다. 그러면서 그 현실에서 어떤 특정한 계기에 특히 드러나는 것으로 생각된다. 실러가 되풀이하여 강조하듯이, 감각적 현실 세계에 산다는 것은 그것에 사로잡힌다는 것을 말한다. 그러나 이것이 사람의 다른 능력인 이성과 교차하게 될 때, 그 사로잡힘의 상태는 이성이 그것을 완전히 제압하기 전에 이미 해체되기 시작한다. 이때 사람은 필연의 결정에서 벗어나서 미규정의 상태 또는 그보다는 "순수한 규정 가능성(Zustand der blossen Bestimmbarkeit)"[37]의 상태에 들어가게 된다. 이것이 자유의 순간이 된다. 그것은 모든 것이 가능한 자유의 상태이다. 그것은, 결정이 아직 안 되었다기보다는 앞으로 가능한 모든 것을 포용하는 "심미적 규정 가능성" ── "사람의 심정이 모든 현실을 하나로 하면서, 아무것에도 제한되지 않는 심미적 규정 가능성"에 머무는 상태이다.[38]

이때에 사람은 감각에서의 자연의 필연성, 사고에서의 이성의 법칙성으로부터 풀려나서 자유를 얻고 자신을 자신의 자유로운 선택에 따라 형성할 수 있는 힘, 그의 참다운 인간성을 되찾을 계기를 갖는다. 이것은 인간이 참으로 인간적이 되는 순간이다. 인간이 인간의 가능성의 모든 것을 수용할 수 있게 되면서, 그것으로부터 스스로를 결정할 수 있게 되는 것이다. 실러가 표현하는 바로는, 이때 사람은 "인간성의 선물(Die Schenkung

---

**37**　Ibid., p. 615.

**38**　Ibid., p. 614.

der Menschheit)"을 받게 된다.[39] 물론 이것이 현실에서 모든 가능성이 완전한 자유 속에서 실현된다는 것을 의미하지는 아니한다. 그것은 현실에서 곧 일정한 한계에 갇히게 된다. 심미적 깨달음은 현실적으로 무력하다. 그것은 형상 또는 외형의 세계, 놀이의 세계에 속할 뿐이다.

관조 그것은 흔히 말하듯이, 미적 관조의 세계에 속한다. 그러나 관조는 사람의 자유와 자기 형성의 근본 형식과 그 가능성을 밝혀 줄 수 있다. 경험과 경험 형식의 명증화 — 반드시 인식의 움직임을 통한다기보다 지각과 미적 수행의 현실로서 밝혀지는 명증화에서 가장 중요한 계기를 이루는 것이 관조이다. 그것은 사람이 감각의 세계에 있으면서, 그것을 주체에 드러나게 하는 수단이다. 실러는 심미적 상태를 자못 시적으로 다음과 같이 묘사한다.

사람의 욕망은 대상을 손에 거머쥐고자 한다. 관조는 이것을 멀리 두고, 격정을 피하여, 참다운 소유가 되게 한다. 감각의 단계에서, 힘으로 지배하던 자연의 필연성은 성찰의 단계에서 풀리고, 감각에 잠시 평화가 생기고, 의식의 흩어진 빛이 모임에 따라 영원한 움직임인 시간이 멈추어 서고, 무한의 이미지, 형상이 무상(無常)의 바탕 위에 드러난다. 사람의 마음이 밝아 옴에 사람 밖에서도 이제 밤이 사라진다. 마음속이 고요해짐에 따라 우주의 폭풍도 조용해진다. 맞부딪히던 자연의 힘들은 아직 남아 있는 한계 속에서나마 평화를 얻는다.[40]

실러는 원시 시대로부터 시가 노래해 왔던 것이 이러한 상태라고 말한다.

---

**39** Ibid., p. 615.
**40** Ibid., p. 628.

감정, 이성, 주체적 체험  여기의 역설은 대상을 일정한 거리에 두고 관찰함으로써, 그러니까 그에 대한 직접적 지배를 포기함에 따라, 사람이 그에게 힘으로 작용했던 물질세계를 대상으로 존재하게 하고 그 주인이 된다는 것이다. 이것은 또 생각한다는 것을 뜻한다. 그러나 그것은 관조의 거리를 유지함으로써 가능해진다. 그러면서 그에 대하여 생각하는 것은 형상이 없는 사물에 형상을 주는 일이 된다. 관조된 세계는 이데아가 된다. 이때 작용하는 형상이나 이데아는 그 나름의 독자성을 가지고 있다. 이것은 인간의 감정과는 별개의 것이다. 그러면서도 심미의 영역에는, 서로 섞일 수 없는 것들 — 진리와 도덕이 감정과 감각과 하나로 존재한다. 또는 그것들은 서로 진동하는 혼융의 관계에 있다고 할 수 있다.

"감각의 세계를 떠남이 없이 진리의 인식이 일어난다. 진리의 인식은 모든 물질적인 것, 우연적인 것으로부터 유리해 낸 순수한 결과물이고, 주관의 한계가 끼어들 수 없는 순수한 대상이고, 수동성이 없는 순수한 자기 운동이다." 심미성에서 이것들은 하나의 영역 속에 진동한다. 그리하여 "가장 높은 추상으로부터 감각성으로 되돌아가는 경향이 있다. 그것은 사고가 내면적 감정에 닿고 논리적·도덕적 단일성의 표상이 감각적 일치의 느낌으로 침투하기 때문이다." 서로 따로 있어 마땅한 감정과 진리 인식을, 심미적 표상에서 구별해 내는 것은 부질없는 일이다. 그것들은 서로서로 원인과 결과로서 공존한다. 다시 말하여, "아름다움의 즐거움에 있어서 …… 관찰은 감정과 완전히 하나로 흐르고 우리는 형상을 느낌으로 직접 받아들인다고 믿는다." 그리고 또 주의할 것은 이러한 혼융으로 하여, 아름다움은 객관적 현상이면서, "그것을 있게 하는 조건이 감정이기 때문에 우리의 주체의 상황"이라는 사실이다. 그러니까 아름다움에서 객관 세계의 진리 — 도덕적이고 물리적인 진리는 인간적인 일체적 능력과 함께 있는 것이다. 그 영역에서, 수동과 능동, 한계와 무한, 물질세계로의 종속과 도덕적 자유, 감정과 사유, 진리의 의무와 즐김은 하나로 존재할 수 있다. 이것을 주체의 능력으로 공존·화합하게 하는 것이 심미적 교육의 목표이다.[41] 말하자면 심미적 자기 형성을 통해서, 사람의 감성이 이 모든 것을 하나가 되게 하는 매체가 되는 것이다.

**아름다움의 사회관계**  아름다움은 이렇게 하여 정당화되고, 또 인간의 자유와 위엄 속에서 추구할 수 있는 행복하고 진실되고 도덕적인 삶의 바탕이 된다. 그러나 아름다움은 인간에서나 자연에서나 이미 그 자체로 생명 에너지의 잉여로서 존재한다. 식물이나 동물, 원시인에게도 반드시 공리적 목적에 관계되지 않은 아름다움을 향한 충동이 있다. 이것은 사람의 마음에서는 이미지의 연상이나 외적인 모습에서 느끼는 기쁨 그리고 그것을 소재로 한 놀이의 동기가 된다. 같은 동기에서 사물의 아름다움만이 아니라 인간의 아름다움을 즐기고자 하는 욕구가 일어난다. 이것은 처음에 삶의 소품들에서 아름다움을 보고자 하는 욕구가 되고, 다시 그 아름다움에서 그 근원으로서의 사람의 형성적 힘을 확인하고자 하는 욕구가 된다. "사람이 만드는 아름다운 것들은 단순히 쓸모의 표적이나 좁은 의미에서의 목적에 맞는 형상이 아니라, 쓸모에 추가하여, 그것을 생각한 사람의 정신적 풍요를 보이는 이성, 그것을 사랑으로 빚어낸 손, 그것을 선정하고 보이도록 한 밝고 자유로운 정신을 반영해야 한다."[42]라고 느끼는 것이다. 다시 말하여 의식의 성장과 함께 사람은 아름다움의 형상성과 법칙성을 발견한다. 그리하여 춤과 아름다운 몸가짐과 일정한 리듬이 있는 노래와 군대의 대열이 생겨난다. 나중에 이 외적 표현의 아름다움에 대한 관심은 내

---

**41**  Ibid., p. 628~630.
**42**  Ibid., p. 638.

면을 아름답게 하려는 노력으로 발전한다.

미적인 것의 영향하에 인간관계에도 변화가 일어난다. 그것을 가장 쉽게 볼 수 있는 것은 남녀 관계에서이다. 아름다움의 중개로 인하여, "남녀는 더욱 아름다운 필연성 속에 묶이게 되고, 기분과 변덕에 따라 움직이는 욕정의 유대는 마음과 마음의 영적 교감에 의한 유대로 바뀌게 된다. 욕정의 어두운 쇠사슬에서 풀려난 고요한 눈은 사랑하는 사람의 모습을 보고, 영혼은 영혼을 마주 보고, 쾌락의 이기적 교환은 너그러운 애정의 교감이 된다. 사랑의 대상에 인간성이 보이게 되면서, 욕정은 넓어져서 사랑으로 승화하고 뜻을 얻는 더욱 고상한 승리를 위하여 저열한 감각의 이점을 경멸한다." 이런 변화에서 사람은 "쾌락은 강탈할 수 있지만, 사랑은 선물이라는 것"을 안다. "사랑이라는 높은 상을 얻기 위해서는 [힘을 가진 자도] 물질이 아니라 형상으로 싸워야 한다. 그리고 힘으로써 감정을 움직이기를 그치고, 형상으로써 이해를 구해야 한다."

아름다움의 매개를 통하여, 남녀 간의 사랑에 일어나는 이러한 변화는 사회관계 전반에도 일어난다. 남녀 관계에서 감각과 형상 그리고 남녀의 적대적 관계가 하나로 화합하듯이 도덕적 관계에서도 부드러움과 격렬함이 하나로 화해한다. 실러의 모델은 주로 기사도에서 온 것이지만, 그것은 아름다움이 사회적 조화에 기여할 수 있다는 것을 이상적으로 예시한다.

[아름다움의 경험을 통하여] 이제 약함이 성스러운 것이 되고, 무절제한 강력함이 명예를 잃는다. 야성의 부당함이 기사의 풍습에 의하여 순치된다. 어떠한 힘에도 굴하지 않는 사람이 수줍고 아리따운 홍조(紅潮) 앞에 힘과 무기를 버린다. 흐르는 눈물이 피로써 씻을 수 없는 복수를 제압한다. 증오마저도 명예의 부드러운 소리에 주의한다. 승리자의 칼은 무기를 버린 적을 용서한다. 죽음만이 기다리던 공포의 땅의 바닷가 집에서 이방인을 위하여

손님맞이 연기가 난로에서 피어오른다.[43]

　이러한 실러의 묘사는 사뭇 낭만적인 것이지만, 그는 이것을 다시 한 번 확대하여 그의 정치적 이상을 그려 내는 방편이 되게 한다. 이러한 아름다움에 의한 인간의 변화의 끝에 나타나는 것이 앞에서 말한 '심미적 국가'이다. 낭만적 인간관계에서 사람과 사람 사이의 규범은 "자유로써 자유를 주는 것"이다. 이것은 국가 전체에 확대될 수 있다. 국가 질서는 규범이 없이는 유지될 수 없다. 그러나 그것이 자유로운 동의에 의한 규범인 한에서 인간의 위엄은 손상되지 않는다. 권리 국가에서는 자연이 자연을 억누른다. 윤리 국가에서는 도덕률이 개인의 의지를 국가 전체의 의지에 승복하게 한다. 그러나 거기에서도 강제성이나 필연성이 존재한다.

　심미적 국가는 이것까지도 해체하고 개인과 전체 사이에 완전히 틈이 없는 조화를 수립한다. 그것은 "국가가 개인의 천성으로써 전체의 의지를 완성"하기 때문이다. 심미적인 것은 감각과 이성, 개성과 보편적 인간성, 인간의 모든 것을 하나로 수용한다. 그 안에서 사람들을 하나로 하고 사회를 하나로 한다. 감각적인 것은 개인에 의하여 배타적으로만 소유된다. 정신적인 것은 개인적인 준비 태세, 즉 개인을 순치하는 수련의 정도에 따라서만 의미 있는 원리로 성립한다. 지식은 개성을 배제한 보편자로서의 인간만이 향수할 수 있다. 이와 같이 윤리와 도덕, 이성적인 것은 개성의 말소 또는 억제를 요구하게 마련이다. 그럼에도 사람들의 판단에서 개체적 판단을 지워 버리는 것은 지난한 일이다. 그러나 아름다움은 이러한 요구를 넘어 사람에게 진정한 사회적 성격을 부여한다. 그것은 개체와 개체를, 개체와 전체를 하나로 묶는다.

---

43  Ibid., p. 639.

**아름다운 풍속** 아름다움이 매개하는 사회 평화의 중요한 예는 아름답고 자연스러운 풍속에 의하여 확보되는 조화이다. 실러는 그 풍속을 시적으로 묘사한다. 아름다움의 화학 변화를 통하여,

반사회적 욕망은 이기심을 버린다. 감각을 유혹하던 고움은 정신에 우아의 그물을 씌운다. 필연의 엄한 목소리인 의무는, 거슬림이 있어 거칠었던 꾸짖음의 어조를 바꾸고 다소곳이 따르는 자연을 높은 믿음으로 존중한다. 기호(嗜好)는 인식을 학문의 신비로부터 끌어내어 사람들 상식의 하늘 아래로 나오게 하고 학교의 전유물을 전 인류의 공유물이 되게 한다. 기호의 왕국에서 위대한 천재도 그 높음을 버리고 아이들의 뜻에 스스로를 맡긴다. 힘은 우아의 여신의 속박에 스스로를 숙이고 사자(獅子)는 사랑의 신의 고삐를 순순히 받아들인다.[44]

**평등한 사회** 정치적 변화가 이러한 풍속의 변화와 함께한다. 진정으로 자유롭고 평등한 공화 정치는 아름다움의 조화된 세계에서만 가능하다. "기호가 지배하고, 아름다운 보임의 왕국이 확장됨에 따라," 특권도 일인 통치도 용납되지 않는다. 이 심미적 국가에서는, "모든 사람 ── 어떤 일에 복무하는 심부름꾼까지도 가장 고귀한 사람과 같은 권리를 가진 시민이며, 이성은 인고(忍苦)하는 민중을 자신의 목적에 맞추어 굽히는 데에는 그들의 동의를 구해야 한다." 이렇게 정치 행동가가 실질적으로 실현하고자 하면서 이루지 못하는 평등의 이상이 완성되는 곳이 심미 국가이다.[45]

---

**44** Ibid., p. 641.
**45** Ibid., pp. 639~640.

## 심미적 공동체의 이상과 현실/미적 인간 형성의 현실적 한계

이상과 현실/아름다운 영혼의 사회  그러나 실러가 그리는 심미적 세계, 아무런 물리적·윤리적·법률적 제약이 없는, 또는 모든 것이 자율적인, 자유로우면서도 조화가 있는 사회가 가능한 것인가? 여기에 대하여 실러 자신이 별로 확신을 가지지 못한다. 그는 『인간의 미적 교육에 관한 편지』의 마지막 단락에서 묻는다. "참으로 그러한 아름다운 보임의 국가가 있는 것인가? 있다면 그것을 어디에서 찾을 것인가?"라고. 그리고 그것은 섬세하게 조율된 사람의 영혼 안에 요청으로 존재하고 실제에 있어서는, "낯선 관습을 모방하는 것이 아니라 스스로의 아름다운 품성으로 몸가짐을 익히고", 단순성과 순진성, 타인의 자유를 손상치 않는 자신의 자유, 위엄과 우아함을 가지고 행동할 수 있는, 소수의 선택된 사람들의 동아리 안에서만 찾을 수 있다고 말한다.[46]

"아름다운 영혼(Die schöne Seele)"의 개념과 그러한 영혼들의 가능성은 유럽 전통에서, 특히 독일에서, 오랫동안 이야기되었고, 괴테의 『빌헬름 마이스터의 수업 시대』에서나 『친화력』에서도 중요한 주제가 되는 생각이다. 다만 실러만큼 인간 형성에서의 아름다움의 의미를 적극적으로 펼친 작가나 철학자는 없었다. 또 그것이 심각한 정치 이론으로 받아들여진 것으로 보이지는 않는다. 사실 소수에 의한 공동체가 존재할 수 있다고 하여도, 그것이 인간의 사회적 삶의 일반적 원리가 될 수 있다고 생각하기는 쉽지 않다. 그리하여 우리는 다시 한 번 그 비현실성의 이유를 생각하지 않을 수 없다.

---

**46** Ibid., p. 641.

**경제와 아름다움의 사회** 어떻게 보면 그 이유는 이미 실러가 말한 것이다. 그의 심미적 교육론은, 다시 말하건대 그가 인간을 사로잡고 있다고 본 두 가지 사슬로부터의 탈출의 필요를 말한 것이다. 그 하나는 물질의 세계이고 다른 하나는 추상화된 이론과 도덕의 명령이다. 이 두 가지 필연은 사람에게 너무 강한 사슬이면서 생명의 끄나풀과 같은 것이다. 실러가 이것들로부터의 탈출을 말한 것은 바로 그 탈출이 쉽게 이루어질 수 없기 때문이다. 이것은 우리 사회에서도 마찬가지이다. 다만 아마 사람들은 물질의 사슬, 즉 경제적 제약을 우선적으로 인정할 것이다. 이에 대하여 추상적 원칙들이나 추상화된 집단의 원리가 사람의 자유와 자기실현과 사회적 조화에 커다란 장해가 된다는 데 대한 인정을 도출해 내기는 쉽지 않을지 모른다. 실러의 심미적 교육론이 우리에게 도움을 줄 수 있다면, 그것은 아마 전자의 제약보다도 후자의 제약과의 관계 — 특히 지금의 한국 경제 단계에서는 이 후자의 제약과의 관계에서일 것이다. 그러나 경제의 경우도, 우리에게는 경제 그리고 그것을 뒷받침하는 물질세계는 감각이 얽매여 있는 말뚝 또는 그루터기로, 더 추상적으로 절대화된 삶의 전체적 조건으로 중요하다. 그러나 어떤 관점에든지, 경제 문제가 핵심적인 것은 말할 필요도 없다.

그런데 일단 실러는 이 탈출해야 할 물질적 제약, 경제의 제약을 지나치게 간단히 해결했다고 할 수 있다. 그의 아름다운 나라는 경제 문제가 없는 사회 부분을 모형으로 한다고 할 수 있다. 아름다움에 의하여 매개되는 사회적 관계의 전형 중 하나가 기사도와 같은 것임은 앞에서 언급하였다. 중세의 사회 구조에서 그의 계급적 지위는 기사로 하여금 주어진 물질을 비롯한 외부적 조건을 쉽게 탈출할 수 있게 한다. 아름다움의 외적 표현으로서 실러가 강조한 것은 우아함이다. 또 그와 함께 있는 자기 존엄성이다. 사회적 행동 방식으로서 기사도의 특징도 여기에서 찾을 수 있다. 기사 계급이 특권 계급이라고 한다면, 아름다운 영혼의 공동체가 작은 것일 수밖에 없는 것도 비슷한 원인에서 찾을 수 있을 것이다.

**문명화 과정/역사의 특수성과 보편성** 기사도와 그와 비슷한 행동 규범은 서구의 역사에서 여러 가지 이름으로 존재하였다. 이것 모두가 사회와 정치에서의 세력과 특권의 변화에 관계되어 있다. 이러한 이름의 하나가 궁정 예절(courtesy, courtoisie, Höflichkeit)이다. 이것은 영주들과 기사들이 사회의 상층을 이루고 있을 때에 발전한 행동 규범을 말한다. 이와 유사한 다른 행동 규범들도 역사적 맥락에서 살펴볼 필요가 있다.

사회학자 노르베르트 엘리아스에 의하면, 이 궁정 예절은 16세기, 17세기에 이르러 그와 비슷하면서도 조금 더 확대된 행동 기준을 의미하는 바른 예절(civility, civilité)로 대치된다. 그것은 영주와 궁정의 힘이 약화되고 중산 계급이 등장하기 시작한 것과 관계가 있다. 그러니까 경제적 여력이 생기고 그에 따라 사회적·정치적 권력 참여가 가능해짐에 따라 아름다운 행동이 가능해진 것이다. 부드러운 행동을 요구하는 서구인들의 요청은 다시 politesse라는 다른 예절 방식이 된다. 볼테르는 civilité는 인위적인데 대하여 politesse는 "자연의 법칙"에 속한다고 말하였다. 이 무렵에 이러한 개념은 다시 humanité(인간성)라는 말과 두루 섞이면서 쓰이게 된다.

그러나 종전의 개념들을 대치한 humanité, 보편적 인간성이라는 개념은, 좀 더 부드러운 행동 방식을 말하는 역사적 개념들이 사회적 특권과 관계되어 생겨나면서도, 그 시작의 한정성을 넘어서 보편적 의미를 얻게 될 수 있다는 것을 생각하게 한다. 이러한 행동 양식들은 결국 사람의 본성이 진화하는 과정을 나타낸다고 할 수도 있는 것이 아닌가 하는 것이다. 인간성 개념은 역사의 소산이면서도 볼테르의 politesse처럼, 인간의 본성을 이야기하는 것임에 틀림이 없다. 서구 역사에 대두한 여러 행동 양식의 변화에 대한 엘리아스의 관심은 어떻게 하여 사람이 더욱 문명화되고 문명이라는 개념을 발전시키게 되었는가 하는 — 그가 "문명화 과정"이라고 부르는 역사적 변화에 대한 관심의 일부이다. 그는 여러 역사적 행동 규범이 19세기 말에 결국 '문명(Zivilisation)'이라는 포괄적인 개념을 형성한다고 생각한다.[47]

그렇다고 엘리아스가 서구 사회의 특징으로서의 문명을 반드시 긍정적으로 본다고 할 수는 없다. 그가 그것의 쇠퇴를, 슈펭글러(Oswald Spengler)가 그러한 것에 비슷하게, 유감스럽게 느끼는 것은 사실일 것이다.(그는 문명의 개념이 서구에서는 잊혀지면서 그것을 비서구 사회와 서구 내의 하층 계급에 억지로 부과하려고 하는 사실의 모순을 알고 있다. 그리고 다른 사회에도 서구에서나 마찬가지로 문명의 개념이 존재한다는 것을 의식하고 있다.[48]) 그러나 대체적으로는 많은 역사적 행동 방식이 보편적 지평에 이르는 과정의 한 단계를 이룬다는 것을 그가 긍정한다고 할 수 있다. '문명'이란 개념도 더욱 넓은 것으로 진화해야 하는 역사 단계를 나타낸다고 할 수 있다.

**심미적 이상/특수성과 보편성**  실러의 심미적 인간의 개념이 엘리아스가 열거하는 여러 용어들 — courtesy, politesse, civility, civilization 등 — 이 나타내는 바 인간의 존재 방식, 간단히 말하여 문명화된 존재 방식을 가리킨다고 말하는 것은 크게 틀린 일이 아니다. 앞에서 소략하게나마 서구에서의 문명 개념의 역사에 대해 언급한 것은 실러의 이상 그것도 역사적인 맥락에서 보아야 한다는 것을 상기하자는 것이다. 그러니까 그것은 그러

---

**47** Norbert Elias, *Über den Prozess der Zivilisation, Band I, Wandlungen des Verhaltens in den weltlichen Oberschichten des Abendlandes*(Basel: Verlag Haus zum Falken, 1939); *The History of Manners*(New York: Pantheon Books, 1978), pp. 102~104.

**48** Ibid., 서문 p. 7과 본문 p. 104 참조.

한 역사의 조건 ── 쉽게 벗어날 수 없는 조건하에 있다. 그것은 간단히 개인적 노력으로 또는 교육적 노력으로는 극복될 수 없는 것이다. 뿐만 아니라 심미적 인간 또는 문명화된 인간이 계급적 특권의 산물이라고 한다면, 그것은 반드시 좋은 이상이 아닐 수도 있다. 실제 이미 엘리아스의 관찰에도 암시되었듯이, 다른 문명이나 사회 하층의 인간을 차별하고 억압하는 구실로 사용될 수도 있는 것이다.

그러나 모든 현상에서 역사적 조건 ── 정치적·사회적·경제적 조건이 절대적일 수는 없다. 반드시 좋은 조건이라고 할 수 없는 데에서 성장한 결과라고 해서 언제나 나쁜 의미만을 갖는 것은 아니다. 어떤 시인이 말한 바와 같이 역사는 밝은 빛 가운데에서와 같이 어둠 속에서도 발전하고, 그 결과는 모두의 과실로서 거두어들일 수 있다. 실러 자신, 아름다움의 인간의 현실성에 대한 회의를 표하면서, 아름다운 태도가 임금이 있는 궁정에서 가장 일찍 또 쉽게 발전할 수 있다는 사실을 예로 들면서, 역사적 발전이 기이한 우회를 거쳐 앞으로 나아갈 수 있다는 것을 시사한다.[49] 다른 한편으로 실러의 심미적 인간 형성의 이상이 긍정적 모델로서의 호소력을 갖는다면, 그것은 그러한 소망 그리고 그것을 북돋는 인간 조건이 어느 때어느 곳에나 존재하는 것이기 때문이라고 할 수 있다. 적어도 그것은 가능성으로서 늘 고려될 필요가 있다. 역사의 우회를 지난 다음, 그 길의 어둠을 반성하면서 그 열매를 ── 괴로운 조건하에서 성장했을 수 있는 열매를 소중하게 거두는 것이 역사에 대한 현명한 태도의 하나일 것이다. 역사의 특수하고 우발적인 소산은 보편적이고 필연적인 과실이 될 수도 있는 것이다.

---

**49** Friedrich Schiller, op. cit., p. 641.

**경제와 잉여로서의 아름다움** 처음에 말한 바와 같이,『인간의 미적 교육에 관한 편지』는 당대의 역사적 상황에 대한 하나의 답변으로 쓰인 것이다. 실러 자신이 인간 행동의 역사적 제약을 의식하지 않은 것은 아니다. 그가 생각한 것은 역사 전환기에서의 더욱 희망적인 변화의 가능성이다. 경제에 대해서도 그것이 인간의 자기 형성 노력에 미치는 효과를 의식하지 않은 것은 아니다. 앞에서 말한 바와 같이 그가 감각이 서식하는 물질세계로부터의 탈출을 주제의 하나로 삼은 것은 바로 이 의식을 나타낸 것이라고 할 수 있다. 그가 이러한 현실적 조건, 특히 물질적 조건을 어떻게 생각했는가를 다시 한 번 살펴보는 것은 그의 심미적 이상을 현실에 이어 보는 데에 도움이 된다.

실러는 마지막으로부터 두 번째 편지, 스물여섯 번째 편지의 서두에서 심미적 심성은 물리적 구속으로부터 해방되는 행운을 누릴 수 있어야만 발전할 수 있다고 말한다. 즉 그것은 빈곤의 극복을 전제로 한다. 아름다움이 자라날 수 없는 조건을, 거기에 빈곤을 포함시키면서, 실러는 다음과 같이 말한다.

지나치게 빈곤한 자연 때문에 삶의 활성제가 일절 없는 곳, 넘치는 자연의 풍요 때문에 일체 노력의 필요가 없는 곳 — 둔화된 감각이 아무런 욕구를 느끼지 않는 넘치는 풍요가 있는 곳에서나 마찬가지로 억누를 수 없는 욕구가 아무런 충족을 가질 수 없는 곳에서는, [아름다움의] 싹이 자라 나오는 것은 지난한 일이다. 또 아름다움의 싹은 사람이 은자가 되어 굴속에 살며 늘 혼자 있고 자기 밖에서 인간을 발견하지 못하는 곳 또는 사람이 거대한 유목민의 일부가 되어 다중(多衆)으로만 있고 자신 안에 인간됨을 발견하지 못하는 곳 — 이런 곳이 아니라 자신의 오두막에 홀로 말없이 있을 때에는 자신의 내면과 그리고 밖으로 나갔을 때에는, 모든 인간과 교환할 수

있는 데에서만 자라날 수 있다.[50]

　물론 이것은 경제적 조건만을 이야기한 것은 아니다. 그러나 이것은 이 야기된 다른 요소들을 떼어 놓고 경제만을 생각하는 것이 옳지 않다는 말로 취할 수 있다. 경제의 지나친 풍요도 아름다움의 발전에 장애가 된다고 한 것은 흥미롭다. 전체적으로 경제가 중요하다고 하더라도 그것은 다른 것들과 조화된 상태에 있어야 한다. 앞의 인용에 이어 나오는 부분은 주로 좋은 자연의 환경을 말한 것이지만, 이것도 경제적 여유를 시사하면서도 그것이 조화된 환경을 이루어야 한다는 것을 말한다. 이러한 여유와 조화의 느낌을 알기 위해서는 그 부분도 인용할 만하다.

　　부드러운 공기가 감각을 살포시 열어 주고, 따뜻한 기운이 무성한 물질에 활기를 주는 곳, 생명이 없는 피조물의 세계에서도 답답한 물질의 왕국은 패망하고 승리한 형상이 낮은 자연까지도 드높이 한 곳, 활동이 즐김이고 즐김만이 활동으로 나아가는 곳, 삶 그것으로부터 성스러운 질서가 넘쳐 나오고 질서의 법으로부터 삶이 자라나는 곳, 상상력이 현실을 끊임없이 벗어나면서도 자연의 순박함으로부터는 벗어나지 않는 곳 ─ 이러한 곳에서만, 감각과 정신, 수동적으로 받아들이고 능동적으로 형성하는 힘이, 아름다움의 영혼과 인간됨의 조건인 균형 속에 발전한다.[51]

　이러한 기술이나 경제에 대한 언급이 있다면, 그것은 자연의 풍요 그리고 그것과 조화를 이루는 인간 삶의 일부로서만 의미를 갖는다. 『인간의

---

**50**　Ibid., p. 631.

**51**　Ibid., p. 631.

미적 교육에 관한 편지』의 다른 부분에서, 실러는 더 적극적으로 그것이 심미적 감성이 깨어나게 하는 데에 중요한 계기가 된다고 말한다. 다만 여기에서도 그것은 인공적 풍요보다도 자연의 풍요로서 이야기된 것은 사실이다. 이 풍요가 잉여가 될 때, 그것은 아름다움이라는 잉여를 만들어 낸다. 그러나 이것은 자연의 풍요가 자연스럽게 넘쳐 나는 것이다. 스물일곱 번째 편지 머리에 이야기되어 있듯이, 물리적 욕구를 충족시켜야 하는 사람은 곧 "자연의 잉여" 또는 "물질의 잉여(Der Überfluss des Stoffes)"를 원한다.

이것은 처음에는 후일을 위한 것이지만, 결국 그것은 "심미적 잉여(Die ästhetische Zugabe)"를 낳는다. 그리고 이것은 형상의 충동이 강하게 개입하면서 참다운 아름다움에 대한 요청이 된다. 그러나 물질의 잉여로서의 아름다움에 대한 요구는 동물이나 식물의 차원에서도 이미 볼 수 있는 것이다. 가령 굶주리지 않고 다른 맹수의 위협이 없을 때에 사막에 울려 퍼지는 사자의 포효는 그 자체로 의미를 가진 대상물이 되고 무목적적인 과시의 즐거움이 된다. 새의 울음소리도 그러한 것이라 할 수 있지만, 식물이 필요 이상의 가지와 뿌리와 잎을 내는 것은 엄밀한 필연적 법칙을 넘어 "생명이 기쁨의 움직임" 속에 그 에너지를 가외로 써 버리는 경우이다. 이러한 데에서 이미, 물질세계의 족쇄를 반쯤 벗어 버린 "무한성"이 생겨나고 형상과 세계가 열리기 시작한다. 처음 물질의 풍요는 다음의 물질적 필요를 충족시키려는 의도를 가진 것이기 때문에 그 강박성을 완전히 벗어나는 것은 아니지만, 이러한 "물질의 놀이"는 다음의 더 높은 단계에서 "심미적 놀이"로 옮겨 가게 된다. 여기에서 심미적 놀이는 목적의 속박에서 벗어난, "아름다움의 드높은 자유(Die hohen Freiheit des Schönen)"로 고양되고 이러한 자유는 "그 자체가 목적이고 수단인 자유의 움직임(Die freie Bewegung, die sich selbst zweck und Mittel ist)"에 가까이 가게 된다.[52]

**미적 심성의 형성**  이와 같은 아름다움에 대한 느낌이 생기려면, 되풀이하건대 물질적 여유가 있어야 하지만, 그것은 반드시 기본적인 동물적 필요를 크게 넘어가는 것은 아니다. 물질의 여유가 정신의 자유를 가능하게 한다. 그러나 정신의 자유는 적절한 인간적·사회적 발전을 통해서만 실현될 수 있다. 그러나 이것이 단순히 정신의 힘으로 자연을 제압하는 것으로 가능해지는 것은 아니다. 앞에서 이미 살펴본 바와 같이 거기에는 착잡한 정신적 각성이 따라야 한다.

자연의 상태에서 사람은 물질과 충동과 욕망의 강박 속에 있다. 그리고 이것에만 사로잡혀 있을 때, 사회는 곧 혼란의 상태에 빠질 수밖에 없다. 이것을 벗어나려면, 거기에는 이성의 자각이 있어야 한다. 실러에게 이것은 그렇게 어려운 것으로 생각되지는 아니한다. 이것은 칸트가 순수 이성이나 실천 이성이 모든 사람에게 거의 직관적으로 주어진다고 생각한 것을 받아들인 것이다.(이것을 우리는 조금 경험적으로 홉스의 자연의 상태에서의 타협 능력에서도 드러나는 것이라고 할 수도 있다. 또는 존 롤스의 『정의론』에서 사람들이 공평한 기본 질서에 이르는 데에 필요한 "반성적 균형의 상태" 또는 하버마스의 소통 이성에서의 상호 타협의 반성적 심리 상태도 여기에 해당된다고 할 수 있다.) 그러나 자연의 갈등과 혼란을 피하는 데에 있어서 이성은 단순히 기계적으로 이해되는 규칙이나 관습 또는 법을 의미할 수도 있다. 이때 그것은 다시 한번, 적어도 개인의 입장에서는 부자유나 종속을 의미한다. 사회나 국가가 부과한 직업적 기능 또는 정신의 능력 면에서 볼 때, 국가나 사회의 기능 수행에 필요한 기억력이나 지적 분류 능력은 자유로운 사고를 허용하지 않는다. 이러한 상태에서, 법이 있다고 하더라도 그것은 개인의 관점에서는 외부에 존재할 뿐이다. "전체라는 추상성이 그 궁핍한 명맥을 유지하기

---

**52** Ibid., pp. 636~637.

위하여서는 개체의 구체적 삶은 점차 파괴되고, 국가는 감정적 일치를 얻지 못하는 시민들에 대하여 이질적인 존재로 남게 된다."[53]

그러나 도덕적 이성의 경우에도 그 지배하에서 인간의 자유는 오래가지 못한다. 앞에서 말한 것을 다시 되풀이하건대 그것의 강제성은 물리적 강제성과 유사하다. 도덕 국가에서 도덕은 현실적 힘이 되고 거기에서 "인간의 자유 의지는 모든 것이 엄격한 필연성과 항구성을 가지고 연결되는 인과관계의 세계로 끌려 들어가게 된다."[54] 도덕적 규율의 예를 들면, 가령 "욕정으로 인하여 경멸하는 인간을 포용해야 할 때, 고통스럽게 자연의 강박을 느끼는 것"과 같이, 우리는 적대적 느낌을 가진 사람을 존경해야 할 때, 이성의 강제성을 고통스럽게 느끼게 된다. 여기에 대하여 우리의 심성이 움직이고 상대방이 우리의 존경에 값할 만한 일을 할 때에, 이러한 강박성이나 강제성은 사라지게 된다.[55] 이때에 우리는 자유로운 의사로써 이성적인 것을 받아들이게 된다. 이것은 감각과 형상의 자유로운 놀이가 가능한 심미적 심성의 상태에서 이루어진다. 그런데 이것은 이성 자체가 요구하는 것이기도 하다. 이성은 감각적 세계의 힘 없이는 스스로 무력하다는 것을 안다. 인간의 전체성을 수반하지 않는 법칙성은 단편적인 힘을 가질 수 있을 뿐이다. 이에 대하여 심미적 상태는 인간의 전부를 높은 차원으로 지향할 것을 요구하는 이성 그것을 완전한 것이 되게 한다.

**심미적 심성의 개념적 한계와 그 의미**  심미성의 이론의 역사적 한계 — 정치, 사회, 경제 그리고 정신성(mentalité)의 한계가 있다는 것은 앞에서 충분히 말하였다. 또 그러면서도 그것이 보편적 의의를 갖는다는 것도 말하였

---

**53** Ibid., p. 575.

**54** Ibid., p. 568.

**55** Ibid., p. 597.

다. 그런데 이러한 역사적 조건을 떠나서도, 심미적 인간성은 그 개념의 성격에서 오는 한계를 가지고 있다. 그러나 이 한계는 그것대로의 가능성을 포함한 것이기도 하다.

심미적 사회는, 이미 말한 바와 같이 소수의 선택된 자들로만 이루어질 수 있다. 그러나 이것은 그것의 계급적인 한계나 또는 지나치게 이상적인 성격으로 인한 것만은 아니다. 심미적 감성은, 아무리 그것이 직접적 감각이 아니라 형상적 간접화를 거친 것이라고 하더라도, 감각을 떠나서 존재할 수 없다. 따라서 그것이 기초가 되어 조화를 만들어 내는 사회는 직접적 대면 접촉이 가능한 범위 안에서만 이루어질 수밖에 없다고 할 것이다. 그렇다면 그것은 넓은 사회의 일체성의 원리가 될 수는 없다. 이 넓은 사회의 질서 원리가 되는 것은 윤리이고, 그다음 단계에서는 이성이다. 큰 범위의 사회는 감각적이고 개인적인 것보다도 비개인적이고 추상적인 법을 원리로 하는, 힘의 권리 국가 또는 좀 더 나은 경우, 윤리 국가 성격을 띨 수밖에 없다.

그러나 국가의 여러 원리 사이에 반드시 단절이 있어야 되는 것은 아니다. 힘과 권리와 윤리가 일반적 원칙이 될 때, 특히 그것이 어떤 이상적 질서의 구현을 위한 이데올로기가 될 때, 그것은, 앞에서 본 바와 같이, 전체주의적 비인간화의 정치 기획을 낳을 수 있다. 이것을 검증할 수 있는 것은 감각과 이성이 통합적으로 존재하는 심미적 사회의 이상이다. 법과 권력과 윤리의 규제하에 있는 세계를 저울질할 수 있는 것이 이것이다. 그리고 이것은 전자를 후자의 이질적인 척도로써 재는 것이 아니다. 이미 시사된 바와 같이 심미적 체험은 직접적 감각의 강박성을 벗어난 바라봄의 거리 속에 일어나는 감정적 또는 지각적 체험이다. 그러니까 다른 원칙에 의한 국가를 재는 척도가 된다고 할 때도, 심미적 체험은 주로 객관적 관찰을 위한 기본 조작에 개입한다. 그러면서 그 바탕에 들어 있는 형상적 요소 또는 이성적 요소가 관찰에 투영된다.

**미적 감각과 이성** 그러나 좁은 공동체와 넓은 공동체에서 심미적 감성의 차이가 존재한다는 것을 강조할 필요는 있다. 미적 기준으로 직접적 체험의 범위를 벗어나는 것을 판단하는 것은 그것을 잘못 적용하는 것이다. 앞의 실러의 인용에서, "죽음만이 기다리던 공포의 땅의 바닷가 집에서 이방인을 위하여 손님맞이 연기가 그 난로에서 피어오른다."라고 할 때, 이 이방인에 대한 내 태도는 아름다움의 인지에 의해서 유발되는 것이라고 할 수 없다. 이방인을 따뜻하게 맞이하는 것은 심미적 수련으로 아름다워진 나의 심성이 이성적으로 확장된 결과이다.

여기에서 이방인의 아름다움이 무조건 상정될 수는 없다. 여기에 아름다움이 관계된다면, 그것은 내 심성의 아름다움이다. 여기에서 마음의 아름다움은 원래 많은 아름다움에 대한 체험에서 출발하여 나 자신의 아름다운 형성을 위한 이념으로 확장된 것이라고 할 수 있다. 이방인에 대한 예절은 이방인의 아름다움과는 관계없이 발휘된다. 그러므로 그것은 아름다움이 다시 이성으로 전환된 결과라고 할 수 있다. 이방인이 전혀 아름답지 아니할 때 — 모습만이 아니라 심성에서 그리고 행동에서 전혀 아름답지 아니할 때, 어떻게 할 것인가? 그 경우에도 예절은 지켜져야 하는 것으로 말할 수 있다. 그것은 말하자면 아름다운 영혼을 가진 자의 내적 필연성이다. 그러면서 아마 이방인의 아름답지 아니한 행동에 대한 대비는 현실적이어야 할지 모른다. 다만 그 경우에도 인간의 아름다움의 가능성에 대한 믿음은 현실적 전략의 숨은 원리로 작용해야 할 것이다. 그 믿음과 전략은 다시 마키아벨리즘으로 문을 열어 놓는 것이 될 수 있다.

그러나 확실한 것은 내 심미적 체험이 완전히 의미 없는 것이 되지는 않는다는 점이다. 그것은 나의 핵심적 원리가 되어 있고 이성적 행동의 경우 이성은 아름다움의 체험 안에 들어 있던 이성이 확장되는 것이다. 아름다운 행동은 마키아벨리즘이 된 좁은 이성의 가면이어서는 아니 된다. 이성이 아름다움에 부차적이 되는 것이다.

**이방인에 대한 예의/이성과 심미적 감성**  우리의 거주지에 가까이 오는 이방인이 아닌, 먼 세계를 대하는 적절한 인간의 능력은 미적 감수성이라기보다는 이성이다. 그러면서도 타인이라는 대상을 더욱 넓은 인간성의 관점에서 검토할 때, 거기에 작용하는 것은 다시 심미적 감수성 또는 이성과 결합된 심미적 감수성이다. 가령 지휘관이 군사 작전을 계획할 때 그가 생각하는 것은 승리를 위한 최선의 전략이다. 이때 작전은 수행의 합리성에 의하여 판단된다. 그리고 그것은 국가의 안전을 보위한다는 정치의 실천적 목적에 의하여 한정된다. 그러나 그가 작전에 동원되는 군사들의 사정을 생각할 때, 그것은 군사들 한 사람 한 사람의 인간으로서의 삶을 생각하는 것이 되어야 한다. 이것은 감각적 존재, 육체적 존재로서 병사를 생각한다는 것을 말한다. 이러한 다른 시각들은 서로 따로 있으면서 같이 겹쳐서 존재한다.

**공간/아름다움/이성**  이 심미성의 복합적인 구성 ─ 감성과 이성이 서로 차이가 있으면서 하나가 되는 구성이 단순히 마음의 움직임을 나타낸 것만이 아니라는 것을 한번 생각해 볼 필요가 있다. 이 마음의 움직임은, 그 이성적 측면에서도, 실제는 감각에 기초해 있고, 이 감각은 사람과 자연의 필연적 접합에 기초했다는 사실을 상기할 필요가 있다. 감각이 외부 세계에 대한 인식의 기반으로 작용할 때, 우리는 그때의 감각 현상을 지각이라고 부른다. 근년에 지각의 현상에 대한 연구는 사람의 내면 관조(introspection)를 넘어 두뇌의 생리적 구조의 증거를 자료로 하는 신경 생리학과 인지 과학에서 크게 발전하였다. 인간 존재에 관한 성찰적 해명도 이 연구 결과를 충분히 참고함으로써만 가능하다고 할지 모른다.

그러나 게슈탈트 심리학이 일찍이 지적한 사실 중 하나는 지각 안에 들어 있는 대상(figure)과 배경(background)이라는 구조이다. 대상 지각은 그것을 에워싸고 있는 배경에 비추어서 일어나게 된다는 것이다. 조금 기이한 연계라고 할지 모르지만, 실러가 말하는 이방인의 도착을 그것이 일어나는 풍경 전체와 관계하여 그린다. 그의 마음에서 어두운 강가, 강가의 외로운 집 한 채, 거기에서 피어오르는 연기 또 아마 그곳으로부터 멀리 뻗은 강물 그리고 숲과 산, 이러한 것들이 이방인의 도착과 더불어 그려지는 것이다. 이것은 실러의 심상(心象)이기도 하지만, 그러한 곳에 살고 있는 오막살이의 주인이나 거기에 도착하는 이방인의 감각, 지각 그리고 일반적으로 마음의 작용에 알게 모르게 스며들어 있는 것이다. 그들은 이 풍경 속에서 움직이고 느끼고 산다. 이 말은 그들의 마음이 감각과 지각에서부터 이미 멀리 열릴 수 있는 가능성을 가지고 있었다는 말이다.

이성은 이러한 사물의 공간적 열림 그리고 그에 대한 지각에 그 생물학적 뿌리를 갖는다. 다만 이 공간의 이성적 지각은, 이방인과 그 이방인을 손님으로 맞는 주인의 경우, 합리적이고 합법칙적 인식보다도 감성으로서 작용하는 것이다. 풍경 전체 또는 그들의 삶의 환경은 한편으로는 멀고 낯선 것에 대한 두려움의 느낌으로 그러나 다른 한편으로는 두려움을 주는 낯선 것에 대한 외경심 — 두려움과 공경을 아우른 외경심으로 그들의 마음을 조율했을 것이다. 이렇게 조율된 마음이 바로 심미적 심성의 기초이다. 그럼으로써 그들의 마음은 이미 이성적 확대의 가능성을 가지고 있었다.

그러나 이러한 심미적 심성에서 이성으로 옮겨 가는 것은 하나의 의식의 도약을 필요로 한다. 추상화된 환경 — 기계화되고 공간적 통일이 사라진 환경, 즉 자신의 지역을 떠난 지방, 자신의 거주지에서까지도 지각적 정형성을 파괴해 버린 도시의 혼잡은 심미성으로부터 이성으로의 전이를 매우 어렵게 한다. 실러가 동물이나 식물의 미적 가능성을 말할 때, 또 물질적 잉여로부터 심미적 잉여가 일어나는 계기를 말할 때, 그것이 쾌적한 자연환경에 대한 언급과 함께 말해지는 것에 주의할 수 있다. 그가 이것을 하나의 통일되고 조화된 공간에 대한 의식으로 공식화하지 않은 것은 그의 시대에서 자연의 공간적 조화는 너무나 당연한 것이었기 때문이라고 할 수 있다. 심미적 공동체의 소규모적 전근대성을 말한다면, 우리는 동시에 비인간화되어 가는 지구 공간의 심미적 회복의 절실성도 생각해야 한다.

## 심미성의 변용과 변질

**심미성의 변증법과 그 왜곡**  구체적인 것과 그것을 넘어가는 큰 덩어리의 사이에는, 그것이 심미적 영역에서의 일일 경우에도, 착잡한 교환 관계 — 대결과 지양의 변증법적 관계가 있다. 이 변증법적 교환을 경유하지 않고, 모든 상황을 심미적 감성 하나만으로 일관하려 할 때에, 심미성은 본래의 의미를 상실한다. 실러가 되풀이하여 경계한 것은 인간사에 대한 이성적 접근의 경직성이다. 그것은 쉽게 외면적 규범과 법으로 굳어지고, 이론적 이성의 경우 분석적이고 기계적 논리가 된다. 이 후자는 종종 물질세계에 밀착된 그리하여 이기적이고 공리적인 성격의 목적에 봉사하는 수단이 되기도 한다. 이에 대하여 감정이나 감성도 비슷한 경직성을 가질 수 있다는 사실을 상기할 필요가 있다. 감정은 일차적으로 모든 이성적 절제를 벗어난 무질서의 원리가 될 수도 있으나, 실러에게 심미성은 이미 이성적 요소를 가진 것이어서 이러한 염려는 없는 것으로 생각된다. 그러나 이 이성적 요소는 심미적 감정을 왜곡하는 요인이 되기도 한다. 실러가 긍정적으로 옹호하는 예의 작법은 쉽게 경직한 배타의 규칙이고 기호가 된다. 그리고 이것은 더욱 의도적으로 정형화되고 더 경직한 것이 되어 사람의 자유를 본질적으로 말살할 수도 있다. 외면화된 이성은 주로 외면의 사물에 관계된다. 그것에 대한 타율적 간섭은 적어도 사람 마음의 자유를 그대로 놓아둔다고 할 수 있다.

감정과 감성은 사람의 내면에 속한다. 이것에 대한 원천적 간섭은 사람의 자유와 위엄을 더욱 손상하는 것일 수 있다. 이것은 어쩌면 심미성에 들어 있는 이성에 의한 감정 조작의 결과라고 할 수도 있다. 감성과 이성, 그 어느 쪽도 유연성을 잃어버리고 경직한 것이 될 수 있지만, 특기할 것은 그것이 사실성 — 대상 세계의 사실성과 그 자체의 움직임의 사실성을 떠날 때 그 유연성을 잃어버린다는 점이다. 그럼으로써 감정과 감성의 유연성은 사실의 원리로서 이성의 유연성에 크게 의존한다. 이성의 유연성은, 미리 주어진 원리와 목적에 매이지 않는, 관조의 현상학적 객관성에 의하여 유지될 수 있다. 감정은 이것으로부터 유리됨으로써 그 유연성을 상실한다. 그러니까 유연한 이성이 뒷받침되지 아니할 때, 감정이나 감성도 그 유연함을 상실하는 것이다.

앞에서 우리는 정치의 기획이 사람의 자연스러운 있음의 방식을 손상할 수 있다는 것을 언급하였다. 이러한 기획은 대체로 이성이 고안하는 기획이다. 그렇다고 하여 감정과 감성이 이러한 기획에 완전히 배제된다는 말은 아니다. 그보다는 오히려 정치의 기획은 감정에서 나오는 에너지에 의지하여 추진되는 경우가 많다. 다만 이 감정은 전면에 나와 있거나 후면에 숨어 있는 의도 — 정치 지도자의 관점에서는 역사나 상황에 대한 이성적 이해에 입각한 것으로 생각되는 의도에 의하여 조종되기 쉽다. 대중의 자발적 참여를 촉진하기 위한 독재자의 가장 중요한 수단은 이렇게 조종된 감정 — 큰 것에 대한 충성을 통하여 사람의 자기 정당성을 북돋아 주는 대중적 열기이다. 그러나 우리의 삶은 대체적으로 전형화되고 상투화된 감정 속에서 산다. 자유로운 감정은 타고난 것이 아니라 자아 수련의 소득이다. 그것은 많은 경우 일정한 방향의 이성에 의하여 뒷받침되는 것이다. 이 이성의 재수련 — 관조적 수련만이 이 정해진 방향을 비판적으로 의식화하면서 그것에서 벗어날 수 있게 한다.

**동양 사상에서의 예악과 정치** 감정 훈련의 중요성은 독일의 낭만주의보다도 우리 동아시아에서 더 일찍이 인정되었다. 그리고 독일과 서구의 낭만주의의 역점이 주로 개인적인 감정을 인정한 것인 데 비해 동아시아는 일찍부터 그 공적 기능을 중요하게 생각하였다.(감정의 공적 성격에 대한 실러의 강조는 예외적인 경우라 할 것이다.) 인간의 사회적 삶에서 심미성의 의미에 대한 통찰은 동아시아에서 뛰어났다고 할 수 있다. 이 전통은 심미적 인간성의 문제를 생각할 때, 중요한 해석학적 자원이 될 수 있다. 그러나 동시에 거기에서 우리는 그것의 미묘한 변용과 왜곡의 효과도 발견한다. 그러한 의미에서도 동양의 심미 사상 — 공적 세계의 심미 사상은 중요한 자원이 된다. 여기에서도 감정과 아름다움의 느낌은 이성과 밀접한 관계를 가지고 있다. 그리고 동양의 전통에서 더욱 전형화되고 상투화된 감정과 심미의 형식을 많이 발견한다면, 그것은 이것이 이성의 유연성에 의하여 뒷받침되지 못했기 때문이다. 이성의 해방은 감성과 심미성의 해방과 불가분의 관계에 있다.

동양 사상에서 일찍이 질서와 통합의 원리로서 간주된 예와 악은 공공 공간에서의 심미성의 중요성을 인정한 가장 두드러진 경우다. 예악(禮樂)의 정치적 의미는 『예기(禮記)』에서 일찍부터 여러 가지로 강조되어 있다. 그중 「악기(樂記)」 편이 이것을 가장 잘 설명해 준다. 그 첫 부분에서 이미 예의와 음악의 진흥은 정치의 가장 중요한 부분이라고 말한다.

그리하여 [선왕이] 예로써 그 뜻을 인도하고 악으로써 그 소리를 화평하게 했으며 정치로써 그 행동을 한결같게 하고, 형벌로써 그 간사함을 막았던 것이다. 예, 악, 형, 정치의 그 극치는 하나이니 백성의 마음을 같게 해서 치도를 이루는 것이다.(先王 故禮以道其志, 樂以和其聲, 政以一其行, 刑以防其姦, 禮樂刑政, 其極一也, 所以同民心而出治道也.)[56]

이렇게 예와 악은 형정(刑政)과 함께 정치의 수단이다. 예술에 대한 이러한 견해에서 예술은 내면으로부터 정치적 질서의 순탄함을 준비해 주는 역할을 한다. 「악기」 편은 음악의 정화 작용을 다음과 같이 말한다. "그러므로 악이 행해져서 마음이 맑아지고, 귀와 눈이 총명해지고, 혈기가 화평해진다. 풍속을 바꾸어서 천하가 모두 편안하게 된다. 그러므로 악이라는 것은 즐거워하는 것이다.(故樂行而倫淸, 耳目聰明, 血氣和平, 移風易俗, 天下皆寧, 故曰樂者樂也.)"[57]

그러나 악의 폐해를 지적하는 견해를 보는 것도 드문 일이 아니다. 동아시아의 예술론에는 음악이나 시가 그 절제를 잃는 것과 풍속이 문란해지고 정치 질서가 어지러워지는 것이 병행한다는 생각이 많지만, 이것은 「악기」 편에도 많이 표현되어 있다. 정위(鄭衛)의 악은 이미 사회의 문란함을 드러내 주는 악이다. 악의 모호한 의미에 대한 경고는 다음과 같이 음악과 예를 높이 평가하는 부분에서도 볼 수 있다. 악은 예에 의하여 보충되어야 한다. 그러나 예도 그 나름의 문제를 가질 수 있다.

---

**56** 이민수(李民樹) 역해, 『예기』(혜원출판사, 1993), 414쪽.
**57** 같은 책, 429쪽.

악은 천지의 화이며, 예는 천지의 서다. 화한 까닭으로 모든 사물이 조화롭고, 서한 까닭으로 물건이 모두 분별이 있다. 악은 하늘에 말미암아 만들어진 것이다. 예는 땅의 법칙을 가지고 만들어진 것이다. 잘못 만들면 어지러워지고 잘못 지으면 난폭하게 된다. 천지의 도리에 밝은 뒤에야 예악을 일으킬 수 있는 것이다.(樂者, 天地之和也, 禮者, 天地之序也. 和故百物皆和, 序故群物皆別. 樂由天作, 禮以地制, 過制則亂. 過作則暴, 明於天地, 然後能興禮樂也.)[58]

실러에서도 인간성의 심미적 발달에서 감성과 이성의 조화는 중요한 일이었다. 그러나 아름다움은 이것을 하나로 합칠 수 있다고 생각하였다. 그리하여 심미적 체험과 몸가짐의 우아함은 하나의 근본에서 나올 수 있었다. 『예기』의 생각도 이와 비슷한 면을 가지고 있다. 그러나 『예기』에서는 음악이 대표하는 심미적 체험과 바른 몸가짐으로서의 예는 서로 통하면서도 견제하는 관계에 있는 것으로 말해진다.

음악은 사물들 그리고 사람들을 하나로 합칠 수 있다. 그러나 이 합침이 과도하면, 그것은 난폭한 일을 유발할 수 있다. 이러한 음악의 가능성에 대하여 견제 효과를 갖는 것이 예의 질서이다. 물론 이것도 과도해지면, 그에 반항하는 기운을 불러일으키는 계기가 될 수 있다. 하늘의 이치는 모든 것이 거칠 것이 없지만, 땅의 이치는 일정한 제도를 요구하는 것이다. 이러한 생각은 그다음 부분에서 다시 보충 설명되어 있다. 가사나 음률에서 또는 의리를 가리는 데에 있어서, 걱정할 것이 없는 것이 음악의 감정적 원천이고 그것이 나타날 때, 기쁨과 사랑이 되지만, 이것은 예에 의하여 보다 더욱 질서에 맞는 것이 되어야 한다.

---

**58** 같은 책, 420~421쪽.

"[악은] 가운데에 있어 사특함이 없이 공정한 것이면서, 공경하고 순한 마음을 가르치는 예의 제도로써 보충되어야 한다.(中正無邪, 禮之質也, 莊敬恭順, 禮之制也.)"[59] 악은, 말하자면 그 바탕에서는, 또는 하늘의 조건하에서는 모든 것이 걱정할 것이 없는 상태를 말하지만, 현실의 작용 또는 땅의 조건하에서는, 예의 외적인 제도로써 제어될 필요가 있는 것이다. 예의 중점은 공경과 유순함을 가르친다는 데에 있다.(물론 이것은 어떤 이점을 위해서가 아니라 중정무사의 원리, 즉 공적 질서의 엄격성을 위해서다). 따라서 "이러한 조건을 분명히 인식한 다음이라야 예와 악을 진흥함이 마땅하다.(然後能興禮樂也.)"[60] 글에 있어서 글의 자유로움을 말하면서, 역시 그것은 도를 근본으로 해야 한다는 '도본문말(道本文末)'이 여기에도 보이는 것이다. 이것은 실러에 있어서 심미적 심성의 계발만으로 사회적 화합이 이루어질 수 있다는 생각보다는 심미적 심성의 발호로 법과 도덕률이 후퇴하게 될 수 있음을 걱정한 것이다.

이러한 차이는 감성이 이성을 떠나는 것을 두려워한 것이기도 하지만, 그렇지 않은 경우에도 그 이성이 고정된 것이기 때문이다. 이렇게 생각하는 바탕에 있는 것은 공동체적 질서에 대한 다른 전제라 해석할 수 있다. 실러가 프랑스 혁명을 전폭적으로 지지한 것인지 어떤지는 분명치 않지만, 그가 생각한 인간적 사회는 평등이 있는 사회인 데 대하여 『예기』의 질서는 군신민(君臣民)의 위계의 질서이다. 이러한 차이는 고대와 근대의 차이이기도 하지만, 예의에 대한 문화적 이해의 차이를 나타낸다. 실러의 예의에 대한 생각은 적어도 형식적으로는 힘보다는 우아함, 남성보다는 여성, 미움보다는 명예, 즉 "약한 것이 성스러운" 세계를 지향하는 것인 데

---

**59** 같은 책, 421쪽.
**60** 같은 책, 421쪽.

대하여, 『예기』에서의 예는 천지와 군신 그리고 "귀천과 등급을 가리는 기능을 맡는다.(禮義立則貴賤等矣.)"[61] 흥미로운 것은 고정된 위계질서를 받아들일 때 이미 이성의 자유는 상실된다는 사실이다.

실러에게 예의는 정치 질서의 냉혹함을 완화하거나 그것을 사람의 심성으로부터 구성하는 원리인 데 비해, 『예기』에서 그것은 통치의 수단이다. '예송(禮訟)'이란 말에서 추측할 수 있듯이, 조선조에서 많은 정치적 분규까지도 예의에 관한 논쟁과 송사의 형태를 띠었다. 심미의 자유에서 나온 예의는 통치 의도에 지배될 때, 그 자유와 자발성을 잃어버린다. 그런데 어떤 경우에나 아름다움과 예의는, 앞에서 지적한 바와 같이, 사회적 조종의 수단이 될 수 있다. 뿐만 아니라 이성적인 것의 경우나 마찬가지로 감성적인 것도 형식화와 반복은 그 자발성을 앗아 가는 결과를 가져온다. 아름다움의 경우도 마찬가지다. 굳어진 아름다움의 공식 속에 움직이는 사람의 감정은 거짓에 떨어지게 마련이다. 개인적이고 사회적인 표현으로서의 예의범절은 쉽게 굳어진 형식으로 바뀐다. '허례허식(虛禮虛飾)'이라는 말은 바로 형식화와 되풀이에서 연유하는 자발성의 상실과 숨은 사회적 조종의 의도가 만들어 낸 심미성의 한 모습을 지칭하는 것이다.

**소비주의 사회의 심미성과 자유**  중요한 것은 심미성이 자유와 자발성을 잃지 않는 것이다. 심미성 자체가 그것의 보장이 되지 못한다. 그것을 위해서는 심미적 감성이 자신의 내면으로부터 나오는 것이 되어야 한다. 실러가 말하듯이 그것을 습득한 사람은, "낯선 관습을 모방하는 것이 아니라 스스로의 아름다운 품성"[62]으로부터 생각하고 느낄 수 있어야 한다. 앞에서 말

---

**61** 같은 책, 419쪽.

**62** Friedrich Schiller, op. cit., p. 641.

한 것은 이것이 형식화에 의하여 또 숨은 의도와 기획에 의하여 왜곡되는 일에 대한 것이었다. 이것은 그것을 분명하게 의식하거나 하지 않거나 사람의 내면에 대한 사회적 개입으로 인하여 일어나는 일이다. 그러나 얼핏 보기에 사람이 완전한 자유를 누리는 듯한 상황에서도 내면으로부터의 자유가 상실되는 수가 있다. 이것이 소비주의 사회에서 일어나는 일이다.

소비주의만큼 인간이 근본적으로 심미적 존재라는 것을 강하게 드러내 보여 주는 것은 없다고 할 수 있다. 오늘의 시장은 아름다움을 자랑하는 상품으로 가득 차 있고, 도시 공간은 무대와 같은 장식과 영상으로 보임의 공간이 되어 있다. 시장의 제품들은 기하학적으로 정확한 선, 완전하게 마감된 표면, 색상, 형태, 재료의 다양성에서 산업 시대 이전, 대량 소비 시대 이전에는 꿈에도 생각할 수 없는 아름다움을 나타낸다고 할 수 있다. 미술 작품에서나 볼 수 있던 아름다움이 옷과 신발, 자동차, 일상 용품, 실용적인 물건들 또 기계 제품에서 표현된다. 소모품까지도 아름다운 모습으로 가공되고 포장된다. 사람들은 이것들을 마음대로 골라 자신의 환경을 아름답게 꾸미고 아름다운 것들을 소비하면서 살 수 있다.

그러나 이러한 아름다운 것들은 숨은 의도를 가지고 있다는 것이다. 보드리야르는 자본주의하에서, 물건들은 숨은 "의미의 체계(La Système de Signification)"를 이룬다고 말한다. 일차적으로는 이 체계는 산업체의 판매 전략이 구성하는 체계이다. 그러나 그것들은 다시 그것을 넘어가는 가상의 의미 체계를 이룬다. 그런데 이 체계가 소비자들에 의하여 자유의 속박으로 느껴지지 않는다. 사람들은 선택의 자유를 가지고 있다. 그리고 이 선택의 범위는 그전에 비할 수 없이 넓다. 사람들은 상품들을 통하여 오히려 그들의 자유를 현실화한다.

전통적으로 개인의 주체적 의사의 표현과 그 의사를 통한 일정한 물질적·사회적 수행을 제한하는 것 — 이것이 사람의 자유를 제한하는 일로 생각되었다. 이 제한은 강제력과 법과 도덕적 규범을 통하여 이루어졌다. 자본주의 민주 국가는 최소한도의 사회 질서를 위한 제약을 제외하고는 이 점에 있어서 개인에게 거의 완전한 자유를 허용한다. 시장의 소비 체제가, 어떤 관점에서 인간의 주체적 자유를 제한한다면, 그것은 사물의 중개를 통해서이다. 체제는 사물을 통하여 작용한다. 물론 사물의 사용을 제한하는 것이 아니다. 오히려 사용은 용이해진다. 물건은 시장에서 쉽게 얻을 수 있다. 시장에는 그전에 생각할 수 없었던 다양한 형태의 물건들이 있다. 그리고 그것들은 대체로 쉽게 사용될 수 있는 형태로 제공된다.

그러나 이것들이 하나의 가치와 의미의 체계를 이루면서 사람의 자유로운 선택의 범위를 제한하는 일을 한다. 물론 얻을 수 있는 사물의 범위는 계속적으로 확대된다. 문제는 범위가 제한된다는 것이 아니라 원천적으로 사물에 개인의 형성적 능력 개입이 배제된다는 것이다. 이것이 오히려 만족될 수 없는 형성적 충동을 위하여 상품 구입을 무한한 것이 되게 한다. 사람의 자유의지가 아니라 사람들이 사용하는 또는 의미를 부여하는 사물들을 통하여 사람을 통제하는 일은 소비 시장의 대두 이전에도 볼 수 있었다. 청교도 지배하의 영국이나 칼뱅 통치하의 제네바에서 '사치 의상 금지법(Sumptuary Laws)'은 어떤 사람들이 어떤 옷을 입을 수 있는가를 규정하였다. 법이 없어도, 한국을 포함한 많은 나라에서, 사람들이 어떤 옷을 입고 어떤 물건을 쓰고 무엇을 먹는가는 도덕이나 관습의 엄한 감시하에 제한되었다. 소비주의 사회는 물건 사용을 제한하는 것이 아니라 그 기회를 넓히면서 바로 그 자유를 통하여 사람들의 삶에 보이지 않는 제한 또는 동기 부여를 이룩해 낸다. 여기에서 억제되는 것은 원천적 의미에서 개인의 창조적 의지이다.

그리고 상품화된 사물들의 체계가 왜곡하는 것은 인간과 사물의 관계, 그리고 사물의 참모습이다. 소비주의 세계에서 사람들은 자유로워졌다.

이것은 물건들을 자유롭게 쓰는 것에 관계되어 있다. 전통적인 사회에서 물건은 무거운 도덕적인 상징성을 가지고 있었다. 현대에 와서 물건은 그 기능에 의해서 단순화된다. 소비 사회가 이룩한 것은, 보드리야르의 표현으로는 물건들의 "기능적 진화"[63]이다. 선조가 쓰던 물건들의 상징성으로부터 해방된 인간은 가족으로부터, 사회적 구속으로부터 해방된다. 그리고 기동성과 결사의 자유를 얻는다. 그러나 이 자유는 제한된 의미의 자유이다. "사물은 그 기능 속에서만 해방되고, 이에 상응하게 사람은 이 사물을 사용하는 사람으로서만 해방된다."[64] 그렇다는 것은 사물과 사람이 그 본질적 의미를 잃었다는 말이다. 사물은 전통적인 도덕적·상징적·감정적 의미만을 잃은 것이 아니다. 사람들에게 사물의 참 실재는 늘 접근하기 어려운 것이었다. 그러나 그 사물로서의 비밀은 늘 사라지지 않고 있었다. 이제 그것은 기능적 의미만을 가지게 되었다. 그 기능도, 사물의 사물됨에 이어져 있는 기능이 아니라 의미의 체계가 부여하는 의미만을 가지게 되었다고 할 것이다.

사람의 경우, 이 기능화는 더욱 복잡하다. 기능적 인간이 되었다는 것은 마르크스가 생각한 바와 같이, 노동력이라는 기능성에 의해서 정의되는 존재가 되었다는 말이기도 하지만, 소비 상품의 소비자로서 그리고 의미 체계에서 의미의 소비자로서의 기능으로 정의되는 존재가 되었다는 것을 말한다.[65] 시장 생산 체제로 볼 때, 소비자로서의 인간은 소비로써 그 사회적 의미를 얻는다. 소비에는 돈이 필요하다. 그러나 소비는 물건 소비에서 그 목적이 이루어지지 않는다. 그것은 자신의 존재감을 소비에서 얻고 또

---

**63** Jean Baudrillard, *Le Système des Objets*(Paris: Editions Gallimard, 1968), p. 25.

**64** Ibid., p. 26.

**65** 보드리야르는, 적어도 사물의 체계를 논하는 단계에서는, 노동력의 제공자로서의 인간을 언급하면서도 소비자로서의 인간, 특히 물품이 아니라 의미 — 물질적 근거에서 벗어난 가상적 의미의 소비자로서 인간의 문제는 별로 다루지 않는다.

상품을 떠나서도 자신이 가진 돈의 크기에서 얻어진다. 그런데 이것은 반드시 실용성을 가진 물건의 소비로 얻어지는 것이 아니다. 소비는 자신의 인간성, 개성적 인간성의 표현이어야 한다. 돈이 중요한 것은 돈으로 그것을 살 수 있기 때문이다. 마르크스가 말한 바와 같이, "돈을 매개로 존재하는 것, 내가 살 수 있는 것 ─ 그것이 바로 나다." 또는 나의 개성은 본래 내가 가진 것이 아니다. 그것은 돈의 힘으로 다른 것이 될 수 있다. "내가 누구인가, 내가 될 수 있는 것은 나의 개성으로 제한되지 아니한다. 내가 못생겼다고 하더라도 나는 돈으로 가장 아름다운 여자를 살 수 있다."[66]

마르크스가 말한 가장 아름다운 여인은 오늘의 시장에서 많은 아름다운 상품으로 대체될 수 있을 것이다. 그리고 아름다운 여인도 아름다운 상품과 장신구가 없이는 아름다운 여인이 아니다. 이 아름다움이란 무엇을 말하는가? 그것은 내가 결정하는 것이 아니라 상표 ─ 소위 명품 상표와 광고와 소문으로 결정된다. 마르크스가 말한 돈으로 살 수 있는 인간적 품성은 나의 개성을 대체했지만, 아름다운 물품들에 관한 판단에서도 내 판단은 광고의 암시로 대체되어 있다. 판단의 주체 역할을 하는 것은 시장이다. 현대의 상품 시장은 소비자가 사는 상품이 그의 개성 표현이 되도록 노력한다. 상품을 아름답게 하되, 그것에 개성을 부여하도록 노력하는 것이다. 그리고 같은 모델에서 나와도 소비자는 색상, 재료, 장식에서 그것을 다양하게 변주한 것들을 살 수 있다. 그러나 그러면 그럴수록 이 '개성화'는 진정한 개성을 대체하는 것이 된다. "계획된 개성화는 대부분의 소비자에게 자유의 체험이 된다." 그러나 그러한 개성 차이는 허상에 불과하다.

---

**66** Karl Marx, *Economic and Philosophic Manuscripts*(New York: International Publishers, 1964), p. 103; Steven Best, "The Commodification of Reality and the Reality of Commodification: Baudrillard, Debord, and Postmodern Theory", *Baudrillard: A Critical Reader*, ed. by Douglas Kellner(Oxford: Blackwell, 1994), p. 45에서 재인용.

다양한 상품은 마치 모든 사람에게 화려한 개성 표현이 가능한 것처럼 느끼게 하고 상품 소비에서도 민주화가 이루어진다는 인상을 줄 수 있다. 그러나 보드리야르가 보는 바로는 물품의 개성화는 원형에 대한 변주로 이루어지는 것인데, 원형은 — 그것은 대체로 피상적인 의미에서 화려한 것이 아니다. — 참으로 부유한 사람만이 소유할 수 있다.[67] 그러나 사치의 민주적 소유가 가능하다고 하더라도 그것이 개성의 표현이 될 수는 없다. 그것은 간단히 살 수도 없지만, 간단히 주어지는 것도 아니다. 그것은 개인의 판단이 없이는 얻어질 수 없다. 그리고 그것은 사물 세계와의 바른 관계 또는 바른 역학적 관계를 통해서만 생겨난다. 이 점에서 우리는 다시 실러의 심미적 교육에서의 주체성에 대한 설명의 의의를 확인한다.

## 심미적 인간과 사회 이상/요약을 겸하여

**심미적 주체** 사람과 세계를 직접적으로 연결하는 것은 감각이다. 사람은 무반성적으로 감각에 그리고 그것이 계시하는 세계에 사로잡힐 수 있다. 그러나 그것은 인간의 능력의 하나로서, 인간의 심성의 일부를 이룬다. 감각이 심성의 다른 부분인 이론적 이성, 도덕적 이성 또는 상상력에 이어질 때에 그것은 세계와 사물 그리고 다른 인간에 대한 관계에서 가장 중요한 기초가 될 수 있다. 심미적 교육은 이 모든 인간의 능력을 가장 인간적으로 통합하는 것을 목표로 한다. 이 종합된 능력의 형성은 물리적 세계와의 관계를 새롭게 할 수 있다. 중요한 것은 감각이 열어 놓는 물리적 세계의 강박성을 벗어나는 것이다. 그러나 그것은 그것을 탈출하자는 것이라기보다

---

**67** Jean Baurillard, op. cit., pp. 213~215.

그것을 그 깊이와 넓이의 전면성 안에서 열리게 하고 그 놀라움과 선물에 접할 수 있게 하자는 뜻이다. 물론 이 열림에는 다른 사람들의 존재가 포함된다. 그것은 윤리적 관계와 인간적 유대를 확인하는 일이 된다. 이러한 총체적 열림에서 형성적 중심이 되는 것은 자아의 주체성이다. 이 주체성은 계속적 경험과 반성의 과정에서만 근접된다.

그러나 거기에 어떤 추상적 도표를 생각해 볼 수는 있다. 실러는, 앞에서 이미 설명한 바와 같이, 이 중심을 '인격'이라고 불렀다. 이것은 한편으로 '절대적 주체성'에 이어져 있지만, 적어도 인간 경험의 관점에서는 끊임없이 변화하는 세계의 현실 가운데에 지속하는 원리를 나타낸다. 이 지속의 원리가 상황의 모든 것에 대한 자아의 경험을 하나로 통일한다. 그럼으로써 외면의 필연성, 물리적 필연성이나 도덕적 필연성을 자신의 것으로서 내면화한다. 이 자아 또는 절대적 주체성의 관조와 반성이 사물과 세계를 객관적으로 존재하는 대상이 되게 하는 것이다. 주체는 밖을 향하여 열려 있기 위한 지속적 활동이다. 그 활동은 이성의 영역에 속하는 활동이지만, 그것을 자극하고 또 절실한 인간적 의의를 가지게 하는 것은 감각이나 감정이 열어 놓는 세계의 놀라움이다. 이 인간 능력의 두 면을 통합한 활동을 통하여, "인간은 자기 존재의 충만함과 자율과 자유를 하나로 하고 세상 속에 자기를 잃는 것이 아니라, 세상을 그 현상, 나타남의 무한함과 더불어 자신 안으로 끌어들이며 이성의 통일성에 복속하게 한다."[68]

**심미적 조화/사회적 통합**  이성이면서 미적인 것을 포함하는 이성의 활동은, 이미 시사한 바와 같이, 일방적인 주체성의 주장이나 권력 의지의 발로가 아니다. 중요한 것은 자기실현이며 동시에 세계의 개진이다. 이것은 자

---

68 Friedrich Schiller, "Über die ästhetische Erziehung des Menschen", op. cit., p. 594.

유 속에서만 보람 있는 일이 된다. 그 자유는 한 개체의 자유이면서 동시에 모든 사람의 자유이다. 이것은 절대적 주체성이 그 초연한 입장에서 요청하는 것이다. 세계와 다른 사람의 존재를 나에게 열려 있게 하는 것이 내 보람의 일부라고 한다면, 세계와 다른 사물들이 스스로의 있음대로 — 즉 그 자유 속에 있는 것이 아니라면, 이 열림은 참다운 열림이 아니다. "모든 사람이 스스로의 목적"이라는 칸트의 명제는 한 개인이 스스로를 이성의 차원으로 고양하면서 자신의 경우를 이성적으로 일반화하는 것을 말한다. 그러나 이것은 더욱 경험적인 차원에서의 자신의 삶을 위해서도 필요한 일이다. 그리고 이것이 이성의 보편적 요구에 그치는 것이 아니라 감성적 현실이 될 때, 삶의 보람과 행복은 더욱 큰 것이 된다. 사람은 따로따로 자유롭게 자율적인 존재일 수 있다. 이것을 가능하게 하는 것은 도덕과 윤리 그리고 법이다. 그러나 실러가 심미적 감성을 통하여 사람이 "자유로써 자유를 주"게 된다고 할 때, 그것은 자유로워진 개인과 함께 그 자유로운 개인들의 교환을 말한 것이다.

자유의 공동체는 자유로우면서 자유롭게 하는 심성의 아름다움을 교환함으로써 가장 이상적인 것이 된다. 여기에는 감성이 중요하다. 그러나 내 의사에 반하여 다른 사람이 감성적 교환에 관심이 없다면 어떻게 할 것인가. 필요한 것은 단순히 센티멘털한 감정만이 아니다. 더 넓은 의미를 가진 것은 내가 내 완전한 인간성 속에서 행동하는 것이다. 그러나 이것은 적어도 사회관계에서는 내면적 자기완성만을 의미하는 것이 아니다. 그것은 사회적으로 일반화된 형식이 되어야 한다. 감성의 교환 이상의 요청을 형식화한 것이 우아함 또는 예의이다.

『인간의 미적 교육에 관한 편지』에서만큼 거기에 전적인 긍정을 보내지는 않지만, 실러는 「우아와 위엄(Über Anmut und Würde)」에서 우아의 중요성을 — 물론 그에 대한 긴장된 관계를 가질 수도 있는 위엄과 관련하여 — 길게 논하고 있다. 이 에세이에서 그는, 우아함을 이룩한 사람, 즉 아름다운 영혼은 "인간의 고통스러운 의무를 마치 본능에 따라서 쉽게 행하듯이 가볍게 행하고, 자신의 자연스러운 본능을 굴복시킴으로써 행하는 영웅적인 희생을 마치 본능의 자유로운 움직임인 듯 보이게 한다."[69]라고 말한다. 아름다움의 훈련은, 이와 같이 자연스럽게 도덕적 행위를 행하게 한다. 그러므로 이것이 모든 사람의 자유와 함께 조화를 보장하는 것이다. 이것은 약함의 덕성인 우아와 강함의 덕성인 위엄을 조화한 결과라고 할 수 있다. 그러나 우아만으로도 사람의 거친 힘을 꺾고 양보와 선사를 이끌어 내는 것이 가능할 수 있다. "사랑이 빼앗는 것이 아니라 선물이 되고, 약함이 성스러운 것이 되고, 무절제한 강력함이 명예를 잃는 경우가 그러한 우아의 효과이다."[70]

**무상의 덕과 가치**  다시 한 번 이러한 것들이 확인하는 것은 자유와 자유의 교환만이 값있는 것이라는 사실이다. 사람들이 생각하는 여러 가치와 덕성과 목적, 우정과 사랑, 관용, 성실, 겸양, 정의 — 이러한 것들은 거기에 자유 이외의 강제력 또는 강제력의 암시가 개입할 때, 그 존재 이유를 잃어버린다. 강제나 강박은 사랑, 관용, 성실 등이 덕성이기를 그치고 힘에 대한 굴종이 되게 할 것이기 때문이다. 아름다움은 그 자체가 목적이고 다른 목적이 없다는 말이 있지만, 세계의 아름다움은 그것이 아무런 법칙적 필연성 또는 도덕적 당위를 가지고 있지 않은 무상(無償)의 선물이기 때문에 바로 찬탄의 대상이 되는 것이다. 세계가 사실 찬양의 대상이 되는 것은 전체적으로 그것이 무상의 존재이기 때문이다. 이것은 사람의 덕성에도

---

**69**  Friedrich Schiller, "Über Anumt und Würde", ibid., p. 547.

**70**  Friedrich Schiller, "Über die ästhetische Erziehung des Menschen", ibid., p. 639.

해당된다. 그것을 값지게 하는 것은 그 자유와 아름다움이다. 그리고 앞에서 실러를 빌려 누누이 이야기했듯이, 그러함으로써 바로 그것은 사람의 살 만한 삶에 기여한다.

**사회 조건의 혁명적 변화와 미적 평등**  그런데 이 자유는, 앞에서 말한 바와 같이 물질적·사회적 조건에 이어져 있으면서, 그것을 벗어난다. 다시 한 번 실러가 그리는 이상은 현실성을 가지고 있지 않다. 그러나 동시에 그것을 벗어 나간다는 점에서 현실성을 갖는다. 그렇다는 것은 그것이 인간의 자기 형성 노력에 관계되어 있고 이 노력이, 적어도 사람에게 주어진 이성과 이성 자체의 자기완성 명령에 기초해 있으며, 그러니만큼 인간이 인간으로 남아 있는 한 어디에서나 실천될 수 있는 것이기 때문이다.

실러는 『인간의 미적 교육에 관한 편지』의 앞에서도 언급한 바 있는 마지막 부분에서, 심미적 국가는 모든 사람이 자유와 평등을 누리는 공동체라고 말한 다음 "열렬한 행동가들이 본질적으로 실현하고자 하는 평등이 미적 보임의 영역에서 달성되는 것을 본다."라고 말한다. 이 어려운 표현은 본질적 평등이 없는 곳에서도 아름다운 습속이 확립되는 곳에서는 ─ 비록 밖으로만 보이는 인간의 행동거지에만 관계되는 것이라고 하겠지만 ─ 적어도 일단의 평등한 관계가 이룩될 수 있다는 말로 들린다. 이것은 한편으로는 실러가 이 글을 쓸 때가 혁명의 시대라는 것을 생각할 때, 보수적 질서에 양보한다는 것을 말하는 대목이라고 할 수 있다. 그러나 다른 한편으로 지나치게 물질적·도덕적 필연성의 혁명적 변화에 집착하지 않고 인간의 기본적 품성 보존과 수련의 노력이 옹호되고 지속될 필요가 있다는 것을 말한 것으로 해석될 수 있다. 그리고 실제 상황이 어려운 곳에서도 선의의 행동이 계속되는 사례들을 본다. 이에 대하여 어떤 경우, 사회의 전체적 조건에 대한 지나친 강조는 이기적 행동과 책략과 술

수 — 마키아벨리즘의 구실이 된다. 전체적 비전과 국지적 선의가 서로 모순되는 듯하면서도 양립할 때, 궁극적인 인간성 실현의 이상은 더욱 완벽하게 실현될 수 있다.

## 페렐만의 선택

**구체적인 삶의 선택** 지나치게 먼 길을 돌아온 감이 있지만, 다시 이제 이 글의 맨 처음에 생각하였던 수학자 페렐만의 금욕주의로 돌아가 우리의 생각을 마감하기로 한다. 그것은 앞의 많은 논의 이후에 안티 클라이맥스가 될지 모른다. 그러나 그것은 오늘날 우리가 처해 있는 상황이 어떤 것인가를 다시 상기하는 것이 될 수 있을 것이다. 페렐만이 상금과 상을 거절 또는 포기한 것은 경제 가치와 세속적 명예의 세계를 거부한 것이다. 이 세계는 한없이 부푼 자본주의 체제와 매스 미디어의 체제로 하여, 이제는 단순히 전통적 의미의 부귀라는 개념으로 파악될 수 없는, 사람의 감정과 심리를 송두리째 사로잡는 추상적이고 내용 없는 커다란 허영의 시장이 되었다.

페렐만은 생각할 수 있는 가장 작은 세계로 돌아갔다. 그가 돌아간 것은 상트페테르부르크의 아파트와 어머니와 등산과 버섯 따기이다. 이것은 과장된 가치의 세계가 아니라 구체적 삶의 환경이 사람이 사는 세계라는 것을 확인하게 해 준다. 그가 돌아간 것은 또 그의 수학 연구이다. 그의 정신은 가장 넓은 이성적 탐구에 열려 있다고 할 수 있다. 그가 삶의 구체적인 근거로 돌아가겠다는 판단을 할 수 있게 한 것은 어쩌면, 이러한 넓은 이성에 그가 열려 있었기 때문인지 모른다. 중요한 것은 우리의 마음과 몸을 사로잡는 유혹과 압박들의 여러 조건에도 불구하고 이러한 후퇴를 결단할 수 있었다는 사실이다. 이 점에서 우리는 복잡하게 얽힌 세계 속에서도 많은 것이 개인의 결단에 달려 있다는 것을 새삼스럽게 깨닫는다. 이것이, 처음에 말한 바와 같이 그의 행동이 많은 사람을 놀라게 한 이유의 하나일 것이다.

**페렐만의 삶의 풍요와 빈곤**  그러나 이렇게 말하면서, 우리는 그의 세계가 어딘가 조금은 빈약하다는 느낌을 갖지 않을 수 없다. 사람이 사는 세계는 그가 선택한 것보다는 더 넓은 것이어야 하지 않을까 하는 느낌을 버리기가 어려운 것이다. 사람이 자신의 삶을 완전하게 산다는 것은 그가 의식하는 세계가 그의 삶의 계획 속에 들어 있다는 것을 의미한다고 할 수 있다. 구체적인 삶의 느낌이 그렇지 않다고 하더라도 이론적 이성과 실천적 이성은 우리로 하여금 그 한계에 존재하는 세계에도 이론적으로 또 실천적으로 이를 수 있어야 한다는 느낌을 갖게 한다. 그리고 우리는, 그가 선택한 구체적 삶이 얼마나 철저하게 감각과 이성 그리고 아름다움의 느낌으로 엮어지고 그 안에서 그것들이 유기적 일체성을 이루는지 물어보지 않을 수 없다. 그러나 그것이 완전한 것이 아니라 어쩌면 상당히 빈약한 것이라고 하더라도, 세계와의 조화가 없고, 모든 공적인 빛이 세계를 오히려 어둡게 하는 것일 수밖에 없다면, 그것은 유일한 선택인지도 모를 일이다.

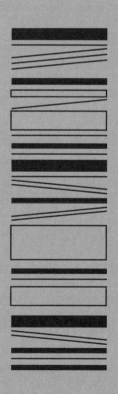

# 3부

정의와
정의의
조건

# 마음과 사실

서문을 대신하여

여기에 작은 책으로 나오게 된 글에서도 언급했지만, 미국의 철학자 마사 너스바움(Martha Nussbaum) 교수의 글에서 나에게 강한 인상을 준 것은, 일반화된 명제를 구체적인 사안에 획일적으로 적용하려는 것이 그 진실을 손상한다는 생각이었다. 인간의 현실은 구체적인 사건들로 이루어진다. 그것을 파악함에는 정황을 추상적인 명제로 환원하지 않고 그것을 구체적으로 살펴야 하고, 그것을 위해서는 우리의 느낌과 감정의 섬세한 기미에 주의하는 것이 필요하다. 소설과 같은 예술 작품은 이러한 감성적 이해력을 길러 주는 역할을 한다.

너스바움 교수가 브라운 대학의 고전 철학의 자리에서 시카고 대학의 법과 대학으로 옮겨 앉은 데에는 이러한 생각이 크게 작용했으리라고 생각된다. 법은 여러 사람이 이루는 사회에 없을 수 없는 자유와 그 한계를 밝히는 일을 한다. 법이 특히 중요해지는 것은 합리성과 일관성의 규칙에 입각하여 자유의 테두리를 넘어 경계선을 범하는 사람들에게 제재를 가하는 일에 있어서이다. 이때의 법률 판단에는 일반적인 명제만이 아니라 낱

낯의 사람의 사정에 대한 검토가 포함되어야 한다. 이러한 의미에서 법학의 교육에는 문학과 철학 등의 교육이 필수적이다.

우리의 사회적 생존의 조건은 — 특히 우리나라와 같이 관습의 체계로서의 문화의 근본이 깨어지고 그것의 재구성에 허우적이고 있는 사회는 사람들로 하여금 사회의 전체적인 모양과 움직임을 민감하게 의식하지 않을 수 없게 한다. 맞든 안 맞든 우리의 삶을 에워싸고 그것에 영향을 미치는 큰 조건들을 헤아리지 않고는 삶의 갈피를 잡을 수 없는 것이다. 사회 이론들은 이러한 문제에 대한 큰 명제들을 생산해 낸다. 그중에도 강력한 호소력을 가진 것은 역사와 사회의 모든 것을 일목요연하게 설명해 주는 이데올로기이다. 일상생활에서도 세상 돌아가는 이야기는 사람들이 모인 자리에 가든 택시를 타든 우리의 정보 소비 생활에서 큰 비중을 차지한다. 문제는 이런 데 오고 가는 추상적 명제들이 참으로 현실 적절성(現實適切性)을 가지고 있느냐 하는 것이다. 이 적절성을 위해서는 추상적 명제의 편리함과 그것이 주는 자기 확신의 호기(豪氣)를 자제하고 마음을 더 현실의 구체성에 열어 놓을 필요가 있다. 여기에는 이성에 더하여 지각과 감성의 작용이 중요한 역할을 한다. 그러나 이것은 사고의 마비를 의미하는 것일 수도 있고 실천적 행동을 무한정 연기하는 결과를 가져올 수도 있다. 하나 마음을 여는 일이 사실의 움직임을 정확히 하는 일과 별개의 과정이 되는 것은 아니다. 마음을 훈련한다는 것은 바로 그것이 사실과 함께 움직일 수 있게 한다는 것을 의미한다. 마음과 사실은 최종적으로는 하나인 것이다.

얼마 전에 너스바움 교수가 한국을 방문하였다. 나는 고려대학교에서 행한 그 첫 번째 강연에 참가하고, 학교에서 주최하는 환영 만찬에 참석할 기회를 가졌다. 긴 이야기는 나누지 못하고 의례적인 이야기를 잠깐 나누었지만, 화제 가운데는 한국의 노인 문제에 대한 것이 있었다. 너스바움 교수의 질문에 답하면서, 나는 전통적 가족 제도가 와해되고 있는데, 그것을 대신할 만한 국가 사회 보장 제도는 확립되지 못하고 있는 것이 우리 형편이라는 말을 하였다. 인생의 황혼의 문제에 대비하는 데에는, 전통적인 가족 제도와 새로운 사회 보장과 어느 쪽이 더 나은 것일까? 너스바움 교수는 국가의 지원을 받으면 노인에게도 독립된 삶을 영위하는 것이 가능할 것이라고 했다. 의존적 삶을 사는 것보다는 독립성을 유지하는 것이 나은 것이니까 이것은 좋은 일이다. 이러한 문제를 길고 심각하게 논의할 수 있는 자리가 아니었으므로, 너스바움 교수의 이러한 의견에 대하여, 간단히 나는 의존과 독립은 선택의 문제가 아니라는 의견을 말해 보았다. 늙어 가는 인간 육체의 생물학적 쇠퇴는 의존적인 삶을 불가피하게 한다. 국가에 기대든 자식에 기대든 기대지 않을 수 없는 것이 늘그막의 삶이다. 그런데 부모와 자식의 의존 관계는 지각과 감정과 이성이 복합적으로 섞여 있는 인간적 연결의 실오라기로 이루어진 것이지 의존이나 독립과 같은 추상적인 언어로 표현될 수 있는 것이 아니다.

말할 것도 없이 오늘날 노인 복지는, 도덕적 위엄을 유지하고 있는 국가에서라면, 국가의 책임일 수밖에 없다. 그러나 그것이 삶의 섬세한 필요에 대한 필요충분조건을 충족시키지는 아니한다. 이러한 제도가 긴급한 것은 틀림이 없으나, 그것을 보다 인간적인 것이 되게 하는 데에는 보다 조심스러운 고려와 실천이 있어야 한다. 어떤 경우에나 국가 제도는 보다 인간적인 내용을 가진 가족 관계를 대체할 수 없다. 공산주의 체제는 일체의 삶의 문제를 사회 구조와 제도의 혁명적 재설정을 통하여 해결할 수 있다고 생각하였다. 그런데 그 사회에서도, 권력 엘리트들은 교육, 의료, 주거 등의 국가 제도 테두리 밖에 자신들을 위한 시설들을 별도로 만들었다. 인간의 인간적 필요는 간단한 이데올로기적 합리성의 공식(公式)만으로는 충족될 수 없는 것이 아닌가 한다.

너스바움 교수의 우연한 발언을 이렇게 뒷전에서 논하는 것은 정당한 일이 아닐 것이다. 그러나 지나가는 말이었지만, 무엇보다도 개인의 독립성을 가장 중요한 것으로 보는 너스바움 교수의 발언은 서구적 사고의 고정된 패러다임에서 나온다는 느낌이 들었다. 자신도 모르게 거기에 문화의 공식이 작용하고 있는 것이다. 그런데 우리는 얼마나 공식화된 사고로부터 자유로운가? 우리의 사고가 공식화 경향을 띠는 것은, 적지 않게, 섣불리 빌려 온 사상이 그러하듯이, 서구에서 온 여러 사상의 영향으로 인한 것이기도 하지만, 원래부터 공식적 획일성을 가지고 있는 사상의 전통 속에 있는 때문이기도 하다. 정치와 역사에서의 정의(正義)에 대한 유교적 사고 ── 상투적인 차원에서 받아들여지고 유통되는 사고야말로 그 전형이라고 할 수 있다. 정의는, 드러나든 숨어 있든, 우리 사회의 가장 중심적인 화두이다. 이것이 사회의 핵심 원리임은 말할 필요도 없다. 그러나 본문에서도 말하고 있지만, ‘극단의 정의가 극단의 손상’이 될 수도 있다는 가능성도 생각할 수 있어야 한다. 자기가 가지고 있는 현실 이해의 공식의 정당성을 철저하게 주장하고자 하는 것은 당연하다. 자신이 내는 명제의 정당성의 주장은 거의 모든 사고와 언어 작용의 속성이라고 할 수도 있다. 그러나 이것은 우리에게 특히 심한 마음의 습관이고 사회적 요구로 보인다. 그 위험을 조금이라도 피하는 방법은 여러 정당성의 개념을 다른 개념들과의 연계 속에서 보는 일이 아닐까 한다.

지난여름 인권재단의 초청으로 인권 관계의 강연을 맡게 되었다. 인권을 비롯하여 권리의 문제도 정당성의 주장에 의하여 뒷받침된다. 인권은 옹호되어야 한다. 그러나 그것을 새로 생각하고 새로 정립하는 일도 부질없는 일은 아니다. 인권의 뒤에는 정의의 문제가 있다. 인권을 보다 넓게 뒷받침하는 정의는 더욱 여러 관련 속에서 이해됨으로써 참으로 중요한 인간적 의미를 가지게 된다. 정의는 수호되어야 한다. 이것을 시인하면서도 이번의 글은 그 개념의 복합화를 시도해 본 것이다.

인권재단의 강연을 제안하신 박명림 교수, 초청하여 주신 인권재단 이사장 박은정 교수 그리고 재단 회원 여러분께 감사드린다. 《비평》에 싣게 된 수정 보완한 강연 원고를 생각의나무 출판사의 기획에 포함시켜 주신 박광성 사장 그리고 글의 편집 교정을 도와주신 김지환 선생과 생각의나무 편집부 여러분께도 감사드린다. 《비평》의 편집의 무거운 짐을 떠맡아 주고 있는 여건종 교수에게 감사드린다. 이 글을 《비평》에 실을 수 있게 도와준 것도 여건종 교수였다.

2008년 9월

김우창

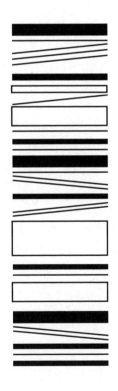

**1장**

시장과 사회

# 시장의 자유와 그 모순

## 서언

인권재단에서 두 번에 걸쳐 전달해 준 제목은 모두 시장에 관계된 것이다. 최종의 제목은 "시장은 어떻게 공동체를 배려할 수 있는가?"이다. 말할 것도 없이 이것은 오늘의 산업 체제하에서 제기되는 가장 중요한 문제이면서 동시에 가장 답변하기 어려운 문제이다. 사회 문제에 대한 많은 답은 다시 문제가 되는 답이 된다. 그리고 궁극적으로는 문제에 대한 좋은 해답이 있다고 하여도, 그 해답을 현실의 힘이 되게 하는 것이 무엇인가 하는 문제에 이르게 된다. 그것은 권력의 문제가 된다. 그다음에 문제가 되는 것은 이 문제 해결의 힘으로서의 권력이 참으로 좋은 답변이 되는가 하는 것이다.

시장의 문제를 배려라는 관점에서 생각한다는 것은, 오늘날과 같은 힘의 세계에서 우리의 생각을 매우 좋은 방향으로 향하게 한다. 배려는 힘이 아니라 생각의 세계의 일을 지칭한다. 생각은 힘의 경직된 세계를 유연한 것이 되게 한다. 그러나 생각도 경직된 것이 있고 유연한 것이 있다. 경직된 것은 힘에 가까이 간다. 그리고 어떤 경우, 그것은 물리적인 힘보다도 더 광범위하고 억압적인 심리적 권력이 될 수 있다. 배려는 구체적 상황에서 구체적인 궁리 ─ 그것도 나를 주장하는 것이 아니라 대상과의 관계에서의 일을 궁리하는 것을 말한다. 배려라는 단어의 삽입은 이미 그 자체로 좋은 답을 제시하고 있다고 할 수 있다.

그러나 그것이 다시 한 번 어떻게 현실의 힘에 이어지느냐 하는 문제를 생각해 보지 않을 수 없다. 이것은 현실의 힘의 관계를 바꾸거나 그것을 대체하는 다른 힘을 생각해 보는 것이 된다. 그런데 생각으로 힘을 구성하는 일은 대체로 생각의 이념화를 요구한다. 이념은 많은 경우, 생각의 당사자뿐만 아니라 모든 사람 또는 일정한 범주에 포함되는 모든 사람에게 정당성을 갖는다는 주장을 포함하지 않을 수 없기 때문에, 인간의 사회적 존재와 관련하여서는 정의의 이념의 뒷받침을 찾게 된다. 그런데 경직된 이념은 배려를 압살하는 효과가 있다. 생각의 이념화는 벌써 집단의 범주 그것에 의한 개별자와 개별 사항의 집합적 분류 그리고 그것에서 출발하는 사리의 체계 등에 작용한다. 이것들은, 조금 전에 말한 바와 같이, 정의의 넓은 테두리에 포용된다.

인권재단에서 내건 주제는 배려와 정의 그리고 힘 ─ 이들 사이에 일어나는 상호 모순 관계의 연구를 우리의 과제가 되게 한다. 이 글에서는 주어진 시장의 문제를 전혀 고려하지 않는 것은 아니나 조금 그것을 넘어서 정의의 복잡한 의미를 고찰의 중심으로 생각을 전개해 보고자 한다. 정의가 복잡하다는 것을 이야기하는 것 자체가 답은 아닐망정 문제의 이해에 도움을 줄 것이다. 그렇다는 것은 정의는 ─ 물론 여러 가지 다른 말로 표현되기도 하지만 ─ 우리의 삶에서 너무 강박적으로 작용하고 배려의 여지를 없애 버리는 일을 한다고 할 수 있기 때문이다. 적어도 지금 필요한 일의 하나는, 그것이 순환의 좌절을 뜻할 수는 있지만 — 문제와 답을 끊임없이 문제화하는 일이다.


## 시장과 자유

**기업의 문제점**  그런데 먼저 생각해 보고 싶은 것의 하나는 인권재단의 문제 제기에 암암리에 들어 있는 시장 활동 — 특히 시장에 있어서의 기업화된 조직이 행하는 활동의 반공동체적 성격의 전제이다. 오늘의 기업이 대체로 공동체·사회 또는 윤리적 목표를 가지고 이루어지는 인간 활동이 아니라는 것은 부정하기 어렵다. 그리하여 기업이 공동체적 이익의 범위 안으로 끌어들여지고 또 들어오도록 조종되고 제어되어야 한다는 것은 많은 사람이 생각하는 일이다.


**기업의 사회적 기여**  그런데 그러한 문제를 생각함에 있어서는 우선 기업을 그 긍정적 효과라는 측면에서도 인정해야 한다는 것을 상기할 필요가 있다. 기업 행위의 사회적 효과가 문제가 되는 것은 바로 기업의 생산 활동이 국부(國富)를 만들어 내고, 직장을 만들어 내고, 생활필수품과 기타 소비재를 만들어 내기 때문이다. 일상생활의 여러 편의를 만들어 내는 것도 기업의 생산 활동의 결과이다. 이것이 시장을 매개로 하여 소비자의 삶에 연결된다는 것도 사회생활의 주조(主調)를 결정하는 데에 중요한 일의 하나이다.

이러한 일들은 삶의 필연의 작업이지만, 시장의 자유는 이 필연의 무게를 가볍게 해 줄 것이라는 인상을 준다. 그것은 해방을 약속한다. 다만 그 해방이 절대적인 것으로 생각될 때, 필연은 더욱 보이지 않는 망령이 되어 인간을 괴롭히게 된다. 시장 체제의 문제는 이 숨은 모순을 바르게 이해하지 못하는 것에 관계되어 있다. 그렇기는 하나 일반적으로 말하여 시장의 의미는 선택의 자유를 원칙으로 한다는 데에 있다. 또 이 선택의 자유는 경쟁을 촉진하고, 경쟁은 가격의 억제와 생산품의 다양화에 중요한 역할을 한다. 자유주의가 예찬하는 것이 이것이다. 이러한 자유 경쟁은 풍요의 여유를 상정한다. 이 여유 속에서 필연의 작업이 잊히게 된다. 그리하여 최소한의 생활필수품을 확보하지 못하는 사람들의 문제까지도 그 심각성을 잃게 된다. 또 전체적으로 사람의 환경과 자원의 한계 속에서 산다는 것도 자칫하면 망각 속에 빠지게 된다. 일상적 차원에서는 시장 경제의 풍요는 일반적으로 삶의 낭비와 정신생활의 낭비를 가져오는 소비주의를 낳는다. 그것은 현실적 피해 이외에 사람의 삶에서 엄숙성의 기율을 억압의 기율처럼 보이게 하고, 그만큼 삶의 깊이와 의미를 모호하게 한다. 이러한 문제점들은 자주 지적된 바 있다. 그러나 다시 한 번 중요한 사실은 삶의 필요와 편의가 필연의 중압을 벗어난 공간에서 확보될 수 있다는 희망이 어떤 시장의 이상에 들어 있다는 사실이다. 그중에도 가장 중요한 것은 이 공간에서 권력의 개입이 배제될 수 있다는 사실일 것이다.

**시장과 도덕률과 자유**  시장의 자유의 한 결과는 시장 또는 기업이 규범을 벗어난 자의적인 힘을 사용할 수 있게 되었다는 것이다. 이것은 자의적인 것이면서도 인간적 자유의 기초가 되는 면을 가지고 있었다. 시장의 발달 그리고 시장의 주체로서의 상업과 기업의 발달의 한 요인이 되었던 것은 억압적 도덕으로부터의 자유였다. 서양의 중세 시대에는 돈이 돈을 낳는 금리는 부도덕한 것으로 생각되었지만, 시장 경제의 발달은 금리 소득을 — 그러면서도 일정한 한계 내에서 — 당연한 것이 되게 하였다. 여기에는 중세적 도덕률의 이완이 병행하였다. 다른 경제 활동과 도덕적 해방의 연결도 비슷하게 이야기할 수 있다. 동시에 개인의 자유, 정치적 자유도 정치권력으로부터만이 아니라 사회가 강요하는 도덕률로부터의 해방을 의미하였다. 사실 이미 비친 바와 같이, 규범 — 특히 도덕적 규범은 억압의 중요한 요인이 될 수 있는 것이다. 도덕적 규범이 없이도 모든 것이 잘 되어 가는 상태 — 이것은 노장(老莊) 사상의 핵심이지만, 조금 비약적인 이야기이기는 하나, 애덤 스미스의 자유 경제론에도 중요한 요소가 된다고 할 수 있다. 자유 시장의 폐단을 논할 때, 흔히 도덕 또는 이념적 강박성을 숨긴 수사(修辭)가 등장하는 것은 이러한 역사적 관련에서도 예견할 수 있는 일이다. 시장의 공공성에 대한 문제가 일어나는 것은 이러한 역사적 발달의 지나친 결과를 문제 삼는 것이다. 그러나 이것은 역사적 소득으로서의 자유를 버리는 일이 될 수도 있다.

**기업과 공동체/자유의 경과**  되풀이 말하건대 이제 시장과 기업을 많은 문제점을 가진 것으로 보는 것이 인간의 복지를 생각하는 사람들의 관점이 되었다. 그중 하나가 그것이 반공동체적이라는 것이다. 공동체의 약화는 두 가지 관점에서 이야기될 수 있다. 권위주의적 권력의 약화는 자연스럽게 사회의 전체성을 약화시킬 수밖에 없다. 그러나 이 약화의 진행은 자유에 기초한, 권력과 관계없는 사회가 성립하고 그것이 공동체적 성격을 유지할 수 있다는 것을 상정한다. 이것은 인간의 사회성의 결집력에 대한 매우 낙관적인 관점을 표현하는 것이다. 그런데 자유로운 사회 공동체가 가능하다고 하더라도, 그 자유로부터 시작하여 어떤 힘이 성장하고 그것이 공동체를 잠식하고 또 그 안에서의 개인의 자유를 잠식하는 경우를 생각하는 것은 어려운 일이 아니다. 자유의 가능성에는 약육강식이 포함된다. 자유에서 나오는 이 새로운 힘이 공동체적 관심을 벗어나는 것이라고 한다면, 공동체의 문제 — 모든 사람의 삶을 적절한 수준에서 돌볼 수 있는 공동체의 가능성의 문제는 심각한 것이 될 수밖에 없다.

시장의 자유는 비교적 평등한 사람들의 상호 관계를 상정한다. 그러나 이 자유에 근거하여 어떤 부분이 거대화될 때, 그 자유는 오히려 실질적인 내용의 자유를 크게 손상한다. 그러니까 당초의 시장의 자유에서 성장한 기업의 거대화와 독점화 그리고 더 일반적으로 인간의 삶에서의 기업의 총체적인 거대화가, 개별적인 인간들의 자유의 내용을 왜곡하게 된다. 그리고 이 왜곡은 자유의 공간으로 생각되었던 시장 그리고 거기에서 일어나는 소비에서만이 아니라 생산 활동과 그 조직에서도 일어난다. 생산 수단의 독점에 의한 인간의 노예화는 ── 노예 제도로부터의 강요된 탈락까지도 ── 이러한 왜곡 효과에서도 가장 중요한 것이 된다. 그리하여 필연으로부터의 자유는 자유의 왜곡과 상실 그리고 필연성의 묶임으로서의 공동체의 해체를 가져온다. 이런 문제들을 생각하면, 자유에 기초한 공동체가 참으로 가능한 것인가 ── 이것은 영원한 숙제로 남아 있을 수밖에 없는 것으로 보인다.

# 시장의 균형과 도덕 윤리

## 시장과 시장의 규율과 도덕 윤리

**시장의 규율**  그런데 원래부터 시장의 자유를 말하는 것은 조금 과장된 것이라고 할 수 있다. 사람들은 그들이 하는 일이 어떤 것이든지 간에, 억압과 구속 그리고 제어 속에서 움직이는 것보다는 자유롭게 움직이는 것을 원한다. 이것은 시장의 경우에도 마찬가지이다. 시장의 긍정적 의미는 자유롭게 움직이면서도 앞에서 이미 비친 바와 같이 여러 가지 삶의 필요가 해결되고 그 편의가 확보된다는 데에 있다. 그러나 참으로 그럴 수가 있는가?

사실 따져 보면, 시장 자체도 일정한 규율이 없이는 자유로운 것이 될 수가 없다. 그것은 그 나름의 규율을 필요로 한다. 시장의 거래에 관계된 규율들이 없이 자유로운 시장이 성립할 수 있겠는가? 시장과 공동체를 연결할 때 요구되는 규율들은 이러한 시장의 규율을 조금 더 넘어가는 규율을 말할 뿐이다. 어느 쪽이나 이 규율을 부과할 수 있는 가장 간단한 답변은 권력을 통하여 시장의 무질서를 바로잡는 것이다. 그러한 정당성을 가졌거나 주장할 수 있는 권력이라야 한다. 정당성은 도덕에서 온다. 그러나 이것은 다시 억압적이 될 수 있다. 그리하여 그것보다는 여러 현실 이익과 필연성의 법치 제도에서 답변을 찾을 수 있다.(물론 이것도 그 나름의 권력에 의하여 뒷받침되어야 한다.) 그러나 여기에서도 인간에 대한 일정한 도덕적·윤리적 이해가 없을 수가 없다. 타협의 제도에도 인간의 삶에 대한 일정한 가치적 선택이 있게 마련이기 때문이다. 그리하여 우리가 원하든 아니하든 도덕과 윤리의 문제는 사람이 살 만한 사회를 생각하는 데에 있어서 핵심적 고려의 대상이 되지 아니할 수 없다. 우선 이것을 조금 생각해 보기로 한다.

**자유와 도덕 윤리** 시장이 자유롭다고 가정할 때, 그리고 그 결과로 자유가 공동체를 해체하는 경향을 갖는다고 할 때, 이 무너지는 공동체의 벽을 다시 수리해 줄 수 있는 것은 일단 공동체적 윤리이다. 그러나 다시 윤리 속에 움직이는 것이 그렇게 원활한 것은 아니다. 그 한계에 부딪쳤던 것이 바로 도덕과 윤리로부터의 해방이 역사적 요청으로 일어난 이유이다.

**도덕의 여러 가지** 사람이, 개인으로서 자유를 원한다고 하더라도 그 자유가 절대적인 의미에서의 자유일 수 없다는 것은 자명하다. 사람이 누리는 자유는, 적어도 사회적인 관계에서는, 일정한 테두리 안에서의 자유를 의미한다. 이 테두리 안에서도 자유를 살리면서 규율을 확보하는 바탕이 되는 것이 개인의 내면에 있는 도덕과 윤리의 규범이다. 내면화된 규범은, 그것이 진정한 반성적 과정을 거쳐 이루어진 것이라고 한다면, 외적인 효력을 가진 규범이면서 동시에 개인이 승복할 수 있는, 더 적극적으로 말하면,

전정한 자기의 완성, 자유의사로부터 나온 자기실현의 일부를 이룬다. 이 내면과 외면이 일치하는 자리에 성립하는 규범에는 자유와 그에 대한 제한 이 둘 사이의 구별이 존재하지 않는다고 할 수 있다.

**윤리 도덕의 내면과 외면** 사회적으로 당연한 것으로 생각되면서 사람들이 개인적으로 내면화하고 있는 규범은 내면화의 실질적 내용에 있어서 상당히 다른 성격의 것일 수 있다. 가령 어떤 규범이나 규율은, 단순히 사회적인 금기의 습관화일 수 있다. 그것은, 그 내적 의미에 관계없이 사회 또는 권력자가 부과하는 벌을 피해 가는 방법일 수 있다. 여기에 본래적인 의미에서 내면화의 과정이 있었다고 할 수는 없다. 다른 한편 사회 규범은 사회 관계에서 지키지 아니하면 아니 되는 필연적 규칙들을 나타낼 수 있다. 그리고 개인은 그 필요성을 스스로 인정한다. 그러한 의미에서 그것은 사회의 규칙과 규범이면서 나의 규칙이고 규범이다.

그 가장 간단한 예는 교통 규칙과 같은 것이다. 또는 어떤 장소에서 일정한 줄을 서야 한다는 것도 그러한 간단한 규칙에 속하는 것이라 할 수 있다. 그런데 아무런 위험이 없을 때에, 교통 규칙을 지킬 필요가 있는가? 또는 줄을 설 때, 단순히 규칙을 지키는 것이 아니라 다른 사람의 편의를 나의 편의에 우선하게 하는 너그러움은 전혀 관계없는 것인가? 이러한 질문들이 있을 수 있다. 교통 규칙은 현실적 편의의 규칙이지만, 어떤 사람에게는 단순히 현실적인 이유로 하여 지키게 되는 규칙이면서 동시에 사회의 이성적 발전의 일부이고 규칙과 규범을 자신의 일부로 생각하는 개인에게는 인격의 표현으로 생각될 수 있다.

더 나아가 사회적으로 필요가 없는 데에서의 정직, 청결, 근검절약, 기율 있는 몸가짐 ── 이러한 것들은 무엇을 의미하는가? 사회적 공동 생활의 필요에서 나오는 사회적 규범과 규칙 그리고 자신의 진실된 삶의 완성을 위한 덕성 이 둘 사이에 존재하는 차이는 매우 미묘하다. 윤리와 도덕의 규율과 규범 가운데에도 어떤 규칙은 전체에만 관계되고 또 다른 어떤 규칙은 본질적인 의미를 갖는다. 사회적 필요만을 강조하는 규범과 규칙은 내적인 삶의 원리로서의 윤리 도덕을 공허한 것이 되게 할 수 있다. 자유와 공동체적 윤리의 문화는 오랜 내적 성숙을 의미한다. 이것은 개인의 내면의 과정이면서, 역사의 과정이다. 공동체의 필요에 따라서 아무 준비 없이 윤리적 규범이 재도입될 수는 없다.

다시 정리하여 말하면, 사람들이 지키는 도덕과 윤리의 규범 그리고 규칙은 (1) 외적으로 부과되는 것일 수 있고, (2) 규칙을 지키는 사람이, 물리적·사회적 전체의 필요를 인지하는 데에서 준수하는 것일 수 있고, (3) 인간의 자기 형성 과정의 일부일 수 있다. 사람들이 지키는 도덕과 윤리의 규범을 이러한 세 가지 관점에서 생각해 보는 것은 사회생활의 기초를 생각하면서 동시에 삶의 진정한 완성이 무엇인가를 가려내는 데에 중요한 일이다. 인간의 삶의 윤리적 고양화는 삶의 규칙들의 기초가 진정한 의미에서 외면에서 내면으로 옮겨 가는 것을 말한다. 그러나 이러한 생각은 지나치게 이상주의적인 것이라고 생각될 수 있다. 그리하여 사람들은 그 출발을 외적인 필요에서 나오는 규범에서 찾는 것이 보통이다.


## 윤리 도덕의 역사적 과정


**삼강오륜과 보편 윤리**  동양에서 윤리 하면 삼강오륜을 생각했다. 그것은 부모 형제와 같은 생물학적 필연성에 의하여 묶이는 관계, 임금과 같은 정치 체제의 권위에 대한 관계, 벗과 같은 심정적이면서 현실적인 유대 관계에서 지켜야 할 일정한 규칙을 말한 것이다. 그러나 이것을 일반적 공동체적 규율로 확대하는 데에는 다른 규칙들이 필요하다. 하나는 그것들이 적용될 수 있는 외연을 확대하거나 재정의하는 데에서 생겨나는 것이고 다른 하나는 그러한 외연보다는 내적인 삶의 필요에 이어지게 하려는 노력에서 생겨나는 것이다. 씨족이라든지, 향토라든지 하는 것에 대한 일정한 의무감도 보충적 규범의 터전으로 생각될 수 있다.(후자의 경우 전래의 향약(鄕約)과 같은 것을 여기에 관련하여 생각해 볼 수 있다.) 지배자의 관점에서 말한 것이지만, 목민(牧民)에 관한 여러 가르침은 이것을 조금 더 보편화한 것이다. 그러나 근대적인 의미에서 이것을 최대한으로 확대한 것은 민족이라는 전체성의 개념에 기초한 도덕적 규범이다. 이 후자는 근대 국가에서 그리고 특히 우리나라에서 가장 강력한 행동 규제의 범주가 되어 있다고 할 것이다.

오늘의 사회의 일반적 관습은 모든 도덕적 삶이 집단적 필요에 의하여서만 정의되는 것처럼 생각한다. 그러나 참으로 도덕적 삶의 기반을 확대할 수 있는 것은 내면으로 들어가는 것이다. 역설적으로 그것은 인간 일반 그리고 도덕과 윤리의 세계적 가능성 ─ 보편성으로 열리는 일이기도 하다. 개체의 도덕 수련은 어디에서나 그것을 버리지 않는다는 것이다. 그러면서 그것은 세계의 도덕적 가능성을 상정한다.(세계의 있음을 철저하게 거스르는 도덕이나 윤리는 있을 수 없다.) 앞에서 비친 바와 같이, 사회생활의 필요가 아니라 자기의 삶을 보다 깊이 살고자 하는 동기에서 나오는 도덕적 추구가 결국은 사회적 도덕과 윤리의 기반이 되기도 한다. 그것은 자기완성의 추구의 테두리 안에서 생각될 수 있는 도덕과 윤리이다. 물론 자기완성의 추구가 반드시 윤리 도덕적 완성으로 돌아가는 것은 아니다. 그러면서도 그것이 도덕이나 윤리와 분리하여 가능하다고 할 수는 없다. 그리하여 사회적 의미를 갖는 도덕률도 참으로 깊이 있는 것이 되려면, 이러한 자기완성의 일부로서 존재하여야 한다. 깊은 도덕과 윤리의 느낌은 마음을 닦거나 그것을 통하여 자기의 본성을 확인하고 자신의 일관성을 확립하는 일, 유교적으로 말하여, 존심양성(存心養性)에서 자라 나온다. 이러한 도덕적 차원을 갖는 자기완성 추구가 사회 안에 존재한다는 것은 사회의 도덕적 주조(主調)를 결정하는 데에 중요한 의미를 갖는다.

이러한 수신이나 수양이 직접적으로 사회적 의미를 갖는 것은 아니다. 그것이, 가령 공중도덕을 지키고 약속과 계약을 지키고자 하는 데에서 ─ 즉 일상적 사회생활에서 어떤 직접적인 역할을 한다고 할 수는 없다. 그런데 어떤 개인적인 도덕규범은 내적인 자각에 뿌리를 가지고 있으면서도 일상성의 테두리 안에서의 사회적인 규범과 규칙의 필수적인 근거가 된다. 가령 정직성이나 공평성에 대한 느낌과 같은 것이 그것이다. 이것은 인간의 기본적인 삶의 느낌에서 나오는 것이면서, 사회적 또는 공동체적 관습으로 자연스러운 습관이 되는 것이라고 할 수 있다. 앞에서 말한 삼강오륜이나 집단적 소명에서 나오는 규범이 가지고 있는 문제의 하나는 그것이 이러한 내면성 ─ 깊은 의미에서의 내면성뿐만 아니라 일상적 차원에서의 내면화된 행동 원리를 제공하지 않는다는 데에 있다고 할 수 있다.

**공동체적 윤리와 보편성**  이것은 근본적으로는, 역설적으로 들릴 수 있으나, 그것이 모든 사람에게 또는 모든 경우에 확대될 수 있는 보편적 윤리라기보다는 공동체적 한계 속에서 움직이는 원리라는 데에 관계되어 있다. 그리하여 한편으로는 균등성이나 보편성의 원리를 결하고 있으면서 다른 한편으로는 이로 인하여 이것에 입각한 개인의 실천적 규범을 등한히 한다. 이에 대하여 사람의 마음의 자연스러운 지향에서 또 오늘의 상황에서, 사람들은 집단의 범주도 향토적 공동체나 민족이 그 이상의 보편적 규범으로 확대되어야 한다는 느낌을 갖는다. 다른 한편으로 오늘이나 과거에 해당되는, 그리하여 새로 생각할 필요가 없는 도덕적 규율들이 있다. 그것은 정해진 사회관계를 떠나서도 지켜야 할 개인적 도덕규범이다. 가령 역지사지(易地思之)해야 한다거나 측은(惻隱)의 마음을 잊지 말아야 한다거나 하는 것도 그런 것이지만, 앞에서 언급한 정직이나 공평함과 같은 것도 그러한 것이다. 이러한 것들은 매우 좁은 느낌을 주면서도 사실은 보편적인 도덕률이라 할 수 있다. 좁은 느낌은 바로 그 보편성에서 온다. 그것은 큰일에는 물론이고 작은 행동에도 적용되는 것이기 때문이다. 사실 큰 테두리의 규범의 매력의 일부는 그것이 작은 것들에서의 해방을 가능하게 해 주는 면이 있기 때문이다.

**정직성과 공평성과 선의** 역지사지나 측은지심 또는 동정심 그리고 정직성이나 공평성은 외부적으로 부가되어야 하는 테두리에 관계없이 개인 행동의 도덕적·윤리적 성격을 규정하는 도덕적 가치이다. 그것은 개인이 반드시 다른 사람과의 관계를 생각하지 않더라도 자신의 품성의 하나로 — 자기 일체성의 원리로, 사실의 자기와 생각의 자기, 이 둘이 하나가 되게 하는 원리이다. 그러면서 그것은 다른 사람과의 정상적 관계를 확보하는 데에 필수적이다. 이것은 혈연과 정치적 소속과 감정과 이해의 친소 관계를 넘어서 널리 작용한다. 공동체가 작은 인간관계를 넘어가는 다수 인간의 결속을 의미한다고 한다면, 이것이야말로 공동체 안에서의 인간관계를 규정하는 바탕이 된다고 할 것이다.

**새로운 도덕와 윤리의 발달** 한국의 경우에 전통 시대로부터의 도덕적 유산에 — 적어도 공식적 윤리 지침이라는 관점에서는 — 중요하지 않았던 것은 정직성과 공평성의, 개인적이면서도 사회적인 덕성이었다. 이것은 혈연 그리고 그 비유적 확대로 이해되는 모든 관계에서 별로 강조될 필요가 없었을 것이다. 이것은 산업화로 인한 실질적인 사회의 확대 과정에서도 중요시되지 아니한다. 뿐만 아니라 확대된 공동체로서의 민족은 이러한 개인의 덕성을 좀스러운 것으로 보이게 한다. 흥미로운 것은 정직과 공평이 특히 중요해지는 것은 상업 거래에서라는 사실이다. 그러면서도 그것은 모든 인간 행동의 기초이다. 사람과 그 언어의 거죽과 안의 일치는 모든 지속적 인간관계의 받침돌이다. 그것은 모든 진리 인식이 사실의 사실 됨에 대한 승복에 기초하는 것과 같다.

인간관계에서, 정직성과 공평성, 이러한 덕성에 추가하여 더 필요한 것은 선의나 공감의 의식일 것이다. 이것은 역지사지나 측은지심과 유사하면서도 조금 더 약한 힘을 가진, 그러면서 더 확대된 의미의 도덕적 성격을 가진 심성의 특성을 이룬다고 할 수 있다. 정직과 공평성은, 방금 말한 바와 같이 개인과 개인의 관계에도 필요하고 사회 일반의 교환 관계에도 필수적이다. 그런데 그것은 — 또 다른 많은 윤리적 규범은 — 사회 전체의 일체성 그리고 인간의 보편적 유대감의 바탕 위에서만 성립한다고 할 수 있다. 즉 사람 사이가 근본적으로 선의에 입각할 수 있다는 것을 전제한다. 선의는 원초적 인간의 심성에서 나오는 것이면서도, 문명의 발달에 병행한다고 할 수 있다. 인류학이 보고하는 것에 의하면, 원시 사회의 특징은 사람과 사람 사이, 특히 다른 공동체에서 온 사람 사이에 우선적으로 작용하는 것이 적의라는 사실이다. 선의의 일반화는 공동체와 공동체, 사회와 사회, 문명과 문명의 다양한 접촉을 통하여 일반화된다. 여기에 무역과 상거래도 그러한 접촉에서 중요한 역할을 한다. 물론 상업 거래에서 선의와 공감이 반드시 작용하는 것은 아니다. 그러나 그것이 전제될 수는 있다. 적어도 거짓으로라도 선의의 공통된 기반이 없이는 거래가 원만하게 이루어지기 어려울 것이기 때문이다.

앞에서 말한 여러 윤리 도덕의 항목들은 사람의 자연스러운 품성의 표현이 된다고 할 수 있다. 그러나 그것들은 말할 것도 없이 역사와 사회와 문화의 변화에 따라서 현재화하기도 하고 잠재화하기도 하고 강화도 되고 약화도 되는 것이다. 시장의 자유가 보다 자유로우면서도 인간의 필요를 원활하게 해결하는 장으로 이야기된 것은 사람 관계를 다스리는 여러 덕성이 계속 자연스럽게 작용한다고 믿을 수 있었기 때문이었을 것이다. 그런데 이것을 당연시한 것은 자유주의 이전의 도덕적 유산이 그대로 남아 있는 것과 관계가 있지 않았는가 하는 생각이 든다. 그리고 작은 상인들이 공동체의 공간에서 거래할 때, 그것은 실제 전제될 수밖에 없는 것이었다.

그러나 이윤에 대한 일방적인 강조는 이러한 윤리적 조건을 상당 정도 해체하는 결과를 가져올 수밖에 없었다. 이 과정에서 특히 침해되는 것은 공동체적 유대 또는 인간의 보편적 유대의 기초로서의 선의와 공감의 덕성일 것이다. 적어도 정직은 도덕적 관점에서보다 상거래의 객관 요건이라고 할 수 있기 때문이다. 그렇다고 그것이 저절로 지키게 되는 도덕이라고 할 수는 없다. 그것은 시장 이전에서와 마찬가지로 시장에서도 작용하여야 하는 덕성이라 할 수는 있다. 그러나 앞에서 말한 대로, 그것도 선의의 공동체의 전제를 가짐으로써, 바르게 작동한다고 하여야 한다. 시장에 의한 도덕과 윤리의 황폐화를 이야기할 때, 우리나라에서 개인적인 도덕보다는 거의 전적으로 집단에 대한 윤리적 의무만이 강조되는 경향이 있는데 그것은 이러한 사정에 관계된다. 또 이것은 전근대에서 삼강오륜과 같은 사회관계의 규범만이 강조되었던 것에 이어지는 일이라고 할 수도 있다. 그러나 개인적인 차원에서의 여러 덕성이 사회적으로도 사태의 핵심이라는 점이 등한시되는 것은 유감스러운 일이다.

## 시장과 법 제도

**법과 이성**  개인과 자유를 공동체의 테두리 속에 규제하는 기제로서의 도덕 윤리 규범보다 더 강력한 것은, 말할 것도 없이 법과 제도이다. 그러나 다른 한편으로 비공식적 공동체의 압력이 더없이 강한 것일 수도 있다는 것 — 그리하여 그것이 정당성의 범위를 넘어갈 수 있다는 것도 잊지 말아야 할 사실이다. 개인의 자유라는 관점에서 법과 제도는 더 환영할 만한 것이 되는 것도 이에 관련되어 있다. 그러나 분명한 강제력을 가진다는 점에서 또 적어도 외형적으로 더 강력한 것은 법과 제도이다. 그러면서 그 장점은 스스로도 그 테두리 안에 한정하는 것이 될 수 있다는 것이다. 그리하여 사람들은 자유를 말하면서도 동시에 법치의 이상을 말한다. 그리고 자유가 중요할수록 그것은 법과 제도로서 구성되는 것이 되어야 한다고 생각한다.

사회 공간 안에서 내가 누릴 수 있는 자유는 다른 여러 사람의 자유와 양립할 수 있는 것이라야 한다. 그 관점에서의 타협은 불가피하다. 물론 이때 타협의 원칙은 이성적 원칙으로 수긍할 수 있는 것이라야 한다. 이때 가장 기본이 되는 것은 공평성 또는 공정성이다. 그러나 법과 제도의 또 하나의 문제는, 그것이 사회적 타협에서 나온 것이든 아니든, 집행을 위한 대행 기구가 구성될 수밖에 없다는 사실이다. 이 기구는 독자적인 힘의 원천이 되고, 전제적인 억압의 기구가 될 수도 있다. 사회와 제도의 교환 관계를 원활하게 유지하려는 것이 민주주의이다. 그러나 그 교환이 단순히 대중과 권력 기구의 일대일의 관계 속에 이루어지는 것은 아니다. 그것은 현실적으로 불가능하고 또 사회생활의 필수 요건이 일의 추이를 예측 가능하게 하는 질서라고 할 때, 제도적 일관성의 결여는 그러한 질서를 불가능한 것이 되게 하는 일일 수도 있다.

**이성적 원칙** 자유의 사회적 타협에서 작용하는 것은 단순한 이해관계에서의 타협이 아니라 이성의 원칙이다. 사람과 사람 사이 그리고 그것을 조정하는 계산의 기구가 상대적 조화를 유지할 수 있는 것은 이 이성의 원칙의 매개를 통하여서이다. 그런데 그것은 이러한 조정과 질서의 한 특성으로서의 일관성에 더하여 사람의 삶에 더 중요한 역할을 담당하고 있다고 할 수 있다.

사람과 사람 그리고 다수 민중과 공적 기구의 매개자로서의 이성은 어디에서 나오는가? 그것은 말할 것도 없이 사물의 세계 그리고 사회적 관계의 법칙성에서 나온다. 그러나 또 중요한 사실은 그것이 나의 마음속에 내재하는 것이라는 사실이다. 그러니만큼 사회적 타협을 받아들이는 행위는 외적인 규제를 받아들이는 것이 아니라 나 자신의 마음에 충실한 것이라고 할 수 있다. 그런데 이보다 한 걸음 더 나아가 타협이 있기 전에 이성적으로 — 어떤 특정한 문제에서만이 아니라 모든 일에 있어서 이성적으로 행동하는 것은 바로 자신의 깊은 본질에 충실한 것이라는 입장도 있을 수 있다. 이성을 개인이 되었든 집단이 되었든 인간 존재의 본질이라고 생각하는 이성주의적 입장이 이러한 것이다. 그러나 이러한 철학적 인간학의 입장을 취하지 않는다고 하더라도 대체로 자유로우면서도 사회적 고려와 보편적 규범에 따라 행동하는 것이 정상적인 사회에서의 인간의 모습이라고 할 수도 있다.(물론 실제 그러한 자연스러운 상태가 있느냐 하는 것과 또 그러한 가능성이 반드시 비현실적인 몽상이 아니라고 할 때, 어떤 조건 하에서 그러한 규범적 상태가 저절로 자연스럽게 실현될 수 있느냐 하는 것이 중요한 문제이다.)

**정치권력** 이렇게 말하면서, 다시 고려해야 할 것은, 인간의 내면적 원리, 사회의 자율적 법칙에도 불구하고 궁극적으로, 시장 사회를 포함하여, 모든 사회 질서의 최종적인 보장은 강제력을 직접적으로 사용할 수 있는 정치적 권력에 있다는 점이다. 물론 이것이 얼마나 민주적인 것이냐 하는 것은 언제나 문제일 수밖에 없다. 그리고 더 나아가 법과 제도 그리고 기존 정치권력은 모두 기존 이익의 표현이고 수호자라는 생각이 있을 수 있다. 그리하여 그것을 타도하여야 한다는 주장도 등장한다. 그러나 그때 더 강력하게 드러나는 것은 권력의 중요성이다. 물론 이 권력은 새로 구성되는 것이어야 하고, 다분히 폭력적 성격을 갖는 것이 된다. 혁명을 말하는 것은 이러한 새로운 권력의 구성을 정당성의 관점에서 말하는 것이다.

## 시장의 질서

**시장의 자유와 합리성** 여기에서 이러한 이야기를 하는 것은 잠깐 살펴본 자유가 존재하는 복잡한 관계망과 그 변증법이 시장의 자유의 경우에도 작용한다고 할 수 있기 때문이다. 시장의 자유는, 다시 말하여 완전한 시장의 자유를 말하는 것이 아니다. 시장에서의 거래는 공정하여야 한다. 그리고 그것은 전체적으로 이성적 원칙에 의하여 움직이는 총체적 질서 속에 있어야 한다. 그러한 경우 공정성이나 이성은 시장 자체가 가지고 있는 질서의 원리이고 시장에서 움직이는 사람들의 행동에 반영된다 할 수도 있다. 그러나 되풀이하건대 시장이 별로 믿을 수 없는 곳이라는 것은 예로부터 내려오는 상식이다. 우리가 무슨 일에 대하여 '장삿속'이라고 할 때에는 공정성이나 정직이나 진정성의 관점에서 시장 행위를 받아들여서는 아니 된다는 것을 말한다. "caveat emptor"라는 라틴어 격언은 예로부터 내려오는, "물건을 살 때는 조심이 상책"이라는 속세의 지혜를 담은 것이다.

그러나 다시 생각해 본다면, 장삿속이라는 것이나 장사를 조심하여야한다는 것은 두 가지 의미를 가진 말이라고 할 수 있다. 속인다는 것은 정직성을 표방하면서 실제는 그렇지 않다는 양면적 행동을 말한다. 그러나이 양면성의 의미도 간단하지는 않다. "위선은 거짓이 선에게 바치는 경의이다.(L'hypocrisie est un hommage que le vice rend à la vertu.)"라는 말이 있다.이것은 시장의 원리에도 해당된다. 피상적인 의미에서라도 시장은 어떤종류의 덕성을 필요로 한다고 할 수 있다. 그것은 시장의 사회적 공헌이다.가장 바람직한 것이, 피상적이든 실질적이든, 자유의 전체적 구도를 유지하는 것이라고 할 때, 이러한 정도에서의 시장의 자정 능력을 인정하는 것도 필요한 일이다. 그렇다고 하더라도 시장을 타인에 대한 깊은 선의나 공동체 전체에 대한 배려라는 점에서는 인간적 덕성의 함양을 조장하는 공간이고 제도라고 할 수는 없다.

# 시장과 권력과 이념

## 경제와 이성과 정치

　**전체주의**　시장의 자의와 횡포를 제한하는 법과 제도가 현실적 의미를 갖는 것은 그 제도에 대한 존중이 존재한다는 것을 전제한다. 그러나 그 현실성은 대체로 이성에서 나오는 존중보다는, 이미 비친 바와 같이 그것을 뒷받침하는 제도적인 강제력에서 나온다. 그리하여 동의와 법과 제도의 번거로움을 거칠 것 없이, 정치권력에 의하여 시장이 매개하는 생산, 공급, 물류의 편의, 소비의 문제를 해결할 수 있다는 생각이 있을 수 있다. 이 권력은 시장을 그대로 두고 그것을 시정하는 방식으로 작용할 수도 있지만, 그것을 전적으로 장악하는 방식으로 작용할 수도 있다. 물론 그것은 시장을 폐기하는 일이다. 생산과 소비 체제 전체를 국가 권력이 관장한다면 — 그것도 이성적 원칙에 따라서 구성된 정치권력이 그렇게 한다면, 시장의 자의적인 움직임으로 일어나는 모든 사회적·인간적 왜곡을 수정할 수 있다고 생각할 수 있다. 사회주의적 실험은 이러한 생각에서 나온 것이다.

그러나 이제 이러한 실험은 대개 실패한 실험으로 간주된다. 합리성을 위한 사회 체제의 전체화는, 여러 가지 매개 과정을 생략함으로써 시장과 더불어 획득된 자유를 버리는 일이 되게 마련이다. 자유가 인간의 본연의 요구라고 한다면, 그것을 억제하기도 어렵지만, 실질적인 관점에서도 그것은 변화하는 현실에 유연하게 대처하는 방법이기도 하다. 자유와 이성은 긴장을 가지고 있으면서도 서로 떼어 낼 수 없는 관계에 있다. 소련의 멸망 이후에 자주 지적되는 것의 하나가 그 생산 체제가 사람들의 필요에 유연하게 대처하지 못했다는 것이다. 또 그것은 효율성의 면에서 자유 경쟁의 효율성을 따라갈 수가 없었다고 이야기된다. 물론 이 효율성이 반드시 좋은 것이라고 할 수는 없다. 그에 따르는 불필요한 성장과 낭비와 비인간화가 조장되어서는 아니 되겠지만, 그것이 인간의 창조성의 발휘를 위한 출구가 되고 삶의 향상에 기여하는 바가 있다는 것도 사실이다. 또 하나의 문제는 국가 권력의 전제화와 부패이다. 절대 권력이 절대 부패한다는 것은 대체로 맞는 말이다. 이것을 방지하는 것은, 견제 요인이 없는 상황에서 거의 불가능한 일이 된다. 다시 한 번 진정한 이성은 자유를 조건으로 한다.

**자유주의와 사회 민주주의** 이미 비친 바와 같이, 자유주의 체제하에서도 국가 권력의 뒷받침이 없이는 자유로운 사회 공간이 유지되지는 않는다. 자유는 법과 제도하에서 구성되는 자유로서만 현실성을 얻는다. 시장과의 관련에서도 이것은 마찬가지이다. 사실 아이러니컬한 것은 시장이라는 자유의 공간을 유지하기 위해서는 끊임없는 경찰 행위가 필요하다는 것이다. 공정거래위원회라는 이름을 내건 기구 이외에도 생산과 소비와 유통 그리고 상거래의 공정성 확보를 위한 기구의 번창은 자유주의 국가의 특성이라고 할 수 있다. 물론 이것이 규제의 남발을 가져오고 그것을 넘어서려는 부패를 가져오는 것은 그 부작용의 일부이다. 그리하여 부패는 사실 인간적 체제로서의 자유를 말살하는 결과를 가져온다고 할 수도 있는데, 한국에서도 이러한 우려는 적지 않다고 할 것이다.

정치권력 또는 정치 기구가 시장의 자유를 유지하는 방편이 되는 것 이상으로 시장의 문제점들의 시정에 개입하는 경우를 생각할 수 있다. 전체주의적 사회주의와 자유주의의 중간쯤에 위치한다고 할 수 있는 사회 민주주의가 그것이다. 이것이 기능하는 방식도 간단히 정의할 수는 없지만, 그 기본적인 원리는 독일의 '사회 국가(Sozialstaat)'의 이념에 적절하게 표현되어 있다고 할 수 있다. 그것은, 간단한 정의에 따르면, 자본주의 시장 경제를 유지하면서 거기에서 발생하는 생존과 사회의 문제를 시장 원리를 넘어가는 정치적 대책으로 해결하려는 제도이다. 물론 이때 국가 권력은 자의적인 것이 아니라 일정한 법과 제도 속에서 움직인다.


### 생각의 권력화/이념


어떤 경우가 되었든지 간에 정치권력의 문제는 사회 질서에 있어서의 핵심적인 문제이다. 그러나 정치권력의 사회 현실 개입은, 적어도 현대 사회에 있어서 막무가내로 이루어지는 경우가 많지는 않다. 그것은, 되풀이하여 법과 제도를 통하여 이루어진다. 그런데 그것은 다시 일정한 이념적 정당성으로 뒷받침된다. 어떤 경우에 그것은 법과 제도를 넘어서는 잠재적 강제력이 되기도 한다.

권력은 대체로는 그 자체를 절대화하기보다는 정당화한다. 적어도 이 정당화의 필요는 권력의 자의성을 제어하는 힘이 된다고 할 수는 있다. 그것이 어떤 의미를 갖든지, 정당성의 힘을 전유하는 것은 권력에 이르는 길이 된다. 그러나 이 정당성을 위한 투쟁은 권력을 넘어서 삶의 모든 면에서 깊은 의미를 갖는다. 일반적으로 말하여 사회에서 받아들이는 정당성이 있다는 것은 사회의 이곳저곳에서 발견될 수 있는 부당한 일을 시정하는 데에 중요한 무기가 될 수 있다. 그러나 이념화된 정당성은 전체주의적 권력이나 비슷하게 구체적인 인간 현실을 왜곡한다. 또 그것은 그 정당성의 성격에 따라서는 사회의 성격 자체에 좋지 않은 힘으로 작용할 수도 있다.

**이념과 현실 유연성**  이념은 사람의 마음의 소산이다. 사람의 삶에서 마음은 주체성을 수립하는 데에 주축이 된다는 것 외에 대상 세계에 대하여 유연한 대처를 가능하게 하는 실용적인 기능을 갖는다. 그러나 마음의 작용은 현실과의 관계에서 의미를 가지고 있으면서도, 이 마음과 현실 사이에 간격을 만들어 낸다. 마음이 원하는 것은 유동적인 현실을 정지 상태에서 장악하는 것이기 때문이다. 그리하여 마음은 쉽게 그 자체의 소산인 관념의 고착성에 사로잡히게 된다.

그러나 생각의 고정화에 양면적 의의가 있는 것은 사실이다. 관념은 현실을 분명하게 장악할 수 있게 하고 그것을 일정한 구도로 구성할 수 있게 한다. 그리고 그 연장선상에서 오늘의 현실을 넘어선 유토피아의 가능성을 암시한다. 이 관념의 구도는 부분적인 것일 수도 있고 전체적인 것일 수도 있다. 그리고 그 전체성은 가설의 유연성을 가진 것일 수도 있고 단호한 독단론이 되는 것일 수도 있다. 이 전체적으로 독단론적 성격을 강하게 가진 것이 이데올로기이다. 그것은 거의 현실 전체를 대체한다. 그리하여 유연한 현실 이해에 문제를 일으킨다.

**이데올로기와 개념의 권력**  이데올로기의 직접적인 기능은 인식의 속기술이 된다는 점에 있다고 할 수 있지만, 그것이 큰 힘을 발휘하는 것은 정치의 영역에서이다. 그 현실의 관념적 재구성은 곧 현실의 실천적 재구성의 가능성을 시사한다. 그러나 이데올로기의 체계화 없이도, 개념적 일반화는 사람에 관계되는 한, 저절로 개별자와 개별자를 넘어가는 명령을 함축한다. 길에서 어른이 젊은이를 "학생" 하고 부를 때 그것은 암암리에 학생이라는 신분의 의무를 상기시키는 일을 한다. 이 점에서 그것은 공적 공간 — 토의가 가능한 공적 과정 안에 객관적으로 존재하는 법이나 제도보다도 더 강한 강제력을 가질 수 있다.

마음의 사고의 소산으로서의 생각이 개념이 되고 이념이 되고 이데올로기가 되는 것은 불가피한 것으로 보인다. 특히 이 변용은 사회적 행동의 동기로 작용한다. 그렇다고 하더라도 필요한 것은 이념화하는 생각에 비판을 가하고 그것을 다시 한 번 마음의 유동성 그리고 사물의 유동성으로 되돌려 놓는 일이다. 그것은 비판적 검토 속에서만 유연성을 유지한다.

**집단적 범주/민족의 명령** 정치권력을 정당화하고 사회 행동을 격려하는 이념화된 생각에는 여러 가지가 있다. 그것이, 방금 말한 바와 같이 반드시 체계화된 이데올로기일 필요는 없다. 앞에서 든 "학생"이라는 말에서 보듯이 어떤 말들은 그 범주만을 상기해도 이데올로기적 강제력을 갖는다. 집단의 범주는 이와 같이 그것을 환기하는 것만으로도 강제력을 갖는다. 그중에도 어떤 종류의 집단의 이름은 특히 강한 힘을 발휘한다. 집안이라거나 가문이라거나 사직(社稷)이라거나 하는 것은 옛날에 신성한 집단 범주였고, 지금에 와서 우리 사회에서 가장 강력하고 신성한 집단 범주는 민족이다. 민족의 이익에 반하는 일을 하지 말아야 한다는 것은 모든 사람이, 적어도 표면적으로는 받아들이는 자의적 행동의 한계이다. 이러한 의미에서 민족이라는 말 또는 범주는 시장의 정당화에 그리고 또 그것의 자의성을 제어하는 당위성의 언어로도 동원될 수도 있다. 경제 발전이 민족중흥 또는 부국강병의 이념의 일부가 된다거나 세계화에 대하여 보호 무역주의가 등장하는 것도 이러한 연결을 보여 준다. 개성공단이나 금강산 관광과 같은 것은 보다 구체적으로 민족과 시장의 원리를 다른 이해관계에 복합적으로 연결한 경우라고 할 것이다.

그러나 민족의 이념이 곧 공동체적 배려로 연결된다고 할 수는 없다. 방금 말한 민족주의가 반드시 민족 성원의 복지에 이어지는 것은 아니다. 지금의 많은 상업적 행위는, 적어도 직접적으로 공동체적 배려에 관계되지 않으면서도 민족의 이름을 빌려 올 수 있다. '한류'는 상업적 행위를 민족의 이름으로 정당화한 것이다. '국가의 위상', '국가 브랜드' 등도 반드시 공동체적 배려를 생각하면서 쓰이는 말이라고 할 수는 없다. '동포'라는 말은 아마 공동체를 조금 더 생각하는 말일 것이다. 그런데 그것은 동포가 아닌 인간을 배제하는 개념이다. 그리하여 반드시 보편적·윤리적 내용을 갖는 것은 아니다.

**다른 행동의 이념들**  집단의 범주를 포함하는 것이기도 하고 그것과는 필연적인 관계가 없는 도덕적·윤리적 당위성을 함축하는 이념들도 있다. 민주주의, 그 테두리 안에서의 자유와 평등과 우애, 인권 등이 모두 그것에 해당한다. 또는 인도주의적 가치들도 여기에 포함시킬 수 있다. 그러나 민주주의가 정치 투쟁의 목표가 되었을 때가 아니라면, 이것들이 지금 그렇게 강한 사회 행동이나 정치 행동의 동기가 되는 성싶지는 않다. 아마 지금 한국에서 평등은 아직도 매우 중요한 당위적 명령의 함축을 가진 단어일 것이다. 특히 그것은 경제와의 관계에서 힘을 가진 말이라고 할 수 있다. 물론 평등은 정당성에 이어져야 한다. 빈부 격차라는 말과 연결되어 이야기될 때, 그것은 반드시 민족이나 공동체성은 아니라도 사회의 일체성의 요구 또는 그 조건을 말하는 것이다. 그것은 더 일반화하여 사회 정의를 실현하는 데에 있어서의 중요한 부분이 되는 것으로 말할 수 있는 것이다.

정의  집단적 범주, 정치 이념의 일부가 된 개념 또는 이데올로기들은 모두 현실을 개념적으로 파악하는 도구이면서 사람들에게서 일정한 행동의 수행을 요구하는 언어들이다. 그것을 뒷받침하고 있는 것은 인식론적 타당성 이상으로 정당성의 주장이다. 이 정당성을 그 자체로 이념화하고 있는 개념이 정의이다. 정의는 플라톤의 공화국이나 유교 국가의 이념에서 핵심적인 이념이다. 사실 정치에 일어나는 여러 문제는 정의를 빼고 생각하기 어렵다 할 것이다. 민주주의가 정치 생활의 가장 중요한 제도적 테두리가 된 현대에 와서, 모든 것이 평평하고 고르게 되어야 한다는 정의의 이념이 중요해진 것은 말할 것도 없다. 물론 이 정의를 어떻게 규정하느냐 하는 것은 역사와 문화와 사회에 따라 다르다고 할 것이다. 그러나 오늘의 사회에서 정의는 가장 큰 정치 의제임에는 틀림이 없다. 이 글의 남은 부분에서 조금 자세하게 생각해 보자는 것은 정의의 문제이다.

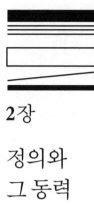

**2장**

정의와
그 동력

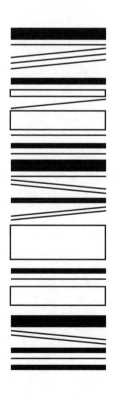

# 정의의 힘, 정의의 사회

## 정의

우리 사회에서도, 말로 표현되든 아니 되든, 정의의 문제는 가장 큰 사회적·정치적 주제이다. 아마 우리 역사상 지금만큼 정의의 문제가 크게 등장한 것은 드문 일이라고 할 것이다. 이것은 우리 사회에서의 민주주의의 발전의 결과일 것이다. 물론 정의는 동양 정치에서 오래전부터 정치의 근본으로 인정되었다고 할 수 있다. 정치라는 말에 들어 있는 정(政)이 바르다는 정(正)이라는 공자의 말이나 바른 정치의 의제는 이(利)가 아니라 의(義)라는 맹자의 말은 가장 자주 인용되는 말이다. 다만 오늘날의 사람들이 받아들이는 정의는 이(利)의 공평한 분배를 포함한다고 할 것이다. 그것은 모든 사람의 공평하고 평등한 권리를 인정한 위에 그들 사이의 일정한 배분적 균형을 말한다.

유교 질서에서의 정의도 백성의 권익에 대한 배려가 없는 것은 아니나, 그것은 공평한 배분적 균형의 원리라기보다는 일정한 도덕적 질서 — 근본적으로 지배 권력이 규정한 도덕적 질서에 충실함으로써 이루어질 수 있는 정의였다. 이 질서에서는 모든 사람이 동등한 권리를 가지고 정의를 누릴 수 있다는 생각은 없었다고 할 수 있다. 모든 개체의 동등권이 강조됨과 함께 정의의 문제가 의제로서 절대적인 비중을 가지게 되는 것은 자연스럽다. 그것은 정의를 누려야 할 주체가 다수자가 됨으로 하여 그럴 수밖에 없는 것이라고 할 수도 있고, 도덕적 질서에 이어지는 준거가 없는 한 정의의 요구는 형식적인 요구가 되어 삶의 모든 부분에 샅샅이 미치는 것이 되기 때문이라고 할 수도 있다.

## 정의의 심리적 동력

정의의 여러 관련  어떻게 되었든지 간에 사회에 그리고 세계에 정의가 증대하고 그것을 위한 투쟁이 강화되는 것은 좋은 일이다. 그러나 그것이 참으로 인간적인 사회의 동인이 되게 하려면, 정의의 여러 의미에 대한 섬세한 고찰이 필요하다. 그리고 그것이 다른 삶의 이상에 대하여 갖는 관계를 생각하여야 한다. 이러한 고찰이 없이는, 사람이 하는 모든 일이 그러하듯이, 더러 인용되는 라틴어 격언, "극단의 정의는 극단의 상해(summum ius, summa iniuria)"라는 말이 가리키는 상황이 현실이 될 수도 있을 것이기 때문이다.

정의감  우선 생각해 보아야 할 것은 정의를 추동하는 심리적 에너지의 복합성이다. 정의의 근원은 무엇인가? 냉정하게 생각하면, 정의는 이성적 원칙에서 나온다고 할 것이다. 그러나 우리말의 표현에 '정의감'이라는 말이 있다. 그것은 정의가 단순히 이성의 원리가 아니고 감성적 측면을 가지고 있다는 것을 직감하는 데에서 나오는 말일 것이다. 과연 정의의 원동력은 감성적인 것 또는 감정에서 나온다고 할 수 있다. 특히 추상적일 수 있는 정의는 이러한 감정에 이어짐으로써 행동적 동력이 된다고 할 수 있다. 크게 보면 그 근원은 나의 연장선상에서 남을 보는 공감이나 동정심에서 찾을 수도 있고 나에게 가해진 불리나 손상 또는 불공평한 배분 등에 대한 노여움에서 찾을 수도 있다. 또 힘으로 작용하는 것은 이러한 감정들만이 아니고 이에 근접한 다른 감정들일 수도 있다.

**티모스** 플라톤은, 정의가 티모스(thymos)라는 심성의 한 특성에 긴밀하게 이어져 있는 것으로 생각하였다. 이것은 인간의 심성에 들어 있는 분연한 마음, 투쟁적 자기주장을 가리킨다. 근년에 와서 프랜시스 후쿠야마는 이 말을, 강한 자기주장 그리고 인정을 위한 투쟁에 들어가는 에너지로 해석하고 자유주의 체제는 이것을 충족시켜 줌으로써 인간성에 맞는 정치체제가 된다고 하였다. 어떻게 해석하든 정의로운 행동에도 티모스와 같은 정신의 에너지가 작용하는 것은 사실일 것이다. 티모스는 정의의 동력일 뿐만 아니라 수모감이나 분노와 같은 감정의 바탕이고 일반적으로 자기 보존을 위한 전투적 태도의 근본이다.

### 동정심, 복수심, 분개심

**현실주의 정의론** 근대의 정치 이론도 정의를 움직이는 힘을 비슷한 감정에서 찾는다. 다만 그것은 더욱 치우치게 부정적인 색깔을 띠는 것으로 보인다. 티모스의 현대적인 표현은 더 단적으로 화를 낸다고 할 때의 '화' 그리고 '복수욕' 등이 된다. 이것은 비록 정의의 확보에는 도움이 된다고 하더라도 참으로 인간적인 사회의 실현에 있어서 모든 것의 바탕이 될 수 있는가 하는 의문을 불가피하게 한다.(대체로 이 의문을 안 갖는 것이 우리 사회인 것 같기는 하지만.)

가령 인권의 문제와 관련하여, 영국 레스터 대학 사회학과의 바벌릿(J. M. Barbalet)은 근년의 한 저서에서 권리의 정당한 확보에 투입되는 심리적 동기의 문제를 다루면서, 권리 실현에 움직이는 힘으로, 그러니까 정의의 심리적·사회적 동력으로 분개심(resentment)과 복수의 심정(vengefulness)에 최우선의 위치를 부여한다. 특히 주목할 만한 새로운 통찰을 가지고 있다고 하기는 어렵지만, 그가 두루 인용하고 있는 저자들을 보아도 알 수 있듯이, 그는 이 점에서 근대와 근대 이후의 현실주의적 사상을 집약하는 의견을 대표한다고 할 수 있다.

**동정과 선의/복수, 복수심, 분개심** 전통적으로 근대 서양 사상사에서 18세기 사상가들은 정의로운 사회 질서의 심성적 근원을 동정심(sympathy)이나 선의(benevolence)에서 찾았다. 이러한 것들이 있어서, 사람들은 그것을 인간과 인간의 유대를 강화해 주는 감성적 원리로 발전시키고, 불의를 보면 그것을 시정하여야 한다는 의무감을 가지게 된다. 그리하여 이 관점에서는 그것이 결국은 정의로운 사회 또 정의로운 인간 공동체를 이룩하는 심성적 기초를 이룬다.(바벌릿은 그 대표로 데이비드 흄을 들고 있지만, 프랜시스 허치슨(Francis Hutcheson)이나 애덤 퍼거슨(Adam Ferguson) 등 흔히 스코틀랜드 도덕주의 철학자들이 여기에 포함될 수 있다. 애덤 스미스도 여기에 관계된다.)

이렇게 이야기된 동정심에 분노와 복수심을 대립시키는 것이 바벌릿의 관점이다. 방금 말한 바와 같이 이것이 보다 현실적인 의미를 갖는 심리적 에너지이기 때문이다. 동정심은 정의의 동력이 되는 데에는 너무나 많은 단점을 가지고 있다. 그것은 우선 당사자가 아니라 방관자의 심리를 나타낸다. 또 그것은 자기의 이익과 맞부딪치게 될 때, 그것을 넘어서기 어렵고 또 어떤 경우에나 '이익의 공동체'의 경계를 넘어서 작용하기 어렵다. 흑백 인종 갈등에 있어서, 근본적으로 백인은 흑인에 대하여 공동체적인 관심 또 그러니만큼 동정심을 가질 수 없었다. 다른 한편으로 동정심이 언제나 차단된 것은 아니었지만, 백인의 동정심은 흑백의 상하 질서를 상정하는 것이었다. 그리하여 동정심은 보이지 않게 흑백 인종의 차별의 제도를 지속하는 데에 기여하기도 하였다. 몇 가지 연구를 종합한 바벌릿의 결론은 백인의 동정심이 흑인의 기본권의 요구에 있어서 분개심에 의하여 대치되었을 때에야 비로소 억압적 사회 제도가 무너질 수 있었다는 것이다.[1]

**분개심과 체제** 원시적으로 말하면, 잘못을 당했을 때 마음에 끓어오르는 것은 복수의 감정이다. 그리고 이것이 일정한 사회적 기능을 가질 수 있다. 바벌릿이 인용하는 배링턴 무어(Barrington Moore, Jr.)는 "복수(vengeance)는 사태를 평평하게 하는 방법의 하나이다."라고 말한다. 이것이 직접적으로 복수의 행동을 말하는 것인지 복수심을 말하는 것인지 분명치 않다. 그러나 무어로부터의 또 하나의 인용은 그것을 행동보다는 감정으로 정의하는 것으로 보인다. "그것은 상해(傷害)가 있은 다음에 위엄을 되살리는 감정이다."[2]

아마 더 중요한 것은 복수심과 분개심의 차이일 것이다. 전자는 권력 관계에서의 부당한 불균형을 바로잡아야겠다는 마음 그리고 자존심에 관계되고 후자는 "외적으로 받아들여진 기준과 가치와 규칙의 관점에서의"[3]

---

1 J. M. Barbalet, *Emotion, Social Theory and Social Structure* (Cambridge University Press, 2001), pp. 129~131.

2 Ibid., p. 133, p. 135에서 재인용.

3 Ibid., p. 137.

부당성을 바로잡고자 하는 감정이다. 앞의 감정은 구체적인 개인에 가해진 구체적인 상해를 바로잡겠다는 행동에 이어지는 데 대하여, 이것을 전체성으로, 즉 보다 넓은 것으로 열어 놓는 것이 분개심이다. 바벌릿에 의하면, 분개심은 "수긍할 수 있고, 바람직하고, 타당하고, 정당한 결과와 절차를 벗어난 데 대한 감정적 인식"이다. 그리하여 그것은 "복수심"을 특정한 상해 행위보다는 "상해가 일어나게 된, 손상된 권리의 장", "상해의 일반적 형식"으로 향하게 한다. 말하자면 분개심이 상해가 일어나게 하는 체제 자체를 문제 삼을 수 있게 하고 행동을 그쪽으로 향하게 하는 것이다.[4]

### 분개의 정의 사회

**역사에서의 어둠과 밝음의 교체** 그런데 이렇게 그다지 긍정적인 감정이라고 할 수 없는 분개심이나 복수심이 정의의 기초가 된다는 것은 참으로 옳은 것인가? 그러한 정의가 인간적인 사회의 바탕이 될 수 있는가? 바벌릿도 여기의 감정들이 부정적인 것이라는 것을 인정하지 않는 것은 아니다. 그러면서도 이러한 감정들은 "근본적 권리와 관계하여 분노를 표하고 주장을 내놓는 데에 결정적인 — 쉽게 인정되지 않으면서도 결정적인 역할을 한다."[5]라고 그는 주장한다. 역사의 움직임이 빛만이 아니라 어둠을 통하여, 선만이 아니라 악을 통하여도 앞으로 나아간다는 것을 인정한다고 하여도, 다른 문제는, 이미 비친 바와 같이 어둠의 힘으로 이루어지는 정의가 참으로 좋은 사회 — 인간적인 사회를 이룩할 수 있느냐 하는 것이다.

---

4  Ibid., p. 138.

5  Ibid., p. 139.

**고슴도치의 권리** 복수심과 분개심으로 얻어낸 결과는 어떤 것인가? 바벌 릿이 인용하는 철학자 로버트 솔로몬(Robert Solomon)은 말한다. "권리를 지키는 데에는 거의 창자에서 나온다고 할 수 있는 자기에 대한 불가침성 의 느낌, 그에 대한 어떤 종류의 침해, 간섭, 모욕을 도저히 견딜 수 없어 하 는 느낌이 있어야 한다."[6] 이러한 느낌이 훼손되었을 때, 복수심과 분개심 이 나온다. 그러니만큼 그것은 정의의 동인(動因)이 될 수 있는 것이다. 문 화와 역사의 사정에 따라서 다르거나 또는 다른 뉘앙스를 갖는다고 해야 겠지만, 사람이 어떤 종류의 개인의 불가침성에 대한 느낌을 가지고 있는 것은 사실일 것이다. 그런데 솔로몬이 말하고 바벌릿이 지지하는, 개인의 신성 불가침성에 대한 느낌은, 그 표현의 강도에 있어서 극단적이라는 인 상을 준다. 그것이 드러내 주는 것은 자기 방어적인 권리 속에 갇혀 있는 고슴도치의 개인이다. 그런데 이것이 참으로 인간적인 사회에 나아가는 바탕일 수 있는가? 인간의 원초적인 소망의 하나가 방어적 개인보다는 화 합의 개인들이 이루는 사회 그리고 그 자체로서도 삶의 고양과 만족의 기 초가 되는 사회라고 한다면(이 소망의 심리적 원형은 가족이라고 할 수 있다.) 고 슴도치의 방책으로서의 권리의 가치는 반드시 긍정적인 인간 이상의 일부 가 되지는 못한다고 할 수 있다.

**개인의 권리의 시대적 조건** 그러나 이러한 개인의 권리에 대한 주장이 어 떤 한정적인 의미를 갖는다는 것은 인정하여야 할지 모른다. 조건이 그렇 지 못한 상황에서의 공동체적인 단합의 전제는 바로 개인의 권리의 침해 와 자유의 억압의 구실이 될 수 있기 때문이다. 바벌릿은 권리의 문제를 다

---

**6** Robert C. Solomon, *A Passion for Justice: Emotions and the Origins of the Social Contract*(New York: Addison-Wesley, 1991), p. 244. J. M. Barbalet, ibid., p. 139에서 재인용.

시 역사적으로 돌아보면서, 그것이 서양에서의 자유주의의 발달의 소산이며, 또 근대에 와서 예민한 이슈가 되었다는 것을 인정한다. 자유주의가 개인의 자유 그리고 그것을 위한 정치적 자유의 옹호를 내용으로 하는 것은 말할 것도 없다. 이것은 인간의 자기 인식에서 하나의 발전적 업적을 나타내는 것이기도 하지만, 동시에 당대의 부정적 사회 조건에 대한 반응이기도 하다. 현대에 있어서의 개인의 권리에 대한 예민성은 한편으로 사회 조직의 거대화와 다른 한편으로 개인의 원자화와 단편화에 관계되어 있다. 공동체의 유기적 관계에서 절단되어 커다란 사회 기구에 편입된 개인은 그 사회적 생존의 면에서 여러 가지 침해에 노출되고 그에 따라 그의 자기 방어 본능은 날카로운 것이 될 수밖에 없었다.

  권리에 대한 주장의 밑에 들어 있는 것은 다시 한 번 정의의 이념이다. 정의는, 앞에서 말한 바와 같이 투쟁적인 성격을 가진 개념으로서, 바른 사회를 위한 중요한 개념이면서 동시에 심리적으로 복수심, 분개심 또 침해에 대한 지나친 불안감과 경계 의식, 거기서 나온 원초적인 자기주장 등 외에도 여러 가지로 배후에 어두운 그림자를 드리우고 있는 개념이다. 이와 비슷하게 권리라는 개념도 그러한 양의성을 가지고 있다고 할 수 있다. 그것은 기본적으로 방위적인 개념이다. 그것은 필요한 전략적 이념이면서, 완전히 실질적인 내용을 가진 개념은 아니다. 가령 사랑의 관계를 생각한다면, 그것은 적어도 그 가장 이상적인 상태에 있어서는, 권리의 개념이 비집고 들어갈 수 없는 인격적 관계를 말한다. 물론 사랑도, 정의나 권리처럼 모든 것일 수는 없다. 그리하여 사랑의 관계인 부모 자식이나 애인 또는 부부 관계에도 개인의 권리의 고려가 들어가지 않을 수 없다. 그것이 인간적 현실이다. 그러나 그것이 이러한 관계의 내용을 이룰 수는 없다. 권리로써 인간관계의 모든 것이 결정될 수 있다거나 또는 그것이 기본이 된다고 하는 것은 개인주의의 발달 — 긍정적인 의미에서나 부정적인 의미에서

나 개인주의의 근대적인 발달과 함께 등장한 생각이다.

  **한국인의 자기방어**  또는 그것은 인간적 질서에 문제가 생겼다는 것을 말
한다.(또는 감추어졌던 문제를 새로 지각하게 되었다는 것을 말할 수도 있다.) 한국
의 경우에도 정의와 권리의 문제가 크게 부상할 수밖에 없는 것은 한국의
사회 사정에 관계된다. 한국처럼 전통 사회를 지탱하던 모든 지주들이 완
전히 파괴된 사회도 찾기 어렵다. 그리하여 유기적 성격을 지닐 수 있는 삶
의 공간의 여러 중간 지대가 없어진 것이 한국 사회이다. 그리하여 그것은
하나의 거대 사회가 되었다.(지연, 학연, 파벌은 이러한 중간 지대를 향한 절망적
인 몸부림의 하나라고 할 수 있다.) 그러나 사회의 거대 조직이 그 안에서 개인
이 적절한 행로를 찾아 나갈 수 있는 일정한 법률적 구역으로 확립되어 있
다고 할 수도 없다. 거대 사회는 직접적으로 개인을 침해하는 외부의 힘으
로 작용하거나 아니면 공동체적 또는 도덕적 명분을 매개로 하여 개인에
게 명령을 발하는 —— 한 개인이 다른 개인에게 그 의사를 강요하는 기제가
되어 있다. 여기에서 자기방어적 개인주의가 강해지는 것은 당연하다. 그
러면서도 역설은 많은 저항이 개인의 권리의 입장이 아니라 집단의 명분
을 빌린다는 점이다.

  **시대와 정의와 권리**  이러한 사정을 생각하면, 정의의 질서를 확보하는 데
에 있어서 복수심이나 분개심의 역할은 시대적으로 과연 중요하다고 할
수 있다. 다만 그것을 마치 정의의 항구적인 기초가 되는 것처럼 말하는 것
은 자기 성찰의 부족을 나타낸다고 하지 않을 수 없다. 솔로몬의 개인은 그
불가침성 속에 도사리고 있는 고립된 개인이다. 그러나 개인의 불가침성
또는 존귀함은 이러한 도사림 속에서만 보장되는 것은 아니다. 문제는 개
인의 불가침성이 아니라 그 조건이다. 가령 그것은 끊임없는 경계가 아니

라 상호 존중의 문화 속에서 저절로 확보될 수도 있다. 거기에서 개인은 좀 더 안정된 조건에서 보다 적극적인 의미의 자유를 누릴 수 있다. 정의도 그 자체에 못지않게 그것을 보장하는 환경이 중요하다. 솔로몬이나 바벌릿이 말하는 정의의 사회는 고립된 개체들이 자신의 방어를 위하여 모든 힘을 동원하는 개인들의 집합, 권리의 벌집일 수는 있으나 편안한 마음의 상태에서 삶을 즐길 수 있는 조건을 확보한 사회는 아니다. 그것은 인간의 형제애에 입각한 행복한 공동체에서만 가능하다.

# 인간적 사회

## 선의의 사회

**긍정적 감정과 정의** 이러한 가능성을 생각할 때, 분개를 통하여 참다운 인간성에 이를 수 있는가, 그렇게 하여 이르게 되는 정의가 과연 인간적인 것인가, 그 정의가 바른 것인가, 다른 길을 통하여 이르게 되는 정의와 권리 그리고 인간 공동체는 없는 것인가 하는 것을 다시 물어보는 것이 마땅하다고 할 수 있다. 생각해 보아야 할 것은 정의로우면서 참으로 인간적인 사회가 이루어질 수 있는 다른 방도가 있느냐는 것이다. 이것을 위해서는 다시 한 번 동정심과 선의 그리고 그에 이어져 있는 다른 심성의 근거들을 생각하는 것이 필요하다.

## 르상티망의 문제

**복수**  다시 바벌릿이 말하는 권리와 정의의 수단으로서의 복수심과 분개심의 문제로 돌아가 본다면, 복수심은 개인이 생각하는 바 정의와 권리의 침해를 직접적인 행동으로 보상하고자 하는 행위이고, 분개심은 그것의 심리적 일반화를 말한다. 복수심은 단적으로 폭력의 행사로 완성될 수 있다. 남유럽의 어떤 지방에서의 복수(vendetta) 또는 이슬람 국가에서 보는 바와 같은 가족의 명예를 손상했다는 이유로 오빠가 누이를 죽이는 명예 살인과 같은 것에서 우리는 그 가장 극렬한 표현을 본다. 서구 사회는, 또 아마 우리 사회도 대체로 이러한 행위를 야만적인 것이라고 간주한다. 그리고 복수를 정당화할 만한 일이라도 국가의 법률 제도를 통하여 정의의 원상 복귀를 시도하는 것이 보다 문명된 행위라는 사실을 받아들인다. 이것은, 원인이 어디 있든지, 폭력을 사회에서 그리고 삶의 사회에서 억제하는 것이 보다 나은 삶을 가능하게 한다고 생각하기 때문이다.

**사리에 밝은 관찰자**  그러나 다른 한편으로는 여기에 관련되어 있는 것은 단순히 폭력의 문제가 아니고, 바로 정의의 관점에서의 정확성이라고 할 수 있다. 사실 정의의 기준에서도 복수는 완전히 정당화될 수가 없는 것이다. 어떤 한 사람의 관점에서 정의가 깨어졌다고 한 것이 참으로 맞는 인식인가 하는 것은 언제나 문제가 될 수 있다. 또 그것이 정당하다고 하더라도 그에 대한 응보의 정도에 대한 판단이 정당한 것인지는 다시 문제가 될 수 있다. 이러한 것들을 판단하는 데에는 보다 공정한 평가가 필요하다. 이것은 제삼자의 관점에서 가능할 수 있다. 마사 너스바움은 사실의 구체적인 내용을 파악하는 데 있어서의 감정의 중요성을 강조한 미국의 철학자이다. 그리하여 그는 일반적인 인간사에서는 물론 사법 제도에서도 감정의 역할을 중시한다.(앞에 말한 경우에 감정은 분노와 복수심이 될 것이다.) 그러나 그것은 제삼자의 관점에서 다시 판단되어야 한다고 그는 말한다. 감정은 "감정의 이성"으로, 다시 "공적인 이성"으로 "여과"되어야 한다. 이러한 과정을 대표할 수 있는 것이 제삼자이다. 이 관점을 그는, 애덤 스미스의 개념을 빌려 "사리에 밝은 관찰자(the judicious spectator)"의 관점이라 한다.[7] 바벌릿이나 배링턴 무어가 배제하는 것이 바로 이러한 제삼자의 관점이다.

**복수, 사법 제도, 정의의 제도** 동정심의 관점은 바로 제삼자의 관점에 일치한다고 할 수 있다. 다만 그것은 이성에 의하여 적절하게 조정된 것이라는 특징을 가지고 있다. 그런데 바벌릿이나 무어는 앞에서 거론한 여러 이유로 당사자가 아니면 손상된 침해를 완전히 복구할 수가 없다고 생각한다. 그러나 문명된 사회의 제도는 바로 이러한 제삼자의 관점 ── 사익에 구애되지 않고 공정한 판단을 내릴 수 있는 제삼자의 관점 또는 사회 전체의 관점에 실행력을 부여한다. 그것이 바로 앞에서 말한 바와 같이 보다 정확한 정의를 가능하게 한다. 이것을 위임받은 것이 사법 제도이다. 물론 여기에서도 폭력이 완전히 배제되는 것은 아니다. 정의는 어쩌면 어떤 경우에나 폭력을 이성적으로 조정하는 개념이라고 할 것이다. 더 일반적으로 사회 정의를 구체화하려는 정부의 기구들은, 분개심을 기초로 하든 동정심을 기초로 하든, 근본적으로 제삼자의 객관적 관점을 수용하고 있는 것이 아닐 수 없다.(물론 혁명적 변화를 요구하는 경우에는, 이런 관점은 타당성을 잃을 것이다.)

---

**7** Martha C. Nussbaum, *Poetic Justice: The Literary Imagination and Public Life*(Boston: Beacon Press, 1995), pp. 72~73.

**르상티망과 규범**  바벌릿의 경우도, 복수가 강한 행동력을 가지고 있다고 하여 그것을 마냥 긍정적으로 말하는 것은 아니다. 이미 비친 바와 같이, 사태에 대한 보다 객관적인 관점을 보장하는 것으로서, 그는 "복수(vengeance)"를 "복수심(vengefulness)"으로, 이것을 다시 "분개심(resentment)"으로 대치한다. 이것은 개인의 심성에 일어나는 것이면서도, "외적으로 받아들여진 기준과 가치와 규칙의 관점"을 포함하는 복수심이다. 그러나 이 기준과 가치와 규칙이 참으로 인간적인 것이 될지 또 보편적인 것이 될지는 불확실하다. 어떤 인간의 심성적 특징도 그 자체로 사회적 기준이 될 수는 없다. 그것은 앞에서 말한 바와 같이 제삼자의 관점 또는 더 적극적으로 이성의 여과의 과정을 거치고 그것이 다시 제도화됨으로써만 규범성을 획득한다.(제삼자의 관점 그리고 그것을 대표하는 제도에 의하여 균형을 얻지 못한 판단의 왜곡은 우리 사회에서 일어나는 많은 사건에서 볼 수 있다. 자신의 재산상의 피해에 대한 심리적 보상으로 남대문에 방화한 사람은 직접적인 복수를 사회 전체에 대한 복수로 치환한 것이지만, 이것은 규범적인 것이 개입되어 있는 행위라고 하더라도 이성적 판단의 결과라고 할 수는 없다. 돈 달라는 아들에 대한 보복의 방법으로 고속 도로를 역주행하여 자살을 시도한 사람의 이야기가 최근에 신문에 보도된 바 있다. 이것은 가족 간의 갈등을 제삼자의 살상을 통하여 보상하려 한 것인데, 한편으로 가족을 직접 죽이지 못하는 윤리 의식과 다른 한편으로 자기에 대한 잘못을 허용하는 세계 전체 — 타자의 생명을 포함하는 사회 전체에 대한 원한이 범벅이 되어 나타난 행동이라고 할 수 있다.)

다시 말하건대 분개심도 복수심이나 마찬가지로 이성으로 여과되고 다시 제도적으로 표현될 수 있어야 한다. 이러한 여과를 거친 경우에도 그 기본이 오로지 부정의 감정에 있을 때, 참으로 삶의 긍정적 가치를 높이는 것이 될 것인가 하는 것은 또 다른 문제이다. 그리고 그것을 생각해 보는 것은 오늘날처럼 정의의 과제 — 부정적인 심리 요인에서 나오는 정의의 주제가 중요한 시점에서 보다 나은 미래를 위한 모든 사고에서 빼어 놓을 수 없는 과제이다. 분개심은 완전히 정당화될 수 있는 경우에도 그 자체만으로는 삶의 가치를 창조하지 못한다. 거기에 어떤 대중적인 가치가 따른다고 하더라도 그것은 다분히 사회를 발전시킬 긍정적인 가치보다는 부정에 입각해서 성립하는 가치이기 쉽다. 이 점에서 르상티망(ressentiment)의 문제는 정의의 질서에서 매우 심각한 고려를 필요로 하는 심리적 요인이다. 정의는 다분히, 바벌릿이 말하는 것처럼 분개심에 관계되어 있고, 보다 넓게는 르상티망에 바탕하는 면이 있기 때문이다.

resentment와 ressentiment  영어의 resentment가 심리학에서나 철학에서 중요한 용어가 된 것은 니체가 프랑스어 ressentiment, 즉 르상티망을 사용하여 그의 도덕에 대한 견해를 표현한 이후라고 말하여진다. 영어의 resentment가 부당한 일이 불러일으키는 노여움을 말하는 데 대하여 프랑스어의 ressentiment은 어원적인 뜻 그대로 그것을 오래 두고 생각한다는 뜻을 가지고 있다. 그리하여 그것은 마음에 오래 품게 되는 분개심으로서, 우리말의 '원한'에 가깝다.(이것이 조금 더 희석화되고 일반화되고 긍정적인 가치로 생각되는 것이 '한'이다.) 그리하여 르상티망은 특정한 일에 관계된 분노가 지속되고 일반화되어 인격적 손상의 느낌이 되고, 그것이 다시 자신의 열등화에 대한 분노의 의식이 되고 또 열등의식이 되고, 거기에 비추어 타자에 대한 시기심, 긍정적 가치에 대한 거부감이 되는 등 여러 부정적인 심성이 된 것을 지칭한다.

니체에 따르면 르상티망은 결국 자아가 참다운 자기다움을 잃는 데에서 나온다. 그리고 그것은 한 걸음 더 나아가 스스로를 부정적으로 구성하는 작업을 매개하는 심리적 기제가 된다. 그것은 스스로 하지 못한 일을 두고 거기에서 오는 좌절감을 극복하기 위하여 상상 속에서 복수를 구상하는 일을 한다. 행동하지 못한 데 대한 반작용의 소산인 만큼 그것은 억눌린 자의 반작용에서 출발하여, 니체의 표현으로, 노예 도덕을 만들어 낸다. 이 노예 도덕에 고귀한 덕이 대조된다. 그것은 타자에 대한 대비에서가 아니라 자신의 힘으로부터 나오는 도덕이다.

모든 고귀한 도덕은 자기 자신을 당당하게 긍정하는 데에서 나온다. 노예 도덕은 우선 '밖의 것', '다른 것', '자신이 아닌 것'을 부정하는 데에서 시작한다. 부정이 창조 행위가 되는 것이다. 이 도착된 가치 설정의 눈길 — 자신을 보는 것이 아니라 이 필요 불가결해진 외적인 지향이 원한의 눈길이 되어 나타나는 것이다. 노예 도덕은 적대적인 세계, 외부 세계가 있어서 생겨난다. 생리적 필요인 것처럼, 외적인 자극이 있어야 행동이 가능해지는 것이다. 그 행동은 근본적으로 반작용의 행동이다.[8]

## 부정의 긍정에로의 전환

**위대한 거부와 소비 사회의 기준**  그러나 앞에서 본 바와 같이, 개인의 심성 그리고 사회와 역사의 발전에 있어서 분개심이 일정한 역할을 가지고 있다고 한다면, 문제는 그것을 완전히 매도하는 것보다는 그것의 지양 또는 전환을 모색하는 일일 것이다. 모든 혁명적 계획은 부정, 마르쿠제의 말을 빌려 "위대한 거부"로부터 시작했다고 할 수 있다. 그러나 이 거부가 배분의 불공정성에 입각한 것이라고 한다면, 그것은 아마 새로운 질서의 확립

---

8  Friedrich Nietzsche, "Zur Genealogie der Moral", *Werke in Drei Baenden*, II(München: Carl Hanser Verlag, 1954), p. 782; *On the Genealogy of Morals and Ecce Homo*, trans. by Walter Kaufmann(New York: Vintage Books, 1969), pp. 36~37.

을 위한 기초가 되지는 못할 것이다. 배분의 불공정성이 시정된다고 하여도, 불공정성이 나오는 기본적인 현실 구조 — 물질적 구조 그리고 가치의 구조가 그대로 남아 있다면, 그것은 다시 불공정을 만들어 내거나 (상하의 위치가 바뀐 것이기는 하겠지만) 끊임없는 정치적 억압의 기구를 요구할 것이고, 다시 그것은 부패의 틈을 만들어 내고 또 다른 종류의 불공정을 만들어 낼 것이다. 이러한 절대적인 의미에서의 "위대한 거부"의 역사적 실험이 현실적으로 많은 문제를 가지고 있다는 것은 이미 사람들이 느끼고 있는 일이라고 할 수 있다.

그러나 부분적인 거부와 그에 따른 시정이 보다 나은 사회를 가져올지 그것도 확실하다고 할 수는 없다. 바벌릿이 말한 바 분개심이 나타내고 있는 "기준과 가치의 규범"은 무엇인가? 아마 그것은 당대의 사회에서 통용되는 가치가 되기 쉬울 것이다. 소비 사회에서 갖게 되는 원한은 많은 경우 소비 사회의 가치 기준, 즉 소비적 소유와 소비가 가치화된 사회에서의 위치 그리고 거기에 따른 위엄의 요구에서 손실을 입었다는 느낌이 될 것이다. 그리고 정의는 이 손실의 보상과 회복을 의미할 수 있을 것이다.

**필요와 분개심** 그러나 이렇게 말하는 것은 반드시 바벌릿이 말하는 것을 바르게 해석하는 것은 아니다. 그의 설명에서는 분개심은 사람에게 필요한 것이 있음에도 불구하고 그것을 얻는 일에 좌절이 일어남으로써 생겨난다. 그리고 이 필요(needs)는 생존을 위한 필요로부터, 인정의 필요 그리고 협동적 관계의 필요까지 여러 가지를 포함한다. 그렇다 하더라도 아마 소비 사회에서 이러한 보다 근본적인 필요가 삶의 진정한 요구로 인식되는 데에는 많은 반성적 노력이 있어야 할 것이다. 물론 분개심을 통하여 추구되는 정의는 당대적인 것을 넘어갈 수도 있다. 그리하여 그것은 이러한 소비 사회의 보상이 아니라 그러한 손실과 배상의 철폐를 추구하는 것이 될 수 있다. 특히 이것이 개인의 차원에서 사회 체제 전체에 대한 새로운 각성이 될 때 그러하다.

그러나 이 "위대한 거부"에 가치의 전환이 병행하지 않을 때, 그것이 문제를 갖는다는 것은 조금 전에 말한 바와 같다. 그것을 근본적으로 이해하는 데에는, 정치 현실의 경과를 넘어서, 니체의 르상티망에 대한 이해가 그 나름의 의미를 가질 수 있다. 사실 르상티망은 모든 도덕적 주장과 사회의 개혁에서 가장 중요한 문제라고 할 수 있기 때문이다. 그것은 일시적인 도덕과 개혁의 동력이 되면서 쉽게 지속적인 동기로 남아 있어 당초의 계획을 전복한다.

**부정의 지속과 인간성의 왜곡** 어떤 현상을 부정하려면 부정의 심성을 주제화하여야 한다. 그때 부정은 그 자체로 자아에 새로운 에너지를 공급하는 근원이 된다. 니체가 말한 것처럼, 그것 자체가 창조 행위의 성격을 갖는 것이다. 그리하여 그것은 부정의 지속을 위하여 끊임없이 부정할 대상을 찾고 또는 만들어 내야 한다. 부정의 지속이 자아의 표현이 되는 것이다. 영구 혁명은 혁명의 목표를 계속적으로 추구하는 것을 말하지만, 동시에 혁명 자체를, 그것이 주는 창조적 흥분 — 부정적 창조의 흥분을 위하여 영구화하는 것을 뜻할 수 있다. 또 정의가 없는 상황에서 얻은 부정과 거기에서 나온 가치의 문제점의 하나는, 인간성 손상에 대한 회복의 움직임이면서도, 인간성 무시의 위험성을 가지고 있다는 것이다.

이념으로 지양된 부정은 저절로 추상적이고 전체적인 성격을 띤다.(그럼으로써 그것은 특정한 부당함과 손실에 대한 보상의 요구를 넘어간다.) 이 추상적 전체성은 그 나름으로 힘의 도취를 가져온다. 그리하여 그것은 구체적인 것들에 대한 세심한 관심을 잃어버린다. 이러한 연관 속에서 분개심이 만들어 내는 세계는 참으로 진정한 기준과 가치와 규칙을 창조하기 어렵게 된다. 분개심의 체제화에서 개인적인 차원에서나 집단적인 차원에서나 지배적인 것은 적극적인 의미에서의 인간적인 삶의 가치라기보다는 구체적일 수밖에 없는 인간의 삶에 대한 손상의 지속이 될 수 있다.

# 분개심의 정의를 넘어서/사랑의 질서/인간의 질서

**적극적 가치의 재건** 부정의 뒤에 존재하는 정의와 인간적 가치는 다시 찾아짐으로써만 내용을 갖추는 것이 된다. 동정심과 선의 그리고 인간에 대한 사랑도 이러한 긍정적 탐구의 일부로서 재확인되어야 한다. 니체에게도 약자를 위한 배려가 없는 것은 아니다. 니체의 적극적인 인간에게도 동정심이나 연민이 존재한다. 다만 그것은 넘쳐 나는 긍정의 여분으로 나타난다고 할 수 있다. 고귀한 도덕에도 원한은 있지만, 그것은 곧 잊혀지고 새로운 질서의 토대가 되지 아니한다. 이에 대하여 부정에 머무는 원한은 그 자체로 가치가 되어 지속된다.

**르상티망과 사랑** 사회적 존재로서의 인간을 말하고 그것을 창조하는 인간적 질서의 구성을 이야기할 때, 르상티망은 경계해야 할 가장 중요한 인간 심성의 한 표현이라고 할 수 있다. 그것이 정의의 움직임에서 중요한 동력이 되는 것도 사실이지만, 그 지속은 결국은 정의 질서 그리고 인간적 사회 질서를 파괴하는 결과를 가져오고야 만다.

앞에서 말한 바와 같이 이 점에 주목한 최초의 서양 철학자는 니체라고 할 수 있는데, 그의 원한의 개념에 대한 본격적인 답변의 하나는, 니체의 『도덕의 계보』가 나오고 30년이 지난 다음 막스 셸러(Max Scheler)의 『르상티망론』이라고 할 수 있다. 그의 동기는 그것을 중시해서라기보다는, 가톨릭으로서, 니체가 기독교적인 사랑을 노예 도덕의 표현이라고 한 데 대하여, 그것이 보다 적극적인 힘의 가치 표현 과정이라는 것을 강조할 의무를 느낀 데 있다.[9] 그러나 그도 많은 점에서 니체와 생각을 공유하지 않은 것은 아니다. 그는 삶의 긍정적 원리를 영웅적 의지 또는 넘치는 삶의 활력에 있다고 봄으로써 많은 점에서 니체의 입장에 동조한다. 그러면서 그것을 기독교 윤리에 의하여 단순한 개인적 의지 이상의 것으로 승화하고자 한다. 이러한 그의 논리가 반드시 설득력을 가진 것인가 하는 것은 면밀한 분석을 요한다. 그러나 적어도 인간의 참다운 윤리적 행동을 부정적인 심리적 동력으로부터 긍정적인 것에 옮겨 놓고자 한 것은 주목할 만하다. 여기에서 우리가 언급하고자 하는 것은 그의 이론 전체보다도 이 점에 관계되는 부분이다.

셸러는 많은 덕성이 르상티망에서 나온다는 니체의 주장을 인정한다. 르상티망에 있어서 가장 중요한 동인은 무력감이다. 그리하여 전통적인 많은 덕성은 생명력의 표현이 아니라 이 무력감의 표현이고 전성(轉成)이

---

9　여기의 논평은 셸러의 생각을 정식으로 다루는 것이 아니다. 그의 견해는, 적어도 그것을 최초로 표현한 것으로는 상투적인 분류를 무릅쓴다면, '보수 반동적인' 것으로도 들리고 독단론적인 것으로 또 무엇보다도 비현실적으로도 들린다. 그러나 그의 생각은 인간 행위의 도덕적·가치론적 기초에 대한 많은 통찰을 담고 있고, 적어도 여러 가지 현대 사상에서 별로 검토되지 않는 문제들을 생각하게 한다. 보다 충실한 독해를 위해서는 그의 철학을 보다 본격적으로 검토해야 할 것이다. 그러나 여기의 논점과 관련하여서는 그의 논문 "Das *Ressentiment* im Aufbau der Moralen", *Gesammelte Werke Bd. III, Vom Umsturz der Werte*(Bern: Francke Verlag, 1955) 그리고 "Ordo Amoris", *Schriften aus dem Nachlass, Bd. I, Zur Ethik und Erkenntnislehre*(Bern: Francke Verlag, 1957)를 참조하기 바란다.

다. 가령 착함, 겸손, 인내심, 용서는 사람들의 무력감에서 나오는 덕성일 수 있다. 행동을 하지 못함으로써 마음에 쌓이는 원한이 변형된 결과인 이러한 약자의 덕성에 대하여 보다 적극적인 행동 —— 가령 복수 또는 욕망의 실현을 위한 범죄적인 행동까지도 그는 일단 어느 정도 긍정적인 것으로 받아들인다. 적어도 그것은 르상티망으로 이어지지는 않는다. 그리하여 잠재적으로는 그에게 혁명적 폭력과 같은 것도 긍정적인 것이 될 수 있다. 그러나 그것이 추상화된 행동의 계획이 되었을 때, 그것은 르상티망에 의하여 오염될 것이다.(그에게 모든 실용적 계산의 사회 개조의 계획은 진정성이 없는 것으로 생각되는 것이 아닌가 한다.)

이에 대하여 중요한 것은 여러 적극적인 가치이다. 가령 "힘, 건강, 아름다움, 자유, 독립성" —— 이러한 것들이 그러한 것이다. 노예적 심성의 영향 하에서 이 모든 것은 헛된 것이 되고, 구원은 "가난, 고통, 병, 죽음"에 있다는 생각이 일어난다. 이것은 긍정적인 삶에 대한 르상티망의 복수이다.[10] 진정한 덕성은 앞에 말한 바, 보다 직접적인 행동에 나타나고 행동적 활력을 나타내는 것이라야 한다. 기독교에서 말하는 '사랑'은 그러한 덕성 중에도 가장 기본이 되는 덕성이다. 그것은, 니체의 고귀한 덕성이나 마찬가지로, 결핍이 아니라 넘침의 표현이고 생각이나 계획이 아니라 행동이다. 사랑에 있어서 "지상선(summum bonum)은 어떤 사물이 가지고 있는 가치가 아니라 행위의 가치이고, 사랑 그 자체의 가치이다." "그것은 무엇을 향하여 노력하고 욕망하고 욕구하는 것이 아니다." 그것은 행동 자체이다. 그 자연스러운 사랑의 행위에는 그것을 넘어가는 "이성의 원리도 정의의 규칙도 없다." 이 사랑의 대상에는 친구와 적, 선과 악, 고귀한 것과 평상적

---

**10** Max Scheler, *Ressentiment*, trans. by Lewis B. Coser & William W. Holdheim(Milwaukee, Wsic.: Marquette University Press, 2007), p. 48.

인 것이 두루 포함된다. 나쁜 것을 보면, 그것은 나의 사랑이 부족했음을 탓하는 원인이 될 뿐이다.[11]

**사랑의 질서, 가치의 체계** 그러나 사랑이 자연 발생적인 행위인 것만은 아니다. 그것은 궁극적으로 일정한 질서 속에 있다. 셸러는 이것을 원한론과 거의 같은 시기에 쓰인 것으로 생각되는 유고에서 "사랑의 질서(ordo amoris)"라고 부른다. 사랑의 행위는 이 사랑의 질서 속에 있다. 그것은 육신이나 현세적인 필요를 초월하는 정신 행위이다. 그것은 그 자체로 사람의 직관에 자명하게 드러난다. 그것은 그 나름으로 사람에게 가치의 서열을 알 수 있게 한다. 최고의 가치는 사랑이지만, 그것은 동시에 다른 가치를 통하여 구현된다. 이 다른 가치를 식별하는 기준은, 셸러의 편집자 만프레트 프링스(Manfred S. Frings)가 영역 *Ressentiment*의 서문에서 요약한 것으로는, 비물질성, 지속성, 비의지성과 의도성 등이라 할 수 있다. 그리고 이것은 인간적 자족감, 행복감, 평화감을 길러 주는 일을 한다.[12]

**사랑의 진화** 사랑이 자명한 질서를 이루면서도 거기에 가치의 체계가 있다는 것은 사랑의 행위에 선택이 있을 수 있다는 것 그리고 그것이 어지러워질 수 있다는 것을 말한다. 그러니까 사랑의 질서는 규범적인 것으로도 존재하고 현실적 사실로도 존재한다. 그러니만큼 사람이 실천하는 사랑에는 현실적 한계가 있고 동시에 보다 넓은 것으로의 진화의 가능성이 있다. 이것은 개인의 경우에나 사회와 역사 문명의 경우에도 마찬가지이다. 개인과 사회 그리고 시대는 그 한정된 여건 아래에서의 사랑의 사명을 다하

---

11 Ibid., p. 58.
12 Ibid., p. 11.

면서 보다 큰 완성을 가리킨다.

**사랑과 미움**  사랑의 질서는 가장 간단한 차원에서는 사람의 인식론적 요건으로 주어진다. 셸러의 생각에 인식이나 의지의 지향(Intentionalität) 은 사랑과 미움의 본능적 반응에 의하여 결정된다. 그것이 지각과 인식 그리고 행동의 방향을 선결정한다. 그런데 이 본능적 방향성에서 미움은 이차적인 의의를 갖는다. 미움은 사랑을 전제로 한다. 그것은 사랑이 성취되지 않음으로써 생겨나는 의지의 지향이다. 미움이 인다는 것은 개인에나 사회에나 부조화가 있다는 증표이다. 그것이 극복됨으로써(미움의 조건의 해소 또는 보다 큰 사랑에 의하여) 사랑은 다시 근원적인 것이 된다. 이렇게 하여 사랑은 언제나 확인될 수 있다. 그러나 그것은 하나의 구체적인 대상에서 다른 구체적인 대상으로 넓어져 가면서 보다 큰 사랑으로 성장한다.

**자아실현, 자애와 자기애**  이러한 의미에서 사랑은 보다 큰 자아를 실현하는 일이기도 하다. 그러나 그것이 자기주장의 또는 권력 의지의 표현이 되는 것은 아니다. 사랑의 실천의 기초는 자기에 대한 사랑 또는 '자애(Selbstliebe)'이다. 이것은 도덕적·윤리적 관심까지 자기의 허영심에 종속하게 하는, 세속적인 의미에서 자기를 사랑하는 '자기애(Eigenliebe)'와는 전혀 다른 것이다. 이것이 자기의 눈 속에 자기를 높이려는 것이라면, 앞의 것은 "마치 신의 눈앞에 자기가 있듯이" 자기를 "객관적으로" 보고, "전체의 일부로" 보고, "모든 것을 투시하는 눈 앞에 존재하는 듯이" 보는 것을 말한다. 그리하여 자애란 자신을 끊임없이 교정하고 교육하고 도야하는 괴로움을 감당하는 것을 의미한다. 그것은 나에게 주어진 그리고 내가 택한 사랑의 사명 또는 운명을 실현하는 수련의 길이다. 다른 사람과 존재에 대한 사랑은 이러한 자기실현의 과정의 일부이다. 그것은 나의 한정된 존재 안에 있으면서도 다른 사람의 존재에 참여하고 그와의 정신적인 일체성을 알게 되는 것을 의미한다.

**사랑의 진화**  그러나 경험적 세계의 구체성이 사상(捨象)되지는 아니한다. 사랑의 질서는 정신주의적이고 이상주의적인 것이면서도 진화론적인 생명론을 포함한다. 정신적 존재로서의 인간은 생물학적 존재로서의 인간의 연장선상에 있다. 그리고 셸러가 생각하는 규범으로서 또 이상으로서의 사랑의 질서는 현실 세계의 역사와 진화의 원리이고 종착역이다. 사랑은 실제 생물체 안에 존재하는 '생명 충동'에 봉사한다. 그러면서 보다 넓은 생명의 가능성을 지향한다. "사람의 사랑은 모든 사물 안에, 또 사물에 대하여 작용하는 보편적 힘의 특정한 형태, 특정한 기능을 나타낸다. 사랑은 …… 언제나 동적인 진행이고, 성장이고 사물의 원형에로의 —— 신(神) 안에 존재하는 원형에로의 분출"이다.

**사랑의 질서에서의 개체와 전체**  그러나 이러한 생명과 사물의 움직임 그리고 사랑의 움직임은 모든 개체가 최종적으로 하나의 일체성 속에 동화한다는 것을 말하는 것은 아니다. 나에 대한 사랑은 사랑의 질서 속에서의 나의 이상적인 형성을 지향하는 것이지만, 다른 사람에 대한 사랑은 그의 존재에 참여하면서 동시에 그 사랑의 대상의 완성을 열망하는 것이다. "사랑은 모든 것을 그것의 고유한 완성에로 이끌어 가고자 하는 행위의 편향"을 말한다. 그러면서 모든 존재하는 것은 개체로서 하나의 거대한 질서의 부분을 이룬다.

이 질서에서 어떤 하나의 개체도 다른 하나의 개체를 대신할 수 없다. 또 이 질서는 이미 정해져 있는 우주적 질서를 말한다고 할 수는 없다. 그것은 현재의 가능성을 구현하면서 궁극적으로 그러한 유기적 총체를 지향할 뿐이다. 모든 것은 자기 나름의 운명 또는 사명을 통하여, 세계의 근본 원리가 되는 사랑의 질서의 일부를 이루고, 스스로의 사랑을 통하여 인간과 사물이 아울러 이루는 사랑의 질서를 확인하고 그 완성에 참여한다.[13]

## 사랑의 질서와 인간적 질서

**복합적 과정으로서의 사회** 셸러의 사랑과 '사랑의 질서(ordo amoris)'의 개념은 쉽게 이해할 수 없는 직관적 주장을 많이 담고 있다. 그것을 완전히 이해하고 수용하는 데에는 어떤 신념이 필요할 것으로 생각된다. 그러나 그것이 사람이 염원할 수 있는 이상적 질서를 투사하고 있다는 점은 인정할 수 있을 것이다. 그리고 그것은 적어도 사람들이 생각하는 보다 나은 인간적 사회에 이르는 데에는 자아와 타자 그리고 세계가 서로 어우러지는 복합적 과정이 개입되어야 한다는 것을 상기하게 한다. 자명한 이야기이기는 하지만, 보다 나은 인간적 사회는 윤리적 고려를 떠난 현실 정책으로만은 이룰 수 없다. 거기에는 인간의 정신적 존재로서의 윤리적 바탕의 확인이 필요하다. 그리고 그것을 위하여 심리적 동력의 정화가 있어야 한다.

**행동적 사랑과 사회** 셸러의 문제의 하나는 그의 정치적 입장이 매우 보수적이라는 것이다. 그러나 문제는 정치적인 데보다는 그 때문에 이론적으로는 충분히 검토되지 아니한 선입견을 많이 포함하게 된다는 점이다. 그는 거의 본능적으로 기사(騎士)의 높은 기개와 덕성에 공감한다. 또 그러면

---

13 Max Scheler, *Selected Philosophical Essays*, trans. by David R. Lachterman(Evanston, Ill.: Northwestern University Press, 1973), pp. 106~111.

서 높은 덕성의 실천이 계급이나 평등의 문제와는 큰 관계가 없다고 본다. 그리고 사랑의 실천은 일정한 사회 구조를 통하여 매개되는 것이라기보다는 그 자체로써 하나의 인간 현실을 이룬다고 생각한다. 그러나 현대의 모든 사회 사상가들이 주장하고 또 일상적인 삶에서 경험되듯이, 삶의 현장이 사회라고 한다면, 이러한 주장에서는, 이 두 개의 질서 — 사랑의 질서와 사회의 질서가 어떻게 하나가 될 수 있는지, 또는 적어도 주어진 사회의 어디에 사랑의 질서가 개입하는지, 이러한 현실의 문제는 모호한 채로 남아 있을 수밖에 없다. 다만 우리의 윤리적 선택이 직관적 선호의 표현이면서도 오도될 수 있는 것이라면, 셸러의 도덕과 윤리에 대한 통찰을 간단히 버릴 수는 없다. 중요한 것은 착잡한 의미 연관을 가려내어 살피는 일이다.

**르상티망과 그 변용**　되풀이하건대 그의 윤리적 인간학에서 가장 중요한 통찰은 우리의 가치 의식, 도덕의식 그리고 정의 의식이 어떻게 르상티망의 소산일 수 있는가를 보여 주는 것이다. 그리고 그 자리에 보다 긍정적인 삶의 가치를 놓도록 노력하는 것이 필요하다는 것을 깨우쳐 주는 것이다. 그러나 그의 르상티망에 대한 통찰도 지나치게 좁고 논리적인 분석에 의지하는 것이어서, 비판적으로 검토와 더불어 수용됨이 마땅하다. 이미 말한 바와 같이, 셸러에게 르상티망은 무력감의 표현이다. 그것은 그대로 무력한 사람의 도덕으로 이어진다. 따라서 기독교나 인도주의에서 말할 수 있는 덕성 — "상냥함, 연민, 자비" 등도 무력자의 왜곡에서 오는 선에 속한다.[14] 그러나 이렇게 말하는 것은 르상티망을 단순한 공식으로 처리하면서, 그 복잡한 변용의 가능성을 무시하는 것이다.

　물론 이러한 덕성들에 의한 인간성의 억압이 다른 부정적인 결과를 낳

---

**14** Max Scheler, *Ressentiment*, p. 48.

을 수 있다는 것은 주목을 요하는 중요한 사실이다. 원초적 충동의 억압은, 프로이트가 계속 밝히고자 한 정신 질환의 원인이 된다. 그러나 동시에 『문명과 그 불만』에서 인정한 바와 같이 어떤 억압은 문명의 불가피한 대가이기도 하다. 사회적인 차원에서 중요한 것은 정신 질환에 기인하는 공격성의 도착(倒錯)이다. 셸러는 공격적 행동이 무력감에 의한 행동 의지의 도착보다는 나은 것이라고 말하지만, 그러한 무력감이 간단한 행동적 표현으로만 끝나지는 아니한다. 인간의 공격성이 본능의 일부이기 때문에, 그것을 억제하는 도리는 없다는 주장도 있다.(어니스트 칼렌바크(Ernest Callenbach)의 『에코토피아』라는 유토피아론에서는 이상 사회의 한 구석에 이 공격 본능의 발산을 위하여 전쟁 구역이 설치된다.) 문제는 행동적 표현의 억제가 도덕이나 이념에 스며드는 것이다. 인간 행동에서 르상티망의 문제는 무력감이나 억제보다도, 거기에서 유래하는 연민이나 자비의 부드러운 덕성이 아니라 도착된 공격성의 행위들이다. 르상티망은 약자의 도덕으로 귀결되는 것이 아니라 숨은 형태의 힘의 표현, 그리하여 극단적으로는, 폭력으로 또는 잠재적인 폭력으로 표현되기도 한다. 이것은 개인적으로도 문제이지만, 사회적으로는 더 큰 문제가 된다.

**사랑의 세 가지 의미: 사랑의 직접성과 개별자**  셸러는 실제 나타나거나 숨어 있는 공격성은 사랑에 의하여 극복된다고 생각했는지 모른다. 그의 사랑의 개념은 이러한 공격성의 도피구를 차단하는 역할을 할 수 있다. 사람이 사랑의 요구를 즉각 실천하지 못하는 것은 다분히 인간성의 연약함에 돌릴 수 있지만, 이로부터 한발 더 나아가 현실적으로 또 심리적으로 거대한 이념들은 역사에서 너무나 자주 잔인 행위들 — 다분히 르상티망에 연유하는 — 비인간적 행위를 정당화하는 일을 한다. 도덕적 이념과 명분이 도덕의 이름으로 도덕적 행동을 유보할, 달리 말하자면 사랑의 이름으로 사랑의 행위를 유보할 심리적·이념적 이유나 구실이 되는 것이다. 이러한 도덕과 사랑의 왜곡에 대하여, 셸러의 직접적이고 능동적 사랑의 개념은 흔들림 없는 저울대가 될 수 있다.

사랑의 행동이 간접화된 폭력 — 특히 합리화되고 집단화된 폭력에 대하여 중요한 대응책이 되는 것은 그것이 즉각적으로 실천되어야 하는 명령이기 때문이기도 하지만, 또 사랑이 개별자를 통하여 작용하는 심리 작용이기 때문이기도 하다. 셸러에게 사랑의 주체 그리고 객체는 어디까지나 개별자 또는 인격적 개체(Person)이다. 모든 인간에 대한 또는 더 나아가 모든 존재에 대한 일정한 심성의 정향의 표현으로서의 사랑도, 다른 도덕적 당위와 마찬가지로, 보편성의 주장을 내포한다. 기독교의 사랑은 보편적 사랑의 요구이다. 이것은 한편으로는 개별자에 대한 지나치게 격렬한 사랑, 편애(偏愛)와 양립하기 어렵다. 그리하여 두 연인들의 격렬한 사랑은 승화가 없이는 보편적 사랑의 범례가 될 수 없다. 가족에 대한 사랑, 우정 그리고 구극적으로는 나라 사랑까지도 보편적 사랑에 배치되는 것일 수 있다. 셸러가 말하는 사랑은 이러한 편벽된 사랑이 아니라 보편적 사랑으로 생각된다. 그러면서도 그것이 선택된 개인에 대한 사랑처럼 강하여야 한다고 말하는 것이다. 어떤 경우에나 사랑의 대상으로서의 개체는 사랑의 질서 속에서 독자적인 의미를 갖는 개체이다. 사랑의 객체의 개별성 — 보편적 개별성 — 을 강조하지 않는 경우라도, 사랑은 보편성의 이름으로 개별자를 쉽게 무시할 수 없게 하는 특이한 보편적 명령이다. 인간에 대한 사랑을 말하면서, 개별적 인간을 그 대상으로부터 제거하는 것은 곧 자기모순에 떨어지는 일이 된다.

**개인의 자신감** 또 한 가지 덧붙일 것은 이러한 개별자에 대한 피할 수 없는 존중이, 셸러의 생각에서 사랑의 객체만이 아니라 주체에도 그대로 해당된다는 사실이다. 이것은 일단 보편적 사랑의 요구에 대한 모순을 포함하는 것으로 보인다. 왜냐하면 사랑의 가장 큰 표현은 커다란 자기희생을 요구하는 것으로 생각될 수도 있기 때문이다. 그러나 그에게 사랑이 요구하는 자기희생까지도 자아의 자기 존엄성의 바탕 위에서만 참으로 자기실현의 일부가 된다. 그런 의미에서 그의 보편적 사랑은 적어도 맹목적 자기희생을 뜻하지는 아니한다. 앞에서 우리는 셸러가 기사의 덕성을 높이 산다는 사실을 언급하였다. 그는 대체로 귀족의 덕성을 높이 평가한다. 이 귀족의 덕성은 그의 자아의 존재 방식에 밀접하게 연결되어 있다.(여러 서양어에서 귀족의 특성을 가리키는 noble, vornehm, aristos 등은 계급적 의미 이외에 '귀하다, 드높다'는 뜻을 가지고 있어서, 이것을 계급 또는 인격의 높이, 어느 쪽으로 받아들여야 할지는 분명치 않다.) 귀족 또는 드높은 사람됨에 대한 그의 발언은 조금 길게 인용할 만하다.(그것은 조금 전까지 문제 삼은 ressentiment을 넘어선 인간의 초상이 된다고 할 수도 있다.)

'고귀한 개인'은 그 자신의 값어치, 자신의 존재의 충만함에 대하여 천진하고 무반성적인 의식 — 자신의 존재가 우주에 뿌리하고 있다는 듯, 깨어 있는 매 순간을 풍부하게 하는, 막연한 자아의 존재에 대한 천진한 의식을 가지고 있다. 이것은 '자존심(pride)'이 아니다. 자존심은 이 '천진한' 자신감이 줄어든 것을 경험하는 데에서 나온다. 자존심은 자신의 값어치를 억지로 '부여잡고' '잃지 않으려는' '쥐어 잡음'의 표현이다. 고귀한 사람의 천진한 자신감은, 근육에 그 긴장감이 자연스럽듯이 자연스러운 것이다. 그것을 가진 사람은 다른 사람의 장점을 그 실질 그대로 그리고 모양 그대로 받아들인다. 그럴 도리밖에 없기 때문에 그러는 것이 아니다. 그는 그것을 기뻐하고, 그로 인하여 세계가 보다 사랑에 값하는 것이 된다고 느낀다. 그의 천연스러운 자신감은 특정한 자질이나 재능이나 덕성에 기초한 평가에서 나오는 '복합물'이 아니다. 그것은 당초부터 그의 본질과 존재를 향한 것이다. 그렇기 때문에 그는 다른 사람이 자신보다 우월한 자격을 가졌거나 타고난 자질을 가졌거나 또는 다른 어떤 점에서 낫다는 것을 쉽게 인정할 수 있다. 그러한 인정은 자신의 값어치에 대한 천진한 의식을 줄어들게 하지 않는다. 그 자신감은 정당화를 필요로 하지 않고 업적이나 능력에 의하여 증명할 필요가 없다.[15]

이러한 고귀한 인간에 대조하여, "보통 사람"은 늘 자신을 다른 사람과 비교하여, 높고 낮고, 더하고 덜한 것으로 자신을 평가하고 또 다른 사람을 평가한다. 그러니만큼 그는 쉽게 성공주의자이고 또 "르상티망의 인간"이다. 이러한 사람의 경우에도 사랑이 가능한 것처럼 보인다. 그러나 셸러의 생각으로는, 르상티망의 인간이 어떤 것이나 사람을 사랑하는 것은 미워하는 것에 대한 반작용이고, 그러니만큼 "가짜의 사랑"이다. 아마 이렇게 자신의 비교 평가에 민감한 사람은 사실 다른 사람과의 관계에서 자신만을 사랑하거나, 다른 사람을 사랑하는 자신을 사랑하는 것일 뿐이다.

**동정심의 여러 종류: 일체감, 동정심, 선의 그리고 사랑** 이미 말한 바와 같이 셸러의 "고귀한" 인간의 이념은 그 영감이 기존 사회에서 나오는 것이면서도, 사람의 행동의 시험 기준으로서의 의미를 갖는다고 할 수 있다. 이것은 그의 사고의 체계에서 사랑의 개념이 갖는 역할을 생각하여 하는 말이지만, 그 자신 이러한 기준 —— 절대적 기준으로서의 사랑의 정의를 시도하는 것을 자주 볼 수 있다. 가령 『원한론』(1912)에서보다는 그 전체적 관련을 침착하게 고려한다고 할 수 있는 『동정심에 대한 현상학과 사랑과 미움

---

15  Ibid., pp. 31∼32.

에 관하여(*Zur Phänomenologie der Sympathiegefühle und von Liebe und Hass*)』(1913) 에서 사랑의 개념의 정의는 그러한 시도의 하나이다.

이 현상[사랑]을 경험적이거나 다른 외적인 관련에서 분리하여 고려한다면, "사랑은 가치를 가지고 있는 구체적이고 개별적인 낱낱의 사상(事象)이 그 본질과 이상적 소명에 맞는 최고의 가치를 달성하게 되는 또는 그 본질에 맞는 이상적 상태에 도달하는 움직임이다."[16]

앞에서 비친 바대로 셸러는 개별자들은 모두 하나의 이상적 질서로 진화하여 이상적 전체를 구성한다고 생각한다. 이 최종적 전체 속에서의 적절한 자리로 나아가는 움직임이 사랑이고 사람이 실천하는 사랑은 이 전체의 움직임에 봉사하는 것이다. 그러나 그러한 생각의 구체적 근거가 무엇인가를 물으면, 그것은 사람의 마음에 내재하는 이상을 말하는 것이라고 말하겠지만, 그것이 보다 사실적인 고찰에서 완전히 분리되어 있는 것은 아니다. 동정에 관한 그의 분석은 사람이 갖는 다른 사람과 다른 사물에 대한 일체감의 근거가 타자에 대한 감정적 공감 —— 가령 테오도어 립스(Theodor Lipps)가 유명하게 만든 '감정 이입'의 경우에서처럼, 감정적 공감을 새로 해석하는 데에 집중되어 있다. 그의 목적은 일단 그것의 의미를 평가절하하는 것이다. 일체감이든, 정서적 대리 경험이든 또는 동료 인간에 대한 공감이든, 공감이라는 것은 일종의 자기만족의 행위에 불과하다고 그는 생각한다. 결국 행동의 동기가 되는 것은 자기 감정이며 이 감정의 압력을 해소하는 것이라고 할 수 있기 때문이다. 이에 대하여 진정한 공감은

---

**16** Max Scheler, *The Nature of Sympathy*, trans. by Peter Heath(New Brunswick, N. J.: Transaction Publishers, 2008), p. 161.

사랑이다. 사랑은, 그 본질에 있어서 주관적 체험의 심리 과정과는 관계가 없는 이상의 움직임이라고, 또는 움직임이어야 한다고 셸러는 생각하는 것이다. 그러니까 이것은 간단히 말하면 자신의 주관적이고 개인적인 요소를 철저하게 정화한 개체의 '하느님의 사랑' 안에서의 또는 철저하게 이상화된 기획 안에서의 행동인 것이다.

그러나 이렇게 사랑의 행위의 순수성을 강조하면서도, 다른 한편으로 셸러는 이러한 사랑의 행위가 개인의 주관적 감정생활에 관계되어 있는 비순수한 행위에 이어져 있고 그것에 의존하는 것임을 말한다. 그의 생각에는 사람의 감정생활의 유형은 여러 가지로 분류할 수 있으나, 그중에 중요한 것을 말하건대 '일체감(Einsgefühlung)'이 있어서 '추감정(Nachfühlung)'이 생기고, '추감정'이 있어서 '동족애(Mitgefühlung)'가 생기고, '동족애'가 있어서, '인간애(Menschenliebe)'가 생기며, '인간애'가 있어서 다시 인격체로서의 이웃과 신에 대한 '비우주적 사랑'이 생긴다. 이러한 여러 형태의 동정심은 인간 수련의 발전 단계를 이루면서도 동시에 상위의 단계는 하위의 단계를 통하여 양성되고, 또 그것을 내포하고 있다. 가령 앞에서 말한 일체감과 같은 것은 원초적으로 주어진 것으로서, 다른 사람과의 동질감과 함께 우주 만물과의 일체감을 말하는 것이면서, 가장 높은 정신적 발전의 단계에서의 성스러운 사랑의 바탕을 이룬다고 할 수 있다. 그러니까 정신적·인격적 존재로서의 인간에 대한 사랑이나 신에 대한 사랑, '신 안에서의 사랑'은 우주적인 것이면서도 그 물질적인 기반을 벗어나는 것이기 때문에, '우주 생명적 일체감'에 대하여, '비우주적인' 것으로 이야기되는 것이다. 셸러의 생각에 여러 다른 동정과 공감들은 단계를 이루면서 동시에 상호 작용, 상호 부조의 관계에 있다.[17]

---

17  Ibid., pp. 96~104.

**동정심의 의미** 우리의 르상티망에 관한 논의와 관련하여, 이러한 인간의 동정심에 대한 세분화된 구분에서 주목할 것은, 되풀이하건대 하나는 그것이 사랑의 순화를 위한 노력이면서 동시에 비록 그렇게 순화되지 않았더라도 동료 인간과 생명에 대한 일반적 연대감을 긍정하는 것이라는 점이다. 우리는 앞에서 셸러가 니체의 의견에 동조하여, 상냥함, 연민, 자비 등의 덕성들을 무력감의 표현이나 거기에서 생겨나는 원한의 표현이라고 한다는 점을 언급하였다. 그러나 타자와의 관계에서의 인간의 감정에 대한 이러한 자세한 분석을 보면, 그것들도 사랑의 감정과 행위로부터 절단해 낼 수 없는 것이라는 것을 다시 생각하게 된다. 사실 셸러 자신도 『동정론』에서는 『원한론』에서의 자신의 발언이 지나친 것이었음을 인정하고, '인간애' 또는 '선의'가 사랑의 감정에 이어진다고 말한다. 다만 그는 이것이 이념이 될 때 ─ 가령 인도주의나 자선이라는 이름으로 ─ 왜곡이 일어난다는 입장을 고수한다.[18] 동정심과 같은 감정의 의미는 르상티망을 벗어나 자연스러운 심성의 발로로 순화됨으로써 진정한 것이 된다.

그러나 보다 현실주의적 입장을 취한다면, 더 나아가 그 사회적 효능이나 인간 현실의 개선이라는 관점에서는, 셸러가 말하는 이러한 왜곡까지도 그 나름의 의미를 인정하는 것이 정당하다고 할 것이다. 중요한 것은 개인이 얼마나 순수한 동기에서 타자와 사물과 세계를 대하는가 하는 것이 아니라 그의 행동이, 동기에 관계없이 인간 현실의 평정화에 어떻게 기여하는가 하는 것이기 때문이다. 다만 사랑의 동기의 순화 과정이 없이는 여러 형태의 동정심 또는 동정의 명분은 오용될 수 있고 또 오래 지속될 수 없다는 것은 인정하는 것이 옳을 것이다. 인간의 내면과 외면은 늘 복잡한 변증법적 상호 작용 속에 존재한다. 그 어느 한쪽만으로 인간 현실의 균형

---

**18** Ibid., pp. 99~102.

은 확실하여질 수가 없다.

　**사랑과 동정 그리고 사회**　이것은 다시 한 번, 앞에서 말한 것처럼 사랑이 행동이고 실천이라는 것을 강조하면서도 셸러에게 그것이 어떻게 사회적 현실이 되는가에 대하여서는 별다른 대책이 없다는 사실을 상기하게 한다. 그는 모든 사람이 그 사랑의 실천의 소명에 답함으로써 사회의 사랑의 질서, 사회의 인간화가 자연스럽게 진화하는 것으로 생각한다. 이것은 현실의 사회를 정치적으로 개조하는 것과는 별 관계가 없는 것이다.

　셸러의 생각은 한편으로는 인간의 사회적 행동의 기반을 기독교에 두고 있으면서도 니체의 압도적인 영향하에 있다. 그는 의지의 자유스러운 실현을 —— 감정적 영향까지도 배제하고 선택된 가치에 매진하는 실천에 인간 행동의 절대적인 기준을 둔다. 그 절정이 사랑의 행동이다. 그러나 이와 같이 절대화될 때, 사랑도 다른 명분이나 압력처럼 강박적 명령이 될 수 있다. 이에 대하여 연민이나 동정 또는 다른 부드러운 정서야말로 사정에 따라서는 저절로 움직이는 인간적 표현이라고 할 수 있다. 연민이 인간 심성의 자연스러운 일부이며 커다란 윤리적 의의를 갖는다는 것은 기독교만이 아니라 불교나 유교에도 들어 있는 생각이다. 그것은 생명체에 자연스러운 어떤 느낌으로서 셸러의 생명 의식과도 비슷한 것이지만, 그 근원을 따지면 그것은 모든 생명 분출의 원동력 —— 베르그송(Henri Bergson)적인 창조적 진화의 힘이라기보다는 생물학자 윌슨(E. O. Wilson)이 말하는 "생명의 친화감(biophilia)"[19] 또는 조금 더 피상적이면서 보편적인 공감의 표현이라고 할 수 있다. 그것이 위선적이거나 자기 탐닉적 성격을 갖는 것도 자연스러운 것일 것이다. 결국 자기 보존은 생명체의 기본적인 속성의 하

---

**19** E. O. Wilson, *Biophilia*(Harvard University Press, 1984).

나이다. 그러면서도 그것은 커다란 깨달음이 없이도 사회적으로 중요한 역할을 할 수 있다. 다만 중요한 것은 사회의 지배적인 분위기가 지나치게 투쟁적 에너지에 의하여 지배되지 않는 것이다.


## 정의와 반성과 사랑의 질서

**정의, 반성, 보다 큰 인간 존재의 질서**  다시 우리의 주제인 정의의 질서를 지금까지의 고찰에 비추어 말한다면, 정의는 부정의의 시정을 넘어서 보다 넓은 인간적 질서 — 그리고 모든 존재로 하여금 스스로의 넘침 속에 존재하게 하는 질서의 일부가 될 수 있을 때에 참으로 인간적 삶을 위한 수단이 되고 그 수호신이 된다. 그것을 위해서는 정의의 움직임은 다른 보다 나은 삶을 위한 이상들이나 마찬가지로 끊임없는 자기반성을 통하여 스스로를 재정립하여야 한다. 그러지 않으면 정의를 포함하여 모든 도덕적 당위는 자칫하면 펴지 못한 자아의 확대를 위한 원한의 기획으로 변할 수 있다. 원한의 복수는 그런대로 사실적 근거를 가지고 있다. 그러나 그것이 참으로 위험한 것이 되는 것은 그것이 추상적인 전체화의 기획이 됨으로써이다.

앞에서 말한 바와 같이, 다른 동기에 덧붙여 원한의 부정도 삶의 조건의 전체를 다시 돌아보게 하는 중요한 계기가 된다. 그러나 보다 적극적인 내용을 갖는 가치의 질서로 나가지 못할 때, 그것은 단순한 자기 지속이 된다. 그리고 원한을 만들어 내는 무력감은 전체를 통하여 타자를 복속시킴으로써 보상된다. 이런 도착의 가능성을 고려할 때, 되풀이하건대 정의를 비롯한 도덕적 이념들은 철저한 반성을 자기 안에 내포함으로써만 진정한 인간 질서의 방법론이 된다. 그런데 반성이라는 것도 기본적으로는 전체와 개체의 변증법의 밖에 존재하지는 아니한다.

**구원의 헤게모니/주체의 부름**  도덕적 명분에 수립하는 주인과 하인의 변증법적 관계도 전체를 통하여 매개된다. 그것은 반드시 폭력적 지배 관계가 아니다. 여기에 성립하는 것은 일단 나를 넘어가는 큰 것과의 일체감을 통하여 — 여기에서 큰 것은 실질적인 것일 수도 있고 공허한 것일 수도 있으나 — 작용하는 권력 관계이다. 이러한 큰 것의 개입은 단순히 원한의 동기로써만 매개되는 것이 아니다. 큰 주체의 부름을 통하여서만 사람이 주체가 된다는 알튀세르(Louis Althusser)의 관찰은 국가 이데올로기와 관련된 것이지만, 자신을 에워싸고 있는 환경과의 끊임없는 조율 속에서 사는 사람에게는 어느 경우에나 필수적이라고 할 수 있다.[20] 앞에서 말했던 집단 이데올로기의 힘도 여기에서 온다.

개체와 일정하게 구성되는 전체의 관계 설정은, 원한이나 부정의 이념의 매개를 통하지 않더라도 일어나게 마련이다. 전체성과의 동화는 사람에게 있어서 의식(意識)과 행위가 결합하는 기본적인 방식의 하나이다. 다만 그것은 여러 복잡한 그리고 부정적인 연관들을 가질 수 있다. 영국 인류학자 캐서린 벨(Catherine Bell)은 의식(儀式) 또는 의례(儀禮)를 "구원을 약속하는 헤게모니(redemptive hegemony)"의 한 형식이라고 하고, 개인이 거기에 참여하는 효과를, 의식에 함축된 위계질서의 힘을 빌려 오거나 사유화하는 데 있다고 하였다.[21] 의식 참여가 집단적인 것이 될 때, 이 차력(借力)의 효과가 더 크게 되는 것은 당연하다. 모든 사람이 집단적 구원의 약속에서 자신의 구원과 권력화(empowerment)를 얻는다. 그리고 개체의 권력화도 한층 강화된다. 정의도 이러한 구원의 헤게모니로 작용할 수 있다.

---

20  Louis Althusser, "Ideology and the Ideological State Apparatus", *Lenin and Philosophy*. 알튀세르의 관찰은 국가 이데올로기 기구의 조작에 의한 주체성의 조종을 경고하는 관점에서 크고 작은 주체의 관계를 말한 것이지만, 어떤 경우에나 이 관계를 벗어나기는 어려운 것이 아닌가 한다.

21  Catherine Bell, *Ritual Theory, Ritual Practice*(Oxford University Press, 1994), pp. 114, 208 et passim.

**전체성의 다른 의미**  정의를 비롯하여 이념화된 전체성이 자기 확장의 수단 또는 전체에의 개인의 복속 이상의 것이 될 수 있는가? 큰 주체와의 관계가 자기 정립의 필연적인 조건이라면, 이 위험을 피하는 과정도 그것을 완전히 피하는 것이 될 수는 없다. 셸러가 말하는 사랑도 하나의 전체성의 이념이다. 이 이념을 통해서 자아는 전체 안으로 구원된다. 그러나 그것이 헤게모니의 차용이나 사유화를 용이하게 하지는 아니한다. 다른 공감의 형태들이 불순한 것은, 첫째로 거기에 끼어드는 주관적인 요소로 인한 것이다. 그런데 사랑은 셸러의 생각에 이 요소를 허용하지 않는 순수한 움직임이며, 그 질서는 모든 주관을 초월하는 이상적 질서이다. 내가 이 질서에 참여하는 것은 내가 완전히 소거(消去)되는 것은 아니면서도, 나의 경험적 자아를 통하여 큰 것에 하나가 되는 것이다.

**진리와 사랑/보편성의 지평**  앞에서도 말한 바와 같이, 이것은 쉽게 납득할 수 있는 종교적 직관에서 나온 생각으로 들린다. 그러나 그것을 다른 정신 작용에 비교하여 이해한다면, 그것을 반드시 신앙인의 독단을 말하는 것이라고 할 수는 없다. 가령 사람이 진리를 추구하는 과정에도 개인적인 것과 자기 초월적인 것이 기묘하게 혼융되는 것을 본다.(사랑의 주장에서나 마찬가지로 진리의 주장에도 강박과 권력 요소가 섞일 수 있지만, 그것이 본질적 요소가 된다고 할 수는 없다.) 진리의 추구는 연구자에 의하여 수행된다. 그러나 연구자의 주관적 견해의 엄격한 배제를 위한 노력이 없이 진리는 추구될 수 없다. 진리는 자기 정화를 선결 조건으로 하는 수행의 노력에 의하여 도달된다. 연구자는 객관적 질서에의 헌신에 스스로를 열어 놓는다. 물론 이러한 과정에서 진리는 도그마가 될 수 있다. 그러나 원칙적으로 진리는 보편성으로 열려 있어야 한다. 이 보편성은 진리가 모든 개별 사항에 적용된다는 것을 말하기도 하지만, 또 늘 새로운 검토와 반성을 허용하는 열려 있는 지평 속에 있다는 것을 말한다. 진리는 보편성에 의하여 정당화되면서도 언제나 하나의 사건으로서 새로 정립되면서 존재한다. 진리의 추구에서 사람이 이와 같이 개인적 추구와 보편적 진리에의 헌신을 결합할 수 있다면, 사랑의 영역에서도 이러한 것이 가능하다고 생각할 수 있을 것이다.

사심 없는 진리에 대한 헌신의 가능성은 어디에서 오는 것일까? 이미 비친 바와 같이, 사람의 삶은 다른 생명체 그리고 세계와 일체가 되고 그에 기초한 물질적·정신적 신진대사를 바탕으로 하여서만 부지될 수 있다. 이것이 그 한 근거라고 할 수 있다. 그러나 다른 한편으로 사람이 이러한 필요를 넘어가는 진리의 가능성을 생각하는 존재인 것도 사실이다. 그러면 이러한 사유의 가능성은 어디에서 나오는가? 사심 없는 진리에 대한 헌신이 쉽지는 않다. 그렇기 때문에 오늘날 보편적 진리라고 주장되는 것은 으레 사사로운 견해의 가면(假面) 정도로 생각하는 것이 흔한 일이 되었다. 그러나 진리가 존재하든 아니하든 진리에 대한 전제는 존재한다. 그리고 이것은 주관성의 정화를 전제한다. 제일 간단하게는 수학의 알고리즘은 이 전제가 없이는 성립할 수가 없다. 그런데 다른 도덕적 요구의 경우에도 비슷한 이상화의 가능성이 혼재한다.

연민이나 동정 그리고 사랑의 요구는 직접적인 것이면서도 그것이 일반적인 지침이 되어야 한다는 느낌을 동반하는 경우, 진리 지향에서처럼 그것은 그 나름의 논리적 또는 이성적 가능성을 포함하는 느낌이라고 할 수 있다. 정의의 이념은 특히 주고받음의 평형, 평형의 공평성, 그것의 분배적 균등화 등의 요구에 이어져 있는 것이기 때문에 논리적·이성적 요소를 강하게 가지고 있다. 이것은 그러한 것들이 주관적 감정에 의하여서만이 아니라 자기 억제나 자기 정화의 요구를 가지고 있는 심성의 움직임이다. 다만 이것은 다시 전체와의 동화를 통한 자기 확장의 기획으로 바뀔 가능성을 가지고 있다. 진리에의 지향이 참으로 지속적인 열림의 지평을 지향하는 것이라고 하면, 그것은 이미 말한 바와 같이 보다 넓은 것을 가리키는 것이기도 하고 또 새로운 열림을 위하여 이미 확인된 것들에 대한 새로운 반성의 필요를 말하는 것이기도 하다. 물론 이 열림과 반성은 그것을 수행하는 자아에 대한 성찰의 병행을 요구한다. 이러한 진리의 움직임이 동정적 심성에서도 작용한다고 할 수 있다.

그렇다고 이러한 심성의 움직임이 진리의 움직임에 종속한다는 것은 아니다. 그보다는 진리 그리고 이러한 심성의 가장 보편적인 형태로서의 사랑은 다 같이 인간 존재 안에 깊이 개입하고 있는 어떤 이데아의 세계 또는 적어도 그에 대한 인간의 원초적인 지향에서 나온다고 하는 것이 옳을 수 있다. 앞에서 말한 질문 ─ 진리를 향한 사유의 가능성은 어디에서 오는가 또 보편적 사랑의 요구는 어디에서 오는가 하는 질문에 대한 답은 이러한 순환론이 될 수밖에 없다.

**진리의 보편성/사랑의 보편성** 진리에서 중요한 것이 보편적 진리라고 한다면(물론 진리의 경우도 개별적 사실의 추구가 핵심에 놓일 수 있다.) 사랑에 있어서 중요한 것은, 보편적 요구이기를 그치지 아니하면서도 어디까지나 개별자들의 주어진 대로의 현실 그리고 그것의 새로운 가능성에 대한 배려라는 사실이다. 그러면서 그것은 다시 전체적인 하나의 질서에 통합된다. 그러나 그 전체는 하나하나의 행위 속에 있다. 그것은 본질적으로 과정 자체에 구현되는 것인 까닭에 진리의 경우처럼 모든 것의 이론으로 공리화될 수 없다. 사랑이 절대적인 기준을 제공한다고 할 수 있으면서도, 여러 다른 요소 ─ 불순한 요소들이 섞이는 여러 형태들의 동정심이 현실적 의미를 갖는 것도 이것으로 인한 것이라고 할 수 있다.

상식적으로 생각하여 나와 다른 사람의 관계가 긍정적인 것이 되려면 ─ 즉 그것이 권력의 관계가 아니라 진정한 공존의 관계가 되려면, 그것은 인간적 공감과 관심을 통한 인정과 존중의 관계에 기초한 것이라야한다. 그러면서 이것은 전체로서의 질서를 구현하는 것일 수 있다. 이 질서는 이익의 공동체일 수도 있으나, 아마 진정으로 만족할 만한 것이기 위해서는 그것을 넘어가는 이상적 질서를 가리키는 것이어야 할 것이다.

르네상스 시대의 이탈리아 철학자 마르실리오 피치노(Marsilio Ficino)는 두 사람이 사랑할 때에는 늘 또 하나의 존재, 제삼자가 그 사이에 끼어들게 마련이라고 말한 바 있다. 그에게 이것은 신을 뜻하는 것이었다. 그러나 신이 아니라도 두 사람의 관계에는 늘 그것을 매개하는 제삼의 바탕이 있다. 이 바탕은, 가장 간단한 차원에서는 이해관계일 수도 있고 다시 그것은 이익의 질서일 수도 있다. 그런데 그 전체성의 질서가 사랑의 질서일 때, 그것은 개별자에 대한 깊은 관심을 가지고 있는 전체성의 질서를 이룬다. 그것에 기초할 때, 두 사람의 관계도 그 안에서 개인을 초월하면서도 개인을 깊이 생각하는 관계가 된다. 되풀이하여 말하건대 이것이 사랑의 질서(ordo amoris)이다. 정의의 질서도 참으로 인간적인 사회를 위한 원리가 되려면, 궁극적으로 사랑의 질서에 일치하는 것으로 자기 변용을 이루어야한다.

**3장**

정의의 실천
:바로잡기
세 가지

# 진실과 화해의 기획

## 진실과 화해

**모순 변증법**  얼마 전에 한국학중앙연구원에서 "문명과 평화"라는 주제의 심포지엄이 있었는데 2008년 5월 20일 마지막 날의 분과 주제의 하나는 "동아시아에서의 진실과 화해"라는 것이었다. 진실과 화해도 넓은 의미에서의 부정의 긍정에로의 변용의 일부 또는 단초가 된다고 할 수 있다. 그 과정은 착잡한 것일 수밖에 없다. 진실이 복수나 분노 또는 간단한 의미에서의 정의가 아니라 화해로 이어지는 이 과정에, 앞에 말한 바와 같은 복합적 요인이 관여된다고 하면, 그것이 어찌 간단한 일이겠는가? 진실과 화해는 과거의 잘못을 되돌아보고 새로운 출발을 기하자는 것이지만, 그것은 자칫하면 분노와 르상티망의 분출에 그칠 수 있다. 그것의 승화에는 진실을 찾는 오늘의 입장의 정화가 필요하다.

과거의 진실은 분열을 하나로 합치는 계기가 되어야 한다. 그리고 그 터전으로서의 자아의 반성과 정화가 있어야 하고, 그 바탕 위에 부정의 질서는 보다 큰 긍정의 질서로 이어질 수 있어야 한다. 그리고 이러한 것들의 의식화를 위한 노력이 필요하다. '진실과 화해'라는 이름의 출처는 남아프리카의 '진실과 화해위원회'일 것으로 생각된다. 이 위원회의 위원장을 데스몬드 투투(Desmond Tutu) 대주교가 맡았다는 사실에서도 추측할 수 있듯이, 그 배경에는 진실과 화해의 양극을 연결하는 기독교의 영감이 있고 그것이 어떤 의미에서이든지 보다 큰 사랑의 이념을 제공해 주었다고 할 수 있지만, 그 영감이 반드시 종교적인 것일 필요는 없다. 화해에 필요한 복합적인 해체와 재구성의 과정에 기초가 되는 것은, 앞에 설명하려 한 바와 같은 보편적 진리와 사랑의 이념이다.

**일본의 전쟁 범죄** 화해와 진실의 주제에 대한 토의에서 큰 문제가 된 것은 일본의 전쟁 책임이었다. 전쟁이라는 파괴 행위 이외에도 일본이 범한 반인도적인 행위, 남경 학살, 위안부, 포로를 대상으로 한 병균 실험들이 이야기되었다. 일본이 여기에 대하여 본격적으로 반성하지 않는 것은 도덕적으로도 용납될 수 없다는 것 그리고 고이즈미 수상의 야스쿠니 신사 참배나 교과서 문제 등은 단적으로 일본이 전쟁 범죄를 인정하지 않으려는 증거라는 점 등이 이야기되었다. 참석한 일본의 학자들도 일본 측에서 성실한 도덕적 책임을 인정하지 않는 데 대하여 유감을 표현하였다.

**역사의 진전** 중앙연구원 심포지엄의 마지막은 종합 토론과 폐회식이었다. 이 심포지엄에는 앞에 말한 것 외에, 문명 간의 대화라든가 자연과 생태계의 문제라든가 동양의 인문적 전통이라든가 하는 것이 분과 주제로 포함되어 있었다. 이러한 심포지엄에서 종합 토론이란 형식적 성격을 갖는 것이라고 하겠지만, 구태여 실질적 내용을 넣어서 생각해 본다면, 종합 토론은 심포지엄의 여러 주제들을 종합하여 문명과 평화에 대한 전망을 시도해 보려는 것으로 해석할 수 있다. 그런데 종합 토론은 전적으로 진실과 화해 분과의 토론이 계속되었다. 독일의 전쟁 책임의 인정과 유럽의 화해 그리고 그것으로 하여 가능하게 된 유럽 연합, 미국의 이라크 전쟁으로 일어난 파괴와 살상에 대한 책임, 베트남 전쟁의 책임, 유럽인들에 의한 아메리카 대륙의 점유와 그에 따른 원주민들의 생활 근거의 상실과 죽음 등의 사례들이 이야기되고, 그러한 일에 대하여 참석한 학자들은 한결같이 분노와 유감을 표현하였다.

물론 한국의 문제도 언급되었다. 6·25 전쟁에서 일어난, 노근리 민간인 학살과 같은 것과 함께 한국군이 베트남에서 저지른 범죄적 행위도 이야기되었다. 인상적인 것은 방금 말한 바와 같이 이러한 일들이 일어나지 말았어야 한다는 데에 강력하게 동의한다는 것이었다. 이번에 모인 학자들이 예외적인 것인지도 모르지만, 이러한 예외적인 학자들이 이만큼 있다는 것 자체도 주목할 만한 일이었다. 전쟁 중에 일어난 잔인 행위가 범죄가 될 수 있다는 것을 분명히 한 것은 뉘른베르크 전범 재판으로부터라고 한다. 그 후에도 일어나는 전쟁과 전쟁 중의 잔인 행위 그리고 전쟁 그 자체가 구성하는 잔인 행위가 계속되는 것은 사실이지만, 그런 가운데에도 국가와 국가 사이에 전쟁이 있고 전쟁에서 잔인한 일이 일어나는 것이 당연한 것으로 되었던 관습과 사고의 관습이 무너져 가는 것도 사실이 아닌가 한다.

**공동 책임의 확인/개인적 열기**  앞에 말한 심포지엄의 종합 토론이 진실과 화해 분과 토론의 계속이 된 것은 논리적인 일관성이 없지 않은 일이었다. 여기에서 제기된 문제의 해결은 평화로운 문명을 준비하는 데에 가장 중요한 단계를 이루는 것이라 할 수 있기 때문이다. 이 심포지엄의 마지막 부분에서 흥미로운 것은, 전쟁 중에 저질러진 비인간적인 일들에 대한 규탄이 많은 경우 그러한 일을 저지른 나라에서 온 학자들에 의한 것이라는 것이다. 가령 중국인과 한국인이 일본의 범죄 행위와 그에 대한 구속(救贖) 행위가 없는 것을 규탄하는 것은 쉬운 일이지만, 일본인이 일본의 잘못을 따지고 한국인이 한국의 잘못을 따지고 미국인이 미국의 잘못을 따지는 것은 아직도 일반적으로는 쉽게 이루어질 수 있는 일이 아니다.

**책임의 정확한 소재** 이러한 과정에서 특히 눈에 띄는 것은 그러한 비판에 배어 있는 개인적인 열기였다. 이 개인적인 열기는 양의적인 것이다. 그것은 앞에서 말한 바 전체성과의 동화에서 오는 대리 만족을 나타낼 수도 있고, 동시에 참으로 순수한 사랑 또는 윤리적 보편성 안에서의 행동을 나타낼 수도 있다. 이러한 열기는 이번 인권재단 회의에도 참석한 박명림 교수가 전해 준 일화를 생각나게 하였다. 박명림 교수가 베트남에서 열린 정치학 토론에 참석하였을 때, 그는 그의 발표를 베트남 전쟁에서 일어난 한국군의 잘못에 대한 사과로부터 시작하였다. 그런데 이 회의에 참석한 베트남의 정치인은 그러한 사과의 책임이 박 교수에게 없다는 것을 말함으로써 그에 답하였다. 전쟁 중에 저질러진 잘못은 그가 저지른 일이 아니며 그들도 전쟁 중의 일들은 이미 잊어버렸다는 것이었다. 이것은 박명림 교수에게 매우 감명 깊은 말이었다. 이 이야기를 듣고서 생각하게 되는 것은 모든 것의 근본은 사실의 정확한 이해라는 것이다. 그것으로부터 시작하여 다른 여러 문제 —— 죄와 벌, 행위와 책임, 사과와 용서, 진실과 화해 등의 정치적이고 윤리적인 문제에 대한 바른 이해가 시작될 수 있다. 이러한 문제들이 문제가 되는 것은, 엄밀하게 말하여 응어리진 마음을 풀자는 것이 아니다. 그것은 보다 나은 세계의 창조를 목적으로 하기 때문이다. 그것은 주어진 사실과 인간에 대한 열기 이상의 엄격한 이해를 요구하는 일이다.

**실질적 사과/상징적 사과**  피해 보상으로 연결되는 사과는 가해와 피해의 당사자 간의 관계 속에서 일어난다. 이 경우 여기에 효과적으로 개입될 수 있는 것은, 바벌릿이나 배링턴 무어의 관점에서 말하여, 복수심이나 분개심일 수 있다. 물론 그것이 전부는 아니다. 사과는 일어난 일을 되돌아보는 일이고, 되돌아봄은 반성 작용의 일부이고, 자신이 관계된 일이지만 제삼자적인 관찰자 ──"사리에 밝은 관찰자"의 입장에 선다는 것을 말한다. 상징적 사과는 당초부터 과거사에 대한 반성적 회고의 일부를 이룬다. 이 반성에는 처음부터 제삼자 개입의 공간이 존재한다.

그러나 제삼자가 할 수 있는 일의 핵심은, 엄밀하게 말하면 사과라기보다는 당사자들에게 그러한 사과와 화해를 권고하는 일이다. 권고에는 권고자와 당사자들 간의 관계에 의한 정당화가 필요하다. 엄밀한 의미에서 당사자가 아니면서 사과한다고 할 때, 그 근거는 한국과 베트남 간의 문제라면 권고자가 한국인이나 베트남인이어서 과거의 사건에 책임을 느끼는 위치에 있다는 것이다. 그리하여 그의 사과는 사과에 대한 권고이면서 자신의 사과이기도 하다. 사과에 대한 또 하나의 근거가 될 수 있는 것은 인류 전체에 통용될 수 있는 보편적 인간 가치의 이름이다. 이 이름으로 사과에 대한 권고가 있을 수 있다. 이것은 단순히 이름만의 문제는 아니다. 모든 사람에게 일어나는 일은, 좋은 일은 물론이려니와 잘못된 일도 나도 책임을 져야 하는 일이 될 수 있다. 이것은 상당히 거창한 일이면서도, 사실적인 근거가 있는 일이라고 할 수 있다.

사람이 세상에 일어나는 여러 일에 ── 뉴스에 전달되는 일에까지도 ── 긍정적으로 또는 부정적으로 반응하는 것은 암암리에 자신이 세상의 일부라고 느끼고 있기 때문이다. 모르는 사람에게 일어난 재난을 목격할 때 또 동물이 참살되는 되는 것을 목격할 때, 끔찍한 느낌 또는 견디기 어려운 느낌을 갖는 것은 이러한 일체감을 보다 직접적으로, 보다 본능적인 차원에서 느끼는 일이다. 막스 셸러가 인간의 인식 행위의 기초에 다른 모든 것에 선행하여 사랑과 증오가 있다고 한 것은 이러한 관점에서 맞는 말이라고 할 수 있다. 사람의 본능에는 보존된 생명보다는 생명의 상실에 더 예민한 면이 있기는 하지만, 좋은 일, 아름다운 일을 보고 듣고 하는 것이 마음을 밝게 해 주는 것도 이와 비슷한 유대감, 앞에서 언급한 생명 친화감이 현실이라는 것을 말해 준다. 그러나 이 모든 것의 의미는 심리적인 것에 있는 것이라기보다는 사람이 살아야 하는 현실에 대한 행동의 가능성에 있다.

**시대의 반성** 바이오필리아(biophilia)를 상정한다고 하더라도, 그것이 주제적으로 확인되고 행동적 목표가 되는 것은 시대적인 상황에 관계된다고 할 수 있다. 앞에서, 가령 베트남 전쟁에서 일어난 일에 대한 사과는 특정한 국가에 대한 소속감이 약화되면서 동시에 국가를 초월하여 인간 공동체가 성립할 수 있다는 생각이 일어나는 모호한 시점에서 가능한 것이라고 할 수 있다. 이 시점을 보다 중립적으로 보면 국가 의식과 인류 공동체의 의식이 반드시 하나로 융합되어 약화 또는 강화되는 것이 아니라 맞부딪고 있는 시점이라고 하여도 좋다. 국가 소속감이 그대로 있거나 강화되더라도 국가 자체가 보편적 가치를 수용하는 것으로 변화되어야 한다고 생각할 수도 있기 때문이다.

**반성의 여과** 조금 지나치게 까다롭게 따지는 이야기가 되었지만, 이러한 분석은 과거사에 대한 사과의 계기의 복합성을 말하여 준다. 시대적인 상황의 변화로 하여 그것이 가능할 것이라는 것이 조금 전의 이야기이지만, 더 중요한 것은 그것이 직접적인 것이라기보다는 반성적 행위의 일부라는 점이다. 그리고 거기에는 의식하든 아니하든 이성적 성찰이 들어 있다. 이 이성적 성찰의 부분은, 적어도 앞의 경우에서는 충분히 표면화되었다고 할 수 없을지 모른다. 그러나 그것은 시간의 흐름 그리고 시대의 전진이 대신해 준 일이어서 의식되지 아니한다고 말할 수도 있다. 하여튼 앞에서 보았던 모든 것이 복수심과 분개심에 달려 있다는 생각은 사태의 전부라고 할 수는 없다. 여과 없는 사과는 거시적인 관점에서의 상황의 진전에 큰 보탬이 되지 않는다. 그리고 그것은 전체적인 상황을 부정의 분위기에 감싸인 것으로 남겨 놓을 수 있다.

**개인적 열기/동정심과 분개심** 앞에서 중앙연구원의 토의에서 놀라운 것의 하나가 개인적 열기라는 말을 하였다. 그 양의성은 다시 한 번 생각하여 볼 필요가 있다. 그것은 앞에서 비친 바와 같이 한편으로는 인간과 인간, 인간과 생명체 사이에 존재하는 깊은 일체감으로 설명될 수 있을 것이다. 앞에서 정의의 실천적 동력으로서 동정과 분개심을 논하였을 때에, 동정심은 충분히 현실적 힘을 발휘할 수 없다고 하였지만, 동정심과 선의는 생각보다는 더 큰 삶의 동력의 일부를 이룬다고 할 수 있다. 그러나 다른 한편으로 개인적 열기에 반드시 복수심과 분개심이 작용하지 않았다고 할 수는 없다. 그렇다면 진실과 사과에 대한 요구는 두 가지 근원을 갖는다고 할 수 있다.

생명의 일체성을 강하게 느낀다면, 생명과 그 번영에 대한 손상이 있을 때, 그것이 어디에서 일어났든지 복수심까지는 아닐지라도 분노를 느끼는 것은 자연스럽다 할 수 있다. 그러나 이것은 어디까지나 생명의 질서 — 그리고 사랑의 질서와의 관련에서 간접화된 것이다. 이와 대조하여 과거에 일어났던 잘못에 대하여 느끼는 분노는 훨씬 더 직접적이고 개인적인 것일 수 있다. 말할 것도 없이 당사자가 그것을 느낀다면 또 그것이 직접적인 복수로 이어진다면, 그것은 이해할 수 있는 일이다. 그러나 당사자가 아니라도 보다 큰 성찰적 사랑의 질서에 여과됨이 없이 직접적으로 분개하고 복수심을 불태우고 하는 일도 가능하다. 무력감, 모욕감, 좌절감은 우리의 자신감을 너무나 쉽게 위협한다. 작고 큰 일과 관련하여 원한이 없는 사람이 얼마나 있겠는가? 그것을 불태울 복수심과 분개심의 어두운 에너지가 준비되어 있지 않은 사람은 별로 없을 것이다. 그것은 안으로도 밖으로도 향할 수 있다. 즉 사도마조히즘의 힘이 될 수 있는 것이다. 그러면서 그것은 권력의 차용으로 이어진다. 어떻든 그것은 부정하여야 할 대상을 찾고 그것에 근거하여 부정의 전체성을 구축한다.

물론 이것은 앞에서 이미 비친 바와 같이 역사에 역동성을 부여한다. 그러나 이러한 에너지는 긍정적인 것으로 전화되기 어렵다. 그리고 그것은 진정한 화해에 이르지 아니한다. 동정심과 사랑의 질서에서 적을 미워하는 것은 그 과정의 반밖에 되지 않는다. 말할 것도 없이 잘못의 희생자는 동정심의 대상이 된다. 그러면서 그는 보상되어야 한다. 그러나 보상은 개인을 향하는 것이기도 하지만, 전체 생존의 질서의 온전함에 대한 공동의 노력을 말하기도 한다. 그것 또한 그의 일부이기 때문이다. 그런데 잘못을 저지른 사람은, 그가 이 질서에 포함되어 있는 한 이미 사과 이전에 용서받은 것이다. 그도 이미 큰 질서의 일부이다. 그리하여 용서의 과정은 사실 잘못의 고고학을 밝히는 일에 가깝다.

**과거사와 현재적 실천**　그렇다고 잘못이 시정되지 않아도 된다는 것은 아니다. 다만 그 시정이 보다 넓은 테두리 안에서 정당화될 수 있는 것이라야 한다는 것을 다시 상기하자는 것을 되풀이하는 일일 뿐이다. 그런데 다른 한편으로 그것은 (바로 이 큰 테두리로 하여) 보다 엄격하게 한정하는 것이 진실과 화해의 현실적 의미를 강화하게 될 것이다. 그리고 이 엄밀한 한정은 중요한 현실적 지침이 될 수 있다. 그것은 과거의 진실을 엄밀하게 실천적인 가능성에 한정하는 것이다.

　모든 의미 있는 실행과 실천은 현실에 관계된다. 현실은 사람의 행동 영역인 현재와 미래로 구성되고, 과거는 이 두 차원에 관계되는 한에 있어서만 현실적 의미를 갖는다. 그러니까 과거의 일은 아직도 현재 현실의 일부로서 남아 있는 한에서만 의미를 갖는다. 실천적인 관점에서, 이미 완전히 끝난 일이 아닌 것에 대하여서만 아직도 할 수 있는 일이 있기 때문이다. 그 관점에서 사과의 의미는 실질적인 보상으로 연결될 수 있어야 한다. 그것은 피해 당사자의 피해 보상에 의하여 현실적인 의미를 갖는다는 말이다. 이러한 실질적·실천적 차원이 없는 경우 사과는 상징적인 의미만을 갖는다. 그렇다고 이것도 삶과 현재적 행동의 영역에 관계가 없는 것은 아니다. 생각하면서 사는 것이 인간이라고 할 때, 그것은 심리적으로 큰 의의를 가질 수 있다. 그러나 그것이 살풀이가 아니라 보다 현재의 실천을 위한 것이라면, 큰 미래의 비전을 위해서만 의미를 갖는 것일 수 있다. 즉 그것은 사랑의 질서의 비전에 이어질 수 있어야 한다.

# 인권과 사회권

## 인권의 정의: 가능성과 자기 한정

인권 이번의 이 모임의 주체는 인권재단이고 그러니만큼 토의의 주제는 당연히 인권이 될 만하다. 주로 생각해 본 정의의 문제는 인권의 문제를 확대할 때도 고찰의 대상이 되지 않을 수 없는 주제이다. 또는 거꾸로 정의로운 정치 질서를 생각할 때 인권의 문제가 저절로 일어난다고 할 수도 있다.

인권의 문제를 바르게 이야기하려면 그 개념의 뿌리와 현실에 대한 정치학, 국제 정치학, 국제법, 법, 역사학에 대한 지식이 있어야 할 것이다. 그러나 정의나 진실과 화해의 주제와 관련하여 앞에 말한 것들의 연장선상에서 약간의 상식적인 관찰을 시도해 봄으로써 주체 측의 주된 관심에 존경을 표하고자 한다. 여기에서 주목하고자 하는 것은 인권 활동의 특수한 행동 방식이다. 그것을 정의 추구의 활동이라고 한다면, 그것은 전체의 정의보다는 부분적 정의를 추구한다. 그것은 전체성의 부름의 거대한 호소력에도 불구하고 어떤 경우에 부분적 활동 또는 자기 한정적 활동이 오히려 현실을 바로잡아 가는 바른 방법이라는 것을 예시해 주는 것으로 보인다.

**인권의 작은 행동과 큰 테두리**  정의의 문제가 착잡한 관련 속에서 생각되어야 한다는 것이 앞에 말한 것이었다.(모든 개념들은 다른 개념들과의 연쇄 속에 존재하며, 하나만 떼어 낸 개념은 진리를 왜곡한다. — 가다머는 파르메니데스를 인용하여 이렇게 말한 일이 있다.) 우리가 추구하는 이념화된 개념에는 대체로 부정과 긍정의 힘이 스며 있고, 이것은 새로운 전환이 없이는 인간성의 왜곡을 가져온다는 것도 앞에서 말한 것이다. 아마 인권의 문제는 일단 이러한 위험을 걱정할 필요가 없는 이념이라고 할 수 있지 않을까 한다. 그러니만큼 그것은 거의 절대적으로 추구될 수 있는 목표라고 할 수 있다. 그것은 인권의 확보가 대체로는 제한된 현실 교정의 목표로서 생각되기 때문이다.

세계적으로 사회의 혁명적 변화의 모델이 된 미국 혁명이나 프랑스 혁명 등은 인권 또는 기본권의 확보를 위하여서는 사회의 정치 조직 전체가 개조되어야 한다는 것을 선언한 정치 운동이었다. 그러나 오늘날 인권의 문제는 대체로 정치 체제 전반에 관련해서 제기되기보다도, 정치 체제 그것에 책임이 있다고 할 수 있는 경우라도 그때그때 일어나는 침해 사건에 대하여 제기된다. 그리고 문제를 제기하는 주체도 대개는 무력을 가지고 있는 국가라기보다는 민간인들이 주동하는 단체 또는 비정부 인권 단체들이다. 그러니만큼 인권의 문제는 전체적인 틀과의 관계에서 생각될 필요가 없고, 그 동력이 부정적인가 긍정적인가 하는 것을 저울질할 필요가 없다고 할 수 있다.

그러면서도 인권은 인간의 존엄성 — 모든 인간의 동등한 존엄성이 천부의 것이라는 믿음에서 정당성의 근거를 발견함으로써, 처음부터 그 나름의 큰 테두리에 스스로를 연결하고 있다. 이 큰 테두리는 특별한 성격을 가지고 있다. 이 특별한 성격이 인권 문제의 힘과 약함을 결정한다. 말할 것도 없이 인간은 개체이든 아니면 집단의 일원이든, 인간이라는 보편적 개념에 의하여 정의된다. 여기로부터 인간은 인간으로서의 일정한 권리와 위엄을 가지고 살 수 있어야 한다는 요청이 나온다. 그러나 이것이 참으로 현실적인 의미를 가지려면, 그것은 현실 효율적인, 그러니까 제도적으로 구성된 집단에 의하여 제도의 일부로 수용되어야 한다. 지금에 있어서 이 집단 중 가장 강한 구속력을 가지고 있는 것은 국가이다. 그리하여 인간의 개체적 삶을 규정하는 테두리는 가장 큰 테두리로서 보편적 인간의 이념에 관계되는 것이 있고 국가가 규정하는 국가 성원으로서의 인간적 이념에 관계되는 것이 있다고 할 수 있다. 이 두 가지는 다 같이 이념이면서 현실 제도의 일부일 수 있다. 그러나 현시점에서, 앞에서 말한 현실 효율적인 이념은 국가의 테두리 안에 수용된 것이다. 그러나 오늘의 현실에서 인권은 이 중간 매개를 통하여서가 아니라 인간의 보편성이라는 테두리에만 직접적인 연결을 가지고 생각된다. 그럼으로써 그것은 약한 개념이 되기도 하지만 동시에 강한 개념이 된다.(적십자 활동의 폭은 바로 사람이 가질 수 있는 큰 테두리와의 관계에서 중간적 집단의 테두리를 간과하는 데에서 온다. 이것은 종교의 경우에도 마찬가지다.)

**보편적 인간 개념과 자기 한정**  물론 사회 집단과 관련 없이 인간을 보편적으로 규정하는 것이 가능한가 하는 문제를 제기할 수 있다. 사람 본래의 유대감이 존재함을 무시할 수는 없다. 그러나 이것도 시대와 더불어 발달하는 것이 아닌가 한다. 인간됨에 대한 정의는 역사적으로 사회적으로 다르게 된다. 어떤 사회는 그것이 정의하는 인간됨의 정의가 보편적인 것에 일치한다고 주장한다. 그러나 지금의 시점에서 많은 사회는 국가가 정의하는 인간 이념 이상의 보편적 이념이 존재한다는 것을 인정한다고 할 수 있다. 그러면서도 국가가 부과하는 이념의 역사적 특수성을 주장하여, 보편적 인간 이념의 완전한 수용을 거부한다. 그러나 인권과 관련하여 중요한 것은, 인권에 있어서의 인간됨의 개념이 인간에 대한에 대한 완전한 기술(記述)에 기초하는 것은 아니라는 것이다. 인권에서의 인간 개념은 최소한도의 것이고 또 대체로는 최소한도의 것에 대한 침해에 관계하여 이야기되는 것이다. 그렇게 함으로써 이것은 일정한 보편성을 얻는다. 물론 이 최소한도도 역사적으로 서양사의 산물이기 때문에 반드시 보편적인 것일 수 없고, 인간의 삶의 핵심적인 저울대가 될 수 없다는 생각이 있고 거기에 정당성이 없는 것은 아니다. 그렇기는 하나 이 최소한의 보편성으로 하여 인권 활동은 특수한 국가에서 현실 효율적인 의미를 갖는 인간됨에 대한 규정을 건너뛴다. 그리고 인간 이념의 현실 효율적 기구로서의 국가에 과도하게 간여하지 않는다.

여기에서 주목하고자 하는 것은 자기 한정의 효율성이다. 가령 한 국가 내에서 국가의 성원이 인권 문제를 제기하는 경우, 그것은 언제나 부분적인 문제로 제기될 때에만 최소한의 효과를 가진 행동이 될 수 있다. 이 부분성이 불분명한 경우, 그것은 중요한 억압과 제재의 대상이 된다. 문제의 테두리 밖에 위치한 개인이나 단체에 의하여 문제가 제기될 때에도(그것이 불쾌감의 원인이 되고 내정 간섭이라는 명분의 대항책에 부딪치기는 하지만) 그것이 자기 한정적인 경우에는 적극적인 대항의 대상이 되지 아니한다.(한국에서의 인권 수호 활동이 가능한 것은 이미 그것을 중요한 국가적 과제로 받아들이고 있기 때문이다. 그런 의미에서 인권 활동이 부분적 현실에 관계된다는 명제는 여기에서도 그대로 적용된다고 할 수 있다.)

**인권 행동의 심리적 환경과 그 효율성**  되풀이하건대 인권 활동은 이미 말한 바와 같이 시각을 부분적으로 발생하는 침해와 관련되는 일에 한정함으로써, 전체의 테두리 또는 가장 큰 테두리로서의 인간 존재의 존재 방식과의 관계는 유지하면서, 그 아래 있는 중간 테두리로서의 정치 체제에 관계없이 행동한다. 그러한 까닭에 그것이 부정적 동력에서 나온 것이라고 하더라도 그 효과가 큰 문제가 되지 않는다고 할 수 있다. 그러한 점에서 인권을 생각할 때 앞에서 길게 따져 본 부정의 힘 또는 긍정의 힘의 문제는, 인권의 문제 영역, problematik에서 제외되어도 좋다고 할 수 있다.

그러니까 앞에서 정의와 관련하여 생각해 본 당사자 또는 제삼자의 문제도 인권의 문제에서 그다지 주요한 것이 아니라 할 수 있다. 앞에서 동정심과 분개심(resentment)의 대비에서 전자가 중요했던 것은 그것이 피해 당사자의 강한 개인적인 분노, 복수심의 힘을 내포하고 있기 때문이었다. 인권의 문제가 다루어지는 것이 대체로 그것을 침해받은 당사자보다는 외부의 인권 운동가에 의한 것이라는 것은 그러한 힘이 이미 제삼의 "사리에 밝은 관측자"에 의한 이성적 여과를 거쳤다는 것을 말한다. 앞에서 나는 동정심과 선의가 그 자체로 큰 추동력이 되지 못한다고 하여도, 그것을 국가 기능의 일부가 되게 함으로써 또는 적어도 이념화된 전체성의 내면화를 통하여 이 무력함이 보완될 수 있다고 하였다. 그런데 인권 운동은 오히려 이러한 힘의 뒷받침이 없음으로 하여 지속적인 효력을 갖는다고 할 수 있다. 그렇게 함으로써 인권 문제와 인권 행동은 체제 전체의 경계선을 비교적 자유롭게 넘어설 수 있다. 세상에 중요한 것은 강한 힘만이 아니다. 약한 힘이 오히려 강할 수도 있는 것이다. 이것은 우주에 작용하는 진정한 큰 힘이 "약력(weak force)"이라고 물리학에서 말하는 것에 비유될 수 있다.

**인권 운동의 작고 넓은 힘**  어떤 정치주의자들은 모든 문제에서 정치화된 해결을 찾는다. 그리하여 문제에 대한 인권의 관점 또는 인도주의적 관점에서의 접근을 미봉책이라고 생각한다. 이 관점에서는, 사회적 삶의 여러 문제들, 가령 빈곤의 문제는, 정치와 경제 체제의 총체적인 개조를 통해서만 해결할 수 있다고 한다. 적어도 이론적으로는 이것이 맞는 것이라 할 수 있다. 그러나 문제는 그것이 하루아침에 혁명적으로 이루어질 수 있느냐, 아니면 점진적인 진화를 통하여 이루어질 수 있느냐 하는 것이다. 또 불완전한 인간과 인간의 상황을 생각할 때, 완전한 유토피아를 설정하는 것이 참으로 적절한 것이냐 하는 회의(懷疑)를 가질 수 있다. 사실 유토피아의 기획이 낳은 반유토피아는 이제 충분히 실험된 바가 있다고 할 것이다. 그리고 어떤 경우에나 구체적인 인간의 구체적인 고통의 상황을 깊이 생각하고 그에 대하여 조처하는 것이 나쁜 일일 수는 없다. 이것은 개인적인 차원에서의 자선에도 해당된다.

전쟁 중의 적십자사의 구조 활동 또는 정의를 표방하는 정치권력에 의한 정치범 또는 범죄자에 대한 인간적 대우도 체제를 넘어가는 작은 행동의 원칙이 보편적인 것으로 받아들여짐으로써 가능해진다. 인권의 문제는 정의(正義) 일변도의 이념하에서는 풀어 나갈 수 없는 문제라고 할 것이다. 인권 운동이나 국경을 넘은 인도주의적 구조 활동 등에서 볼 수 있는 부분적 정의의 행동화야말로 위대한 인간적 발전의 하나라고 보아 마땅하다. 이런 관련에서 우리는 거대한 정의의 추구만이 정의를 현실이 되게 하는 것이 아니라는 것을 생각하게 된다. 거대한 사랑 안에서 작은 행동이 오히려 현실적 효율성을 가질 수도 있는 것이다.

## 정치권과 사회권

정치적 권리/사회적 권리  인권 운동이 사람의 사는 문제의 모든 것을 풀어 줄 수 없다는 것은 말할 필요도 없다. 인권이 해결할 수 있는 삶의 문제는 상당히 제한된 것이다. 인권으로 생각되는 것 안에서도, 비교적으로 말하여 문제 삼기 쉬운 것이 있고 그렇지 않은 것이 있다는 사실은 이것을 더욱 부각시켜 준다. 인권은 한 가지 권리가 아니다. 인권에는 여러 가지 권리가 포함되고 그 개념화는 내용에 있어서나 역점에 있어서 문화와 역사와 더불어 변화한다.

사회적 존재로서의 사람이 가질 수 있는 권리는 정치적 권리와 사회적 권리로 나눌 수 있다. 인권은 대체로 정치적 권리에 속하는 권리라고 할 수 있다. 그러면서도 그것이 완전히 일치하지 않는다. 가령 표현의 자유라든가, 신체의 자유, 참정권과 같은 것은 정치적 권리에 속하지만, 그것들은 현실 국가의 제도에 의하여 규정되어야 하고, 그 구체적 내용은 국가에 따라 다를 수밖에 없다. 인권의 관점에서 그것이 문제가 되는 것은, 이미 말한 바와 같이, 대체로 국가가 규정하는 정치권에 대한 도전이 있고, 그로 인하여 국가적 범위를 넘는 관점에서 침해가 일어나는 일이 발생했을 때이다. 그러나 이것은 물론 인권 활동을 국제적인 활동으로 볼 때이다.

사회권의 문제는 보통 인권 활동의 대상이 되지 않는 것으로 보인다. 특히 국제적인 관점에서 그러하다. 그러나 포괄적인 의미에서 인권의 관심이 사람답게 사는 일에 관계되어 일어난다고 한다면, 사회권의 문제가 그 관심의 대상이 되는 것은 당연하다고 할 수 있다. 그런데 정치적 권리는 간단한 조처로 해결될 수 있는 문제라 할 수 있지만, 사회권은 간단히 요구되는 특정 사항의 실행으로 해결될 수 있는 것이 아니라는 사실이 그것이 쉽게 인권 활동의 대상이 되지 못하는 이유라 할 수 있다. 그것은 복잡한 사회 현실과 구조, 국가의 내적 사정에 의하여 좌우되고 결정되는 문제이다. 그러면서도 그것이 접근되는 방법은 인권의 방법과 유사한 데가 있다. 그렇다는 것은 그것은 인권의 문제처럼 부정적 현실에 대한 대응 조치로 접근될 수 있다는 말이다. 어쨌든 인간의 생존이라는 관점에서 더욱 기본적인 필요는 정치권보다도 사회권에서 표현된다고 할 수 있고, 어떤 경우에 그것은 정치권 그리고 인권과의 모순 관계에 있을 수도 있다. 그러면서 국내적인 관점에서 그것은 매우 중요한 인권의 문제에 해당됨에 틀림이 없다.

**사회권의 종류** 사회권과의 관계에서 권리 문제의 범위는, 앞에 말한 바와 같이 국경 내부에 한정될 수밖에 없다. 사회적 권리란, 제도적으로 사회 보장이나 사회 보호 또는 사회 구조 — 독일어로 표현하면 Sozial-versicherung, Sozialversorgung, Sozialhilfe — 를 포함하고, 또 정치적 권리와 관련되는 것으로서 그것은 노동조합을 결성할 수 있는 권리나 노동 현장에서의 여러 권리들에도 관계된다고 할 수 있으나, 더 넓게는 생존의 기본 수단 일체에 대한 사회적 보호나 보장을 요구하는 권리이다. 이러한 생존권이 사회적 권리(Sozialrecht)라고 불리는 것은 오늘날 생존이 사회관계 속에서 이루어진다는 것을 말한다. 이 사회관계는 저절로 생겨나는 것이지만, 정치 체제를 통하여 문제로서의 분명한 모습을 갖추게 된다.

그리하여 사회에 요구되는 것은 단순히 개인의 권리의 침해를 자제하는 것이 아니라 그 적극적인 현실화를 위한 행위이다. 앞에 말한 바 사회권의 문제가 체제의 경계 — 지금으로는 국민 국가의 경계를 넘어서 국제적 행동, 비정부 단체들의 행동의 표적이 되기 어려운 것도 그것이 사회와 국가의 적극적 의사 결정에 달려 있기 때문이다. 이것은 단순한 저항 운동의 결과로 구성될 수 있지만, 그것이 보다 적극적인 내용을 갖게 되는 것은 다분히 사회 안에 존재하는 정신 문화의 힘에 깊이 관련되어 있다.

**필요, 원조, 인간적 연대**  그렇다고 사회적 권리 또는 사회적 생존 또는 기초적인 인간 생존과 관련하여 국경을 초월한 활동이 불가능하다는 말은 아니다. 하나의 사례로 우리는 쉽게 국경 없는 의사회와 같은 것을 생각할 수 있다. 또는 빈곤 국가들을 위하여 동원되는 의료, 보건, 식량 원조와 같은 것도 생각할 수 있다. 그런데 이러한 활동은 인권의 이름이 아니라 다른 이름을 갖게 된다. 여기에서 중요한 것은 아마 정의보다도 인도주의일 것이다. 또는 정의라고 하더라도 그것은 분개심보다는 동정심에 연원을 가진 정의일 것이다. 이것은 동점심이 상당히 추상적인 차원에서도 움직인다는 것을 보여 준다. 또는 이미 말한 바와 같이 추상적·보편적 성격을 갖는 것이 동정심이라고 할 수 있다. 되풀이하건대 동정심은 단순한 심성의 특질이 아니라 잠재적으로 이성적 성격을 가지고 있는 심성의 특질이다.

다시 한 번 사회 문제에 있어서 또는 인간의 상황과 관련하여 분개심만이 아니라 동정심이 일반화의 가능성을 가진 것을, 그리고 그것이 국제적 연대의 기본이 될 수 있다는 것을 여기에서도 확인할 수 있다. 그러나 동정심이나 선의가 강제력을 가진 것이 아니라는 것도 사실이다. 다만 심리적으로 어떤 기초를 가지고 있든지 간에, 조직은 약한 동기에서 시작한 일에서도 그 나름의 독자적인 강제력을 발휘한다. 그리고 그것이 오늘날 모든 공적인 힘, 가령 국가 그리고 공적이면서 인류 전체의 외연에 일치하는 국제 기구나 국가 간 협약의 뒷받침을 가질 때 그것은 더욱 큰 행동력을 갖는 것이 될 수 있다. NGO, 국제 기구, 국가의 지역적 연대들이 어떤 근거에서 어떤 힘을 갖는 것으로 확대될 수 있는가는 앞으로 더 두고 볼 문제들이다.

# 인간적 배려가 있는 기업

## 기업가와 기업의 논리

다시 국내적인 문제로 돌아와서, 사회권의 확보는 국가의 능동적 작용에 의지하는 것이 될 수밖에 없다. 거기에는 물론 사회적 요구를 국가 제도가 수용하게 하는 움직임이 필요하다. 그런데 사회권은 말할 것도 없이 경제 질서에서의 정의에 대한 요구이다. 그런데 자본주의 시장 경제에서 경제 활동을 담당한 것은 기업이다. 기업 활동에서 사회적 권리를 인정하는 질서가 나올 수 있을까? 그보다는 쉽게 생각할 수 있는 것은 기업 활동이 사회 공동체의 질서를 혼란시킬 수 있다는 사실이다. 이에 대하여 이 혼란의 가능성에 대응하여 질서를 회복할 수 있는 것이 국가에 의한 사회권의 확보 노력이다. 이 노력에 정의가 어떻게 작용하여야 효율적일 수 있는가? 이것이 권력과 이념화된 정의의 폐단을 피하면서 정의로운 것이 될 수 있는가? 정의 문제와 관련된 세 번째의 고찰의 대상으로 기업과 사회 정의의 관계를 잠깐 생각해 보고자 한다.

그런데 인권재단에서 준 제목에 들어 있는 '배려'라는 말은, 이미 언급한 바와 같이 시장에 국가 권력 이전에 심성적 기능이 개입하여 사회적 질서의 구성에 작용할 수도 있다는 것을 상정하는 것이다. 시장의 발달은 시장에 대한 과학적 이해, 즉 경제학의 발달을 통하여 시장이 오로지 비인격적인 요인들에 의하여 움직인다는 것을 밝히는 일에 병행했다. 그렇다면 '배려'라는 심성 활동은 시장보다는 시장의 주인공인 기업가에 해당된다고 할 수 있다. 또 그것은 기업가에게 기업과 기업이 움직이는 장의 법칙에 어긋나게 행동하라는 그리고 단적으로 기업가로 하여금 실패를 무릅쓰라는 말로 들릴 수 있다. 다른 한편으로 기업과 시장이 사회의 사회적·공동체적 그리고 인간적 성격을 유지해야 한다는 것은 정당하다. 또는 더 나아가 그것은 절대적인 요청이라고 할 수도 있다. 그러나 시장과 기업의 중요성도 너무 낮게 말할 수는 없는 까닭에 기업에 대한 사회성의 요구는 매우 조심스럽게 연구되어야 하는 일이다.


**공권력과 기업**


기업이 사회를 고려하면서 기업 활동을 하게 하는 가장 간단한 방법은, 말할 것도 없이 정치권력을 동원하는 것이다. 그러나 이것도 이미 말한 것이지만, 정치력의 전체화는 경제의 기능을 둔화하고 부패를 가져오고 또 인간의 자기실현의 근원적 욕구로서의 자유와 창의성을 압살하는 결과를 가져온다. 그러나 공권력으로서의 정치권력은 시장 경제 자체를 위해서나 자유를 위해서도 필요한 것인 까닭에 어떤 경우에나 사회 질서의 구성에서 핵심적 기능을 갖는다. 이것도 이미 말한 바이지만, 시장 기능도 정부의 조정 그리고 경찰 행위가 없이는 바르게 유지될 수가 없다.

기업에 대한 규제가 너무 많다는 이야기를 듣지만, 우리의 공권력은 시장의 공정성을 유지하는 데에는 오히려 지나치게 약하게 작용하는 것으로 이야기할 수도 있다. 공권력에 의한 기업의 반사회적 성격에 대한 통제는 이 연장선상에 있다고 할 수 있다. 사회의 공적 공간의 투명성을 부여하는 공권력의 행사는 시장의 공정성에도 일치하는 것이라고 할 수 있기 때문이다. 그러나 현실적으로는 그것이 기업 활동과 크고 작은 갈등을 일으키는 것이 될 수 있다는 것도 인정하여야 할 것이다.

## 인정의 동기/공동체의 압력

공권력이 직접적인 큰 간섭이 없이 기업으로 하여금 그 생산 활동을 넘어 사회에 기여하게 하는 방법은 스스로 그렇게 할 수 있게 하는 동기를 부여하는 것일 터이다. 언필칭 현대적 기업과 시장을 움직이는 것은 이윤 또는 이익의 동기이다. 자기 이익의 동기로서 쉽게 생각할 수 있는 것은 사회적인 명성의 동기이다. 요즘 사회 이론가들은 —— 가령 독일의 악셀 호네트(Axel Honneth)를 비롯하여 여러 학자들은 —— 인정(Anerkennung, recognition)을 거의 사람의 원초적 본능의 요구처럼 말한다. 이것이 기업가로 하여금 교육, 의료, 복지, 자선 등의 목적에 일정한 기여를 하게 하는 동기로 작용할 수 있을 것이다. 또는 앞에서도 언급한 집단의 이름은 명성의 근거가 될 수도 있지만, 더 직접적으로 힘의 획득(empowerment)의 방법이기도 하다. 경제는 늘 부국강병의 한 부분을 이루지만, 집단의 이름은, '한류' 등과 관련하여 이미 말한 바와 같이, 경제 활동이 차용할 수 있는 명분이 된다. 그러면서 이 차용은 그 나름의 의무를 부과한다.

그런데 사실 따지고 보면 기업의 확장, 부의 축적의 최종 목적이 그 자체에 있다고 할 수는 없다. 그 목표에는 이미 실질적 권력과 또 명성 등의 상징적 권력 그리고 인정이 포함되어 있다고 할 수 있다. 많은 것은 사회의 관습으로 확립된 가치 체계와 문화에서 나온다. 그러니까 기업의 비사회적 목적의 추구는 이미 사회 관습과 문화가 그렇게 되어 있다는 것을 말한다. 기업의 비사회성은 근본적으로는 사회 내부의 모순을 드러내는 것이라고 할 수 있다.(우리 사회에서 이기심과 집단적 명분에 대한 강조는 동전의 양면이라고 할 수 있다.)

## 정치의 사회적 책임

그런데 기업이 기업 활동 외의 사회 기여를 한다고 하여도 그것은 사회 전체에 걸치는 또 지속적인 기여라기보다는 일시적이고 단편적인 사건일 수밖에 없다. 보다 적극적인 의미에서의 사회의 공동체적 성격을 유지하는 일은 기업의 의무라기보다는 정치의 책임이다. 앞에서 언급한 바 자본주의 경제에서 일어나는 여러 문제를 정부가 법의 테두리 안에서 해결한다는 독일의 사회 국가의 개념은, 경제와 정치의 이항적 구조를 대표적으로 설명한 것이다. 이 두 가지를 하나로 묶을 필요는 사회에서 오는 것이기도 하지만, 기업에서 오는 것이기도 하다. 최소한도의 사회적 안정과 동참 의식이 없이는 기업도 제대로 작동할 수 없을 것이기 때문이다.

**안전변과 적극적 사회적 동기**  그런데 이렇게 말하는 것은 모든 것이 현실의 압력 속에서만 이루어진다고 생각하는 것이다. 적극적인 인정의 추구를 떠나서도, 기업 경영의 조건을 위하여 사회적 조처가 필요하다는 이야기이다. 이러한 관점은 정치와 법의 사회적 조처가 분개(resentment)에서 오는 위험을 예비적으로 피하자는 의도가 있는 것으로 본다. 그러나 사회성의 확보를 이러한 동기와 원인으로만 말하는 것은, 앞에서 말하였듯이 사회가 그 자체로서 인간적 삶의 의미를 높이는 적극적 기능을 가지고 있다는 것을 인정하지 않는 것이다. 이러한 관점에서 사회는 경계 구역일 뿐이다. 그러나 안전변으로서의 사회적 대책은 사회 문제를 충분히 또 섬세하게 돌보지 못한다. 앞에서 사회 정책으로 사회 보장, 사회 보호, 사회 구조 등을 말하였지만, 실업자나 산업 재해 등의 사회 보장을 넘어 장애자, 보육, 주택 등에 도움을 주는 사회 보호는 단순한 보수적인 입장에서의 사회 안전 조처로만 생각할 수는 없는 일일 것이다.


### 선의, 동정심, 공동선


역시 이런 데에 작용하고 있는 것은 분개심이나 불안 이상의 긍정적 동기 —동정심이나 선의 또는 이웃에 대한 배려라고 할 수 있다. 되풀이하여 말하건대 이러한 것이 동기로서 충분히 강하지 못한 것이 인간 사회의 현실이라고 하더라도, 그것이 일단 정치적 제도의 일부가 되면, 그것은 그 나름의 힘을 가진 동인이 된다. 이러한 것이 기업에서도 동기로 작용하는 경우를 볼 수 있다. 가령 유럽과 북아메리카의 "공평한 거래(Fair Trade)"는 선진국과 후진국 사이의 공평한 거래를 통하여 후진국을 돕자는 무역 행위인데, 그것은 작게 시작하였으나 이제 날로 번창하고 이익도 적지 않게 거두고 있는 것으로 알려져 있다. 환경을 위한 산업들의 발달도 이러한 관점에서 생각될 수 있다. 한국에서나 다른 나라에서나 친환경 산업이 소규모일망정 번창하는 것도 기업 활동이 사회적 목적과 모순되는 것만은 아니라는 것을 보여 준다. 선의와 공동 이익 또는 공동선에 대한 고려가 반드시 기업에 손해를 가져오는 것은 아니다. 모순된 것처럼 보이는 두 가지를 겸하는 일은 앞으로 보다 적극적인 연구가 필요할 것이다.


## 인간의 인간됨

**형이상학적 차원** 그런데 이것은 다시 말하여 사회에 선의의 문화가 존재하는 것을 전제한다. 그것은 천부의 인간 심성에 기초하면서도 사회 자산으로 축적되어야 한다. 그것은 그러한 노력이 사회의 중요한 활동 부문으로 존재하고 존중되어서야 비로소 가능하다. 그런데 이러한 것이 거의 없어진 상태에 있는 것이 오늘의 우리 사회가 아닌가 한다. 그리고 기업가도 일반 시민도 이 인간적 문화의 부재 속에 또는 말이야 어떻게 하든 실제에 있어서는 모든 것을 투쟁과 부정의 관점에서 보는, 뒤늦은 사회 다윈주의(Social Darwinism)의 문화 속에 산다. 또 이것만이 아니라 많은 사회 결정론적 인간 행위론은 오늘의 사회에서 사람들이 자신들의 비인간적인 행동 전략을 정당화하는 데 도움을 준다. 그리고 사람의 심성에 대한 이야기는, 그것이 르상티망에 이어지는 것이 아니라면, 전적으로 비현실적인 것이라고 생각한다.

필요한 것은 삶에 대한 형이상학적 이해이고, 그로부터 유추될 수 있는 윤리학적 자기 이해이다. 결국 삶, 그것을 긍정하고 찬양하는 외에 삶의 보람이 따로 있겠는가? 많은 일에서 가장 큰 보람은 그것을 통하여 삶의 형이상학적 총체에 동의하게 되는 데에서 온다. 이 관점에서 좋은 사회는 앞에서 이야기한 것을 되풀이하면, 정의의 사회이면서 사랑의 질서 속에 있는 사회이다. 이것을 어떻게 문화의 근본이 되게 하느냐 하는 것은 가장 크고 어려운 과제의 하나이다. 좋은 사회가 되는 데에 현실의 여러 힘이 중요치 않다는 것이 아니다. 현실적인 요인들을 고려하면서, 그것이 궁극적으로 인간에 대한 바른 윤리적이고 형이상학적인 이해 속에 움직이게 하는 노력은 형이상학적인 인간 해명과 함께 진행되어야 할 또 하나의 중요한 과제라고 할 것이다. 여기에 관계되는 것이 문화, 교육과 제도의 문제이다.

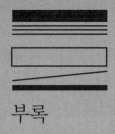

부록

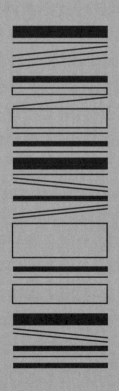

# 정치 논의의 공동체적 기반

## 중용적 사유 속의 갈등

### 1. 서문: 글의 제목에 대하여

#### 중도와 원칙

이 글의 마지막 부록을 붙인 부분은 보다 구체적인 정치 주제와 관련하여 구두로 발표하였던 글의 텍스트이다. 거기에는 이미 서문이 들어 있다. 그러나 조금 기이한 느낌을 주는 대로 이 글은 서문에 대한 또 하나의 새로운 서문으로써 시작하였다. 구두 발표 원고는 2006년 12월 1일 화해상생마당에서 주최한 세미나에서 발표한 것이다.

당시의 제목은 "화해상생의 중도주의에 대한 성찰: 정치 논의의 공동체적 기반"이었다. 이 제목의 전반은 주최 측에서 아마 다른 발표문들과의 주제적 일관성을 유지하기 위해서 붙인 것이고, 후반의 부제가 필자 자신의 원제목이었다. 이제 다시 제목을 원래대로 하면서 새로운 부제를 첨가하였다. 첫째 이유는 글의 취지가 모든 정치 상황 또는 어떤 상황에서나 극단적인 입장에 대하여 그 가운데의 입장을 찾고 그것을 견지하여야 한다는 것보다도 인간의 집단적 삶이 불러일으키는 여러 문제들의 해결에 있어서 원칙이 무엇이어야 하는가를 밝히려는 것인 데 대하여, 중도주의라는 이름은 오해를 불러일으킬 수 있는 이름이기 때문이다. 원래 발표를 경청하여 주신 화해상생마당의 여러분도 필자와 마찬가지로 이 오해의 가능성에 대하여 적지 않은 우려를 가지고 있는 것이라고 생각한다.

제목을 되살리고 글을 써 나가다 보니, 처음 부분이 토대가 되었던 발표문의 몇 배가 되게 길어졌다. 그리하여 원래의 글을 부록으로 첨가하는 형식이 되었다. 현실적인 문제를 다루는 것보다도 문제 처리의 이론적 근거를 생각하는 것은 더 복잡한 해명을 필요로 한다. 원래 화해상생마당에서 의견을 발표했을 때에, 여기에 들어 있는 모든 이론적인 문제를 생각한 것은 아니다. 글을 쓴다는 것은 사고한다는 것과 같은 과정이다. 그리하여 글을 쓰는 사람들은 쓰는 행위를 통하여 많은 것들을 새로 생각하고 알게 된다. 그러나 새로운 것들도 대부분 원래 가졌던 직관적 이해의 테두리 안에 남아 있게 마련이다. 그리하여 앞부분과 뒷부분은 하나의 테두리 속에 들어가는 것으로 생각된다. 그러나 앞부분이 너무 길어졌다. 앞부분은 길 뿐만 아니라 조금 복잡하다. 필자가 오늘의 문제들과 관련하여 생각한 것을 아는 데에는 짧은 뒷부분으로 족하지 않을까 한다. 그러나 그렇게 생각하게 되는 이론적인 근거를 밝히는 데에는 역시 앞부분이 필요하다. 길이, 목적 그리고 글의 스타일이 다른 대로 원문과 부록의 형태로라도 두 부분을 하나로 둔다.

### 사실과 형이상학
이 글에서 발표문의 원제를 되살리려 한 것은 현실적으로는 집단적 삶의 여러 문제, 특히 갈등의 문제를 숙고하노라면, 결국 중도주의에 귀결될 수 있을지라도, 그 전에 확인하여야 할 원칙들이 있고 이것을 확인하는 것이 필요하다고 생각하기 때문이다. 이 원칙이 무엇인가는 쉽게 말할 수 없다. 그러나 원제목에서 시사한 것은 모든 정치 행위 — 논의와 행동에는 공동체적 기반이 전제된다는 것이다. 그러니까 상기하고자 하는 원리는 공동체라고 할 수도 있다. 그러나 다시 생각해 보건대 답변은 그것으로 끝나지 않는다. 어떻게 공동체가 가능한가 하는 문제가 있을 수 있기 때문이다. 앞의 문제가 쉽게 답하여질 수 있는 것은 아니지만, 뒤의 문제는 더욱 답하기 어려운 문제로 생각된다. 그 이유의 하나는 그것이 많은 현실적인 과정에 대한 고려를 요구할 것이기 때문이다.

그러나 여기에서 시도하여 보는 것은 그 이론적 또는 달리 말하여 그 철학적 또는 형이상학적 기반이다. 아무리 경험주의적 태도를 견지하여도, 놀라운 일은 인간이 형이상학적 존재라는 사실에 부딪친다는 사실이다. 집단 내의, 또는 집단 간의 갈등의 문제는 극히 사실적이고 현실적인 문제인 것 같지만, 사실의 사실적 해결에도 인간 존재에 대한 철학적 또는 형이상학적 이해가 깊이 개재되는 것으로 보인다. 간단히 말하면 갈등 해결의 근본은 함께 살아야 한다는 데에 있다. 그러나 이것을 생각하노라면, 산다는 것은 현실에서 무엇을 말하는 것이며, 보다 근본적인 의미에서는 무엇을 말하는 것인가 하는 문제들이 일어난다. 오늘의 문제들에 대한 본래의 글의 앞부분으로서 — 과분수가 되어 버린 이 이론적 부분에서 고찰하고자 하는 것은 이러한 조금 괴팍한 문제들이 될 것이다.

### 중도와 중용

갈등의 해소는 어떻게 가능한가? 그 방법에 간단한 이름을 붙인다면, 어떤 것이 될 것인가? 중도주의란 말은 오늘날 우리 사회의 갈등과 긴장을 걱정하는 이들이 여기에 대한 대책으로 내놓은 말이다. 그러나 이 말은 듣는 이에 따라서는 타협과 화해만을 강조하고 원칙을 무시하는 것으로 들리는 것으로 생각된다. 갈등의 문제는 일단 이익 상충의 문제라고 할 수 있다. 따라서 그 해소는 이익의 절충에서 찾아질 수 있다고 간단히 이야기할 수 있다. 그 경우 방법의 하나는 갈등 당사자의 이익을 합하여 둘로 쪼개어 반반을 서로 나누어 갖는 일이다. 반드시 이러한 뜻으로 쓰이는 것은 아니겠지만, 중도주의라는 말은 이러한 무원칙한 해소의 방법을 옹호하는 것으로 들리는 것이다. 사람들은 갈등의 해소를 원하되, 그것이 사람들이 존중할 수 있는 원칙에 입각하기를 원한다. 그러나 앞에서 단순화해 본 중도주의까지도 반드시 원칙에 무관한 것은 아니다. 거기에는 이익 관계를 넘어가는 원칙들 ── 인간의 존재론적 운명에 대한 공통된 또 실존적인 확인이 개입되어 있다. 무조건의 이익의 절충도 공존의 중요함을 인정한 데에서 나오는 것일 수 있기 때문이다. 그러나 새로 첨가한 부제는 중도가 아니라 중용이라는 표현을 사용하고 있다. 이것은 보다 보편적인 함축을 가질 수 있는 것이라는 생각에서이다. 물론 이 글이 들어가게 될 책의 주제에 그것이 맞기 때문이기도 하다. 중용은 원래 최상용 교수가 제안한 것이지만, 사실 이 글의 철학적 주제에 더 잘 맞는 것으로 생각되기 때문에, 그 제안을 받아들인 것이다. 그러나 아마 이 글은 중용의 개념에 대한 깊은 논의보다 앞에서 밝힌 대로 갈등과 그 해소에 관한 철학적 반성의 성격을 띨 것이다. 그러나 중용의 의미를 고려해 보는 것도 우리의 주제를 심화하는 데에 도움을 줄 수 있는 일이기는 하다.

중용은 대체로 극단으로 흐르지 않고 적절한 중간의 길을 택한다는 뜻으로 쓰이는 것으로 보인다. 고전적인 뜻으로 거기에는 불편부당하다는 뜻이 있다. 주자가 중용을 설명하여, "불편불의, 무과불급, 이평상지리(不偏不倚, 無過不及, 而平常之理)"라고 할 때의 뜻이 이러한 것일 것이다.(『중용(中庸)』의 "仲尼曰, 君子中庸, 小人反中庸."에 대한 주자의 주석.) 물론 이것을 자세히 들여다보면 그것은 조금 더 복잡한 뜻을 가진 것으로 해석될 수 있다.

우선 여기에서 치우치지 않고 기울지 않고 더하거나 모자람이 없다는 것은 수량의 합계가 그러하다는 것보다 그것이 고르고 정상적인 것의 이치이기 때문에 그러하다는 것이다. 중용은 사물의 이치에서 온다.

그러나 이 이치는 사물의 외적인 이치일 뿐만 아니라 내적인 깨달음을 통하여 도달되는 이치이다. 공자는 중용은 군자만이 실천할 수 있는 일이고 소인은 그것을 하지 못한다고 하였다. 군자가 그렇게 할 수 있는 것은 그의 수양으로 인한 것이다. 수양이란 자신의 마음 깊이로 들어가는 것을 말한다. 중(中)의 뜻은 마음의 가운데를 말한다. 이것은 먼저 인용한 부분에 설명되어 있는 바와 같이, 희로애락이 촉발되기 전의 마음 상태이다. 그리고 이어서 설명되어 있듯이 이러한 감정이 움직인 다음 이것을 적절한 균형에 유지하는 것이 화(和)이다. 그러니까 중이나 화란 주로 마음의 상태를 말한다고 할 수 있다. 이러한 마음의 상태가 평상적인 이치인 것이다. 그것은 정상 상태의 법칙이고 규범이다.

그러나 이렇게 안에 있는 것이 중요한 것은 그것이 밖에 있는 것과 일치하기 때문이다. 중용의 용(庸)이 의미하는 바는 이러한 일치를 나타내는 것으로 말할 수 있다. 주자는 『중용장구』의 첫 부분에서 단적으로 "용자천하지정리(庸者天下之定理)"라는 정자(程子)의 말을 인용하고 있다. 그것은 천하의 변함없는 이치이다. 그러면서 그것을 알고 수행하는 것이 쉽지는 않은 일이로되, 사람은 그것을 마음 안으로 끌어들여 삶의 규범으로 만드는 것이다. 그러한 뜻에서 그것은 평상지리(平常之理), 보통 사람의 관행에 존재하는 규범성이 된다. 두웨이밍(杜維明) 교수는 중용을 번역하여 "Centrality and Commonality"라고 하였다. 이것은 가운데와 일반성, 가운데로서의 나와 일반성으로의 대중 또는 이 모든 것의 가운데 있으면서 일반적으로 통용되는 것들을 의미할 수 있는 번역이다. 그러나 안에도 있고 밖에도 있는 중용의 원리가 보다 본격적으로 나와 사람들의 실천 원리가 되는 것은 정치를 통하여서이다. 좋은 통치자는 중용을 몸에 지니고 두웨이밍 교수가 "신의 공동체(信義共同體, fiduciary community)"라고 명명한 도덕적 인간 체제를 구성하여 사회 전반에 실현하게 된다. 이렇게 하여 그것은 사회 제도의 핵심 원리가 된다.

두웨이밍 교수는 『중용』을 종교적인 지향을 가진 책으로 해석한다. 종교적이란 사람의 마음 안에 그리고 사람들 사이에 발견될 수 있는 이치가 그것을 넘어가는 초월적 근거 ── 가령 신(神)과 같은 초월적 근거를 가지고 있다는 것을 두고 쓸 수 있는 말이다. 그러나 두웨이밍 교수는 사람 밖에 있는 초월적 근거를 상정하기보다는 사람들의 마음 안에 그러한 초월적 요소가 있다고 말한다. 그리하여 중용의 사상에서 "삶의 통상적 경험은 도덕적 질서가 근거하고 있는 핵심이다." 그것이 "도덕의 궁극적인 근거이고, 이 근거로 하여 보통 사람의 삶에 있어서의 하늘[天]과 인간의 일치의 이론적 토대가 생긴다."[1] 그러니까 사람의 마음에 나타나는 어떤 요소가 바로 하늘이 나타나는 매체라는 것이다.

그러나 『중용』의 어떤 부분을 보면 도덕의 근거는 두웨이밍 교수의 주장이 시사하는 것보다는 내재적인 것 이상의 것에 있다고 할 수 있다. 다시 한 번 주의할 것은 마음에 있는 것이 세계의 이치에 일치한다는 점이다. 『중용』의 뒷부분에서 되풀이하여 강조되어 있는 것은 사회 윤리의 속성, 즉 쉬지 않고 오래되고 넓고 두텁고, 높고 밝은 것이(不息, 悠遠, 博厚, 高明) 곧 하늘과 땅의 속성이기도 하다는 점이다. 여기에서 하늘이나 땅은 한편으로 초월적인 전체성에 대한 비유라고 할 수 있으나, 다른 한편으로 실제 사람이 거주하는 자연 전체를 말한다고 할 수도 있다. 물론 이것은 사람에

---

1  Tu Wei-Ming, *Centrality and Commonality:An Essay on Confucian Religiousness*(Albany, N. Y.: State University of New York Press, 1989), p. 69.

의하여 지각되는 자연이라는 점에서는 절대적인 초월자를 지칭하는 것은 아니다. 그런 의미에서 그것은 두웨이밍 교수의 내재적 원리와 비슷하다. 그렇기는 하나 역시 그것이 사람의 밖에 존재하는 것임은 분명하다. 자연이란 내적이면서 외재적인 전체이다. 『중용』에서 가장 구체적으로 자연을 지시하고 있는 것은 제26장의 다음 장구이다.

이제 하늘은 적게 밝은 것이 많지마는 그 궁진함이 없는 데 이르러서는 해와 달과 별들에 매여 있고, 만물이 덮이어 있는 것이요, 이제 땅은 한 줌의 흙이 많이 모인 것이나, 그 넓고 두꺼운 데에 이르러서는 화악(華嶽)을 싣고도 무겁게 여기지 않으며, 만물이 실리어 있는 것이요, 이제 산은 한 주먹만 한 풀이 많은 것이나, 그 넓고 큰 데에 비쳐서는 초목이 생성하며, 금수가 거처하여, 보화가 거기서 나온다. 이제 물은 한 잔의 물이 많이 모인 것이지마는 측량치 못함에 이르러서는 큰 자라와 교룡과 어별이 생기며, 재물이 번식하게 된다.[2]

여기에서 이야기되어 있는 것은 사람의 생태적 환경의 총체이다. 이것은 앞에서 말한 대로 지각적·감각적으로 경험 대상이지만, 동시에 그것을 넘어간다. 조금 밝은 하늘, 한 줌의 흙, 한 잔의 물이 경험의 실체일 수 있으나, 그것은 확대되어 총체적인 또 시간을 두고 지속하는 전체의 일부이다. 도덕의 여러 속성들은 여기에서 나온다. 높고 맑고 온후한 것 등이 이 자연에서 사람이 감지하는 것 또는 감지하기를 원하는 것이다. 이에 이어서 자연은 또 사람의 도덕적 추론에 대하여 아날로지를 제공한다. 그것은 전

---

2  주희(朱熹), 한상갑(韓相甲) 옮김, 『논어(論語), 중용(中庸): 사서집주(四書集注) 1』(삼성출판사, 1982), 409쪽.

체에 비추어서 부분을 판단하라는 것이다. 그리고 자연은 사람의 일도 같은 속성 ── 높고 멀고 온후하고 양생하는 것들이 되어야 한다는 것을 시사한다.

이것은 우리가 정치 상황 그리고 거기에서 일어나는 갈등을 생각하는 데에 있어서도 중요한 예가 될 수 있다. 중요한 것은 상황의 전체성이다. 그 전체성은 궁극적으로 생태적인 환경 ── 초목과 동물이 자라는 삶의 자원이다. 정치적 판단은 삶의 전체와의 상관관계 속에서 이루어져야 한다. 갈등에는 이익이 있고 원칙이 있다. 그러나 그것들의 의미는 길고 넓은 삶의 전체성을 북돋아야 한다는 대원칙에 비추어 조정되어야 한다. 이 큰 테두리에 비추어 볼 때, 좁은 의미에서의 이익과 원칙은 보다 큰 이익과 원칙 ── 생태학적 사실의 전체 속에 종속되어야 마땅하다. 물론 이 전체성은 지나치게 추상적인 것일 수 없다. 초목 한 포기 금수 한 마리와 마찬가지로 사람 하나하나가 이 전체성의 일부이다. 이러한 복합적인 전체성의 테두리와의 관련에서 이루어지는 고려의 결과가 타협일 수 있다. 이 타협은 비열한 타협이 아니라 삶의 총체적 사실에의 복귀를 의미하고 보다 큰 원칙에 의한 작은 원칙들의 재조정 또는 해체를 의미할 수 있다.

이하에서 우리는 조금 더 구체적으로 갈등과 그 상황을 생각하고 그것이 어떻게 보다 큰 삶의 현실에 의하여 해소될 수 있는가를 살펴보기로 한다. 물론 해결될 수 없는 갈등이 있다는 것도 생각해 본다. 그러나 이 경우도 해결될 수 없는 원인과 이유를 검토한다는 것은 해결을 향하여 움직여 가는 단서가 될 수 있다.

## 2. 원칙과 사실 상황

### 사실과 원칙

간단히 생각하면 갈등의 원인은 이익의 상충에서 온다. 이 이익 상충이 파국에 치닫지 않고 해결 또는 해소될 수 있는 것은 갈등의 당사자들이 보다 높은 원칙을 받아들임으로써 그들의 이익에 대한 주장을 거두어들일 때 가능하다. 그러나 사람들이 사실적 이해관계가 아니라 일정한 가치에 입각하여 행동한다고 해서, 그것이 반드시 갈등의 해소에 기여하는 일이 되지는 않는다. 사람들의 행동은 거의 모든 경우에 있어서, 사실의 이해관계에 못지않게 그들이 받아들이고 있는 원칙에 의하여 격화된다. 그리고 이 원칙은 갈등을 오히려 격화시키는 수가 많다. 앞에서 간단히 해석한 중도주의에 대하여 많은 사람이 유보의 느낌을 갖는다는 것 자체가 벌써 이것을 증거한다. 원칙 없는 중도주의로써 갈등을 해결하는 것이 가능하다고 할 때, 그것을 유보하는 것은 바로 갈등을 연장한다는 것을 의미하는 것이 아니겠는가?

물론 문제는 원칙이 어떤 것인가 하는 것이다. 그러나 모든 원칙이 반드시 갈등 해소에 우선한다고 할 수는 없다. 또 사실적 이해관계만 주의하고 그에 입각하여 갈등의 해소를 도모하는 것도 반드시 원칙을 버리는 것이 아니라는 것도 생각할 필요가 있다. 방금 말한 바와 같이 사람의 행동에 사실적인 것 이외에 가치 평가적인 것이 따른다고 한다면, 사실적 이해관계에 충실한 행동에도 어떤 가치 평가와 그에 따른 원칙이 작용할 수 있다. 다만 가치와 원칙이 다를 뿐이다. 사람과 사람의 갈등은 사실과 이익과 가치 — 이 삼자의 요인이 합쳐서 일어난다. 이 세 요인에 똑같은 비중을 두면서 궁리하는 것이 참으로 고려해야 할 것 전부를 고려하면서 해결을 모색하는 일이다. 세 요소는 구분하기 어렵게 서로 순환한다. 그러나 궁극적인 해소의 실마리는 사실로부터 온다. 또는 가치를 빼놓을 수 없다고 한다면, 사실 전체에 밀착된 가치만이 갈등 해소의 실마리가 된다.

## 자동차 사고의 처리

두 대의 자동차의 충돌에서 맨 처음 일어나는 시비는 어느 쪽 운전사의 잘못인가 하는 것이다. 이 시비의 바탕이 되는 것은 운전이 상식에 맞는 것이었는가 하는 등 여러 고려가 있겠지만, 궁극적인 기준은 교통 규칙이다.

물론 이 앞에 사고에 대한 다른 종류의 반응들을 생각해 볼 수 있다. 첫째, 사고가 나자마자 당장에 싸움이 붙고 물리적인 대결이 일어나는 경우가 있을 수 있다. 시비는 적어도 이러한 물리적 대결보다는 한층 발달된 행동 양태이다. 거기에는 사물의 이치, 그에 따른 행동 수칙에 대한 이해 그리고 그 이해를 공적 질서가 되게 하는 사회 체제가 개입되어 있다. 앞에 말한 것과는 다른 의미에서의 물리적 반응 — 물리적인 대결이나 시비를 떠난 반응도 생각할 수 있다. 사고가 산 위에서 떨어져 내려온 바위로 인한 것이었다면, 자동차와 운전자가 입은 피해는 두 대의 자동차가 충돌했을 경우와 비슷한 것이라고 하더라도 시비가 일지는 않을 것이다. 필요한 것은 사고에 대한 대책일 뿐이다. 그리고 이것은 아무 말 없이 그렇게 하는 수가 있고, 운수가 사나운 데 대한 저주 또는 죄책감을 되뇌거나 마음에 새기면서 그렇게 하는 수도 있을 것이다. 낙반 사고가 아니라 자동차 사고의 경우에도 이러한 사실적 조처만을 생각하는 수도 있을 것이다. 가령 자동차 사고에서 사람이 죽었거나 다쳤다고 한다면, 아마 시비는 뒤로 연기되고 일어난 재해에 대한 조처가 우선하는 것이 도리가 될 것이다. 그러나 반드시 인명의 피해가 없더라도, 사고의 사실적 상황에 주의하고, 그것을 바로잡는 데 모든 노력을 기울이는 사람이 있다면, 그러한 사람은 완전히 바보이거나 세속적인 이해관계를 초월한 도인으로 간주될 것이다. 어느 쪽이든 이 경우에는 교통 규칙도 시비도 손해 정도에 대한 계산도 문제가 되지 않을 것이다. 이 경우는 적어도 외면적으로는 사고 당사자 또는 피해자의 행동은 산 위에서 떨어진 바위로 인한 사고를 처리하는 것과 크게 다르지 않을 것이다.

이러한 여러 조건이 없더라도 사고 처리가 조용하게 이루어지는 경우가 없지 않다. 자동차 충돌 등으로 인한 시비를 크게 줄이는 데 기여한 것이 보험의 발달이다. 그것은 (물론 이것은 최선의 조건하에서의 보험을 말하는 것이기는 하지만) 자동차 사고에서, 잘잘못의 시비보다도 피해 상황에 대한 확인을 중요한 것이 되게 하였다. 그리고 사회에서 — 적어도 길거리에서, 갈등과 긴장을 감소시키고, 그러한 의미에서 조금 더 인간적인 사회가 되게 하는 데에 기여한다고 할 수 있다. 보험 회사가 인간 사회의 윤리적 규범에 대해서 큰 관심을 가진 것은 아니다.(역사적으로 보험 회사는 그 초기 단계에서는 사회 복지 제도와 비슷하게 사회적 공익성의 명분을 표방하기도 하였다.) 보험 회사를 움직이는 것은 이윤의 동기이다. 보험 회사는 다른 사람의 불행을 미끼로 하여 자신의 이익을 채우는 얄미운 기업이라는 누명을 쓸 수도 있다. 사람들이 보험으로 인하여 보다 인간적인 행동을 한다고 할 때에, 그것은 내면의 윤리 의식에서 나오는 것이 아니기 때문에, 그러한 외관을 보여 주는 것일 뿐이라고 할 수도 있다. 그러나 보험이 사회를 인간적으로 만들어 가는 데에 도움을 주는 것임은 틀림이 없다. 그리고 단순히 외면적인 것이라고 하더라도 보험을 통한 보다 사실적 대응이 일상화되면, 그것은 삶의 양식의 일부가 되어 내면까지를 바꾸어 놓게 될 수도 있다. 동기에 직접적으로 관계되지 않는 결과가 생겨나는 것이다. 사람들이 원하는 것과는 달리, 동기와 결과 또는 결과와 동기는 반드시 선형적 연계 관계를 갖지는 아니한다. 사회 정책의 계획자가 종종 충분히 이해하지 못하는 것은 이 둘 사이의 착잡한 관계이다.

그렇기는 하나 보험에 의한 사고 처리가 보다 큰 의미에서 인간적인 사회, 윤리적인 사회에 전혀 관심이 없는데도 인간적 사회 유지의 효과를 발생하게 하는 것이라고만 할 수는 없다. 보험 회사의 이윤 추구에도 복잡한 고려들이 작용한다. 사람들이 보험에 드는 것은 자신의 이익 때문이다. 보험 회사는 그것을 보전해 주겠다는 것이다. 그러나 이 보전은 무조건적인 것은 아니다. 사고의 당사자, 같은 회사 또는 다른 회사인 보험 회사와의 관계가 개재되어 있고 이것을 적절하게 조정하는 것은 보험금 지불 이전에 해결되어야 할 문제이다. 그 전에 사고의 해결에는 현장에 대한 객관적 조사가 있어야 한다. 그리고 조사는 사실적 상황을 전체적으로 분석하고 그에 입각하여 갈등의 상황을 해결할 수 있다는 소신에서 이루어진다. 전체적이란 방금 말한 바와 같이 상황에 대한 일방적인 이해로는 여러 당사자들을 만족시킬 수 없기 때문이다. 해결은 보험 회사의 이익이라는 관점에서 또 해당 보험 회사의 가입자의 관점에서 추진되겠지만, 그것은 모든 당사자들이 만족할 수 있는 것이라야 한다. 또 생각하여야 할 것은 사실 이 관계자들의 만족의 기준은 이익이나 시비가 아니라 정상적인 상태 ── 사고 이전의 상태를 복구하는 일이라는 점이다. 이익이나 시비가 문제되는 것은 이 복구에 필요한 부담의 공정한 배분 때문이다. 이렇게 생각해 볼 때 근본 상황은 손해나 시비에 관계없이 피해 상황을 확인하고 그것의 회복에 노력하는 경우 ── 낙반 사고에 있어서 그 대책에 사실적 노력을 기울여야 하는 상황과 같은 것이다. 이렇게 볼 때 싸움과 시비, 책임과 이익의 배분은 이 원초적 상황에 이르기 위한 복잡한 수속에 불과하다. 어떤 방도로든지 이 원초적 상황을 확보하는 방법이 있다면, 싸움도 시비도 원칙도 필요한 것이 아니라 할 수 있다. 모든 사고에 대하여 사회 또는 국가가 무조건 책임을 진다면, 그러한 것들은 필요 없는 것이 될 것이다. 다만 인간성의 연약함을 생각할 때, 그 경우 사고에 대한 경계심이 약해질 수는 있다.

그러나 사고 시의 시비와 같은 것이 전적으로 무의미한 것은 아니다. 다만 그것이 바르게 이해될 필요는 있다고 할 수 있다. 가장 중요한 것은 자연 상태이다. 그다음은 그 손상이고 그것의 복구 문제이다. 다른 것은 이 복구에 필요한 사회적 절차에 관계된다. 그 절차가 중요한 것은 사람들이 자신의 이해에 의하여 지배되기 때문이다. 이익 문제에 대하여 폭력에 의한 해결을 배제하기 위하여 일정한 절차가 필요하다. 여기에 관계되는 것이 교통에 관계된 법규이다. 그러나 법규는 원래 갈등이나 시비를 위한 것이 아니다. 그것은 원활한 교통 질서를 위한 사실적 규정이다. 그 기초는 자동차 운행에 관계된 사실적 상황에 있다. 그다음 그것에 기초하여 사람들의 행동을 적절하게 조정하려는 것이다. 가장 중요한 것은 다시 한 번 사실 상황이다. 물론 이것을 어떻게 정의하느냐 하는 것이 논의가 될 수는 있다. 자동차 교통을 제한하는 수도 있고, 환경 등의 이유로 하여 그것을 완전히 금지하는 수도 있을 것이다. 그러나 이것도 사실의 인식에 관한 논의가 되지 규칙에 따른 시빗거리가 되는 것은 아니다.

지금까지 자동차 사고의 경우를 지나치게 길게 이야기한 혐의가 있지만, 그 교훈은 어떤 원칙도 그 자체로 절대적인 것은 없다는 것이다. 오히려 절대적인 조건에 가까운 것은 주어진 사실 상황이다. 원칙에 의미가 있다면, 그것은 사실적 상황과의 관계에 있어서만 그러하다. 사람들이 받아들여야 하는 주어진 상황의 재정의가 논의될 수 없다는 것은 아니다. 그 논의에서 어떤 원칙이 도출될 수도 있다. 그러나 이 논의도 주어진 상황 또는 받아들여야 하는 상황과의 관계에 있어서만 의미를 가질 수 있다. 갈등의 문제를 생각할 때, 거기에는 사실적 상황이 있고 관련된 행동 준칙이 있을 수 있다. 그리고 그에 대하여 해결의 제안이 있을 수 있다. 이것들은 서로 연결된 관계 속에서만 의미를 갖는다. 원칙이 전혀 필요 없는 것은 아니지만, 문제는 그 원칙이 주어진 상황에 의하여 정당화될 수 있느냐 하는 것이다. 어떤 경우 무조건적인 합의가 타당성을 갖는 것도 상황과의 관계에서이다.


## 3. 갈등과 공동체적 공존

### 힘의 질서

정치적 갈등의 상황에 있어서도 자동차 사고의 경우와 마찬가지로, 맨 먼저 생각할 수 있는 것은 힘의 대결로 인한 갈등이다. 이때 간단한 상황 해결의 방법은 불균형의 현상에 그대로 승복하는 것이다. 이것은 대부분의 사람에게 받아들이기 어려운 일로 생각된다. 국제 정치에서 사용되는 "힘의 균형"의 개념은, 그 이름이 의미하는 바와는 달리, 이러한 가능성을 포함하고 있는 개념이다. 물론 그것은 유럽의 정치사상에서 지나치게 강대한 한 국가의 전횡을 방지하기 위하여 여러 국가들이 연합하여 세력의 균형을 유지하여야 한다는 생각을 표현한 것이다. 그러나 이것은 그 아래에 국제적 현실 또는 인간 현실을 규정하는 것이 힘이라는 현실주의가 놓여 있다. 그러니까 강한 힘이 있다면, 그의 지배를 막을 다른 원칙은 없다는 것이다. 국제 관계의 원리로서 이 개념이 가장 중요하게 작용하였던 것은 19세기 빈 회의에서 확인된 국제 질서였다. 그것은 주로 당대의 오스트리아헝가리 제국 등 보수 강대국들을 중심으로 한 국제 질서를 옹호하는 데에 사용되었다. 이것은 또한 유럽 여러 나라에서 국내적으로도 혁명 세력을 탄압하는 연합 체제를 의미하는 것이기도 하였다. 다시 말하여 그것은 이름이야 어찌 되었든 원칙에 있어서 그리고 사실에 있어서, 힘의 현실을 삶의 질서로 인정하는 개념인 것이다.

그렇기는 하나 여기에 들어 있는 냉철한 현실 인식이 쉽게 무시될 수 있는 것은 아니다. 모든 상황에서 힘의 상황에 대한 인식은 삶의 문제의 근본적 참조 사항의 하나이다. 그리고 어떤 조건하에서 힘의 상황은 싫든 좋든 받아들여야 하는 상황이다. 그것은 타협을 의미하면서도 어떤 추상적인 원리주의보다도 살아남는 것을 존중한다는 태도를 나타낸다. 여기에는 사실과 함께 가치가 들어 있다.

냉전 시대에 세계 질서가 공산주의와 자유주의적 자본주의의 두 체제로 갈라지고 서방 자유주의 체제에서 공산주의의 승리를 막아 내기 위하여 원자전도 불사하여야 한다는 논의가 일 때에, 버트런드 러셀(Bertrand Russell)은, 공산주의가 최악의 정치 체제를 의미한다고 하더라도, 원자전에 의한 인류 공멸보다는 공산주의를 택하는 것이 옳다는 것을 주장한 일이 있다. 자유나 민주주의도 인류가 살아남는다는 전제하에서 의미를 갖는 것이며, 살아남는다면 자유나 민주주의의 또 다른 인간의 가치는, 다시 공유의 가치로서 부활할 기회를 가질 것이라는 것이 그의 생각이었다.[3]

비슷한 것은 한 나라의 존폐가 문제가 되는 경우에도 말하여질 수 있을 것이다. 또는 한 사람의 경우, 생명을 유지하느냐 잃느냐 할 때, 그의 선택을 어떤 선험적 가치만으로 재단하기는 심히 어려운 일이 될 수 있다. 이렇게 말하는 것은 힘의 질서가 좋은 것이라기보다는 나쁜 것이라는 것을 말하는 것이지만, 동시에 모든 선택은 삶의 현실과의 관계를 떠나서 이야기될 수 없다는 것을 확인하는 일이다.

### 공동체 내에서의 타협

그러나 한 사회 안에서 일어나는 갈등을 타협으로 해결한다고 할 때, 그

---

**3**  Bertrand Russell, *Has Man a Future?*(London: Allen and Unwin, 1961).

타협은 보다 적극적으로 가치의 포기를 의미하지 않을 수가 있다. 그것은 일단 타협이 나의 원칙을 손상하는 것으로 보일 때에도 그렇다. 즉 현실주의가 나의 원칙에 위배되는 것이면서도 잠재적으로는 (앞의 힘의 질서의 수락도 간단히 생각할 수 없는 일이지만) 그 이상의 윤리적 차원을 포함하는 것일 수도 있다.

### 생존과 공존/보편성으로의 승화

가령 갈등 상황에서 갈등하는 사람들의 공멸보다 공존을 택한다는 것은 일단 윤리적 의미를 갖는 것이 될 것이라는 것은 분명하다. 원초적인 의미에서 힘의 열세로 인하여 현상과의 타협을 받아들인 경우에도 그렇다. 그러나 공존이 아니라 매우 간단한 의미의 생존을 위한 타협도 생존의 존귀함을 확인하는 행위라는 측면으로 갖는다고 할 수 있다. 생명의 존귀함을 확인하는 일이야말로 모든 것의 근본이다. 숭고한 가치나 이상을 위하여 목숨을 버린다고 할 때 그리고 그것 자체가 숭고한 행위라고 할 때도, 이러한 행위의 바탕이 되는 것은 생명의 존귀함이다. 생명이 존귀한 것이 아니라면, 그것을 버리는 것이 그다지 귀하게 생각될 이유가 없다. 바로 자기희생의 고귀함은 주어진 생명의 고귀한 가능성을 수행해 내는 일이다.

그러나 흥미로운 것은 단순한 의미에서 생명의 보존을 도모하는 경우라도, 그것은 생명 현상이 사실적 차원으로부터 의식의 차원으로 승화되는 계기가 될 수 있다는 사실이다. 생명의 가치화는 두 가지의 관련에서 일어난다. 자신의 생명을 아끼는 것은 그것을 존귀하게 생각한다는 뜻이다. 그것은 적어도 잠재적으로 그것을 일반화할 동기를 갖는다. 내가 내 생명을 위하여 연구해 낸 타협안에도 나의 적이 내가 생명을 귀하게 여긴다는 사실에 동의할 것이라는 계산이 들어 있다. 이 계산은 나의 생명을 내가 존중한다는 것을 타자가 인정하는 것을 생각한 것이지만, 이것에는 생명의 가치에 대한 보편적 인정이 암암리에 전제되어 있다. 적의 나의 생명에 대한 인정은 자신의 경우에 비추어 본 것일 가능성이 크다. 이것이 의식화됨으로써 그것은 일반적 행동의 규범적 전제가 될 수 있다. 그리하여 규범적 차원에서, 가치로서 존중되어야 할 것은 나의 생명만이 아니고 나와 갈등 관계에 있는 적대자의 생명이기도 하다. 이것은 보다 공평한 관점에서 절로 타협의 길을 열어 놓는 것이 된다. 이 타협은 단순히 주어진 생명의 맹목적인 보존을 위한 것이 아니라 모든 생명의 존중이라는 보편적 가치를 위한 것이 될 수 있다. 나의 생명에 대한 애착도 맹목적인 것이 아니라 보편적 가치의 일부가 된다. 그리하여 타협은 단순히 이기적인 것이 아니라 보편적 의무이고 책임이 된다. 이때의 타협은 보편적 원칙에 입각한 것이다. 그리고 그것은 다시 이 원칙에 입각한 공동체 — 생명의 원리에 입각한 공동체에로 나아가는 시작이 될 수 있다.

다른 한편으로 생명의 가치화는 가치 일반에 대한 의식을 수반할 수 있다. 생명의 가치는 다른 가치와 비교된다. 그리고 다른 가치에 의하여 뒷받침된다. 내가 내 생명을 구하였다면, 그것이 구차한 연명보다도 더 높은 가치 실현의 매체가 될 수 있기 때문이다. 대체로 생명을 구차하게 빈 사람은 그것을 다른 가치를 위한 봉사에 의하여 정당화할 강박을 느낀다. 이러한 존명의 타협이 생명의 가치화와 일반적 가치 인식을 높일 수 있다는 것은 궤변이 될 수 있다. 그러나 이것이 반드시 무의미한 것이 아닌 것은 이러한 생명 의식 — 사실적 생명과 가치로서의 생명 의식이 없는 사람의 경우를 생각해 보면 알 수 있다. 그러한 사람의 경우 자신의 생명을 가볍게 생각함과 아울러 다른 사람의 생명, 다른 생명체에 대한 잔학 행위를 가볍게 생각할 가능성이 커지게 될 것이다. 가장 원초적인 의미에서의 생명 의식도 의미가 없는 것이 아니다.

물론 이러한 보편성은 전혀 실현되지 않을 가능성이 있다. 타협은 단순히 갈등에 있어서 위장 전술에 불과할 수 있기 때문이다. 그리하여 갈등은 재연된다. 그러나 생명의 타협도 다시 반복된다. 그러는 사이에 공존이라는 사실적 근거를 상기하게 될 가능성은 커진다고 할 수 있다. 이것이 확실한 것이 될 때까지 갈등은 지속될 것이다. 그러나 공존의 근거에 대한 상기가 조금이라도 설득력을 갖는 한 그것이 완화될 가능성도 남아 있다고 할 수 있다.

### 생명의 가치와 다른 가치

앞에 말한 것은 타협의 문제를 생명의 유지 또는 공존의 문제와 관련하여 극히 단순화하여 말한 것이다. 그러나 문제가 생명의 유지와 존귀함에 있지 않은 경우가 허다함은 말할 필요도 없다. 갈등적 대결에서의 타협이 생명이 아니라 재산상의 또는 다른 사회적 이익에 관한 것일 때, 그것은 생명의 유지 그리고 그것이 보유하고 있는 어떤 가능성을 유지하려는 것과는 전혀 다른 것이 된다. 이 경우 타협은 반드시 생명이라는 사실의 원칙에 의하여 정당화되지 않는다. 그것은 밀고 당기는 보다 불확정한 싸움과 비슷한 것이 될 가능성이 크다. 앞에서 말한 바 위장 전술로서의 타협이 끼어드는 것도 이 부분에서 빈번해진다고 할 수 있다. 그러나 다른 한편으로 이 경우, 생명의 절실성으로부터 거리가 생기는 만큼 타협과 양보가 더 쉽게 이루어질 것으로 생각될 수도 있다. 생명과는 달리 재산이나 다른 세속적인 이익은 절대적 가치를 가진 것일 수 없다. 그러나 이것은 보다 유연한 협상 대상이 되어야 한다는 것이 증명될 필요가 있다. 또 증명되더라도 그에 대하여 설득되어야 한다.

중요한 것은 생명과 비생명의 차이 또는 사람이 소중하게 생각하는 목적과 가치의 서열적 순위가 인간 행동의 기준 또는 집단적 행동의 기준으로서 중요하다는 사실을 갈등의 쌍방이 받아들일 수 있느냐 하는 것이다. 이것을 받아들이는 것은 사회 안에 또는 갈등의 당사자의 사회에 그러한 담론의 영역이 존재하고 유지됨으로써 가능하다. 즉 그것은 일정한 기준의 윤리적 사고가 통용될 수 있는 공동체가 이미 성립되어 있어야 한다는 것을 말한다. 그러나 모든 인간 사회는 일단 생명과 비생명의 구분, 그것의 우선순위에 대한 논의에 열릴 수 있다고 전제할 수는 있을 것이다. 그때에 갈등의 중재자 — 제삼자이거나 사람의 내면에 이성으로서 존재한다고 할 수 있는 중재자가 이러한 우선순위의 논의에 의존하는 것이 가능할 것이다.

### 생명의 물질적·사회적 조건

그러나 비생명적 갈등도 생존과 공존의 문제에 관련되는 것일 수 있다. 생존과 공존이 무겁게 받아들여야 할 근원적 사실이라고 한다면, 그것은 추상적 원리가 아니라 현실이어야 한다. 생명은 일정한 조건하에서만 유지된다. 생존이 귀중하다면, 그것은 이 조건의 충족을 요구한다. 그리고 사람들은 이것이 일정한 물질적·사회적 질서 속에서만 보장된다고 생각한다. 사람들에게 이 보장이 두루 적용될 때 공존의 질서가 성립한다. 이 조건들, 그것들의 보장 그리고 그것의 공존적 질서로서의 확립 — 이 모든 것들은 갈등의 원인이 될 수 있다. 이것을 둘러싼 갈등은 직접적으로 생명의 갈등과 같이 치열한 것이 될 수 있다. 그런데 모든 간접적 수단의 성격을 가진 투쟁이 그러하듯이 생존의 조건에 대한 투쟁도 절대화될 수 있다. 그러면서 그것은 최소한도로 존재하는 생존의 질서, 공존의 질서 자체를 파괴하는 것이 될 수 있다. 그러한 경우에 기본적 관심사가 생존의 수단보다도 — 적어도 최소한도의 것이 확보되어 있다고 할 때 — 생존과 공존 자체라는 것을 상기하게 되는 것은 부질없는 일이 아닐 것이다. 간접적인 목적 또는 가치는 언제나 기초적인 생명 현실에 연결되어 고려되는 것이 적절하다. 모든 것은 되풀이하여 생명 원칙 속에서 고려되어야 한다.

### 평등과 공평성

생존의 조건은 물론 여러 가지로 정의될 수 있다. 생존과 공존을 위한 물질적·사회적 조건의 충족은 최소한도의 생물적 필요를 말할 수도 있고, 일정한 사회에서 받아들여지는 인간적 삶의 조건을 말하는 것일 수도 있다. 또는 그것은 사회적 존재로서의 평등한 권리 또는 인간으로서 사회적 인정에 대한 요구에 합당한 것일 수도 있다. 그러나 이러한 요구는, 특히 마지막의 것은 반드시 산술적인 평등을 의미하는 것은 아니다. 사람이 반드시 빵으로만 사는 것이 아니라고 한다면, 사회 전체에서의 배분의 마련이 공평한 것이어야 한다는 것은 틀린 요구가 아니다. 그러나 생존과 공존의 원리가 배분의 원리보다 중요하다면, 평등에 대한 요구는 이 테두리 안에서 규정되는 것일 수 있을 것이다. 또 앞에서 언급했던 현실주의적 체제하에서 그것은 그때그때 성립하는 힘의 타협이 될 수도 있다.

그러나 생존과 공존을 보다 적극적인 원칙으로 받아들인다면, 존 롤스가 그 『정의론』에서 말한 것처럼, 불평등은 사회적으로 가장 열세에 있는 자들의 상황이 그로 인하여 나아지는 것이라면, 반드시 공평성의 원리에 어긋나는 것이 아니라고 할 수도 있다.[4]

이것은 평등과 공평성의 문제가 공존의 테두리 안에서 적절하게 해결되어야 한다는 말이다. 공존의 원칙하에서, 물질에 대한 권리를 포함하여 다른 여러 권리가 절대적인 것일 수 없다는 것을 말하는 것이기도 하다. 이 절대적인 사실 이외의 다른 조건들은 생존과 공존의 문제에 종속되는 것

---

4   John Rawls, *A Theory of Justice* (Harvard University Press, 1971), p. 15.

일 수 있다. 이러한 논의도 일정한 공적 토의 — 합리적 사고를 받아들이는 공적 토의의 영역이 어느 정도까지 성립한다는 것을 전제로 한다.

### 공존의 필요, 개인적인 권리

그런데 앞에 말한 평등이나 공평성의 원리는 대체로 사람이 어울려 사는 데 관계되는 원리들이다. 그러나 그것과 다른 종류의 권리들이 있다. 그러면서도 많은 사회에서 그것들 없이는 사람이 사람답게 살 수 없다는 생각이 받아들여지고 있다. 그것들은 대체로 개인의 자유에 관계된 권리들 — 신체의 자유라든지, 언론의 자유 또는 사회 구성에 참여하는 권리 등 민주 사회의 기본으로 생각되는 정치적 권리들이다. 앞에서 우리는 공존을 갈등 해소의 중요한 기초로서 말하였지만, 이것들은 일단은 공존의 원칙과 관계가 없는 것으로 보인다. 뿐만 아니라 공존에 대한 강조는 오히려 이러한 권리들의 신장을 억제하는 역할을 할 수도 있다고 말하는 것이 가능하다. 그러나 이것은 이 권리들이 존재하는 방식의 일면만을 말한 것이다. 그러한 권리 또한 반드시 생존이나 공존의 테두리를 벗어나는 것은 아니다.

지난 수십 년간 한국 사회의 격동은 일단 이러한 민주주의의 권리를 위한 투쟁이었다. 그러나 주의할 것은 그것도 대체로 생존의 필요와 관련하여 주장되었다는 사실이다. 즉 언론의 자유가 중요하였다면, 그것은 물질적·사회적 차원에서 불평등을 호소하는 데에 그것이 필요하다는 사실과 밀접하게 연계되어 있었다. 이 점에서는 신체나 정치 참여 또는 결사의 자유의 경우도 마찬가지였다. 이에 대하여 경제 발전을 추구한 군사 정권은 이러한 권리들을 억제하면서 사회 전체의 발전을 크게 이야기하였다. 사회 전체의 이익이 중요한 것도 사실일 것이나, 그것은 다시 구체적인 인간의 삶에 비추어 조정됨으로써 현실적인 내용을 얻게 되는 것일 것이다. 사회 전체와 사회 성원의 공존은 반드시 하나라고 할 수는 없다.

물론 사회 전체뿐만 아니라 공존의 질서에 대한 강조가 개인의 자유에 제한을 가할 수 있는 것을 부정할 수는 없다. 자유주의 체제하에서 이야기되는 자유는, 그것이 다른 사람에게 해를 미치는 것이 아닌 한, 각자가 자신이 원하는 대로 행동한다는 것을 의미한다. 이러한 자유를 제한하려는 여러 가지 사회적 압력이 있을 수 있고 사실 한국 사회에 이러한 압력이 적지 않다. 또 그것이 정치적인 통제로 나타난 일도 있는 것도 사실이다. 그러나 지금에 와서 그것이 정치 제도의 일부가 되어 개인의 자유를 심각하게 침해할 가능성은 사라졌다고 할 것이다.

### 인간 완성의 이상

그러면서도 되풀이하건대 개인의 자유가 사회를 떠나서 존재할 수는 없다. 어떤 경우나 개인의 자유와 사회는 불가분의 관계에 있다. 개인의 자유가 최대한 존중되어야 한다고 할 때, 그것은 사회 전체가 여론으로써 또 더 나아가 제도로써 거기에 동의하는 한에 있어서만 현실화될 수 있다. 앞에서 말한 민주 사회의 자유의 정의는 존 스튜어트 밀의 생각인데, 밀이 자유가 이러한 것이 되어야 한다고 하여 모든 것이 허용되는 것이 좋다고 생각한 것은 아니다. 그는 사람이 사람으로서의 가능성을 한껏 발전시키는 데에 그러한 자유가 필요하다고 생각하였다. 그는 인문주의자였다. 그가 생각한 것은 인간의 자기완성의 가능성이었다. 물론 자기완성을 생각하는 개체는 자연스럽게 사회의 진정한 발전에 기여하는 사람이 되는 것이었다. 밀이 원한 것은 문명화된 사회였다고 할 수 있는데, 문명화된 사회의 문제는 갈등의 문제보다도 한 사회가 발전시키고 유지하는 인문적 가치에 관계되는 문제이다.

## 기업의 자유와 그 사회적 의미

사실 밀도 상당 정도로 거기에 동조했지만, 지금 우리에게 쟁점이 되는 것은 개인에게 주어지는 자유가 결국 사회 전체의 발전 ─ 실질적인 발전에 기여한다는 공리주의자 또는 자유주의 경제 이론가들이 가졌던 견해일 것이다. 민주화가 많이 진행된 현시점의 한국에서 개인의 자유가 적어도 이론적으로는 제한되어야 한다는 주장은 없을 것으로 생각한다. 다만 많이 듣는 것은 기업의 자유가 더 확대되어야 한다는 주장들이다. 이것은 도덕과 윤리 또는 진보주의의 이름으로 묵살되어야 할 주장은 아니다. 그러나 따지고 보면 개인이 하는 일로 사회에 좋든 나쁘든 영향을 미치지 않는 일이 있겠는가? 밀은 남에게 해를 끼치지 않는 한 자유로워야 한다는 견해를 밝히면서도, 물에 빠진 아이를 보면서 구하지 않는 것도 해를 끼치는 일의 일종이라고 생각하였다. 기업의 일이 어떻게 사회에 영향을 미치지 않겠는가?

규제 없는 기업의 자유를 말하는 것은, 선의로 해석하건대 기업의 자유 그 자체보다는 그것이 결과적으로 사회 전체의 이익을 가져온다는 것을 말하는 것일 것이다. 이것은 개인이나 기업의 자유와 사회의 필요가 일정한 연관 관계를 가지고 있으면서도 그것이 직접적인 것이 아니라 복잡한 변증법적 관계를 가지고 있다는 것을 지적하는 일일 것이다. 여기에서 일어나는 갈등은 두 가지 다른 과정이 시차를 두고 빗나가는 데에서 오는 것으로 이해될 수 있을 것이다. 자유로운 기업이 사회에 기여하는 것은 일정한 시간이 지나야 나타날 것인데, 사회는 이 시차를 허용하지 않을 수 있다. 그렇다고 자유로운 기업의 신장이 전적으로 사회에 기여한다는 보장은 없다. 궁극적으로 그것은 사회의 관점에서 또는 더 구체적인 사람들의 삶의 관점에서 측정되어야 하는 것일 것이다. 필요한 것은 전체를 아우를 수 있는 계획과 시간표이다. 나는 화해상생마당의 발표에서 이 문제를 두

동력의 관계의 대립과 조화를 변증법적으로 수용하는 방법으로 "사회 국가"라는 제도를 제시해 보았다.

## 타협과 그 근거로서의 진실

갈등이 생명의 보존이나 공존의 최저선을 벗어나면서, 논의는 점점 복잡해질 수밖에 없고 갈등의 원인들이 무엇인가를 쉽게 가려내기가 어려워진다. 이것은 방금 말한 것처럼 문제의 복잡성에도 기인하지만, 이기적 또는 파당적 이익의 추구가 진실을 흐리게 하기 때문이다. 진실과 언어는 이익 추구를 위한 전략의 일부가 된다. 그리하여 모든 언어의 해독은 사실과의 관계에서가 아니라 그 숨은 동기와의 관계에서 해독되어야 하는 위장 전술이 된다. 사실 이러한 상황 속에서 갈등의 진지한 해결의 노력이 의미가 있는 것인지조차 의심스럽지 않을 수 없다.

갈등의 해결을 위한 논의는 이치대로 움직이는 공정 토의의 장이 존재한다는 것을 전제로 한다. 그렇지 않은 경우 해결은 오직 폭력에 의하여서만 가능할 것이다. 그리하여 여기에서 우리는 갈등과 그 해결의 관계에서 진실과 언어의 문제에 대한 언급을 피할 수 없다. 다시 말하여 비폭력적 타협은 진실에 대한 정직성이 있고서야 가능하다. 타협이 힘의 관계에 기초하여 이루어지는 경우까지도 힘의 사실의 정직한 인정을 전제로 한다. 상호 이익의 인정의 경우도 마찬가지이다. 조금 전에 말한 생명과 비생명, 생명 유지의 자원의 필요, 인간적 삶의 조건 — 이러한 기준에 의한 논의가 갈등 해소의 기반이 되려면, 거기에 대한 사실적 인정의 가능성이 존재하여야 한다. 또는 적어도 그것을 사실적으로 논의할 수 있는 분위기가 공공 담론의 영역에 존재하여야 한다. 그러나 대부분의 경우 이러한 사실이나 논리 존중의 기풍이 없는 것과 갈등이 격화되는 것은 병행한다 할 수 있다. 따라서 이러한 사실적·논리적 분위기의 존재를 가정하고 갈등의 문제를 이야기하는 것은 전적으로 비현실적이라고 할 수 있다. 다른 모든 것을 떠나서 진실 존중의 기풍 또는 그것을 전제로 하는 공적 담론 풍토의 조성이야말로 갈등의 해결을 위한 전제 조건이라고 할 수 있다. 그런 다음에 비로소 참으로 대립하고 있는 것이 무엇이며, 그것이 어떻게 일정한 타협점에서 해결될 수 있는가가 논의될 수 있다. 그러나 이 문제는 사회의 윤리적 기반의 확실성 또는 과학적 사고 습관의 진전 등에 관계되는 일이어서, 일단 갈등의 문제를 고려하는 데에서는 가장 중요한 것이면서도, 제외될 수 있는 별개의 문제라고 할 수 있다. 물론 윤리와 과학적 태도가 존재하게 된 다음에도 갈등은 존재한다. 다만 이때 갈등은 사물의 다양한 존재 방식 그리고 인간이 사물에 대하여 갖는 관계의 다양한 방식으로부터 나오는 것이 된다.

물론 갈등은 언제나 사실적으로 존재하는 것이라기보다 다른 목적을 위하여 조장되는 것일 수 있다. 이것은 타협의 경우도 마찬가지이다. 앞에서도 비친 바와 같이 타협안도 갈등의 상황을 유리하게 역전시키기 위한 임시의 방편일 수 있다. 사실적·과학적 태도가 없이 다른 목적에 봉사하는 갈등은 많아지고 무엇이 그 원인인가를 사실적으로 가려내는 것은 지극히 어려운 일이 된다. 그러나 여기에서 주목하고 싶은 것은 모든 주장의 허위적 성격을 강조하는 것 자체가 역설적으로 갈등의 합리적 해결을 불가능하게 하는 원인이 될 수 있다는 사실이다. 어떤 주장과 제안도 그 사실의 진실성, 의도의 정직성, 현실적 가능성 등의 관점에서 조심스럽게 검토되어야 하는 것임은 말할 것도 없다. 그러나 그것은 반드시 그러한 주장과 제안 전체의 근본적 허위성을 전제하는 것일 필요는 없다. 갈등의 주장이나 타협안은 그 자체의 논리적 차원에서도 논박이 될 수 있는 틈을 보이게 마련이다. 즉 허위일 수도 있는 수사를 그 자체로서 고려 대상으로 삼아도 크게 잘못이 될 수는 없다는 말이다. 이렇게 하는 것은 담론의 영역을 살리는 일이 된다. 마르크스주의는 인도주의를 부르주아 계급이 이익을 옹호하기 위한 위장 전술에 불과한 것으로 생각한다. 자유주의는 사회주의의 평등을 공허한 것을 치부한다. 이런 주장들은 반드시 틀린 말이 아닐지 모른다. 그러나 이러한 것들은 사실의 차원에서 문제 삼을 수 있는 것이다. 사실적 논박의 수고를 헛된 것으로만 간주한다면, 정치의 장은 다시 야만적 힘의 정치로 돌아가는 도리밖에 없다. 일단 시작된 의심의 정치학은 끝이 없다. 그것은 결국 모든 언어 행위를 전략적 수단이 되게 하고 공통적 토의의 가능성, 진리의 가능성을 말살하고 만다. 오늘날 우리 사회에서 모든 것을 음모와 숨어 있는 동기로 돌리는 의심의 정치학은 이러한 상태를 낳고 있는 것으로 보인다.

모든 아이디어와 제안과 언어는 허위의 가능성을 내포하고 있다. 그럼에도 불구하고 일체의 논의가 무의미한 것이 되지는 아니한다. 언어가 전략적 수단, 즉 선전의 방편이 될 때에도, 언어가 가지고 있는 수사적 설득력 ── 사실과 논리를 완전히 버릴 수 없는 언어의 수사적 설득력이 완전히 무용지물이 되지는 않는다. 전체주의 국가에서, 그에 고유한 선전의 기술에도 불구하고, 역설적으로 언론의 통제가 필수적인 통치 수단이 된다는 사실에서도 이러한 증거를 발견할 수 있다. 이러한 언어의 속성을 인정할 때, 더 건설적인 것은 정의와 이념의 모든 위장 전술에도 불구하고, 참으로 해소하기 어려운 정의와 이념의 대결 상황이 존재한다는 것을 인정하는 일이다. 그 전제하에서 논의의 진정성을 되살리는 방법은 위장 전술로서의 수사까지도 일단 보다 성실한 논의 또는 논쟁의 일종으로 받아들이고 사실과 논리의 차원에서의 검토를 계속하는 것이다. 이것이 위장 전술의 동기의 비열함에 대한 폭로를 일삼는 것보다는 논의의 진정성을 회복하는 길이다.

## 4. 갈등의 가치화와 갈등의 요인/그 해결을 향하여

다시 사실적 차원의 갈등의 문제로 돌아가서, 모든 갈등은 생명의 존귀함과 공존이라는 절대적인 사실에 비추어 해소될 수 있어야 한다. ─ 이것이 앞에서 말한 것의 요지라고 할 수 있다. 이렇게 말하는 것은, 이미 시사한 바와 같이 그러한 논의를 받아들이는 공공 토의의 영역이 있을 때만 해당되는 일이다. 이것은 해결의 기반이 될 수 있는 원초적 사실을 확인하는 것에 불과하다. 개인의 생존과 집단적 공존이 양립할 수 없는 경우는 없을 것인가? 사람들이 받아들이는 가치가, 근본적인 상황과의 관계없이, 다른 어떤 것에도 양보할 수 없는 것으로 절대화될 수 있다는 것은 앞에서도 언급하였다. 이것이 현실의 총체적 상황 속에서 용해되는 것이 마땅하다는 것이 앞에서 비친 것이지만, 그것이 쉽지 않은 것임은 말할 필요도 없다. 사실적인 관점에서 양보를 얻어 내기가 어렵다기보다 인간 존재의 구조와 현실의 모순으로 인하여 그렇게 되지 않는 경우도 없는 것이 아니다.

절대적이라고 할 수는 없지만, 집단의 요구도 그와 비슷한 성격을 가질 수 있다. 또는 앞의 경우도 모순은 집단의 개입으로 하여 더 해소될 수 없는 것이 된다. 어느 사회에서나 보게 되는 집단에 대한 배반은 가장 가혹한 판단의 대상이 된다. 이 경우에 공존과 생존의 관점에서 그것을 다시 고려하거나 해체하는 일은 용서되지 아니한다. 영국의 작가 포스터(E. M. Forster)는 자신이 국가가 요구하는 충성심에 대하여 친구에 대한 신의를 우위에 놓을 수 있는 용기를 가지기를 원한다고 말한 일이 있다.[5]

충효를 중시한 조선조에서 충과 효 사이에 갈등이 있을 때, 그리고 그것이 지나치게 극단적으로 대립하는 것이 아니면, 효가 충에 우선하는 것으

---

5   E. M. Forster, "What I Believe", *Two Cheers for Democracy*(1951).

로 생각한 것도 사적인 의무를 공적인 의무 위에 둔 것으로 말할 수 있다.

가령 국가의 위기에 처하여 중대한 임무를 맡고 있던 충무공이 상을 당하여 직을 사퇴하고 귀향하는 것과 같은 것이 그 실례가 될 것이다. 그러나 포스터의 경우에도 반드시 자기 혼자의 목숨을 말하는 것이 아닌 것에 주의할 필요가 있다. 충무공의 경우에도 문제가 되어 있는 것은 단순한 존명(存命)이 아니다. 문제는 가치의 대립이다. 여기에서 대립하는 것은 우정과 애국, 충과 효라는 가치이다. 가치는 사람이 절대적인 단독자가 될 수 없다는 사실을 말하여 준다. 보다 큰 것과의 관계없이 사람은 혼자 존재할 수 없는 것으로 보인다. 인간 존재를 규정하는 보다 큰 것이, 사실을 보편화하는 가치이다. 이 가치는 추상적으로 표현될 수도 있지만, 많은 경우 개인과 집단의 관계에서 구체화한다. 앞에서 포스터나 충무공의 선택은 하나의 집단적 의무에 대하여 다른 집단적 의무를 대치한 것이다. 이 선택은 개별적 존재를 보편화하는 가치의 바탕 위에서 이루어진다. 그럼으로써 그것은 더 강렬하고 처절한 선택이 된다. 이러한 가치와 사실의 변증법은 생명의 논리만으로 갈등의 해결의 기반을 마련할 수 없다는 것을 말한다.

사실과 가치는 서로 교환 관계에 있고, 이것을 구분해 내기는 쉽지 않다. 이 두 가지를 구분하고 가치를 생명의 사실에 기초하여 해석하는 것이 중요하다는 것이 앞에 말한 요지의 일부이다.(물론 생명도 사실보다 가치화되어 이해되는 것이라는 역설은 새삼스럽게 말할 필요도 없다.) 그러나 갈등이 불가피한 것으로 보이는 경우는 너무나 많다. 이 경우에도 해야 할 일은 가치를 사실과의 관계에서 해체하고 ── 또 필요하면 재구성하는 것이다. 또 갈등이 참으로 피할 수 없는 경우라고 하더라도 이 불가피성을 최대한으로 그 전체적인 맥락에서 이해하는 것은 갈등 해결을 위한 보다 큰 관용의 테두리를 생각하는 데에 도움이 된다 할 수 있다. 이하에서 시도하려는 바 이러한 경우들을 살피는 것은 반드시 헛된 일만은 아닐 것이다.

## 집단의 이념/보편성의 회로

방금 말한 바와 같이 갈등의 주체로서의 집단의 절대화는 타협을 어렵게 하는 가장 큰 요인이 된다. 나라를 위하여 또는 계급적 정의를 위하여 갈등과 대결이 일어날 경우, 사람들은 대체로 추호의 타협도 없이 집단의 보존과 이익을 위하여 투쟁하는 것이 정당하다고 생각한다.

집단은 다른 집단을 타자로 정의함으로써 탄생한다. 나라와 민족은 다른 나라와 민족에 대하여 상대적인 의미만을 가지고 있다. 그러나 이러한 상대화가 쉽게 인지되는 사람은 그의 편협한 시각과 강박적 집념으로 전체를 파악하고 그것을 보편화한다. 한 집단의 상대성 또는 특수성을 인정하는 경우에도 이 부분적 사실성은 종종 보편성 그리고 절대적인 가치의 실현을 위하여 특별한 역할을 떠맡고 있는 부분적이고 특수한 집단이라는 관점에서 이해되는 수가 있다. 정의를 표방하는 부분적인 집단은 많은 경우 이러한 스스로 부여하는 전위적 임무에 의하여 스스로를 보편화한다. 이것을 전적으로 자기 합리화 작전이라고만 할 수는 없다. 가치는 존재하는 것이 아니고 실현되는 것이다. 그리고 이 실현은 일정한 시간적 전개를 요구하는 사실의 변증법적 지양을 통하여 이루어진다. 이 변증법 속에서, 즉 사실적 집단은 보다 보편적인 가치의 실현에 있어서의 현실적인 동인으로 이해될 수 있다. 이것은 현실이다. 그러나 동시에 그것이 심리적 정당화의 방편이기도 하다는 것을 부인할 수는 없다. 달리 보면 사람은 그만큼 가치 지향적인 존재 또는 이데올로기적 존재라고 할 수 있다.

## 국가와 보편성

나라와 나라의 갈등에 있어서 강대국은 그 제국주의를 문명의 담지자라는 관점에서 이념화하는 것이 상례였다. 서양의 강대국이 표방했던 "문명화의 사명(la mission civilisatrice)"이나 "백인의 무거운 책임(White Man's

Burden)"과 같은 말들이 나타내고 있는 것이 이러한 생각이다. 일본은 한국과 중국을 침략하면서 서양에 대하여 동양의 정신문명을 수호한다는 명분을 내세웠다. 평화를 위한 전쟁이란 개념도 전적으로 무의미한 것은 아니면서도 전쟁을 위한 전쟁의 명분이 될 수 있다. 최근에 와서는 보편적 가치로서의 민주주의도 그러한 것으로 작용한다.

그러나 오늘에 와서 패권주의의 형태로 남아 있다고 할 수 있을지는 모르나 제국주의는 대체로 세계사에서 후퇴한 것으로 보인다. 또는 적어도 이론적으로 여러 식민주의, 탈식민주의의 이론적 작업은 앞에 말한 여러 보편적 명분들의 허위성을 충분히 폭로하였다고 할 수 있다. 이러한 강대한 집단의 명분에 대하여 다른 작은 집단의 자기주장들은 그 나름의 현실성을 갖는다고 할 수 있다. 제국주의나 패권주의에 대한 방어적 민족주의, 민족 해방의 이념, 작고 큰 것에 관계없이 모든 집단이 지켜야 되는 주체성 등이 그러한 명분들이다. 그러나 이러한 것들은 보다 큰 인간 공존의 이상의 실현에 대하여 방해 요소로 작용할 수 있다. 민족주의는 잠재적인 큰 갈등을 전제하면서 잠정적인 공존의 이상을 긍정하는 것이라 할 수 있다.

### 사회 혁명의 이상과 그 모순

여러 사회 혁명의 이상들도 공존의 이상에 의한 갈등의 심화를 받아들인다. 이것을 완전히 극복할 수 없는 것이 인간 현실이라고 할지 모른다. 계급 혁명의 이론에서, 노동 계급은 모든 인간을 포용하는 유토피아 실현의 보편 계급이다. 마르크스주의의 혁명에 있어서도 개인이 혁명을 위하여 목숨을 버린다는 것은 집단의 정의로운 공존을 위한 것이다. 혁명 투쟁은 당장에 공존의 이상이 위태로운 것은 아니지만, 공존을 위한 모든 사람의 삶을 위한 물질적·사회적 수단을 위한 것이다. 그리고 혁명의 목표는 궁극적으로 불평등과 착취와 억압이 없는 보편적 사회 질서의 확립이다. 그러나 진정한 의미에서의 보편성의 대두는 무한히 지연될 수 있다. 현실 정치에 있어서 보편적 이념은 상실되고 그 중간 단계가 절대화된다. 계급 투쟁 자체가 목적이 되고 노동 계급에 대한 충성심에 입각한 윤리가 절대화되는 것이다. 지금까지의 현실 마르크스주의의 실험에서 드러난 것은 바로 이러한 현상들이다. 중요한 것은 다시 한 번 이상을 현실과의 밀착된 관계에서 비판적으로 검토하는 일이다. 그 결과 이상이 만들어 내는 과도적 현실을 수정할 수도 있고, 또 이상 뒤에 숨어 있는 부정적 요소를 들추어낼 수도 있고 또는 이상 자체의 비현실성 내지 허위성을 받아들여야 할 경우도 있다.

### 혁명적 정열의 동기

사실 집단의 이념은 대체로는 개인의 윤리적 각성보다는 보다 직접적인 심리적 기제를 통하여 작용한다. 혁명 투쟁에 반성되지 않은 근원적 원한이 큰 동력으로 작용한다는 것은 쉽게 추측할 수 있는 일이다. 사람이 참으로 자유롭고 평등한 공존적 질서를 만들어 낼 수 있는 심리적 자산을 가지고 있지 못하다는 견해도 전혀 무시할 수는 없다. 『토템과 타부(*Totem and Taboo*)』 등의 후기 저작에서 프로이트는 사람의 무의식 속의 심리적 동인들의 작용이 안정된 민주적인 사회 질서를 유지하기 어렵게 한다고 생각하였다. 아버지의 지배에 대한 반항이 아들로 하여금 권위주의를 뒤집어 엎고 형제애에 입각한 평등 사회를 만들어 내게 하지만, 그것은 형제 사이의 시새움 그리고 아버지와 아들의 수직적 관계의 원형의 작용으로 다시 다른 형태의 권위주의적 체제로 돌아가게 마련이라는 것이다. 이러한 정신 분석학적 견해가 옳든 그르든 집단화된 인간관계가 권위주의적 서열의 강박 속에서 움직이기 쉬운 것은 사실이다.

의식 속에 또는 무의식 속에 강하게 움직이고 있는 한국의 가부장제의 전통은 아버지의 권위가 모든 집단 행동의 원형이 된다는 사실을 확인해 주는 것처럼 보인다. 한국 사회에서의 이데올로기적 정당성에 대한 투쟁은 누가 아버지의 목소리로 이야기할 수 있는 권리를 획득하는가 하는 문제에 밀접하게 연결되어 있다고 할 수 있다. 그리하여 모든 정치적 호소 — 부분적인 개인적·집단적 이익의 의도를 가진 것까지도 집단의 이름으로 행하여진다. 이러한 사회 조직과 심리적 동기의 복합성에 대한 고려를 떠나서도, 그것이 혁명의 수단이 되든 아니 되든 정치권력은 그 자체로 사람의 본능적인 추구의 대상이 될 수 있다. 이로 인하여 갈등을 통하여 혁명 목적을 달성한다는 현실주의는 정치적 관행이 될 가능성을 갖는다. 현실의 복합성이 권력 의지의 실현을 위한 중요한 구실이 되는 것이다. 이러한 요인들이 이상과 현실 동력의 변증법을 간단히 받아들이기 어렵게 하는 한 이유가 된다.

### 부분적 사회 공학

그러나 심리적 해석을 떠나서도 혁명적 이상의 실현에는 모순과 고민이 없을 수가 없다. 그것은 혁명이 요구하는 인간적 희생은, 그 희생의 대상이 누구든지 간에, 희생을 강요받는 사람은 물론 그것을 강요하는 사람에게도 큰 고민과 고통을 불러일으키는 일이 되는 것임에 틀림이 없다. 이상은 이러한 느낌을 마비시키는 역할을 한다 하더라도 이것을 가볍게 생각하는 것이 인간적인 것일 수는 없다. 이러한 모순을 완화하려는 노력이 혁명적 변화의 명예를 지키는 방법일 것이다.

그러나 혁명적 변화기의 고통은 일반적인 것일 수 있다. 그리고 문제는 고통의 비인간성만이 아니라 그것이 사실적 근거를 이탈한, 사람의 좁은 가치 지향적 집착에서 야기되는 것일 수 있다는 것이다. 카를 포퍼(Karl Popper)는 그러한 고통을 줄이는 방법으로 지나치게 원대한 유토피아의 이상을 실현하려는 유토피아를 겨냥하는 "전체적인 사회 공학"에 대하여 임기응변적 "부분적 [사회] 공학(piecemeal engineering)"을 주창하였다. 이것은 그때그때의 인간의 고통에 대처하는 일에 개혁의 목적을 한정하는 사회 계획이다. 그것은 "지상선을 최대로 확인하고 그것을 위하여 투쟁하는 것이 아니라 사회의 최대의 악을 찾아내어 그것을 줄이기 위하여 투쟁하는 방법"이다.[6] 이것은 포퍼가 사회주의를 비롯하여 여러 사회 개혁의 실험의 문제점을 의식하고 유토피아적 사회 개혁의 사상들을 검토하면서 말한 것이지만, 과학적 사고의 방법론에 대한 성찰에 입각한 제안이기도 하다. 과학의 방법론은 그의 일생의 가장 큰 관심사였거니와 『과학적 발견의 논리(The Logic of Scientific Discovery)』에서부터 그가 강조한 것은 과학의 명제가 절대적인 것일 수 없다는 점이었다.

과학의 명제는 그 논리적 엄밀성에도 불구하고 경험적 사실이나 다른 이론에 의하여 오류로서 증명될 수 있는, 그리하여 언제나 고쳐지거나 폐기될 수 있는 가설로서의 성격을 가지고 있다. 일정한 법칙에 따르는 집단 행동에 의하여 역사가 어떤 유토피아적 종착역에 이를 수 있다는 생각은 과학적 명제보다 더 가설적인 것이라 할 수밖에 없다. 포퍼 이후, 가설적이기는 하지만, 일단 연역적 엄격성을 가지고 있는 과학의 이론에 대한 확실성의 주장은 복합성의 이론이나 혼돈의 이론에 의하여 더욱 근거가 박약해졌다고 할 수 있다. 그렇다고 과학이 믿을 수 없는 것은 아니지만, 적어도 이러한 과학의 새로운 반성이 말하고 있는 것은, 자연 현상이 선형적 논리보다 체제의 전체적인 자체 조정에 의하여 설명된다는 사실이다. 사회는 자연 현상보다도 더 복합적이고 유기적인 관계 속에서 변화하고 설명된다고 하는 것이 맞는 것일 것이다. 그렇다고 한다면 어떤 일방적인 가

---

6  Karl Popper, *The Open Society and Its Enemies*, Vol. 1(London: Routledge & Kegan Paul, 1965), p. 158.

치 지향적 이상에 의하여 부과되는 개체나 집단의 희생은 더욱 쉽게 정당화할 수 없는 것이라고 할 것이다. 물론 이것을 너무 철저하게 밀고 나가는 것은 일관된 정책적 계획에 의한 사회 개선을 완전히 부정하는 것이 될 것이다. 그러나 적어도 그러한 계획이 한 발 한 발 사회 체제 전체 그리고 그것을 구성하고 있는 구체적인 인간의 고통과 행복에 의하여 시험되면서, 또는 "오류 가능성(falsifiability)"을 검증하면서 진행해야 할 것이라는 것은 분명하다.

### 개인과 휴머니즘

포퍼는 마르크스주의를 비롯한 역사주의가 말하는 사회 구조의 구속력에도 불구하고, 정치 변화에 있어서 최종적인 행위자는 개인이라는 것을 강조했다. 그가 주의를 주어야 한다고 생각한 고통의 문제에 있어서도 고통의 당사자는 개인이다. 사회 계획의 추진에 있어서 그것이 경험적으로 시험되어야 한다면, 그 시험은 낱낱의 개인의 고통과 행복이 시험 문제가 되는 것일 것이다. 집단의 존속이나 이익이 중요한 것도 그것이 궁극적으로 개인의 생명이나 이익의 담지자가 되기 때문이다. 역설적으로 개인이 집단을 위하여 희생될 수 있다면, 그것은 개인의 생명과 삶이 궁극적으로 귀중한 것이기 때문이다. 이렇게 볼 때 개인이야말로 생명과 그 이해관계를 궁극적으로 구현하는 존재이다.

다시 한 번 가치의 실체는 가변적이다. 개인보다 큰 가치를 위하여 희생된다고 할 때, 그 가치의 궁극적 정당성은, 조금 전에 말한 바와 같이 개인의 생명에 있다. 이 생명의 사실은 사실로서만 받아들여지는 것이 아니라 가치로서 받아들여질 수 있다. 또 암암리에 그렇게 받아들여진다. 이때에 그것은 집단의 가치를 정당화하는 보다 보편적인 가치가 된다. 그리하여 개인의 생명과 삶을 궁극적인 보편 가치의 담지자로 보는 것이 가능하다. 이것을 하나의 일반적인 입장으로 정립한 것이 인도주의 또는 휴머니즘이다.

여기에서 볼 수 있는 것은, 앞에서 말한 바 가치와 사실의 순환인데, 어떤 가치의 사실적 기반을 캐어 보면, 그 사실적 기반은 다시 보다 큰 가치로 드러나기도 한다. 그러나 다른 한편으로 이것은 가치의 확대 보편화 과정에 따라 나오는 결과라고 할 수도 있다. 어떤 계급의 불행을 바꾸기 위한 투쟁이 무엇을 위한 것인가 하고 묻는 것은 그것이 어떤 큰 목적이나 가치를 위한 것인가를 묻는 것이 된다. 그리고 여기에서 답변은 구체적인 인간의 인간적 행복이 되고 다시 그것은 개인들의 행복이 될 수밖에 없다. 그러나 목적이나 가치 차원에서만의 물음은 목적과 가치의 사실적 기반을 충분하게 밝히지 않고 모호하게 둠으로써 현실적 의미를 가질 수 없는 경우가 생긴다. 종종 휴머니즘의 주장이 공허한 것으로 간주되기 쉬운 것은 이러한 이유로 인한 것이다. 그리하여 그 사실적 조건의 개선을 위한 고려 또는 투쟁이 생각될 수 있지만, 그것은 다시 그 자체로서 새로운 목표가 되어 전체 상황을 망각할 수 있는 가능성이 생겨난다. 필요한 것은 생명과 삶의 궁극적 기반이 생물학적인 개체라는 것을 상기하는 일이다. 그러나 말할 것도 없이 생물은 적절한 조건과 환경 안에서만 생명으로 존재할 수 있다. 이러한 부분과 전체의 변증법을 잊지 않는 것은 적어도 투쟁의 사실적 과정의 치열함, 그 비열함을 완화할 것이다.

## 5. 갈등의 실존적 기반

### 정의의 문제

대체로 갈등에 있어서의 투쟁적 입장은 정의라는 이름으로 정당화된다. 이것은 앞에서 생명 유지의 물질적·사회적 조건에 관한 문제로서 이야기한 바 있다. 그러나 정의는 이러한 수단의 의미를 초월하여 절대적 성격을 갖는 것으로 보인다. 플라톤은 『공화국』에서 정의의 심리적 근거를 "복받쳐 오르는 성질(영어 번역에서 spiritedness, 그리스어로 thymos)"에서 찾았다. 이것은 불의를 보면 불 같은 화가 치밀어 오르고 그것에 대항하여 싸울 수 있는 용기가 솟아나는 것을 말하기도 하지만, 사람이 자기의 위엄에 관계된 일에서 화를 내고 싸움을 벌이고 하는 억제하기 어려운 심리적 에너지를 말한다.[7] 이것은 거의 사람의 육체적 조건의 일부이면서 사람이 자신에 대하여 가지고 있는 자기의식, 자기 존엄성의 의식에서 핵심적 부분이라고 할 수도 있다.

보다 큰 이념적 체계의 밑에 들어 있는 심리적 에너지의 많은 부분도 이 정의감이라 할 수 있다. 사회 혁명을 지향하는 이념적 체계는 말할 것도 없이 기존 체제의 비판으로부터 시작한다. 거기에서 그것은 정의의 원리에 위배되는 것으로 드러난다. 정의의 질서의 회복은 투쟁의 제일 목표가 되는 것이 당연하다. 그것이 회복됨으로써 사회 질서는 사람의 위엄에 맞는 것이 되고 참다운 의미에서 공존의 질서가 된다. 그러나 정의를 위한 투쟁이 극단화될 때, 그것은 삶 그 자체를 파괴하거나 또는 견딜 수 없는 것이 되게 할 수도 있다. 의를 위해서라면 죽어도 좋다는 또는 세상이 다 망해도 좋다는 생각은 동서고금에 두루 발견되는 생각이다. 이 극단적인 심성을 잘 표현하고 있는 것이 라틴어 격언 —— "Fiat justitia, et pereat mundus.(세상이 망하여도 정의가 이루어지게 하라.)"라는 격언이다.

여기에 대한 정상적인 반응은 세상의 존속이 정의보다 주요하다는 것일 것이다. 앞에서 언급한 버트런드 러셀의 원자전에 대한 발언은 바로 정의보다는 세계의 존속이 중요하다는 입장을 나타낸 것이다.(여기의 라틴어

---

7  Platon, *Politeia*, II, 375a– 375e.

격언은 한나 아렌트의 에세이 「진리와 정치」에서 따온 것이다. 이 글에서 아렌트는 정의를 진리로 대체하여 질문을 제기하고, 이 진리가 철학자의 절대적인 진리나 이데올로기적 진리 — 허위와 거의 일치하는 이데올로기적 진리가 아니라 사실적 진리라면 진리는 끝까지 수호되어야 하는 민주 사회의 기초의 하나라고 주장한다. 그러나 다른 글, 가령 레싱상 수상 연설에서 아렌트는 추상적 진리보다는 인간성의 보존이 우선하여야 한다고 말하고 있다. 이것은 전체적으로 그의 정치사상의 기조를 이룬다고 말할 수 있다.[8] 위의 격언과는 다른 또 하나의 라틴어의 격언 "Summum ius, summa inuria(극단의 정의는 극단의 해)"라는 말은 극단적 정의감에서 나오는 행동의 폐해를 표현한다. 이것은 헤겔의 생각을 표현한 것이지만, 그의 생각으로는 이러한 결과는 추상화되는 진리는 그대로 살아 있는 현실의 움직임을 벗어날 수 있기 때문이다. "느낌으로 알지 못하는 초감각적인 세계는 존재의 한 면만을 나타낸다. 이에 대하여 참현실은 스스로 안에 움직이고 있는 삶의 현실이다."[9]

이와 같이 정의는 삶에 대하여 양의적인 관계를 가지고 있다. 세상이 정의보다 중요하다고 한다면, 정의를 해소하는 간단한 방법의 하나는 정의가 단순히 자기주장과 확대, 즉 권력 의지의 표현이라고 말하는 것이다. 이것은 정의가 앞에서 말한 것처럼 복받쳐 오르는 성질에 관계되는 것이라는 사실에 이어져 나오는 것이다. 이 경우 정의의 갈등은 다시 사실적 차원에서의 갈등으로 파악되는 것이 정당할 것이다. 정의가 사실적 대립의 문제라는 것이 대립의 쌍방에 의하여 인정되면, 사실적 차원에서 다시 한 번 타협은 이루어질 수 있는 것이 될 것이다. 그러나 이것은 하나의 해결 방법

---

8 Hannah Arendt, "Truth and Politics", *Between Past and Present*(New York: The Viking Press, 1961); "On Humanity in Dark Times: Thoughts About Lessing", *Men in Dark Times*(New York: Harcourt, Brace & World, 1968) 참조.

9 한스게오르크 가다머의 해설. Hans-Georg Gadamer, *Hegel's Dialectic: Five Hermeneutic Studies*(Yale University Press, 1976), pp. 52~53.(영문 번역)

에 불과하다. 정의감이 바른 세계의 수립을 위하여 중요한 일을 한다는 상식적인 평가를 제쳐 두고라도, 플라톤의 정의와 티모스의 일치는 그것이 실존적인 차원에서 상황에 따라서 어떤 사람에게는 삶의 의의를 형성하는 것일 수 있다는 것을 말한다. 거기에는 불가항력적인 것이 있다.

비극 작품들에서 보는 정의의 의미는 이러한 실존적 절박감의 관점에서 제시된다. 다만 이 경우에 정의의 느낌은 추상적인 이념으로 존재하기보다는 더 깊이 개인의 삶의 기저에 자리해 있는 것으로 생각된다. 그 경우에도 물론 추상적인 이념으로서의 정의는 그 개인의 사회적 기반을 대표한다. 그것이 개인의 실존적 절실성과 일치하는 것이다. 정의가 얼마나 개인의 실존 속에 얽혀 들어가 있는가 하는 것은 정도의 문제이고 개인의 진정성의 문제이다. 우리가 갈등의 의미를 깊이 생각하는 데에는 이러한 경우를 고려하는 것이 필요하다. 이것은 일단은 합리적 해결 — 타협이나 동의의 해결을 찾아내는 길이 거의 보이지 않는 경우도 있다는 것을 알게 하는 장점이 있다. 물론 과제는 그럼에도 불구하고 해결의 방법을 모색해 보는 것이다.

### 안티고네의 경우

전통적으로 서양의 그리스 비극을 비롯하여, 비극은 이러한 어느 한쪽이 옳다고 할 수 없는 — 해결이 없는 갈등을 주제로 한다. 헤겔이 그의 『미학(Ästhetik)』에서 해결하기 어려운 비극적 대결의 예로 든 『안티고네(Antigone)』의 상황은 대결과 파국만을 보여 주는 전형적인 예가 된다. 이것은 사람의 삶이 현실적 이해관계뿐만 아니라 해결을 허용하지 않는 숨은 가치 충동 또는 형이상학적 정열에 의하여 움직인다는 것을 느끼게 한다.

널리 알려진 줄거리의 핵심만을 상기한다면, 여주인공 안티고네는 세베스에 반란을 일으키다 전사한 오빠의 장례를 치르고자 한다. 그러나 통치자 크레온은 반란군 전사자들의 장례를 금한 바 있다. 그러나 안티고네는 이 국가적 명령을 어기고 오빠의 장례를 치르게 되고 그 결과로 동굴에 갇혀 목매어 자살하게 된다. 이에 이어서 그 충격으로 안티고네의 약혼자였던 아들 하이몬과 아내가 죽자 크레온은 왕위를 버리고 유랑의 길에 들어서게 된다. 이 비극에서 헤겔은 두 개의 율법 또는 정의의 충돌을 본다. 안티고네는 신의 율법 또는 자연과 종족의 율법을 따르려 한 것이고 크레온은 국가의 법을 옹호하려 한 것이다. 이 둘을 철저하게 지키려고 한 두 사람 사이의 어느 쪽에 더 정의가 있다고 하기는 어렵다. 물론 조금 더 유연한 태도로서 신 또는 자연의 법과 국가의 법을 조화시키는 것이 불가능하지는 아니하였을 것이라고 생각할 수 있다. 이 입장을 강조하면 이 비극의 원인은 참으로 모순되는 두 법의 충돌만이 아니라 지나치게 강한 자기 과신 또는 자기의 정의로움에 대한 확신에 있다는 해석이 가능하다.

그러나 헤겔의 생각으로는 이 비극에 관여된 정의에 대한 확신 — 일방적인 확신은 개인의 의지로는 어찌할 수 없는 불가항력적인 것이다. 이 소포클레스의 주역과 그 반대역을 움직이는 것은 단순한 고집이나 격정이 아니라 그 나름으로 그들의 이성에 기초한 확신이다. 이것은 그들 자신이 어찌할 수 없는 근원적인 파토스, 즉 정열에 연결되어 있다. 그것이 그들의 실존적 운명에 일치한 것이다. 이것은 아마 앞에서 말한 플라톤의 생각처럼 인간 세계에 정의가 나타나는 방식이 "복받쳐 오르는 성질"로 인한 것이라는 사실을 다시 확인하여 주는 것일 것이다. 안티고네나 크레온의 정열은 반드시 자신들의 정열이라기보다 모순을 피할 수 없는 인간 조건 속에서 정의가 표출되는 방식이라고 할 수도 있다.[10]

---

10 헤겔, 「극시와 장르의 구체적인 전개(Die konkrete Entwicklung der dramatischen Poesie und ihrer Arten)」, 『미학』 II권 3부, III, 3장, 3, c.

이러한 두 개의 정의의 모순을 어떻게 해결할 것인가? 앞에서 언급한 바와 같이 헤겔의 생각의 하나는, 이것은 해결될 수 없는, 결국 일방적 정의의 담당자들이 개인적으로 파멸에 이르는 것으로 끝날 수밖에 없는 모순의 상황이라는 것이다. 그러나 더 일반적으로 말하여 그리스 비극의 모순에 대한 헤겔의 다른 생각은 — 그의 발전 사관에 비추어 더 일반적인 생각은 이러한 모순된 정의의 추구는 주관적으로 이해될 수는 있으나 객관적으로는 용서될 수 없다는 것이라고 말할 수 있다. 가장 중요한 것은 아테네라는 국가의 윤리적 삶의 일체성이다. 비극의 주인공들이 죽음이나 불행한 최후를 맞는 것은 바로 이 질서에 비추어 그러한 일방적 정의의 추구가 허용될 수 없다는 것을 보여 주는 것이다. 이것은 『법철학(Rechtsphilosophie)』에서 안티고네에 대해 언급하는 대목에서도 추측할 수 있지만[11] 다음에 잠깐 살펴볼 오이디푸스의 비극에 대한 그의 생각에서 더욱 분명하게 나타난다.

그러나 만약 개인적인 정의감보다는 사회의 시민적 질서가 더 중요한 것이라고 한다면, 개인적인 정의까지도 수용하는 사회 질서를 보다 참을성 있게 구성하는 것이 불가능한 것은 아니라는 것을 생각하게 한다. 『안티고네』에서 안티고네와 크레온의 갈등은, 생명이라는 현실에 비추어 보면, 안티고네의 정의가 더 근원적인 것이라고 말할 수 있다. 이 비극에서 관객의 동정을 사는 주인공은 크레온이 아니라 안티고네라는 사실도 이것을 증거해 준다. 안티고네의 정의는 생물학적 본능과의 연대에 기초해 있는 정의인 데 대하여 크레온의 정의는 합리적 국가 체제의 개념에 입각한 정의이다. 이 합리적 체제는 원초적인 삶의 현실을 포함함으로써 보다 포괄적인 국가 질서가 될 수 있었을 것이다. 현실적으로 크레온의 권력 의지

---

**11** 헤겔, 『법철학』, III부, 1, b.

와 경직된 사고가 아니라면, 안티고네가 원하는 장례식이 허용되지 못할 이유가 없다고 할 수도 있다. 그것이 허용되어도 크레온이 다스리는 국가 질서가 손상되지는 아니하였을 것이다. 여기에서도 우리는 일방적으로 경직된 해석에 따른 정의나 법이 삶을 해친다는 것을 보게 된다. 사회는 이념이나 법 이외에 그에 모순될 수 있으면서도 더 포괄적일 수 있는 동정과 자비 그리고 용서로써 균형을 유지할 수 있다.

### 오이디푸스의 경우

『안티고네』는 해결 없는 갈등의 비극이지만, 그것을 넘어서 포괄적 시민적 사회 질서로써 갈등을 덮게 하는 것으로 해결 방식을 찾는다면, 그것은 너무나 외면적인 해결 방식으로 생각된다. 『콜로노스의 오이디푸스 (*Oedipus at Colonus*)』는 조금 더 내면적 해결의 방식을 보여 준다고 할 수 있다. 추상적 정의의 모순에 비하여, 헤겔에게도 이 비극은 보다 내면적인 해결 또는 형이상학적인 해결 방식을 제시하는 것으로 생각된다. 오이디푸스의 이야기를 다룬 연극들의 주제가 간단한 의미에서의 정의의 갈등이라고 할 수는 없다. 그러나 이것을 정의의 갈등이라는 관점에서 읽는다면, 그것은 오이디푸스 한 사람이 겪게 되는 두 가지의 정의이다. 그러나 연극의 끝에서 이 두 정의는 하나의 정의로 수렴된다. 이 최종의 정의의 관점에서 보면, 정의는 오이디푸스가 그의 죄에 대한 죗값을 치르고 다시 자기가 어지럽혔던 근원적 질서 속에 수용되는 데에서 완성된다.

그러나 오이디푸스의 죄는 그의 의식적 결정과는 관계없는 죄이다. 그 개인의 관점에서 보면 그는 정의의 인간이다. 그는 스핑크스의 수수께끼를 풀어 세베스를 구하였다. 그는 다시 환란에 처하게 된 세베스를 위하여 그 원인을 밝히고자 노력한다. 그 과정에서 그것이 바로 자기 자신의 도덕적 오염이라는 것을 짐작하게 되지만, 진실을 밝혀야 하는 통치자로서의 의무를 중단하지 않는다. 그 결과 그 자신이, 자기도 모르게 아버지를 죽이고 어머니와 결혼한 사람이란 것을 알게 된다. 그리고 그로 인하여 자신의 눈을 빼고 유랑의 길로 들어선다. 오이디푸스가 정의의 추구에서 얻게 되는 결과물은 결국 자신의 근원적 죄를 들추는 것이 되고 운명의 형벌을 받아들여야 하는 사람이 되는 것이다. 이것이 『오이디푸스 왕(Oedipus the King)』에 나와 있는 이야기이다. 그는 수난에 이르는 과정에서 운명의 정의로움, 세계의 정의로움에 대하여 도전하는 질문을 던질 수 있었을 것이다.

그러나 전체의 질서 속에서 오이디푸스의 (적어도 의도상의) 무죄와 정의는 무의미하다. 그는 그의 원죄로 인하여 고통과 수난을 겪는다. 그 결과 스스로 떠맡는 고통으로 자신을 정화하고 자신과, 그리고 신들과 화해한다. 그리하여 망명의 길에서 찾아든 아테네의 교외 콜로노스에서 신들의 질서에 수용되고 아테네의 수호신이 된다. 이것이 『콜로노스의 오이디푸스』에 이야기되어 있다. 최종적으로 그가 신들의 질서에 편입된다는 것은, 헤겔의 해석으로는, 그가 다시 한 번 아테네의 윤리적 질서 속에 편입된다는 것을 뜻한다. 이것은 상당히 기독교적인 해결의 방식이라고 할 수 있다. 다른 점은 죄와 고행과 구원의 최종의 틀이 되는 것이 신의 질서라기보다는 아테네의 공동체적 질서라는 점이다.[12]

### 대결적 상황과 실존/민족주의와 보편주의

『안티고네』의 갈등은, 헤겔도 언급한 바 있지만 역사적 성격을 가진 것으로 볼 수 있다. 그것은 한편으로는 씨족 또는 종족 중심의 사회로부터 국가 질서에로 이행해 가는 과도기에 일어나는 것이라고 할 수도 있기 때문이다. 그렇다고 하여 연극에 나와 있는 실존적이고 존재론적 상황의 아포

---

12 헤겔, 『미학』, 3부 제3장, III, 3, c.

리아가 사라지는 것은 아니다. 여기의 대결은 역사이면서 또 불가항력의 것이다. 그것은 역사 속에 사는 인간의 생존의 구조 속에 들어 있는 모순이면서, 실존적으로 부딪치는 상황인 것이다.

이러한 모순의 상황은 훨씬 더 현실적으로 규정될 수도 있다. 즉 피할 수 있는 것처럼 보이면서도 주어진 이데올로기적 여건하에서는 피하기 어려운 선택만을 제시하는 모순의 상황이 있다는 말이다. 메를로퐁티는 제2차 세계 대전의 경험을 통하여 국가 간의 무력 대결 또는 점령-피점령의 관계가 어떻게 보편적 인간주의의 입장에 서 있는 개체까지도 비이성적이고 비보편주의적이고 파당적인 대결의 상황에 빠뜨리는가, 그러면서도 그것을 무시할 수 없는가를 말한 일이 있다.[13] 그는 전쟁 전까지 독일인, 유대인 또는 중국인을 종족이나 국적에 관계없이 인간으로서 생각하고 대할 수 있었다. 그리고 독일과의 전쟁 중에도 독일인 병사를 인간으로 볼 수 있었고, 프랑스군의 총에 맞아 신음하는 독일 병사의 구출을 위하여 노력할 수 있었다. 그러나 프랑스가 항복하고 독일의 점령하에 들어간 다음에는, 독일인을 다 같은 인간이라는 범주가 아니라 독일인이라는 범주로만 보아야 한다는 것 또 스스로를 보편적 인간의 관점에서가 아니라 프랑스인이라는 관점에서 생각하여야 한다는 것을 깨닫게 되었다. 그는 독일군의 점령하에서 프랑스인 전부는 부자유의 인간이 되고, 혼자의 힘으로는 자유는 되찾을 수 없으며, 여러 사람과의 연대를 통해서만 개인의 자유는 현실이 된다는 것을 알게 된 것이었다.

무엇보다도 중요한 것은 사람의 보편적 의식도 구체적 지형 속에 존재한다는 사실이었다. 거기에서 그것은 실존적으로만 존재했다. 구체적 지

---

**13** Maurice Merleau-Ponty, "La Guerre a eu lieu", *Sens et non-sens*(Paris: Les Edition Nagel, 1948) 참조.

형의 현실은 보편성의 관점에서는 정당화될 수 없는 집단 투쟁을 받아들이지 않을 수 없는 과제가 되게 하였다. 독일군의 프랑스 점령은 인간의 현실로 하여금 보편적 지평으로부터 실존적 한계로 내려가는 것을 불가피하게 한 것이다.

집단 투쟁이 불가피한 것이 현실이라면, 내가 가담하여야 할 집단은 어떻게 선택되는 것인가? 그것은 선택되는 것이 아니라 인간 실존을 한정하는 여러 조건, 말하자면 혈연적 관계와 거주 토착의 우연적이면서 운명적인 사실에 의하여 주어지는 것이다. 이러한 우연적 투쟁을 통하여 인간 현실은 어떤 균형에 이를 수 있는가? 인간의 보편적 가치는 무의미한 것인가? 메를로퐁티는 점령자와 피점령자의 집단적 투쟁의 사실적 구속의 불가피성을 인정한다. 그러나 다른 한편으로 그의 이성주의는 이것이 반드시 이성의 보편적 기준을 완전히 벗어나는 비이성적인 운명이라고 생각하는 것을 허용하지 않는다. 전쟁과 점령은 그를 사유하는 개체가 아니라 민족이나 국가의 일원 ── 독자적 사유를 포기한 존재로 바꾸어 놓는다. 자유의 박탈이 프랑스인의 투쟁을 정당화한다는, 앞에 소개한 그의 생각에는 이미 집단 간의 힘의 투쟁을 넘어가는 이념적 판단이 들어 있다. 그는 다음과 같이 말한다. 집단화는 이성의 기능을 마비시키고 그 주체적 자유를 빼앗고 집단적 범주의 사고를 강요한다. 이 자유를 되찾기 위하여 집단적 범주의 사고를 받아들이고 저항 운동에 참여하여야 한다. 이것이 그가 프랑스인의 저항을 정당화하는 말이다. 그는 여기에 추가하여 독일의 유대인 박해와 학살의 비인간성을 강조한다. 이것은 다시 한 번 프랑스인으로서의 저항의 선택이 반드시 파당적 투쟁에 흡수되어 보편적 인간 가치를 버리는 것이 아니라는 것을 정당화한다.

이러한 정당화들이 참으로 정당한가? 전쟁과 프랑스의 피점령 상태는 보편적 개념으로서의 인간주의와 사실적 개념으로서의 민족주의의 모순을 생각하게 한다. 메를로퐁티의 사고에도 불구하고 그가 소속되어 있는 민족 집단의 원초적인 압력 ─ 출생의 뿌리와 사회적 공간에서 나오는 힘이 이성 이전에 그의 사고에 일정한 벡터로 작용하는 것이 아닐까?

그의 사고의 복잡한 굴곡에도 불구하고, 그는 또 개체의 자유롭고 주체적인 사고가 보편적 인간의 기본이라고 할 때, 독일인이나 프랑스인이라는 범주는 일종의 망상이나 허깨비에 불과하다고 말한다. 그러나 이것은 곧 망상이 현실이라는 역설을 인정하는 것이 된다. 그리고 실존적 고민의 핵심은 이 망상이 현실의 일부라는 점에 놓인다. 과거의 상처들이 사라지고, 자유가 당초부터 현실로서 존재하게 될 때에만 보편성은 사실이 될 수 있다고 그는 말한다. 그러나 "그때가 오기까지는 사회의 삶은 허깨비 사이의 대화이고 싸움으로 남을 수밖에 없다. 그리고 이 실존적 선택 또는 우연의 선택에서 흐르는 눈물과 피는 살아 있는 사람의 눈물이다." 그러니까 민족주의를 넘어가는 보편적 진리가 없는 것은 아니면서도, 프랑스의 민족주의는 망상이고 허깨비일망정 그 나름의 정당성을 갖는다.

### 이념과 실존적 현재의 절실성

이것은 앞에 언급한 대로 메를로퐁티가 국가와 민족의 정당성을 받아들이는 사유의 경로이다. 그러나 그의 사고에서 민족주의와 보편주의의 모순의 싸움은 계속된다. 최종적으로 그는 모든 것을 보편적 입장에서 정당화한다. 민족주의를 일단 수긍하는 것도 그러하다. 그에게 진정한 보편주의란 구체적인 문제들을 넘어가는 것이 아니라 그것을 통하여 실현된다. 어떻게 보면 사실의 구체적인 현재성에 주의하는 것이야말로 진정으로 보편적 이성의 명령에 충실한 것이다. 그리하여 그는 실존을 통하여 보편적 휴머니즘에 이른다.

그는 데카르트의 후예로서 이성주의자고 휴머니스트이기도 했지만, 그 나름의 마르크시스트이기도 했다. 그러나 어떤 중의(衆意)가 설정하든 보편적 이상은 실존적 현실을 통하여 나타나는 것이지 추상적으로 나타나는 것이 아니다. 이것은 그의 마르크스주의에 대한 입장에서 가장 잘 나타난다. 그는 일정한 한계 안에서 이성주의와 휴머니즘은 마르크시즘과 일치하는 것으로 생각하였다. 이론적 마르크시스트들에게는 국가 간의 전쟁은 전적으로 부르주아 사회의 무의미한 놀이에 불과하다. 그리하여 그것을 심각하게 생각할 이유가 없었다. 이 전쟁에 프롤레타리아를 대표하는 소련이 개입되어 있다는 사실 이외에는, 독일이 이기느냐, 프랑스가 이기느냐 하는 것은 전적으로 중요한 일이 아니었다. 세계사의 진로에서 중요한 것은 오로지 전 세계적인 계급 투쟁이지 국가 간의 전쟁이 아니었다.

메를로퐁티는 이러한 입장에 대하여, 마르크스주의자의 관점에서도 프랑스를 위하여 싸우는 것이 중요한 일이라는 것을 설득하고자 하였다. 그가 강조하고자 한 것은 마르크스주의가 말하는 보편적 인간 해방의 이상도 추상적으로 실현되는 것이 아니라, 얼핏 보기에 무의미한 허깨비의 싸움과 같은 국가 간의 전쟁을 통해서 그리고 더 일반적으로 주어진 현실에 그때그때 일어나는 갈등과 투쟁을 통해서 진전 또는 후퇴한다는 것이었다. 이것은 국가 간의 분쟁에서만이 아니라 계급 투쟁 또는 더 일반적으로 모든 사회 정의를 위한 투쟁에도 해당되는 것이다. 역사는 일직선이 아니라 복잡한 굴곡을 그리며 앞으로 나아간다. 그러한 관점에서 프랑스의 해방은 중요한 것이었다. 따라서 큰 보편적 이상의 관점에서 볼 때 부질없는 것으로 보이는 투쟁도 의미가 있다. 메를로퐁티가 이러한 국지적 투쟁에서 흐르는 눈물도 거짓된 눈물이 아니라고 한 것은 헛될 수도 있는 희생을 말한 것으로서, 실존주의자로서의 그의 생각의 다른 면을 드러낸다. 그렇다는 것은 보편적 이념이 무엇이든지 간에, 인간 생존의 진실의 하나는 사람이 주어진 조건 속에 산다는 사실이다.

그리하여 모든 삶의 순간은 그것이 어떤 이념적 의미를 가지고 있든지 간에 그 나름의 절실성을 갖는다. 특히 고통과 희생은 그렇다고 할 수 있다. 제2차 세계 대전 중의 영미 국민들의 투쟁과 희생은 그들 사회의 자유 민주주의를 수호한 것이라고 할 수 있는데, 메를로퐁티는 이를 긍정적으로 보면서, 그 이유의 하나로 사회 정의를 위한 투쟁도 "100년을 살 사람이 아니라 50년 정도를 파시즘의 통치하에서 살아야 할지 모르는 사람들"을 위한 것이기 때문이라고 하였다. 즉 사회주의를 지향하는 사람에게는 적어도 그들의 생존 기간 중에 파시즘보다는 자유주의 체제하에서 사는 것이 나은 것이다.

### 갈등 해결의 투쟁과 실존

이렇게 하여 메를로퐁티는 마르크스주의가 지니고 있다고 생각하는 큰 인간주의적 보편 이념과 그때그때의 작은 실존적 투쟁의 절실성을 종합하고자 한다. 그러나 최종적으로 우리는 그를 마르크스주의자이기보다는 실존주의자이며 휴머니스트라고 부를 수밖에 없다. 결국 마르크스주의가 포용한 것처럼 보이는 휴머니즘의 이상은 구체적 실존 속에서 현실이 되는 외에는 다른 방도가 없다. 사회적 보편주의의 이념이 잊히는 것은 아니다. 그러나 실존의 역사적 궤적은 한없이 길고, 보편적 이념은 이 과정에 나타남으로써만 현실이 된다.

메를로퐁티의 이러한 입장은 지금 우리가 생각하고자 하는 갈등과 그 해결의 문제에 대하여 매우 착잡한 함축을 갖는다. 우선 간단명료한 이념과 입장만을 강조하는 사람들에게는 실존에 대한 강조는 사회 이상을 포기하는 것이고 훼손된 인간됨의 상태에 그대로 순응하는 것이다. "과거의 상처들이 사라지고, 자유가 당초부터 현실로서 존재하게 되는 때"는 영원히 보류되어야 한단 말인가? 이 과정의 상처란 부정의의 사회 기구에서 오는 억압과 원한의 결과물이다. 여기에서 갈등이 이는 것은 불가피하다. 이념에 관계없이 실존적 현실만을 인정하는 것은 이 갈등의 항구화를 의미하고, 보편적 이념에 의한 화해의 가능성을 제거해 버리는 일이다.

그러나 다른 각도에서 보면 이것은 인간 현실의 진실을 벗어난 이론에 불과하다. 갈등과 폭력과 유혈을 조장하는 것은 오히려 모든 인간의 해방을 말하는 보편주의를 배반하는 것이다. 갈등의 본질적이고 항구적인 또는 적어도 장기적인 해소를 위하여, 과정으로서의 일시적 갈등의 격화로서의 투쟁을 피하는 것은 비겁한 일일 수 있다. 마르크스주의는 바로 이 두 모순을 하나로 연결하려는 이데올로기이다. 그러나 실제에 있어서, 그것은 현실 사회주의의 실천 과정 속에서 드러나듯이 당초에 표방하였던 이상을 실현하지도 못했고, 또 그 실패의 역사 속에서 보편적 차원도 잃어버리고 영원한 갈등의 이념으로 전락하였다. 이것은 집단과 집단 간의 관계에서도 그러하지만, 개인과 개인의 관계에서도 그러하다고 할 수 있다. 뿐만 아니라 집단과 개인 그리고 개인과 개인 사이에 새로운 갈등을 만들어 냈다고 할 수 있다. 즉 집단은 집단화를 말하고 그것은 개체로서의 인간의 진실을 부인함으로써 "우리" 편으로 간주될 수 있는 집단과 개인 사이에 갈등을 만들어 냈다.

사람이 적대적인 집단 속에 존재하는 것이 사실이라 하더라도, 그 안에서 다시 개체로 존재하는 것은 보다 근원적인 사실이다. 이렇게 인간이 집단의 일원으로서 또 개체로서 존재한다는 사실을 떠나 집단적 존재로만 생각하여도, 사람이 100년이 아니라 50년을 산다는 사실은 참으로 중요한 사실이다. 그런 데다가 개체적 실존의 시간에 역점을 두고 이것을 다시 생각하면, 사람의 의미 있는 삶의 시간은 참으로 매 순간에 있다고 할 수도 있다.(사람의 숨이 끊어지는 데에 5분이나 10분의 호흡 장애로도 충분하다는 것을 생각해 볼 일이다.) 이러한 사실은 먼 유토피아의 의미를 크게 감소하는 것이지만, 아마 인간에 대한 결정적인 진실은 영원히 유토피아의 단순성이 아니라 복합적 요소의 현실이 실존의 현장이라는 사실이다.

## 실존적 화해와 그 형이상학적 토대

실존의 강조는 갈등을 피할 수 없는 인간 조건으로 받아들여야 한다는 것이 될 수 있다. 그것은 갈등 속에 대립하는 두 편을 하나로 화해하게 하고 통합할 보편적 이념의 실체를 부정하는 것으로 취해질 수 있기 때문이다. 그러나 이것을 이렇게만 취하는 것은 다시 한 번 이론적인 사고의 한 결론에 불과하다. 화해의 길은 오히려 개체적 실존의 인정을 통하여 새로이 열릴 수도 있다. 이러한 화해에도 그 나름의 복잡한 역학이 작용한다. 갈등은, 처음에 말한 바와 같이 가장 간단한 차원에서는 개인적·집단적 이익 관계에서 발생한다. 이것은 일단 단순한 힘의 대결 그리고 거기에서 출발한 타협에 의하여 평화의 균형에 나아갈 수 있다. 그러나 이 타협도 자세히 들여다보면 평화의 가치 그리고 생명의 지속의 가치의 인정에 기초한다. 단순한 이익 관계가 타협에 이르는 데에도 이해의 합리성에 대한 상호 인정이 개입되게 마련이다. 이 인정을 통하여 보편적 가치가 삽입된다. 사람의 삶과 그 필요가 상호 인정되는 것이기 때문이다.

이를 확대하면 대화해의 바탕은 사람의 삶에 대한 대긍정에 있다. 이 삶은 추상적으로 생각되는 가치와 목적을 초월한다. 이때 긍정되는 삶은 본인의 의도에 관계없이 사람에게 가해지는 부정의와 고통을 포함하는 삶일 수 있다. 부정의와 고통에도 불구하고 받아들이는 이 대긍정은 다른 사람들과 그리고 나의 삶과 화해가 이루어지게 되는 근본이다. 삶의 부정적인 측면까지도 긍정한다면, 다시 그것이 고통스러운 의식이 될 수밖에 없는 한, 사람의 삶의 보다 나은 가능성은 다시 시발되게 마련이다. 그리스 비극에서 공포와 연민은 바로 이러한 뜻을 가진 것이라 할 수 있다. 모순의 삶을 동정적으로 이해하게 하는 것이 그리스 비극과 같은 위대한 문학이 수행하는 일이다. 이 동정적 이해는 삶에 대한 우리의 시각을 확대한다. 이러한 이해와 긍정은 형이상학적 차원에서의 깨달음이라고 하겠지만, 그렇다고 하여 현실 사회와 정치에 영향을 미치지 아니하는 것은 아니다. 결국 사회 질서의 기저에 있는 것은 그 사회가 가지고 있는 인간에 대한 이해이다.

## 오이디푸스의 고통과 긍정

우리는 앞에서 오이디푸스가 고통을 통하여 자신과, 신들과 화해하게 된다는 헤겔의 해석에 대해 언급하였다. 그러나 이 연극은 또 다른 해석과 가능성을 가지고 있다. 이것은 갈등과 화해의 문제에 대한 다른 해답의 가능성으로 이어진다. 헤겔적으로 해석된 오이디푸스의 최종의 화해의 구조는, 앞에서 언급한 대로 죄와 속죄와 구원의 기독교적 구도와 비슷하다. 그러나 헤겔보다는 더 자세히 작품을 읽었다고 할 수 있는 문학자들은 오이디푸스가 회한이나 속죄의 모습을 보여 주지 않는다는 사실이 이러한 해석을 어렵게 한다는 점을 지적한다.

오이디푸스는 고통의 방랑이 끝나 갈 즈음에서도 세베스의 왕으로서 수난을 자초하였던 때와 같이 급하고 격한 성질의 인간으로 남아 있다. 오이디푸스가 그의 죄를 뉘우친다고 해도 그것은 죄와 뉘우침보다는 복잡한 경로를 통하여서이다. 아버지를 살해하고 어머니와 결혼한 것이 전적으로 자기도 모르게 일어난, 그의 의식적 의도와는 관계가 없는 죄라는 것을 생각하면, 속죄의 문제는 간단할 수가 없다. 그는 사실 죄 없이 죄를 저지른 것이 된 것이다. 그가 속죄한다면, 그것은 자신이 책임질 수는 없는 죄에 대한 책임을 수긍하는 것이다. 소포클레스가 그로 하여금 죄를 수긍하게 하는 것인지 어쩐지는 분명치 않다. 오이디푸스는 그의 고통의 길에서 삶의 부조리에 대한 반항과 울분을 버리지 않는다. 그러면서도 그가 고통의 길을 계속하는 것은, 다른 한편으로 그가 운명 —— 죄 없는 죄를 짓게 한 운명을 받아들인다는 증표라고 할 수 있다. 그러니까 그가 죄의 결과를 사실적으로 받아들인다는 것은 분명하다. 다만 그것을 내적으로 자신의 죄로 받아들였는지는 분명하지 않다.

고전학자 세드릭 휘트먼(Cedric Whitman)은 마지막의 오이디푸스의 성격적 특징은 고통을 참고 견디는 힘이라고 강조한다. 그러면서 그는 위엄을 잃지 않는다.[14] 통치자로서 문제를 해결하고 스스로의 과거에 대한 조사를 밀고 나갔던 그의 지적 능력과 용기가 그대로 지속되고 있는 것이다. 이러한 능력에도 불구하고 그는 자기도 모르게 잘못을 저질렀던 것이다. 그의 지적 능력은 그를 잘못으로부터 지켜 주지 못한다. 결과적으로 그의 잘못은 흔히 그리스 비극과 관련해서 말하여지는 "휘브리스", 즉 오만이다. 그러나 그가 오만을 후회한다고 할 수는 없다. 그는 인생이 주는 모든 것 —— 영화와 함께 고통을 지적 용기와 위엄을 가지고 맞이한다. 그는 무자비한 삶의 부조리를 그대로 참고 견디면서 삶의 마지막까지 산다. 그러한 삶을 받아들이는 것이다. 이것보다도 더 큰 삶에 대한 긍정이 어디에 있겠는가. 그의 죽음이 나이팅게일이 우는, 인간이 근접할 수 없는 복수의 신들의 숲에서 일어나는 것은 그가 인간의 세계를 넘어 신성한 위치를 얻었다는 것을 나타낸다. 그는 신들의 세계에 편입되고 아테네의 수호신이 된다.

『콜로노스의 오이디푸스』의 교훈은 인간의 정의에 대하여, 인간이 이해할 수 없는 신의 정의가 승리하며, 그 속에 논리적 연결이 없는 채로, 인간의 정의는 수합된다는 것이다. 그러면서도 인간의 정의가 완전히 패배

---

14 Cedric Whitman, "Apocalypse: Oedipus at Colonus", *Sophocles: A Collection of Critical Essays*, ed. by Thomas Woodward(Englewood Cliffs, N. J.: Prentice Hall, 1966) 참조.

하는 것은 아니다. 그것은 신의 정의의 신비 속에 거두어들여진다. 휘트먼의 해석으로는, 소포클레스가 시도한 것은 모든 역경에도 불구하고 오이디푸스가 버리지 않는 진리나 용기나 고결함이 존중하여서 마땅한 인간적 품성이라는 것을 강조하는 것이었다.

이 연극 안에는 오이디푸스와 크레온 그리고 오이디푸스의 아들이 대면하는 장면이 나온다. 그들은 오이디푸스가 세베스로 돌아오면 세베스가 전쟁에 승리할 수 있을 것이라는 예언에 따라 그를 유인하여 세베스로 돌아오게 하려고 한다. 그러나 오이디푸스는 이를 거부하고 아테네에 남아서 아테네의 수호신이 된다. 이것은 어디까지나, 그가 분노의 인간으로 남아 있었다는 것을 말하는 것이면서, 동시에 그를 전략적으로 이용할 목적으로 술수를 사용하는 정치인들과는 다른 종류의 인간임을 드러내는 것이라고 휘트먼은 말한다. 소포클레스의 의도는 모든 역경에도 불구하고 정략적 계산에 굴하지 않고 그 자체로 존중할 만한 덕성의 우위를 보여 주고, 세베스와는 달리 아테네가 그러한 높은 덕성 — 진실과 정의 그리고 용기, 존엄성, 인내심과 같은 덕성에 기초한 사회라야 한다는 것을 설파하려 하였다고 말한다. 소포클레스 이후에 아테네가 그러한 사회로서 남을 수 있었는지는 분명치 않다. 그러나 소포클레스가 현실적 승패에 관계없이 높은 인간적 덕성이 있다는 것을, 이 연극뿐만 아니라 그의 여러 작품에서 표현하고자 했던 것은 확실하다고 할 수 있다. 그럼에도 불구하고 오이디푸스의 비극이 우리에게 일으키는 감정은 운명의 가혹함이고 그 가혹함을 그대로 견디고 받아들이는 인간의 숭고함이다.

여기에서 이렇게 오이디푸스의 운명과 의미에 대해 언급하는 것은 이 소포클레스의 연극을 분석하자는 것이 아니다. 그것은 이러한 연극이 갈등의 문제에 중요한 시사를 던져 주기 때문이다. 오이디푸스는 객관적으로는 잘못을 저질렀지만, 주관적으로 죄가 있는 것은 아니다. 그는 최선의

의도로써 — 또는 적어도 고전 시대의 그리스의 기준으로 볼 때 최선의 동기로 행동했을 뿐이다. 그러나 아마 큰 관점에서 볼 때 — 가령 헤겔이 안티고네의 비극에서 최종적인 중재자가 시민적 질서의 유지라고 할 때, 그가 반드시 죄가 없다고 할 수는 없을지 모른다. 그러나 대부분의 독자나 관객들은 오이디푸스에게 깊은 동정심을 느끼게 될 것임은 분명하다. 이것은 오이디푸스가 유죄인가 아닌가와는 크게 관계가 없는 일이다. 물론 오이디푸스가 존경할 만한 인물이라는 것 — 모범적인 인물이라기보다는 복받쳐 오르는 진실에 대한 정열을 가지고 그것에 대응하여 행동하는 사람이라는 것이 중요한 일이기는 하다. 그가 숨은 계략에 능한 전술적 인간이라면, 관중은 그에게 큰 동정을 느끼지 않을지 모른다. 관중은 그의 진실을 향한 정열에 압도된다. 그리고 그의 죄는 조금은 뒷전으로 물러난다. 비극에서는 대체로 지은 죄에 비하여 그에 따라서 겪어야 하는 고통이 너무나 큰 것이 보통이다. 이 둘 사이의 불균형이 관객으로 하여금 비극의 공포를 느끼게 하는 것이다. 그런데 이 동정은 조금 더 자세히 검토해 볼 필요가 있다. 이것은 사회에 일어나는 갈등의 문제에도 관계가 없는 것이 아닌 것으로 생각되기 때문이다.

아리스토텔레스의 『시학(Poetica)』 이후에, 비극에서 느끼는 공포는 그것이 관객 자신에게도 일어날 수 있는 일이기 때문이라고 이야기된다. 이러한 효과로 하여 관객은 연극 속으로 완전히 빨려 들어간다. 그렇다는 것은 관객이 현장에 있는 것처럼 느낀다는 것을 말한다. 가다머는 연극과 비극을 말하면서 이 현장성을 강조한다. 이 현장은 관객이 연극을 보는 현장에 있는 것을 말하고, 또 연극의 사건의 현장에 있는 것을 말하고 다시 바로 관객 자신의 실존적 현장에 있다는 것을 말한다. 이 마지막의 현장성이란 연극이 "그에게 드러내 보이는 것 그리고 거기에서 자신을 보게 하는 것 그것이 바로 그 자신의 세계, 그가 살고 있는 종교적·도덕적 세계의 진실이다."라고 깨달음으로써 자신의 삶의 세계를 절실하게 느끼게 된다는 것을 말한다.[15] 자신의 세계의 진실을 알게 하는 것이 연극이다. 이것은 다시 아리스토텔레스의 주인공의 고통과 그에 대한 동정의 이론으로 돌아가는 것처럼 보인다.

그러나 가다머는 비극의 경험이, 되풀이하건대 이 감정적 일치를 넘어가는 현장성에 의의가 있다고 말한다. 그는 물론 주인공으로 하여금 죗값을 훨씬 상회하는 고통을 치르게 하는 운명의 힘에 관객이 압도된다는 것을 인정한다. 그러면서도 관객의 체험은 이 운명에 대한 동정을 넘어간다는 것이다. 그는 비극의 효과, 거기에서 이는 감정을 다음과 같이 요약한다. "비극적 감정은 비극적 사건의 전개 그 자체 또는 주인공을 쫓아 사로잡는 운명의 정당성 여부에 대한 반응이 아니라 우리 모두에게 해당되는 형이상학적 존재 질서에 대한 반응이다."[16]

가다머가 관객이 비극에 반응하는 것이 단순히 참혹한 운명이 아니라 그것을 넘어가는 존재의 질서라고 할 때, 이것은 무엇을 말하는 것인가? 이 형이상학적 존재 질서(metaphysische Seinsordnung)란 어떤 특정한 비극적 이야기를 지칭하는 것이 아니라 그러한 이야기가 나오게끔 하는, 그러니까 그와 비슷한 비극적인 이야기를 얼마든지 만들어 낼 수 있는 근원을 말한다고 할 수 있다. 가다머는 이것을 다시 정의하여, 그것은 이러한 이야기들을 가지고 있는 서구의 역사적 체험 전체를 말하는 것이라고 한다.[17] 그리하여 비극의 현장에 있다는 것은 이 서구의 역사적 체험 속에 들어간다는 것을 말한다. 비극의 감동, 동정 또는 고통스러운 느낌은 나의 삶

---

**15** Hans-Georg Gadamer, *Wahrheit und Methode*(Tübingen: J. C. B. Mohr, 1968), p. 133, pp. 126~138 참조.

**16** Ibid., p. 137.

**17** Ibid., pp. 137~138.

자체가 이 역사적 체험 전체에 이어졌다는 데에서 나오는 것이다. 그러니까 연극의 현장적 체험은 역사의 연속성의 체험이다. 이러한 가다머의 해석은 지나치게 서구 중심적인 것 같기도 하고 그의 주장을 겸손하게 자신이 아는 세계에 한정하려는 것이라고 할 수도 있다.

그러나 비극의 체험에 대한 그의 해석은 결코 서구의 역사에만 해당되는 것은 아닐 것이다. 비극의 체험에서 "형이상학적 존재 질서"에 반응한다는 것은, 가다머의 표현에 이미 암시되어 있는 바와 같이 관객이 어떤 전통의 사람이든지 간에 존재의 시간에 참여한다는 것, 그러니까 관객 자신도 그 안에 있다는 점에서, 자신의 존재의 시간적 현재성에 완전히 잠겨 들게 되는 것을 말하는 것이라고 할 수 있지 않을까 한다. 가다머는 연극 또는 심미적 경험의 현장성이란 거기에서 "참으로 존재하는 것에 함께하는 것"이며, 자신의 현존성을 그리스도의 구원의 행위에 일치시키는 기독교의 성찬 의식의 그것과 비슷한 일이라고 말한다. 또 미적인 참여의 순간은 "절대적인 현재성", "절대적인 순간"이며, 파루지아(parousia) 순간이라고도 말한다. 이러한 설명은 연극, 특히 비극의 체험에 몰입한다는 것이 존재론적 의미에서 근원적 시간 속으로 들어간다는 것을 시사하는 것이라고 할 수 있다. 그것은 역사적 체험의 범위를 벗어난다. 다만 그러한 비극을 산출한 역사는 그것의 실재를 증명하는 역할을 한다고 할 수 있다.

사실 뛰어난 예술 작품은 독자나 관객의 이성적 능력에 호소하기 전에 그의 감정 이입의 능력에 호소한다. 즉 재현되는 체험의 시간에 함께 참여하기를 요구하는 것이다. 그리고 이 체험의 시간 속에서 그의 선악 또는 정의와 부정의에 대한 판단은 잠시 보류 상태에 들어간다. 이 보류 상태에서 잠깐이나마 사람은 시간 속에 지속하는 존재의 질서를 경험한다. 이 질서는, 그 전체로 볼 때 인간이 겪게 되는 모든 행복과 불행의 모체, 더 나아가 행불행, 정의와 부정의가 태어나기 이전에 모든 것의 일어남을 가능하게 하는 기저이다. 연극이나 축제에 본격적으로 참여한다는 것은 그리스에 있어서, 가다머가 말하는 바에 의하면 "제찬(祭粲, communion)"의 성격을 가지며, 중요한 축제나 의식에 참여한 사람은 "성스러움의 증표"를 얻어 "불가침"의 특권을 얻었다.[18] 이렇게 보면 오이디푸스는 그 고통을 통하여, 또 그의 모든 인간적 위엄을 가지고 그것을 받아들임으로써 정사(正邪)를 넘어가는 불가침의 신성성을 얻은 사람이다.

### 존재의 무게와 그 초월

이러한 것들이 갈등과 그 해소의 주제에 어떻게 관계되는가? 오이디푸스의 비극과 같은 것이 보여 주는 것은 인간의 체험에 시비를 넘어가는 차원이 있다는 사실이다. 갈등과 그 해결은 아무래도 시비의 차원에 속하는 인간사이다. 비록 거기에 시비, 정사, 정의와 불의, 죄와 죗값, 부당하거나 마땅한 고통과 고통으로부터의 해방의 문제가 개재되어 있다고 하더라도, 그것으로 하여 일어나는 어떤 일들 앞에서 우리는 깊은 외포를 느끼는 외에는 달리 어찌할 수 없는 경우가 있음을 안다. 그때 우리는 형이상학적 존재의 질서가 우리의 이해와 실천적 능력을 넘어가는 것일 수 있음을 안다. 그러한 경우 우리에게 이는 느낌은 외포와 무력감이지만, 동시에 모든 존재하는 것에 대한 동정이나 연민이기도 하다. 여기에서 용서와 화해에 대한 절실성도 생각하게 된다.

갈등은 우리의 이익, 정의감, 시비 판단의 능력의 소산이다. 따라서 그것은 사람이 살아가는 데에 그 나름의 의미와 역할을 가지고 있다. 살아가는 것이 중요하다면, 거기에서 일어나는 갈등은 그 범위 안에서 해결되어야 한다. 그러나 존재의 질서는 갈등과 그 해결을 넘어간다. 그것은 갈등과

---

18 Ibid., p. 129.

그 해결이 쉽게 이루어질 수 없다는 것을 말하는 것으로 보인다. 그러나 역설적으로 그것은 선악과 정의, 부정의를 넘어서 모든 사람이 화해할 수 있는 길을 열어 놓는다고도 할 수 있다. 인간은 사람의 판단으로는 그 전부를 헤아릴 수 없는 존재의 질서에 참여한다. 이것이 참으로 깊은 의미에서 인간 공동체의 기초이다. 이 사실에 대한 깨달음은 갈등 해결의 절실성에 대한 우리의 의식에 깊이를 더해 주게 될 것이다. 그리고 시비를 초월하여 인간 모두가 화해할 수 있는 가능성을 생각할 수 있게 할 것이다.

# 화해상생마당의 발표문

## 1. 다시 서문을 대신하여

지난 11월 9일에 있었던 화해상생마당의 결성식에서 말했던 축사의 일부를 인용함으로써, 우리가 처해 있는 상황의 설명을 대신하고자 합니다.

저는 최근에 우연히 일제에서 해방 후 6·25까지 활동한 언론인 소오 설의식 선생의 글을 되돌아볼 기회를 가졌습니다. 해방 즉후 그가 걱정한 것은 좌우 대립이었습니다. 한편으로는 "공식에 사로잡히고 종파(宗派)에 굳어진 대로 음성(陰性)의 지하적 수법과 고의의 파괴적 공작을 위주(爲主)로 하는 세칭 극좌(極左)"가 있고 다른 한편으로는 "구각(舊殼)에 파묻히고 독선에 치우친 채 고루한 정와적(井蛙的) 소견과 저열한 목전적(目前的) 영욕에 급급하는 세칭 극우(極右)"가 있다고 그는 말했습니다. 이 둘의 대립을 초월하여 하나가 되기 위하여 필요한 것은 "대포용(大包容), 대희생(大犧牲), 대용맹(大勇猛)이다."라고도 썼습니다. 그렇다고 무조건적인 대동단결을 말한 것은 아닙니다. 그는 "상호 투쟁이 있어야 혁신이 있고 진보가 있"다는 것을 인정하였습니다. 그러나 "투쟁만을 고집하는 것은 건설을 위한 투쟁이 아니라 투쟁을 위한 투쟁"이며, 시대가 요구하고 있는 것은 "평화를 위한 투쟁, 조화를 위한 투쟁"이고, "'무자비한 투쟁'이 아니라 '대자대비한 투쟁'"이라 하였습니다. 이러한 경고에도 불구하고 이 좌우의 대립은 결국 한국 역사상 가장 파괴적인 6·25 전쟁에 이르렀습니다. 우리는 전쟁이 끝나고 50년이 넘은 지금에 와서도 그 상쟁의 그늘을 벗어났다고 할 수 없습니다.

앞에 언급된 대결적 사고의 원형은 정치 갈등을 생각하는 우리의 모든 사고에 작용한다고 할 수 있습니다. 그것의 해체 방안을 생각하려는 것이 이 발표의 목적입니다.


## 2. 공동체적 기반의 확인

### 1. 갈등과 공동체
문제의 해결에서 기초가 되는 것은 모두가 하나의 공동체에 묶여 있다는 것을 확인하는 일입니다.

많은 문제는 사회의 물질적·제도적 조건에서 발생합니다. 이 조건이 적절한 것이 되게 하기 위하여 모든 사람이 공동체의 목표를 위하여 노력할 것을 촉구하여야 합니다. 그러나 이 목표의 토의에 있어서나, 사회의 물질적 제도의 적절성을 염두에 두고 하는 생각과 행동에 있어서나 갈등이 없을 수 없습니다.

## 2. 평등의 문제

물질적 발전과 그 발전의 과실의 분배가 중요한 지금의 시점에서 가장 중요한 것은 평등의 문제라고 할 수 있습니다. 불평등으로 인하여 발생하는 문제는 적절하게 해결되어야 합니다. 그러나 갈등과 분열에 주목하면서, 그것만을 강조하는 것이 아니라 공동체적 유대를 확인하는 것이 문제 해결의 방법입니다.

## 3. 국가 권력, 르상티망, 추상적 정책

평등의 문제에 있어서 추상적이고 기계적인 평등이나 르상티망에서 나오는 평등의 요구는 바른 해결로 나아가는 방법이 아닙니다.

추상적으로 생각된 평등은 거대한 국가 권력에 의해서만 사회에 부과될 수 있습니다. 그것은 (1) 한편으로 국민의 자유와 사회의 복합성을 손상하고 (2) 국가 권력에 의한 특권 계급을 창출하게 됩니다.

## 4. 복합 사회에서의 평등의 영역

현대 사회는 기능적으로, 인간적으로 복합적이고 다양할 수밖에 없습니다. 평등은 다음의 몇 개의 층위에서 생각되어야 합니다. (1) 모든 사람은 법과 정치의 측면에서 동등합니다. 이것은 계속 확인되어야 합니다. (2) 기능적 차이와 필요와 동기 부여의 관점에서 일어나는 불평등은 불가피한 면이 있습니다. 그러나 물질적 보상과 사회적 인정의 불평등은 여러 사회적 노력을 통하여 완화되어야 합니다. (3) 생활의 차원에서의 불평등을 완화하여야 합니다. 그러나 사회적 관심의 대상이 되어야 할 것은 우선적으로 최소 생활의 기준에 따른 생활 조건이라는 관점에서의 사회 구조(社會救助)입니다. 최고 한계의 불평등도 문제가 아니 될 수 없습니다. 이것은 공동체를 파괴합니다. 그러나 이것은 주로 사회적 윤리와 도덕의 문제로 생각될 수 있습니다.


### 3. 합리적 토의, 투쟁, 정책적 선택

사회와 정치의 문제가 합리적인 토의를 통해서 해결되는 것이 가장 바람직하다는 것은 말할 필요도 없습니다.


#### 1. 합리적 토의 조건, 윤리적 성설성, 공동체적 유대

하버마스는 합리적 토의의 조건으로 네 개의 조건, 해독 가능성, 사실성, 진실성, 정합성을 들었습니다. 토의 대상이 사실을 존중하고 거짓이 없고 논리의 일관성에 맞는 것이라야 한다는 말입니다. 그러나 가장 중요한 것은 토의 당사자들의 상대방에 대한 윤리적 성실성의 유지입니다. 여기에 이어져 있는 것이 공동체적 유대 의식입니다.


#### 2. 이해관계의 차이와 타협

공동체의 공동 목표 그리고 여러 집단과 개인들의 다른 이해관계에 대한 합의, 인정 또는 타협이 필요합니다. 목표의 우선순위에 대하여서도 이견이 있을 수 있으나, 이 이견이 커지는 것은 이해관계가 개입될 때입니다. 이것은 (1) 이해의 차이에 대한 상호 양해(이것은 현상에 대한 이해(理解)와 수락 — 두 가지를 포함합니다.) (2) 힘의 관계의 조정으로써 타협이 성립될 수 있습니다.


#### 3. 투쟁과 법질서

이해관계의 문제에 있어서 갈등과 투쟁을 배제할 수 없습니다. 그러나 그것은 (1) 합의할 수 있는 공동 목표와 (2) 공동체적 상황 확인에 의하여 완화될 수 있습니다.

투쟁은 합의된 법질서 안에서 평화적으로 이루어져야 합니다.

### 4. 이견과 대안의 존재 인정

모든 문제가 완전히 합의에 의하여 이루어질 수 없다는 것은, 이해관계의 차이로 인한 것이면서 동시에 문제의 해결에 다수의 대안이 있다는 것을 의미합니다. 정책의 결정은 선택을 말합니다. (1) 큰 테두리는 다수결에 의하여 결정되는 수밖에 없습니다. (2) 그러나 그것도 하나의 선택에 불과하고 세부의 정책도 여러 대안 중 하나의 선택입니다.

### 5. 선택과 수행 그리고 관용

모든 선택에는 위험이 따릅니다. 용기와 책임의 문제가 여기에서 일어납니다. 동시에 선택이라는 것을 인정하는 데에서 선택자에 대한 칭찬, 관용, 용서도 나옵니다.

### 6. 열린 토의, 결단의 순간, 민주적 절차

앞의 고려에서 나오는 중요한 결과의 하나는 토의는 늘 다면적으로 열려 있어야 한다는 것입니다. 그러나 그것이 끝나는 것은 결단의 순간입니다. 토의에서 모든 가능성이 고려되어야 합니다. 그러나 결단의 순간은 투쟁적 순간일 수밖에 없습니다. 이론의 차원이 아니라 행동의 차원에는 늘 갈등의 계기가 들어 있습니다. 행동은 하나에 대한 선택, 결단을 요구합니다. 그러나 이것을 평화적이고 준법적이게 할 수 있다는 것이 민주주의입니다. 결정된 것에 대하여는 존중과 승복이 있어야 합니다. 나의 견해와 다른 것도 대안 중의 하나입니다. 그것이 적절한 절차에 의하여 채택된 것인한, 그것은 현실 속에 시험될 기회를 가져야 합니다.


## 4. 사회 국가의 이념

### 1. 자본주의와 사회주의 종합

갈등을 최대한으로 피하면서 평등의 문제를 해결할 수 있는 정치 제도
가 있는가? 물질적 보상과 생활의 사회적 구조(救助)와 보장이라는 면에서
우리가 참조할 수 있는 제도의 하나가 독일의 사회 국가(Sozialstaat)의 이념
입니다. 이것은 독일에서 기독교민주연합이나 사회민주당이 모두 받아들
이고 있는 이념입니다.

독일의 기본법, 즉 헌법은 독일을 "민주 사회 연방 국가(ein demo-
kratischer und sozialer Bundesrepublik)라고 규정하고 있습니다.(기본법 20조 1
항) 독일의 정치학 사전 하나를 보면, 사회 국가는 "자본주의적 시장 경제
에서 발생하는 생존상의 위험과 사회적인 부작용을 민주 제도의 범위 내
에서 해결하고자 하는 국가적인 제도, 조정 조치, 규범 일체"를 말합니다.[19]

### 2. 자유, 창의성, 경쟁, 사회의 비인간화

자본주의가 일으키는 사회적 문제의 혁명적 지양을 말하는 중요한 한
이론이 사회주의입니다. 이에 대하여 자본주의와 사회주의의 긍정적인 측
면을 함께 수용하는 개념이 사회 국가라고 하겠습니다.

자본주의는 쉽게 폐기될 수 없습니다. (1) 국가나 사회가 고립하여 존
재할 수 없는 오늘의 세계 속에서 그것은 세계 질서이기 때문이고 (2) 그

---

**19** Frank Nullmeier, *Handwörterbuch des politischen Systems der Bundesrepublik*.

것은 개인과 사회의 자유와 창의성의 조건이고 (3) 사회적 목적을 위하여 자유와 창의성을 촉진하는 바탕이 되기 때문입니다.

그러나 자본주의 체제하에서 자유와 창의성은 경쟁에 이어지게 됩니다. 경쟁은 양가적 의미를 갖습니다. 그것은 자유와 창의성을 북돋는 일을 하면서, 전적으로 물질적 추구와 사회적 인정의 수단이 될 때 인간성의 자연스러운 표현으로서의 자유와 창의성의 의미를 왜곡하고 인간성과 공동체를 파괴하는 결과를 가져올 수 있습니다. 또 그것은 생존의 근거를 잃어버린 사람들을 생산해 내는, 사회 기구 비인간화의 기본 기제가 될 수 있습니다.

### 3. 권력 독점, 새로운 불평등, 사회의 비인간화

20세기 사회주의 실험은 자본주의를 쳐부수고 인간 공동체의 이념을 실현하는 유토피아 건설의 목표를 표방하였습니다. 그러나 결과적으로 더 비인간적인 사회를 만들어 냈습니다. 국가 기구의 비대화, 새로운 특권 계급의 대두, 개인의 자유와 창의성의 말살, 생산 기구의 비능률화, 단일 이념 체제에 의한 인간 정신의 압살 — 이러한 것들이 그 결과였습니다.

### 4. 사회 국가

되풀이하건대 사회 국가는 자본주의의 기능성을 수용하면서 그것의 문제점만을 사회 정책에 의해서 수정하고자 합니다.

사회적 국가는 여러 가지 다른 모양으로 존재할 수 있을 것으로 생각됩니다. 그러나 일단 자본주의를 받아들이되, 그것이 일으키는 인간적 문제를 교정하는 장치를 가져야 한다는 것은 지금의 시점에서 국가에 대한 기본 구상으로서의 최저선이라고 할 것입니다. 민주 사회주의는 자본주의의 능률과 자유 그리고 사회주의의 평등과 정의를 절충하여 수용하자는 제도입니다. 사회 국가는 이 두 제도를 반드시 절충한다기보다도 서로 대립하는 부분, 모순하는 부분이 있음을 인정하면서, 대증적(對症的)으로 또는 변증법적으로 통일하자는 이념으로 생각할 수 있습니다.

### 5. 유교 전통과 민생 정치

유교의 정치 이상은 민생의 안정입니다. 이것은 우리가 의식하든 아니하든 우리 사회에서 오늘의 정치를 생각하는 데에서도 씻어 낼 수 없는 사고의 기반을 이루고 있습니다. 이것을 무시할 수 있다고 생각하는 것은 비현실적이고 중요한 문화 자본을 폐기하는 일이 될 것입니다.

## 5. 환경의 문제

자본주의나 사회주의가 전부 발전 사관에 자리 잡고 있습니다. 여기에서 발전은 물론 경제 발전입니다. 케네디 대통령의 유명한 말로 항구에 물이 들어오면 모든 배가 다 뜰 수 있게 된다는 것은 발전의 희망적 가능성을 두고 한 말입니다. 그러나 무한한 물질적 발전이 참으로 가능한가 또 바람직한가 하는 것은 이제 새로운 문제가 되었습니다.

### 1. 환경의 한계, 에너지, 공해, 기후 변화

환경이, 인간이 원하는 모든 것을 그대로 담아 낼 수 없다는 것은 날로 분명해져 갑니다. (1) 자원은 한계에 이르고 있습니다. (2) 그중에도 에너지 자원의 고갈은 당장에 모든 국가의 경제를 위협하고 자원 전쟁의 가능성을 열어 놓습니다. (3) 공해 문제와 지구 기후의 변화는 인류 전체의 생존을 불가능하게 할 수 있습니다.

## 2. 자연의 정신적 의미

환경은 자연을 인간 생존의 조건으로 파악한 말입니다. 자연의 문제는 단순히 자원과 환경의 관점에서만 의미를 갖는 것이 아닙니다. 사람의 삶의 큰 기쁨과 보람이 자연에서 옵니다. 자연 훼손은 인간의 삶에서 행복과 정신적 만족의 바탕을 없애는 일입니다.

얼마 전의 보도에 의하면, 한국은 이미 지구 두 개를 필요로 하는 생활의 물질적 수준을 가지고 있다고 합니다.(윌리엄 리스(William Rees)의 ecological footprint 개념 참조.)

## 3. 소비 경제의 지속 가능성

한국의 관점에서도 그러하지만, 지구 전체의 관점에서 볼 때, 소비 생활 수준의 유지나 향상에 기초한 사회 질서가 무한히 지속될 수는 없습니다.

## 4. 생활 수준의 조정, 후퇴의 전략

소비 생활 수준을 조절하는 장치가 필요합니다. 그리고 생활 수준의 하향 조정이 필요할 때, 그것을 어떻게 해야 할 것인가 하는 것을 보여 주는 "후퇴 전략"의 수립이 필요합니다. 일시에 환경 우호적인 경제 체제를 수립하는 것은 불가능합니다. 무한한 생활 수준의 향상을 지향하는 경제로부터 보다 환경 친화적인, 그러면서 만족할 만한 체제로 옮겨 가기 위하여 조심스러운 후퇴 전략에 대한 면밀한 연구가 필요합니다. 이 전략은 정부, 학계, 시민 등이 참여하여 국제적으로 연구되어야 합니다. 자본주의 체제에서 이윤은 가장 중요한 기업의 동기입니다. 환경 친화적인 산업이 돈이 될 수도 있습니다. 기업도 이러한 산업의 발달에 투자하여야 합니다.

### 5. 환경 기구로서의 정치 제도

환경 우호적인 사회 제도의 수립을 위하여서도 경제와 정치를 별도로 생각하여, 서로 견제하고 균형을 꾀하는 제도가 필요합니다. 자본주의 체제의 최대의 문제점은 환경 훼손에 있고, 정치는 이것을 교정하는 임무를 떠맡아야 합니다.

독일 기본법의 예를 다시 들면, 그것은 이미 환경 보호를 정부의 임무로 규정하고 있습니다. "국가는 미래 세대에 대한 의무로서, 입법, 행정력과 판결을 통하여 법적 조처를 취함으로써 법의 테두리 안에서 자연의 생태 환경과 동물을 보호하여야 한다."(20조 a항) —— 이것이 기본법의 규정입니다.

### 6. 높은 이성과 문화 그리고 교육

생활 수준의 하향 조정에 있어서, 사회는 어느 때보다도 앞에 말한 합리적 토의의 기구를 필요로 합니다. 궁극적으로 이러한 토의에 바탕이 되는 것은 단순한 합리성이 아니라 보다 높은 인간성의 이해에 열려 있고 인간의 행복을 바르게 파악하는 이성입니다. 이것의 개발을 위하여 높은 수준의 교육과 문화가 필요합니다.

## 6. 다른 의제들

### 1. 윤리 도덕, 행복

사회가 바르게 움직이는 데에 토대가 되는 것은 바른 윤리 도덕입니다. 이것은 단순히 사람이 지켜야 할 규범과 엄숙한 명령을 말하는 것이 아니고, 사람의 진정한 행복을 말하는 것입니다.

## 2. 문화

이러한 윤리와 도덕과 행복의 개념은 좋은 문화에서 저절로 나오는 것일 때 가장 덜 억압적일 것입니다.

## 3. 꿈, 문화, 정책

문화에는 대체로 사람들이 동의할 수 있는 큰 꿈 또는 꿈들이 있어야 합니다. 무엇이 행복이고 무엇이 사람답게 사는 것인가를 생각하게 하는 탐구가 사회 속에 지속되어야 합니다. 이것은 정치의 정책과 일치하지 않습니다. 정치가들은 그들의 정책이 곧 인간의 꿈을 실현시켜 준다고 생각하기 쉽습니다. 정책은 꿈에 관계되면서도 그 한 표현에 불과합니다.

## 4. 집단의 명분으로서의 도덕적 명령, 인간 상호 간의 윤리

윤리, 도덕은 대체로 집단의 명령과 명분을 말하는 것으로 생각됩니다. 집단의 이름은 권력 의지에 이어지기 쉽습니다. 윤리는 집단의 명령이기 전에 사회 성원 상호 간의 존중의 규범을 말합니다.

## 5. 집단적 도덕, 삶의 이상, 일상적 삶

집단의 명분은 실질적 내용이 있는 삶의 이상에 기초하여야 합니다. 이 이상은 일상적 삶에 이어져 있어야 합니다. 상호 존중은 다른 사람의 큰 꿈을 존중한다는 것을 말하기도 하지만, 그의 작은 일상적 삶을 존중한다는 것을 말합니다.

## 6. 일상적 삶과 민주주의

일상적 삶의 존중 — 이것은 민주주의의 근본입니다. 민주주의의 역사적 전개를 철학적 차원에서 말하면서, 캐나다의 철학자 찰스 테일러가 들고 있는 중요한 항목의 하나가 정치 제도에 의한 일상적 삶의 인정입니다. 이것이 역사적 발전의 한 단계를 이룹니다.

### 7. 존중과 예의

다른 사람에 대한 존중은 심리적 문제이고 윤리적 태도의 문제이면서, 동시에 행동적 표현의 문제입니다. 예의와 바른 언어가 바로 그것입니다. 모범을 보여 주어야 할 정치계에서 사라진 것이 상호 존중의 윤리이고 그 것의 외적인 표현으로서의 예의와 절차 그리고 존중의 언어입니다. 이것 의 상실에서 오는 피해는 우리가 이미 잘 알고 있는 일입니다.

### 8. 문화와 삶의 고양

문화가 이러한 것에 한정되지 않는 것은 더 말할 필요가 없습니다. 그것 은 삶을 보다 드높은 것이 되게 하고 보다 행복한 것이 되게 하는 모든 개 인적이고 집단적인 상상적·구성적·실제적 표현을 포함합니다. 이것이 결 국은 집단적 에토스의 형성에 바탕을 이룹니다.

### 9. 삶의 물질적 환경, 도시, 주거

보람 있는 삶은 정신적 문화의 문제이면서 그 물질적 표현의 문제입니 다. 도시 환경, 주거 환경, 주택, 자연 경관의 보존의 문제는 사람의 정신의 외적인 표현에 관계되는 문제입니다. 이것을 단순히 부동산과 실용성의 문제로 환원하는 것은 인간의 인간됨을 훼손하는 것입니다.

### 10. 아파트와 동네

아파트 짓기를 그만두고 동네를 지어야 합니다. 동네를 고치더라도 동 네와 그 작은 역사를 보존하면서 그 재건을 계획하여야 합니다. 아파트도 그 범위 안에서 생각되어야 합니다. 사람의 삶의 기본은 공동체입니다. 이 것은 단순히 비유적인 의미에서 사회 전체만을 지칭하는 것일 수 없습니다. 그것은 지극히 구체적인 동네에 구현되어야 합니다. 가장 결정적인 것이 동네의 거리와 광장과 건축물의 구도입니다. 이것은 사무실이나 공장에도 해당되는 이야기입니다.


## 7. 통일의 의제

많은 사람들의 마음을 사로잡고 있는 가장 큰 민족적 과제는 통일일 것입니다. 여기에서 이것을 충분히 논의할 수는 없는 일입니다. 앞에서 말한 것에 이어서 간단히 몇 가지만을 말하겠습니다.


### 1. 정열과 너그러운 이성
통일은 정서적 차원에서가 아니라 이성적 차원에서 생각하여야 합니다. 그것은 단순히 정열로 극복될 문제가 아니라 너그러움을 지닌 이성적 태도로 풀어 나가야 할 과제입니다.


### 2. 합리적 토의
통일 문제의 핵심은 잠재적으로 무력 내지 폭력을 불사할 당사자들의 관계에 있습니다. 이것이 합리적 토의와 이성적 합의의 절차를 통하여 여과될 수 있느냐 하는 것이 가장 중요한 과제입니다.


### 3. 무력, 공동체, 현실적 방안, 세분되는 사고
남한 내의 갈등 해소의 방안도 그러한 바와 같이, 남북 관계에서도 폭력적 파국을 피하여야 합니다. 그러기 위하여 (1) 공동체적 유대를 상기시키는 일을 계속하여야 합니다. (2) 그러나 상대방이 무력이나 폭력의 대결을 불사한다고 하는 경우, 거기에 대한 현실적 방안을 가져야 합니다. (3) (1)과 (2)를 합치는 방안으로 북과의 관계를 섬세하게 구분할 필요가 있습니다. 11월 29일자 《한겨레》에는 유진벨재단의 의료 진단 지원 사업에 관한 보도가 실려 있습니다. 이러한 의료 사업은 물론 계속되어야 할 것입니다. 주목하고자 하는 것은 이사장 인세반 씨의 식량 지원에 대한 발언입니다. 그는 미사일 발사 후부터 쌀 등의 식량 지원이 중단된 데 대하여 말하며 "식량은 지원하지 못하더라도 비료는 지원할 수 있었으면 좋겠다."라고 하였다고 합니다. 현재의 조처는 현재의 조처라고 하더라도 미래의 준비는 가능하게 하는 것이 좋겠다는 뜻으로 보입니다. 이것이 반드시 맞는 말인지는 몰라도 현실적 압박과 이상적 유대의 확인에는 남북 관계의 세부에 대한 섬세한 구분이 필요할 것입니다.

### 4. 열린 토의

궁극적으로 사실을 사실대로 이야기하고 문제의 해결을 위한 여러 대안을 토의하는 것이 가능해져야 합니다. 남에서의 열린 토의의 이상은 북에서도 통용되어야 합니다. 물론 이것은 공동체적 유대의 수립을 위한 성실성을 수반하는 것이어야 할 것입니다.

### 5. 비정치적 교류, 대중 정보 매체의 상호 수용

이것을 위하여 (1) 비정치적인 다방면의 교류가 있어야 하지만, (2) 피차에 대중 정보 매체에의 접근 자유가 허용되어야 합니다. 북으로 하여금 이것을 수용하게 할 방안을 연구해야 합니다. 전자의 교류는 단순한 정서와 명분을 확인하는 것이 아니라 내용이 있는 교환이어야 합니다. 최근에

나는 중국과 대만의 수학자들이 홍콩에서 수학 세미나에 함께 참여하는 이야기를 들은 바 있습니다. 독일에서 통일 전에 동독인들은 ── 공산당원을 포함하여 ── 서독 방송과 TV를 큰 방해 없이 청취할 수 있었습니다.

갈등 상황을 평화적으로 해결하는 데에 관계되는 일로 이 이외에도 많은 것이 토의될 수 있을 것입니다. 우선 화해와 상생을 위하여 생각해 보아야 할 항목들에 대하여 간단히 언급해 본 것입니다.

## 김우창

1936년 전라남도 함평 출생. 서울대학교 문리과대학 정치학과에 입학해 영문학과로 전과했다. 미국 오하이오 웨슬리언대학교를 거쳐 코넬대학교에서 영문학 석사 학위를, 하버드대학교에서 미국 문명사 박사 학위를 취득했다. 서울대학교 영문학과 전임강사, 고려대학교 영문학과 교수와 이화여자대학교 학술원 석좌교수를 지냈으며《세계의 문학》편집위원,《비평》편집인이었다. 현재 고려대학교 명예교수, 대한민국예술원 회원으로 있다.

저서로『궁핍한 시대의 시인』(1977),『지상의 척도』(1981),『심미적 이성의 탐구』(1992),『풍경과 마음』(2002),『자유와 인간적인 삶』(2007),『정의와 정의의 조건』(2008),『깊은 마음의 생태학』(2014) 등이 있으며, 역서『가을에 부쳐』(1976),『미메시스』(공역, 1987),『나, 후안 데 파레하』(2008) 등과 대담집『세 개의 동그라미』(2008) 등이 있다. 서울문화예술평론상, 팔봉비평문학상, 대산문학상, 금호학술상, 고려대학술상, 한국백상출판문화상 저작상, 인촌상, 경암학술상을 수상했고, 2003년 녹조근정훈장을 받았다.

**김우창 전집 13**

# 정치와 삶의 세계

1판 1쇄 찍음  2016년 8월 12일
1판 1쇄 펴냄  2016년 8월 26일

지은이  김우창
발행인  박근섭·박상준
펴낸곳  (주)민음사

출판등록  1966. 5. 19. 제16-490호
주소      서울시 강남구 도산대로 1길 62(신사동)
          강남출판문화센터 5층 (우편번호 06027)
대표전화  515-2000 | 팩시밀리  515-2007
홈페이지  www.minumsa.com

ⓒ김우창, 2016. Printed in Seoul, Korea

ISBN  978-89-374-5553-7 (04800)
ISBN  978-89-374-5540-7 (세트)